MW01174628

# Alexandre Dumas

# Les Mille et Un Fantômes

*précédé de*

# La Femme au collier de velours

*Édition présentée, établie et annotée
par Anne-Marie Callet-Bianco*
Maître de conférences à l'Université d'Angers

# Gallimard

# PRÉFACE

*L'année 1849 s'ouvre pour Dumas sous le signe du fantastique :* Les Mille et Un Fantômes *paraissent en mai dans* Le Constitutionnel[1], *suivis de* La Femme au collier de velours *du 22 septembre au 27 octobre. Entre ces deux livraisons s'insèrent d'autres nouvelles de la même veine[2]. Jusque-là, Dumas n'a fait qu'effleurer le genre : on connaît son goût pour le magnétisme et le paranormal, très présent dans* Joseph Balsamo *(1846-1848), qui se retrouvera dans* Le Collier de la reine *(1849-1850). Il s'est essayé au roman gothique avec* Le Château d'Eppstein *(1843). Mais cela ne va guère plus loin. Au cours de cette période, c'est l'œuvre dramatique et surtout le roman historique qui occupe le devant de la scène. À partir de l'année 1844 a débuté ce qu'on pourrait appeler une décennie prodigieuse, qui voit paraître les titres les plus connus :* Les Trois Mousquetaires, Le Comte de Monte-Cristo, Vingt ans après, La Reine Margot, La Dame de Monsoreau, *et* Les Mémoires d'un médecin, *qui s'étalent de 1846 à 1856. Le romancier s'at-*

---

1. Cf. *Les Mille et Un Fantômes*, note 1, p. 241.
2. *Un dîner chez Rossini, Les Gentilshommes de la Sierra-Morena, Les Mariages du père Olifus, Le Testament de M. de Chauvelin*, toujours dans *Le Constitutionnel*. Dumas les range au départ au nombre de ses *Mille et Un Fantômes*, ainsi que *La Femme au collier de velours*, classement qui ne sera pas repris par la suite. Voir la notice.

*taque à son grand œuvre, qui se définit comme une
mise en romans de l'histoire de France, du Moyen Âge
à l'époque contemporaine.*

*Parallèlement, à partir de l'année 1849, un tour-
nant s'amorce dans l'œuvre, que les biographes ont
parfois expliqué par la perte d'amis chers (on pense à
Charles Nodier, à Alfred d'Orsay, à l'actrice Marie
Dorval) et par le dégoût de la politique après 1848
dont témoigne éloquemment l'Introduction des* Mille
et Un Fantômes : *pour lui, comme pour beaucoup de
romantiques, 1848 représente un tournant crucial.
Les espoirs de février sont anéantis le 15 mai, et plus
encore au cours des fameuses journées de juin :
«Hélas, mon ami, l'époque est triste, et mes contes, je
vous préviens, ne seront pas gais.» L'ambition politique a tourné court : battu aux trois élections com-
plémentaires dans l'Yonne, Dumas raille férocement
la Chambre des députés, où s'échangent cris et coups,
«toujours au nom, bien entendu, de la liberté, de
l'égalité et de la fraternité», mots vides comparables
à «un tigre, un lion et un ours habillés avec des toisons d'agneaux»[1]. La stature de prophète, qu'endos-
sent Hugo et Lamartine, lui est refusée.*

*Par le biais du genre fantastique, auquel rien n'est
impossible, et surtout pas de ressusciter les morts,
Dumas se tourne alors davantage vers le passé, son
propre passé. En témoigne la portée autobiographique
de ces nouvelles dont la rédaction précède de quelques
mois celle des* Mémoires. Les Mille et Un Fantômes,
*qui mettent en scène le jeune auteur des années trente,
adopte le ton familier et naturel de la causerie entre
amis, ce ton qui régnait lors des soirées de l'Arsenal.
On retrouve des familiers de Nodier : le Bibliophile
Jacob, de son vrai nom Paul Lacroix, collaborateur
de Dumas[2], le chevalier Lenoir, créateur du musée des*

---

1. *Les Mille et Un Fantômes*, p. 241-243.
2. Notamment pour *Les Mille et Un Fantômes* et *La Femme au
collier de velours*. Voir la Notice.

*Petits-Augustins. Cette dimension est encore plus marquée dans le chapitre liminaire de* La Femme au collier de velours *intitulé* L'Arsenal, *qui insiste sur les rapports privilégiés de Dumas et Nodier*[1]. *Renouer les liens distendus entre le passé et le présent et, plus largement, entre les vivants et les disparus : voilà qui s'apparente à une entreprise de résurrection, à la manière des travaux de Galvani*[2]. *Le courant fantastique semble bien essoufflé en 1849 ; le gros de la production date des années 1820-1830 : les* Contes d'Hoffmann *ont paru entre 1810 et 1820,* Le Vampire *de Polidori, en 1817,* Smarra *de Nodier, en 1821,* La Peau de chagrin, *de Balzac, en 1831, et, en 1837,* La Vénus d'Ille *de Mérimée (qui par ailleurs traduit en 1833* La Dame de pique *de Pouchkine). Dumas ne fait pas œuvre de novateur, il s'inscrit là dans un courant largement exploré.*

## LE FANTASTIQUE EN FRANCE AU DÉBUT DU XIXe SIÈCLE

*Le fantastique, en effet, s'est acclimaté en France dès le début du XIXe siècle. Puisant son inspiration à la fois dans le roman gothique anglais et dans le folklore germanique, le mouvement touche ensuite toute l'Europe, sans limitation de frontières. Ce phénomène bénéficie d'un arrière-plan philosophique favorable. Les Lumières triomphantes se voient attaquées par des courants critiques ; le rationalisme, jugé desséchant, est rejeté au profit d'aspirations nouvelles. L'illuminisme, notamment, est une de ces doctrines ésotériques qui s'attache à «réenchanter le monde», à retrouver les correspondances secrètes entre les mondes visible*

---

1. Ce chapitre sera repris presque intégralement dans *Mes Mémoires*, chap. CXXI.
2. Cf. *Les Mille et Un Fantômes*, p. 291, note 3.

*et invisible. Introduites en France à partir des années
1740, les idées du philosophe suédois Swedenborg
influencent notablement les recherches scientifiques
de Lavater ou de Mesmer, la philosophie politique de
Maistre ou de Saint-Martin, et la production romanesque de Cazotte.* Le Diable amoureux *(1772) qui
fascinera Nerval, et inspirera à M. G. Lewis son
fameux* Moine *(1796) est une œuvre inclassable, mi-
allégorie morale, mi-conte fantastique, qui montre un
homme en proie au démon, représenté par une ravissante jeune femme. Les références ésotériques se font
encore plus précises dans les continuations des* Mille
et Une Nuits. *La fin tragique de Cazotte, guillotiné en
1792, contribuera à faire de lui une figure légendaire
de la littérature.*

*Mais celui qui va donner une impulsion définitive
au courant fantastique, et déterminer une évolution
du genre, c'est Hoffmann, dont Dumas, précisément,
fera le héros de* La Femme au collier de velours. *Bel
hommage rétrospectif porté à un « grand initiateur »
par un émule aussi tardif qu'inspiré.*

### HOFFMANN ET LE RENOUVELLEMENT

*Les travaux bien connus de Pierre-Georges Castex*[1]
*ont établi que le public français découvre Hoffmann
en 1828 grâce à un article du* Globe *signé J.-J. Ampère,
qui, le premier, emploie le mot fantastique*[2]. *Par
ailleurs, son premier traducteur, le journaliste Loève-
Veimars, d'origine allemande, contribue largement à
la diffusion de ses œuvres, parfois au prix de l'exactitude et de la fidélité. On lui reprochera plus tard
d'avoir créé une « légende hoffmannienne » pour pro-*

---

1. *Le Conte fantastique en France de Nodier à Maupassant*, Corti, 1951.
2. Hoffmann lui-même emploie le mot *Phantasiestücke*, fantaisies.

mouvoir le personnage, le représentant comme un
génie tourmenté et malade. Hoffmann est alors perçu
comme un fou qui doit son inspiration à ses troubles
mentaux. Cette confusion entre le conteur et ses personnages est le fait non seulement des lecteurs (et
Dumas en sera un bon exemple), mais aussi des psy-
chiatres, qui, tel l'aliéniste Moreau de Tours, font
figurer Hoffmann parmi les fous de génie.

Ce nouveau venu dans le paysage littéraire français
suscité de manière posthume une réactualisation de la
fameuse « querelle du merveilleux ». Dans un article
paru en 1829 dans La Revue de Paris, Walter Scott,
tout en affirmant l'importance du merveilleux, insiste
sur la nécessité de le repenser et de l'adapter à un lec-
torat évolué. Le remède selon lui consiste à recourir à
un merveilleux historique et légendaire : l'éloignement
chronologique et la plongée dans le folklore permettent d'accepter ce que la raison refuserait dans un
contexte contemporain. Scott, qui lui aussi se représente Hoffmann sous les traits d'un névrosé, définit
son œuvre fantastique comme un genre inférieur, un
tissu d'invraisemblances et d'absurdités, produit par
les caprices d'une imagination malade ; typiquement
germanique, il ne serait pas transposable dans d'autres
langues.

Le triomphe (posthume) d'Hoffmann en librairie, le
grand succès critique qu'il obtient (relayé, entre autres,
par Sainte-Beuve, Nodier, Gautier) font mentir ces pré-
dictions pessimistes. Hoffmann fait des émules : les
années 1830 voient une grande floraison de récits et
contes fantastiques qui témoignent de son impact.

UN NOUVEAU FANTASTIQUE

Il suffit de comparer l'univers d'Hoffmann à celui
du roman gothique pour mesurer l'évolution du genre.
Le gothique anglais, on l'a souvent dit, est lui aussi

*une réaction contre le rationalisme des Lumières. Les fantômes des ténèbres ont pour fonction de procurer au lecteur un frisson sans risque qu'il ne peut plus éprouver dans la vie réelle, où tout est décrypté. Mais, comme l'a bien vu Scott, ce lecteur cultivé, informé, ne peut pas accepter non plus un merveilleux simpliste, des mystères défiant son intelligence, si bien que le rationnel triomphe à la fin, en proposant une explication plausible. C'est ainsi qu'Ann Radcliffe, la reine incontestée du gothic novel, excelle à désamorcer la terreur et à évacuer le malaise. C'est ce qui lui vaudra le reproche de réduire le fantastique à une sorte de mécanisme bien huilé. La logique n'est pas menacée ; les personnages sont des gens parfaitement sains d'esprit confrontés à des situations paroxystiques : il y a des génies du mal dans le roman gothique, mais quasiment pas de fou. Le mystère vient du réel, de l'extérieur — et il finit par s'expliquer —, jamais des profondeurs de la conscience du personnage. Il n'est pas si facile de se débarrasser de la raison.*

*Le nouveau fantastique, lui, fonctionne d'une manière entièrement différente qui reflète l'émergence de la psychiatrie et l'intérêt qu'elle suscite chez le grand public cultivé[1]. En explorant les zones d'ombre de la conscience humaine, elle fournit de nouveaux aliments à la production littéraire. Le mystère se situe d'abord dans le psychisme du personnage, il traduit un conflit entre raison et subconscient. La question de la folie se pose avec acuité et fait planer sur le récit un soupçon généralisé, particulièrement dans le cas d'une narration à la première personne. Qui raconte cela ? Peut-on le croire ? Est-il fou, est-il sain d'esprit ? Passé de l'extérieur à l'intérieur, le mystère ne peut plus s'expliquer par une machinerie bien huilée. Les nouvelles d'Hoffmann, de Nodier, puis de Gogol*

---

1. Voir à ce sujet l'ouvrage de Gwenhaël Ponnau, *La Folie dans la littérature fantastique*, P.U.F., 1997.

*et plus tard de Poe, font pénétrer le lecteur dans un cerveau tourmenté et malade. La fin ne résout rien, n'apporte aucune explication et témoigne de l'impuissance humaine face aux démons intérieurs.*

*Une autre évolution importante se fait sentir. La géographie du gothique le cantonnait à des lieux bien particuliers, souvent clos et coupés de l'extérieur : château, couvent, prison. Cette coupure évidente justifiait en quelque sorte l'idée que les lois de la normalité s'arrêtent à une frontière nettement matérialisée. L'univers fantastique, au contraire, ne connaît pas de limites et, pour accroître l'effet de réel, annexe tous les lieux de la vie quotidienne contemporaine ; la ville, nettement située et décrite, avec ses rues et ses cafés, devient un de ses terrains de prédilection (songeons à la Saint-Pétersbourg de Gogol). L'intérieur familial bourgeois lui-même perd son statut de sanctuaire et se retrouve aux prises avec l'étrange, cependant que son caractère quotidien fonctionne comme une caution. La multiplication des détails familiers, l'insistance sur le banal sert alors à endormir la méfiance du lecteur. Croyant se mouvoir dans un univers intime et réaliste, il est d'autant plus pris au dépourvu quand le mystère se manifeste. C'est ce qu'a très bien vu Théophile Gautier, dans son* Étude sur les Contes fantastiques d'Hoffmann : «* Un conte commence. Vous croyez voir un intérieur allemand, plancher de sapin bien frotté au grès, murailles blanches, fenêtres encadrées de houblon, un clavecin dans un coin, une table à thé au milieu, tout ce qu'il y a de plus simple et de plus uni au monde ; mais une corde de clavecin se casse toute seule avec un bruit qui ressemble à un soupir de femme, et la note vibre longuement dans la caisse émue ; la tranquillité du lecteur est déjà troublée et il prend en défiance cet intérieur si calme, et si bon.* » On retrouve là avec presque un siècle d'avance les éléments de la fameuse définition que Freud, en s'appuyant précisément sur* L'Homme

*au sable d'Hoffmann, donnera de l'Unheimliche, l'in-
quiétante étrangeté : « ... l'inquiétante étrangeté est
cette variété particulière de l'effrayant qui remonte
au depuis longtemps connu, depuis longtemps familier. »*

*Passant par une transition presque impalpable du
plausible au bizarre et du bizarre à l'inexplicable,
voire au délire, le fantastique moderne entérine ainsi
une rupture du contrat de lecture propre à dérouter
son lecteur. Insistant sur les frontières infimes qui
séparent la raison de la folie, il met en évidence la fra-
gilité de la conscience humaine. Déchus de leur capa-
cité d'initiative et d'action, ses héros sont agis par des
pulsions qu'ils ne maîtrisent plus et dont ils sont de
moins en moins capables de rendre compte.*

*On peut donc dire, sans exagérer, que le courant fan-
tastique, qui existait avant Hoffmann, ne sera plus
le même après lui. Son influence suscite et accélère le
renouvellement du genre.*

### LA FEMME AU COLLIER DE VELOURS :
#### UN TOMBEAU DE NODIER

*Après s'être inspiré de W. Scott dans sa production
de romans historiques, Dumas, qui n'a pas l'esprit
partisan, découvre Hoffmann avec admiration*[1]. *Mais
le Berlinois est loin d'être la seule influence dont
il s'imprègne. Une autre figure joue pour lui un
rôle déterminant : Charles Nodier, dont il dit avoir fait
la connaissance en 1823 et qui l'a introduit dans son
salon de l'Arsenal, fréquenté entre autres par Hugo,
Lamartine et Vigny. Par l'intermédiaire de Nodier,
Dumas découvre les fantasmes et les obsessions d'une
génération qui a vécu la Terreur. Plusieurs récits font*

---

1. Il a notamment adapté le fameux *Casse-Noisette* (Hetzel, 1844).

mention de séances hallucinantes au cours desquelles Nodier, qui avait connu Cazotte, mimait sa propre décapitation, rejouant une scène célèbre de Smarra. Ce climat se retrouve dans l'esthétique particulière du courant frénétique, grand pourvoyeur de visions sanglantes et cauchemardesques. Le chapitre premier de La Femme au collier de velours *insiste sur l'importance de cette filiation littéraire. C'est aussi un long portrait en forme d'hommage ému au maître et à l'ami disparu en 1844 : «J'ai quelque chose de mort en moi depuis que Nodier est mort. Ce quelque chose ne vit que lorsque je parle de Nodier. Voilà pourquoi j'en parle si souvent* [1]. »

C'est ainsi que Dumas attribue à Nodier la source de La Femme au collier de velours, *masquant délibérément les autres inspirations :* Pétrus Borel, dont le Gottfried Wolfgang, *paru en 1843 dans le journal* La Sylphide, *est une simple transposition/traduction de* L'Aventure de l'étudiant allemand *de l'Américain* Washington Irving (1824). La trame en est des plus simples : un jeune étudiant allemand qui se trouve à Paris en 1793 rencontre une nuit une femme qu'il a déjà vue en rêve. Il l'emmène chez lui et lui jure fidélité. Au petit matin, il découvre qu'elle est morte ; un officier lui apprend qu'elle a été guillotinée la veille et fait rouler sa tête. S'il n'est pas sûr que Dumas ait connu Irving, dont les nouvelles sont pourtant traduites dès 1825, ses liens avec Borel ne font aucun doute. L'image pathétique de Nodier contant la nouvelle sur son lit de mort, et l'avertissement du premier chapitre «Maintenant, l'histoire qu'on va lire, c'est celle que Nodier m'a racontée* [2] », doivent donc être pris avec beaucoup de précaution. C'est assez paradoxal : Dumas, qui s'inspirera largement de Nodier dans* Les Compagnons de Jéhu (1856) *et* Les Blancs

---

1. *La Femme au collier de velours*, p. 83.
2. *La Femme au collier de velours*, p. 83.

et les Bleus *(1867)*[1], *le mobilise apparemment sans
pertinence pour* La Femme au collier de velours.
*Sans doute la raison de cette référence est-elle d'ordre
symbolique : le disciple veut doter son conte d'une
caution plus prestigieuse que celle de Borel, et, en lui
associant le nom de Nodier, s'acquitter en quelque
sorte d'une dette morale et littéraire. On a pu aussi
remarquer qu'il se donnait le beau rôle dans la répar-
tition des tâches, représentant Nodier en conteur, et
lui-même en romancier*[2]. *Mais ceci n'annule pas
cela, et prouve la valeur que Dumas attribue à sa
nouvelle.*

*Remarquons bien que ce chapitre I n'est pas une
préface et fait partie intégrante de l'ensemble*[3]. *Technique classique du récit enchâssé, dira-t-on. Soit,
mais la portée est plus profonde. Le chapitre II, «La
Famille d'Hoffmann», est à lire comme le second pan
d'un diptyque, soulignant les liens spirituels entre les
deux maîtres du fantastique. Le point de jonction se
fait au chapitre IX, qui réunit à l'Opéra Hoffmann et
un mystérieux homme en noir. Cette scène est en fait
une première version de la rencontre (mythique) entre
le jeune Dumas et Nodier, à la représentation du
Vampire, telle qu'il l'imaginera et la relatera dans ses
Mémoires quelques mois plus tard*[4]. *La fiction aura
ainsi contaminé l'autobiographie, considérée comme
une branche du romanesque. La nouvelle ne relie
plus deux, mais trois écrivains, sous le signe de la fraternité en art.*

---

1. Ces deux titres s'inspirent très largement des *Souvenirs de la
Révolution et de l'Empire* de Nodier, qui est lui-même un personnage dans *Les Blancs et les Bleus.*
2. Voir à ce sujet Vincent Laisney, *L'Arsenal romantique: le
Salon de Charles Nodier,* H. Champion, 2002.
3. Cette particularité n'est pas respectée par certaines éditions,
qui suppriment ce premier chapitre et modifient la numérotation.
4. *Mes Mémoires,* chap. LXXIV sq. La réalité de cette rencontre
n'est pas attestée. Dumas et Nodier se rencontreront plus tard, vers
1828.

### LE MARQUAGE HOFFMANNIEN

*L'identité du héros est évidemment à relier à cette entreprise d'hommage. L'étudiant d'Irving et Borel, silhouette falote dont le nom, Gottfried Wolfgang, ne sert qu'à souligner le caractère germanique, devient, par un coup de génie, le futur maître du fantastique allemand. L'idée vient-elle de Dumas, ou de son collaborateur Paul Lacroix ? L'étude des manuscrits ne donne pas de réponse claire : la version préparatoire de Lacroix (voir le dossier, p. 462-474) intitule la nouvelle «Le premier conte fantastique d'Hoffmann», et utilise le nom, mais en tire peu d'implications particulières : la mention de Königsberg[1], une allusion à Callot[2]... Le nom d'Hoffmann recouvre un héros encore vide.*

*Dans le texte de Dumas, au contraire, cette identité se dote d'un relief particulier, dont témoigne le chapitre II, aperçu biographique en forme d'hommage, genre dans lequel Dumas excelle et qu'on retrouve dans ses* Mémoires *comme dans ses articles journalistiques. Cette évocation est évidemment tributaire des idées reçues de l'époque ; c'est ainsi que le romancier reprend à son compte la thèse de la folie d'Hoffmann[3]. Le contexte familial, l'amitié avec Zacharias Werner[4] : tout est globalement juste jusqu'à la mention du départ pour Heidelberg et Mannheim qui marque l'entrée dans la fiction. Mais une fiction orchestrée encore par des notations hoffmanniennes... Ce sont parfois de simples allusions (l'église des*

1. Cf. *La Femme au collier de velours*, note 2, p. 87.
2. Jacques Callot (1592-1635), peintre et graveur. Hoffmann intitula *Fantaisies à la manière de Callot* certains de ses contes, dans lesquels il affirme sa dette à son égard.
3. Cf. chapitre 2 : «son regard brillait, fixe et fauve, comme le regard d'un homme dont les facultés mentales ne doivent pas toujours demeurer dans un parfait équilibre».
4. Cf. note 1, p. 91.

*Jésuites, le nom de Murr repris au texte* Le Chat
Murr*), mais certaines références sont plus développées: l'œuvre matrice est* Le Conseiller Krespel
*(1818) pour les personnages de Gottlieb Murr et d'An-
tonia. Dumas, qui reprend à ce texte jusqu'au prénom
d'Antonia, procède à une simple transposition en
attribuant à sa mère le destin de l'héroïne d'Hoffmann (mourir par la musique), et enrichit la donnée
de départ en remplaçant le «jeune compositeur B»
par Hoffmann.*

　*Concentré de peinture, de poésie et de musique,
Hoffmann incarne l'artiste total*[1]. *La nouvelle de
Dumas, mélangeant biographie, citations et invention, témoigne du désir de faire coïncider l'art et la vie,
dans la lignée des romantiques allemands. «Notre
vie doit être un roman fait par nous», disait Novalis.
Celle d'Hoffmann n'a pas exaucé ce vœu;* La Femme
au collier de velours *peut alors être considéré comme
une revanche opérée par un admirateur, transfigurant
par l'écriture une réalité décevante ainsi promue au
rang de* conte fantastique.

#### UN RÉCIT DE FORMATION?

　*La brièveté du récit d'Irving, comme de la traduc-
tion de Borel, écartait d'emblée cette dimension. Mais*
La Femme au collier de velours, *qui se situe entre la
nouvelle et le roman, reprend cette donnée classique
du* XIXᵉ *(l'itinéraire d'un jeune héros à Paris) en
la transposant quelques décennies en arrière, avec la
variante du regard étranger. Dumas consacre ainsi le
mariage entre le conte fantastique et le thème de l'apprentissage.*

----

1. Hoffmann fut en effet compositeur (l'opéra *Ondine*), chef
d'orchestre, il inspira aussi beaucoup de musiciens (à travers les
*Kreisleriana* de Schumann, les *Contes d'Hoffmann* d'Offenbach,
1881). Il hésita à ses débuts entre la musique et la peinture.

*On y retrouve tous les ingrédients bien connus. La dynamique de la formation fait jouer une série d'oppositions caractérisant le héros à son point de départ et à son point d'arrivée : la province (allemande) sans histoire/le Paris révolutionnaire, la jeune fille pure/la femme corrompue, l'art, l'amour et la vertu/le théâtre, le jeu et le vice... Il y a là de nombreux souvenirs de* La Peau de chagrin *et d'*Illusions perdues. La comparaison entre le projet initial et sa réalisation s'impose. L'intérêt du héros, au début, est de parachever son éducation par un voyage à Paris. Puis il se fait plus complexe et devient véritablement une ambition : devenir un grand artiste et épouser Antonia. L'ancien et le nouveau projet semblent aisés à concilier puisque l'un s'inscrit comme aventure temporaire et l'autre comme établissement définitif, scellé par une promesse à la jeune fille. Cependant l'entreprise parisienne change très vite de sens (ce qui est lourd de signification politique) : il ne s'agit plus d'étudier « l'air de la liberté », mais de devenir l'amant de la danseuse Arsène. Le voyage traduit alors l'initiation sexuelle du jeune homme, qui passe de l'amour chaste et désincarné d'Antonia, « ange » et « sœur », à la passion sensuelle pour Arsène, qui fait valoir d'emblée sa puissance d'attraction érotique. Les deux femmes se situent également dans deux sphères religieuses opposées : la première entraîne le héros à l'église pour lui demander un serment devant Dieu, la seconde évolue, à la scène comme à la ville, dans une mythologie grecque de convention. Le projet de départ cantonnait Hoffmann dans un statut mineur et familial, caractéristique de l'idylle : devenir le mari-frère d'Antonia, le fils de Gottlieb Murr. Dans la jungle parisienne, où chaque individu n'existe que par lui-même, il faut lutter pour approcher Arsène, éliminer un rival (Danton), l'acheter enfin. Le passage à l'âge adulte exige un combat permanent.*

*Tout parcours nécessite un Mentor ; après Gottlieb*

*Murr, l'artiste bonhomme et fantasque, prêt à donner
sa fille à son disciple, voici l'«homme à la tête de
mort», le docteur, père symbolique d'Arsène, comme
l'indiquent les liens visuels qui les unissent par le
biais de la lunette du docteur. C'est encore une créature hoffmannienne, une réminiscence du Coppélius/
Coppola de* L'Homme au sable[1] *(1813), dont le physique traduit une familiarité avec l'univers satanique.
Mais le personnage est complexe et incarne aussi,
en tant que médecin, le triomphe du rationnel et du
matérialisme. Cette double caractéristique explique
son rôle ambigu auprès du héros : tour à tour maître
et informateur (il lui apprend les usages, lui fait comprendre la réalité révolutionnaire), tentateur (il lui
donne sa lunette pour regarder Arsène puis l'introduit
près d'elle), et enfin sauveur (il le délivre de la foule
en attestant qu'il est fou), il sert également, au gré de
ses apparitions et disparitions, de passeur entre le réel
et le rêve. Logiquement enfin, c'est lui qui, en ren-
voyant Hoffmann dans son pays, met un terme à la
fiction et rend possible la soudure avec la réalité biographique.*

*L'initiation est-elle alors accomplie, ou ratée ? Le
dénouement n'est pas très clair. Mort d'Arsène, mort
d'Antonia, mort du père Murr, retour à la case départ
(Mannheim) ; tout concourt à la désolation et au sentiment d'échec. Il semble impossible d'enchaîner sur
le second temps du* Bildungsroman *type, consacrant
l'acquisition de la maturité et de la maîtrise sur la
vie. Aucune mention n'est faite de la future œuvre du
conteur. La dynamique de la formation finirait-elle
par l'anéantissement total ? Sans doute est-ce au lecteur de prolonger et de faire le lien avec l'Hoffmann
réel. L'enterrement de Gottlieb Murr symboliserait la
fin de la jeunesse et des espoirs du héros, mais aussi
la nécessaire mort du «vieil homme» qui donne nais-*

---

1. Tout comme Arsène a beaucoup de traits d'Olimpia.

*sance à l'artiste. Après la musique et la peinture,*
*Hoffmann renaît à la littérature.*

### LE RÈGNE DE L'ILLUSION

*Ce roman d'apprentissage est aussi un conte fan-*
*tastique qui se proclame comme tel en faisant inter-*
*venir dès le début des thèmes canoniques (démon du*
*jeu, ébauche de pacte avec le diable[1], serment, por-*
*trait animé[2]). L'intertextualité renvoie tour à tour à*
*Hoffmann (*Le Conseiller Krespel, Le Bonheur en
jeu*), à Balzac (*La Peau de chagrin*), à Pouchkine (*La
Dame de pique*) et évidemment au* Faust *de Goethe.*
*Dumas ancre son récit dans une tradition solidement*
*établie. Si on s'en tient à une définition thématique*
*du fantastique, on a là surabondance d'éléments*
*caractéristiques. Mais la suite du récit enregistre une*
*nette bifurcation. Avec le voyage du héros de Mann-*
*heim à Paris, le fantastique se transforme; il ne réside*
*plus seulement dans des motifs, mais dans la double*
*hésitation que suscite le récit, chez le héros comme*
*chez le lecteur.*

*Ce dernier ne sait tout d'abord pas s'il doit conti-*
*nuer dans le même contrat de lecture. L'arrivée à*
*Paris marque l'irruption de l'Histoire, dont la fonc-*
*tion classique, notamment dans le roman historique,*
*est d'offrir un cadre fouillé, une illusion de réalisme.*
*Les références précises abondent, visant à donner l'im-*
*pression de réel. C'est ainsi que le ballet du* Couronnement de Pâris *a bien été créé à l'Opéra en 1793*
*avec Vestris dans le rôle principal, que Mme Du Barry*
*a été exécutée le 8 décembre 1793; de même, la topo-*
*graphie est respectée, donnant des détails vérifiables:*

---

1. Au chapitre III, un vieil officier avertit Hoffmann qu'il sera la
proie du diable s'il «fait sauter la banque».
2. Ce thème trouvera son expression la plus achevée chez
O. Wilde avec *Le Portrait de Dorian Gray* (1891).

emplacement de la guillotine, histoire du Palais-
Royal... L'évocation des changements des noms de
rues et des nouveaux codes de langage en dit long
sur l'esprit de l'époque et lui confère une certaine
épaisseur.

C'est cependant dans ce cadre pseudo-réaliste que
le malaise va s'installer, mettant en doute la perception du monde par le héros, ce qui revient à poser la
question de son état mental ; cette interrogation du
lecteur est constamment relayée par le personnage
lui-même (« suis-je en train de devenir fou ? » est chez
lui un leitmotiv). Dans ce doute, une seule certitude
demeure : Hoffmann est un visuel, un homme gou-
verné par les images (d'Antonia, de Zacharias, de la
Du Barry, d'Arsène...). Le processus de progression
du récit consacrant la perte des illusions devrait
s'accompagner d'un accroissement de la lucidité.
Mais cela ne se vérifie pas dans le cas d'Hoffmann ;
son jugement est constamment perturbé par les spectacles qui s'offrent à ses yeux. Le traumatisme initial
(l'exécution de la Du Barry), puis le violent contraste
entre cette vision de cauchemar et la vision de rêve
lors de la représentation à l'Opéra le plongent dans
un état second. Cela reste malgré tout compréhensible
et « normal » pour le lecteur : même s'il est présenté
dès le début comme fragile et fantasque, Hoffmann
réagit de façon explicable. On a donc affaire à une
situation paradoxale où le lecteur, dans un premier temps, tient pour admissible la conduite d'un
personnage qui, lui, envisage l'hypothèse de sa propre
folie.

Comme le Nathanaël de *L'Homme au sable*, Hoffmann est un hypersensible du regard. Voir les choses
telles qu'elles sont est pour lui une opération haute-
ment douloureuse et problématique ce qui l'amène à
se réfugier dans les vertiges de l'ambiguïté. La thématique théâtrale insiste sur le décalage entre l'apparence et la réalité, l'opposition entre les feux de la

*rampe et l'aspect sordide des coulisses*[1]. *La vie se retire après le spectacle et ne laisse qu'un « cadavre de théâtre ». Mais la métaphore fonctionne de manière plus large : elle implique aussi le monde présenté comme réel par un narrateur mensongèrement objectif*[2]. *L'illusion gagne le parterre : la vision brillante d'une salle « comble et ruisselante de fleurs, de pierreries, de soie et d'épaules nues », est inexplicablement remplacée, à deux jours d'intervalle, par une image de laideur et de dépouillement, marquée par des « bonnets rouges », des « cocardes nationales » et des « couleurs sombres »*[3]. *Le témoignage du docteur, attestant que la salle a cet aspect depuis deux ans, suscite un premier doute : Hoffmann a-t-il mal perçu la réalité visible, ou la temporalité ? Le paradoxe se répète : l'explication sur le mode allégorique — l'absence d'Arsène dont la beauté transfigurait la réalité —, satisfait le lecteur, mais pas le héros. Au docteur qui le félicite : « vous voyez enfin le monde tel qu'il est, les choses telles qu'elles sont », Hoffmann répond « Oh ! mon Dieu ! tout cela est-il vrai, et suis-je donc si près de devenir fou*[4] *? » Le triomphe de la réalité, loin d'engendrer chez lui la maturité, suscite sa fuite dans un univers-refuge.*

### « CETTE FAIBLE CLOISON SÉPARANT L'IMAGINATION DE LA FOLIE »

*Tout cela n'est pas encore à proprement parler présenté comme de la folie, et la propension du lecteur à tout admettre ou presque se justifie aisément jusquelà : outre le processus d'identification, il est* dans la

---

1. Encore un souvenir d'*Illusions perdues*.
2. On remarquera que la présentation de la salle de l'Opéra est faite quasiment sans aucun modalisateur.
3. *Ibid.*, chap. XI.
4. *La Femme au collier de velours*, p. 177.

norme *pour le commun des mortels que l'imagination, chez l'artiste, entretienne une hallucination*[1]
*omniprésente. Elle fait partie du mythe construit
autour d'Hoffmann et est ici orchestrée par des instruments d'optique (tirés directement des* Contes fantastiques*) dont le pouvoir déformant traduit la
perception particulière du héros : la lunette qu'Hoffmann utilise à l'Opéra annule la distance entre lui et
la danseuse, les miroirs du boudoir d'Arsène fonc-
tionnent comme un kaléidoscope*[2] *géant reproduisant
à l'infini l'objet de son désir, la fumée de l'estaminet
lui permet de se couper du réel et de se maintenir en
état de rêve éveillé. Ce brouillage des repères est à
mettre au compte du refus de l'artiste d'établir une
cloison étanche entre les deux mondes : « ... Hoffmann comprit qu'il y avait un fond de réalité dans
tout cela, et que la différence était du plus ou moins.
Voilà tout*[3]. »

   *Cette ambiguïté est renforcée par la stratégie narra-
tive, qui mérite un examen attentif. Contrairement à
la situation la plus courante (l'emploi de la première
personne), le récit est produit par un narrateur omniscient. Cela fonctionne d'abord comme une caution :
ce n'est pas un artiste plus ou moins équilibré qui
parle, mais quelqu'un d'extérieur, qui fait parfois
preuve de distance et d'ironie vis-à-vis du personnage.
Il n'y a donc a priori pas de raison de mettre en doute
ce qu'il rapporte. Cependant ce narrateur est bien
trompeur et se réserve le droit de passer sans prévenir
du « point de vue de Dieu » à celui du personnage :
c'est ce qu'il fait par exemple quand il peint l'exécution de la Du Barry. Dans ce cas précis, le passage à
la vision subjective est de peu d'incidence sur l'adhé-*

---

   1. Les aliénistes du milieu du XIXe siècle définissent l'hallucination comme un «phénomène mitoyen entre la raison et la folie».
Voir à ce sujet G. Ponnau, *op. cit.*
   2. Cet instrument est d'invention récente et date de 1816.
   3. *La Femme au collier de velours*, p. 183.

*sion du lecteur : la mort de la comtesse ainsi que ses derniers mots ont bien été enregistrés par l'Histoire officielle. Mais la description de la première soirée à l'Opéra (chap. IX) pose un autre problème : en refusant l'usage de la modalisation courante dans ce type de séquence, le narrateur amène le lecteur à adopter sans restriction le point de vue du personnage. Celui-ci, par ses interrogations répétées sur son état mental («Voilà que je redeviens fou», chap. XII ; «si je reste à Paris je deviendrai fou», chap. XIV), entretient cette connivence et désamorce le soupçon : selon l'idée communément répandue, le fou est inconscient de sa folie. Donc Hoffmann ne l'est pas, il est un artiste, utilisant sa licence de percevoir le monde différemment.*

*Malgré tout, l'incertitude fondamentale ne saurait être définitivement éludée. Scandée tout au long du récit, la question de la folie revient en force dans le dernier chapitre. Le narrateur, soucieux de retarder le moment de la révélation, distille d'abord chichement les indices : ainsi en est-il des paroles à double sens d'Arsène, qui, prises superficiellement, entretiennent l'ambiguïté. Mais très vite, il change de stratégie, multipliant les révélations : la raideur d'Arsène, son corps glacé, les gouttes de vin perlant sous le collier de velours. Celles-ci sont perçues par le héros comme par le lecteur, mais le second seul les interprète à leur juste valeur, l'aveuglement d'Hoffmann étant justifié (mais c'est une explication de convention) par l'alcool et la passion. C'est seulement au cours de ce dernier chapitre que le lecteur se désolidarise du héros et comprend la situation différemment. Il peut hésiter entre deux hypothèses «rationnelles» ; Hoffmann a transporté dans la chambre d'hôtel le cadavre d'Arsène, ou bien il a tout imaginé à partir de sa sortie du Palais-Royal : dans les deux cas il est fou. Mais plus sûrement, il n'y a pas besoin d'explication, parce que rien n'est réellement explicable; tout le fantastique réside dans cette indétermination.*

Cela dit, et c'est là l'originalité de l'œuvre, la folie n'est pas présentée comme la cause de l'aventure d'Hoffmann, mais comme son résultat. Son cri «Je suis fou!» résonne alors que la tête d'Arsène roule à terre: c'est cette vision d'horreur (occultée lors de l'exécution de la Du Barry) qui provoque l'abdication de la raison en même temps que la prise de conscience du héros. Il y a là une nette évolution par rapport à Pétrus Borel, qui concluait assez platement, suivant en cela Irving: «L'invraisemblance de cette aventure dont certains détails ont dû choquer, sans doute, l'esprit rigoureux de certains lecteurs, s'expliquera d'une manière toute naturelle lorsque nous aurons dit que Gottfried Wolfgang, quelque temps après cette vision qu'il se plaisait souvent à raconter, mourut pensionnaire dans une maison de fous[1].»

C'est parce qu'il était fou que l'étudiant allemand avait rêvé tout cela; l'explication est bien banale. La «maison de fous» consacre le triomphe du rationnel, la mise à l'écart de l'être hors norme. Mais ici, c'est l'Histoire qui rend fou, ou inhumain. Les sceptiques et les brutes s'en sortent, tandis que l'artiste est la victime désignée d'un contexte délirant. En cela, Dumas, s'il se rattache à la tradition évoquée plus haut qui lie étroitement génie et folie, dépasse ce poncif par la forme littéraire qu'il lui donne. Et même si la fin est peu explicite (rien n'évoque l'œuvre à venir), La Femme au collier de velours, *sans prétention à l'exactitude biographique, peut être interprété comme le récit de la genèse d'une fêlure initiale dans une psychè d'artiste.*

---

1. Pétrus Borel, *Gottfried Wolfgang,* reproduit dans le Dossier, p. 462.

## LA TERREUR ET LA FOLIE

*Perdre la raison à une époque qui la déifie : l'aventure paradoxale d'Hoffmann invite à chercher dans l'Histoire le fin mot de l'affaire. C'est encore un des points forts de la nouvelle par rapport à ses sources. Chez Irving et Borel, une brève mention suffit : la Révolution est une simple référence historique, qui appelle en passant une condamnation des excès de la Terreur. Mais cela reste très rapide et superficiel ; aucune date précise n'est donnée, aucune description du Paris de 1793, esquissé à travers une nuit d'orage des plus conventionnelles. L'aventure de l'étudiant allemand ne nous fait pas toucher du doigt la réalité révolutionnaire.*

*Chez Dumas,* il ne saurait en être ainsi ; de Blanche de Beaulieu *(1826)* à Création et rédemption *(1870), il a toujours eu des comptes à régler avec la Révolution. En 1849, il est en train d'écrire* Le Collier de la reine, *de lire, entre autres, le début de l'*Histoire de la Révolution *de Michelet et l'*Histoire des Girondins *de Lamartine. Dans la suite de la quadrilogie des* Mémoires d'un médecin, *il va entreprendre de relater et de justifier, voire de glorifier la Révolution. Ce qui le fait aborder de biais des questions fondamentales. La Révolution forme-t-elle un bloc ? Dénoncer 93, n'est-ce pas porter atteinte à 89 ? Dumas lui-même sera toute sa vie divisé à ce sujet.* Le Chevalier de Maison-Rouge *tente d'épargner l'idéal républicain mais porte un regard extrêmement sombre sur une ère sans espoir. Plus ou moins forcé d'emboucher la trompette épique dans* Ange Pitou *et* La Comtesse de Charny, *le romancier le fera avec mauvaise conscience, loin qu'il est d'adhérer inconditionnellement à l'idéologie révolutionnaire.*

*L'intérêt du conte fantastique est alors de permettre une autre approche, en explorant l'inconscient collec-*

tif, écartelé entre le culte jacobin de la Raison et une histoire de fou proche de l'hallucination. Apparemment en deçà de toute idéologie, puisque imperméable au rationnel, il offre la possibilité de se libérer, avec l'alibi du genre. Les interrogations sur le sens et la portée des événements resurgissent, mais sous une forme nouvelle et masquée, gage d'une liberté accrue et d'un renouvellement du débat.

L'Histoire, comme on l'a vu, est d'abord utilisée comme un cadre mensongèrement réaliste pour dérouter le lecteur et déjouer sa méfiance. Mais la stratégie est impuissante devant le fait brut : la Terreur est, au sens propre, une histoire de fous. Les détails réalistes ne peuvent contrebalancer le contexte. C'est là une des originalités du récit : au lieu d'instiller progressivement le doute, puis l'horreur, dans un monde « normal », il assène brutalement (dès le chapitre VIII, qui marque l'arrivée du héros à Paris) la terrible révélation : l'époque est folle, les hommes aussi. Silhouette menaçante de la guillotine, évocation des funèbres charrettes, peinture hallucinée de l'exécution de la Du Barry : l'Histoire étale sans retenue son côté absurde et cauchemardesque[1]. En s'attaquant à cet aspect embarrassant du mythe fondateur, le récit prend alors une fonction de dénonciation politique. Le jeune étudiant allemand, incarnant le « regard étranger », sert de révélateur sur la France de la Terreur ; en parfait idéaliste, il allait à Paris pour fréquenter l'Opéra, les musées et « étudier la science et la liberté ». Un chapitre suffit pour le désillusionner : les révolutionnaires sont des brutes, la ville est morne et noire, tous les musées sont fermés. Les exécutions publiques tiennent lieu d'atroces tableaux, contrastant violemment avec les galanteries mythologiques représentées à l'Opéra. À la fin de la nouvelle, les yeux du naïf

---

1. Ce caractère se retrouve dans une des nouvelles des *Mille et Un Fantômes* (chapitres *Solange* et *Albert*).

*Allemand se sont dessillés au moins sur ce point. Les grands principes révolutionnaires ne veulent rien dire : le Paris de 1793 est une terre hostile où règnent la peur, la délation, la barbarie, où les arts sont morts, où tout est laid, où éclate la toute-puissance de l'argent* [1]. *La folle passion d'Hoffmann est également à relier à cette entreprise de démystification. L'avide danseuse, femme entretenue (en cela équivalent révolutionnaire de la Du Barry) et figure de proue du Paris de 1793, révèle la grinçante vérité : venu honorer la République, le héros n'a trouvé qu'une catin qui se vend au plus offrant. L'Argent remplace le Diable : Arsène n'est pas Biondetta. Morte-vivante, elle illustre le caractère non viable de la Terreur et son retentissement sur les esprits : vénalité, indifférence ou cynisme. Le roi est mort, mais c'est le jeu et la luxure qui règnent au sein du Palais-Égalité au nom mensonger. Ici le narrateur laisse de côté le point de vue d'Hoffmann et se fait le porte-parole du romancier. Après avoir ironisé sur les clubs politiques (les Amis de la Vérité, le Cercle-Social* [2]), *il s'attaque au « dieu du mal », emblématique de cette époque, qui lui inspire une grande page visionnaire à la manière de Balzac :*

Ainsi le Palais-Royal se dressait tous les soirs, éclairant tout avec sa couronne de feu. Entremetteur de pierre, il hurlait au-dessus de la grande cité morne :

— Voici la nuit, venez ! J'ai tout en moi, la fortune et l'amour, le jeu et les femmes ! Je vends de tout, même le suicide et l'assassinat. Vous qui n'avez pas mangé depuis hier, vous qui souffrez, vous qui pleurez, venez chez moi ; vous verrez comme nous sommes

---

1. Il est intéressant de remarquer que Balzac, lui, dans *La Peau de chagrin*, voyait en l'argent la tare du régime de Juillet.
2. Cf. *La Femme au collier de velours*, note 3, p. 201.

riches, vous verrez comme nous rions. Avez-vous
une conscience ou une fille à vendre ? venez ! vous
aurez de l'or plein les yeux, des obscénités plein les
oreilles ; vous marcherez à pleins pieds dans le vice,
dans la corruption et dans l'oubli. Venez ici ce soir,
vous serez peut-être morts demain[1].

*La nouvelle a donc un caractère engagé, réactivé
par le contexte contemporain[2] : il apparaît urgent
de dénoncer le caractère monstrueux de la Terreur à
l'époque où elle sert de référence aux révolutionnaires
qui se réclament de la Montagne. Par ce biais inédit,
Dumas prolonge son action politique avortée de l'année 1848. Mais, plus largement, le récit consacre une
crise du sens et de la représentation. Le bouleverse-
ment produit par les excès d'une histoire déréglée
aboutit à ce constat désabusé : la réalité ne peut plus
être passée au crible de la raison humaine, l'Histoire
est* « un récit conté par un idiot, plein de bruit et de
fureur et ne signifiant rien ». *Chef-d'œuvre pessimiste,*
La Femme au collier de velours *reflète les interrogations politiques mais aussi existentielles d'un Dumas
désorienté par le contexte agité et incertain de la charnière du siècle.*

### LES MILLE ET UN FANTÔMES

*Un chef-d'œuvre nécessite des travaux préparatoires.*
Les Mille et Un Fantômes, *indépendamment de leurs
qualités intrinsèques, ont joué ce rôle par rapport au*
Collier de velours. *Le titre, savant mélange d'ironie et
d'ambition, témoigne de l'intention de Dumas d'ériger*

1. *La Femme au collier de velours*, chap. XV, p. 204.
2. Entre autres, la journée du 15 mai 1848, qui voit l'envahisse-
ment de l'Assemblée nationale, a durablement traumatisé Dumas
ainsi que d'autres républicains modérés. Le procès des insurgés à
Bourges en mars 1849 renforce cette psychose.

*une véritable somme, en mariant différents types de récits et différents types de fantastiques.*

*Le début s'apparente à l'autobiographie, et le narrateur se présente comme Dumas lui-même[1]. Mais c'est de l'autobiographie fictive: l'épisode n'est pas repris dans* Mes Mémoires, *qui d'ailleurs ne sont pas forcément fiables. C'est surtout l'occasion pour le romancier mûrissant de retrouver sa jeunesse, qui est aussi celle du genre. Le jeune dramaturge de 1831 se retrouve, après une partie de chasse interrompue, invité chez le maire de Fontenay-aux-Roses, qui reçoit à dîner des amis dont l'imagination est excitée par un fait divers aussi sordide qu'étrange: un villageois qui vient de décapiter sa femme prétend que la tête coupée lui a parlé. À partir de là, tous les convives vont raconter une histoire qui a pris leur raison en défaut. Dumas seul ne raconte rien, mais consigne tout.*

*Cette technique classique du récit enchâssé (comme dans les* Récits des frères Sérapion *d'Hoffmann) a pour fonction d'apporter une caution réaliste: on est nettement situé dans le temps (septembre 1831), l'espace (rue de Diane à Fontenay-aux-Roses); à part la comtesse Hedwige, la plupart des personnages sont empruntés à la réalité, ou présentés sous un jour réaliste. Il y a bien sûr Dumas lui-même qui se trompe sur son âge, mais ce n'est pas grave, Ledru, maire de Fontenay-aux-Roses et oncle du futur homme politique Ledru-Rollin[2], le chevalier Lenoir, fondateur bien connu du musée des Petits-Augustins. Certains ont des personnalités curieuses, comme cet Alliette, spécialiste du tarot divinatoire qui se prétend immortel (le véritable Jean-Baptiste Alliette est mort en 1791). Quant au docteur Robert, qui joue le rôle de*

1. Comme dans le chapitre *L'Arsenal* de *La Femme au collier de velours.*
2. Il jouera un rôle important dans la révolution de 1848 et dans la brève existence de la Deuxième République, qui correspond au temps de l'écriture des *Mille et Un Fantômes.*

*champion du matérialisme et de l'incrédulité, c'est
une utilité inhérente au genre.*

Les récits sont au nombre de huit, en comptant la
déposition de Jacquemin, le criminel, qui, par l'effet
qu'elle produit, dépasse la forme sèche du procès-verbal. S'y ajoutent deux récits de M. Ledru : Le Soufflet
de Charlotte Corday et Solange, *le récit du docteur :*
Le Chat, l'huissier et le squelette, *le récit de Lenoir :*
Les Tombeaux de Saint-Denis, *celui de l'abbé Moulle :*
L'Artifaille, *celui d'Alliette :* Le Bracelet de cheveux,
*le récit d'Hedwige :* Les Monts Carpathes. *Leur multi-
plicité permet d'explorer les possibilités du genre, ce
dont témoigne la variété du statut de chaque narrateur qui diffère d'une histoire à une autre : on peut
distinguer des narrateurs-personnages, Jacquemin,
Ledru, Hedwige, qui jouent un rôle capital dans l'action qu'ils relatent, des narrateurs-témoins, l'abbé
Moulle, Lenoir, Alliette, et enfin un narrateur relais,
le docteur Robert, qui ne fait que passer la parole à
un autre.*

### LA TERREUR ET LA PITIÉ

Le récit moteur (le crime de Jacquemin) lance la
question : une tête coupée peut-elle parler ? Y a-t-il
une survie de la conscience après la mort par décapitation[1] ? Ledru répond le premier, d'abord avec des
arguments d'ordre physiologique qui témoignent des
nouvelles exigences de ce fantastique moderne, réclamant une caution scientifique. Sa manière même
d'entrer dans le débat observe une sorte de protocole
progressif : d'abord le raisonnement, puis les références (Haller, Sommering), enfin la relation d'une

---

1. Cette question trouvera plus tard un écho chez Villiers de
l'Isle-Adam. Voir la nouvelle *Le Secret de l'échafaud*, paru dans le
recueil *L'Amour suprême* (1886).

*expérience personnelle à l'appui de la thèse : la tête*
*coupée de sa bien-aimée (Solange) lui a parlé. C'est*
*un spécialiste qui parle : fils du physicien Comus,*
*disciple de Volta, de Galvani et de Mesmer, il trouve*
*sous la Terreur une manière abondante pour nourrir*
*ses recherches. Mais cette coloration médico-légale est*
*superficielle ; on s'aperçoit vite que le récit dispense*
*peu de précisions scientifiques, et mentionne simple-*
*ment l'utilisation du galvanisme pour déclencher des*
*réactions sur les cadavres à l'aide de « machines élec-*
*triques » et d'« excitateurs ». D'ailleurs, la tête coupée*
*de Solange parle sans avoir eu besoin de ces stimula-*
*tions. Ledru lui-même ne se fait pas d'illusion sur*
*l'explication scientifique, puisqu'il avoue : « je ne me*
*l'explique pas, je le raconte, voilà tout. » L'essentiel*
*est ailleurs, non pas dans l'interrogation abstraite, ni*
*dans l'« horrible à froid », mais dans la conclusion à*
*en tirer : c'est l'inhumanité de la guillotine qui est ici*
*en question. S'il est vrai qu'il y a persistance de la*
*conscience après la mort, alors la décapitation est un*
*supplice barbare provoquant une douleur intolérable.*
**Ledru espère «faire** *partager [ses] convictions à une*
*réunion de législateurs [et] ... faire abolir la peine de*
*mort ». Le débat rebondit en 1849, comme en témoigne*
*l'intervention du romancier en note*[1] *; Dumas est en*
*effet un abolitionniste convaincu. Le fantastique est*
*donc utilisé comme une arme « au profit de la société*
*tout entière ».*

*La portée politique de ces deux récits est évidente :*
*condamner la guillotine, c'est condamner le régime*
*qui en a fait usage massivement. Au docteur Robert,*
*persuadé qu'il s'agit du « moyen le plus sûr, le moins*
*douloureux et le plus rapide de terminer sa vie »,*
*Ledru réplique par un plaidoyer en faveur de la pen-*

---

1. « Il nous a semblé qu'au moment où l'on se préoccupe de
l'abolition de la peine de mort, une pareille dissertation n'était pas
oiseuse. »

*daison, qui dispense selon lui «un sommeil profond
sans aucune douleur particulière, sans aucun sentiment d'une angoisse quelconque». Mise à mort
d'Ancien Régime contre exécutions révolutionnaires
évoquées dans* Solange : *la Terreur se distingue par sa
sanglante cruauté. Le narrateur se définit comme un
proche des Montagnards, ami personnel de Danton;
pourtant, la condamnation éclate dans les tableaux
qu'il brosse, les nuances qu'il privilégie (le rouge, le
noir, le gris), l'atmosphère de désolation et d'horreur
qu'il rend presque palpable. Flots de sang autour de
la guillotine, fosses communes creusées toujours plus
larges, sacs remplis de corps suppliciés : ce ne sont
pas là de simples concessions à l'esthétique frénétique. La peinture se charge de sens et veut rendre en
images l'horreur d'une époque. Loin du débat politique classique, le récit prononce une condamnation
sans appel de la Terreur, que reprendra* La Femme au
collier de velours.

## LE FANTÔME DE LA MONARCHIE

*Cette condamnation de la Terreur invite à pousser
plus loin la réflexion sur la dimension passéiste du
genre fantastique, et sur la signification qu'on peut
en retirer sur le plan politique. L'avant-propos du
recueil présente l'entreprise comme la résurrection
d'une société, «la société qui s'en va, qui s'évapore,
qui disparaît comme un de ces fantômes dont je vais
vous raconter l'histoire». Il s'agit explicitement du
monde de l'Ancien Régime. Le romancier se penche
sur l'énigme d'une disparition: «cette société, est-elle
morte ou l'avons-nous tuée[1]?» Un début de réponse
est apporté par les réflexions nostalgiques de Ledru et
Lenoir que le jeune Dumas écoute sans mot dire, mais*

---

1. *Les Mille et Un Fantômes*, p. 243.

que le Dumas de 1849 reprend pleinement à son compte. Bien que fidèle lecteur du Constitutionnel, qui incarne encore en 1831 une tendance progressiste, le maire de Fontenay-aux-Roses garde précieusement une collection de reliques royales et déplore la dispersion des restes du passé. L'histoire racontée par le chevalier Lenoir, Les Tombeaux de Saint-Denis, est une évocation fascinée de l'exhumation de 1793. Cet épisode donne lieu à un inventaire des dépouilles royales, dont se distingue le corps d'Henri IV, « merveilleusement conservé », qui reçoit paradoxalement de grandes marques d'hommage populaire : malgré les intentions du gouvernement révolutionnaire, l'anéantissement du passé monarchique de la France est impossible. Le postulat de départ selon lequel « la mort ne tue pas la vie » s'applique non plus à un individu, mais à un ensemble, un système. Éliminée physiquement, la monarchie existe encore à l'état de fantôme, et ce fantôme fait le lien entre les morts et les vivants. La nouvelle va plus loin et célèbre le rétablissement du rituel funéraire des rois de France lors de la mort de Louis XVIII comme signe de la pérennité de la royauté. En 1831, elle a changé de nature, de branche, mais elle est toujours vivante.

Cette histoire traduit les troubles qui hantent la conscience collective d'une époque, et en particulier celle de Dumas, dont on peut légitimement se demander si, soi-disant républicain, il ne serait pas au fond un nostalgique de la monarchie. On ne peut pas ne pas penser à son article paru quelques mois auparavant dans La Fraternité de l'Yonne (9 septembre 1848) en pleine élection législative partielle : « Ma conviction est que sans aristocratie, sans noblesse, sans grande propriété, il n'y a plus de monarchie possible, et cela m'attriste profondément, car j'aime mieux, je l'avoue, la royauté de François I$^{er}$, de Henri IV et de Louis XIV que la République de Robespierre et de M. Proudhon. » Certes, Dumas apporte lui-même le

*correctif nécessaire : « Je me garde de prêcher l'immo-
bilité ; je suis le mouvement, moi ! » Et d'autres pro-
fessions de foi sont là pour lever l'équivoque. Mais le
« mouvement » s'accompagne d'un « regard rétrospectif ». Si le retour en arrière est impossible, la nostalgie
est là, bien vivante, et inhérente au genre : contre l'esprit de l'époque qui glorifie le progrès, le rationalisme
et bientôt le scientisme, le fantastique apparaît à la
fois comme protestation et refuge. La discussion de
Fontenay-aux-Roses ne délivre pas de message politique ou scientifique simpliste, mais nous fait partager les obsessions et le climat psychologique d'une
génération.*

## « LA MORT NE TUE PAS LA VIE »

*Les autres nouvelles ont des implications histo-
riques moins marquées mais se rattachent aussi au
thème général, c'est-à-dire la persistance du contact
entre les morts et les vivants. Deux d'entre elles (*L'Artifaille, Le Bracelet de cheveux*) se réfèrent explicitement à l'illuminisme de Swedenborg dont les
disciples, Alliette et l'abbé Moulle, tentent de formu-
ler une pédagogie du surnaturel. Partant du principe
que des correspondances existent entre le monde
matériel et le monde spirituel, ils voient dans le rêve
et la vision un moyen de connaissance du monde
suprasensible.* L'Artifaille *donne à ce thème une coloration chrétienne très nette (c'est l'abbé Moulle qui
raconte). Un pendu pend son bourreau qui voulait le
dépouiller de sa médaille bénite ; puis, remis sous la
protection de cette médaille, il cesse d'être la proie du
Malin. Le triomphe du surnaturel est alors interprété
comme un triomphe de la religion, d'autant plus que
le récit se clôt sur l'affirmation de son salut, grâce à
l'intercession du prêtre et de la Vierge. Ce mariage de
l'illuminisme et du christianisme témoigne de leur*

*influence mutuelle, malgré les réserves des Églises officielles*[1]. Le Bracelet de cheveux *exploite ce thème avec une autre implication : une femme dont le mari est mort retrouve son tombeau grâce à une vision ; elle fait prélever, selon le désir du défunt, une mèche de cheveux dont elle se fait un bracelet qui veille sur elle, témoignant du caractère bénéfique du contact avec le mort. La vie et l'au-delà, loin d'être antithétiques, vivent en osmose permanente. Ce récit d'amour conjugal persistant après la mort*[2] *fait également état de la continuité de la vie et de l'âme dans le cosmos : c'est ainsi que la pousse posthume des cheveux (phénomène biologique bien connu) se charge de sens en attestant de l'immortalité de l'âme au-delà du changement de forme.*

*Toutes ces histoires ont ceci de commun qu'elles sont absolument imperméables à l'explication rationnelle. Elles baignent dans une atmosphère où l'hésitation n'est pas possible, où le plausible n'a pas sa place. La seule attitude possible, pour un esprit rétif, consiste à mettre en doute le témoignage du narrateur, ce que peut justifier leur personnalité étrange : Alliette s'attribue le don de l'immortalité et un âge de plusieurs siècles, la comtesse Hedwige se fait remarquer par son caractère immatériel... Mais de la part du docteur Robert, tenant du rationalisme étroit, on attend une explication. Celle qu'il présente repose sur la folie, qui fait des témoins de phénomènes surnaturels de simples malades parfois incurables. C'est ce que tente de démontrer son récit (*Le Chat, l'huissier et le squelette*): l'âme d'un brigand exécuté revient hanter le juge qui l'a condamné et provoqué à mort. Il est évidemment possible d'invoquer la folie : ce diagnostic est établi par d'autres personnages (les servi-*

---

1. Swedenborg, notamment, fut déclaré hérétique par l'Église officielle de Suède.
2. Cette thématique est à rattacher à l'ouvrage le plus célèbre de Swedenborg, *De amore conjugali*, paru en 1768.

teurs, le médecin) et par le juge qui admet lui-même cette hypothèse. Mais l'ambiguïté n'est pas totalement écartée : folie ou pas, le juge meurt bien « trois mois jour pour jour » après l'exécution du brigand, comme pour appliquer une malédiction. Censée apporter une explication rationnelle, l'histoire du docteur ne convainc pas. La discussion débouche finalement sur l'aporie : l'existence comme l'inexistence du surnaturel sont impossibles à démontrer.

Les Monts Carpathes, *classique histoire de vampires,* placée en fin de recueil, joue le rôle de prolongement par rapport à l'histoire du Bracelet de cheveux *et présente sous un jour néfaste et mortifère les rapports entre défunts et vivants. Il s'agit d'un prince moldave, amoureux éconduit, qui revient infliger à sa fiancée sa fatale morsure. Ici, il n'est pas besoin d'hésiter entre deux hypothèses, une rationnelle, une autre surnaturelle. On est là dans un fantastique d'avant Hoffmann, dans une tradition bien établie, illustrée par Polidori, dont la nouvelle* Le Vampire *(1817) a fait des émules : en 1820, Nodier en tire un mélodrame et Scribe un vaudeville. Dumas lui-même s'apprête à l'accommoder sous forme de drame fantastique : son* Vampire, *écrit en collaboration avec Maquet, sera représenté fin 1851 à l'Ambigu-Comique. L'intérêt des* Monts Carpathes *tient à sa facture gothique (château, jeune fille prisonnière, malédiction familiale) et à son souci de pittoresque, qui prétend (mais peut-on s'y fier ?) en circonscrire la portée : le vampirisme ne « fonctionne » que dans son cadre, pas en Europe occidentale[1]. Mais par le biais de l'immatérielle comtesse, un contact subtil s'est établi entre les deux mondes. Cette nouvelle finale, tout en produisant un effet d'ouverture, fait éclater le*

---

1. Cinquante ans plus tard, le *Dracula* de Bram Stoker (1897), en faisant voyager son ténébreux héros jusqu'à Londres, dira exactement le contraire : il n'y a pas de lieu sûr et préservé.

*cadre rassurant du salon bourgeois de Fontenay ; en tout cas, elle coupe court au débat. Aucune discussion ne s'engage à sa suite, comme si aucune réfutation n'était possible. Il ne reste plus qu'à écouter en silence les douze coups de minuit.*

L'œuvre fantastique de Dumas est encore peu reconnue. La plupart des théoriciens et explorateurs du genre (P.-G. Castex, T. Todorov) mentionnent à peine son nom. A.-M. Schmidt, dans son étude sur les petits romantiques français, s'intéresse aux Mille et Un Fantômes, mais pas à La Femme au collier de velours. Sans doute le discrédit dont a longtemps souffert son œuvre a-t-il joué son rôle.

Peut-être aussi cette relative indifférence s'explique-t-elle par la place de cette production dans la chronologie littéraire ; en 1850, le fantastique romantique a vécu, le genre s'apprête à se spécialiser en évoluant dans plusieurs directions : l'exploration des méandres de la conscience humaine, avec Nerval et Maupassant, l'exploitation des possibilités offertes par le progrès technique, qui dérivera vers la science-fiction, avec Verne. Dumas, lui, s'arrête à ce carrefour. Et c'est justement là que réside l'intérêt stratégique de ses récits fantastiques : à la charnière du siècle, il établit un pont entre la génération de 1830 (Nodier, Gautier, Pouchkine, Gogol, Mérimée) et ses derniers représentants (Barbey d'Aurevilly, Villiers de l'Isle-Adam), se faisant ainsi le trait d'union entre les inspirateurs et les héritiers.

ANNE-MARIE CALLET-BIANCO

# La Femme au collier
# de velours

# I

## *L'Arsenal* [1]

Le 4 décembre 1846, mon bâtiment étant à l'ancre depuis la veille dans la baie de Tunis, je me réveillai vers cinq heures du matin avec une de ces impressions de profonde mélancolie qui font, pour tout un jour, l'œil humide et la poitrine gonflée.

Cette impression venait d'un rêve.

Je sautai en bas de mon cadre, je passai un pantalon à pieds, je montai sur le pont et je regardai en face et autour de moi.

J'espérais que le merveilleux paysage qui se déroulait sous mes yeux allait distraire mon esprit de cette préoccupation, d'autant plus obstinée, qu'elle avait une cause moins réelle.

J'avais devant moi, à une portée de fusil, la jetée qui s'étendait du fort de la Goulette au fort de l'Arsenal, laissant un étroit passage aux bâtiments qui veulent pénétrer du golfe dans le lac. Ce lac aux eaux bleues, comme l'azur du ciel qu'elles réfléchissaient, était tout agité, dans certains endroits, par les battements d'ailes d'une troupe de cygnes, tandis que, sur des pieux plantés de distance en distance pour indi-

quer des bas-fonds, se tenait immobile, pareil à ces
oiseaux qu'on sculpte sur les sépulcres, un cormoran
qui, tout à coup, se laissait tomber comme une pierre,
plongeait pour attraper sa proie, revenait à la surface de l'eau avec un poisson au travers du bec, ava-
lait ce poisson, remontait sur son pieu, et reprenait
sa taciturne immobilité jusqu'à ce qu'un nouveau
poisson, passant à sa portée, sollicitât son appétit, et
l'emportant sur sa paresse, le fit disparaître de nouveau, pour reparaître encore.

Et pendant ce temps, de cinq minutes en cinq
minutes, l'air été rayé par une file de flamands dont
les ailes de pourpre se détachaient sur le blanc mat
de leur plumage, et, formant un dessin carré, semblaient un jeu de cartes composé d'as de carreaux
seulement, et volant sur une seule ligne.

À l'horizon était Tunis, c'est-à-dire un amas de maisons carrées, sans fenêtres, sans ouvertures, montant
en amphithéâtre, blanches comme de la craie, et se
détachant sur le ciel avec une netteté singulière.
À gauche s'élevaient, comme une immense muraille
à créneaux, les montagnes de Plomb, dont le nom
indique la teinte sombre ; à leur pied rampaient le
marabout et le village des Sidi Fathallah ; à droite,
on distinguait le tombeau de saint Louis[1], et la place
où fut Carthage, deux des plus grands souvenirs qu'il
y ait dans l'histoire du monde. Derrière nous se
balançait à l'ancre le *Montézuma*, magnifique fré-
gate à vapeur de la force de quatre cent cinquante
chevaux.

Certes, il y avait bien là de quoi distraire l'imagination la plus préoccupée. À la vue de toutes ces
richesses, on eût oublié et la veille, et le jour et le lendemain. Mais mon esprit était, à dix ans de là, fixé
obstinément sur une seule pensée qu'un rêve avait
clouée dans mon cerveau.

Mon œil devint fixe. Tout ce splendide panorama
s'effaça peu à peu dans la vacuité de mon regard.

Bientôt je ne vis plus rien de ce qui existait. La réalité disparut ; puis, au milieu de ce vide nuageux, comme sous la baguette d'une fée, se dessina un salon aux lambris blancs, dans l'enfoncement duquel, assise devant un piano où ses doigts erraient négligemment, se tenait une femme inspirée et pensive à la fois, une muse et une sainte. Je reconnus cette femme, et je murmurai comme si elle eût pu m'entendre :

— Je vous salue, Marie[1], pleine de grâces, mon esprit est avec vous.

Puis, n'essayant plus de résister à cet ange aux ailes blanches qui me ramenait aux jours de ma jeunesse, et, comme une vision charmante, me montrait cette chaste figure de jeune fille, de jeune femme et de mère, je me laissai emporter au courant de ce fleuve qu'on appelle la mémoire, et qui remonte le passé au lieu de descendre vers l'avenir.

Alors je fus pris de ce sentiment si égoïste, et par conséquent si naturel à l'homme, qui le pousse à ne point garder sa pensée à lui seul, à doubler l'étendue de ses sensations en les communiquant, et à verser enfin dans une autre âme la liqueur douce ou amère qui remplit son âme.

Je pris une plume et j'écrivis :

«À bord du *Véloce*[2],
en vue de Carthage
et de Tunis,
le 4 décembre 1846.

Madame,

En ouvrant une lettre datée de Carthage et de Tunis, vous vous demanderez qui peut vous écrire d'un pareil endroit, et vous espérerez recevoir un autographe de Régulus[3] ou de Louis IX. Hélas ! Madame, celui qui met de si loin son humble souvenir à vos pieds, n'est ni un héros, ni un saint, et s'il a jamais eu quelque ressemblance avec l'évêque d'Hippone[1], dont il y a trois jours, il visitait le tombeau, ce n'est qu'à la première partie de la vie de ce grand homme que cette ressemblance peut être applicable. Il est vrai que, comme lui, il peut racheter cette première partie de la vie par la seconde. Mais il est déjà bien tard pour faire pénitence, et, selon toute probabilité, il mourra comme il a vécu, n'osant pas même laisser après lui ses confessions, qui, à la rigueur, peuvent se laisser raconter, mais qui ne peuvent guère se lire.

Vous avez déjà couru à la signature, n'est-ce pas, Madame, et vous savez à qui vous avez affaire ; de sorte que maintenant vous vous demandez comment, entre ce magnifique lac qui est le tombeau d'une ville, et le pauvre monument qui est le sépulcre d'un roi, l'auteur des *Mousquetaires* et de *Monte-Cristo* a songé à vous écrire, à vous justement quand, à Paris, à votre porte, il demeure quelquefois un an tout entier sans aller vous voir.

D'abord, Madame, Paris est Paris, c'est-à-dire une espèce de tourbillon où l'on perd la mémoire de toutes choses, au milieu du bruit que fait le monde en courant et la terre en tournant. À Paris, voyez-vous, je fais comme le monde et comme la terre ; je cours et je tourne, sans compter que, lorsque je ne tourne ni ne cours, j'écris. Mais alors, Madame, c'est autre chose, et quand j'écris, je ne suis plus déjà si séparé de vous que vous le pensez, car vous êtes une de ces rares personnes pour lesquelles j'écris, et il est bien extraordinaire que je ne me dise pas, lorsque j'achève un chapitre dont je suis content, ou un livre qui est bien venu : — Marie Nodier, cet esprit rare et charmant, lira cela, — et je suis fier, Madame, car j'espère qu'après que vous aurez lu ce que je viens d'écrire, je grandirai peut-être encore de quelques lignes dans votre pensée.

Tant il y a, Madame, pour en revenir à ma pensée, que, cette nuit, j'ai rêvé, je n'ose pas dire à vous, mais de vous, oubliant la houle qui balançait un gigantesque bâtiment à vapeur que le gouvernement me prête[1], et sur lequel je donne l'hospitalité à un de vos amis et à un de vos admirateurs, à Boulanger[2], et à mon fils, sans compter Giraud, Maquet, Chancel et Desbarolles[3] qui se rangent au nombre de vos connaissances, tant il y a, disais-je, que je me suis endormi sans songer à rien, et comme je suis presque dans le pays des Mille et Une Nuits, un génie m'a visité et m'a fait entrer dans un rêve dont vous avez été la reine.

Le lieu où il m'a conduit, ou plutôt ramené, Madame, était bien mieux qu'un palais, était bien mieux qu'un royaume ; c'était cette bonne et excellente maison de l'Arsenal, au temps de sa joie et de son bonheur, quand notre bien-aimé Charles[4] en faisait les honneurs avec toute la franchise de l'hospitalité antique, et notre bien respectée Marie, avec toute la grâce de l'hospitalité moderne.

Ah ! croyez bien, Madame, qu'en écrivant ces lignes, je viens de laisser échapper un bon gros soupir. Ce temps a été un heureux temps pour moi. Votre esprit charmant en donnait à tout le monde, et quelquefois, j'ose le dire, à moi plus qu'à tout autre. Vous voyez que c'est un sentiment égoïste qui me rapproche de vous. J'empruntais quelque chose à votre adorable gaieté, comme le caillou du poète Saadi[5] empruntait une part du parfum de la rose.

Vous rappelez-vous le costume d'archer de Paul[6] ? vous rappelez-vous les souliers jaunes de Francisque Michel[7] ? vous rappelez-vous mon fils en débardeur ? vous rappelez-vous cet enfoncement où était le piano et où vous chantiez *Lazzara*[8], cette merveilleuse mélodie que vous m'avez promise, et que, soit dit sans reproches, vous ne m'avez jamais donnée ?

Oh ! puisque je fais appel à vos souvenirs, allons plus loin encore : vous rappelez-vous Fontaney[9] et Alfred Johannot[10], ces deux figures voilées qui restaient toujours tristes au milieu de nos rires, car il y a dans les hommes qui doivent mourir jeunes un vague pressentiment du tombeau ? Vous rappelez-vous Taylor[1], assis dans un coin, immobile, muet et rêvant dans quel voyage nouveau il pourra enrichir la France d'un tableau espagnol, d'un bas-relief grec ou d'un obélisque égyptien ? Vous rappelez-vous de Vigny, qui, à cette époque, doutait peut-être de sa transfiguration et daignait encore se mêler à la foule des hommes ? Vous rappelez-vous Lamartine debout devant la cheminée, et laissant rouler jusqu'à nos pieds l'harmonie de ses beaux vers ? vous rappelez-vous Hugo le regardant et l'écoutant comme Étéocle devait regarder et écouter Polynice, seul parmi nous avec le sourire de l'égalité sur les lèvres, tandis que madame Hugo, jouant avec ses beaux cheveux, se tenait à demi couchée sur le canapé, comme fatiguée de la part de gloire qu'elle porte ?

Puis, au milieu de tout cela, votre mère, si simple, si bonne, si douce ; votre tante, Mme de Tercy, si spirituelle et si bienveillante ; Dauzats[2], si fantasque, si hableur, si verveux ; Barye[3], si isolé au milieu du bruit, que sa pensée semble toujours envoyée par son corps à la recherche d'une des sept merveilles du monde ; Boulanger, aujourd'hui si mélancolique, demain si joyeux, toujours si grand peintre, toujours si grand poète, toujours si bon ami dans sa gaieté comme dans sa tristesse ; puis enfin cette petite fille se glissant entre les poètes, les peintres, les musiciens, les grands hommes, les gens d'esprit et les savants, cette petite fille que je prenais dans le creux de ma main et que je vous offrais comme une statuette de Barre[4] ou de Pradier[5] ? Oh ! mon Dieu ! mon Dieu ! qu'est devenu tout cela, Madame ?

Le Seigneur a soufflé sur la clé de voûte, et l'édifice magique s'est écroulé, et ceux qui le peuplaient se sont enfuis, et tout est désert à cette même place où tout était vivant, épanoui, florissant.

Fontaney et Alfred Johannot sont morts, Taylor a renoncé aux voyages, de Vigny s'est fait invisible, Lamartine est député, Hugo pair de France, et Boulanger, mon fils et moi, sommes à Carthage, d'où je vous vois, Madame, en poussant ce bon gros soupir dont je vous parlais tout à l'heure, et qui, malgré le vent qui emporte comme un nuage la fumée mourante de notre bâtiment, ne rattrapera jamais ces chers souvenirs que le temps aux ailes sombres entraîne silencieusement dans la brume grisâtre du passé.

Ô printemps, jeunesse de l'année! ô jeunesse, printemps de la vie!

Eh bien, voilà le monde évanoui qu'un rêve m'a rendu, cette nuit, aussi brillant, aussi visible, mais en même temps, hélas! aussi impalpable que ces atomes qui dansent au milieu d'un rayon de soleil, infiltré dans une chambre sombre par l'ouverture d'un contrevent entrebâillé.

Et maintenant, Madame, vous ne vous étonnez plus de cette lettre, n'est-ce pas? Le présent chavirerait sans cesse s'il n'était maintenu en équilibre par le poids de l'espérance et le contrepoids des souvenirs, et malheureusement ou heureusement peut-être, je suis de ceux chez lesquels les souvenirs l'emportent sur les espérances.

Maintenant parlons d'autre chose; car il est permis d'être triste, mais à la condition qu'on n'embrunira pas les autres de sa tristesse. Que fait mon ami Boniface[1]? Ah! j'ai, il y a huit ou dix jours, visité une ville qui lui vaudra bien des pensums, quand il trouvera son nom dans le livre de ce méchant usurier qu'on nomme Salluste. Cette ville, c'est Constantine, la vieille Cirta, merveille bâtie au haut d'un rocher, sans doute par une race d'animaux fantastiques ayant des ailes d'aigles et des mains d'hommes, comme Hérodote et Levaillant[2], ces deux grands voyageurs, en ont vu.

Puis, nous avons passé un peu à Utique et beaucoup à Bizerte. Giraud a fait dans cette dernière ville le portrait d'un notaire turc, et Boulanger de son maître clerc. Je vous les envoie, Madame, afin que vous puissiez les comparer aux notaires et aux maîtres clercs de Paris. Je doute que l'avantage reste à ces derniers.

Moi, j'y suis tombé à l'eau en chassant les flamants et les cygnes, accident qui, dans la Seine, gelée probablement à cette heure, aurait pu avoir des suites fâcheuses, mais qui, dans le lac de Caton[1], n'a eu d'autre inconvénient que de me faire prendre un bain, tout habillé, et cela au grand étonnement d'Alexandre, de Giraud et du gouverneur de la ville, qui, du haut d'une terrasse, suivaient notre barque des yeux, et qui ne pouvaient comprendre un événement qu'ils attribuaient à un acte de ma fantaisie, et qui n'était que la perte de mon centre de gravité.

Je m'en suis tiré comme les cormorans dont je vous parlais tout à l'heure, Madame, comme eux j'ai disparu, comme eux je suis revenu sur l'eau ; seulement, je n'avais pas, comme eux, un poisson dans le bec.

Cinq minutes après je n'y pensais plus, et j'étais sec comme M. Valery[2], tant le soleil a mis de complaisance à me caresser.

Oh ! je voudrais, partout où vous êtes, Madame, conduire un rayon de ce beau soleil, ne fût-ce que pour faire éclore sur votre fenêtre une touffe de myosotis.

Adieu, Madame, pardonnez-moi cette longue lettre ; je ne suis pas coutumier de la chose, et, comme l'enfant qui se défendait d'avoir fait le monde, je vous promets que je ne le ferai plus ; mais aussi pourquoi le concierge du ciel a-t-il laissé ouverte cette porte d'ivoire par laquelle sortent les songes dorés ?

Veuillez agréer, Madame, l'hommage de mes sentiments les plus respectueux.

ALEXANDRE DUMAS

Je serre bien cordialement la main de Jules[1].

Maintenant, à quel propos cette lettre tout intime ? C'est que, pour raconter à mes lecteurs l'histoire de la femme au collier de velours, il me fallait leur ouvrir les portes de l'Arsenal : c'est-à-dire de la demeure de Charles Nodier.

Et, maintenant que cette porte m'est ouverte par la main de sa fille, et que par conséquent nous sommes sûrs d'être les bienvenus : « Qui m'aime me suive[2]. »

À l'extrémité de Paris, faisant suite au quai des Célestins, adossé à la rue Morland, et dominant la rivière, s'élève un grand bâtiment sombre et triste d'aspect nommé l'Arsenal.

Une partie de terrain sur lequel s'étend cette lourde bâtisse, s'appelait avant le creusement des fossés de la ville, le Champ-au-Plâtre. Paris, un jour qu'il se préparait à la guerre, acheta le champ et fit construire des granges pour y placer son artillerie. Vers 1533, François Ier s'aperçut qu'il manquait de canons et eut l'idée d'en faire fondre. Il emprunta donc une de ces granges à sa bonne ville, avec promesse bien entendu, de la rendre dès que la fonte serait achevée ; puis, sous prétexte d'accélérer le travail, il en emprunta une seconde, puis une troisième, toujours avec la même promesse ; puis en vertu du proverbe qui dit que ce qui est bon à prendre est bon à garder, il garda sans façon les trois granges empruntées.

Vingt ans après, le feu prit à une vingtaine de milliers de poudre qui s'y trouvaient enfermés. L'explosion fut terrible : Paris trembla comme tremble Catane les jours où Encelade[3] se remue. Des pierres furent lancées jusqu'au bout du faubourg Saint-Marceau ; les roulements de ce terrible tonnerre allèrent ébranler Melun. Les maisons du voisinage oscillèrent un instant, comme si elles étaient ivres, puis s'affaissèrent sur elles-mêmes. Les poissons périrent dans la rivière, tués par cette commotion inattendue ; enfin, trente personnes, enlevées par l'ouragan de flammes, retombèrent en lambeaux : cent cinquante furent blessés. D'où venait ce sinistre ? Quelle était la cause de ce malheur ? On l'ignora toujours ; et, en vertu de cette ignorance, on l'attribua aux protestants.

Charles IX fit reconstruire, sur un plus vaste plan, les bâtiments détruits. C'était un bâtisseur que Charles IX : il faisait sculpter le Louvre, tailler la fontaine des Innocents par Jean Goujon, qui y fut tué, comme chacun sait, par une balle perdue. Il eût certainement mis fin à tout, le grand artiste et le grand poète, si Dieu, qui avait certains comptes à lui demander à propos du 24 août 1572, ne l'eût rappelé.

Ses successeurs reprirent les constructions où il les avait laissées, et les continuèrent. Henri III fit sculpter, en 1584, la porte qui fait face au quai des Célestins ; elle était accompagnée de colonnes en forme de canons, et sur la table de marbre qui la surmontait, on lisait ce distique de Nicolas Bourbon, que Santeuil[1] demandait à acheter au prix de la potence.

*Œtna hœc Henrico vulcania tela ministrat*
*Tela giganteos debellatura furores.*

Ce qui veut dire en français :
« L'Etna prépare ici les traits avec lesquels Henri doit foudroyer la fureur des géants. »
Et, en effet, après avoir foudroyé les géants de la Ligue, Henri planta ce beau jardin qu'on y voit sur

les cartes du temps de Louis XIII, tandis que Sully y établissait son ministère et faisait peindre et dorer les beaux salons qui font encore aujourd'hui la bibliothèque de l'Arsenal.

En 1823, Charles Nodier fut appelé à la direction de cette bibliothèque, et quitta la rue de Choiseul où il demeurait, pour s'établir dans son nouveau logement.

C'était un homme adorable que Nodier, sans un vice, mais plein de défauts, de ces défauts charmants qui font l'originalité de l'homme de génie, prodigue, insouciant flâneur, flâneur comme Figaro était paresseux ! avec délices.

Nodier savait à peu près tout ce qu'il était donné à l'homme de savoir ; d'ailleurs, Nodier avait le privilège de l'homme de génie : quand il ne savait pas il inventait, et ce qu'il inventait, était bien autrement ingénieux, bien autrement coloré, bien autrement probable que la réalité.

D'ailleurs plein de systèmes, paradoxal avec enthousiasme, mais pas le moins du monde propagandiste, c'était pour lui-même que Nodier était paradoxal, c'était pour lui seul que Nodier se faisait des systèmes ; ses systèmes adoptés, ses paradoxes reconnus, il en eût changé, et s'en fût immédiatement fait d'autres.

Nodier était l'homme de Térence[1], à qui rien d'humain n'est étranger. Il aimait pour le bonheur d'aimer ; il aimait comme le soleil luit, comme l'eau murmure, comme la fleur parfume : tout ce qui était bon, tout ce qui était beau, tout ce qui était grand lui était sympathique ; dans le mauvais même, il cherchait ce qu'il y avait de bon, comme, dans la plante vénéneuse, le chimiste, du sein du poison même tire un remède salutaire.

Combien de fois Nodier avait-il aimé ? c'est ce qu'il lui eût été impossible de dire à lui-même ; d'ailleurs, en grand poète qu'il était, il confondait toujours le

rêve avec la réalité. Nodier avait caressé avec tant
d'amour les fantaisies de son imagination, qu'il avait
fini par croire à leur existence. Pour lui, Thérèse
Aubert, la Fée aux Miettes, Inès de la Sierra[1], avaient
existé. C'étaient ses filles, comme Marie ; c'étaient les
sœurs de Marie ; seulement, Mme Nodier n'avait été
pour rien dans leur création ; comme Jupiter, Nodier
avait tiré toutes ces Minerves-là de son cerveau.

Mais ce n'étaient pas seulement des créatures
humaines, ce n'étaient pas seulement des filles d'Ève
et des fils d'Adam que Nodier animait de son souffle
créateur. Nodier avait inventé un animal, il l'avait
baptisé. Puis, il l'avait, de sa propre autorité, sans
s'inquiéter de ce que Dieu en disait, doté de la vie
éternelle.

Cet animal c'était le taratantaleo[2].

Vous ne connaissez pas le taratantaleo, n'est-ce
pas ? ni moi non plus ; mais Nodier le connaissait,
lui, Nodier le savait par cœur. Il vous racontait les
mœurs, les habitudes, les caprices du taratantaleo.
Il vous eût raconté ses amours si, du moment où il
s'était aperçu que le taratantaleo portait en lui le
principe de la vie éternelle, il ne l'eût condamné au
célibat, la reproduction étant inutile là où existe la
résurrection.

Comment Nodier avait-il découvert le taratantaleo ?

Je vais vous le dire :

À dix-huit ans, Nodier s'occupait d'entomologie.
La vie de Nodier s'est divisée en six phases différentes :

D'abord il fit de l'histoire naturelle : la *Bibliothèque
entomologique*.

Puis de la linguistique : le *Dictionnaire des Ono-
matopées*.

Puis de la politique : la *Napoleone*.

Puis de la philosophie religieuse : les *Méditations
du Cloître*.

Puis des poésies : les *Essais d'un jeune Barde*.

Puis du roman : *Jean Sbogar* ; *Smarra* ; *Trilby* ; *Le Peintre de Salzbourg* ; *Mademoiselle de Marsan* ; *Adèle* ; *Le Vampire* ; *Le Songe d'or* ; *Les Souvenirs de jeunesse* ; *Le Roi de Bohême et ses sept châteaux* ; *Les Fantaisies du docteur Néophobus*, et mille choses charmantes encore que vous connaissez, que je connais et dont le nom ne se retrouve pas sous ma plume.

Nodier en était donc à la première phase de ses travaux ; Nodier s'occupait d'entomologie, Nodier demeurait au sixième, — un étage plus haut que Béranger ne loge le poète. — Il faisait des expériences au microscope sur les infiniment petits, et, bien avant Raspail, il avait découvert tout un monde d'animalcules invisibles. Un jour, après avoir soumis à l'examen l'eau, le vin, le vinaigre, le fromage, le pain, tous les objets enfin sur lesquels on fait habituellement des expériences, il prit un peu de sable mouillé dans la gouttière, et le posa dans la cage de son microscope, puis il appliqua son œil sur la lentille.

Alors il vit se mouvoir un animal étrange, ayant la forme d'un vélocipède, armé de deux roues qu'il agitait rapidement. Avait-il une rivière à traverser ? Ses roues lui servaient comme celles d'un bateau à vapeur. Avait-il un terrain sec à franchir ? Ses roues lui servaient comme celles d'un cabriolet. Nodier le regarda, le détailla, le dessina, l'analysa si longtemps, qu'il se souvint tout à coup qu'il oubliait un rendez-vous, et qu'il se sauva, laissant là son microscope, sa pincée de sable et le taratantaleo dont elle était le monde.

Quand Nodier rentra, il était tard ; il était fatigué, il se coucha, et dormit comme on dort à dix-huit ans. Ce fut donc le lendemain seulement, en ouvrant les yeux, qu'il pensa à la pincée de sable, au microscope et au taratantaleo.

Hélas! pendant la nuit le sable avait séché, et le pauvre taratantaleo, qui, sans doute, avait besoin d'humidité pour vivre, était mort. Son petit cadavre était couché sur le côté, ses roues étaient immobiles. Le bateau à vapeur n'allait plus; le vélocipède était arrêté.

Mais, tout mort qu'il était, l'animal n'en était pas moins une curieuse variété des éphémères, et son cadavre méritait d'être conservé aussi bien que celui d'un mammouth ou d'un mastodonte; seulement il fallait prendre, on le comprend, des précautions bien autrement grandes pour manier un animal cent fois plus petit qu'un ciron, qu'il n'en faut prendre pour changer de place un animal dix fois gros comme un éléphant.

Ce fut donc avec la barbe d'une plume que Nodier transporta sa pincée de sable de la cage de son microscope dans une petite boîte de carton destinée à devenir le sépulcre du taratantaleo.

Il se promettait de faire voir ce cadavre au premier savant qui se hasarderait à monter ses six étages.

Il y a tant de choses auxquelles on pense à dix-huit ans, qu'il est bien permis d'oublier le cadavre d'un éphémère. Nodier oublia pendant trois mois, dix mois, un an peut-être, le cadavre du taratantaleo.

Puis, un jour, la boîte lui tomba sous la main. Il voulut voir quel changement un an avait produit sur son animal. Le temps était couvert, il tombait une grosse pluie d'orage. Pour mieux voir, il approcha le microscope de la fenêtre, et vida dans la cage le contenu de la petite boîte.

Le cadavre était toujours immobile et couché sur le sable; seulement le temps, qui a tant de prise sur les colosses, semblait avoir oublié l'infiniment petit.

Nodier regardait donc son éphémère, quand tout à coup une goutte de pluie, chassée par le vent, tombe dans la cage du microscope et humecte la pincée de sable.

Alors, au contact de cette fraîcheur vivifiante, il semble à Nodier que son taratantaleo se ranime, qu'il remue une antenne, puis l'autre ; qu'il fait tourner une de ses roues, qu'il fait tourner ses deux roues, qu'il reprend son centre de gravité, que ses mouvements se régularisent, qu'il vit enfin.

Le miracle de la résurrection vient de s'accomplir, non pas au bout de trois jours, mais au bout d'un an.

Dix fois Nodier renouvela la même épreuve, dix fois le sable sécha, et le taratantaleo mourut, dix fois le sable fut humecté et dix fois le taratantaleo ressuscita.

Ce n'était pas un éphémère que Nodier avait découvert, c'était un immortel. Selon toute probabilité, son taratantaleo avait vu le déluge, et devait assister au jugement dernier.

Malheureusement, un jour que Nodier, pour la vingtième fois peut-être, s'apprêtait à renouveler son expérience, un coup de vent emporta le sable séché, et, avec le sable, le cadavre du phénoménal taratantaleo.

Nodier reprit bien des pincées de sable mouillé sur sa gouttière et ailleurs, mais ce fut inutilement, jamais il ne retrouva l'équivalent de ce qu'il avait perdu : le taratantaleo était le seul de son espèce, et, perdu pour tous les hommes, il ne vivait plus que dans les souvenirs de Nodier.

Mais aussi là vivait-il de manière à ne jamais s'en effacer.

Nous avons parlé des défauts de Nodier ; son défaut dominant, aux yeux de Mme Nodier, du moins, c'était sa bibliomanie ; ce défaut, qui faisait le bonheur de Nodier, faisait le désespoir de sa femme.

C'est que tout l'argent que Nodier gagnait passait en livres ; combien de fois Nodier, sorti pour aller

chercher 2 ou 300 francs, absolument nécessaires à
la maison, rentra-t-il avec un volume rare, avec un
exemplaire unique !

L'argent était resté chez Techener [1] ou Guillemot [2].

Mme Nodier voulait gronder, mais Nodier, tirait
son volume de sa poche, il l'ouvrait, le fermait, le
caressait, montrait à sa femme une faute d'impression qui faisait l'authenticité du livre.

Et cela tout en disant :

— Songe donc, ma bonne amie, que je retrouverai 500 francs, tandis qu'un pareil livre, hum ! un
pareil livre est introuvable ; demande plutôt à Pixérécourt [3].

Pixérécourt, c'était la grande admiration de Nodier,
qui a toujours adoré le mélodrame. Nodier appelait
Pixérécourt le Corneille des boulevards.

Presque tous les matins Pixérécourt venait rendre
visite à Nodier.

Le matin, chez Nodier, était consacré aux visites
des bibliophiles. C'était là que se réunissaient le marquis de Ganay, le marquis de Château-Giron, le marquis de Chalabre, le comte de Labédoyère, Bérard [4],
l'homme des Elzévirs [5], qui dans ses moments perdus, refit la Charte de 1830 ; le bibliophile Jacob [6], le
savant Weiss de Besançon [7], l'universel Peignot de
Dijon [8] ; enfin les savants étrangers, qui, aussitôt leur
arrivée à Paris, se faisaient présenter ou se présen-
taient seuls à ce cénacle dont la réputation était
européenne.

Là on consultait Nodier, l'oracle de la réunion ;
là on lui montrait des livres ; là on lui demandait
des notes : c'était sa distraction favorite. Quant aux
savants de l'Institut, ils ne venaient guère à ces
réunions ; ils voyaient Nodier avec jalousie. Nodier
associait l'esprit et la poésie à l'érudition, et c'était
un tort que l'Académie des sciences ne pardonne
pas plus que l'Académie française.

Puis Nodier raillait souvent, Nodier mordait quelquefois. Un jour il avait fait *Le Roi de Bohême et ses sept châteaux*[1] ; cette fois-là, il avait emporté la pièce. On crut Nodier à tout jamais brouillé avec l'Institut. Pas du tout : l'Académie de Tombouctou fit entrer Nodier à l'Académie française.

On se doit quelque chose entre sœurs.

Après deux ou trois heures d'un travail toujours facile, après avoir couvert dix ou douze pages de papier de six pouces de haut sur quatre de large, à peu près, d'une écriture lisible, régulière, sans rature aucune, Nodier sortait.

Une fois sorti, Nodier rôdait à l'aventure, suivant néanmoins presque toujours la ligne des quais, mais passant et repassant la rivière, selon la situation topographique des étalagistes ; puis des étalagistes il entrait dans les boutiques de libraires, et des boutiques de libraires dans les magasins de relieurs.

C'est que Nodier se connaissait non seulement en livres, mais en couvertures. Les chefs-d'œuvre de Le Gascon sous Louis XIII, de Du Seuil sous Louis XIV, de Pasdeloup sous Louis XV et de Derome sous Louis XV et Louis XVI, lui étaient si familiers, que, les yeux fermés, au simple toucher, il les reconnaissait. C'était Nodier qui avait fait revivre la reliure, qui sous la Révolution et l'Empire, cessa d'être un art ; c'est lui qui encouragea, qui dirigea les restaurateurs de cet art, les Thouvenin, les Bradel, les Niedrée, les Bauzonnet et les Legrain[2]. Thouvenin, mourant de la poitrine, se levait de son lit d'agonie pour jeter un dernier coup d'œil aux reliures qu'il faisait pour Nodier.

La course de Nodier aboutissait presque toujours chez Crozet ou Techener, ces deux beaux-frères désunis par la rivalité, et entre lesquels son placide génie venait s'interposer. Là, il y avait réunion de bibliophiles ; là, on s'assemblait pour parler livres, éditions, ventes ; là, on faisait des échanges ; puis, dès que Nodier paraissait, c'était un cri ; mais, dès qu'il ouvrait la bouche, silence absolu. Alors, Nocier narrait, Nodier paradoxait, *de omni re scibili et quibusdam aliis*[1].

Le soir, après le dîner de famille, Nodier travaillait d'ordinaire dans la salle à manger entre trois bougies posées en triangle, jamais plus, jamais moins ; nous avons dit sur quel papier et de quelle écriture, toujours avec des plumes d'oie. Nodier avait horreur des plumes de fer, comme, en général, de toutes les inventions nouvelles ; le gaz le mettait en fureur, la vapeur l'exaspérait, il voyait la fin du monde infaillible et prochaine dans la destruction des forêts et dans l'épuisement des mines de houille. C'est dans ces fureurs contre le progrès de la civilisation que Nodier était resplendissant de verve et foudroyant d'entrain.

Vers neuf heures et demie du soir, Nodier sortait ; cette fois, ce n'était plus la ligne des quais qu'il suivait, c'était celle des boulevards ; il entrait à la Porte-Saint-Martin, à l'Ambigu ou aux Funambules[2], aux Funambules de préférence. C'est Nodier qui a divinisé Deburau, pour Nodier, il n'y avait que trois acteurs au monde : Deburau, Potier et Talma[3] ; Potier et Talma étaient morts, mais Deburau restait, et consolait Nodier de la perte des deux autres.

Nodier avait vu cent fois *le Bœuf enragé*.

Tous les dimanches, Nodier déjeunait chez Pixérécourt : là, il retrouvait ses visiteurs : le bibliophile Jacob, roi tant que Nodier n'était pas là, vice-roi quand Nodier paraissait ; le marquis de Ganay, le marquis de Chalabre.

Le marquis de Ganay, esprit changeant, amateur capricieux, amoureux d'un livre comme un roué du temps de la Régence était amoureux d'une femme pour l'avoir : puis, quand il l'avait, fidèle un mois, non pas fidèle, enthousiaste, le portant sur lui, et arrêtant ses amis pour le leur montrer ; le mettant sous son oreiller le soir, et se réveillant la nuit, rallumant sa bougie pour le regarder, mais ne le lisant jamais ; toujours jaloux des livres de Pixérécourt, que Pixérécourt refusait de lui vendre à quelque prix que ce fût, se vengeant de son refus en achetant à la vente de Mme de Castellane un autographe que Pixérécourt ambitionnait depuis dix ans.

— N'importe, disait Pixérécourt, furieux, je l'aurai.

— Quoi ? demandait le marquis de Ganay.

— Votre autographe.

— Et quand cela ?

— À votre mort, parbleu !

Et Pixérécourt eût tenu sa parole, si le marquis de Ganay n'eût jugé à propos de survivre à Pixérécourt[1].

Quant au marquis de Chalabre, il n'ambitionnait qu'une chose : c'était une Bible que personne n'eût, mais aussi il l'ambitionnait ardemment.

Il tourmenta tant Nodier, pour que Nodier lui indiquât un exemplaire unique, que Nodier finit par faire mieux encore que ne désirait le marquis de Chalabre, il lui indiqua un exemplaire qui n'existait pas.

Aussitôt, le marquis de Chalabre se mit à la recherche de cet exemplaire.

Jamais Christophe Colomb ne mit plus d'acharnement à découvrir l'Amérique, jamais Vasco de Gama ne mit plus de persistance à retrouver l'Inde que le marquis de Chalabre à poursuivre sa Bible. Mais l'Amérique existait entre le 70° degré de latitude nord et les 53° et 54° de latitude sud. Mais l'Inde gisait véritablement en deçà et au-delà du Gange, tandis que la Bible du marquis de Chalabre n'était située sous aucune latitude, ni ne gisait ni en deçà, ni au-delà de la Seine. Il en résulta que Vasco de Gama retrouva l'Inde, que Christophe Colomb découvrit l'Amérique, mais que le marquis eut beau chercher, du nord au sud, de l'orient à l'occident, il ne trouva pas sa Bible.

Plus la Bible était introuvable, plus le marquis de Chalabre mettait d'ardeur à la trouver.

Il en avait offert cinq cents francs ; il en avait offert mille francs ; il en avait offert deux mille, quatre mille, dix mille francs. Tous les bibliographes étaient sens dessus dessous à l'endroit de cette malheureuse Bible. On écrivit en Allemagne et en Angleterre. Néant. Sur une note du marquis de Chalabre, on ne se serait pas donné tant de peine, et on eût simplement répondu : *Elle n'existe pas*. Mais, sur une note de Nodier, c'était autre chose. Si Nodier avait dit : la Bible existe, incontestablement la Bible existait. Le pape pouvait se tromper ; mais Nodier était infaillible.

Les recherches durèrent trois ans. Tous les dimanches le marquis de Chalabre, en déjeunant avec Nodier chez Pixérécourt, lui disait :

— Eh bien ! cette Bible, mon cher Charles ?

— Eh bien !

— Introuvable ?

— *Quaere et invenies* [1], répondait Nodier.

Et, plein d'une nouvelle ardeur, le bibliomane se remettait à chercher, mais ne trouvait pas.

Enfin on apporta au marquis de Chalabre une Bible.

Ce n'était pas la Bible indiquée par Nodier ; mais il n'y avait que la différence d'un an dans la date ; elle n'était pas imprimée à Kehl, mais elle était imprimée à Strasbourg, il n'y avait que la distance d'une lieue ; elle n'était pas unique, il est vrai ; mais le second exemplaire, le seul qui existât, était dans le Liban au fond d'un monastère druse. Le marquis de Chalabre porta la Bible à Nodier et lui demanda son avis :

— Dame ! répondit Nodier qui voyait le marquis prêt à devenir fou s'il n'avait pas une Bible, prenez celle-là, mon cher ami, puisqu'il est impossible de trouver l'autre.

Le marquis de Chalabre acheta la Bible moyennant la somme de deux mille francs, la fit relier d'une façon splendide et la mit dans une cassette particulière.

Quand il mourut, le marquis de Chalabre laissa sa bibliothèque à Mlle Mars[1]. Mlle Mars, qui n'était rien moins que bibliomane, pria Merlin de classer les livres du défunt et d'en faire la vente. Merlin, le plus honnête homme de la terre, entra un jour chez Mlle Mars avec trente ou quarante mille francs de billets de banque à la main.

Il les avait trouvés dans une espèce de portefeuille pratiqué dans la magnifique reliure de cette bible presque unique.

— Pourquoi, demandai-je à Nodier, avez-vous fait cette plaisanterie au pauvre marquis de Chalabre, vous si peu mystificateur ?

— Parce qu'il se ruinait, mon ami, et que pendant les trois ans qu'il a cherché sa Bible, il n'a pas pensé à autre chose ; au bout de ces trois ans il a dépensé deux mille francs ; pendant ces trois ans là il en eût dépensé cinquante mille.

Maintenant que nous avons montré notre bien-aimé Charles pendant la semaine et le dimanche matin, disons ce qu'il était le dimanche depuis six heures du soir jusqu'à minuit[2].


Comment avais-je connu Nodier ?

Comme on connaissait Nodier. Il m'avait rendu un service, — c'était en 1827, — je venais d'achever *Christine*[3] ; je ne connaissais personne dans les ministères, personne au théâtre ; mon administration, au lieu de m'être une aide pour arriver à la Comédie-Française, m'était un empêchement. J'avais écrit, depuis deux ou trois jours, ce dernier vers qui a été si fort sifflé et si fort applaudi :

*Eh bien!... j'en ai pitié, mon père, qu'on l'achève!*

En dessous de ce vers, j'avais écrit le mot FIN : il ne me restait plus rien à faire que de lire ma pièce à MM. les comédiens du roi et à être reçu ou refusé par eux.

Malheureusement, à cette époque, le gouvernement de la Comédie-Française était, comme le gouvernement de Venise, — républicain, mais aristocratique, et n'arrivait pas qui voulait près des sérénissimes seigneurs du comité.

Il y avait bien un examinateur chargé de lire les ouvrages des jeunes gens qui n'avaient encore rien fait, et qui, par conséquent, n'avaient droit à une lecture qu'après examen; mais il existait dans les traditions dramatiques de si lugubres histoires de manuscrits attendant leur tour de lecture pendant un ou deux ans, et même trois ans, que moi, familier du Dante et de Milton, je n'osais point affronter ces limbes, tremblant que ma pauvre *Christine* n'allât augmenter tout simplement le nombre de

*Questi sciaurati, che mai non fur vivi* [1].

J'avais entendu parler de Nodier, comme protecteur né de tout poète à naître. Je lui demandai un mot d'introduction près du baron Taylor [2]. Il me l'envoya; huit jours après j'avais lecture au Théâtre-Français, et j'étais à peu près reçu.

Je dis à peu près, parce qu'il y avait dans *Christine*, relativement au temps où nous vivions, c'est-à-dire à l'an de grâce 1827, de telles énormités littéraires, que MM. les comédiens ordinaires du roi n'osèrent me recevoir d'emblée et subordonnèrent leur opinion à celle de M. Picard [3], auteur de *La Petite Ville*.

M. Picard était un des oracles du temps.

Firmin me conduisit chez M. Picard. M. Picard

me reçut dans une bibliothèque garnie de toutes les éditions de ses œuvres et ornée de son buste. Il prit mon manuscrit, me donna rendez-vous à huit jours et nous congédia.

Au bout de huit jours, heure pour heure, je me présentai à la porte de M. Picard. M. Picard m'attendait évidemment : il me reçut avec le sourire de Rigobert dans *Maison à vendre*[1].

— Monsieur, me dit-il en me tendant mon manuscrit proprement roulé, avez-vous quelques moyens d'existence ?

Le début n'était pas encourageant.

— Oui, monsieur, répondis-je ; j'ai une petite place chez M. le duc d'Orléans.

— Eh bien ! mon enfant, fit-il en me mettant affectueusement mon manteau entre les deux mains et me prenant les mains du même coup, allez à votre bureau.

Et enchanté d'avoir fait un mot, il se frotta les mains en m'indiquant du geste que l'audience était terminée.

Je n'en devais pas moins un remerciement à Nodier. Je me présentai à l'Arsenal. Nodier me reçut, comme il recevait, avec un sourire aussi... Mais il y a sourire et sourire, comme dit Molière.

Peut-être oublierai-je un jour le sourire de Picard, mais je n'oublierai jamais celui de Nodier.

Je voulus prouver à Nodier que je n'étais pas tout à fait aussi indigne de sa protection qu'il eût pu le croire, d'après la réponse que Picard m'avait faite. Je lui laissai mon manuscrit. Le lendemain je reçus une lettre charmante qui me rendait tout mon courage et qui m'invitait aux soirées de l'Arsenal.

Ces soirées de l'Arsenal, c'était quelque chose de charmant, quelque chose qu'aucune plume ne rendra jamais. Elles avaient lieu le dimanche et commençaient en réalité à six heures.

À six heures, la table était mise. Il y avait les

dîneurs de fondation : Cailleux[1], Taylor, Francis
Wey[2], que Nodier aimait comme un fils ; puis, par
hasard, un ou deux invités, — puis qui voulait.

Une fois admis à cette charmante intimité de la
maison, on allait dîner chez Nodier à son plaisir. Il
y avait toujours deux ou trois couverts attendant les
convives de hasard. Si ces trois couverts étaient
insuffisants, on en ajoutait un quatrième, un cinquième, un sixième. S'il fallait allonger la table, on
l'allongeait. Mais malheur à celui qui arrivait le trei-
zième. Celui-là dînait impitoyablement à une petite
table, à moins qu'un quatorzième ne vînt le relever
de sa pénitence.

Nodier avait ses manies ; il préférait le pain bis au
pain blanc, l'étain à l'argenterie, la chandelle à la
bougie.

Personne n'y faisait attention que Mme Nodier
qui le servait à sa guise.

Au bout d'une année ou deux, j'étais un de ces
intimes dont je parlais tout à l'heure. Je pouvais
arriver, sans prévenir, à l'heure du dîner ; on me
recevait avec des cris qui ne me laissaient pas de
doute sur ma bienvenue, et l'on me mettait à table,
ou plutôt je me mettais à table entre Mme Nodier et
Marie.

Au bout d'un certain temps, ce qui n'était qu'un
point de fait devint un point de droit. Arrivais-je
trop tard, était-on à table, ma place était-elle prise ?
on faisait un signe d'excuse au convive usurpateur,
ma place m'était rendue, et, ma foi ! se mettait où il
pouvait celui que j'avais déplacé.

Nodier alors prétendait que j'étais une bonne fortune pour lui, en ce que je le dispensais de causer.
Mais si j'étais une bonne fortune pour lui, j'étais une
mauvaise fortune pour les autres. Nodier était le
plus charmant causeur qu'il y eût au monde. On
avait beau faire à ma conversation tout ce qu'on a
fait à un feu pour qu'il flambe, l'éveiller, l'attiser, y

jeter cette limaille qui fait jaillir les étincelles de l'esprit comme celles de la forge ; c'était de la verve, c'était de l'entrain, c'était de la jeunesse ; mais ce n'était point cette bonhomie, ce charme inexprimable, cette grâce infinie, où, comme dans un filet tendu, l'oiseleur prend tout, grands et petits oiseaux. Ce n'était pas Nodier.

C'était un pis-aller dont on se contentait, voilà tout.

Mais parfois je boudais, parfois je ne voulais pas parler, et, à mon refus de parler, il fallait bien, comme il était chez lui, que Nodier parlât ; alors tout le monde écoutait, petits enfants et grandes personnes. C'était à la fois Walter Scott et Perrault, c'était le savant aux prises avec le poète, c'était la mémoire en lutte avec l'imagination. Non seulement alors, Nodier était amusant à entendre, mais encore Nodier était charmant à voir. Son long corps efflanqué, ses longs bras maigres, ses longues mains pâles, son long visage plein d'une mélancolique bonté, tout cela s'harmoniait[1] avec sa parole un peu traînante, que modulait sur certains tons ramenés périodiquement un accent franc-comtois que Nodier n'a jamais entièrement perdu. Oh ! alors le récit était chose inépuisable, toujours nouvelle, jamais répétée. Le temps, l'espace, l'histoire, la nature étaient pour Nodier cette bourse de Fortunatus d'où Pierre Schlemill[2] tirait ses mains toujours pleines. Il avait connu tout le monde, Danton, Charlotte Corday[3], Gustave III[4], Cagliostro[5], Pie VI[6], Catherine II, le grand Frédéric, que sais-je ? comme le comte de Saint-Germain[7] et le taratantaleo ; il avait assisté à la création du monde, et traversé les siècles en se transformant. Il avait même sur cette transformation une théorie des plus ingénieuses. Selon Nodier, les rêves n'étaient qu'un souvenir des jours écoulés dans une autre planète, une réminiscence de ce qui avait été jadis. Selon Nodier, les songes les plus fan-

tastiques correspondaient à des faits accomplis autrefois, dans Saturne, dans Vénus, ou dans Mercure :
les images les plus étranges n'étaient que l'ombre
des formes qui avaient imprimé leurs souvenirs
dans notre âme immortelle. En visitant pour la première fois le Musée fossile du Jardin des Plantes, il
s'est écrié, retrouvant des animaux qu'il avait vus
dans le déluge de Deucalion et de Pyrrha[1], et parfois il lui échappait d'avouer que, voyant la tendance des Templiers à la possession universelle, il
avait donné à Jacques de Molay[2] le conseil de maî-
triser son ambition. Ce n'était pas sa faute si Jésus-
Christ avait été crucifié ; seul parmi ses auditeurs, il
l'avait prévenu des mauvaises intentions de Pilate à
son égard. C'était surtout le Juif errant que Nodier
avait eu l'occasion de rencontrer : la première fois à
Rome, du temps de Grégoire VII ; la seconde fois
à Paris, la veille de la Saint-Barthélemy, et la dernière fois à Vienne en Dauphiné, et sur lequel il
avait les documents les plus précieux. Et à ce propos il relevait une erreur dans laquelle étaient tom-
bés les savants et les poètes, et particulièrement
Edgar Quinet : ce n'était pas Ahasvérus, qui est un
nom moitié grec moitié latin, que s'appelait l'homme
aux cinq sous, c'était Isaac Laquedem[3] : de cela il
pouvait en répondre, il tenait le renseignement de
sa propre bouche. Puis de la politique, de la philosophie, de la tradition, il passait à l'histoire naturelle.
Oh ! comme dans cette science, Nodier distançait
Hérodote, Pline, Marco Polo, Buffon et Lacépède[4] !
Il avait connu des araignées près desquelles l'araignée de Pellisson n'était qu'une drôlesse, il avait
fréquenté des crapauds près desquels Mathusalem
n'était qu'un enfant ; enfin il avait été en relation
avec des caïmans près desquels la tarasque n'était
qu'un lézard.

Aussi, il tombait à Nodier de ces hasards comme
il n'en tombe qu'aux hommes de génie. Un jour

qu'il cherchait des lépidoptères, — c'était pendant
son séjour en Styrie, pays des roches granitiques et
des arbres séculaires, — il monta contre un arbre
afin d'atteindre une cavité qu'il apercevait, fourra
sa main dans cette cavité comme il avait l'habitude
de le faire, et cela assez imprudemment, car un jour
il retira d'une cavité pareille son bras enrichi d'un
serpent qui s'était enroulé à l'entour ; — un jour
donc qu'ayant trouvé une cavité il fourrait sa main
dans cette cavité, il sentit quelque chose de flasque
et de gluant qui cédait à la pression de ses doigts.
Il ramena vivement sa main à lui, et regarda : deux
yeux brillaient d'un feu terne au fond de cette cavité.
Nodier croyait au diable ; aussi, en voyant ces deux
yeux qui ne ressemblaient pas mal aux yeux de
braise de Charon, comme dit Dante[1], Nodier commença par s'enfuir, puis il réfléchit, se ravisa, prit
une hachette, et, mesurant la profondeur du trou, il
commença de faire une ouverture à l'endroit où
il présumait que devait se trouver cet objet inconnu.
Au cinquième ou sixième coup de hache qu'il
frappa, le sang coula de l'arbre, ni plus ni moins
que, sous l'épée de Tancrède[2], le sang coula de la
forêt enchantée du Tasse. Mais ce ne fut pas une
belle guerrière qui lui apparut, ce fut un énorme
crapaud encastré dans l'arbre où, sans doute, il
avait été emporté par le vent, quand il était de la
taille d'une abeille. Depuis combien de temps était-
il là ? Depuis deux cents ans, trois cents ans, cinq
cents ans peut-être. Il avait cinq pouces de long sur
trois de large.

Une autre fois, c'était en Normandie, du temps
où il faisait avec Taylor le voyage pittoresque de la
France, il entra dans une église ; à la voûte de cette
église étaient suspendus une gigantesque araignée
et un énorme crapaud. Il s'adressa à un paysan
pour demander des renseignements sur ce singulier
couple.

Et voilà ce que le vieux paysan lui raconta après l'avoir mené près d'une des dalles de l'église, sur laquelle était sculpté un chevalier couché dans son armure.

Ce chevalier était un ancien baron, lequel avait laissé dans le pays de si méchants souvenirs, que les plus hardis se détournaient afin de ne pas mettre le pied sur sa tombe, et cela, non point par respect, mais par terreur. Au-dessus de cette tombe, à la suite d'un vœu fait par ce chevalier à son lit de mort, une lampe devait brûler nuit et jour, une pieuse fondation ayant été faite par le mort, qui subvenait à cette dépense et bien au-delà.

Un beau jour, ou plutôt une belle nuit, pendant laquelle, par hasard, le curé ne dormait pas, il vit de la fenêtre de sa chambre qui donnait sur celle de l'église, la lampe pâlir et s'éteindre. Il attribua la chose à un accident et n'y fit pas cette nuit une grande attention.

Mais, la nuit suivante, s'étant réveillé vers les deux heures du matin, l'idée lui vint de s'assurer si la lampe brûlait. Il descendit de son lit, s'approcha de la fenêtre, et constata *de visu* que l'église était plongée dans la plus profonde obscurité.

Cet événement, reproduit deux fois en quarante-huit heures, prenait une certaine gravité. Le lendemain au point du jour, le curé fit venir le bedeau et l'accusa tout simplement d'avoir mis l'huile dans sa salade, au lieu de l'avoir mise dans la lampe. Le bedeau jura ses grands dieux qu'il n'en était rien ; que tous les soirs, depuis quinze ans qu'il avait l'honneur d'être bedeau, il remplissait conscien- cieusement la lampe, et qu'il fallait que ce fût un tour de ce méchant chevalier qui, après avoir tour- menté les vivants pendant sa vie, recommençait à les tourmenter trois cents ans après sa mort.

Le curé déclara qu'il se fiait parfaitement à la parole du bedeau, mais qu'il n'en désirait pas moins

assister le soir au remplissage de la lampe ; en conséquence, à la nuit tombante, en présence du curé,
l'huile fut introduite dans le récipient, et la lampe
allumée : la lampe allumée, le curé ferma lui-même
la porte de l'église, mit la clé dans sa poche, et se
retira chez lui.

Puis il prit son bréviaire, s'accommoda près de sa
fenêtre dans un grand fauteuil, et les yeux alternativement fixés sur le livre et sur l'église, il attendit.

Vers minuit, il vit la lumière qui illuminait les
vitraux diminuer, pâlir et s'éteindre.

Cette fois, il y avait une cause étrangère, mystérieuse, inexplicable, à laquelle le pauvre bedeau ne
pouvait avoir aucune part.

Un instant, le curé pensa que des voleurs s'introdui-
saient dans l'église et volaient l'huile. Mais en suppo-
sant le méfait commis par des voleurs, c'étaient des
gaillards bien honnêtes de se borner à voler l'huile,
quand ils épargnaient les vases sacrés.

Ce n'étaient donc pas des voleurs ; c'était donc
une autre cause qu'aucune de celles qu'on pouvait
imaginer, une cause surnaturelle peut-être. Le curé
résolut de reconnaître cette cause quelle qu'elle fût.

Le lendemain soir il versa lui-même l'huile pour
bien se convaincre qu'il n'était pas dupe d'un tour de
passe-passe : puis, au lieu de sortir, comme il l'avait
fait la veille, il se cacha dans un confessionnal.

Les heures s'écoulèrent, la lampe éclairait d'une
lueur calme et égale : minuit sonna...

Le curé crut entendre un léger bruit, pareil à celui
d'une pierre qui se déplace puis il vit comme l'ombre
d'un animal avec des pattes gigantesques, laquelle
ombre monta contre un pilier, courut le long d'une
corniche, apparut un instant à la voûte, descendit le
long de la corde, et fit une station sur la lampe, qui
commença de pâlir, vacilla et s'éteignit.

Le curé se trouva dans l'obscurité la plus complète. Il comprit que c'était une expérience à renou-

veler, en se rapprochant du lieu où se passait la scène.

Rien de plus facile : au lieu de se mettre dans le confessionnal qui était dans le côté de l'église opposé à la lampe, il n'avait qu'à se cacher dans le confessionnal qui était placé à quelques pas d'elle seulement.

Tout fut donc fait le lendemain comme la veille ; seulement le curé changea de confessionnal et se munit d'une lanterne sourde.

Jusqu'à minuit, même calme, même silence, même honnêteté de la lampe à remplir ses fonctions. Mais aussi, au dernier coup de minuit, même craquement que la veille. Seulement, comme le craquement se produisait à quatre pas du confessionnal, les yeux du curé purent immédiatement se fixer sur l'emplacement d'où venait le bruit.

C'était la tombe du chevalier qui craquait.

Puis la dalle sculptée qui recouvrait le sépulcre se souleva lentement, et, par l'entrebâillement du tombeau, le curé vit sortir une araignée de la taille d'un barbet, avec un poil long de six pouces, des pattes longues d'une aune, laquelle se mit incontinent, sans hésitation, sans chercher un chemin qu'on voyait lui être familier, à gravir le pilier, à courir sur sa corniche, à descendre le long de la corde et, arrivée là, à boire l'huile de la lampe, qui s'éteignit.

Mais alors, le curé eut recours à sa lanterne sourde, dont il dirigea les rayons vers la tombe du chevalier.

Alors il s'aperçut que l'objet qui la tenait entrouverte était un crapaud gros comme une tortue de mer, lequel en s'enflant, soulevait la pierre et donnait passage à l'araignée, qui allait incontinent pomper l'huile qu'elle revenait partager avec son compagnon.

Tous deux vivaient ainsi depuis des siècles dans cette tombe où ils habiteraient probablement encore aujourd'hui si un accident n'eût révélé au curé la présence d'un voleur quelconque dans son église.

Le lendemain le curé avait requis main forte, on avait soulevé la pierre du tombeau, et l'on avait mis à mort l'insecte et le reptile, dont les cadavres étaient suspendus au plafond et faisaient foi de cet étrange événement.

D'ailleurs le paysan qui racontait la chose à Nodier, était un de ceux qui avaient été appelés par le curé pour combattre ces deux commensaux de la tombe du chevalier, et, comme lui, s'était acharné particulièrement au crapaud. Une goutte de sang de l'immonde animal, qui avait jailli sur sa paupière, avait failli le rendre aveugle comme Tobie.

Il en était quitte pour être borgne[1].


Pour Nodier, les histoires de crapaud ne se bornaient pas là ; il y avait quelque chose de mystérieux dans la longévité de cet animal, qui plaisait à l'imagination de Nodier. Aussi, toutes les histoires de crapauds centenaires ou millénaires les savait-il ; tous les crapauds découverts dans des pierres ou dans des troncs d'arbres, depuis le crapaud trouvé en 1756 par le sculpteur Leprince, à Eretteville, au milieu d'une pierre dure où il était encastré, jusqu'au crapaud enfermé par Hérissant, en 1771, dans une case de plâtre, et qu'il retrouva parfaitement vivant en 1774, étaient-ils de sa compétence. Quand on demandait à Nodier de quoi vivaient les malheureux prisonniers : — ils avalent leur peau, répondait-il. Il avait étudié un crapaud petit-maître qui avait fait six fois peau neuve dans un hiver, et qui six fois avait avalé la vieille. Quant à ceux qui étaient dans des pierres de formation primitive depuis la création du monde, comme le crapaud que l'on trouva dans la carrière de Brunswick, en

Gothie, l'inaction totale dans laquelle ils avaient été
obligés de demeurer, la suspension de la vie dans
une température qui ne permettait aucune dissolution, et qui ne rendait nécessaire la réparation d'aucune perte, l'humidité du lieu, qui entretenait celle
de l'animal, et qui empêchait sa destruction par le
dessèchement, tout cela paraissait à Nodier des rai-
sons suffisantes à une conviction dans laquelle il y
avait autant de foi que de science.

D'ailleurs Nodier avait, nous l'avons dit, une certaine humilité naturelle, une certaine pente à se
faire petit lui-même, qui l'entraînait vers les petits et
les humbles. Nodier bibliophile trouvait parmi les
livres des chefs-d'œuvre ignorés qu'il tirait de la
tombe des bibliothèques ; Nodier philanthrope trouvait parmi les vivants des poètes inconnus, qu'il
mettait au jour et qu'il conduisait à la célébrité ; toute
injustice, toute oppression le révoltait, et, selon lui,
on opprimait le crapaud, on était injuste envers
lui, on ignorait ou l'on ne voulait pas connaître les
vertus du crapaud. Le crapaud était bon ami ;
Nodier l'avait déjà prouvé par l'association du crapaud et de l'araignée, et, à la rigueur, il le prouvait
deux fois en racontant une autre histoire de crapaud et de lézard, non moins fantastique que la première, — le crapaud était donc, non seulement bon
ami, mais encore bon père et bon époux. En accou-
chant lui-même sa femme, le crapaud avait donné
aux maris les premières leçons d'amour conjugal ;
en enveloppant les œufs de sa famille autour de ses
pattes de derrière ou en les portant sur son dos, le
crapaud avait donné aux chefs de famille la première leçon de paternité ; quant à cette bave que le
crapaud répand ou lance même, quand on le tourmente, Nodier assurait que c'était la plus innocente
substance qu'il y eût au monde, et il la préférait à la
salive de bien des critiques de sa connaissance.

Ce n'était pas que ces critiques ne fussent reçus

chez lui comme les autres, et ne fussent même bien reçus; mais, peu à peu, ils se retiraient d'eux-mêmes, ils ne se sentaient point à l'aise au milieu de cette bienveillance qui était l'atmosphère naturelle de l'Arsenal, et à travers laquelle ne passait la raillerie que comme passe la luciole, au milieu de ces belles nuits de Nice et de Florence, c'est-à-dire pour jeter une lueur et s'éteindre aussitôt.

On arrivait ainsi à la fin d'un dîner charmant, dans lequel tous les accidents, excepté le renversement du sel, excepté un pain posé à l'envers, étaient pris du côté philosophique; puis on servait le café à table. Nodier était Sybarite au fond, il appréciait parfaitement ce sentiment de sensualité parfaite qui ne place aucun mouvement, aucun déplacement, aucun dérangement entre le dessert et le couronnement du dessert. Pendant ce moment de délices asiatiques, Mme Nodier se levait et allait faire allumer le salon. Souvent moi, qui ne prenais point de café, je l'accompagnais. Ma longue taille était d'une grande utilité, pour éclairer le lustre sans monter sur les chaises.

Alors, le salon s'illuminait, car avant le dîner et les jours ordinaires on n'était jamais reçu que dans la chambre à coucher de Mme Nodier; alors le salon s'illuminait et éclairait des lambris peints en blancs avec des moulures Louis XV, un ameublement des plus simples, se composant de douze fauteuils et d'un canapé en casimir rouge, de rideaux de croisé de même couleur, d'un buste d'Hugo, d'une statue de Henri IV, d'un portrait de Nodier et d'un paysage alpestre de Regnier [1].

Dans ce salon, cinq minutes après son éclairage, entraient les convives, Nodier venant le dernier, appuyé soit au bras de Dauzats, soit au bras de Bixio [2], soit au bras de Francis Wey, soit au mien, Nodier toujours soupirant et se plaignant comme s'il n'eût eu que le souffle; alors il allait s'étendre dans un

grand fauteuil à droite de la cheminée, les jambes
allongées, les bras pendants, ou se mettre debout
devant le chambranle, les mollets au feu, le dos à la
glace. S'il s'étendait dans le fauteuil, tout était dit.
Nodier, plongé dans cet instant de béatitude que
donne le café, voulait jouir en égoïste de lui-même,
et suivre silencieusement le rêve de son esprit ; s'il
s'adossait au chambranle, c'était autre chose : c'est
qu'il allait conter ; alors tout le monde se taisait,
alors se déroulait une de ces charmantes histoires de
sa jeunesse, qui semblent un roman de Longus, une
idylle de Théocrite[1], ou quelque sombre drame de la
Révolution, dont un champ de bataille de la Vendée
ou la place de la Révolution était toujours le théâtre ;
ou enfin quelque mystérieuse conspiration de Cadoudal ou d'Oudet, de Staps ou de Lahorie[2] ; alors ceux
qui entraient faisaient silence, saluaient de la main,
et allaient s'asseoir dans un fauteuil ou s'adosser
contre le lambris, puis l'histoire finissait comme finit
toute chose. On n'applaudissait pas, pas plus qu'on
n'applaudit le murmure d'une rivière, le chant d'un
oiseau ; mais, le murmure éteint, mais le chant évanoui, on écoutait encore. Alors, Marie, sans rien
dire, allait se mettre à son piano, et, tout à coup, une
brillante fusée de notes s'élançait dans les airs comme
le prélude d'un feu d'artifice ; alors les joueurs, relé-
gués dans des coins, se mettaient à des tables et
jouaient.

Nodier n'avait longtemps joué qu'à la bataille,
c'était son jeu de prédilection, et il s'y prétendait
d'une force supérieure ; enfin, il avait fait une concession au siècle et jouait à l'écarté.

Alors Marie chantait des paroles d'Hugo, de Lamartine ou de moi, mises en musique par elle ; puis, au
milieu de ces charmantes mélodies, toujours trop
courtes, on entendait tout à coup éclore la ritournelle
d'une contredanse, chaque cavalier courait à sa danseuse, et un bal commençait.

Bal charmant dont Marie faisait tous les frais, jetant au milieu de trilles rapides brodés par ses doigts sur les touches du piano, un mot à ceux qui s'approchaient d'elle, à chaque traversée, à chaque chaîne-des-dames, à chaque chassé-croisé. À partir de ce moment, Nodier disparaissait, complètement oublié, car lui, ce n'était pas un de ces maîtres absolus et bougons dont on sent la présence, et dont on devine l'approche. C'était l'hôte de l'antiquité, qui s'efface pour faire place à celui qu'il reçoit, et qui se contentait d'être gracieux, faible, et presque féminin.

D'ailleurs Nodier, après avoir disparu un peu, disparaissait bientôt tout à fait, Nodier se couchait de bonne heure, ou plutôt on couchait Nodier de bonne heure. C'était Mme Nodier qui était chargée de ce soin. L'hiver, elle sortait la première du salon, puis quelquefois, quand il n'y avait pas de braise à la cuisine, on voyait une bassinoire passer, s'emplir, et entrer dans la chambre à coucher. Nodier suivait la bassinoire, et tout était dit.

Dix minutes après, Mme Nodier rentrait. Nodier était couché, et s'endormait aux mélodies de sa fille, et au bruit des piétinements et aux rires des danseurs.

Un jour nous trouvâmes Nodier bien autrement humble que de coutume. Cette fois, il était embarrassé, honteux. Nous lui demandâmes avec inquiétude ce qu'il avait.

Nodier venait d'être nommé académicien.

Il nous fit ses excuses bien humbles, à Hugo et à moi.

Mais il n'y avait pas de sa faute, l'Académie l'avait nommé au moment où il s'y attendait le moins.

C'est que Nodier, aussi savant à lui seul que tous les académiciens ensemble, démolissait pierre à pierre le dictionnaire de l'Académie ; il racontait que l'Immortel chargé de faire l'article *écrevisse* lui avait un jour montré cet article, en lui demandant ce qu'il en pensait.

L'article était conçu dans ces termes :

« Écrevisse, petit poisson rouge qui marche à reculons. »

— Il n'y a qu'une erreur dans votre définition, répondit Nodier, c'est que l'écrevisse n'est pas un poisson, c'est que l'écrevisse n'est pas rouge, c'est que l'écrevisse ne marche pas à reculons... le reste est parfait.

J'oublie de dire qu'au milieu de tout cela Marie Nodier s'était mariée, était devenue Mme Mennessier, mais ce mariage n'avait absolument rien changé à la vie de l'Arsenal. Jules était un ami à tous : on le voyait venir depuis longtemps dans la maison : il y demeura au lieu d'y venir, voilà tout.

Je me trompe, il y eut un grand sacrifice accompli : Nodier vendit sa bibliothèque, Nodier aimait ses livres, mais il adorait Marie.

Il faut dire une chose aussi, c'est que personne ne savait faire la réputation d'un livre comme Nodier. Voulait-il vendre ou faire vendre un livre, il le glorifiait par un article : avec ce qu'il découvrait dedans, il en faisait un exemplaire unique. Je me rappelle l'histoire d'un volume intitulé le *Zombi du grand Pérou* que Nodier prétendit être imprimé aux colonies[1], et dont il détruisit l'édition de son autorité privée ; le livre valait 5 fr., il monta à cent écus.

Quatre fois Nodier vendit ses livres, mais il gardait toujours un certain fonds, un noyau précieux à l'aide duquel, au bout de deux ou trois ans, il avait reconstruit sa bibliothèque.

Un jour, toutes ces charmantes fêtes s'interrompirent. Depuis un mois ou deux Nodier était plus souffreteux, plus plaintif. Au reste, l'habitude qu'on avait d'entendre plaindre Nodier faisait qu'on n'attachait pas une grande attention à ses plaintes. C'est qu'avec le caractère de Nodier il était assez difficile de sépa-

rer le mal réel d'avec les souffrances chimériques.
Cependant, cette fois, il s'affaiblissait visiblement.
Plus de flâneries sur les quais, plus de promenades
sur les boulevards, un lent acheminement seulement, quand du ciel gris filtrait un dernier rayon du
soleil d'automne, un lent acheminement vers Saint-
Mandé.

Le but de la promenade était un méchant cabaret,
où, dans les beaux jours de sa bonne santé, Nodier
se régalait de pain bis ; dans ses courses, d'ordinaire, toute la famille l'accompagnait, excepté Jules
retenu à son bureau. C'était Mme Nodier, c'était
Marie, c'étaient les deux enfants, Charles et Geor-
gette ; tout cela ne voulait plus quitter le mari, le
père et le grand-père. On sentait qu'on n'avait plus
que peu de temps à rester avec lui, et l'on en profitait.

Jusqu'au dernier moment Nodier insista pour la
conservation du dimanche ; puis, enfin, on s'aperçut
que de sa chambre le malade ne pouvait plus supporter le bruit et le mouvement qui se faisaient dans
le salon. Un jour Marie nous annonça tristement que,
le dimanche suivant, l'Arsenal serait fermé ; puis tout
bas elle dit aux intimes : Venez, nous causerons.

Nodier s'alita, enfin, pour ne plus se relever.

J'allai le voir.

— Oh ! mon cher Dumas, me dit-il, en me tendant les bras du plus loin qu'il m'aperçut, du temps
où je me portais bien, vous n'aviez en moi qu'un
ami ; depuis que je suis malade, vous avez en moi
un homme reconnaissant. Je ne puis plus travailler,
mais je puis encore lire, et, comme vous voyez, je
vous lis, et, quand je suis fatigué, j'appelle ma fille,
et ma fille vous lit.

Et Nodier me montra effectivement mes livres
épars sur son lit et sur sa table.

Ce fut un de mes moments d'orgueil réel. Nodier
isolé du monde, Nodier ne pouvant plus travailler,

Nodier, cet esprit immense, qui savait tout, Nodier me lisait et s'amusait en me lisant.

Je lui pris les mains, j'eusse voulu les baiser tant j'étais reconnaissant.

À mon tour, j'avais lu la veille une chose de lui, un petit volume qui venait de paraître, en deux livraisons de *La Revue des Deux Mondes*.

C'était *Inès de las Sierras*.

J'étais émerveillé. Ce roman, une des dernières publications de Charles, était si frais, si coloré, qu'on eût dit une œuvre de sa jeunesse que Nodier avait retrouvée et mise au jour, à l'autre horizon de sa vie.

Cette histoire d'Inès, c'était une histoire d'apparition de spectres, de fantômes ; seulement toute fantastique durant la première partie, elle cessait de l'être dans la seconde ; la fin expliquait le commencement.

Oh ! de cette explication je me plaignis amèrement à Nodier.

— C'est vrai, me dit-il, j'ai eu tort ; mais j'en ai une autre ; celle-là je ne la gâterai pas, soyez tranquille.

— À la bonne heure, et quand vous y mettrez-vous, à cette œuvre-là ?

Nodier me prit la main.

— Celle-là je ne la gâterai pas, parce que ce n'est pas moi qui l'écrirai, dit-il.

— Et qui l'écrira ?

— Vous.

— Comment ! moi, mon bon Charles ? mais je ne la sais pas, votre histoire.

— Je vous la raconterai. Oh ! celle-là, je la gardais pour moi, ou plutôt pour vous.

— Mon bon Charles, vous la raconterez, vous l'écrirez, vous l'imprimerez.

Nodier secoua la tête.

— Je vais vous la dire, fit-il ; vous me la rendrez, si j'en reviens.

— Attendez à ma prochaine visite, nous avons le temps.

— Mon ami, je vous dirai ce que je disais à un créancier, quand je lui donnais un acompte : prenez toujours.

Et il commença.

Jamais Nodier n'avait raconté d'une façon si charmante.

Oh ! si j'avais eu une plume, si j'avais eu du papier, si j'avais pu écrire aussi vite que la parole !

L'histoire était longue, je restai à dîner.

Après le dîner, Nodier s'était assoupi. Je sortis de l'Arsenal sans le revoir.

Je ne le revis plus.

Nodier, que l'on croyait si facile à la plainte, avait au contraire caché jusqu'au dernier moment ses souffrances à sa famille. Lorsqu'il découvrit la blessure, on reconnut que la blessure était mortelle.

Nodier était non seulement chrétien, mais bon et vrai catholique. C'était à Marie qu'il avait fait promettre de lui envoyer chercher un prêtre lorsque l'heure serait venue. L'heure était venue, Marie envoya chercher le curé de Saint-Paul.

Nodier se confessa. Pauvre Nodier ! il devait y avoir bien des péchés dans sa vie, mais il n'y avait certes pas une faute.

La confession achevée, toute la famille entra.

Nodier était dans une alcôve sombre d'où il étendait les bras sur sa femme, sur sa fille et sur ses petits-enfants.

Derrière la famille étaient les domestiques.

Derrière les domestiques, la bibliothèque, c'est-à-dire ces amis qui ne changent jamais — les livres.

Le curé dit à haute voix les prières auxquelles Nodier répondit aussi à haute voix en homme familier avec la liturgie chrétienne. Puis, les prières finies, il embrassa tout le monde, rassura chacun sur son état, affirma qu'il se sentait encore de la vie pour un jour ou deux, surtout si on le laissait dormir pendant quelques heures.

On laissa Nodier seul et il dormit cinq heures.

Le 26 janvier au soir, c'est-à-dire la veille de sa mort, la fièvre augmenta et produisit un peu de délire, vers minuit il ne reconnaissait personne, sa bouche prononça des paroles sans suite, dans lesquelles on distingua les noms de Tacite et de Fénelon[1].

Vers deux heures, la mort commençait de frapper à la porte : Nodier fut secoué par une crise violente, sa fille était penchée sur son chevet et lui tendait une tasse pleine d'une potion calmante ; il ouvrit les yeux, regarda Marie et la reconnut à ses larmes, alors il prit la tasse de ses mains et but avec avidité le breuvage qu'elle contenait.

— Tu as trouvé cela bon ? demanda Marie.

— Oh, oui ! mon enfant, comme tout ce qui vient de toi.

Et la pauvre Marie laissa tomber sa tête sur le chevet du lit, couvrant de ses cheveux le front humide du mourant.

— Oh ! si tu restais ainsi, murmura Nodier, je ne mourrais jamais*.

La mort frappait toujours.

Les extrémités commençaient à se refroidir ; mais, au fur et à mesure que la vie remontait, elle se concentrait au cerveau, et faisait à Nodier un esprit plus lucide qu'il ne l'avait jamais eu.

Alors, il bénit sa femme et ses enfants, puis il demanda le quantième du mois.

— Le 27 janvier, dit Mme Nodier.

— Vous n'oublierez pas cette date, n'est-ce pas, mes amis ? dit Nodier.

Puis se tournant vers la fenêtre :

---

* Francis Wey a publié sur les derniers moments de Nodier une notice pleine d'intérêt, mais écrite pour les amis, et tirée à vingt-cinq exemplaires seulement.

— Je voudrais bien voir encore une fois le jour, fit-il avec un soupir.

Puis il s'assoupit.

Puis son souffle devint intermittent.

Puis enfin, au moment où le premier rayon du jour frappa les vitres, il rouvrit les yeux, fit des lèvres, fit du regard un signe d'adieu et expira.

Avec Nodier, tout mourut à l'Arsenal, joie, vie et lumière ; ce fut un deuil qui nous prit tous ; chacun perdait une portion de lui-même en perdant Nodier.

Moi, pour mon compte, je ne sais comment dire cela, mais j'ai quelque chose de mort en moi depuis que Nodier est mort.

Ce quelque chose ne vit que lorsque je parle de Nodier.

Voilà pourquoi j'en parle si souvent.

Maintenant l'histoire qu'on va lire, c'est celle que Nodier m'a racontée[1].

## II

### *La Famille d'Hoffmann*

Au nombre de ces ravissantes cités qui s'éparpillent aux bords du Rhin, comme les grains d'un chapelet dont le fleuve serait le fil, il faut compter Mannheim[2], la seconde capitale du grand-duché de Bade, Mannheim, la seconde résidence du grand-duc.

Aujourd'hui que les bateaux à vapeur qui montent et descendent le Rhin passent à Mannheim, aujourd'hui qu'un chemin de fer conduit à Mannheim, aujourd'hui que Mannheim, au milieu du pétillement de la fusillade, a secoué, les cheveux épars et la robe teinte de sang, l'étendard de la rébellion[3] contre son grand-duc, je ne sais plus ce qu'est Mannheim ; mais à l'époque où commence cette histoire, c'est-à-dire qu'il y a bientôt cinquante-six ans, je vais vous dire ce qu'elle était.

C'était la ville allemande par excellence, calme et politique à la fois, un peu triste, ou plutôt un peu rêveuse ; c'était la ville des romans d'August Lafontaine[1] et des poèmes de Goethe[2], d'Henriette Bellmann et de Werther.

En effet, il ne s'agit que de jeter un coup d'œil sur Mannheim, pour juger à l'instant, en voyant ses maisons honnêtement alignées, sa division en quatre quartiers, ses rues larges et belles où pointe l'herbe, sa fontaine mythologique, sa promenade ombragée d'un double rang d'acacias qui la traverse d'un bout à l'autre ; pour juger, dis-je, combien la vie serait douce et facile dans un semblable paradis, si parfois les passions amoureuses ou politiques n'y venaient mettre un pistolet à la main de Werther[3] ou un poignard à la main de Sand[4].

Il y a surtout une place qui a un caractère tout particulier, c'est celle où s'élèvent à la fois l'église et le théâtre.

Église et théâtre ont dû être bâtis en même temps, probablement par le même architecte ; probablement encore vers le milieu de l'autre siècle, quand les caprices d'une favorite influaient sur l'art, à ce point que tout un côté de l'art prenait son nom, depuis l'église jusqu'à la petite maison, depuis la statue de bronze de dix coudées jusqu'à la figurine en porcelaine de Saxe.

L'église et le théâtre de Mannheim sont donc dans le style Pompadour.

L'église a deux niches extérieures : dans l'une de ces deux niches est une **Minerve**, et dans l'autre est une Hébé[5].

La porte du théâtre est surmontée de **deux sphinx**.

Ces deux sphinx représentent, l'un la Comédie, l'autre la Tragédie.

Le premier de ces deux sphinx tient sous sa patte un masque, le second un poignard. Tous deux sont coiffés en racine droite avec un chignon poudré ; ce qui ajoute merveilleusement à leur caractère égyptien.

Au reste toute la place, maisons contournées, arbres frisés, murailles festonnées, est dans le même caractère, et forme un ensemble des plus réjouissants.

Eh bien ! c'est dans une chambre située au premier étage d'une maison dont les fenêtres donnent de biais sur le portail de l'église des jésuites, que nous allons conduire nos lecteurs, en leur faisant seulement observer que nous les rajeunissons de plus d'un demi-siècle, et que nous en sommes comme millésime à l'an de grâce ou de disgrâce 1793, et comme quantième au dimanche dix du mois de mai. Tout est donc en train de fleurir : les algues au bord du fleuve, les marguerites dans la prairie, l'aubépine dans les haies, la rose dans les jardins, l'amour dans les cœurs.

Maintenant, ajoutons ceci : c'est qu'un des cœurs qui battaient le plus violemment dans la ville de Mannheim et dans les environs, était celui du jeune homme qui habitait cette petite chambre dont nous venons de parler, et dont les fenêtres donnaient de biais sur le portail de l'église des Jésuites.

Chambre et jeune homme méritent chacun une description particulière.

La chambre, à coup sûr, était celle d'un esprit capricieux et pittoresque tout ensemble, car elle avait à la fois l'aspect d'un atelier, d'un magasin de musique et d'un cabinet de travail.

Il y avait une palette, des pinceaux et un chevalet, et sur ce chevalet une esquisse commencée.

Il y avait une guitare, une viole d'amour et un piano, et sur ce piano une sonate ouverte.

Il y avait une plume, de l'encre et du papier, et sur ce papier un commencement de ballade griffonné.

Puis, le long des murailles, des arcs, des flèches, des arbalètes du quinzième siècle, des gravures du seizième, des instruments de musique du dix-septième, des bahuts de tous les temps, des pots à boire de toutes les formes, des aiguières de toutes les espèces, enfin des colliers de verre, des éventails de plumes, des lézards empaillés, des fleurs sèches, tout un monde enfin, mais tout un monde ne valant pas vingt-cinq thalers de bon argent.

Celui qui habitait cette chambre était-il un peintre, un musicien ou un poète ? nous l'ignorons.

Mais à coup sûr, c'était un fumeur ; car, au milieu de toutes ces collections, la collection la plus complète, la plus en vue, la collection occupant la place d'honneur et s'épanouissant en soleil au-dessus d'un vieux canapé, à la portée de la main, était une collection de pipes.

Mais, quel qu'il fût, poète, musicien, peintre ou fumeur, pour le moment, il ne fumait, ni ne peignait, ni ne notait, ni ne composait.

Non, il regardait.

Il regardait, immobile, debout, appuyé contre la muraille, retenant son souffle ; il regardait par sa fenêtre, ouverte, après s'être fait un rempart du rideau, pour voir sans être vu ; il regardait comme on regarde, quand les yeux ne sont que la lunette du cœur !

Que regardait-il ?

Un endroit parfaitement solitaire pour le moment, le portail de l'église des Jésuites.

Il est vrai que ce portail était solitaire parce que l'église était pleine.

Maintenant, quel aspect avait celui qui habitait cette chambre, celui qui regardait derrière ce rideau, celui dont le cœur battait ainsi en regardant ?

C'était un jeune homme de dix-huit ans tout au

plus, petit de taille, maigre de corps, sauvage d'aspect. Ses longs cheveux noirs tombaient de son front jusqu'au-dessous de ses yeux, qu'ils voilaient quand il ne les écartait pas de la main, et, à travers le voile de ses cheveux, son regard brillait fixe et fauve, comme le regard d'un homme dont les facultés mentales ne doivent pas toujours demeurer dans un parfait équilibre.

Ce jeune homme, ce n'était ni un poète, ni un peintre, ni un musicien : c'était un composé de tout cela ; c'était la peinture, la musique et la poésie réunies ; c'était un tout bizarre, fantasque, bon et mauvais, brave et timide, actif et paresseux : ce jeune homme, enfin, c'était Ernest-Théodore-Guillaume Hoffmann[1].

Il était né par une rigoureuse nuit d'hiver, en 1776, tandis que le vent sifflait, tandis que la neige tombait, tandis que tout ce qui n'est pas riche souffrait ; il était né à Königsberg[2], au fond de la Vieille-Prusse ; né si faible, si grêle, si pauvrement bâti, que l'exiguïté de sa personne fit croire à tout le monde qu'il était bien plus pressant de lui commander une tombe que de lui acheter un berceau ; il était né la même année où Schiller[3] écrivant son drame des *Brigands*, signait : SCHILLER, *esclave de Klopstock*[4] ; né au milieu d'une de ces vieilles familles bourgeoises comme nous en avions en France du temps de la Fronde, comme il y en a encore en Allemagne, mais comme il n'y en aura bientôt plus nulle part ; né d'une mère au tempérament maladif, mais d'une résignation profonde, ce qui donnait à toute sa personne souffrante l'aspect d'une adorable mélancolie ; né d'un père à la démarche et à l'esprit sévères, car ce père était conseiller criminel et commissaire de justice près le tribunal supérieur provincial. Autour de cette mère et de ce père, il y avait des oncles juges, des oncles baillis, des oncles bourgmestres, des tantes jeunes encore, belles encore,

coquettes encore ; oncles et tantes, tous musiciens,
tous artistes, tous pleins de sève, tous allègres. Hoffmann disait les avoir vus ; il se les rappelait exé-
cutant autour de lui, enfant de six, de huit, de dix
ans, des concerts étranges où chacun jouait d'un de
ces vieux instruments dont on ne sait même plus
les noms aujourd'hui : tympanons, rebecs [1], cithares,
cistres, violes d'amour, violes de gambe. Il est vrai
que personne autre qu'Hoffmann n'avait jamais vu
ces oncles musiciens, ces tantes musiciennes, et
qu'oncles et tantes s'étaient retirés les uns après les
autres comme des spectres, après avoir éteint, en se
retirant, la lumière qui brûlait sur leurs pupitres.

De tous ces oncles, cependant, il en restait un. De
toutes ces tantes, cependant, il en restait une.

Cette tante, c'était un des souvenirs charmants
d'Hoffmann.

Dans la maison où Hoffmann avait passé sa jeunesse, vivait une sœur de sa mère, une jeune femme
aux regards suaves et pénétrant au plus profond de
l'âme ; une jeune femme douce, spirituelle, pleine
de finesse qui, dans l'enfant que chacun tenait pour
un fou, pour un maniaque, pour un enragé, voyait
un esprit éminent qui plaidait seule, pour lui avec
sa mère, bien entendu, qui lui prédisait le génie, la
gloire ; prédiction qui plus d'une fois fit venir les
larmes aux yeux de la mère d'Hoffmann ; car elle
savait que le compagnon inséparable du génie et de
la gloire, c'est le malheur.

Cette tante c'était la tante Sophie.

Cette tante était musicienne comme toute la famille,
elle jouait du luth. Quand Hoffmann s'éveillait dans
son berceau, il s'éveillait inondé d'une vibrante harmonie ; quand il ouvrait les yeux il voyait la forme
gracieuse de la jeune femme, mariée à son instrument. Elle était ordinairement vêtue d'une robe vert
d'eau avec des nœuds roses ; elle était ordinairement
accompagnée d'un vieux musicien à jambes torses et

à perruque blanche qui jouait d'une basse plus grande que lui, à laquelle il se cramponnait, montant et descendant comme fait un lézard le long d'une courge, c'est à ce torrent d'harmonie tombant comme une cascade de perle des doigts de la belle Euterpe, qu'Hoffmann avait bu le philtre enchanté qui l'avait lui-même fait musicien.

Aussi la tante Sophie, avons-nous dit, était un des charmants souvenirs d'Hoffmann.

Il n'en était pas de même de son oncle.

La mort du père d'Hoffmann, la maladie de sa mère, l'avaient laissé aux mains de cet oncle.

C'était un homme aussi exact que le pauvre Hoffmann était décousu, aussi bien ordonné que le pauvre Hoffmann était bizarrement fantasque, et dont l'esprit d'ordre et d'exactitude s'était éternellement exercé sur son neveu, mais toujours aussi inutilement que s'était exercé sur ses pendules l'esprit de l'empereur Charles Quint : l'oncle avait beau faire, l'heure sonnait à la fantaisie du neveu, jamais à la sienne.

Au fond, ce n'était point cependant, malgré son exactitude et sa régularité, un trop grand ennemi des arts et de l'imagination, que cet oncle d'Hoffmann ; il tolérait même la musique, la poésie et la peinture ; mais il prétendait qu'un homme sensé ne devait recourir à de pareils délassements qu'après son dîner, pour faciliter la digestion. C'était sur ce thème qu'il avait réglé la vie d'Hoffmann : tant d'heures pour le sommeil, tant d'heures pour l'étude du barreau, tant d'heures pour le repas, tant de minutes pour la musique, tant de minutes pour la peinture, tant de minutes pour la poésie.

Hoffmann eût voulu retourner tout cela, lui, et dire tant de minutes pour le barreau, et tant d'heures pour la poésie, la peinture et la musique ; mais Hoffmann n'était pas le maître ; il en était résulté qu'Hoffmann avait pris en horreur le barreau et son

oncle, et qu'un beau jour il s'était sauvé de Königsberg avec quelques thalers en poche, avait gagné
Heidelberg où il avait fait une halte de quelques instants, mais où il n'avait pu rester, vu la mauvaise
musique que l'on faisait au théâtre.

En conséquence, de Heidelberg il avait gagné
Mannheim, dont le théâtre, près duquel, comme on le
voit, il s'était logé, passait pour être le rival des scènes
lyriques de France et d'Italie ; nous disons de France
et d'Italie, parce qu'on n'oubliera point que c'est
cinq ou six ans seulement avant l'époque à laquelle
nous sommes arrivés, qu'avait eu lieu, à l'Académie
royale de Musique, la grande lutte entre Gluck et
Piccinni[1].

Hoffmann était donc à Mannheim, où il logeait
près du théâtre, et où il vivait du produit de sa peinture, de sa musique et de sa poésie, joint à quelques
frédérics d'or que sa bonne mère lui faisait passer de
temps en temps, au moment où, nous arrogeant le
privilège du Diable boiteux[2], nous venons de lever
le plafond de sa chambre et de le montrer à nos lecteurs debout, appuyé à la muraille, immobile derrière son rideau, haletant, les yeux fixés sur le portail
de l'église des Jésuites.

### III

*Un amoureux et un fou*

Au moment où quelques personnes, sortant de
l'église des Jésuites, quoique la messe fût à peine
à moitié de sa célébration, rendaient l'attention
d'Hoffmann plus vive que jamais, on heurta à sa
porte.

Le jeune homme secoua la tête et frappa du pied

avec un mouvement d'impatience, mais ne répondit pas.

On heurta une seconde fois.

Un regard torve alla foudroyer l'indiscret à travers la porte.

On frappa une troisième fois.

Cette fois, le jeune homme demeura tout à fait immobile ; il était visiblement décidé à ne pas ouvrir.

Mais, au lieu de s'obstiner à frapper, le visiteur se contenta de prononcer un des prénoms d'Hoffmann.

— Théodore, dit-il.

— Ah ! c'est toi, Zacharias Werner[1], murmura Hoffmann.

— Oui, c'est moi ; tiens-tu à être seul ?

— Non, attends.

Et Hoffmann alla ouvrir.

Un grand jeune homme, pâle, maigre et blond, un peu effaré, entra. Il pouvait avoir trois ou quatre ans de plus qu'Hoffmann. Au moment où la porte s'ouvrait, il lui posa la main sur l'épaule et les lèvres sur le front, comme eût pu faire un frère aîné.

C'était, en effet, un véritable frère pour Hoffmann. Né dans la même maison que lui, Zacharias Werner, le futur auteur de *Martin Luther*, de l'*Attila*, du *24 février*, de *La Croix de la Baltique*, avait grandi sous la double protection de sa mère et de la mère d'Hoffmann.

Les deux femmes, atteintes toutes deux d'une affection nerveuse qui se termina par la folie, avaient transmis à leurs enfants cette maladie, qui, atténuée par la transmission, se traduisit en imagination fantastique chez Hoffmann, et en disposition mélancolique chez Zacharias. La mère de ce dernier se croyait, à l'instar de la Vierge, chargée d'une mission divine. Son enfant, son Zacharie, devait être le nouveau Christ, le futur Siloé promis par les Écritures. Pendant qu'il dormait, elle lui tressait des couronnes de bleuets, dont elle ceignait son front ; elle s'agenouillait devant lui, chantant, de sa voix douce et harmonieuse, les plus beaux cantiques de Luther, espérant à chaque verset voir la couronne de bleuets se changer en auréole.

Les deux enfants furent élevés ensemble ; c'était surtout parce que Zacharias habitait Heidelberg, où il étudiait, que Hoffmann s'était enfui de chez son oncle, et à son tour Zacharias, rendant à Hoffmann amitié pour amitié, avait quitté Heidelberg, et était venu rejoindre Hoffmann à Mannheim, quand Hoffmann était venu chercher à Mannheim une meilleure musique que celle qu'il trouvait à Heidelberg.

Mais une fois réunis, une fois à Mannheim, loin de l'autorité de cette mère si douce, les deux jeunes gens avaient pris appétit aux voyages, ce complément indispensable de l'éducation de l'étudiant allemand, et ils avaient résolu de visiter Paris :

Werner, à cause du spectacle étrange que devait présenter la capitale de la France au milieu de la période de terreur où elle était parvenue ; Hoffmann pour comparer la musique française à la musique italienne, et surtout pour étudier les ressources de l'Opéra français, comme mise en scène et décors, Hoffmann ayant dès cette époque l'idée qu'il caressa toute sa vie de se faire directeur de théâtre.

Werner, libertin par tempérament, quoique religieux par éducation, comptait bien en même temps profiter pour son plaisir de cette étrange liberté de mœurs à laquelle on était arrivé en 1793, et dont un de ses amis, revenu depuis peu d'un voyage à Paris, lui avait fait une peinture si séduisante, que cette peinture avait tourné la tête du voluptueux étudiant.

Hoffmann comptait voir les musées dont on lui avait dit force merveilles, et, flottant encore dans sa manière, comparer la peinture italienne à la peinture allemande.

Quels que fussent d'ailleurs les motifs secrets qui

poussassent les deux amis, le désir de visiter la France était égal chez tous deux.

Pour accomplir ce désir, il ne leur manquait qu'une chose, l'argent.

Mais, par une coïncidence étrange, le hasard avait voulu que Zacharias et Hoffmann eussent le même jour reçu chacun de sa mère cinq frédérics[1] d'or.

Dix frédérics d'or faisaient à peu près deux cents livres ; c'était une jolie somme pour deux étudiants qui vivaient logés, chauffés et nourris, pour cinq thalers[2] par mois. Mais cette somme était bien insuffisante pour accomplir le fameux voyage projeté.

Il était venu une idée aux deux jeunes gens, et, comme cette idée leur était venue à tous deux à la fois, ils l'avaient prise pour une inspiration du ciel :

C'était d'aller au jeu et de risquer chacun les cinq frédérics d'or.

Avec ces dix frédérics il n'y avait pas de voyage possible. En risquant ces dix frédérics, on pouvait gagner une somme à faire le tour du monde.

Ce qui fut dit fut fait : la saison des eaux approchait, et, depuis le 1er mai, les maisons de jeu étaient ouvertes ; Werner et Hoffmann entrèrent dans une maison de jeu.

Werner tenta le premier la fortune et perdit, en cinq coups, ses cinq frédérics d'or.

Le tour d'Hoffmann était venu.

Hoffmann hasarda en tremblant son premier frédéric d'or et gagna.

Encouragé par ce début, il redoubla. Hoffmann était dans un jour de veine ; il gagnait quatre coups sur cinq, et le jeune homme était de ceux qui ont confiance dans la fortune. Au lieu d'hésiter, il marcha franchement de parolis en parolis[3] ; on eût pu croire qu'un pouvoir surnaturel le secondait : sans combinaison arrêtée, sans calcul aucun, il jetait son or sur une carte, et son or se doublait, se triplait, se quintuplait. Zacharias, plus tremblant qu'un fiévreux, plus pâle qu'un spectre, Zacharias murmurait: «assez, Théodore, assez»; mais le joueur raillait cette timidité puérile. L'or suivait l'or, et l'or engendrait l'or. Enfin, deux heures du matin sonnèrent, c'était l'heure de la fermeture de l'établissement, le jeu cessa; les deux jeunes gens, sans compter, prirent chacun une charge d'or. Zacharias, qui ne pouvait croire que toute cette fortune était à lui, sortit le premier; Hoffmann allait le suivre, quand un vieil officier, qui ne l'avait pas perdu de vue pendant tout le temps qu'il avait joué, l'arrêta comme il allait franchir le seuil de la porte.

— Jeune homme, dit-il en lui posant la main sur l'épaule et en le regardant fixement, si vous y allez de ce train-là, vous ferez sauter la banque[1], j'en conviens; mais quand la banque aura sauté, vous n'en serez qu'une proie plus sûre pour le diable.

Et, sans attendre la réponse d'Hoffmann, il disparut. Hoffmann sortit à son tour, mais il n'était plus le même. La prédiction du vieux soldat l'avait refroidi comme un bain glacé, et cet or, dont ses poches étaient pleines, lui pesait. Il lui semblait porter son fardeau d'iniquités.

Werner l'attendait joyeux. Tous deux revinrent ensemble chez Hoffmann, l'un riant, dansant, chantant; l'autre rêveur, presque sombre. Celui qui riait, dansait, chantait, c'était Werner; celui qui était rêveur et presque sombre, c'était Hoffmann. Tous deux, au reste, décidèrent de partir le lendemain soir pour la France. Ils se séparèrent en s'embrassant.

Hoffmann resté seul, compta son or.

Il avait cinq mille thalers, vingt-trois ou vingt-quatre mille francs.

Il réfléchit longtemps et sembla prendre une résolution difficile.

Pendant qu'il réfléchissait à la lueur d'une lampe de cuivre éclairant la chambre, son visage était pâle et son front ruisselait de sueur.

À chaque bruit qui se faisait autour de lui, ce bruit fût-il aussi insaisissable que le frémissement de l'aile du moucheron, Hoffmann tressaillait, se retournait et regardait autour de lui avec terreur.

La prédiction de l'officier lui revenait à l'esprit, il murmurait tout bas des vers de *Faust*, et il lui semblait voir sur le seuil de la porte, le rat rongeur ; dans l'angle de sa chambre, le barbet noir[1].

Enfin son parti fut pris.

Il mit à part mille thalers qu'il regardait comme la somme grandement nécessaire pour son voyage, fit un paquet des quatre mille autres thalers ; puis, sur le paquet, colla une carte de la cire et écrivit sur cette carte :

*À M. le bourgmestre de Königsberg, pour être partagés entre les familles les plus pauvres de la ville.*

Puis, content de la victoire qu'il venait de remporter sur lui-même, rafraîchi par ce qu'il venait de faire, il se déshabilla, se coucha, et dormit tout d'une pièce jusqu'au lendemain à sept heures du matin.

À sept heures il se réveilla, et son premier regard fut pour ses mille thalers visibles et ses quatre mille thalers cachetés. Il croyait avoir fait un rêve.

La vue des objets l'assura de la réalité de ce qui était arrivé la veille.

Mais ce qui était une réalité, surtout pour Hoffmann, quoiqu'aucun objet matériel ne fût là pour la lui rappeler, c'était la prédiction du vieil officier.

Aussi sans regret aucun s'habilla-t-il comme de coutume ; et, prenant ses quatre mille thalers sous son bras, alla-t-il les porter lui-même à la diligence de Königsberg, après avoir pris le soin cependant de serrer les mille thalers restant dans son tiroir.

Puis, comme il était convenu, on s'en souvient, que les deux amis partiraient le même soir pour la France, Hoffmann se mit à faire ses préparatifs de voyage.

Tout en allant, tout en venant, tout en époussetant

un habit, en pliant une chemise, en assortissant deux mouchoirs, Hoffmann jeta les yeux dans la rue et demeura dans la pose où il était.

Une jeune fille de seize à dix-sept ans, charmante, étrangère bien certainement à la ville de Mannheim, puisque Hoffmann ne la connaissait pas, venait de l'extrémité opposée de la rue et s'acheminait vers l'église.

Hoffmann, dans ses rêves de poète, de peintre et de musicien, n'avait jamais rien vu de pareil.

C'était quelque chose qui dépassait, non seulement tout ce qu'il avait vu, mais encore tout ce qu'il espérait voir.

Et cependant, à la distance où il était, il ne voyait qu'un ravissant ensemble : les détails lui échappaient.

La jeune fille était accompagnée d'une vieille servante.

Toutes deux montèrent lentement les marches de l'église des Jésuites, et disparurent sous le portail.

Hoffmann laissa sa malle à moitié faite, un habit lie-de-vin à moitié battu, sa redingote à brandebourgs à moitié pliée, et resta immobile derrière son rideau.

C'est là que nous l'avons trouvé, attendant la sortie de celle qu'il avait vue entrer.

Il ne craignait qu'une chose : c'est que ce ne fût un ange, et qu'au lieu de sortir par la porte, elle ne s'envolât par la fenêtre pour remonter aux cieux.

C'est dans cette situation que nous l'avons pris, et que son ami Zacharias Werner vint le prendre après nous.

Le nouveau venu appuya du même coup, comme nous l'avons dit, sa main sur l'épaule et ses lèvres sur le front de son ami.

Puis il poussa un énorme soupir.

Quoique Zacharias Werner fût toujours très pâle, il était cependant encore plus pâle que d'habitude.

— Qu'as-tu donc ? lui demanda Hoffmann avec une inquiétude réelle.

— Oh! mon ami! s'écria Werner… Je suis un brigand! je suis un misérable! je mérite la mort… fends-moi la tête avec une hache… perce-moi le cœur avec une flèche. Je ne suis plus digne de voir la lumière du ciel.

— Bah! demanda Hoffmann avec la placide distraction de l'homme heureux; qu'est-il donc arrivé, cher ami?

— Il est arrivé… ce qui est arrivé, n'est-ce pas… tu me demandes ce qui est arrivé?… Eh bien! mon ami, le diable m'a tenté!

— Que veux-tu dire?

— Que quand j'ai vu tout mon or ce matin, il y en avait tant, qu'il me semble que c'est un rêve.

— Comment! un rêve?

— Il y en avait une pleine table, toute couverte, continua Werner. Eh bien! quand j'ai vu cela, une véritable fortune, mille frédérics d'or, mon ami, eh bien! quand j'ai vu cela, quand de chaque pièce j'ai vu rejaillir un rayon, la rage m'a repris, je n'ai pas pu y résister, j'ai pris le tiers de mon or et j'ai été au jeu.

— Et tu as perdu?

— Jusqu'à mon dernier kreutzer.

— Que veux-tu? c'est un petit malheur, puisqu'il te reste les deux tiers.

— Ah bien oui, les deux tiers! Je suis revenu chercher le second tiers, et…

— Et tu l'as perdu comme le premier?

— Plus vite, mon ami, plus vite.

— Et tu es revenu chercher ton troisième tiers?

— Je ne suis pas revenu, j'ai volé; j'ai pris les mille cinq cents thalers restant, et je les ai posés sur la rouge.

— Alors, dit Hoffmann, la noire est sortie, n'est-ce pas?

— Ah! mon ami, la noire, l'horrible noire, sans hésitation, sans remords, comme si en sortant elle

ne m'enlevait pas mon dernier espoir. Sortie, mon
ami, sortie.

— Et tu ne regrettes les mille frédérics qu'à cause
du voyage ?

— Pas pour autre chose. Oh ! si j'eusse seulement
mis de côté de quoi aller à Paris, — cinq cents thalers !

— Tu te consolerais d'avoir perdu le reste ?

— À l'instant même.

— Eh bien ! qu'à cela ne tienne, mon cher Zacharias, dit Hoffmann, en le conduisant vers son tiroir ;
tiens, voilà les cinq cents thalers, pars.

— Comment ! que je parte ? s'écria Werner, et toi !

— Oh ! moi, je ne pars plus.

— Comment ! tu ne pars plus ?

— Non, pas dans ce moment-ci, du moins.

— Mais pourquoi ? pour quelle raison ? qui t'em-
pêche de partir ? qui te retient à Mannheim ?

Hoffmann entraîna vivement son ami vers la
fenêtre. On commençait à sortir de l'église, la messe
était finie.

— Tiens, regarde, regarde, dit-il en désignant du
doigt quelqu'un à l'attention de Werner.

Et en effet, la jeune fille inconnue apparaissait au
haut du portail, descendant lentement les degrés de
l'église, son livre de messe posé contre sa poitrine,
sa tête baissée, modeste et pensive comme la Marguerite de Goethe[1].

— Vois-tu, murmurait Hoffmann, vois-tu ?

— Certainement que je vois.

— Eh bien, que dis-tu ?

— Je dis qu'il n'y a pas de femme au monde qui
vaille qu'on lui sacrifie le voyage de Paris, fût-ce la
belle Antonia, fût-ce la fille du vieux Gottlieb Murr[2],
le nouveau chef d'orchestre du théâtre de Mannheim.

— Tu la connais donc ?

— Certainement.

— Tu connais donc son père ?

— Il était chef d'orchestre au théâtre de Franc-fort.

— Et tu peux me donner une lettre pour lui ?

— À merveille !

— Mets-toi là, Zacharias, et écris.

Zacharias se mit à la table et écrivit.

Au moment de partir pour la France, il recommandait son jeune ami Théodore Hoffmann à son vieil ami Gottlieb Murr.

Hoffmann donna à peine à Zacharias le temps d'achever sa lettre, la signature apposée, il la lui prit et, embrassant son ami, il s'élança hors de la chambre.

— C'est égal, lui cria une dernière fois Zacharias Werner, tu verras qu'il n'y a pas de femme, si jolie qu'elle soit, qui puisse te faire oublier Paris.

Hoffmann entendit les paroles de son ami, mais il ne jugea pas même à propos de se retourner pour lui répondre, même par un signe d'approbation ou d'improbation.

Quant à Zacharias Werner, il mit ses cinq cents thalers dans sa poche, et, pour n'être plus tenté par le démon du jeu, il courut aussi vite, vers l'hôtel des messageries, que Hoffmann courait vers la maison du vieux chef d'orchestre.

Hoffmann frappait à la porte de maître Gottlieb Murr, juste au même moment où Zacharias Werner montait dans la diligence de Strasbourg.


# IV

## *Maître Gottlieb Murr*


Ce fut le chef d'orchestre qui vint ouvrir en personne à Hoffmann.

Hoffmann n'avait jamais vu maître Gottlieb, et cependant il le reconnut.

Cet homme, tout grotesque qu'il était, ne pouvait être qu'un artiste, et même un grand artiste.

C'était un petit vieillard de cinquante-cinq à soixante ans, ayant une jambe tordue, et cependant ne boitant pas trop de cette jambe qui ressemblait à un tire-bouchon. Tout en marchant, ou plutôt tout en sautillant, et son sautillement ressemblait fort à celui d'un hochequeue, tout en sautillant et en devançant les gens qu'il introduisait chez lui, il s'arrêtait, faisait une pirouette sur sa jambe torse, ce qui lui donnait l'air d'enfoncer une vrille dans la terre, et continuait son chemin.

Tout en le suivant, Hoffmann l'examinait et gravait dans son esprit un de ces fantastiques et merveilleux portraits dont il nous a donné, dans ses œuvres, une si complète galerie.

Le visage du vieillard était enthousiaste, fin et spirituel à la fois, recouvert d'une peau parcheminée, mouchetée de rouge et de noir comme une page de plain-chant. Au milieu de cet étrange faciès brillaient deux yeux vifs dont on pouvait d'autant mieux apprécier le regard aigu, que les lunettes qu'il portait et qu'il n'abandonnait jamais, même dans son sommeil, étaient constamment relevées sur son front, ou abaissées sur le bout de son nez. C'était seulement quand il jouait du violon en redressant la tête et en regardant à distance, qu'il finissait par utiliser ce petit meuble[1] qui paraissait être chez lui plutôt un objet de luxe que de nécessité.

Sa tête était chauve et constamment abritée sous une calotte noire, qui était devenue une partie inhérente à sa personne. Jour et nuit maître Gottlieb apparaissait aux visiteurs avec sa calotte. Seulement lorsqu'il sortait, il se contentait de la surmonter d'une petite perruque à la Jean-Jacques. De sorte que la calotte se trouvait prise entre le crâne et la perruque. Il va sans dire que jamais maître Gottlieb ne s'inquiétait le moins du monde de la portion de velours qui apparaissait sous ses faux cheveux, lesquels ayant plus d'affinité avec le chapeau qu'avec la tête, accompagnaient le chapeau dans son excursion aérienne, toutes les fois que maître Gottlieb saluait.

Hoffmann regarda tout autour de lui, mais ne vit personne.

Il suivit donc maître Gottlieb où maître Gottlieb qui, comme nous l'avons dit, marchait devant lui, voulut le mener.

Maître Gottlieb s'arrêta dans un grand cabinet plein de partitions empilées et de feuilles de musique volantes ; sur une table étaient dix ou douze boîtes plus ou moins ornées, ayant toutes cette forme à laquelle un musicien ne se trompe pas, c'est-à-dire la forme d'un étui de violon.

Pour le moment, maître Gottlieb était en train de disposer pour le théâtre de Mannheim, sur lequel il voulait faire un essai de musique italienne, le *Matrimonio segreto*, de Cimarosa [1].

Un archet, comme la batte d'Arlequin, était passé dans sa ceinture, ou plutôt maintenu par le gousset boutonné de sa culotte, une plume se dressait fièrement derrière son oreille, et ses doigts étaient tachés d'encre.

De ces doigts tachés d'encre il prit la lettre que lui présentait Hoffmann, puis, jetant un coup d'œil sur l'adresse, et reconnaissant l'écriture :

— Ah ! Zacharias Werner, dit-il, poète, poète celui-là, mais joueur. Puis, comme si la qualité corrigeait un peu le défaut, il ajouta : Joueur, joueur, mais poète.

Puis, décachetant la lettre :

— Parti, n'est-ce pas, parti ?

— Il part, Monsieur, en ce moment même.

— Dieu le conduise, ajouta Gottlieb en levant les yeux au ciel, comme pour recommander son ami à

Dieu. Mais il a bien fait de partir. Les voyages forment la jeunesse et si je n'avais pas voyagé, je ne connaîtrais pas, moi, l'immortel Paisiello[1], le divin Cimarosa.

— Mais dit Hoffmann, vous n'en connaîtriez pas moins bien leurs œuvres, maître Gottlieb.

— Oui, leurs œuvres, certainement ; mais qu'est-ce que connaître l'œuvre sans l'artiste ? c'est connaître l'âme sans le corps ; l'œuvre, c'est le spectre, c'est l'apparition ; l'œuvre, c'est ce qui reste de nous après notre mort. Mais le corps, voyez-vous, c'est ce qui a vécu ; vous ne comprendrez jamais entièrement l'œuvre d'un homme, si vous n'avez pas connu l'homme lui-même.

Hoffmann fit un signe de tête.

— C'est vrai, dit-il, et je n'ai jamais apprécié complètement Mozart qu'après avoir vu Mozart[2].

— Oui, oui, dit Gottlieb, Mozart a du bon ; mais pourquoi a-t-il du bon ? parce qu'il a voyagé en Italie. La musique allemande, jeune homme, c'est la musique des hommes ; mais retenez bien ceci, la musique italienne, c'est la musique des Dieux.

— Ce n'est pourtant pas, reprit Hoffmann en souriant, ce n'est pourtant pas en Italie que Mozart a fait *Le Mariage de Figaro* et *Don Juan*, puisqu'il a fait l'un à Vienne pour l'empereur, l'autre à Prague pour le Théâtre-Italien.

— C'est vrai, jeune homme, c'est vrai, et j'aime à voir en vous cet esprit national qui vous fait défendre Mozart. Oui, certainement, si le pauvre diable eût vécu, et s'il eût fait encore un ou deux voyages en Italie, c'eût été un maître, un très grand maître. Mais ce *Don Juan*, dont vous parlez, ce *Mariage de Figaro*, dont vous parlez, sur quoi les a-t-il faits ? Sur des libretti italiens, sur des paroles italiennes, sous un reflet du soleil de Bologne, de Rome ou de Naples. Croyez-moi, jeune homme, ce soleil, il faut l'avoir vu, l'avoir senti pour l'apprécier à sa valeur. Tenez, moi, j'ai quitté l'Italie depuis quatre ans ; depuis quatre ans je grelotte, excepté quand je pense à l'Italie ; la pensée seule de l'Italie me réchauffe ; je n'ai plus besoin de manteau quand je pense à l'Italie ; je n'ai plus besoin d'habit, je n'ai plus besoin de calotte même. Le souvenir me ravive : ô musique de Bologne ! ô soleil de Naples ! oh !...

Et la figure du vieillard exprima, un moment, une béatitude suprême, et tout son corps parut frissonner d'une jouissance infinie, comme si les torrents du soleil méridional, inondant encore sa tête, ruisselaient de son front chauve sur ses épaules, et de ses épaules sur toute sa personne.

Hoffmann se garda bien de le tirer de son extase, seulement il en profita pour regarder tout autour de lui, espérant toujours voir Antonia. Mais les portes étaient fermées et l'on n'entendait aucun bruit, derrière aucune des portes, qui y décelât la présence d'un être vivant.

Il lui fallut donc revenir à maître Gottlieb, dont l'extase se calmait peu à peu, et qui finit par en sortir avec une espèce de frissonnement.

— Brrrrou ! jeune homme, dit-il, et vous dites donc ?

Hoffmann tressaillit.

— Je dis, maître Gottlieb, que je viens de la part de mon ami Zacharias Werner lequel m'a parlé de votre bonté pour les jeunes gens, et comme je suis musicien...

— Ah ! vous êtes musicien ?

Et Gottlieb se redressa, releva la tête, la renversa en arrière et à travers ses lunettes, momentanément posées sur les derniers confins de son nez, il regarda Hoffmann.

— Oui, oui, ajouta-t-il, tête de musicien, front de musicien, œil de musicien, et qu'êtes-vous ? compositeur ou instrumentiste ?

— L'un et l'autre, maître Gottlieb.

— L'un et l'autre! dit maître Gottlieb, l'un et l'autre! cela ne doute de rien, ces jeunes gens. Il faudrait la vie tout d'un homme, de deux hommes, de trois hommes, pour être seulement l'un ou l'autre, et ils sont l'un et l'autre.

Et il fit un tour sur lui-même, levant les bras au ciel et ayant l'air d'enfoncer dans le parquet le tire-bouchon de sa jambe droite.

Puis, après la pirouette achevée, s'arrêtant devant Hoffmann :

— Voyons, jeune présomptueux, dit-il, qu'as-tu fait en composition ?

— Mais des sonates, des chants sacrés, des quintetti[1].

— Des sonates après Sébastien Bach[2]! des chants sacrés après Pergolèse[3]! des quintetti après François-Joseph Haydn[4]! Ah! jeunesse! jeunesse!

Puis, avec un sentiment de profonde pitié :

— Et comme instrumentiste, continua-t-il, comme instrumentiste? de quel instrument jouez-vous?

— De tous à peu près, depuis le rebec jusqu'au clavecin, depuis la viole d'amour jusqu'au théorbe[5]; mais l'instrument dont je me suis particulièrement occupé, c'est du violon.

— En vérité, dit maître Gottlieb d'un air railleur, en vérité tu lui as fait cet honneur-là, au violon! c'est ma foi bien heureux pour lui, pauvre violon! Mais, malheureux, ajouta-t-il en revenant vers Hoffmann en sautillant sur une seule jambe pour aller plus vite, sais-tu ce que c'est que le violon? Le violon! (et maître Gottlieb balança son corps sur cette seule jambe dont nous avons parlé, l'autre restant en l'air comme celle d'une grue), le violon! mais c'est le plus difficile de tous les instruments, le violon a été inventé par Satan lui-même pour damner l'homme, quand Satan a été au bout de ses inventions. Avec le violon vois-tu, Satan a perdu plus d'âmes qu'avec les sept péchés capitaux réunis. Il

n'y a que l'immortel Tartini[1], Tartini, mon maître,
mon héros, mon dieu, il n'y a que lui qui ait jamais
atteint la perfection sur le violon ; mais lui seul sait
ce qu'il lui a coûté dans ce monde et dans l'autre
pour avoir joué toute une nuit avec le violon du
diable lui-même, et pour avoir gardé son archet.
Oh ! le violon ! sais-tu, malheureux profanateur, que
cet instrument cache sous sa simplicité presque misérable, les plus inépuisables trésors d'harmonie qu'il
soit possible à l'homme de boire à la coupe des
Dieux ? As-tu étudié ce bois, ces cordes, cet archet,
ce crin, ce crin surtout ; espères-tu réunir, assem-
bler, dompter sous tes doigts ce tout merveilleux,
qui depuis deux siècles résiste aux efforts des plus
savants, qui se plaint, qui gémit, qui se lamente sous
leurs doigts, et qui n'a jamais chanté que sous les
doigts de l'immortel Tartini, mon maître ? Quand tu
as pris un violon pour la première fois, as-tu bien
pensé à ce que tu faisais, jeune homme ? Mais tu
n'es pas le premier, ajouta maître Gottlieb avec un
soupir tiré du plus profond de ses entrailles, et tu ne
seras pas le dernier que le violon aura perdu, violon, tentateur éternel ! d'autres que toi aussi ont cru
à leur vocation, et ont perdu leur vie à racler le
boyau, et tu vas augmenter le nombre de ces malheureux, déjà si nombreux, si inutiles à la société, si
insupportables à leurs semblables[2].

Puis tout à coup, et sans transition aucune, saisissant un violon et un archet comme un maître
d'escrime prend deux fleurets, et les présentant à
Hoffmann :

— Eh bien ! dit-il d'un air de défi, joue-moi quelque
chose ; voyons, joue, et je te dirai où tu en es, et, s'il
est encore temps de te retirer du précipice, je t'en
tirerai, comme j'en ai tiré le pauvre Zacharias Werner. Il en jouait aussi lui, du violon ; il en jouait avec
fureur, avec rage. Il rêvait des miracles, mais je lui
ai ouvert l'intelligence. Il brisa son violon en mor-

ceaux, et il en fit du feu. Puis je lui mis une basse
entre les mains, et cela acheva de le calmer. Là, il
y avait de la place pour ses longs doigts maigres.
Au commencement, il leur faisait faire dix lieues à
l'heure, et maintenant, maintenant, il joue suffisam-
ment de la basse pour souhaiter la fête à son oncle,
tandis qu'il n'eût jamais joué du violon que pour souhaiter la fête au diable. Allons, allons, jeune homme,
voici un violon, montre-moi ce que tu sais faire.

Hoffmann prit le violon et l'examina.

— Oui, oui, dit maître Gottlieb, tu examines de
qui il est, comme le gourmet flaire le vin qu'il va
boire. Pince une corde, une seule, et si ton oreille
ne te dit pas le nom de celui qui a fait le violon, tu
n'es pas digne de le toucher.

Hoffmann pinça une corde qui rendit un son
vibrant prolongé, frémissant.

— C'est un Antonio Stradivarius[1], dit-il.

— Allons, pas mal ; mais de quelle époque de la
vie de Stradivarius ? Voyons un peu ; il en a fait beaucoup de violons de 1698 à 1728.

— Ah ! quant à cela, dit Hoffmann, j'avoue mon
ignorance, et il me semble impossible...

— Impossible ! blasphémateur ; impossible : c'est
comme si tu me disais, malheureux qu'il est impossible de reconnaître l'âge du vin en le goûtant. Écoute
bien : aussi vrai que nous sommes aujourd'hui le
10 mai 1793, ce violon a été fait pendant le voyage
que l'immortel Antonio fit de Crémone à Mantoue en
1705, et où il laissa son atelier à son premier élève.
Aussi, vois-tu, ce Stradivarius-là, je suis bien aise
de te le dire, n'est que de troisième ordre ; mais j'ai
bien peur que ce ne soit encore trop bon pour un
pauvre écolier comme toi. Va, va, va.

Hoffmann épaula le violon et, non sans un vif battement de cœur, commença des variations sur le
thème de *Don Juan :*

*La ci darem' la mano*[1].

Maître Gottlieb était debout près d'Hoffmann, battant à la fois la mesure avec sa tête et avec le bout du pied de sa jambe torse. À mesure qu'Hoffmann jouait, sa figure s'animait, ses yeux brillaient, sa mâchoire supérieure mordait la lèvre inférieure, et aux deux côtés de cette lèvre aplatie, sortaient deux dents, que dans la position ordinaire elle était destinée à cacher, mais qui en ce moment se dressaient comme deux défenses de sanglier. Enfin, un allegro, dont Hoffmann triompha assez vigoureusement, lui attira de la part de maître Gottlieb un mouvement de tête qui ressemblait presque à un signe d'approbation.

Hoffmann finit par un démanché qu'il croyait des plus brillants, mais qui, loin de satisfaire le vieux musicien, lui fit faire une affreuse grimace.

Cependant sa figure se rasséréna peu à peu, et frappant sur l'épaule du jeune homme :

— Allons, allons, dit-il, c'est moins mal que je ne croyais ; quand tu auras oublié tout ce que tu as appris, quand tu ne feras plus de ces bonds à la mode, quand tu ménageras ces traits sautillants et ces démanchés criards, on fera quelque chose de toi.

Cet éloge, de la part d'un homme aussi difficile que le vieux musicien, ravit Hoffmann. Puis il n'oubliait pas, tout noyé qu'il était dans l'océan musical, que maître Gottlieb était le père de la belle Antonia.

Aussi, prenant au bond les paroles qui venaient de tomber de la bouche du vieillard :

— Et qui se chargera de faire quelque chose de moi ? demanda-t-il, est-ce vous, maître Gottlieb ?

— Pourquoi pas, jeune homme, pourquoi pas, si tu veux écouter le vieux Murr ?

— Je vous écouterai, maître, et tant que vous voudrez.

— Oh ! murmura le vieillard avec mélancolie, car

son regard se rejetait dans le passé, car sa mémoire
remontait les ans révolus, c'est que j'en ai bien
connu, des virtuoses! j'ai connu Corelli[1], par tradition, c'est vrai; c'est lui qui a ouvert la route, qui a
frayé le chemin; il faut jouer à la manière de Tartini
ou y renoncer. Lui, le premier, il a deviné que le violon était, sinon un Dieu, du moins le temple d'où un
Dieu pouvait sortir. Après lui vient Pugnani[2], violon
passable, intelligent, mais mou, trop mou, surtout
dans certains *appogiamenti*; puis Germiniani, vigoureux celui-là, mais vigoureux par boutades sans transitions; j'ai été à Paris exprès pour le voir, comme
tu veux, toi, aller à Paris pour voir l'Opéra: un
maniaque, mon ami, un somnambule, mon enfant,
un homme qui gesticulait en rêvant, entendant assez
bien le *tempo rubato*[3], fatal *tempo rubato*, qui tue
plus d'instrumentistes que la petite vérole, que la
fièvre jaune, que la peste. Alors je lui jouai mes
sonates à la manière de l'immortel Tartini, mon
maître, et alors il avoua son erreur. Malheureusement, l'élève était enfoncé jusqu'au cou dans sa
méthode. Il avait soixante-onze ans, le pauvre enfant!
Quarante ans plus tôt, je l'eusse sauvé, comme Giardini; celui-là, je l'avais pris à temps; mais, malheureusement, il était incorrigible; le diable en personne
s'était emparé de sa main gauche, et alors il allait, il
allait, il allait un tel train, que sa main droite ne
pouvait pas le suivre. C'étaient des extravagances,
des sautillements, des démanchés à donner la danse
de Saint-Guy à un Hollandais. Aussi, un jour qu'en
présence de Jomelli il gâtait un morceau magnifique, le bon Jomelli, qui était le plus brave homme
du monde, lui allongea-t-il un si rude soufflet, que
Giardini en eut la joue enflée pendant un mois,
Jomelli le poignet luxé pendant trois semaines. C'est
comme Lulli, un fou, un véritable fou, un danseur
de corde, un faiseur de sauts périlleux, un équili-
briste sans balancier et auquel on devrait mettre

dans la main un balancier au lieu d'un archet.
Hélas! hélas! hélas! s'écria douloureusement le
vieillard, je le dis avec un profond désespoir, avec
Nardini et avec moi s'éteindra le bel art de jouer
du violon, cet art, avec lequel notre maître à tous,
Orpheus, attirait les animaux, remuait les pierres et
bâtissait les villes. Au lieu de bâtir comme le violon
divin, nous démolissons comme les trompettes mau-
dites. Si les Français entrent jamais en Allemagne,
ils n'auront, pour faire tomber les murailles de Phi-
lipsbourg qu'ils ont assiégé tant de fois, ils n'auront qu'à faire exécuter, par quatre violons de ma
connaissance, un concert devant ces portes.

Le vieillard reprit haleine et ajouta d'un ton plus
doux :

— Je sais bien qu'il y a Viotti, un de mes élèves, un
enfant plein de bonnes dispositions, mais impatient,
mais dévergondé, mais sans règle. Quant à Giarnowicki, c'est un fat et un ignorant, et la première
chose que j'ai dite à ma vieille Lisbeth, c'était, si elle
entendait jamais ce nom-là prononcé à ma porte, de
fermer ma porte avec acharnement. Il y a trente ans
que Lisbeth est avec moi, eh bien! je vous le dis,
jeune homme, je chasse Lisbeth, si elle laisse entrer
chez moi Giarnowicki; un Sarmate, un Welche, qui
s'est permis de dire du mal du maître des maîtres, de
l'immortel Tartini. Oh! à celui qui m'apportera la
tête de Giarnowicki je promets des leçons et des
conseils tant qu'il en voudra. Quant à toi, mon garçon, continua le vieillard en revenant à Hoffmann,
quant à toi tu n'es pas fort, c'est vrai; mais Rode et
Kreutzer, mes élèves, n'étaient pas plus forts que toi :
Quant à toi, je disais donc qu'en venant chercher
maître Gottlieb, qu'en t'adressant à maître Gottlieb,
qu'en te faisant recommander à lui par un homme
qui le connaît et qui l'apprécie, par le fou de Zacharias Werner, tu prouves qu'il y a dans cette poitrine-
là un cœur d'artiste. Aussi maintenant, jeune homme,

voyons ce n'est plus un Antonio Stradivarius que je
veux mettre entre tes mains, non, ce n'est même plus
un Granuelo, ce vieux maître que l'immortel Tartini
estimait si fort, qu'il ne jouait jamais que sur des
Granuelo ; non, c'est sur un Antonio Amati[1], c'est sur
l'aïeul, c'est sur l'ancêtre, c'est sur la tige première
de tous les violons qui ont été faits, c'est sur l'instrument qui sera la dot de ma fille Antonia, que je veux
t'entendre, c'est l'arc d'Ulysse, vois-tu, et qui pourra
bander l'arc d'Ulysse est digne de Pénélope.

Et alors le vieillard ouvrit la boîte de velours toute
galonnée d'or, et en tira un violon comme il semblait qu'il ne dût jamais avoir existé de violons, et
comme Hoffmann seul, peut-être, se rappelait en
avoir vu dans les concerts fantastiques de ses
grands-oncles et de ses grands-tantes.

Puis il s'inclina sur l'instrument vénérable, et le
présentant à Hoffmann :

— Prends, dit-il, et tâche de ne pas être trop
indigne de lui.

Hoffmann s'inclina, prit l'instrument avec respect,
et commença une vieille étude de Sébastien Bach.

— Bach, Bach, murmura Gottlieb ; passe encore
pour l'orgue, mais il n'entendait rien au violon.
N'importe.

Au premier son qu'Hoffmann avait tiré de l'instrument, il avait tressailli, car lui, l'éminent musicien, il comprenait quel trésor d'harmonie on venait
de mettre entre ses mains.

L'archet, semblable à un arc tant il était courbé,
permettait à l'instrumentiste d'embrasser les quatre
cordes à la fois, et la dernière de ces cordes s'élevait
à des tons célestes si merveilleux, que jamais Hoffmann n'avait pu songer qu'un son si divin s'éveillât
sous une main humaine.

Pendant ce temps, le vieillard se tenait près de lui,
la tête renversée en arrière, les yeux clignotants,
disant pour tout encouragement :

— Pas mal, pas mal, jeune homme ; la main droite ;
la main droite, la main gauche n'est que le mouvement, la main droite c'est l'âme. Allons, de l'âme ! de
l'âme, de l'âme ! ! !

Hoffmann sentait bien que le vieux Gottlieb avait
raison et il comprenait, comme il lui avait dit à la
première épreuve, qu'il fallait désapprendre tout ce
qu'il avait appris ; et, par une transition insensible,
mais soutenue, mais croissante, il passait du pianis-
simo au fortissimo, de la caresse à la menace, de
l'éclair à la foudre, et il se perdait dans un torrent
d'harmonie qu'il soulevait comme un nuage, et qu'il
laissait retomber en cascades murmurantes, en perles
liquides, en poussière humide, et il était sous l'influence d'une situation nouvelle, d'un état touchant
à l'extase, quand tout à coup sa main gauche s'affaissa sur les cordes, l'archet mourut dans sa main,
le violon glissa de sa poitrine, ses yeux devinrent
fixes et ardents.

La porte venait de s'ouvrir, et dans la glace devant
laquelle il jouait, Hoffmann avait vu apparaître
pareille à une ombre évoquée par une harmonie
céleste, la belle Antonia, la bouche entrouverte, la
poitrine oppressée, les yeux humides.

Hoffmann jeta un cri de plaisir, et maître Gottlieb
n'eut que le temps de retenir le vénérable Antonio
Amati qui s'échappait de la main du jeune instrumentiste.

V

*Antonia*

Antonia avait paru mille fois plus belle encore à
Hoffmann au moment où il lui avait vu ouvrir la

porte et en franchir le seuil, qu'au moment où il lui
avait vu descendre les degrés de l'église.

C'est que dans la glace où la jeune fille venait de
réfléchir son image et qui était à deux pas seulement d'Hoffmann, Hoffmann avait pu détailler d'un
seul coup d'œil toutes les beautés qui lui avaient
échappé à distance.

Antonia avait dix-sept ans à peine ; elle était de
taille moyenne, plutôt grande que petite, mais si
mince sans maigreur, si flexible sans faiblesse, que
toutes les comparaisons de lys se balançant sur leur
tige, de palmier se courbant au vent, eussent été
insuffisantes pour peindre cette *morbidezza* italienne, seul mot de la langue exprimant à peu près
l'idée de douce langueur qui s'éveillait à son aspect.
Sa mère était, comme Juliette, une des plus belles
fleurs du printemps de Vérone, et l'on retrouvait
dans Antonia, non pas fondues, mais heurtées, et
c'est ce qui faisait le charme de cette jeune fille, les
beautés des deux races qui se disputent la palme de
la beauté. Ainsi, avec la finesse de peau des femmes
du Nord, elle avait la matité de peau des femmes du
Midi ; ainsi ses cheveux blonds, épais et légers à la
fois, flottant au moindre vent, comme une vapeur
dorée, ombrageaient des yeux et des sourcils de
velours noirs. Puis, chose plus singulière encore,
c'était dans sa voix surtout que le mélange harmo-
nieux des deux langues était sensible. Aussi, lorsque
Antonia parlait allemand, la douceur de la belle
langue où, comme dit Dante, résonne le *si*, venait
adoucir la rudesse de l'accent germanique, tandis
qu'au contraire, quand elle parlait italien, la langue
un peu trop molle de Métastase[1] et de Goldoni[2] prenait une fermeté que lui donnait la puissante accen-
tuation de la langue de Schiller et de Goethe.

Mais ce n'était pas seulement au physique que
se faisait remarquer cette fusion ; Antonia était au
moral un type merveilleux et rare de ce que peuvent

réunir de poésies opposées, le soleil de l'Italie et les brumes de l'Allemagne. On eût dit à la fois une muse et une fée, la Lorelei de la ballade[1] et la Béatrice de la *Divine Comédie*.

C'est qu'Antonia, l'artiste par excellence, était fille d'une grande artiste. Sa mère, habituée à la musique italienne, s'était un jour prise corps à corps avec la musique allemande. La partition de l'*Alceste* de Glück[2] lui était tombée entre les mains, et elle avait obtenu de son mari, maître Gottlieb, de lui faire traduire le poème en italien, et, le poème traduit en italien, elle était venue le chanter à Vienne ; mais elle avait trop présumé de ses forces, ou plutôt, l'admirable cantatrice, elle ne connaissait pas la mesure de sa sensibilité : à la troisième représentation de l'opéra qui avait eu le plus grand succès, à l'admirable solo d'*Alceste* :

> *Divinités du Styx, ministres de la mort,*
> *Je n'invoquerai pas votre pitié cruelle.*
> *J'enlève un tendre époux à son funeste sort,*
> *Mais je vous abandonne une épouse fidèle.*

Quand elle atteignit le *ré*, qu'elle donna à pleine poitrine, elle pâlit, chancela, s'évanouit, un vaisseau s'était brisé dans cette poitrine si généreuse ; le sacrifice aux dieux infernaux s'était accompli en réalité : la mère d'Antonia était morte[3].

Le pauvre maître Gottlieb dirigeait l'orchestre ; de son fauteuil, il vit chanceler, pâlir, tomber celle qu'il aimait par-dessus toute chose ; bien plus, il entendit se briser dans sa poitrine cette fibre à laquelle tenait sa vie, et il jeta un cri terrible qui se mêla au dernier soupir de la virtuose.

De là venait peut-être cette haine de maître Gottlieb pour les maîtres allemands ; c'était le chevalier Glück qui, bien innocemment, avait tué sa Térésa, mais il n'en voulait pas moins au chevalier Glück, mal de mort pour cette douleur profonde qu'il avait ressentie et qui ne s'était calmée qu'au fur et à mesure qu'il avait reporté sur Antonia grandissante tout l'amour qu'il avait pour sa mère.

Maintenant, à dix-sept ans qu'elle avait, la jeune fille en était arrivée à tenir lieu de tout au vieillard ; il vivait par Antonia, il respirait par Antonia. Jamais l'idée de la mort d'Antonia ne s'était présentée à son esprit ; mais si elle se fût présentée, il ne s'en serait pas fort inquiété, attendu que l'idée ne lui fut pas même venue qu'il pouvait survivre à Antonia.

Ce n'était donc pas avec un sentiment moins enthousiaste qu'Hoffmann, quoique ce sentiment fût bien autrement pur encore, qu'il avait vu apparaître Antonia sur le seuil de la porte de son cabinet.

La jeune fille s'avança lentement ; deux larmes brillaient à sa paupière ; et, faisant trois pas vers Hoffmann, elle lui tendit la main.

Puis, avec un accent de chaste familiarité, et comme si elle eût connu le jeune homme depuis dix ans :

— Bonjour, frère, dit-elle.

Maître Gottlieb, du moment où sa fille avait paru, était resté muet et immobile ; son âme comme toujours, avait quitté son corps et, voltigeant autour d'elle, chantait aux oreilles d'Antonia, toutes les mélodies d'amour et de bonheur que chante l'âme d'un père à la vue de sa fille bien aimée.

Il avait donc posé son cher Antonio Amati sur la table, et joignant les deux mains comme il eût fait devant la Vierge, il regardait venir son enfant.

Quant à Hoffmann, il ne savait s'il veillait ou dormait, s'il était sur la terre ou au ciel, si c'était une femme qui venait à lui, ou un ange qui lui apparaissait.

Aussi, fit-il presque un pas en arrière lorsqu'il vit Antonia s'approcher de lui et lui tendre la main, en l'appelant son frère.

— Vous, ma sœur! dit-il d'une voix étouffée.

— Oui, dit Antonia, ce n'est pas le sang qui fait la
famille, c'est l'âme. Toutes les fleurs sont sœurs par
le parfum, tous les artistes sont frères par l'art. Je ne
vous ai jamais vu, c'est vrai, mais je vous connais;
votre archet vient de me raconter votre vie. Vous
êtes poète, un peu fou, pauvre ami. Hélas! c'est cette
étincelle ardente que Dieu enferme dans notre tête
ou dans notre poitrine, qui nous brûle le cerveau ou
qui nous consume le cœur.

Puis se tournant vers maître Gottlieb:

— Bonjour, père, dit-elle, pourquoi n'avez-vous
pas encore embrassé votre Antonia? Ah! voilà, je
comprends, *Il Matrimonio segreto*, le *Stabat mater*,
Cimarosa, Pergolèse, Porpora[1], qu'est-ce qu'Antonia, auprès de ces grands génies? une pauvre enfant
qui vous aime, mais que vous oubliez pour eux.

— Moi t'oublier! s'écria Gottlieb, le vieux Murr
oublier Antonia! Le père oublier sa fille! Pourquoi?
pour quelques méchantes notes de musique, pour
un assemblage de rondes et de croches, de noires et
de blanches, de dièses et de bémols! Ah bien oui!
regarde comme je t'oublie.

Et tournant sur sa jambe torse avec une agilité
étonnante, de son autre jambe et de ses deux mains,
le vieillard fit voler les parties d'orchestration du
*Matrimonio segreto* toutes prêtes à être distribuées
aux musiciens de l'orchestre.

— Mon père! mon père! dit Antonia.

— Du feu! du feu! cria maître Gottlieb, du feu,
que je brûle tout cela; du feu, que je brûle Pergolèse!
du feu, que je brûle Cimarosa! du feu, que je brûle
Paisiello! du feu, que je brûle mes Stradivarius! mes
Gramulo! du feu, que je brûle mon Antonio Amati!
Ma fille, mon Antonia, n'a-t-elle pas dit que j'aimais
mieux des cordes, du bois et du papier, que ma chair
et mon sang? Du feu! du feu!!! du feu!!!

Et le vieillard s'agitait comme un fou et sautait

sur sa jambe comme le diable boiteux, faisait aller
ses bras comme un moulin à vent.

Antonia regardait cette folie du vieillard avec ce
doux sourire d'orgueil filial satisfait. Elle savait bien,
elle qui n'avait jamais fait de coquetterie qu'avec son
père, elle savait bien qu'elle était toute-puissante sur
le vieillard, que son cœur était un royaume où elle
régnait en souveraine absolue. Aussi arrêta-t-elle le
vieillard au milieu de ses évolutions, et, l'attirant à
elle, déposa-t-elle un simple baiser sur son front.

Le vieillard jeta un cri de joie, prit sa fille dans ses
bras, l'enleva comme il eût fait d'un oiseau, et alla
s'abattre, après avoir tourné trois ou quatre fois sur
lui-même sur un grand canapé où il commença de
la bercer comme une mère fait de son enfant.

D'abord Hoffmann avait regardé maître Gottlieb
avec effroi ; en lui voyant jeter les partitions en l'air,
en lui voyant enlever sa fille entre ses bras, il l'avait
cru fou furieux, enragé. Mais, au sourire paisible
d'Antonia, il s'était promptement rassuré, et, ramassant respectueusement les partitions éparses, il les
replaçait sur les tables et sur les pupitres, tout en
regardant du coin de l'œil ce groupe étrange, où le
vieillard lui-même avait sa poésie.

Tout à coup quelque chose de doux, de suave,
d'aérien, passa dans l'air, c'était une vapeur, c'était
une mélodie, c'était quelque chose de plus divin
encore, c'était la voix d'Antonia qui attaquait avec
sa fantaisie d'artiste, cette merveilleuse composition
de Stradella [1] qui avait sauvé la vie à son auteur, le
*Pieta, Signore* [2].

Aux premières vibrations de cette voix d'ange,
Hoffmann demeura immobile, tandis que le vieux
Gottlieb, soulevant doucement sa fille de dessus ses
genoux, la déposait, toute couchée comme elle était,
sur le canapé ; puis, courant à son Antonio Amati, et,
accordant l'accompagnement avec les paroles, commença, de son côté, à faire passer l'harmonie de son

archet sous le chant d'Antonia, et à le soutenir comme
un ange soutient l'âme qu'il porte au ciel.

La voix d'Antonia était une voix de soprano, pos-
sédant toute l'étendue que la prodigalité divine peut
donner, non pas à une voix de femme, mais à
une voix d'ange. Antonia parcourait cinq octaves et
demie ; elle donnait avec la même facilité le contre-
*ut*, cette note divine qui semble n'appartenir qu'aux
concerts célestes, et l'*ut* de la cinquième octave des
notes basses. Jamais Hoffmann n'avait entendu rien
de si velouté, que ces quatre premières mesures
chantées sans accompagnement, *Pieta, Signore, di
me dolente*. Cette aspiration de l'âme souffrante vers
Dieu, cette prière ardente au Seigneur d'avoir pitié
de cette souffrance qui se lamente, prenaient dans
la bouche d'Antonia un sentiment de respect divin
qui ressemblait à la terreur. De son côté l'accompagnement, qui avait reçu la phrase flottant entre le
ciel et la terre, qui l'avait, pour ainsi dire, prise
entre ses bras, après le *la* expiré, et qui *piano, piano*,
répétait comme un écho de la plainte, l'accompagnement était en tout digne de la voix lamentable,
et douloureux, comme elle. Il disait, lui, non pas en
italien, non pas en allemand, non pas en français,
mais dans cette langue universelle qu'on appelle la
musique :

*Pitié, Seigneur, pitié de moi, malheureuse ; pitié,
Seigneur, et si ma prière arrive à toi, que ta rigueur se
désarme et que tes regards se retournent vers moi
moins sévères et plus cléments.*

Et cependant tout en suivant, tout en emboîtant la
voix, l'accompagnement lui laissait toute sa liberté,
toute son étendue ; c'était une caresse et non pas
une étreinte, un soutien et non une gêne ; et quand
au premier *sforzando*[1], quand, sur le *ré* et les deux
*fa*, la voix se souleva comme pour essayer de monter au ciel, l'accompagnement parut craindre alors
de lui peser comme une chose terrestre, et l'aban-

donna presque aux ailes de la foi, pour ne la soutenir qu'au *mi* bécarre, c'est-à-dire au *diminuando*,
c'est-à-dire quand, lassée de l'effort, la voix retomba
comme affaissée sur elle-même, et pareille à la
madone de Canova [1], à genoux, assise sur ses genoux,
et chez laquelle tout plie, âme et corps, affaissé,
sous ce doute terrible, que la miséricorde du Créateur soit assez grande pour oublier la faute de la
créature.

Puis, quand d'une voix tremblante elle continua :
*Qu'il n'arrive jamais que je sois damnée et précipitée
dans le feu éternel de ta rigueur, ô grand Dieu !* alors
l'accompagnement se hasarda à mêler sa voix à la
fois frémissante qui, entrevoyant les flammes éternelles, priait le Seigneur de l'en éloigner. Alors l'accompagnement pria de son côté, supplia, gémit,
monta avec elle jusqu'au *fa*, descendit avec elle jusqu'à l'*ut*, l'accompagnant dans sa faiblesse, la soutenant dans sa terreur ; puis, tandis qu'haletante et
sans force la voix mourait dans les profondeurs de
la poitrine d'Antonia, l'accompagnement continua
seul après la voix éteinte, comme après l'âme envo-
lée, et déjà sur la route du ciel, continuent murmurantes et plaintives les prières des survivants.

Alors, aux supplications du violon de maître Gottlieb, commença de se mêler une harmonie inattendue, douce et puissante à la fois, presque céleste.
Antonia se souleva sur son coude, maître Gottlieb se
tourna à moitié et demeura l'archet suspendu sur
les cordes de son violon. Hoffmann, d'abord étourdi,
enivré, en délire, avait compris qu'aux élancements
de cette âme, il fallait un peu d'espoir et qu'elle se
briserait si un rayon divin ne lui montrait le ciel, et il
s'était élancé vers un orgue, et il avait étendu ses dix
doigts sur les touches frémissantes, et l'orgue, poussant un long soupir, venait de se mêler au violon de
Gottlieb et à la voix d'Antonia.

Alors ce fut une chose merveilleuse que ce retour

du motif *Pieta, Signore*, accompagné par cette voix d'espoir, au lieu d'être poursuivi comme dans la première partie par la terreur, et quand, pleine de foi dans son génie comme dans sa prière, Antonia attaqua avec toute la vigueur de sa voix le *fa* du *Volgi*[1], un frisson passa par les veines du vieux Gottlieb, et un cri s'échappa de la bouche d'Hoffmann, qui, écrasant l'Antonio Amati sous les torrents d'harmonie qui s'échappaient de son orgue, continua la voix d'Antonia après qu'elle eut expiré, et sur les ailes, non plus d'un ange, mais d'un ouragan, sembla porter le dernier soupir de cette âme au pied du Seigneur tout-puissant et tout miséricordieux.

Puis il se fit un moment de silence ; tous trois se regardèrent, et leurs mains se joignirent dans une étreinte fraternelle, comme leurs âmes s'étaient jointes dans une commune harmonie.

Et à partir de ce moment, ce fut non seulement Antonia qui appela Hoffmann son frère, mais le vieux Gottlieb Murr qui appela Hoffmann son fils !

# VI

## *Le Serment*

Peut-être le lecteur se demandera-t-il, ou plutôt nous demandera-t-il comment, la mère d'Antonia étant morte en chantant, maître Gottlieb Murr permettait que sa fille, c'est-à-dire que cette âme de son âme, courût le risque d'un danger pareil à celui auquel avait succombé la mère.

Et d'abord, quand il avait entendu Antonia essayer son premier chant, le pauvre père avait tremblé comme la feuille près de laquelle chante un oiseau. Mais c'était un véritable oiseau qu'Antonia, et le vieux

musicien s'aperçut bientôt que le chant était sa
langue maternelle. Aussi Dieu, en lui donnant une
voix si étendue, qu'elle n'avait peut-être pas son
égale au monde, avait-il indiqué que sous ce rapport
maître Gottlieb n'avait du moins rien à craindre ; en
effet, quand à ce don naturel du chant s'était jointe
l'étude de la musique, quand les difficultés les plus
exagérées du solfège avaient été mises sous les yeux
de la jeune fille et vaincues aussitôt avec une merveilleuse facilité, sans grimace, sans efforts, sans
une seule corde au cou, sans un seul clignotement
d'yeux, il avait compris la perfection de l'instrument,
et comme Antonia, en chantant les morceaux notés
pour les voix les plus hautes, restait toujours en deçà
de ce qu'elle pouvait faire, il s'était convaincu qu'il
n'y avait aucun danger à laisser aller le doux rossignol au penchant de sa mélodieuse vocation.

Seulement maître Gottlieb avait oublié que la corde
de la musique n'est pas la seule qui résonne dans le
cœur des jeunes filles, et qu'il y a une autre corde
bien autrement frêle, bien autrement vibrante, bien
autrement mortelle : celle de l'amour !

Celle-là s'était éveillée chez la pauvre enfant, au
son de l'archet d'Hoffmann ; inclinée sur sa broderie
dans la chambre à côté de celle où se tenait le jeune
homme et le vieillard, elle avait relevé la tête au premier frémissement qui avait passé dans l'air. Elle
avait écouté ; puis peu à peu une sensation étrange
avait pénétré dans son âme, avait couru en frissons
inconnus dans ses veines. Elle s'était alors soulevée
lentement, appuyant une main à sa chaise, tandis
que l'autre laissait échapper la broderie de ses doigts
entrouverts. Elle était restée un instant immobile ;
puis, lentement, elle s'était avancée vers la porte et,
comme nous l'avons dit, ombre évoquée de la vie
matérielle, elle était apparue, poétique vision, à la
porte du cabinet de maître Gottlieb Murr.

Nous avons vu comment la musique avait fondu à

son ardent creuset ces trois âmes en une seule, et comment, à la fin du concert, Hoffmann était devenu commensal de la maison.

C'était l'heure où le vieux Gottlieb avait l'habitude de se mettre à table. Il invita Hoffmann à dîner avec lui; invitation qu'Hoffmann accepta avec la même cordialité qu'elle était faite.

Alors, pour quelques instants, la belle et poétique vierge des cantiques divins se transforma en une bonne ménagère. Antonia versa le thé comme Clarisse Harlowe[1], fit des tartines de beurre comme Charlotte[2], et finit par se mettre elle-même à table et par manger comme une simple mortelle.

Les Allemands n'entendent pas la poésie comme nous. Dans nos données de monde maniéré, la femme qui mange et qui boit se dépoétise. Si une jeune et jolie femme se met à table, c'est pour présider le repas; si elle a un verre devant elle, c'est pour y fourrer ses gants, si toutefois elle ne conserve pas ses gants; si elle a une assiette, c'est pour y égrainer à la fin du repas une grappe de raisin, dont l'immatérielle créature consent parfois à sucer les grains les plus dorés, comme fait une abeille d'une fleur.

On comprend, d'après la façon dont Hoffmann avait été reçu chez maître Gottlieb, qu'il y revint le lendemain, le surlendemain et les jours suivants. Quant à maître Gottlieb, cette fréquence des visites d'Hoffmann ne paraissait aucunement l'inquiéter: Antonia était trop pure, trop chaste, trop confiante dans son père, pour que le soupçon vînt au vieillard que sa fille pût commettre une faute. Sa fille, c'était sainte Cécile, c'était la vierge Marie, c'était un ange des cieux; l'essence divine l'emportait tellement en elle, sur la matière terrestre, que le vieillard n'avait jamais jugé à propos de lui dire qu'il y avait plus de danger dans le contact de deux corps que dans l'union de deux âmes.

Hoffmann était donc heureux, c'est-à-dire aussi

heureux qu'il est donné à une créature mortelle de l'être. Le soleil de la joie n'éclaire jamais entièrement le cœur de l'homme ; il y a toujours, sur certains points de ce cœur, une tache sombre qui rappelle à l'homme que le bonheur complet n'existe pas en ce monde, mais seulement au ciel.

Mais Hoffmann avait un avantage sur le commun de l'espèce. Souvent l'homme ne peut pas expliquer la cause de cette douleur qui passe au milieu de son bien-être, de cette ombre qui se projette obscure et noire sur sa rayonnante félicité.

Hoffmann, lui, savait ce qui le rendait malheureux.

C'était cette promesse faite à Zacharias Werner d'aller le rejoindre à Paris ; c'était ce désir étrange de visiter la France, qui s'effaçait dès qu'Hoffmann se trouvait en présence d'Antonia, mais qui reprenait tout le dessus aussitôt qu'Hoffmann se retrouvait seul ; il y avait même plus : c'est qu'au fur et à mesure que le temps s'écoulait et que les lettres de Zacharias, réclamant la parole de son ami, étaient plus pressantes, Hoffmann s'attristait davantage.

En effet, la présence de la jeune fille n'était plus suffisante à chasser le fantôme qui poursuivait maintenant Hoffmann jusqu'aux côtés d'Antonia. Souvent, près d'Antonia, Hoffmann tombait dans une rêverie profonde. À quoi rêvait-il ? à Zacharias Werner, dont il lui semblait entendre la voix ; souvent son œil, distrait d'abord, finissait par se fixer sur un point de l'horizon. Que voyait cet œil ou plutôt que croyait-il voir ? la route de Paris, puis, à un des tournants de cette route, Zacharias marchant devant et lui faisant signe de le suivre.

Peu à peu, le fantôme qui était apparu à Hoffmann, à des intervalles rares et inégaux, revint avec plus de régularité et finit par le poursuivre d'une obsession continuelle.

Hoffmann aimait Antonia de plus en plus. Hoffmann sentait qu'Antonia était nécessaire à sa vie, que c'était le bonheur de son avenir ; mais Hoffmann sentait aussi qu'avant de se lancer dans ce bonheur, et pour que ce bonheur fût durable, il lui fallait accomplir le pèlerinage projeté, ou, sans cela, le désir renfermé dans son cœur, si étrange qu'il fût, le rongerait.

Un jour, qu'assis près d'Antonia, pendant que maître Gottlieb notait dans son cabinet le *Stabat* de Pergolèse, qu'il voulait exécuter à la Société philharmonique de Francfort, Hoffmann était tombé dans une de ces rêveries ordinaires, Antonia, après l'avoir regardé longtemps, lui prit les deux mains.

— Il faut y aller, mon ami, dit-elle.

Hoffmann la regarda avec étonnement.

— Y aller ? répéta-t-il, et où cela ?

— En France, à Paris.

— Et qui vous a dit, Antonia, cette secrète pensée de mon cœur, que je n'ose m'avouer à moi-même ?

— Je pourrais m'attribuer près de vous le pouvoir d'une fée, Théodore, et vous dire : J'ai lu dans votre pensée, j'ai lu dans vos yeux, j'ai lu dans votre cœur ; mais je mentirais. Non, je me suis souvenue, voilà tout.

— Et de quoi vous êtes-vous souvenue, ma bien-aimée Antonia ?

— Je me suis souvenue que la veille du jour où vous êtes venu chez mon père, Zacharias Werner y était venu et nous avait raconté votre projet de voyage, votre désir ardent de voir Paris ; désir nourri depuis près d'un an, et tout prêt à s'accomplir. Depuis, vous m'avez dit ce qui vous avait empêché de partir. Vous m'avez dit comment, en me voyant pour la première fois, vous avez été pris de ce sentiment irrésistible dont j'ai été prise moi-même en vous écoutant, et maintenant il vous reste à me dire ceci : que vous m'aimez toujours autant.

Hoffmann fit un mouvement.

— Ne vous donnez pas la peine de me le dire, je le sais, continua Antonia, mais il y a quelque chose de plus puissant que cet amour, c'est le désir d'aller en France, de rejoindre Zacharias, de voir Paris enfin.

— Antonia! s'écria Hoffmann, tout est vrai dans ce que vous venez de dire, hors un point : c'est qu'il y avait quelque chose au monde de plus fort que mon amour! Non, je vous le jure, Antonia, ce désir-là, désir étrange auquel je ne comprends rien, je l'eusse enseveli dans mon cœur, si vous ne l'en aviez tiré vous-même. Vous ne vous trompez donc pas, Antonia. Oui, il y a une voix qui m'appelle à Paris, une voix plus forte que ma volonté, et cependant, je vous le répète, à laquelle je n'eusse pas obéi ; cette voix est celle de la destinée !

— Soit ; accomplissons notre destinée, mon ami. Vous partirez demain. Combien voulez-vous de temps ?

— Un mois, Antonia ; dans un mois, je serai de retour.

— Un mois ne vous suffira pas, Théodore ; en un mois vous n'aurez rien vu ; je vous en donne deux ; je vous en donne trois ; je vous donne le temps que vous voudrez, enfin, mais j'exige une chose ou plutôt deux choses de vous.

— Lesquelles, chère Antonia, lesquelles ? dites vite.

— Demain, c'est dimanche ; demain, c'est jour de messe ; regardez par votre fenêtre comme vous avez regardé le jour du départ de Zacharias Werner, et, comme ce jour-là, mon ami, seulement plus triste, vous me verrez monter les degrés de l'église ; alors venez me rejoindre à ma place accoutumée, alors asseyez-vous près de moi, et, au moment où le prêtre consacrera le sang de Notre-Seigneur, vous me ferez deux serments : celui de me demeurer fidèle, celui de ne plus jouer.

— Oh! tout ce que vous voudrez, à l'instant même, chère Antonia, je vous jure.

— Silence, Théodore, vous jurerez demain.

— Antonia, Antonia, vous êtes un ange.

— Au moment de nous séparer, Théodore, n'avez-vous pas quelque chose à dire à mon père ?

— Oui, vous avez raison. Mais, en vérité, je vous avoue, Antonia, que j'hésite, que je tremble. Mon Dieu ! que suis-je donc, pour oser espérer ?...

— Vous êtes l'homme que j'aime, Théodore. Allez trouver mon père, allez.

Et faisant à Hoffmann un signe de la main, elle ouvrit la porte d'une petite chambre transformée par elle en oratoire.

Hoffmann la suivit des yeux jusqu'à ce que la porte fût refermée, et, à travers la porte, il lui envoya, avec tous les baisers de sa bouche, tous les élans de son cœur.

Puis il entra dans le cabinet de maître Gottlieb.

Maître Gottlieb était si bien habitué au pas d'Hoffmann, qu'il ne souleva même pas les yeux de dessus le pupitre où il copiait le *Stabat*. Le jeune homme entra et se tint debout derrière lui.

Au bout d'un instant, maître Gottlieb, n'entendant plus rien, même la respiration du jeune homme, maître Gottlieb se retourna.

— Ah ! c'est toi, garçon, dit-il en renversant sa tête en arrière pour arriver à regarder Hoffmann à travers ses lunettes. Que viens-tu me dire ?

Hoffmann ouvrit la bouche ; mais il la referma sans avoir articulé un son.

— Es-tu devenu muet ? demanda le vieillard ; peste ! ce serait malheureux, un gaillard qui en découd comme toi lorsque tu t'y mets, ne peut pas perdre la parole comme cela, à moins que ce ne soit par punition d'en avoir abusé !

— Non, maître Gottlieb, non, je n'ai point perdu la parole, Dieu merci. Seulement, ce que j'ai à vous dire...

— Eh bien ?

— Eh bien!... me semble chose difficile.

— Bah! est-ce donc chose bien difficile que de dire : maître Gottlieb, j'aime votre fille ?

— Vous savez cela, maître Gottlieb ?

— Ah çà ! Mais je serais bien fou, ou plutôt bien sot, si je ne m'en étais pas aperçu, de ton amour.

— Et cependant, vous avez permis que je continuasse de l'aimer.

— Pourquoi pas ? puisqu'elle t'aime.

— Mais, maître Gottlieb, vous savez que je n'ai aucune fortune.

— Bah! les oiseaux du ciel ont-ils une fortune ? Ils chantent, ils s'accouplent, ils bâtissent un nid et Dieu les nourrit. Nous autres, artistes, nous ressemblons fort aux oiseaux ; nous chantons, et Dieu vient à notre aide. Quand le chant ne suffira pas, tu te feras peintre ; quand la peinture sera insuffisante, tu te feras musicien. Je n'étais pas plus riche que toi, quand j'ai épousé ma pauvre Térésa ; eh bien ! ni le pain, ni l'abri ne nous ont jamais fait faute. J'ai toujours eu besoin d'argent, et je n'en ai jamais manqué. Es-tu riche d'amour ? voilà tout ce que je te demande ; mérites-tu le trésor que tu convoites ? voilà tout ce que je désire savoir. Aimes-tu Antonia, plus que ta vie, plus que ton âme ? alors je suis tranquille, Antonia ne manquera jamais de rien. Ne l'aimes-tu point ? c'est autre chose ; eusses-tu cent mille livres de rentes, elle manquera toujours de tout.

Hoffmann était près de s'agenouiller devant cette adorable philosophie de l'artiste. Il s'inclina sur la main du vieillard, qui l'attira à lui et le pressa contre son cœur.

— Allons, allons, lui dit-il, c'est convenu ; fais ton voyage, puisque la rage d'entendre cette horrible musique de M. Méhul et de M. Dalayrac[1] te tourmente ; c'est une maladie de jeunesse qui sera vite guérie. Je suis tranquille ; fais ce voyage, mon ami, et reviens ici, tu y retrouveras Mozart, Beethoven, Cimarosa, Pergolèse, Paisiello, le Porpora, et, de plus, maître Gottlieb et sa fille, c'est-à-dire un père et une femme. Va, mon enfant, va.

Et maître Gottlieb embrassa de nouveau Hoffmann qui, voyant venir la nuit, jugea qu'il n'avait pas de temps à perdre, et se retira chez lui pour faire ses préparatifs de départ.

Le lendemain, dès le matin, Hoffmann était à sa fenêtre. Au fur et à mesure que le moment de quitter Antonia approchait, cette séparation lui semblait de plus en plus impossible. Toute cette ravissante période de sa vie, qui venait de s'écouler, ces sept mois qui avaient passé comme un jour, et qui se représentaient à sa mémoire, tantôt comme un vaste horizon qu'il embrassait d'un coup d'œil, tantôt comme une série de jours joyeux, venaient les uns après les autres, souriants, couronnés de fleurs ; ces doux chants d'Antonia, qui lui avaient fait un air tout semé de douces mélodies ; tout cela était un attrait si puissant, qu'il luttait presque avec l'inconnu, ce merveilleux enchanteur qui attire à lui les cœurs les plus forts, les âmes les plus froides.

À dix heures, Antonia parut au coin de la rue où, à pareille heure, sept mois auparavant, Hoffmann l'avait vue pour la première fois. La bonne Lisbeth la suivait comme de coutume ; toutes deux montèrent les degrés de l'église. Arrivée au dernier degré, Antonia se retourna, aperçut Hoffmann, lui fit de la main un signe d'appel et entra dans l'église.

Hoffmann s'élança hors de la maison et y entra après elle.

Antonia était déjà agenouillée et en prière.

Hoffmann était protestant, et ces chants dans une autre langue lui avaient toujours paru assez ridicules ; mais lorsqu'il entendit Antonia psalmodier ce chant d'église si doux et si large à la fois, il regretta de ne pas en savoir les paroles pour mêler sa voix à la voix d'Antonia, rendue plus suave encore par la profonde mélancolie à laquelle la jeune fille était en proie.

Pendant tout le temps que dura le saint sacrifice, elle chanta de la même voix dont là-haut doivent chanter les anges ; puis enfin quand la sonnette de l'enfant de chœur annonça la consécration de l'hostie, au moment où les fidèles se courbaient devant le Dieu qui, aux mains du prêtre, s'élevait au-dessus de leurs têtes, seule Antonia redressa son front.

— Jurez, dit-elle.

— Je jure, dit Hoffmann d'une voix tremblante, je jure de renoncer au jeu.

— Est-ce le seul serment que vous veuillez me faire, mon ami ?

— Oh ! non, attendez. Je jure de vous rester fidèle de cœur et d'esprit, de corps et d'âme.

— Et sur quoi jurez-vous cela ?

— Oh ! s'écria Hoffmann, au comble de l'exaltation, sur ce que j'ai de plus cher, sur ce que j'ai de plus sacré, sur votre vie !

— Merci, s'écria à son tour Antonia, car si vous ne tenez pas votre serment, je mourrai.

Hoffmann tressaillit, un frisson passa par tout son corps ; il ne se repentit pas, seulement il eut peur.

Le prêtre descendait les degrés de l'autel, emportant le Saint-Sacrement dans la sacristie.

Au moment où le corps divin de Notre-Seigneur passait, elle saisit la main d'Hoffmann.

— Vous avez entendu son serment, n'est-ce pas, mon Dieu ? dit Antonia.

Hoffmann voulut parler.

— Plus une parole, plus une seule ; je veux que celles dont se composait votre serment, étant les dernières que j'aurai entendues de vous, bruissent éternellement à mon oreille. Au revoir, mon ami, au revoir.

Et, s'échappant, légère comme une ombre, la jeune fille laissa un médaillon dans la main de son amant.

Hoffmann la regarda s'éloigner comme Orphée dut regarder Eurydice fugitive ; puis lorsque Antonia eut disparu, il ouvrit le médaillon.

Le médaillon renfermait le portrait d'Antonia, tout resplendissant de jeunesse et de beauté.

Deux heures après, Hoffmann prenait sa place dans la même diligence que Zacharias Werner, en répétant :

— Sois tranquille, Antonia, oh ! non, je ne jouerai pas, oh ! oui, je te serai fidèle.


# VII

## *Une barrière de Paris en 1793*


Le voyage du jeune homme fut assez triste dans cette France qu'il avait tant désirée. Ce n'était pas qu'en se rapprochant du centre, il éprouvât autant de difficultés qu'il en avait rencontré pour se rendre aux frontières ; non, la République française faisait meilleur accueil aux arrivants qu'aux partants.

Toutefois, on n'était admis au bonheur de savourer cette précieuse forme de gouvernement, qu'après avoir accompli un certain nombre de formalités passablement rigoureuses.

Ce fut le temps où les Français surent le moins écrire, mais ce fut le temps où ils écrivirent le plus. Il paraissait donc, à tous les fonctionnaires de fraîche date, convenable d'abandonner leurs occupations domestiques ou plastiques, pour signer des passeports, composer des signalements, donner des visas, accorder des recommandations et faire, en un mot, tout ce qui concerne l'état de patriote.

Jamais la paperasserie n'eut autant de développement qu'à cette époque. Cette maladie endémique de l'administration française, se greffant sur le terrorisme, produisit les plus beaux échantillons de calligraphie grotesque dont on eût ouï parler jusqu'à ce jour.

Hoffmann avait sa feuille de route d'une exiguïté remarquable. C'était le temps des exiguïtés : journaux, livres, publications de colportage, tout se réduisait au simple in-octavo[1] pour les plus grandes mesures. La feuille de route du voyageur, disonsnous, fut envahie dès l'Alsace par des signatures de fonctionnaires, qui ne ressemblaient pas mal à des zigzags d'ivrognes qui toisent diagonalement les rues en battant l'une et l'autre muraille.

Force fut donc à Hoffmann de joindre une feuille à son passeport, puis une autre en Lorraine, où surtout les écritures prirent des proportions colossales. Là où le patriotisme était le plus chaud, les écrivains étaient plus naïfs. Il y eut un maire qui employa deux feuillets, recto et verso, pour donner à Hoffmann un autographe ainsi conçu :

« Auphemanne, chune Allemans, hami de la libreté, se rendan à Pari ha pié. »

                                    « Signé, GOLIER. »

Muni de ce parfait document sur sa patrie, son âge, ses principes, sa destination et ses moyens de transports, Hoffmann ne s'occupa plus que du soin de coudre ensemble tous ces lambeaux civiques, et nous devons dire qu'en arrivant à Paris il possédait un assez joli volume, que, disait-il, il ferait relier en fer-blanc, si jamais il tentait un nouveau voyage, parce que, forcé d'avoir toujours ces feuilles à la main, elles risquaient trop dans un simple carton.

Partout on lui répétait :

— Mon cher voyageur, la province est encore habitable, mais Paris est bien remué. Défiez-vous, citoyen, il y a une police bien pointilleuse à Paris, et, en votre qualité d'Allemand, vous pourriez n'être pas traité en bon Français.

À quoi Hoffmann répondait par un sourire fier, réminiscence des fiertés spartiates quand les espions de Thessalie cherchaient à grossir les forces de Xerxès, roi des Perses.

Il arriva devant Paris ; c'était le soir, les barrières étaient fermées.

Hoffmann parlait passablement la langue française, mais on est Allemand ou on ne l'est pas ; si on ne l'est pas, on a un accent qui, à la longue, réussit à passer pour l'accent d'une de nos provinces ; si on l'est, on passe toujours pour un Allemand.

Il faut expliquer comment se faisait la police aux barrières.

D'abord, elles étaient fermées ; ensuite, sept ou huit sectionnaires, gens oisifs et pleins d'intelligence, Lavaters amateurs[1], rôdaient par escouades, en fumant leurs pipes, autour de deux ou trois agents de la police municipale.

Ces braves gens qui, de députations en députations, avaient fini par hanter toutes les salles de clubs, tous les bureaux de districts, tous les endroits où la politique s'était glissée par le côté actif ou le côté passif, ces gens qui avaient vu à l'Assemblée nationale ou à la Convention chaque député, dans les tribunes tous les aristocrates mâles et femelles, dans les promenades tous les élégants signalés, dans les théâtres toutes les célébrités suspectes, dans les revues tous les officiers, dans les tribunaux tous les accusés plus ou moins libérés d'accusation, dans les prisons tous les prêtres épargnés, ces dignes patriotes savaient si bien leur Paris, que tout visage de connaissance devait les frapper au passage, et disons-le, les frappait presque toujours.

Ce n'était pas chose aisée que de se déguiser alors : trop de richesse dans le costume appelait l'œil, trop de simplicité appelait le soupçon. Comme la malpropreté était un des signes de civisme les plus répandus, tout charbonnier, tout porteur d'eau, tout marmiton pouvait cacher un aristocrate ; et puis la main blanche aux beaux ongles, comment la dissimuler entièrement ? Cette démarche aristocratique, qui n'est plus sensible de nos jours, où les plus humbles portent les plus hauts talons, comment la cacher à vingt paires d'yeux plus ardents que ceux du limier en quête ?

Un voyageur était donc, dès son arrivée, fouillé, interrogé, dénudé, quant au moral, avec une facilité que donnait l'usage, et une liberté que donnait... la liberté.

Hoffmann parut devant ce tribunal vers six heures du soir, le 7 décembre. Le temps était gris, rude, mêlé de brume et de verglas ; mais les bonnets d'ours et de loutre emprisonnant les têtes patriotes leur laissaient assez de sang chaud à la cervelle et aux oreilles pour qu'ils possédassent toute leur présence d'esprit et leurs précieuses facultés investigatrices.

Hoffmann fut arrêté par une main qui se posa doucement sur sa poitrine.

Le jeune voyageur était vêtu d'un habit gris de fer, d'une grosse redingote, et ses bottes allemandes lui dessinaient une jambe assez coquette, car il n'avait pas rencontré de boue depuis la dernière étape, et le carrosse ne pouvant plus marcher à cause du grésil, Hoffmann avait fit six lieues à pied sur une route légèrement saupoudrée de neige durcie.

— Où vas-tu comme cela, citoyen, avec tes belles bottes ? dit un agent au jeune homme.

— Je vais à Paris, citoyen.

— Tu n'es pas dégoûté, jeune Prussssssien, répliqua le sectionnaire, en prononçant cette épithète de

Prussien avec une prodigalité d's qui fit accourir dix curieux autour du voyageur.

Les Prussiens n'étaient pas à ce moment de moins grands ennemis pour la France que les Philistins pour les compatriotes de Samson l'Israélite.

— Eh bien! oui, je suis Pruzien, répondit Hoffmann, en changeant les cinq s du sectionnaire en un z, après?

— Alors, si tu es Prussien, tu es bien en même temps un petit espion de Pitt et Cobourg[1]. Hein?

— Lisez mes passeports, répondit Hoffmann, en exhibant son volume à l'un des lettrés de la barrière.

— Viens, répliqua celui-ci, en tournant les talons pour emmener l'étranger au corps de garde.

Hoffmann suivit ce guide avec une tranquillité parfaite.

Quand, à la lueur des chandelles fumeuses, les patriotes virent ce jeune homme nerveux, l'œil ferme, les cheveux mal ordonnés, hachant son français avec le plus de conscience possible, l'un d'eux s'écria :

— Il ne se niera pas aristocrate, celui-là, a-t-il des mains et des pieds!

— Vous êtes *un* bête, citoyen, répondit Hoffmann ; je suis patriote autant que vous, et de plus, je suis *une* artiste.

En disant ces mots, il tira de sa poche une de ces pipes effrayantes, dont un plongeur de l'Allemagne peut seul trouver le fond.

Cette pipe fit un effet prodigieux sur les sectionnaires qui savouraient leur tabac dans leurs petits réceptacles.

Tous se mirent à contempler le petit jeune homme qui entassait dans cette pipe, avec une habileté, fruit d'un grand usage, la provision de tabac d'une semaine.

Il s'assit ensuite, alluma le tabac méthodiquement jusqu'à ce que le fourneau présentât une large croûte de feu à sa surface, puis il aspira à temps égaux des nuages de fumée qui sortirent gracieusement en colonnes bleuâtres de son nez et de ses lèvres.

— Il fume bien, dit un des sectionnaires.

— Et il paraît que c'est un fameux, dit un autre ; vois donc ses certificats.

— Qu'es-tu venu faire à Paris ? demanda un troisième.

— Étudier la science de la liberté, répliqua Hoffmann.

— Et quoi encore ? ajouta le Français peu ému de l'héroïsme d'une telle phrase, probablement à cause de sa grande habitude.

— Et la peinture, ajouta Hoffmann.

— Ah ! tu es peintre, comme le citoyen David[1] ?

— Absolument.

— Tu sais faire les patriotes romains tout nus comme lui ?

— Je les fais tout habillés, dit Hoffmann.

— C'est moins beau.

— C'est selon, répliqua Hoffmann avec un imperturbable sang-froid.

— Fais-moi donc mon portrait, dit le sectionnaire avec admiration.

— Volontiers.

Hoffmann prit un tison au poêle, en éteignit à peine l'extrémité rutilante, et, sur le mur blanchi à la chaux, il dessina un des plus laids visages qui eussent jamais déshonoré la capitale du monde civilisé.

Le bonnet à poil et la queue de renard, la bouche baveuse, les favoris épais, la courte pipe, le menton fuyant, furent imités avec un si rare bonheur de vérité dans sa charge, que tout le corps de garde demanda au jeune homme la faveur d'être *portraituré* par lui.

Hoffmann s'exécuta de bonne grâce et croqua sur le mur une série de patriotes aussi bien réussis, mais moins nobles assurément, que les bourgeois de la *Ronde nocturne* de Rembrandt.

Les patriotes une fois en belle humeur, il ne fut plus question de soupçons, l'Allemand fut naturalisé Parisien ; on lui offrit la bière d'honneur, et lui, en garçon bien pensant, il offrit à ses hôtes du vin de Bourgogne, que ces Messieurs acceptèrent de grand cœur.

Ce fut alors que l'un d'eux, plus rusé que les autres, prit son nez épais dans le crochet de son index, et dit à Hoffmann en clignant l'œil gauche.

— Avoue-nous une chose, citoyen allemand.

— Laquelle, notre ami ?

— Avoue-nous le but de ta mission.

— Je te l'ai dit : la politique et la peinture.

— Non, non, autre chose.

— Je t'assure, citoyen.

— Tu comprends bien que nous ne t'accusons pas ; tu nous plais, et nous te protégerons ; mais voici deux délégués du club des Cordeliers, deux des Jacobins ; moi, je suis des Frères et Amis[1] ; choisis parmi nous celui de ces clubs auquel tu feras ton hommage.

— Quel hommage ? dit Hoffmann, surpris.

— Oh ! ne t'en cache pas, c'est si beau que tu devrais t'en pavaner partout.

— Vrai, citoyen, tu me fais rougir, explique-toi.

— Regarde et juge si je sais deviner, dit le patriote.

Et ouvrant le livre des passeports, il montra de son doigt gras sur une page, sous la rubrique Strasbourg, les lignes suivantes :

— Hoffmann, voyageur, venant de Mannheim, a pris à Strasbourg une caisse étiquetée ainsi qu'il suit : O. B.

— C'est vrai, dit Hoffmann.

— Eh bien ! que contient cette caisse ?

— J'ai fait ma déclaration à l'octroi de Strasbourg.

— Regardez, citoyens, ce que ce petit sournois apporte ici... Vous souvenez-vous de l'envoi de nos patriotes d'Auxerre ?

— Oui, dit l'un d'eux, une caisse de lard.

— Pour quoi faire ?

— Pour graisser la guillotine, s'écria un chœur de voix satisfaites.

— Eh bien ! dit Hoffmann un peu pâle, quel rapport cette caisse que j'apporte peut-elle avoir avec l'envoi des patriotes d'Auxerre ?

— Lis, dit le Parisien en lui montrant son passeport ; lis, jeune homme ; «Voyageant pour la politique et pour l'art.» C'est écrit !

— Ô République ! murmura Hoffmann.

— Avoue donc, jeune ami de la liberté, lui dit son protecteur.

— Ce serait me vanter d'une idée, que je n'ai pas eue, répliqua Hoffmann. Je n'aime pas la fausse gloire ; non, la caisse que j'ai prise à Strasbourg et qui m'arrivera par le roulage, ne contient qu'un violon, une boîte à couleurs et quelques toiles roulées.

Ces mots diminuèrent beaucoup l'estime que certains avaient conçue d'Hoffmann. On lui rendit ses papiers, on fit raison à ses rasades, mais on cessa de le regarder comme un sauveur des peuples esclaves.

L'un des patriotes ajouta même :

— Il ressemble à Saint-Just, mais j'aime mieux Saint-Just.

Hoffmann, replongé dans sa rêverie qu'échauffaient le poêle, le tabac et le vin de Bourgogne, demeura quelque temps silencieux. Mais soudain, relevant la tête :

— On guillotine donc beaucoup ici ? dit-il.

— Pas mal, pas mal ; cela a baissé un peu depuis les Brissotins, mais c'est encore satisfaisant.

— Savez-vous où je trouverais un bon gîte, mes amis ?

— Partout.

— Mais pour tout voir ?

— Ah ! alors loge-toi du côté du quai aux Fleurs.

— Bien.

— Sais-tu où cela se trouve, le quai aux Fleurs ?

— Non, mais ce mot de fleurs me plaît. Je m'y vois déjà installé, au quai aux Fleurs. Par où y va-t-on ?

— Tu vas descendre tout droit la rue d'Enfer, et tu arriveras au quai.

— Quai, c'est-à-dire que l'on touche à l'eau ! dit Hoffmann.

— Tout juste.

— Et l'eau, c'est la Seine ?

— C'est la Seine.

— Le quai aux Fleurs borde la Seine, alors ?

— Tu connais Paris mieux que moi, citoyen allemand.

— Merci. Adieu ; puis-je passer ?

— Tu n'as plus qu'une petite formalité à accomplir.

— Dis.

— Tu passeras chez le commissaire de police, et tu te feras délivrer un permis de séjour.

— Très bien ! Adieu.

— Attends encore. Avec ce permis du commissaire, tu iras à la police.

— Ah ! ah !

— Et tu donneras l'adresse de ton logement.

— Soit ! c'est fini ?

— Non, tu te présenteras à la section.

— Pour quoi faire ?

— Pour justifier tes moyens d'existence.

— Je ferai tout cela, et ce sera tout ?

— Pas encore, il faudra faire des dons patriotiques.

— Volontiers.

— Et ton serment de haine aux tyrans français et étrangers.

— De tout mon cœur. Merci de ces précieux renseignements.

— Et puis, tu n'oublieras pas d'écrire lisiblement tes nom et prénoms sur une pancarte à ta porte.

— Cela sera fait.

— Va-t'en, citoyen, tu nous gênes.

Les bouteilles étaient vides.

— Adieu, citoyens, grand merci de votre politesse.

Et Hoffmann partit, toujours en société de sa pipe plus allumée que jamais.

Voici[1] comment il fit son entrée dans la capitale de la France républicaine.

Ce mot charmant, *quai aux Fleurs*, l'avait affriandé. Hoffmann se figurait déjà une petite chambre, dont le balcon donnait sur ce merveilleux quai aux Fleurs.

Il oubliait décembre et les vents de bise, il oubliait la neige et cette mort passagère de toute la nature. Les fleurs venaient éclore dans son imagination sous la fumée de ses lèvres ; il ne voyait plus que les jasmins et la rose malgré les cloaques du faubourg.

Il arriva, neuf heures sonnant, au quai aux Fleurs, lequel était parfaitement sombre et désert, ainsi que le sont les quais du nord en hiver. Toutefois cette solitude était ce soir plus noire et plus sensible qu'autre part.

Hoffmann avait trop faim, il avait trop froid pour philosopher en chemin ; mais pas d'hôtellerie sur ce quai.

Levant les yeux, il aperçut enfin au coin du quai et de la rue de la Barillerie une grosse lanterne rouge dans les vitres de laquelle tremblait un lumignon crasseux.

Ce fanal pendait et se balançait au bout d'une potence de fer, fort propre, en ces temps d'émeute, à suspendre un ennemi politique.

Hoffmann ne vit que ces mots écrits en lettres vertes sur le verre rouge : *Logis à pied. Chambres et cabinets meublés.*

Il heurta vivement à la porte d'une allée ; la porte s'ouvrit : le voyageur entra en tâtonnant.

Une voix rude lui cria :

— Fermez votre porte.

Et un gros chien, aboyant, sembla lui dire :

— Gare à vos jambes.

Prix fait avec une hôtesse assez avenante, chambre choisie, Hoffmann se trouva possesseur de quinze pieds de long sur huit de large, formant ensemble une chambre à coucher et un cabinet, moyennant trente sols par jour, payables chaque matin, au lever.

Hoffmann était si joyeux, qu'il paya quinze jours d'avance de peur qu'on ne vînt lui contester la possession de ce logement précieux.

Cela fait, il se coucha dans un lit assez humide ; mais tout lit est lit pour un voyageur de dix-huit ans. Et puis, comment se montrer difficile quand on a le bonheur de loger quai aux Fleurs ?

Hoffmann invoqua d'ailleurs le souvenir d'Antonia, et le Paradis n'est-il pas toujours là où l'on invoque les anges[1] ?


# VIII

## Comment les musées et les bibliothèques étaient fermés, mais comment la place de la Révolution était ouverte


La chambre qui pendant quinze jours devait servir de Paradis terrestre à Hoffmann renfermait un lit, nous le connaissons, une table et deux chaises.

Elle avait une cheminée ornée de deux vases de verre bleu meublés de fleurs artificielles. Un génie de la Liberté en sucre s'épanouissait sous une cloche de cristal dans laquelle se reflétaient son drapeau tricolore et son bonnet rouge.

Un chandelier en cuivre, une encoignure en vieux bois de rose, une tapisserie du XIIe siècle pour rideau, voilà tout l'ameublement tel qu'il apparut aux premiers rayons du jour.

Cette tapisserie représentait Orphéus jouant du violon pour reconquérir Eurydice, et le violon rappela tout naturellement Zacharias Werner à la mémoire d'Hoffmann.

— Cher ami, pensa notre voyageur, il est à Paris, moi aussi ; nous sommes ensemble et je le verrai aujourd'hui ou demain au plus tard. Par où vais-je commencer ? Comment vais-je m'y prendre pour ne pas perdre le temps du bon Dieu, et pour tout voir en France ? Depuis plusieurs jours je ne vois que des tableaux vivants très laids, allons au salon du Louvre, de l'ex-tyran, je verrai tous les beaux tableaux qu'il avait, les Rubens, les Poussin ; allons vite.

Il se leva pour examiner, en attendant, le tableau panoramique de son quartier.

Un ciel gris, terne, de la boue noire sous des arbres blancs, une population affairée, avide de courir, et un certain bruit, pareil au murmure de l'eau qui coule, voilà tout ce qu'il découvrit.

C'était peu fleuri. Hoffmann ferma sa fenêtre, déjeuna, et sortit, pour voir d'abord l'ami Zacharias Werner.

Mais, sur le point de prendre une direction, il se rappela que Werner n'avait jamais donné son adresse, sans laquelle il était difficile de le rencontrer.

Ce ne fut pas un mince désappointement pour Hoffmann.

Mais bientôt :

— Fou que je suis, pensa-t-il : ce que j'aime, Zacharias l'aime aussi. J'ai envie de voir de la peinture, il aura eu envie de voir de la peinture. Je trouverai lui ou sa trace dans le Louvre. Allons au Louvre.

Le Louvre, on le voyait du parapet. Hoffmann se dirigea droit vers le monument.

Mais il eut la douleur d'apprendre à la porte que les Français depuis qu'ils étaient libres, ne s'amollissaient pas à voir de la peinture d'esclaves, et que, en admettant, ce qui n'est pas probable, que la commune de Paris, n'eût pas déjà rôti toutes les croûtes, pour allumer les fonderies d'armes de guerre, on se garderait bien de ne pas nourrir de toute cette huile, des rats destinés à la nourriture des patriotes, du jour où les Prussiens viendraient assiéger Paris.

Hoffmann sentit que la sueur lui montait au front ; l'homme qui lui parlait ainsi avait une certaine façon de parler qui sentait son importance. On saluait fort ce beau diseur.

Hoffmann apprit d'un des assistants qu'il avait eu l'honneur de parler au citoyen Simon, gouverneur des *enfants de France*[1], et conservateur des musées royaux.

— Je ne verrai point de tableaux, dit-il en soupirant, ah ! c'est dommage ! mais je m'en irai à la bibliothèque du feu roi[2], et à défaut de peinture, j'y verrai des estampes, des médailles, et des manuscrits ; j'y verrai le tombeau de Childéric, père de Clovis, et les globes céleste et terrestre du père Coronelli[3].

Hoffmann eut la douleur, en arrivant, d'apprendre que la nation française, regardant comme une source de corruption et d'incivisme la science et la littérature, avait fermé toutes les officines où conspiraient de prétendus savants et de prétendus littérateurs, le tout par mesure d'humanité, pour s'épargner la peine de guillotiner ces pauvres diables. D'ailleurs, même sous le tyran, la bibliothèque n'était ouverte que deux fois la semaine.

Hoffmann dut se retirer sans avoir rien vu ; il dut même oublier de demander des nouvelles de son ami Zacharias.

Mais comme il était persévérant, il s'obstina et voulut voir le Musée Sainte-Avoye[4].

On lui apprit alors que le propriétaire avait été guillotiné l'avant-veille.

Il s'en alla jusqu'au Luxembourg[1]; mais ce palais était devenu prison.

À bout de forces et de courage, il reprit le chemin de son hôtel, pour reposer un peu ses jambes, rêver à Antonia, à Zacharias, et fumer dans la solitude une bonne pipe de deux heures.

Mais, ô prodige! ce quai aux fleurs, si calme, si désert, était noir d'une multitude de gens rassemblés, qui se démenaient et vociféraient d'une façon inharmonieuse.

Hoffmann, qui n'était pas grand, ne voyait rien par-dessus les épaules de tous ces gens-là; il se hâta de percer la foule avec ses coudes pointus et de rentrer dans sa chambre.

Il se mit à sa fenêtre.

Tous les regards se tournèrent aussitôt vers lui, et il en fut embarrassé un moment, car il remarqua combien peu de fenêtres étaient ouvertes. Cependant la curiosité des assistants se porta bientôt sur un autre point que la fenêtre d'Hoffmann, et le jeune homme fit comme les curieux, il regarda le porche d'un grand bâtiment noir à toits aigus, dont le clocheton surmontait une grosse tour carrée.

Hoffmann appela l'hôtesse.

— Citoyenne, dit-il, qu'est-ce que cet édifice, je vous prie?

— Le Palais, citoyen.

— Et que fait-on au Palais?

— Au Palais de Justice, citoyen? on y juge.

— Je croyais qu'il n'y avait plus de tribunaux.

— Si fait, il y a le tribunal révolutionnaire.

— Ah! c'est vrai... et tous ces braves gens?

— Attendent l'arrivée des charrettes.

— Comment, des charrettes? je ne comprends pas bien, excusez-moi, je suis étranger.

— Citoyen, les charrettes, c'est comme qui dirait des corbillards pour les gens qui vont mourir.

— Ah! mon Dieu!

— Oui, le matin arrivent les prisonniers qui viennent se faire juger au tribunal révolutionnaire.

— Bien.

— À quatre heures tous les prisonniers sont jugés, on les emballe dans les charrettes que le citoyen Fouquier a requises à cet effet.

— Qu'est-ce que cela, le citoyen Fouquier ?

— L'accusateur public.

— Fort bien, et alors ?

— Et alors, les charrettes s'en vont au petit trot à la place de la Révolution, où la guillotine est en permanence.

— En vérité !

— Quoi ! vous êtes sorti, et vous n'êtes pas allé voir la guillotine ! C'est la première chose que les étrangers visitent en arrivant ; il paraît que nous autres Français nous avons seuls des guillotines.

— Je vous en fais mon compliment, Madame.

— Dites *citoyenne*.

— Pardon.

— Tenez, voici les charrettes qui arrivent...

— Vous vous retirez, citoyenne ?

— Oui, je n'aime plus voir cela.

Et l'hôtesse se retira.

Hoffmann la prit doucement par le bras.

— Excusez-moi si je vous fais une question, dit-il.

— Faites.

— Pourquoi dites-vous que vous n'aimez *plus* voir cela ? j'aurai dit, moi, je n'aime *pas*.

— Voici l'histoire, citoyen. Dans le commencement, on guillotinait des aristocrates très méchants à ce qu'il paraît. Ces gens-là portaient la tête si droite, ils avaient tous l'air si insolent, si provocateur, que la pitié ne venait pas facilement mouiller nos yeux. On regardait donc volontiers. C'était un beau spectacle que cette lutte des courageux ennemis de la nation contre la mort. Mais voilà qu'un jour j'ai vu monter sur la charrette un vieillard dont la tête battait les

ridelles de la voiture. C'était douloureux. Le lendemain je vis des religieuses. Un autre jour je vis un
enfant de quatorze ans, et enfin je vis une jeune fille
dans une charrette, sa mère était dans l'autre, et ces
deux pauvres femmes s'envoyaient des baisers sans
se dire une parole. Elles étaient si pâles, elles avaient
le regard si sombre, un si fatal sourire aux lèvres, ces
doigts qui remuaient seuls pour pétrir le baiser sur
leur bouche, étaient si tremblants et si nacrés, que
jamais je n'oublierai cet horrible spectacle et que j'ai
juré de ne plus m'exposer à le voir jamais.

— Ah! ah! dit Hoffmann en s'éloignant de la
fenêtre, c'est comme cela?

— Oui, citoyen. Eh bien! que faites-vous?

— Je ferme la fenêtre, citoyenne [1].

— Pour quoi faire?

— Pour ne pas voir.

— Vous! un homme!

— Voyez-vous, citoyenne, je suis venu à Paris
pour étudier les arts et respirer un air libre. Eh
bien! si par malheur, je voyais un de ces spectacles
dont vous venez de me parler, si je voyais une jeune
fille ou une femme traînée à la mort en regrettant la
vie, citoyenne, je penserais à ma fiancée, que j'aime,
et qui, peut-être... Non, citoyenne, je ne resterai pas
plus longtemps dans cette chambre; en avez-vous
une sur les derrières de la maison?

— Chut! malheureux, vous parlez trop haut; si
mes officieux vous entendent...

— Vos officieux! qu'est-ce que cela, officieux?

— C'est un synonyme républicain de valet.

— Eh bien! si vos valets m'entendent, qu'arri-
vera-t-il?

— Il arrivera que, dans trois ou quatre jours, je
pourrai vous voir de cette fenêtre sur une des charrettes à quatre heures de l'après-midi.

Cela dit avec mystère, la bonne dame descendit
précipitamment, et Hoffmann l'imita.

Il se glissa hors de la maison, résolu à tout pour échapper au spectacle populaire.

Quand il fut au coin du quai, le sabre des gendarmes brilla, un mouvement se fit dans la foule, les **masses hurlèrent et se** prirent à courir.

Hoffmann à toutes jambes gagna la rue Saint-Denis, dans laquelle il s'enfonça comme un fou ; il fit, pareil au chevreuil, plusieurs voltes dans différentes petites rues et disparut dans ce dédale de ruelles qui s'embrouillent entre le quai de la Ferraille et les Halles.

Il respira enfin en se voyant rue de la Ferronnerie, où, avec la sagacité du poète et du peintre il devina la place célèbre par l'assassinat de Henri IV.

Puis, toujours marchant, toujours cherchant, il arriva au milieu de la rue Saint-Honoré. Partout les boutiques se fermaient sur son passage. Hoffmann admirait la tranquillité de ce quartier ; les boutiques ne se fermaient pas seules, les fenêtres de certaines maisons se calfeutraient avec mesure, comme si elles eussent reçu un signal.

Cette manœuvre fut bientôt expliquée à Hoffmann ; il vit les fiacres se détourner et prendre les rues latérales ; il entendit un galop de chevaux et reconnut des gendarmes ; puis derrière eux, dans la première brume du soir, il entrevit un pêle-mêle affreux de haillons, de bras levés, de piques brandies et d'yeux flamboyants.

Au-dessus de tout cela, une charrette.

De ce tourbillon qui venait à lui sans qu'il pût se cacher ou s'enfuir, Hoffmann entendit sortir des cris tellement aigus, tellement lamentables, que rien de si affreux n'avait jusqu'à ce soir-là frappé ses oreilles.

Sur la charrette était une femme vêtue de blanc. Ces cris s'exhalaient des lèvres, de l'âme, de tout le corps soulevé de cette femme.

Hoffmann sentit ses jambes lui manquer. Ces hurlements avaient rompu les faisceaux nerveux, il tomba sur une borne, la tête adossée à des contre-vents de boutique mal joints encore, tant la ferme-ture de cette boutique avait été précipitée.

La charrette arriva au milieu de son escorte de ban-dits et de femmes hideuses, ses satellites ordinaires; mais, chose étrange, toute cette lie ne bouillonnait pas, tous ces reptiles ne coassaient pas, la victime seule se tordait entre les bras de deux hommes et criait secours au ciel, à la terre, aux hommes et aux choses.

Hoffmann entendit soudain dans son oreille, par la fente du volet, ces mots prononcés tristement par une voix d'homme jeune :

— Pauvre Du Barry! te voilà donc!

— Mme Du Barry[1]! s'écria Hoffmann, c'est elle, c'est elle qui passe là sur cette charrette!

— Oui, monsieur, répondit la voix basse et dolente à l'oreille du voyageur, et, de si près, qu'à travers les planches il sentait le souffle chaud de son interlo-cuteur.

La pauvre Du Barry se tenait droite et cramponn-née au col mouvant de la charrette; ses cheveux châ-tains, l'orgueil de sa beauté, avaient été coupés sur la nuque, mais retombaient sur les tempes en longues mèches trempées de sueur; belle avec ses grands yeux hagards, avec sa petite bouche, trop petite pour les cris affreux qu'elle poussait, la malheureuse femme secouait de temps en temps la tête par un mouvement convulsif, pour dégager son visage des cheveux qui le masquaient.

Quand elle passa devant la borne où Hoffmann s'était affaissé, elle cria: «Au secours! sauvez-moi! je n'ai pas fait de mal! au secours!» et faillit ren-verser l'aide du bourreau qui la soutenait.

Ce cri, «Au secours!» elle ne cessa de le pousser au milieu du plus profond silence des assistants. Ces furies, accoutumées à insulter les braves condam-nés, se sentaient remuées par l'irrésistible élan de l'épouvante d'une femme ; elles sentaient que leurs vociférations n'eussent pas réussi à couvrir leurs gémissements de cette fièvre qui touchait à la folie et atteignait le sublime du terrible.

Hoffmann se leva, ne sentant plus son cœur dans sa poitrine ; il se mit à courir après la charrette comme les autres, ombre nouvelle ajoutée à cette procession de spectres qui faisaient la dernière escorte d'une favorite royale.

Mme Du Barry le voyant, cria encore :

— La vie ! la vie !... je donne tout mon bien à la nation ! Monsieur !... sauvez-moi !

— Oh ! pensa le jeune homme, elle m'a parlé ! pauvre femme, dont les regards ont valu si cher, dont les paroles n'avaient pas de prix ; elle m'a parlé !

Il s'arrêta. La charrette venait d'atteindre la place de la Révolution[1]. Dans l'ombre épaissie par une pluie froide, Hoffmann ne distinguait plus que deux silhouettes : l'une blanche, c'était celle de la victime, l'autre rouge, c'était l'échafaud.

Il vit les bourreaux traîner la robe blanche sur l'escalier. Il vit cette forme tourmentée se cambrer pour la résistance, puis soudain, au milieu de ses horribles cris, la pauvre femme perdit l'équilibre et tomba sur la bascule.

Hoffmann l'entendit crier : « Grâce, monsieur le bourreau, encore une minute, monsieur le bour-reau[2]... » Et ce fut tout, le couteau tomba, lançant un éclair fauve.

Hoffmann s'en alla rouler dans le fossé qui borde la place.

C'était un beau tableau pour un artiste qui venait en France chercher des impressions et des idées.

Dieu venait de lui montrer le trop cruel châtiment de celle qui avait contribué à perdre la monarchie.

Cette lâche mort de la Du Barry lui parut l'absolu-tion de la pauvre femme. Elle n'avait donc jamais eu d'orgueil, puisqu'elle ne savait même pas mourir !

Savoir mourir, hélas! en ce temps-là, ce fut la vertu suprême de ceux qui n'avaient jamais connu le vice.

Hoffmann réfléchit ce jour-là que s'il était venu en France pour voir des choses **extraordinaires,** son voyage n'était pas manqué.

Alors, un peu consolé par la philosophie de l'histoire :

— Il reste le théâtre, se dit-il, allons au théâtre. Je sais bien qu'après l'actrice que je viens de voir, celles de l'opéra ou de la tragédie ne me feront pas d'effet, mais je serai indulgent. Il ne faut pas trop demander à des femmes qui ne meurent que pour rire.

Seulement, je vais tâcher de bien reconnaître cette place pour n'y plus jamais passer de ma vie.

## IX

### Le Jugement de Pâris

Hoffmann était l'homme des transitions brusques. Après la place de la Révolution et le peuple tumultueux groupé autour d'un échafaud, le ciel sombre et le sang, il lui fallait l'éclat des lustres, la foule joyeuse, les fleurs, la vie enfin. Il n'était pas bien sûr que le spectacle auquel il avait assisté s'effacerait de sa pensée par ce moyen ; mais il voulait au moins donner une distraction à ses yeux, et se prouver qu'il y avait encore dans le monde des gens qui vivaient et qui riaient.

Il s'achemina donc vers l'Opéra[1] ; mais il y arriva sans savoir comment il y était arrivé. Sa détermination avait marché devant lui, et il l'avait suivie comme un aveugle suit son chien, tandis que son esprit voyageait dans un chemin opposé à travers des impressions toutes contraires.

Comme sur la place de la Révolution il y avait foule sur le boulevard où se trouvait, à cette époque, le théâtre de l'Opéra, là où est aujourd'hui le théâtre de la Porte-Saint-Martin.

Hoffmann s'arrêta devant cette foule et regarda l'affiche.

On jouait *Le Jugement de Pâris* [1], ballet-pantomime [2] en trois actes, de M. Gardel jeune [3], fils du maître de danse de Marie-Antoinette, et qui devint plus tard maître des ballets de l'empereur.

— *Le Jugement de Pâris*, murmura le poète en regardant fixement l'affiche comme pour se graver dans l'esprit, à l'aide des yeux et de l'ouïe, la signification de ces trois mots, *Le Jugement de Pâris!*

Et il avait beau répéter les syllabes qui composaient le titre du ballet, elles lui paraissaient vides de sens, tant sa pensée avait de peine à rejeter les souvenirs terribles dont elle était pleine, pour donner place à l'œuvre empruntée par M. Gardel jeune à l'*Iliade* d'Homère.

Quelle étrange époque que cette époque, où, dans une même journée, on pouvait voir condamner le matin, voir exécuter à quatre heures, voir danser le soir, et où l'on courait la chance d'être arrêté soi-même en revenant de toutes ces émotions!

Hoffmann comprit que, si un autre que lui ne lui disait pas ce qu'on jouait, il ne parviendrait pas à le savoir, et que peut-être il deviendrait fou devant cette affiche.

Il s'approcha donc d'un gros monsieur qui faisait queue avec sa femme, car de tout temps les gros hommes ont eu la manie de faire queue avec leurs femmes, et il lui dit:

— Monsieur, que joue-t-on ce soir?

— Vous le voyez bien sur l'affiche, monsieur, répondit le gros homme; on joue *Le Jugement de Pâris*.

— Le jugement de Pâris... répéta Hoffmann. Ah! oui, le jugement de Pâris, je sais ce que c'est.

Le gros monsieur regarda cet étrange questionneur et leva les épaules avec l'air du plus profond mépris pour ce jeune homme qui, dans ce temps tout mythologique, avait pu oublier un instant ce que c'était que le jugement de Pâris.

— Voulez-vous l'explication du ballet, citoyen? dit un marchand de livrets en s'approchant d'Hoffmann.

— Oui, donnez!

C'était pour notre héros une preuve de plus qu'il allait au spectacle, et il en avait besoin.

Il ouvrit le livret et jeta les yeux dessus.

Ce livret était coquettement imprimé sur beau papier blanc, et enrichi d'un avant-propos de l'auteur.

— Quelle chose merveilleuse que l'homme, pensa Hoffmann en regardant les quelques lignes de cet avant-propos, lignes qu'il n'avait pas encore lues, mais qu'il allait lire, et comme, tout en faisant partie de la masse commune des hommes, il marche seul, égoïste et indifférent, dans le chemin de ses intérêts et de ses ambitions! Ainsi, voici un homme, M. Gardel jeune, qui a fait représenter ce ballet le 5 mars 1793, c'est-à-dire six semaines après la mort du roi, c'est-à-dire six semaines après un des plus grands événements du monde; eh bien! le jour où ce ballet a été représenté, il a eu des émotions particulières dans les émotions générales; le cœur lui a battu quand on a applaudi; et si, en ce moment, on était venu lui parler de cet événement qui ébranlait encore le monde et qu'on lui eût nommé le roi Louis XVI, il se fût écrié: Louis XVI, de qui voulez-vous parler? Puis, comme si, à partir du jour où il avait livré son ballet au public, la terre entière n'eût plus dû être préoccupée que de cet événement chorégraphique, il a fait un avant-propos à l'explication de sa pantomime. Eh bien! lisons-le, son avant-propos, et voyons si, en cachant la date du jour où il a été écrit, j'y retrouverai la trace des choses au milieu desquelles il venait au jour.

Hoffmann s'accouda à la balustrade du théâtre, et voici ce qu'il lut.

«J'ai toujours remarqué dans les ballets d'action que les effets de décorations et les divertissements variés et agréables étaient ce qui attirait le plus la foule et les vifs applaudissements.»

— Il faut avouer que voilà un homme qui a fait là une remarque curieuse, pensa Hoffmann, sans pouvoir s'empêcher de sourire à la lecture de cette première naïveté. Comment! il a remarqué que ce qui attire dans les ballets, ce sont les effets de décorations et les divertissements variés et agréables. Comme cela est poli pour MM. Haydn, Pleyel et Méhul[1], qui ont fait la musique du *Jugement de Pâris*! Continuons.

«D'après cette remarque, j'ai cherché un sujet qui pût se plier à faire valoir les grands talents que l'Opéra de Paris seul possède en danse, et qui me permît d'étendre les idées que le hasard pourrait m'offrir. L'histoire poétique est le terrain inépuisable que le maître de ballet doit cultiver; ce terrain n'est pas sans épines; mais il faut savoir les écarter pour cueillir la rose.»

— Ah! par exemple! voilà une phrase à mettre dans un cadre d'or, s'écria Hoffmann. Il n'y a qu'en France qu'on écrive de ces choses-là!

Et il se mit à regarder le livret, s'apprêtant à continuer cette intéressante lecture qui commençait à l'égayer; mais son esprit, détourné de sa véritable préoccupation, y revenait peu à peu; les caractères se brouillèrent sous les yeux du rêveur, il laissa tomber la main qui tenait *Le Jugement de Pâris*, fixa les yeux sur la terre, et murmura:

— Pauvre femme!

C'était l'ombre de Mme Du Barry qui passait encore une fois dans le souvenir du jeune homme.

Alors il secoua la tête comme pour en chasser violemment les sombres réalités, et mettant dans sa poche le livret de M. Gardel jeune, il prit une place et entra dans le théâtre.

La salle était comble et ruisselante de fleurs, de pierreries, de soie et d'épaules nues. Un immense bourdonnement, bourdonnement de femmes parfumées, de propos frivoles, semblable au bruit que feraient un millier de mouches volant dans une boîte de papier, et plein de ces mots qui laissent dans l'esprit la même trace que les ailes des papillons aux doigts des enfants qui les prennent et qui, deux minutes après, ne sachant plus qu'en faire, lèvent les mains en l'air et leur rendent la liberté.

Hoffmann prit une place à l'orchestre, et dominé par l'atmosphère ardente de la salle, il parvint à croire un instant qu'il y était depuis le matin, et que ce sombre décès que regardait sans cesse sa pensée était un cauchemar et non pas une réalité. Alors sa mémoire qui, comme la mémoire de tous les hommes, avait deux verres réflecteurs, l'un dans le cœur, l'autre dans l'esprit, se tourna insensiblement, et par la gradation naturelle des impressions joyeuses, vers cette douce jeune fille qu'il avait laissée là-bas et dont il sentait le médaillon battre, comme un autre cœur, contre les battements du sien. Il regarda toutes les femmes qui l'entouraient, toutes ces blanches épaules, tous ces cheveux blonds et bruns, tous ces bras souples, toutes ces mains jouant avec les branches d'un éventail ou rajustant coquettement les fleurs d'une coiffure, et il se sourit à lui-même en prononçant le nom d'Antonia, comme si ce nom eût suffi pour faire disparaître toute comparaison entre celle qui le portait et les femmes qui se trouvaient là, et pour le transporter dans un monde de souvenirs mille fois plus charmants que toutes ces réalités, si belles qu'elles fussent. Puis, comme si ce n'eût point été assez, comme s'il eût eu à craindre que le portrait qu'à travers la distance lui retraçait sa pensée, ne s'effaçât dans l'idéal par où il lui apparaissait, Hoffmann glissa doucement la main dans sa poitrine, y saisit le médaillon comme une fille craintive saisit un oiseau dans un nid, et après s'être assuré que nul ne pouvait le voir et ternir d'un regard la douce image qu'il prenait dans sa main, il amena doucement le portrait de la jeune fille, le monta à la hauteur de ses yeux, l'adora un instant du regard, puis, après l'avoir posé pieusement sur ses lèvres, il le cacha de nouveau tout près de son cœur, sans que personne pût deviner la joie que venait d'avoir, en faisant le mouvement d'un homme qui met la main dans son gilet, ce jeune spectateur aux cheveux noirs et au teint pâle.

En ce moment on donnait le signal, et les premières notes de l'ouverture commencèrent à courir gaiement dans l'orchestre, comme des pinsons querelleurs dans un bosquet.

Hoffmann s'assit, et tâchant de redevenir un homme comme tout le monde, c'est-à-dire un spectateur attentif, il ouvrit ses deux oreilles à la musique.

Mais au bout de cinq minutes, il n'écoutait plus et ne voulait plus entendre : ce n'était pas avec cette musique-là qu'on fixait l'attention d'Hoffmann, d'autant plus qu'il l'entendait deux fois, vu qu'un voisin, habitué sans doute de l'Opéra, et admirateur de MM. Haydn, Pleyel et Méhul, accompagnait d'une petite voix en demi-ton de fausset, et avec une exactitude parfaite, les différentes mélodies de ces messieurs. Le dilettante joignait à cet accompagnement de la bouche un autre accompagnement des doigts, en frappant en mesure, avec une charmante dextérité, ses ongles longs et effilés sur la tabatière qu'il tenait dans sa main gauche.

Hoffmann, avec cette habitude de curiosité qui est

naturellement la première qualité de tous les obser-
vateurs, se mit à examiner ce personnage qui se faisait un orchestre particulier greffé sur l'orchestre
général.

En vérité, le personnage méritait l'examen.

Figurez-vous un petit homme portant habit, gilet
et culotte noirs, chemise et cravate blanches, mais
d'un blanc plus que blanc, presque aussi fatigant
pour les yeux que le reflet argenté de la neige. Mettez sur la moitié des mains de ce petit homme,
mains maigres, transparentes comme la cire et se
détachant sur la culotte noire comme si elles eussent été intérieurement éclairées, mettez des manchettes de fine batiste plissées avec le plus grand
soin et souples comme des feuilles de lys, et vous
aurez l'ensemble du corps. Regardez la tête, maintenant, et regardez-la comme le faisait Hoffmann,
c'est-à-dire avec une curiosité mêlée d'étonnement.
Figurez-vous un visage de forme ovale, au front poli
comme l'ivoire, aux cheveux rares et fauves ayant
poussé de distance en distance, comme des touffes
de buissons dans une plaine. Supprimez les sourcils, et, au-dessous de la place où ils devraient être,
faites deux trous dans lesquels vous mettrez un œil
froid comme du verre, presque toujours fixe, et
qu'on croirait d'autant plus volontiers inanimé
qu'on chercherait vainement en eux le point lumineux que Dieu a mis dans l'œil comme une étincelle
du foyer de la vie. Ces yeux sont bleus comme le
saphir, sans douceur, sans dureté. Ils voient, cela
est certain, mais ils ne regardent pas. Un nez sec,
mince, long et pointu, une bouche petite, aux lèvres
entrouvertes sur des dents non pas blanches, mais
de la même couleur cireuse que la peau, comme si
elles eussent reçu une légère infiltration de sang
pâle et s'en fussent colorées, un menton pointu, rasé
avec le plus grand soin, des pommettes saillantes,
des joues creusées chacune par une cavité à y

mettre une noix, tels étaient les traits caractéristiques du spectateur voisin d'Hoffmann.

Ce homme pouvait aussi bien avoir cinquante ou trente ans. Il en eût eu quatre-vingts que la chose n'eût pas été extraordinaire ; il n'en eût eu que douze que ce n'eût pas encore été bien invraisemblable. Il semblait qu'il eût dû venir au monde tel qu'il était. Il n'avait sans doute jamais été plus jeune, et il était possible qu'il parût plus vieux.

Il était probable qu'en touchant sa peau on eût éprouvé la même sensation de froid qu'en touchant la peau d'un serpent ou d'un mort.

Mais, par exemple, il aimait bien la musique.

De temps à autre sa bouche s'écartait un peu plus sous une pression de volupté mélophile, et trois petits plis, identiquement les mêmes de chaque côté, décrivaient un demi-cercle à l'extrémité de ses lèvres, et y restaient imprimés pendant cinq minutes, puis ils s'effaçaient graduellement comme les ronds que fait une pierre qui tombe dans l'eau et qui vont s'élargissant toujours jusqu'à ce qu'ils se confondent tout à fait avec la surface.

Hoffmann ne se lassait pas de regarder cet homme qui se sentait examiné, mais qui n'en bougeait pas plus pour cela. Cette immobilité était telle que notre poète, qui avait déjà, à cette époque, le germe de l'imagination qui devait enfanter *Coppélius*[1], appuya ses deux mains sur le dossier de la stalle qui était devant lui, pencha son corps en avant, et, tournant la tête à droite, essaya de voir de face celui qu'il n'avait encore vu que de profil.

Le petit homme regarda Hoffmann sans étonnement, lui sourit, lui fit un petit salut amical et continua de fixer les yeux sur le même point, point invisible pour tout autre que pour lui, et d'accompagner l'orchestre.

— C'est étrange, fit Hoffmann en se rasseyant, j'aurais parié qu'il ne vivait pas.

Et comme si, quoiqu'il eût vu remuer la tête de son voisin, le jeune homme n'eût pas été bien convaincu que le reste du corps était animé, il jeta de nouveau les yeux sur les mains de ce personnage. Une chose le frappa alors, c'est que sur la tabatière avec laquelle jouaient ces mains, tabatière d'ébène, brillait une petite tête de mort en diamant.

Tout, ce jour-là, devait prendre des teintes fantastiques aux yeux d'Hoffmann ; mais il était bien résolu à en venir à ses fins, et se penchant en bas comme il s'était penché en avant, il colla ses yeux sur cette tabatière au point que ses lèvres touchaient presque les mains de celui qui la tenait.

L'homme ainsi examiné, voyant que sa tabatière était d'un si grand intérêt pour son voisin, la lui passa silencieusement, afin qu'il pût la regarder tout à son aise.

Hoffmann la prit, la tourna et la retourna vingt fois, puis il l'ouvrit.

Il y avait du tabac dedans !

## X

### *Arsène*

Après avoir examiné la tabatière avec la plus grande attention, Hoffmann la rendit à son propriétaire en le remerciant d'un signe silencieux de la tête, auquel le propriétaire répondit par un signe aussi courtois, mais s'il est possible, plus silencieux encore.

« Voyons maintenant s'il parle », se demanda Hoffmann, et se tournant vers son voisin, il lui dit :

— Je vous prie d'excuser mon indiscrétion, monsieur, mais cette petite tête de mort en diamant qui

orne votre tabatière m'avait étonné tout d'abord,
car c'est un ornement rare sur une boîte à tabac.

— En effet, je crois que c'est la seule qu'on ait faite,
répliqua l'inconnu d'une voix métallique, et dont les
sons imitaient assez le bruit de pièces d'argent qu'on
empile les unes sur les autres ; elle me vient d'héritiers reconnaissants dont j'avais soigné le père.

— Vous êtes médecin ?

— Oui, monsieur.

— Et vous aviez guéri le père de ces jeunes gens ?

— Au contraire, monsieur, nous avons eu le malheur de le perdre.

— Je m'explique le mot reconnaissance.

Le médecin se mit à rire.

Ses réponses ne l'empêchaient pas de fredonner
toujours, et tout en fredonnant :

— Oui, reprit-il, je crois bien que j'ai tué ce vieil
lard.

— Comment, tué ?

— J'ai fait sur lui l'essai d'un remède nouveau.
Oh ! mon Dieu ! au bout d'une heure, il était mort.
C'est vraiment fort drôle.

Et il se remit à chantonner.

— Vous paraissez aimer la musique, monsieur ?
demanda Hoffmann.

— Celle-ci surtout ; oui, monsieur.

— Diable ! pensa Hoffmann, voilà un homme qui
se trompe en musique comme en médecine.

En ce moment on leva la toile.

L'étrange docteur huma une prise de tabac, et
s'adossa le plus commodément possible dans sa stalle
comme un homme qui ne veut rien perdre du spectacle auquel il va assister.

Cependant, il dit à Hoffmann comme par réflexion :

— Vous êtes allemand, monsieur ?

— En effet.

— J'ai reconnu votre pays à votre accent. Beau
pays, vilain accent.

Hoffmann s'inclina devant cette phrase faite d'une moitié de compliment et d'une moitié de critique.

— Et vous êtes venu en France, pourquoi ?

— Pour voir.

— Et qu'est-ce que vous avez déjà vu ?

— J'ai vu guillotiner, monsieur.

— Étiez-vous aujourd'hui à la place de la Révolution ?

— J'y étais.

— Alors vous avez assisté à la mort de Mme Du Barry.

— Oui, fit Hoffmann avec un soupir.

— Je l'ai beaucoup connue, continua le docteur avec un regard confidentiel, et qui poussait le mot *connue* jusqu'au bout de sa signification. C'était une belle fille, ma foi.

— Est-ce que vous l'avez soignée aussi ?

— Non, mais j'ai soigné son nègre Zamore.

— Le misérable ! on m'a dit que c'est lui qui a dénoncé sa maîtresse.

— En effet il était fort patriote, ce petit négrillon.

— Vous auriez bien dû faire de lui ce que vous avez fait du vieillard, vous savez, du vieillard à la tabatière.

— À quoi bon ? il n'avait point d'héritiers, lui.

Et le rire du docteur tinta de nouveau.

— Et vous, monsieur, vous n'assistiez pas à cette exécution, tantôt ? reprit Hoffmann, qui se sentait pris d'un irrésistible besoin de parler de la pauvre créature dont l'image sanglante ne le quittait pas.

— Non. Était-elle maigrie ?

— Qui ?

— La comtesse.

— Je ne puis vous le dire, monsieur.

— Pourquoi cela ?

— Parce que je l'ai vue pour la première fois sur la charrette.

— Tant pis. J'aurais voulu le savoir, car, moi je

l'avais connue très grasse ; mais demain j'irai voir son corps. Ah, tenez ! regardez cela.

Et en même temps le médecin montrait la scène où, en ce moment, M. Vestris[1], qui jouait le rôle de Pâris, apparaissait sur le mont Ida, et faisait toutes sortes de marivaudages avec la nymphe Œnone.

Hoffmann regarda ce que lui montrait son voisin ; mais, après s'être assuré que ce sombre médecin était réellement attentif à la scène, et que ce qu'il venait d'entendre et de dire n'avait laissé aucune trace dans son esprit :

«Cela serait curieux de voir pleurer cet homme-là», se dit Hoffmann.

— Connaissez-vous le sujet de la pièce ? reprit le docteur, après un silence de quelques minutes.

— Non, monsieur.

— Oh ! c'est très intéressant. Il y a même des situations touchantes. Un de mes amis et moi nous avions l'autre fois les larmes aux yeux.

— Un de ses amis ! murmura le poète ; qu'est-ce que cela peut être que l'ami de cet homme-là ? Cela doit être un fossoyeur.

— Ah ! bravo, bravo, Vestris, criota le petit homme en tapotant dans ses mains.

Le médecin avait choisi pour manifester son admiration le moment où Pâris, comme le disait le livret qu'Hoffmann avait acheté à la porte, saisit son javelot et vole au secours des pasteurs qui fuient épouvantés devant un lion terrible.

— Je ne suis pas curieux, mais j'aurais voulu voir le lion.

Ainsi se terminait le premier acte.

Alors le docteur se leva, se retourna, s'adossa à la stalle placée devant la sienne, et substituant une petite lorgnette à sa tabatière, il commença à lorgner les femmes qui composaient la salle.

Hoffmann suivait machinalement la direction de la lorgnette, et il remarquait avec étonnement que la personne sur qui elle se fixait, tressaillait instantanément et tournait aussitôt les yeux vers celui qui la lorgnait, et cela comme si elle y eût été contrainte par une force invisible. Elle gardait cette position jusqu'à ce que le docteur cessât de la lorgner.

— Est-ce que cette lorgnette vous vient encore d'un héritier, monsieur ? demanda Hoffmann.

— Non, elle me vient de M. de Voltaire.

— Vous l'avez donc connu aussi ?

— Beaucoup, nous étions très liés.

— Vous étiez son médecin ?

— Il ne croyait pas à la médecine. Il est vrai qu'il ne croyait pas à grand-chose.

— Est-il vrai qu'il est mort en se confessant ?

— Lui, monsieur, lui ! Arouet ! allons donc ! non seulement il ne s'est pas confessé, mais encore il a joliment reçu le prêtre qui était venu l'assister ! Je puis vous en parler savamment, j'étais là.

— Que s'est-il donc passé ?

— Arouet allait mourir ; Tersac, son curé, arrive et lui dit tout d'abord, comme un homme qui n'a pas de temps à perdre : Monsieur, reconnaissez-vous la trinité de Jésus-Christ ?

— Monsieur, laissez-moi mourir tranquille, je vous prie, lui répond Voltaire.

— Cependant, monsieur, continue Tersac, il importe que je sache si vous reconnaissez Jésus-Christ comme fils de Dieu.

— Au nom du diable, s'écrie Voltaire, ne me parlez plus de cet homme-là, et, réunissant le peu de force qui lui restait, il flanque un coup de poing sur la tête du curé, et il meurt. Ai-je ri, mon Dieu ! ai-je ri !

— En effet, c'était risible, fit Hoffmann d'une voix dédaigneuse, et c'est bien ainsi que devait mourir l'auteur de *La Pucelle*[1].

— Ah ! oui, *La Pucelle* ! s'écria l'homme noir, quel chef-d'œuvre ! Monsieur, quelle admirable chose !

Je ne connais qu'un livre qui puisse rivaliser avec celui-là.

— Lequel ?

— *Justine* [1], de M. de Sade ; connaissez-vous *Justine* ?

— Non, monsieur.

— Et le marquis de Sade ?

— Pas davantage.

— Voyez-vous, monsieur, reprit le docteur avec enthousiasme, *Justine*, c'est tout ce qu'on peut lire de plus immoral, c'est du Crébillon fils tout nu, c'est merveilleux. J'ai soigné une jeune fille qui l'avait lue.

— Et elle est morte, comme votre vieillard ?

— Oui, monsieur, mais elle est morte bien heureuse.

Et l'œil du médecin pétilla d'aise au souvenir des causes de cette mort.

On donna le signal du second acte.

Hoffmann n'en fut pas fâché, son voisin l'effrayait.

— Ah ! fit le docteur en s'asseyant, et avec un sourire de satisfaction, nous allons voir Arsène.

— Qui est-ce, Arsène ?

— Vous ne la connaissez pas ?

— Non, monsieur.

— Ah çà ! vous ne connaissez donc rien, jeune homme ! Arsène, c'est Arsène, c'est tout dire ; d'ailleurs, vous allez voir.

Et, avant que l'orchestre eût donné une note, le médecin avait recommencé à fredonner l'introduction du second acte.

La toile se leva.

Le théâtre représentait un berceau de fleurs et de verdure, que traversait un ruisseau qui prenait sa source au pied d'un rocher.

Hoffmann laissa tomber sa tête dans sa main.

Décidément, ce qu'il voyait, ce qu'il entendait ne pouvait parvenir à le distraire de la douloureuse

pensée et du lugubre souvenir qui l'avaient amené
là où il était.

— Qu'est-ce que cela eût changé ? pensa-t-il en
rentrant brusquement dans les impressions de la
journée ; qu'est-ce que cela eût changé dans le monde,
si l'on eût laissé vivre cette malheureuse femme ?
Quel mal cela aurait-il fait si ce cœur eût continué
de battre, cette bouche de respirer ? quel malheur en
fût-il advenu ? Pourquoi interrompre brusquement
tout cela ? De quel droit arrêter la vie au milieu
de son élan ? Elle serait bien au milieu de toutes ces
femmes, tandis qu'à cette heure son pauvre corps, le
corps qui fut aimé d'un roi, gît dans la boue d'un
cimetière, sans fleurs, sans croix, sans tête. Comme
elle criait, mon Dieu, comme elle criait ! puis tout à
coup...

Hoffmann cacha son front dans ses mains.

— Qu'est-ce que je fais ici, moi ? se dit-il ; oh ! je
vais m'en aller.

Et il allait peut-être s'en aller en effet, quand, en
relevant la tête, il vit sur la scène une danseuse qui
n'avait pas paru au premier acte, et que la salle
entière regardait danser sans faire un mouvement,
sans exhaler un souffle.

— Oh ! que cette femme est belle ! s'écria Hoffmann assez haut pour que ses voisins et la danseuse
même l'entendissent.

Celle qui avait éveillé cette admiration subite
regarda le jeune homme qui avait malgré lui poussé
cette exclamation, et Hoffmann crut qu'elle le remer-
ciait du regard.

Il rougit et tressaillit comme s'il eût été touché de
l'étincelle électrique.

Arsène, car c'était elle, c'est-à-dire cette danseuse
dont le petit vieillard avait prononcé le nom, Arsène
était réellement une bien admirable créature, et
d'une beauté qui n'avait rien de la beauté tradition-
nelle.

Elle était grande, admirablement faite et d'une pâleur transparente sous le rouge qui couvrait ses joues. Ses pieds étaient tout petits, et quand elle retombait sur le parquet du théâtre, on eût dit que la pointe de son pied reposait sur un nuage, car on n'entendait pas le plus petit bruit. Sa taille était si mince, si souple, qu'une couleuvre ne se fût pas retournée sur elle-même comme cette femme le faisait. Chaque fois que, se cambrant, elle se penchait en arrière, on pouvait croire que son corset allait éclater, et l'on devinait, dans l'énergie de sa danse et dans l'assurance de son corps, et la certitude d'une beauté complète et cette ardente nature qui, comme celle de la Messaline antique[1], peut être quelquefois lassée, mais jamais assouvie. Elle ne souriait pas comme sourient ordinairement les danseuses, ses lèvres de pourpre ne s'entrouvraient presque jamais, non pas qu'elles eussent de vilaines dents à cacher, non, car, dans le sourire qu'elle avait adressé à Hoffmann quand il l'avait si naïvement admirée tout haut, notre poète avait pu voir une double rangée de perles si blanches, si pures, qu'elle les cachait sans doute derrière ses lèvres pour que l'air ne les ternît point. Dans ses cheveux noirs et luisants, avec des reflets bleus, s'enroulaient de larges feuilles d'acanthe, et se suspendaient des grappes de raisin dont l'ombre courait sur ses épaules nues. Quant aux yeux, ils étaient grands, limpides, noirs, brillants, à ce point qu'ils éclairaient tout autour d'eux, et qu'eût-elle dansé dans la nuit, Arsène eût illuminé la place où elle eût dansé. Ce qui ajoutait encore à l'originalité de cette fille, c'est que, sans raison aucune, elle portait dans ce rôle de nymphe, car elle jouait ou plutôt elle dansait une nymphe, elle portait, disonsnous, un petit collier de velours noir, fermé par une boucle ou, du moins, par un objet qui paraissait avoir la forme d'une boucle, et qui, fait en diamants, jetait des feux éblouissants.

Le médecin regardait cette femme de tous ses yeux, et son âme, l'âme qu'il pouvait avoir, semblait suspendue au vol de la jeune femme. Il est bien évident que tant qu'elle dansait, il ne respirait pas.

Alors Hoffmann put remarquer une chose curieuse : qu'elle allât à droite, à gauche, en arrière ou en avant, jamais les yeux d'Arsène ne quittaient la ligne des yeux du docteur, et une visible corrélation était établie entre les deux regards. Bien plus, Hoffmann voyait très distinctement les rayons que jetait la boucle du collier d'Arsène, et ceux que jetait la tête de mort du docteur, se rencontrer à moitié chemin dans une ligne droite, se heurter, se repousser et rejaillir en une même gerbe faite de milliers d'étincelles blanches, rouges et or.

— Voulez-vous me prêter votre lorgnette, monsieur ? dit Hoffmann, haletant et sans détourner la tête, car il lui était impossible à lui aussi de cesser de regarder Arsène.

Le docteur étendit la main vers Hoffmann, sans faire le moindre mouvement de la tête, si bien que les mains des deux spectateurs se cherchèrent quelques instants dans le vide avant de se rencontrer.

Hoffmann saisit enfin la lorgnette et y colla ses yeux.

— C'est étrange, murmura-t-il.

— Quoi donc ? demanda le docteur.

— Rien, rien, répondit Hoffmann, qui voulait donner toute son attention à ce qu'il voyait ; en réalité, ce qu'il voyait était étrange.

La lorgnette rapprochait tellement les objets à ses yeux, que deux ou trois fois Hoffmann étendit la main, croyant saisir Arsène qui ne paraissait plus être au bout du verre qui la reflétait, mais bien entre les deux verres de la lorgnette. Notre Allemand ne perdait donc aucun détail de la beauté de la danseuse, et ces regards, déjà si brillants de loin, entouraient son front d'un cercle de feu, et faisaient bouillir le sang dans les veines de ses tempes.

L'âme du jeune homme faisait un effroyable bruit dans son corps.

— Quelle est cette femme ? dit-il d'une voix faible sans quitter la lorgnette et sans remuer.

— C'est Arsène, je vous l'ai déjà dit, répliqua le docteur dont les lèvres seules semblaient vivantes et dont le regard immobile était rivé à la danseuse.

— Cette femme a un amant, sans doute ?

— Oui.

— Qu'elle aime ?

— On le dit.

— Et, il est riche ?

— Très riche.

— Qui est-ce ?

— Regardez à gauche dans l'avant-scène du rez-de-chaussée.

— Je ne puis pas tourner la tête.

— Faites un effort.

Hoffmann fit un effort si douloureux, qu'il poussa un cri, comme si les nerfs de son cou étaient devenus de marbre et se fussent brisés dans ce moment.

Il regarda dans l'avant-scène indiquée.

Dans cette avant-scène il n'y avait qu'un homme, mais cet homme, accroupi comme un lion sur la balustrade de velours, semblait à lui seul remplir cette avant-scène.

C'était un homme de trente-deux ou trente-trois ans, au visage labouré par les passions ; on eût dit que, non pas la petite vérole, mais l'éruption d'un volcan, avait creusé les vallées dont les profondeurs s'entrecroisaient sur cette chair toute bouleversée ; ses yeux avaient dû être petits, mais ils s'étaient ouverts par une espèce de déchirement de l'âme ; tantôt ils étaient atones et vides comme un cratère éteint, tantôt ils versaient des flammes comme un cratère rayonnant. Il n'applaudissait pas en rapprochant ses mains l'une de l'autre, il applaudissait en frappant sur la balustrade, et, à chaque applaudissement, il semblait ébranler la salle.

— Oh! fit Hoffmann, est-ce un homme, que je vois là?

— Oui, oui, c'est un homme, répondit le petit homme noir; oui, c'est un homme, et un fier homme, même.

— Comment s'appelle-t-il?

— Vous ne le connaissez pas?

— Mais non, je suis arrivé hier seulement.

— Eh bien! c'est Danton[1].

— Danton! fit Hoffmann en tressaillant. Oh! oh! Et c'est l'amant d'Arsène?

— C'est son amant.

— Et sans doute il l'aime?

— À la folie. Il est d'une jalousie féroce.

Mais si intéressant à voir que fût Danton, Hoffmann avait déjà reporté les yeux sur Arsène, dont la danse silencieuse avait une apparence fantastique.

— Encore un renseignement, monsieur?

— Parlez.

— Quelle forme a l'agrafe qui ferme son collier?

— C'est une guillotine.

— Une guillotine!

— Oui. On en fait de charmantes, et toutes nos élégantes en portent au moins une. Celle que porte Arsène, c'est Danton qui la lui a donnée.

— Une guillotine, une guillotine au cou d'une danseuse, répéta Hoffmann, qui sentait son cerveau se gonfler, une guillotine, pourquoi?...

Et notre Allemand, qu'on eût pu prendre pour un fou, allongeait les bras devant lui, comme pour saisir un corps, car, par un effet étrange d'optique, la distance qui le séparait d'Arsène disparaissait par moments, et il lui semblait sentir l'haleine de la danseuse sur son front, et entendre la brûlante respiration de cette poitrine, dont les seins, à moitié nus, se soulevaient comme sous une étreinte de plaisir. Hoffmann en était à cet état d'exaltation où l'on croit respirer du feu, et où l'on craint que les sens ne fassent éclater le corps.

— Assez! assez! disait-il.

Mais la danse continuait, et l'hallucination était telle que, confondant ses deux impressions les plus fortes de la journée, l'esprit d'Hoffmann mêlait à cette scène le souvenir de la place de la Révolution, et que tantôt il croyait voir Mme Du Barry, pâle et la tête tranchée, danser à la place d'Arsène, et tantôt Arsène arriver en dansant jusqu'au pied de la guillotine et jusqu'aux mains du bourreau.

Il se faisait dans l'imagination exaltée du jeune homme un mélange de fleurs et de sang, de danse et d'agonie, de vie et de mort.

Mais ce qui dominait tout cela, c'était l'attraction électrique qui le poussait vers cette femme. Chaque fois que ces deux jambes fines passaient devant ses yeux, chaque fois que cette jupe transparente se soulevait un peu plus, un frémissement parcourait tout son être, sa lèvre devenait sèche, son haleine brûlante et le désir entrait en lui comme il entre dans un homme de vingt ans.

Dans cet état, Hoffmann n'avait plus qu'un refuge, c'était le portrait d'Antonia, c'était le médaillon qu'il portait sur sa poitrine, c'était l'amour pur à opposer à l'amour sensuel, c'était la force du chaste souvenir à mettre en face de l'exigeante réalité.

Il saisit ce portrait et le porta à ses lèvres; mais à peine avait-il fait ce mouvement, qu'il entendit le ricanement aigu de son voisin qui le regardait d'un air railleur.

Alors, Hoffmann replaça en rougissant le médaillon où il l'avait pris, et, se levant comme mû par un ressort:

— Laissez-moi sortir, s'écria-t-il; laissez-moi sortir, je ne saurais rester plus longtemps ici!

Et, semblable à un fou, il quitta l'orchestre, marchant sur les pieds, heurtant les jambes des tranquilles spectateurs qui maugréaient contre cet original à qui il prenait ainsi fantaisie de sortir au milieu d'un ballet.

## XI

### *La Deuxième Représentation*
### *du* Jugement de Pâris

Mais l'élan d'Hoffmann ne le poussa pas bien loin. Au coin de la rue Saint-Martin, il s'arrêta.

Sa poitrine était haletante, son front ruisselant de sueur.

Il passa la main gauche sur son front, appuya sa main droite sur sa poitrine et respira.

En ce moment on lui toucha sur l'épaule.

Il tressaillit.

— Ah! pardieu, c'est lui! dit une voix.

Il se retourna et laissa échapper un cri.

C'était son ami Zacharias Werner.

Les deux jeunes gens se jetèrent dans les bras l'un de l'autre.

Puis ces deux questions se croisèrent.

— Que faisais-tu là?

— Où vas-tu?

— Je suis arrivé d'hier, dit Hoffmann, j'ai vu guillotiner Mme Du Barry, et, pour me distraire, je suis venu à l'Opéra.

— Moi, je suis arrivé depuis six mois, depuis cinq je vois guillotiner tous les jours vingt ou vingt-cinq personnes, et, pour me distraire, je vais au jeu.

— Ah!

— Viens-tu avec moi?

— Non, merci.

— Tu as tort, je suis en veine ; avec ton bonheur habituel, tu ferais fortune. Tu dois t'ennuyer horriblement à l'Opéra, toi qui es habitué à de la vraie musique ; viens avec moi je t'en ferai entendre.

— De la musique ?

— Oui, celle de l'or, sans compter que là où je vais, tous les plaisirs sont réunis, des femmes charmantes, des soupers délicieux, un jeu féroce !

— Merci, mon ami, impossible ! j'ai promis, mieux que cela, j'ai juré.

— À qui ?

— À Antonia.

— Tu l'as donc vue ?

— Je l'aime, mon ami, je l'adore.

— Ah ! je comprends, c'est cela qui t'a retardé, et tu lui as juré... ?

— Je lui ai juré de ne pas jouer, et...

Hoffmann hésita.

— Et puis quoi encore ?

— Et de lui rester fidèle, balbutia-t-il.

— Alors il ne faut pas venir au 113[1].

— Qu'est-ce que le 113 ?

— C'est la maison dont je parlais tout à l'heure ; moi, comme je n'ai rien juré, j'y vais. Adieu, Théodore.

— Adieu, Zacharias.

Et Werner s'éloigna, tandis que Hoffmann demeurait cloué à sa place.

Quand Werner fut à cent pas, Hoffmann se rappela qu'il avait oublié de demander à Zacharias son adresse, et que la seule adresse que Zacharias lui eût donnée, c'était celle de la maison de jeu.

Mais cette adresse était écrite dans le cerveau de Hoffmann, comme sur la porte de la maison fatale, en chiffres de feu !

Cependant ce qui venait de se passer avait un peu calmé les remords d'Hoffmann. La nature humaine est ainsi faite, toujours indulgente pour soi, attendu que son indulgence, c'est de l'égoïsme. Il venait de sacrifier le jeu à Antonia, et il se croyait quitte de son serment, oubliant que c'était parce qu'il était tout prêt à manquer à la moitié la plus importante de ce serment, qu'il était là, cloué au coin du boulevard et de la rue Saint-Martin.

Mais, je l'ai dit, sa résistance à l'endroit de Werner lui avait donné de l'indulgence à l'endroit d'Arsène. Il résolut donc de prendre un terme moyen, et, au lieu de rentrer dans la salle de l'Opéra, action à laquelle le poussait de toutes ses forces son démon tentateur, d'attendre à la porte des acteurs pour la voir sortir.

Cette porte des acteurs, Hoffmann connaissait trop la topographie des théâtres pour ne pas la trouver bientôt. Il vit rue de Bondy un long couloir, éclairé à peine, sale et humide, dans lequel passaient, comme des ombres, des hommes aux vêtements sordides, et il comprit que c'était par cette porte qu'entraient et sortaient les pauvres mortels que le rouge, le blanc, le bleu, la gaze, la soie et les paillettes transformaient en dieux et en déesses.

Le temps s'écoulait, la neige tombait, mais Hoffmann était si agité par cette étrange apparition, qui avait quelque chose de surnaturel, qu'il n'éprouvait pas cette sensation de froid qui semblait poursuivre les passants. Vainement condensait-il en vapeurs presque palpables le souffle qui sortait de sa bouche, ses mains n'en restaient pas moins brûlantes, et son front humide. Il y a plus, arrêté contre la muraille, il y était resté immobile, les yeux fixés sur le corridor; de sorte que la neige, qui allait toujours tombant en flocons plus épais, couvrait lentement le jeune homme comme d'un linceul, et du jeune étudiant, coiffé de sa casquette et vêtu de la redingote allemande, faisait peu à peu une statue de marbre. Enfin commencèrent à sortir par ce vomitoire les premiers libérés par le spectacle, c'est-à-dire la garde de la soirée, puis les machinistes, puis tout ce monde sans nom qui vit du théâtre, puis les artistes mâles, moins longs à s'habiller que les femmes, puis enfin les femmes, puis enfin la belle danseuse, qu'Hoffmann reconnut non seulement à son charmant visage, mais à ce souple mouvement de hanches qui n'appartenait qu'à elle, mais encore à ce petit collier de velours qui serrait son col, et sur lequel étincelait l'étrange bijou que la Terreur venait de mettre à la mode.

À peine Arsène apparut-elle sur le seuil de la porte, qu'avant même qu'Hoffmann eût eu le temps de faire un mouvement, une voiture s'avança rapidement, la portière s'ouvrit, la jeune fille s'y élança aussi légère que si elle bondissait encore sur le théâtre. Une ombre apparut à travers les vitres, qu'Hoffmann crut reconnaître pour celle de l'homme de l'avant-scène, laquelle ombre reçut la belle nymphe dans ses bras ; puis, sans qu'aucune voix eût eu besoin de désigner un but au cocher, la voiture s'éloigna au galop.

Tout ce que nous venons de raconter en quinze ou vingt lignes s'était passé aussi rapidement que l'éclair.

Hoffmann jeta une espèce de cri en voyant fuir la voiture, se détacha de la muraille, pareil à une statue qui s'élance de sa niche, et secouant par le mouvement la neige dont il était couvert, se mit à la poursuite de la voiture.

Mais elle était emportée par deux trop puissants chevaux pour que le jeune homme, si rapide que fût sa course irréfléchie, pût les rejoindre.

Tant qu'elle suivit le boulevard, tout alla bien ; tant qu'elle suivit même la rue de Bourbon-Villeneuve, qui venait d'être débaptisée pour prendre le nom de rue *Neuve-Égalité*, tout alla bien encore ; mais, arrivée à la place des Victoires, devenue la place de *la Victoire Nationale*, elle prit à droite, et disparut aux yeux d'Hoffmann.

N'étant plus soutenue ni par le bruit ni par la vue, la course du jeune homme faiblit ; un instant il s'arrêta au coin de la rue Neuve-Eustache, s'appuya à la muraille pour reprendre haleine, puis, ne voyant plus rien, n'entendant plus rien, il s'orienta, jugeant qu'il était temps de rentrer chez lui.

Ce ne fut pas chose facile pour Hoffmann que de se tirer de ce dédale de rues, qui forment un réseau presque inextricable de la pointe Saint-Eustache au quai de la Ferraille. Enfin, grâce aux nombreuses patrouilles qui circulaient dans les rues, grâce à son passeport bien en règle, grâce à la preuve qu'il n'était arrivé que la veille, preuve que le visa de la barrière lui donnait la facilité de fournir, il obtint de la milice citoyenne des renseignements si précis, qu'il parvint à regagner son hôtel et à retrouver sa petite chambre, où il s'enferma seul en apparence, mais en réalité avec le souvenir ardent de ce qui s'était passé.

À partir de ce moment, Hoffmann fut éminemment en proie à deux visions, dont l'une s'effaçait peu à peu, dont l'autre prenait peu à peu plus de consistance.

La vision qui s'effaçait, c'était la figure pâle et échevelée de la Du Barry, traînée de la Conciergerie à la charrette et de la charrette à l'échafaud.

La vision qui prenait de la réalité, c'était la figure animée et souriante de la belle danseuse, bondissant du fond de la rampe à l'une et à l'autre avant-scène.

Hoffmann fit tous ses efforts pour se débarrasser de cette vision. Il tira ses pinceaux de sa malle et peignit ; il tira son violon de sa boîte et joua du violon ; il demanda une plume et de l'encre et fit des vers. Mais ces vers qu'il composait, c'étaient des vers à la louange d'Arsène ; cet air qu'il jouait, c'était l'air sur lequel elle lui était apparue, et dont les notes bondissantes la soulevaient, comme si elles eussent eu des ailes ; enfin, les esquisses qu'il faisait, c'était son por-

trait avec ce même collier de velours, étrange ornement fixé au cou d'Arsène par une si étrange agrafe.

Pendant toute la nuit, pendant toute la journée du
lendemain, pendant toute la nuit et toute la journée
du surlendemain, Hoffmann ne vit qu'une chose ou
plutôt que deux choses : c'était, d'un côté, la fantastique danseuse ; et de l'autre côté, le non moins fantastique docteur. Il y avait entre ces deux êtres une
telle corrélation, qu'Hoffmann ne comprenait pas
l'un sans l'autre. Aussi n'était-ce pas pendant cette
hallucination qui lui offrait Arsène toujours bondissant sur le théâtre, l'orchestre qui bruissait à ses
oreilles ; non, c'était le petit chantonnement du docteur, c'était le petit tambourinement de ses doigts
sur la tabatière d'ébène ; puis, de temps en temps, un
éclair passait devant ses yeux, l'aveuglant d'étincelles jaillissantes ; c'était le double rayon qui s'élançait de la tabatière du docteur et du collier de la
danseuse ; c'était l'attraction sympathique de cette
guillotine de diamants avec cette tête de mort en diamants ; c'était enfin la fixité des yeux du médecin qui
semblaient à sa volonté attirer et repousser la charmante danseuse, comme l'œil du serpent attire et
repousse l'oiseau qu'il fascine.

Vingt fois, cent fois, mille fois, l'idée s'était présentée à Hoffmann de retourner à l'Opéra ; mais tant que
l'heure n'était pas venue, Hoffmann s'était bien promis de ne pas céder à la tentation ; d'ailleurs, cette
tentation, il l'avait combattue de toutes manières, en
ayant recours à son médaillon d'abord, puis ensuite
en essayant d'écrire à Antonia ; mais le portrait d'Antonia semblait avoir pris un visage si triste, qu'Hoffmann refermait le médaillon presque aussitôt qu'il
l'avait ouvert ; mais les premières lignes de chaque
lettre qu'il commençait étaient si embarrassées, qu'il
avait déchiré dix lettres avant d'être au tiers de la
première page.

Enfin ce fameux surlendemain s'écoula ; enfin

l'ouverture du théâtre s'approcha ; enfin sept heures
sonnèrent, et, à ce dernier appel, Hoffmann, enlevé
comme malgré lui, descendit tout courant son escalier, et s'élança dans la direction de la rue Saint-
Martin.

Cette fois, en moins d'un quart d'heure, cette fois,
sans avoir besoin de demander son chemin à personne, cette fois, comme si un guide invisible lui eût
montré sa route, en moins de dix minutes il arriva à
la porte de l'Opéra.

Mais, chose singulière, cette porte n'était pas,
comme deux jours auparavant, encombrée de spectateurs, soit qu'un incident inconnu d'Hoffmann eût
rendu le spectacle moins attrayant, soit que les spectateurs fussent déjà dans l'intérieur du théâtre.

Hoffmann jeta son écu de six livres à la buraliste,
reçut son carton et s'élança dans la salle.

Mais l'aspect de la salle était bien changé. D'abord
elle n'était qu'à moitié pleine ; puis, à la place de ces
femmes charmantes, de ces hommes élégants qu'il
avait cru revoir, il ne vit que des femmes en casaquin[1] et des hommes en carmagnole[2] ; pas de bijoux,
pas de fleurs, pas de seins nus s'enflant et se désen-
flant sous cette atmosphère voluptueuse des théâtres
aristocratiques ; des bonnets ronds et des bonnets
rouges, le tout orné d'énormes cocardes nationales ;
des couleurs sombres dans les vêtements, un nuage
triste sur les figures ; puis des deux côtés de la salle,
deux bustes hideux, deux têtes grimaçantes, l'une le
Rire, l'autre la Douleur, — les bustes de Voltaire et
de Marat enfin.

Enfin, à l'avant-scène, un trou à peine éclairé,
une ouverture sombre et vide. La caverne toujours,
mais plus de lion.

Il y avait à l'orchestre deux places vacantes à côté
l'une de l'autre. Hoffmann gagna l'une de ces deux
places, c'était celle qu'il avait occupée.

XI. La Deuxième Représentation...

L'autre était celle qu'avait occupée le docteur, mais comme nous l'avons dit, cette place était vacante.

Le premier acte fut joué sans qu'Hoffmann fît attention à l'orchestre ou s'occupât des acteurs.

Cet orchestre, il le connaissait et l'avait apprécié à une première audition.

Ces acteurs lui importaient peu, il n'était pas venu pour les voir, il était venu pour voir Arsène.

La toile se leva sur le second acte, et le ballet commença.

Toute l'intelligence, toute l'âme, tout le cœur du jeune homme étaient suspendus.

Il attendait l'entrée d'Arsène.

Tout à coup Hoffmann jeta un cri.

Ce n'était plus Arsène qui remplissait le rôle de Flore.

La femme qui apparaissait était une femme étrangère, une femme comme toutes les femmes.

Toutes les fibres de ce corps haletant se détendirent ; Hoffmann s'affaissa sur lui-même en poussant un long soupir et regarda autour de lui.

Le petit homme noir était à sa place ; seulement il n'avait plus ses boucles en diamants, ses bagues en diamants, sa tabatière à tête de mort en diamants.

Ses boucles étaient en cuivre, ses bagues en argent doré, sa tabatière en argent mat.

Il ne chantonnait plus, il ne battait plus la mesure.

Comment était-il venu là ? Hoffmann n'en savait rien : il ne l'avait ni vu venir, ni senti passer.

— Oh ! Monsieur, s'écria Hoffmann.

— Dites *citoyen*, mon jeune ami, et même tutoyez-moi... si c'est possible, répondit le petit homme noir, ou vous me ferez couper la tête et à vous aussi.

— Mais où est-elle donc ? demanda Hoffmann.

— Ah ! voilà... Où est-elle ? il paraît que son tigre, qui ne la quitte pas des yeux, s'est aperçu qu'avant-hier elle a correspondu par signes avec un jeune homme de l'orchestre. Il paraît que ce jeune homme a couru après la voiture ; de sorte que depuis hier il a rompu l'engagement d'Arsène, et qu'Arsène n'est plus au théâtre.

— Et comment le directeur a-t-il souffert ?...

— Mon jeune ami, le directeur tient à conserver sa tête sur ses épaules, quoique ce soit une assez vilaine tête ; mais il prétend qu'il a l'habitude de celle-là et qu'une autre plus belle ne reprendrait peut-être pas bouture.

— Ah ! mon Dieu ! voilà donc pourquoi cette salle est si triste ! s'écria Hoffmann. Voilà pourquoi il n'y a plus de fleurs, plus de diamants, plus de bijoux ! Voilà pourquoi vous n'avez plus vos boucles en diamants, vos bagues en diamants, votre tabatière en diamants ! Voilà pourquoi il y a, enfin, aux deux côtés de la scène, au lieu des bustes d'Apollon et de Terpsichore[1], ces deux affreux bustes ! Pouah !

— Ah çà, mais ! que me dites-vous donc là ? demanda le docteur, et où avez-vous vu une salle telle que vous dites ? Où m'avez-vous vu des bagues en diamants, des tabatières en diamants ? où avez-vous vu enfin les bustes d'Apollon et de Terpsichore ? Mais il y a deux ans que les fleurs ne fleurissent plus, que les diamants sont tournés en assignats, et que les bijoux sont fondus sur l'autel de la patrie. Quant à moi, Dieu merci ! je n'ai jamais eu d'autres boucles que ces boucles de cuivre, d'autres bagues que cette méchante bague de vermeil, et d'autre tabatière que cette pauvre tabatière d'argent ; pour les bustes d'Apollon et de Terpsichore, ils y ont été autrefois, mais les amis de l'humanité sont venus casser le buste d'Apollon et l'ont remplacé par celui de l'apôtre Voltaire, mais les amis du peuple sont venus briser le buste de Terpsichore et l'ont remplacé par celui du dieu Marat.

— Oh ! s'écria Hoffmann, c'est impossible. Je vous dis qu'avant-hier j'ai vu une salle parfumée de fleurs, resplendissante de riches costumes, ruisselante de diamants, et des hommes élégants à la place de ces harengères en casaquins et de ces goujats en carmagnole. Je vous dis que vous aviez des boucles de diamants à vos souliers, des bagues en diamants à vos doigts, une tête de mort en diamants sur votre tabatière ; je vous dis…

— Et moi, jeune homme, à mon tour je vous dis, reprit le petit homme noir, je vous dis qu'avant-hier elle était là, je vous dis que sa présence illuminait tout, je vous dis que son souffle faisait naître les roses, faisait reluire les bijoux, faisait étinceler les diamants de votre imagination ; je vous dis que vous l'aimez, jeune homme, et que vous avez vu la salle à travers le prisme de votre amour. Arsène n'est plus là, votre cœur est mort, vos yeux sont désenchantés, et vous voyez du molleton, de l'indienne, du gros drap, des bonnets rouges, des mains sales et des cheveux crasseux. Vous voyez enfin le monde tel qu'il est, les choses telles qu'elles sont.

— Oh ! mon Dieu ! s'écria Hoffmann, en laissant tomber sa tête dans ses mains, tout cela est-il vrai, et suis-je donc si près de devenir fou ?

XII

*L'Estaminet*

Hoffmann ne sortit de cette léthargie qu'en sentant une main se poser sur son épaule.

Il leva la tête. Tout était noir et éteint autour de lui : le théâtre, sans lumière, lui apparaissait comme le cadavre du théâtre qu'il avait vu vivant. Le soldat de garde s'y promenait seul et silencieux comme le gardien de la mort ; plus de lustres, plus d'orchestre, plus de rayons, plus de bruit.

Une voix seulement qui marmottait à son oreille :

— Mais, citoyen, mais, citoyen, que faites-vous donc ? Vous êtes à l'Opéra, citoyen ; on dort ici, c'est vrai, mais on n'y couche pas.

Hoffmann regarda enfin du côté d'où venait la voix, et il vit une petite vieille qui le tirait par le collet de sa redingote.

C'était l'ouvreuse de l'orchestre qui, ne connaissant pas les intentions de ce spectateur obstiné, ne voulait pas se retirer sans l'avoir vu sortir devant elle.

Au reste, une fois tiré de son sommeil, Hoffmann ne fit aucune résistance ; il poussa un soupir et se leva en murmurant le mot :

— Arsène !

— Ah oui ! Arsène, dit la petite vieille, Arsène, vous aussi, jeune homme, vous en êtes amoureux comme tout le monde. C'est une grande perte pour l'Opéra et surtout pour nous autres ouvreuses.

— Pour vous autres ouvreuses, demanda Hoffmann, heureux de se rattacher à quelqu'un qui lui parlât de la danseuse, et comment donc est-ce une perte pour vous qu'Arsène soit ou ne soit plus au théâtre ?

— Ah dame ! c'est bien facile à comprendre, cela : d'abord, toutes les fois qu'elle dansait, elle faisait salle comble ; alors c'était un commerce de tabourets, de chaises et de petits bancs ; à l'Opéra, tout se paie ; on payait les petits bancs, les chaises et les tabourets de supplément, c'étaient nos petits profits. Je dis petits profits, ajouta la vieille d'un air malin, parce qu'à côté de ceux-là, citoyen, vous comprenez, il y avait les grands.

— Les grands profits ?

— Oui.

Et la vieille cligna de l'œil.

— Et quels étaient les grands profits, voyons, ma bonne femme ?

— Les grands profits venaient de ceux qui demandaient des renseignements sur elle, qui voulaient savoir son adresse, qui lui faisaient passer des billets. Il y avait prix pour tout, vous comprenez : tant pour les renseignements, tant pour l'adresse, tant pour le poulet ; on faisait son petit commerce, enfin, et l'on vivait honnêtement.

Et la vieille poussa un soupir qui, sans désavantage, pouvait être comparé au soupir poussé par Hoffmann au commencement du dialogue que nous venons de rapporter.

— Ah ! ah ! fit Hoffmann, vous vous chargiez de donner des renseignements, d'indiquer l'adresse, de remettre les billets ; vous en chargez-vous toujours ?

— Hélas, monsieur, les renseignements que je vous donnerais vous seraient inutiles maintenant ; personne ne sait plus l'adresse d'Arsène, et le billet que vous me donneriez pour elle serait perdu. Si vous voulez pour une autre, Mme Vestris[1], Mlle Bigottini[2], Mlle...

— Merci, ma bonne femme, merci ; je ne désirais rien savoir que sur Mlle Arsène.

Puis, tirant un petit écu de sa poche :

— Tenez, dit Hoffmann, voilà pour la peine que vous avez prise de m'éveiller.

Et, prenant congé de la vieille, il reprit d'un pas lent le boulevard, avec l'intention de suivre le même chemin qu'il avait suivi la surveille, l'instinct qui l'avait guidé pour venir n'existant plus.

Seulement ses impressions étaient bien différentes, et sa marche se ressentait de la différence de ces impressions. L'autre soir, sa marche était celle de l'homme qui a vu passer l'Espérance et qui court après elle, sans réfléchir que Dieu lui a donné ses longues ailes d'azur pour que les hommes ne l'atteignent jamais. Il avait la bouche ouverte et haletante, le front haut, les bras étendus ; cette fois, au contraire, il marchait lentement, comme l'homme qui, après l'avoir poursuivie inutilement, vient de la perdre de vue ; sa bouche était serrée, son front abattu, ses bras tombants. L'autre fois il avait mis cinq minutes à peine pour aller de la porte Saint-Martin à la rue Montmartre, cette fois il mit plus d'une heure, et plus d'une heure encore pour aller de la rue Montmartre à son hôtel ; car, dans l'espèce d'abattement où il était tombé, peu lui importait de rentrer tôt ou tard, peu lui importait même de ne pas rentrer du tout.

On dit qu'il y a un Dieu pour les ivrognes et les amoureux ; ce Dieu-là sans doute veillait sur Hoffmann. Il lui fit éviter les patrouilles ; il lui fit trouver les quais, puis les ponts, puis son hôtel, où il rentra, au grand scandale de son hôtesse, à une heure et demie du matin.

Cependant, au milieu de tout cela, une petite lueur dorée dansait au fond de l'imagination d'Hoffmann, comme un feu follet dans la nuit. Le médecin lui avait dit, si toutefois ce médecin existait, si ce n'était pas un jeu de son imagination, une hallucination de son esprit ; le médecin lui avait dit qu'Arsène avait été enlevée au théâtre par son amant, attendu que cet amant avait été jaloux d'un jeune homme placé à l'orchestre, avec lequel Arsène avait échangé de trop tendres regards. Ce médecin avait ajouté, en outre, que ce qui avait porté la jalousie du tyran à son comble, c'est que ce même jeune homme avait été vu embusqué en face de la porte de sortie des artistes ; c'est que ce même jeune homme avait couru en désespéré derrière la voiture ; or, ce jeune homme qui avait échangé de l'orchestre des regards passionnés avec Arsène, c'était lui, Hoffmann ; or, ce jeune homme qui s'était embusqué à la porte de sortie des artistes, c'était encore lui, Hoffmann ; enfin, ce jeune homme qui avait couru désespérément derrière la voiture, c'était toujours lui, Hoffmann. Donc Arsène l'avait remarqué, puisqu'elle payait la peine de sa distraction ; donc Arsène souffrait pour lui ; il était entré dans la vie de la belle danseuse par la porte de la douleur, mais il y était entré, c'était le principal ; à lui de s'y maintenir. Mais comment ? par quel moyen ? par quelle voie correspondre avec Arsène, lui donner de ses nouvelles, lui dire qu'il l'aimait ? C'eût été déjà une grande tâche pour un Parisien pur sang, que de retrouver cette belle Arsène perdue dans cette immense ville. C'était une tâche impossible pour Hoffmann, arrivé depuis trois jours et ayant grande peine à se retrouver lui-même.

Hoffmann ne se donna donc même pas la peine de chercher ; il comprenait que le hasard seul pouvait venir à son aide. Tous les deux jours, il regardait l'affiche de l'Opéra, et, tous les deux jours, il avait la douleur de voir que Pâris rendait son jugement en l'absence de celle qui méritait la pomme bien autrement que Vénus.

Dès lors il ne songea plus à aller à l'Opéra.

Un instant il eut bien l'idée d'aller soit à la Convention, soit aux Cordeliers, de s'attacher aux pas de Danton, et, en l'épiant jour et nuit, de deviner où il avait caché la belle danseuse. Il alla même à la Convention, il alla même aux Cordeliers ; mais Danton n'y était pas : depuis sept ou huit jours Danton n'y venait plus : las de la lutte qu'il soutenait depuis deux ans, vaincu par l'ennui bien plus que par la supériorité, Danton paraissait s'être retiré de l'arène politique. Danton, disait-on, était à sa maison de campagne. Où était cette maison de campagne ? on n'en savait rien : les uns disaient à Rueil, les autres à Auteuil.

Danton était aussi introuvable qu'Arsène.

On eût cru peut-être que cette absence d'Arsène eût dû ramener Hoffmann à Antonia ; mais, chose étrange, il n'en était rien. Hoffmann avait beau faire tous ses efforts pour ramener son esprit à la pauvre

...lle du chef d'orchestre de Mannheim : un instant,
par la puissance de sa volonté, tous ses souvenirs
se concentraient sur le cabinet de maître Gottlieb
Murr ; mais, au bout d'un moment, partitions entas-
sées sur les tables et sur les pianos, maître Gottlieb
trépignant devant son pupitre, Antonia couchée sur
son canapé, tout cela disparaissait pour faire place
à un grand cadre éclairé dans lequel se mouvaient
d'abord des ombres ; puis ces ombres prenaient des
corps, puis ces corps affectaient des formes mythologiques, puis enfin toutes ces formes mythologiques,
tous ces héros, toutes ces nymphes, tous ces dieux,
tous ces demi-dieux, disparaissaient pour faire place
à une seule déesse, à la déesse des jardins, à la belle
Flore, c'est-à-dire à la divine Arsène, à la femme au
collier de velours et à l'agrafe de diamants ; alors
Hoffmann tombait, non plus dans une rêverie, mais
dans une extase dont il ne venait à sortir qu'en se
rejetant dans la vie réelle, qu'en coudoyant les passants dans la rue, qu'en se roulant enfin dans la
foule et dans le bruit.

Lorsque cette hallucination à laquelle Hoffmann
était en proie devenait trop forte, il sortait donc, se
laissait aller à la pente du quai, prenait le Pont-Neuf,
et ne s'arrêtait presque jamais qu'au coin de la rue
de la Monnaie. Là Hoffmann avait trouvé un estaminet, rendez-vous des plus rudes fumeurs de la capitale. Là, Hoffmann pouvait se croire dans quelque
taverne anglaise, dans quelque musico[1] hollandais
ou dans quelque table d'hôte allemande, tant la
fumée de la pipe y faisait une atmosphère impossible
à respirer pour tout autre que pour un fumeur de
première classe.

Une fois entré dans l'estaminet de la Fraternité,
Hoffmann gagnait une petite table sise à l'angle le
plus enfoncé, demandait une bouteille de bière de la
brasserie de M. Santerre[2], qui venait de se démettre,
en faveur de M. Henriot, de son grade de général de

la garde nationale de Paris, chargeait jusqu'à la gueule cette immense pipe que nous connaissons déjà, et s'enveloppait en quelques instants d'un nuage de fumée aussi épais que celui dont la belle Vénus enveloppait son fils Énée, chaque fois que la tendre mère jugeait urgent d'arracher son fils bien-aimé à la colère de ses ennemis.

Huit ou dix jours s'étaient écoulés depuis l'aventure d'Hoffmann à l'Opéra, et, par conséquent, depuis la disparition de la belle danseuse ; il était une heure de l'après-midi ; Hoffmann, depuis une demi-heure à peu près, se trouvait dans son estaminet, s'occupant de toute la force de ses poumons à établir autour de lui cette enceinte de fumée qui le séparait de ses voisins, quand il lui sembla, dans la vapeur, distinguer comme une forme humaine qui, dominant tous les bruits, entendre le double bruit du chantonnement et du tambourinement habituel au petit homme noir ; de plus, au milieu de cette vapeur, il lui semblait qu'un point lumineux dégageait des étincelles ; il rouvrit ses yeux à demi fermés par une douce somnolence, écarta ses paupières avec peine, et en face de lui, assis sur un tabouret, il reconnut son voisin de l'Opéra, et cela d'autant mieux que le fantastique docteur avait ou plutôt semblait avoir ses boucles en diamants à ses doigts, et sa tête de mort sur sa tabatière.

— Bon, dit Hoffmann, voilà que je redeviens fou.

Et il ferma rapidement les yeux.

Mais, les yeux une fois fermés, plus ils le furent hermétiquement, plus Hoffmann entendit, et le petit accompagnement de chant, et le petit tambourinement des doigts. Le tout de la façon la plus distincte, si distincte qu'Hoffmann comprit qu'il y avait un fond de réalité dans tout cela, et que la différence était du plus ou moins. Voilà tout.

Il rouvrit donc un œil, puis l'autre ; le petit homme noir était toujours à sa place.

— Bonjour, jeune homme, dit-il à Hoffmann ; vous dormez, je crois ; prenez une prise, cela vous réveillera.

Et, ouvrant sa tabatière, il offrit du tabac au jeune homme.

Celui-ci, machinalement, étendit la main, prit une prise et l'aspira.

À l'instant même il lui sembla que les parois de son esprit s'éclairèrent.

— Ah ! s'écria Hoffmann, c'est vous, cher docteur ! que je suis aise de vous revoir !

— Si vous êtes si aise de me revoir, demanda le docteur, pourquoi ne m'avez-vous pas cherché ?

— Est-ce que je savais votre adresse ?

— Oh ! la belle affaire ! au premier cimetière venu on vous l'eût donnée.

— Est-ce que je savais votre nom ?

— Le docteur à la tête de mort, tout le monde me connaît sous ce nom-là. Puis il y avait un endroit où vous étiez toujours sûr de me trouver.

— Où cela ?

— À l'Opéra. Je suis médecin de l'Opéra. Vous le savez bien, puisque vous m'y avez vu deux fois.

— Oh ! l'Opéra, dit Hoffmann en secouant la tête et en poussant un soupir.

— Oui, vous n'y retournez plus ?

— Je n'y retourne plus, non.

— Depuis que ce n'est plus Arsène qui remplit le rôle de Flore ?

— Vous l'avez dit, et tant que ce ne sera pas elle, je n'y retournerai pas.

— Vous l'aimez, jeune homme, vous l'aimez.

— Je ne sais pas si la maladie que j'éprouve s'appelle de l'amour, mais je sais que si je ne la revois pas, ou je mourrai de son absence, ou je deviendrai fou.

— Peste ! il ne faut pas devenir fou ! peste ! il ne faut pas mourir ! À la folie il y a peu de remèdes, à la mort il n'y en a pas du tout.

— Que faut-il faire alors ?

— Dame ! il faut la revoir.

— Comment cela, la revoir ?

— Sans doute !

— Avez-vous un moyen ?

— Peut-être.

— Lequel ?

— Attendez.

Et le docteur se mit à rêver en clignotant des yeux et en tambourinant sur sa tabatière.

Puis, après un instant, rouvrant les yeux et laissant ses doigts suspendus sur l'ébène :

— Vous êtes peintre, m'avez-vous dit ?

— Oui, peintre, musicien, poète.

— Nous n'avons besoin que de la peinture pour le moment.

— Eh bien ?

— Eh bien ! Arsène m'a chargé de lui chercher un peintre.

— Pourquoi faire ?

— Pourquoi cherche-t-on un peintre, pardieu ! pour lui faire son portrait.

— Le portrait d'Arsène ! s'écria Hoffmann en se levant, oh ! me voilà ! me voilà !

— Chut ! pensez donc que je suis un homme grave.

— Vous êtes mon sauveur ! s'écria Hoffmann en jetant ses bras autour du cou du petit homme noir.

— Jeunesse, jeunesse, murmura celui-ci en accompagnant ces deux mots du même rire dont eût ricané sa tête de mort si elle eût été de grandeur naturelle.

— Allons, allons, répétait Hoffmann.

— Mais il vous faut une boîte à couleurs, des pinceaux, une toile.

— J'ai tout cela chez moi, allons.

— Allons, dit le docteur.

Et tous deux sortirent de l'estaminet.

# XIII

## *Le Portrait*

Hoffmann, en sortant de l'estaminet, fit un mouvement pour appeler un fiacre, mais le docteur
frappa ses mains sèches l'une contre l'autre, et à ce
bruit, pareil à celui qu'eussent fait deux mains
de squelette, une voiture tendue de noir, attelée de
deux chevaux noirs, et conduite par un cocher tout
vêtu de noir, accourut. Où stationnait-elle ? d'où
était-elle sortie ? C'eût été aussi difficile à Hoffmann
de le dire qu'il eût été difficile à Cendrillon de dire
d'où venait le char dans lequel elle se rendait au bal
du prince Mirliflore[1].

Un petit groom non seulement noir d'habits mais
de peau, ouvrit la portière. Hoffmann et le docteur
y montèrent, s'assirent l'un à côté de l'autre, et tout
aussitôt la voiture se mit à rouler sans bruit vers
l'hôtellerie d'Hoffmann.

Arrivé à la porte, Hoffmann hésita pour savoir s'il
monterait chez lui ; il lui semblait qu'aussitôt qu'il
allait avoir le dos tourné, la voiture, les chevaux, le
docteur et ses deux domestiques, allaient disparaître
comme ils étaient apparus. Mais à quoi bon docteur,
chevaux, voiture et domestiques, se fussent-ils déran-
gés pour conduire Hoffmann, de l'estaminet de la
rue de la Monnaie au quai aux Fleurs ? Ce dérangement n'avait pas de but. Hoffmann, rassuré par le
simple sentiment de la logique, descendit donc de la
voiture, entra dans l'hôtellerie, monta vivement l'escalier, se précipita dans sa chambre, y prit palette,
pinceaux, boîte à couleurs, choisit la plus grande de
ses toiles, et redescendit du même pas qu'il était
monté.

La voiture était toujours à la porte.

Pinceaux, palette et boîte à couleurs furent mis
dans l'intérieur du carrosse ; le groom fut chargé de
porter la toile.

Puis, la voiture se remit à rouler avec la même
rapidité et le même silence.

Au bout de dix minutes elle s'arrêta en face d'un
charmant petit hôtel situé rue de Hanovre, 45.

Hoffmann remarqua la rue et le numéro, afin, le
cas échéant, de pouvoir revenir sans l'aide du docteur.

La porte s'ouvrit : le docteur était connu sans
doute, car le concierge ne lui demanda pas même
où il allait ; Hoffmann suivit le docteur avec ses pinceaux, sa boîte à couleurs, sa palette, sa toile, et
passa par-dessus le marché.

On monta au premier, et l'on entra dans une antichambre qu'on eût pu croire le vestibule de la maison du poète à Pompéia[1].

On s'en souvient, à cette époque la mode était
grecque ; l'antichambre d'Arsène était peinte à
fresque, ornée de candélabres et de statues de bronze.

De l'antichambre, le docteur et Hoffmann passèrent dans le salon.

Le salon était grec comme l'antichambre, tendu
avec du drap de Sedan à 70 francs l'aune, le tapis
seul coûtait 6 000 livres ; le docteur fit remarquer ce
tapis à Hoffmann ; il représentait la bataille d'Arbelles[2] copiée sur la fameuse mosaïque de Pompéia.

Hoffmann, ébloui de ce luxe inouï, ne comprenait
pas que l'on fît de pareils tapis pour marcher dessus.

Du salon, on passa dans le boudoir ; le boudoir
était tendu de cachemire. Au fond, dans un encadre-
ment, était un lit bas, faisant canapé pareil à celui
sur lequel M. Guérin[3] coucha depuis Didon écoutant
les aventures d'Enéas[4]. C'était là qu'Arsène avait
donné l'ordre de faire attendre.

— Maintenant, jeune homme, dit le docteur, vous

voilà introduit, c'est à vous de vous conduire d'une façon convenable. Il va sans dire que si l'amant en titre vous surprenait ici, vous seriez un homme perdu.

— Oh! s'écria Hoffmann, que je la revoie, que je la revoie seulement, et...

La parole s'éteignit sur les lèvres d'Hoffmann; il resta les yeux fixes, les bras étendus, la poitrine haletante.

Une porte, cachée dans la boiserie, venait de s'ouvrir, et, derrière une glace tournante, apparaissait Arsène, véritable divinité du temple dans lequel elle daignait se faire visible à son adorateur.

C'était le costume d'Aspasie[1] dans tout son luxe antique, avec ses perles dans les cheveux, son manteau de pourpre brodé d'or, sa longue robe blanche maintenue à la taille par une simple ceinture de perles, des bagues aux pieds et aux mains, et, au milieu de tout cela, cet étrange ornement qui semblait inséparable de sa personne, ce collier de velours, large de quatre lignes à peine, et retenu par sa lugubre agrafe de diamants.

— Ah! c'est vous, citoyen, qui vous chargez de faire mon portrait, dit Arsène.

— Oui, balbutia Hoffmann; oui, madame, et le docteur a bien voulu se charger de répondre de moi.

Hoffmann chercha autour de lui comme pour demander un appui au docteur, mais le docteur avait disparu.

— Eh bien! s'écria Hoffmann tout troublé; eh bien!

— Que cherchez-vous, que demandez-vous, citoyen?

— Mais, madame, je cherche, je demande... je demande le docteur, la personne enfin qui m'a introduit ici.

— Qu'avez-vous besoin de votre introducteur, dit Arsène, puisque vous voilà introduit?

— Mais cependant, le docteur, le docteur? fit Hoffmann.

— Allons! dit avec impatience Arsène, n'allez-vous pas perdre le temps à le chercher? Le docteur est à ses affaires, occupons-nous des nôtres.

— Madame, je suis à vos ordres, dit Hoffmann tout tremblant.

— Voyons, vous consentez donc à faire mon portrait?

— C'est-à-dire que je suis l'homme le plus heureux du monde d'avoir été choisi pour une telle faveur; seulement, je n'ai qu'une crainte.

— Bon! vous allez faire de la modestie. Eh bien! si vous ne réussissez pas, j'essaierai d'un autre. Il veut avoir un portrait de moi. J'ai vu que vous me regardiez en homme qui deviez garder ma ressemblance dans votre mémoire, et je vous ai donné la préférence.

— Merci, merci mille fois! s'écria Hoffmann, dévorant Arsène des yeux. Oh! oui, oui, j'ai gardé votre ressemblance dans ma mémoire: là, là, là.

Et il appuya sa main sur son cœur.

Tout à coup il chancela et pâlit.

— Qu'avez-vous? demanda Arsène d'un petit air tout dégagé.

— Rien, répondit Hoffmann, rien; commençons.

En mettant sa main sur son cœur, il avait senti entre sa poitrine et sa chemise le médaillon d'Antonia.

— Commençons, poursuivit Arsène. C'est bien aisé à dire. D'abord, ce n'est point sous ce costume qu'*il* veut que je me fasse peindre.

Ce mot *il*, qui était déjà revenu deux fois, passait à travers le cœur d'Hoffmann comme eût fait une de ces aiguilles d'or qui soutenaient la coiffure de la moderne Aspasie.

— Et comment donc alors veut-*il* que vous vous

fassiez peindre ? demanda Hoffmann avec une amer-
tume sensible.

— En Érigone[1].

— À merveille. La coiffure de pampre vous ira à
merveille.

— Vous croyez ? fit Arsène en minaudant. Mais je
crois que la peau de panthère ne m'enlaidira pas
non plus.

Et elle frappa sur un timbre.

Une femme de chambre entra.

— Eucharis[2], dit Arsène, apportez le thyrse, les
pampres[3] et la peau de tigre.

Puis, tirant les deux ou trois épingles qui soutenaient sa coiffure, et secouant la tête, Arsène s'enveloppa d'un flot de cheveux noirs qui tomba en
cascades sur son épaule, rebondit sur ses hanches et
s'épandit, épais et onduleux, jusque sur le tapis.

Hoffmann jeta un cri d'admiration.

— Hein ! qu'y a-t-il ? demanda Arsène.

— Il y a, s'écria Hoffmann, il y a que je n'ai jamais
vu pareils cheveux.

— Aussi veut-*il* que j'en tire parti, c'est pour cela
que *nous* avons choisi le costume d'Érigone, qui me
permet de poser les cheveux épars.

Cette fois le *il* et le *nous* avaient frappé le cœur
d'Hoffmann de deux coups au lieu d'un.

Pendant ce temps, Mlle Eucharis avait apporté les
raisins, le thyrse et la peau de tigre.

— Est-ce tout ce dont nous avons besoin ? demanda
Arsène.

— Oui, oui, je crois, balbutia Hoffmann.

— C'est bien, laissez-nous seuls, et ne rentrez que
si je vous sonne.

Mlle Eucharis sortit et referma la porte derrière
elle.

— Maintenant, citoyen, dit Arsène, aidez-moi un
peu à poser cette coiffure ; cela vous regarde. Je me fie
beaucoup, pour m'embellir, à la fantaisie du peintre.

— Et vous avez raison! s'écria Hoffmann; mon
Dieu! mon Dieu! que vous allez être belle!

Et saisissant la branche de pampre, il la tordit
autour de la tête d'Arsène avec cet art du peintre qui
donne à chaque chose une valeur et un reflet; puis il
prit, tout frissonnant d'abord, et du bout des doigts,
ces longs cheveux parfumés, en fit jouer le mobile
ébène, parmi les grains de topaze, parmi les feuilles
d'émeraude et de rubis de la vigne d'automne; et,
comme il l'avait promis, sous sa main, main de
poète, de peintre et d'amant, la danseuse s'embellit
de telle façon, qu'en se regardant dans la glace, elle
jeta un cri de joie et d'orgueil.

— Oh! vous avez raison, dit Arsène, oui, je suis
belle, bien belle. Maintenant, continuons.

— Quoi? que continuons-nous? demanda Hoffmann.

— Eh bien! mais ma toilette de bacchante?

Hoffmann commençait à comprendre.

— Mon Dieu! murmura-t-il, mon Dieu!

Arsène détacha en souriant son manteau de
pourpre, qui demeura retenu par une seule épingle,
à laquelle elle essaya vainement d'atteindre.

— Mais aidez-moi donc! dit-elle avec impatience,
ou faut-il que je rappelle Eucharis?

— Non, non! s'écria Hoffmann. Et s'élançant vers
Arsène, il enleva l'épingle rebelle: le manteau tomba
au pied de la belle Grecque.

— Là, dit le jeune homme en respirant.

— Oh! dit Arsène, croyez-vous donc que cette peau
de tigre fasse bien sur cette longue robe de mousse-
line? moi je ne crois pas; d'ailleurs il veut une vraie
bacchante, non pas comme on les voit au théâtre,
mais comme elles sont dans les tableaux des Carrache et de l'Albane.

— Mais, dans les tableaux des Carrache[1] et de
l'Albane[2], s'écria Hoffmann, les bacchantes sont
nues.

— Eh bien! *il* me veut ainsi, à part la peau de tigre que vous draperez comme vous voudrez, cela vous regarde.

Et, en disant ces mots, elle avait dénoué le ruban de sa taille et ouvert l'agrafe de son col, de sorte que la robe glissait le long de son beau corps, qu'elle laissait nu, au fur et à mesure qu'elle descendait des épaules aux pieds.

— Oh! dit Hoffmann, tombant à genoux, ce n'est pas une mortelle, c'est une déesse.

Arsène poussa du pied le manteau et la robe.

Puis, prenant la peau de tigre :

— Voyons, dit-elle, que faisons-nous de cela? Mais aidez-moi donc, citoyen peintre, je n'ai pas l'habitude de m'habiller seule.

La naïve danseuse appelait cela s'habiller.

Hoffmann approcha chancelant, ivre, ébloui, prit la peau de tigre, agrafa ses ongles d'or sur l'épaule de la bacchante, la fit asseoir ou plutôt coucher sur le lit de cachemire rouge, où elle eût semblé une statue de marbre de Paros si sa respiration n'eût soulevé son sein, si le sourire n'eût entrouvert ses lèvres.

— Suis-je bien ainsi? demanda-t-elle en arrondissant son bras au-dessus de sa tête et en prenant une grappe de raisin qu'elle parut presser sur ses lèvres.

— Oh! oui, belle, belle, belle, murmura Hoffmann.

Et l'amant, l'emportant sur le peintre, il tomba à genoux, et, d'un mouvement rapide comme la pensée, il prit la main d'Arsène et la couvrit de baisers.

Arsène retira sa main avec plus d'étonnement que de colère.

— Eh bien! que faites-vous donc! demanda-t-elle au jeune homme.

La demande avait été faite d'un ton si calme et si froid, qu'Hoffmann se renversa en arrière, en appuyant les deux mains sur son front.

— Rien, rien, balbutia-t-il; pardonnez-moi, je deviens fou.

— Oui, en effet, dit-elle.

— Voyons, s'écria Hoffmann, pourquoi m'avez-vous fait venir ? dites, dites !

— Mais pour que vous fassiez mon portrait, pas pour autre chose.

— Oh ! c'est bien, dit Hoffmann, oui, vous avez raison ; pour faire votre portrait, pas pour autre chose.

Et imprimant une profonde secousse à sa volonté, Hoffmann posa sa toile sur le chevalet, prit sa palette, ses pinceaux, et commença d'esquisser l'enivrant tableau qu'il avait sous les yeux.

Mais l'artiste avait trop présumé de ses forces : lorsqu'il vit le voluptueux modèle posant, non seulement dans son ardente réalité, mais encore reproduit par les mille glaces du boudoir ; quand au lieu d'une Érigone, il se trouva au milieu de dix bacchantes ; lorsqu'il vit chaque miroir répéter ce sourire enivrant, reproduire les ondulations de cette poitrine que l'ongle d'or de la panthère ne couvrait qu'à moitié, il sentit qu'on demandait de lui au-delà des forces humaines, et jetant palette et pinceaux, il s'élança vers la belle bacchante, et appuya sur son épaule un baiser où il y avait autant de rage que d'amour.

Mais au même instant, la porte s'ouvrit, et la nymphe Eucharis se précipita dans le boudoir en criant :

— Lui ! lui ! lui !

Au même instant, avant qu'il eût eu le temps de se reconnaître, Hoffmann, poussé par les deux femmes, se trouva lancé hors du boudoir, dont la porte se referma derrière lui, et cette fois, véritablement fou d'amour, de rage et de jalousie, il traversa le salon tout chancelant, glissa le long de la rampe plutôt qu'il ne descendit l'escalier, et, sans savoir comment il était arrivé là, il se trouva dans la rue, ayant laissé dans le boudoir d'Arsène ses pinceaux, sa boîte à

couleurs et sa palette, ce qui n'était rien, mais aussi
son chapeau, ce qui pouvait être beaucoup.

# XIV

## *Le Tentateur*

Ce qui rendait la situation d'Hoffmann plus terrible encore, en ce qu'elle ajoutait l'humiliation à la
douleur, c'est qu'il n'avait pas, la chose était évidente
pour lui, été appelé chez Arsène comme un homme
qu'elle avait remarqué à l'orchestre de l'Opéra, mais
purement et simplement comme un peintre, comme
une machine à portrait, comme un miroir qui réfléchit les corps qu'on lui présente. De là cette insouciance d'Arsène à laisser tomber l'un après l'autre,
tous ses vêtements devant lui ; de là cet étonnement
quand il lui avait baisé la main ; de là cette colère
quand, au milieu de l'âcre baiser dont il lui avait
rougi l'épaule, il lui avait dit qu'il l'aimait.

Et, en effet, n'était-ce pas folie à lui, simple étudiant allemand, venu à Paris avec trois ou quatre
cents thalers, c'est-à-dire avec une somme insuffisante à payer le tapis de son antichambre, n'était-ce
pas une folie à lui d'aspirer à la danseuse à la mode,
à la fille entretenue par le prodigue et voluptueux
Danton ! Cette femme, ce n'était point le son des
paroles qui la touchait, c'était le son de l'or ; son
amant, ce n'était pas celui qui l'aimait le plus, c'était
celui qui la payait davantage. Qu'Hoffmann ait plus
d'argent que Danton, et ce serait Danton que l'on
mettrait à la porte lorsque Hoffmann arriverait.

En attendant, ce qu'il y avait de plus clair, c'est
que celui qu'on avait mis à la porte, ce n'était pas
Danton, mais Hoffmann.

Hoffmann reprit le chemin de sa petite chambre, plus humble et plus attristé qu'il ne l'avait jamais été. Tant qu'il ne s'était pas trouvé en face d'Arsène, il avait espéré ; mais ce qu'il venait de voir, cette insouciance vis-à-vis de lui comme homme, ce luxe au milieu duquel il avait trouvé la belle danseuse, et qui était non seulement sa vie physique, mais sa vie morale, tout cela, à moins d'une somme folle, inouïe, qui tombât entre les mains d'Hoffmann, c'est-à-dire à moins d'un miracle, rendait impossible au jeune homme, même l'espérance de la possession.

Aussi rentra-t-il accablé ; le singulier sentiment qu'il éprouvait pour Arsène, sentiment tout physique, tout attractif, et dans lequel le cœur n'était pour rien, s'était traduit jusque-là par les désirs, par l'irritation, par la fièvre.

À cette heure, désirs, irritation et fièvre s'étaient changés en profond accablement.

Un seul espoir restait à Hoffmann, c'était de retrouver le docteur noir et de lui demander avis sur ce qu'il devait faire, quoiqu'il y eût dans cet homme quelque chose d'étrange, de fantastique, de surhumain, qui lui fit croire qu'aussitôt qu'il le côtoyait, il sortait de la vie réelle pour entrer dans une espèce de rêve où ne le suivaient ni sa volonté, ni son libre arbitre, et où il devenait le jouet d'un monde qui existait pour lui sans exister pour les autres.

Aussi, à l'heure accoutumée, retourna-t-il le lendemain à son estaminet de la rue de la Monnaie ; mais il eut beau s'envelopper d'un nuage de fumée, nul visage ressemblant à celui du docteur n'apparut au milieu de cette fumée ; mais il eut beau fermer les yeux, nul, lorsqu'il les rouvrit, n'était assis sur le tabouret qu'il avait placé de l'autre côté de la table.

Huit jours s'écoulèrent ainsi.

Le huitième jour, Hoffmann, impatient, quitta l'estaminet de la rue de la Monnaie, une heure plus tôt que de coutume, c'est-à-dire vers quatre heures de

l'après-midi, et par Saint-Germain-l'Auxerrois et le
Louvre, gagna machinalement la rue Saint-Honoré.

À peine y fut-il, qu'il s'aperçut qu'un grand mouvement se faisait du côté du cimetière des Innocents[1], et allait s'approchant vers la place du
Palais-Royal. Il se rappela ce qui lui était arrivé le
lendemain du jour de son entrée à Paris et reconnut
le même bruit, la même rumeur qui l'avait déjà
frappé lors de l'exécution de Mme Du Barry. En
effet, c'étaient les charrettes de la Conciergerie, qui,
chargées de condamnés, se rendaient à la place de
la Révolution.

On sait l'horreur qu'Hoffmann avait pour ce spectacle ; aussi, comme les charrettes avançaient rapidement, s'élança-t-il dans un café placé au coin de
la rue de la Loi, tournant le dos à la rue, fermant les
yeux et se bouchant les oreilles, car les cris de
Mme Du Barry retentissaient encore au fond de son
cœur, puis, quand il supposa que les charrettes
étaient passées, il se retourna **et vit, à son** grand
étonnement, descendant d'une chaise **où il était**
monté pour mieux voir, son ami Zacharias Werner.

— Werner ! s'écria Hoffmann en s'élançant vers
le jeune homme, Werner !

— Tiens, c'est toi, fit le poète, où étais-tu donc ?

— Là, là, mais les mains sur mes oreilles pour ne
pas entendre les cris de ces malheureux, mais les
yeux fermés pour ne pas les voir.

— En vérité, cher ami, tu as eu tort, dit Werner, tu
es peintre ! Et ce que tu eusses vu t'eût fourni le sujet
d'un merveilleux tableau. Il y avait dans la troisième
charrette, vois-tu, il y avait une femme, une merveille, un cou, des épaules et des cheveux, coupés
par-derrière c'est vrai, mais de chaque côté tombant
jusqu'à terre.

— Écoute, dit Hoffmann, j'ai vu sous ce rapport
tout ce que l'on peut voir de mieux ; j'ai vu Mme Du
Barry, et je n'ai pas besoin d'en voir d'autres. Si

jamais je veux faire un tableau, crois-moi, cet origi-
nal-là me suffira ; d'ailleurs, je ne veux plus faire de
tableaux.

— Et pourquoi cela ? demanda Werner.

— J'ai pris la peinture en horreur.

— Encore quelque désappointement.

— Mon cher Werner, si je reste à Paris, je deviendrai fou.

— Tu deviendras fou partout où tu seras, mon
cher Hoffmann ; ainsi autant vaut à Paris qu'ailleurs ;
en attendant, dis-moi quelle chose te rend fou.

— Oh ! mon cher Werner, je suis amoureux.

— D'Antonia, je sais cela, tu me l'as dit.

— Non ; Antonia, fit Hoffmann en tressaillant,
Antonia, c'est autre chose, je l'aime !

— Diable ! la distinction est subtile ; conte-moi
cela. Citoyen officieux, de la bière et des verres !

Les deux jeunes gens bourrèrent leurs pipes, et
s'assirent aux deux côtés de la table la plus enfoncée
dans l'angle du café.

Là Hoffmann raconta à Werner tout ce qui lui était
arrivé depuis le jour où il avait été à l'Opéra et où il
avait vu danser Arsène, jusqu'au moment où il avait
été poussé par les deux femmes hors du boudoir.

— Eh bien ! fit Werner, quand Hoffmann eut fini :

— Eh bien ! répéta celui-ci, tout étonné que son
ami ne fût pas aussi abattu que lui.

— Je demande, reprit Werner, ce qu'il y a de
désespérant dans tout cela.

— Il y a, mon cher, que maintenant que je sais
qu'on ne peut avoir cette femme qu'à prix d'argent,
il y a que j'ai perdu tout espoir.

— Et pourquoi as-tu perdu tout espoir ?

— Parce que je n'aurai jamais cinq cents louis à
jeter à ses pieds.

— Et pourquoi ne les aurais-tu pas ? je les ai bien
eus, moi, cinq cents louis, mille louis, deux mille
louis.

— Et où veux-tu que je les prenne, bon Dieu! s'écria Hoffmann.

— Mais dans l'Eldorado dont je t'ai parlé, à la source du Pactole[1], mon cher, au jeu.

— Au jeu! fit Hoffmann en tressaillant. Mais tu sais bien que j'ai juré à Antonia de ne pas jouer.

— Bah! dit Werner en riant, tu avais bien juré de lui être fidèle.

Hoffmann poussa un long soupir, et pressa le médaillon contre son cœur.

— Au jeu, mon ami! continua Werner. Ah! voilà une banque! Ce n'est pas comme celle de Mannheim ou de Hombourg, qui menace de sauter pour quelques pauvres mille livres. Un million! mon ami, un million! des meules d'or! C'est là que s'est réfugié, je crois, tout le numéraire de la France: pas de ces mauvais papiers, pas de ces pauvres assignats démonétisés[2], qui perdent les trois quarts de leur valeur... de beaux louis, de beaux doubles louis, de beaux quadruples! Tiens, en veux-tu voir?

Et Werner tira de sa poche une poignée de louis qu'il montra à Hoffmann, et dont les rayons rejaillirent à travers le miroir de ses yeux jusqu'au fond de son cerveau.

— Oh non! non! jamais! s'écria Hoffmann, se rappelant à la fois la prédiction du vieil officier et la prière d'Antonia, jamais je ne jouerai!

— Tu as tort; avec le bonheur que tu as au jeu, tu ferais sauter la banque.

— Et Antonia! Antonia!

— Bah! mon cher ami, qui le lui dira, à Antonia, que tu as joué, que tu as gagné un million; qui le lui dira, qu'avec vingt-cinq mille livres, tu t'es passé la fantaisie de ta belle danseuse? Crois-moi, retourne à Mannheim, avec neuf cent soixante-quinze mille livres, et Antonia ne te demandera ni où tu as eu tes quarante-huit mille cinq cents livres de rentes, ni ce que tu as fait des vingt-cinq mille livres manquantes.

Et en disant ces mots Werner se leva.

— Où vas-tu ? lui demanda Hoffmann.

— Je vais voir une maîtresse à moi, une dame de la Comédie-Française qui m'honore de ses bontés, et que je gratifie de la moitié de mes bénéfices. Dame, je suis poète, moi, je m'adresse à un théâtre littéraire ; tu es musicien, toi, tu fais ton choix dans un théâtre chantant et dansant. Bonne chance au jeu, cher ami, tous mes compliments à mademoiselle Arsène. N'oublie pas le numéro de la banque, c'est le 113. Adieu.

— Oh ! murmura Hoffmann, tu me l'avais dit, et je ne l'avais pas oublié.

Et il laissa s'éloigner son ami Werner, sans plus songer à lui demander son adresse qu'il ne l'avait fait la première fois qu'il l'avait rencontré.

Mais, malgré l'éloignement de Werner, Hoffmann ne resta point seul. Chaque parole de son ami s'était faite pour ainsi dire visible et palpable : elle était là brillante à ses yeux, murmurante à ses oreilles.

En effet, où Hoffmann pouvait-il aller puiser de l'or, si ce n'était à la source de l'or ! La seule réussite possible à un désir impossible, n'était-elle pas trouvée ? Eh ! mon Dieu ! Werner l'avait dit, Hoffmann n'était-il pas déjà infidèle à une partie de son serment ? qu'importait donc qu'il le devînt à l'autre ?

Puis, Werner l'avait dit, ce n'était pas vingt-cinq mille livres, cinquante mille livres, cent mille livres, qu'il pouvait gagner. Les horizons matériels des champs, des bois, de la mer elle-même, ont une limite, l'horizon du tapis vert n'en a pas. Le démon du jeu est comme Satan, il a le pouvoir d'emporter le joueur sur la plus haute montagne de la terre, et de lui montrer de là tous les royaumes du monde.

Puis, quel bonheur, quelle joie, quel orgueil, quand Hoffmann rentrerait chez Arsène, dans ce même boudoir dont on l'avait chassé ! De quel suprême dédain il écraserait cette femme et son terrible amant,

quand, pour toute réponse à ces mots : que venez-
vous faire ici ? il laisserait, nouveau Jupiter, tomber
une pluie d'or sur la nouvelle Danaé !

Et tout cela, ce n'était plus une hallucination de
son esprit, un rêve de son imagination, tout cela,
c'était la réalité, c'était le possible. Les chances
étaient égales pour le gain comme pour la perte ;
plus grandes pour le gain ; car, on le sait, Hoffmann
était heureux au jeu.

Oh ! ce numéro 113 ! ce numéro 113 ! avec son
chiffre ardent, comme il appelait Hoffmann, comme
il le guidait, phare infernal, vers cet abîme au fond
duquel hurle le vertige en se roulant sur une couche
d'or !

Hoffmann lutta pendant plus d'une heure contre
la plus ardente de toutes les passions. Puis, au bout
d'une heure, sentant qu'il lui était impossible de
résister plus longtemps, il jeta une pièce de quinze
sous sur la table, en faisant don à l'officieux de la différence, et tout courant, sans s'arrêter, gagna le quai
aux Fleurs, monta dans sa chambre, prit les trois
cents thalers qui lui restaient, et, sans se donner le
temps de réfléchir, sauta dans une voiture en criant :

— Au Palais-Égalité [1] !

# XV

## *Le numéro 113*

Le Palais-Royal, qu'on appelait à cette époque le
Palais-Égalité, et qu'on nomme aujourd'hui le Palais-
National [2], car, chez nous la première chose que font
les révolutionnaires, c'est de changer les noms des
rues et des places, quitte à les leur rendre aux restau-
rations, le Palais-Royal, disons-nous, c'est sous ce

nom qu'il nous est le plus familier, n'était pas à cette époque ce qu'il est aujourd'hui ; mais, comme pittoresque, comme étrangeté même, il n'y perdait rien, surtout le soir, surtout à l'heure où Hoffmann y arrivait.

Sa disposition différait peu de celle que nous voyons maintenant, à cette exception que ce qui s'appelle aujourd'hui la galerie d'Orléans, était occupé par une double galerie de charpente, galerie qui devait faire place plus tard à un promenoir de six rangs de colonnes doriques ; qu'au lieu de tilleuls, il y avait des marronniers dans le jardin, et que là où est le bassin, se trouvait un cirque, vaste édifice tapissé de treillages, bordé de carreaux, et dont le comble était couronné d'arbustes et de fleurs.

N'allez pas croire que ce cirque fût ce qu'est le spectacle auquel nous avons donné ce nom. Non, les acrobates et les faiseurs de tours qui s'escrimaient dans celui du Palais-Égalité, étaient d'un autre genre que cet acrobate anglais, M. Price[1], qui, quelques années auparavant, avait tant émerveillé la France, et qui a enfanté les Mazurier et les Auriol[2].

Le cirque était occupé dans ce temps-là par les *Amis de la vérité*[3] qui y donnaient des représentations et que l'on pouvait voir fonctionner pourvu qu'on fût abonné au journal *La Bouche de fer*. Avec son numéro du matin, on était admis le soir dans ce lieu de délices, et l'on entendait les discours de tous les fédérés, réunis, disaient-ils, dans le louable but de protéger les gouvernants et les gouvernés, d'*impartialiser* les lois et d'aller chercher dans tous les coins du monde un ami de la vérité, de quelque pays, de quelque couleur, de quelque opinion qu'il fût ; puis, la vérité découverte, on l'enseignerait aux hommes.

Comme vous le voyez, il y a toujours eu en France des gens convaincus que c'était à eux qu'il appartenait d'éclairer les masses et que le reste de l'humanité n'était qu'une peuplade absurde.

Qu'a fait le vent qui a passé, du nom, des idées et des vanités de ces gens-là ?

Cependant le Cirque faisait son bruit dans le Palais-Égalité au milieu du bruit général et mêlait sa partie criarde au grand concert qui s'éveillait chaque soir dans ce jardin.

Car, il faut le dire, en ces temps de misère, d'exil, de terreurs et de proscriptions, le Palais-Royal était devenu le centre où la vie, comprimée tout le jour dans les passions et dans les luttes, venait, la nuit, chercher le rêve et s'efforcer d'oublier cette vérité à la recherche de laquelle s'étaient mis les membres du Cercle-Social[1] et les actionnaires du Cirque. Tandis que tous les quartiers de Paris étaient sombres et déserts, tandis que les sinistres patrouilles, faites des geôliers du jour et des bourreaux du lendemain, rôdaient comme des bêtes fauves, cherchant une proie quelconque, tandis qu'autour du foyer, privé d'un ami ou d'un parent mort ou émigré, ceux qui étaient restés chuchotaient tristement leurs craintes ou leurs douleurs, le Palais-Royal rayonnait, lui, comme le dieu du mal, il allumait ses cent quatre-vingts arcades, il étalait ses bijoux aux vitraux des joailliers, il jetait enfin au milieu des carmagnoles populaires et à travers la misère générale ses filles perdues, ruisselantes de diamants, couvertes de blanc et de rouge, vêtues juste ce qu'il fallait pour l'être, de velours ou de soie, et promenant sous les arbres et dans les galeries leur splendide impudeur. Il y avait dans ce luxe de la prostitution une dernière ironie contre le passé, une dernière insulte faite à la monarchie. Exhiber ces créatures avec ces costumes royaux, c'était jeter la boue, après le sang, au visage de cette charmante cour de femmes si luxueuses, dont Marie-Antoinette avait été la reine et que l'ouragan révolutionnaire avait emportées de Trianon à la place de la guillotine, comme un homme ivre qui s'en irait traînant dans la boue la robe blanche de sa fiancée.

Le luxe était abandonné aux filles les plus viles ; la vertu devait marcher couverte de haillons.

C'était là une des vérités trouvées par le Cercle-Social.

Et cependant, ce peuple, qui venait de donner au monde une impulsion si violente, ce peuple parisien, chez lequel, malheureusement, le raisonnement ne vient qu'après l'enthousiasme, ce qui fait qu'il n'a jamais assez de sang-froid que pour se souvenir des sottises qu'il a faites, le peuple, disons-nous, pauvre, dévêtu, ne se rendait pas parfaitement compte de la philosophie de cette antithèse, et ce n'était pas avec mépris, mais avec envie, qu'il coudoyait ces reines de bouge, ces hideuses majestés du vice. Puis, quand les sens animés par ce qu'il voyait, quand, l'œil en feu, il voulait porter la main sur ces corps qui appartenaient à tout le monde, on lui demandait de l'or, et, s'il n'en avait pas, on le repoussait ignominieusement. Ainsi se heurtait partout ce grand principe d'égalité proclamé par la hache, écrit avec le sang, et sur lequel avaient le droit de cracher en riant ces prostituées du Palais-Royal.

Dans des jours comme ceux-là, la surexcitation morale était arrivée à un tel degré, qu'il fallait à la réalité ces étranges oppositions. Ce n'était plus sur le volcan, c'était dans le volcan même que l'on dansait, et les poumons, habitués à un air de soufre et de lave, ne se fussent plus contentés des tièdes parfums d'autrefois.

Ainsi le Palais-Royal se dressait tous les soirs, éclairant tout avec sa couronne de feu. Entremetteur de pierre, il hurlait au-dessus de la grande cité morne :

— Voici la nuit, venez ! J'ai tout en moi, la fortune et l'amour, le jeu et les femmes ! Je vends de tout, même le suicide et l'assassinat. Vous qui n'avez pas

mangé depuis hier, vous qui souffrez, vous qui pleurez, venez chez moi ; vous verrez comme nous
sommes riches ; vous verrez comme nous rions. Avez-
vous une conscience ou une fille à vendre ? venez !
vous aurez de l'or plein les yeux, des obscénités plein
les oreilles ; vous marcherez à pleins pieds dans le
vice, dans la corruption et dans l'oubli. Venez ici ce
soir, vous serez peut-être morts demain.

C'était là la grande raison. Il fallait vivre comme
on mourait, vite.

Et l'on venait.

Au milieu de tout cela, le lieu le plus fréquenté
était naturellement celui où se tenait le jeu. C'était
là qu'on trouvait de quoi avoir le reste.

De tous ces ardents soupiraux, c'était donc le
numéro 113 qui jetait le plus de lumière avec sa lanterne rouge, œil immense de ce cyclope ivre qu'on
appelait le Palais-Égalité.

Si l'enfer a un numéro, ce doit être le numéro 113.

Oh ! tout y était prévu.

Au rez-de-chaussée, il y avait un restaurant ; au
premier étage, il y avait le jeu : la poitrine du bâtiment renfermait le cœur, c'était tout naturel ; au
second, il y avait de quoi dépenser la force que le
corps avait prise au rez-de-chaussée, l'argent que la
poche avait gagné au-dessus.

Tout était prévu, nous le répétons, pour que l'argent ne sortît pas de la maison.

Et c'était vers cette maison que courait Hoffmann,
le poétique amant d'Antonia.

Le 113 était où il est aujourd'hui, à quelques boutiques de la maison Corcelet.

À peine Hoffmann eût-il sauté à bas de sa voiture et
mis le pied dans la galerie du Palais, qu'il fut accosté
par les divinités du lieu, grâce à son costume d'étranger qui, en ce temps comme de nos jours, inspirait
plus de confiance que le costume national.

Un pays n'est jamais tant méprisé que par lui-même.

— Où est le numéro 113 ? demanda Hoffmann à la fille qui lui avait pris le bras.

— Ah ! c'est là que tu vas ! fit l'Aspasie[1] avec dédain. Eh bien, mon petit, c'est là où est cette lanterne rouge. Mais tâche de garder deux louis et souviens-toi du 115.

Hoffmann se plongea dans l'allée indiquée comme Curtius dans le gouffre[2], et une minute après il était dans le salon du jeu.

Il s'y faisait le même bruit que dans une vente publique.

Il est vrai qu'on y vendait beaucoup de choses.

Les salons rayonnaient de dorures, de lustres, de fleurs et de femmes plus belles, plus somptueuses, plus décolletées que celles d'en bas.

Le bruit qui dominait tous les autres était le bruit de l'or. C'était là le battement de ce cœur immonde

Hoffmann laissa à sa droite la salle où l'on taillait le trente-et-quarante[3], et passa dans le salon de la roulette.

Autour d'une grande table verte étaient rangés les joueurs, tous gens réunis pour le même but et dont pas un n'avait la même physionomie.

Il y en avait de jeunes, il y en avait de vieux, il y en avait dont les coudes s'étaient usés sur cette table. Parmi ces hommes il y en avait qui avaient perdu leur père la veille, ou le matin ou le soir même, et dont toutes les pensées étaient tendues vers la bille qui tournait. Chez le joueur, un seul sentiment continue à vivre, c'est le désir, et ce sentiment se nourrit et s'augmente au détriment de tous les autres. M. de Bassompierre[4] à qui l'on venait dire, au moment où il commençait à danser avec Marie de Médicis : « Votre mère est morte », et qui répondait : « Ma mère ne sera morte que quand j'aurai dansé », M. de Bassompierre était un fils pieux à côté d'un joueur. Un joueur en état de jeu, à qui l'on viendrait dire pareille chose, ne répondrait même pas le mot du marquis : d'abord parce que ce serait du temps perdu, et ensuite parce qu'un joueur, s'il n'a jamais de cœur, n'a jamais non plus d'esprit, quand il joue.

Quand il ne joue pas, c'est la même chose, il pense à jouer.

Le joueur a toutes les vertus de son vice. Il est sobre, il est patient, il est infatigable. Un joueur qui pourrait tout à coup détourner au profit d'une passion honnête, d'un grand sentiment, l'énergie incroyable qu'il met au service du jeu, deviendrait instantanément un des plus grands hommes du monde. Jamais César, Hannibal ou Napoléon n'ont eu, au milieu même de l'exécution de leurs plus grandes choses, une force égale à la force du joueur le plus obscur. L'ambition, l'amour, les sens, le cœur, l'esprit, l'ouïe, l'odorat, le toucher, tous les ressorts vitaux de l'homme enfin, se réunissent sur un seul mot et sur un seul but : jouer. Et n'allez pas croire que le joueur joue pour gagner ; il commence par là d'abord, mais il finit par jouer pour jouer, pour voir des cartes, pour manipuler de l'or, pour éprouver ces émotions étranges qui n'ont leur comparaison dans aucune des autres passions de la vie, qui font que, devant le gain ou la perte, ces deux pôles de l'un à l'autre desquels le joueur va avec la rapidité du vent, dont l'un brûle comme le feu, dont l'autre gèle comme la glace, qui font, disons-nous, que son cœur bondit dans sa poitrine sous le désir ou la réalité, comme un cheval sous l'éperon, absorbe comme une éponge toutes les facultés de l'âme, les comprime, les retient, et, le coup joué, les rejette brusquement autour de lui pour les ressaisir avec plus de force.

Ce qui fait la passion du jeu plus forte que toutes les autres, c'est que, ne pouvant jamais être assouvie, elle ne peut jamais être lassée. C'est une maîtresse qui se promet toujours et qui ne se donne jamais. Elle tue, mais elle ne fatigue pas.

La passion du jeu, c'est l'hystérie[1] de l'homme.

Pour le joueur tout est mort, famille, amis, patrie. Son horizon, c'est la carte et la bille. Sa patrie, c'est la chaise où il s'assied ; c'est le tapis vert où il s'appuie. Qu'on le condamne au gril comme saint Laurent, et qu'on l'y laisse jouer, je parie qu'il ne sent pas le feu et qu'il ne se retourne même pas.

Le joueur est silencieux. La parole ne peut lui servir à rien. Il joue, il gagne, il perd ; ce n'est plus un homme, c'est une machine. Pourquoi parlerait-il ?

Le bruit qui se faisait dans les salons ne provenait donc pas des joueurs, mais des croupiers qui ramassaient l'or et qui criaient d'une voix nasillarde :

— Faites vos jeux.

En ce moment, Hoffmann n'était plus un observateur, la passion le dominait trop, sans quoi il eût eu là une série d'études curieuses à faire.

Il se glissa rapidement au milieu des joueurs et arriva à la lisière du tapis. Il se trouva là entre un homme debout, vêtu d'une carmagnole, et un vieillard assis et faisant des calculs avec un crayon sur du papier.

Ce vieillard, qui avait usé sa vie à chercher une martingale[2], usait ses derniers jours à la mettre en œuvre et ses dernières pièces à la voir échouer. La martingale est introuvable comme l'âme.

Entre les têtes de tous ces hommes, assis et debout, apparaissaient des têtes de femmes qui s'appuyaient sur leurs épaules, qui pataugeaient dans leur or, et qui, avec une habileté sans pareille et ne jouant pas, trouvaient moyen de gagner sur le gain des uns et sur la perte des autres.

À voir ces gobelets pleins d'or et ces pyramides d'argent, on eût eu bien de la peine à croire que la misère publique était si grande, et que l'or coûtait si cher.

L'homme en carmagnole jeta un paquet de papiers sur un numéro.

— Cinquante livres, dit-il pour annoncer son jeu.

— Qu'est-ce que c'est que cela ? demanda le croupier en amenant ces papiers avec son râteau, et en les prenant avec le bout des doigts.

— Ce sont des assignats, répondit l'homme.

— Vous n'avez pas d'autre argent que celui-là ? fit le croupier.

— Non, citoyen.

— Alors vous pouvez faire place à un autre.

— Pourquoi ?

— Parce que nous ne prenons pas ça.

— C'est la monnaie du gouvernement.

— Tant mieux pour le gouvernement s'il s'en sert ! Nous, nous n'en voulons pas.

— Ah ! bien ! dit l'homme en reprenant ses assignats, en voilà un drôle d'argent, on ne peut même pas le perdre.

Et il s'éloigna en tortillant ses assignats dans ses mains.

— Faites vos jeux ! cria le croupier.

Hoffmann était joueur, nous le savons ; mais, cette fois, ce n'était pas pour le jeu, c'était pour l'argent qu'il venait.

La fièvre qui le brûlait faisait bouillir son âme dans son corps, comme de l'eau dans un vase.

— Cent thalers au 26, cria-t-il.

Le croupier examina la monnaie allemande comme il avait examiné les assignats.

— Allez changer, dit-il à Hoffmann ; nous ne prenons que l'argent français.

Hoffmann descendit comme un fou, entra chez un changeur qui se trouvait justement être un Allemand, et changea ses trois cents thalers contre de l'or, c'est-à-dire contre quarante louis environ.

La roulette avait tourné trois fois pendant ce temps.

— Quinze louis au 26 ! cria-t-il en se précipitant vers la table, et en s'en tenant, avec cette incroyable superstition des joueurs, au numéro qu'il avait d'abord choisi par hasard, et parce que c'était celui sur lequel l'homme aux assignats avait voulu jouer.

— Rien ne va plus ! cria le croupier.

La bille tourna.

Le voisin d'Hoffmann ramassa deux poignées d'or et les jeta dans son chapeau qu'il tenait entre ses jambes, mais le croupier ratissa les quinze louis d'Hoffmann et bien d'autres.

C'était le numéro 16 qui avait passé.

Hoffmann sentit une sueur froide lui couvrir le front comme un filet aux mailles d'acier.

— Quinze louis au 26 ! répéta-t-il.

D'autres voix dirent d'autres numéros, et la bille tourna encore une fois.

Cette fois, tout était à la banque. La bille avait roulé dans le zéro.

— Dix louis au 26 ! murmura Hoffmann d'une voix étranglée, puis, se reprenant, il dit :

— Non, neuf seulement ; et il ressaisit une pièce d'or pour se laisser un dernier coup à jouer, une dernière espérance à avoir.

Ce fut le 30 qui sortit.

L'or se retira du tapis, comme la marée sauvage pendant le reflux.

Hoffmann, dont le cœur haletait, et qui, à travers les battements de son cerveau, entrevoyait la tête railleuse d'Arsène et le visage triste d'Antonia, Hoffmann, disons-nous, posa d'une main crispée son dernier louis sur le 26.

Le jeu fut fait en une minute.

— Rien ne va plus ! cria le croupier.

Hoffmann suivit d'un œil ardent la bille qui tournait comme si c'eût été sa propre vie qui eût tourné devant lui.

Tout à coup il se rejeta en arrière, cachant sa tête dans ses deux mains.

Non seulement il avait perdu, mais il n'avait plus un denier ni sur lui, ni chez lui.

Une femme qui était là et qu'on eût pu avoir pour vingt francs, une minute auparavant, poussa un cri de joie sauvage et ramassa une poignée d'or qu'elle venait de gagner.

Hoffmann eût donné dix ans de sa vie pour un des louis de cette femme.

Par un mouvement plus rapide que la réflexion, il tâta et fouilla ses poches, comme pour n'avoir aucun doute sur la réalité.

Les poches étaient bien vides, mais il sentit quelque chose de rond comme un écu sur sa poitrine, et le saisit brusquement.

C'était le médaillon d'Antonia qu'il avait oublié.

— Je suis sauvé! cria-t-il; et il jeta le médaillon d'or comme enjeu sur le numéro 26.

## XVI

### Le Médaillon

Le croupier prit le médaillon d'or et l'examina :

— Monsieur, dit-il à Hoffmann, car au numéro 113 on s'appelait encore monsieur, monsieur, allez vendre cela si vous voulez, et jouez-en l'argent ; mais, je vous le répète, nous ne prenons que l'or ou l'argent monnayés.

Hoffmann saisit son médaillon, et, sans dire une syllabe, il quitta la salle de jeu.

Pendant le temps qu'il lui fallut pour descendre l'escalier, bien des pensées, bien des conseils, bien des pressentiments bourdonnaient autour de lui ;

mais il se fit sourd à toutes ces rumeurs vagues, et entra brusquement chez le changeur qui venait, un instant auparavant, de lui donner des louis pour ses thalers.

Le brave homme lisait, appuyé nonchalamment sur son large fauteuil de cuir, ses lunettes posées sur le bout de son nez, éclairé par une lampe basse aux rayons ternes, auxquels venait se joindre le fauve reflet des pièces d'or couchées dans leurs cuvettes de cuivre, et encadré dans un fin treillage de fil de fer, garni de petits rideaux de soie verte, et orné d'une petite porte à hauteur de la table, laquelle porte ne laissait passer que la main.

Jamais Hoffmann n'avait tant admiré l'or.

Il ouvrait des yeux émerveillés, comme s'il fût entré dans un rayon de soleil, et cependant il venait de voir au jeu plus d'or qu'il n'en voyait là ; mais ce n'était pas le même or, philosophiquement parlant. Il y avait entre l'or bruyant, rapide, agité du 113, et l'or tranquille, grave, muet du changeur, la différence qu'il y a entre les bavards creux et sans esprit, et les penseurs pleins de méditation. On ne peut rien faire de bon avec l'or de la roulette ou des cartes, il n'appartient pas à celui qui le possède ; mais celui qui le possède lui appartient. Venu d'une source corrompue, il doit aller à un but impur. Il a la vie en lui, mais la mauvaise vie, et il a hâte de s'en aller comme il est venu. Il ne conseille que le vice et ne fait le bien, quand il le fait, que malgré lui ; il inspire des désirs quatre fois, vingt fois plus grands que ce qu'il vaut, et, une fois possédé, il semble qu'il diminue de valeur ; bref, l'argent du jeu selon qu'on le gagne ou qu'on l'envie, selon qu'on le perd ou qu'on le ramasse, a une valeur toujours fictive. Tantôt une poignée d'or ne représente rien, tantôt une seule pièce renferme la vie d'un homme ; tandis que l'or commercial, l'or du changeur, l'or comme celui que venait chercher Hoffmann chez son compatriote, vaut réellement le prix qu'il porte sur sa face ; il ne sort de son nid de cuivre que contre une valeur égale et même supérieure à la sienne ; il ne se prostitue pas en passant, comme une courtisane sans pudeur, sans préférence, sans amour, de la main de l'un à la main de l'autre ; il a l'estime de lui-même ; une fois sorti de chez le changeur, il peut se corrompre, il peut fréquenter la mauvaise société, ce qu'il faisait peut-être avant d'y venir, mais tant qu'il y est, il est respectable et doit être considéré. Il est l'image du besoin et non du caprice. On l'acquiert, on ne le gagne pas ; il n'est pas jeté brusquement comme de simples jetons par la main du croupier, il est méthodiquement compté pièce à pièce, lentement, par le changeur, et avec tout le respect qui lui est dû. Il est silencieux et c'est là sa grande éloquence : aussi Hoffmann, dans l'imagination duquel une comparaison de ce genre ne mettait qu'une minute à passer, se mit-il à trembler que le changeur ne voulût jamais lui donner de l'or si réel contre son médaillon. Il se crut donc forcé, quoique ce fût une perte de temps, de prendre des périphrases et des circonlocutions pour en arriver à ce qu'il voulait, d'autant plus que ce n'était pas une affaire qu'il venait proposer, mais un service qu'il venait demander à ce changeur.

— Monsieur, lui dit-il, c'est moi qui, tout à l'heure, suis venu changer des thalers pour de l'or.

— Oui, monsieur, je vous reconnais, fit le changeur.

— Vous êtes Allemand, monsieur ?

— Je suis d'Heidelberg.

— C'est là que j'ai fait mes études.

— Quelle charmante ville !

— En effet.

Pendant ce temps, le sang d'Hoffmann bouillait. Il lui semblait que chaque minute qu'il donnait à cette conversation banale était une année de sa vie qu'il perdait.

Il reprit donc en souriant :

— J'ai pensé qu'à titre de compatriote vous voudriez bien me rendre un service.

— Lequel ? demanda le changeur, dont la figure se rembrunit à ce mot. Le changeur n'est pas plus prêteur que la fourmi.

— C'est de me prêter trois louis sur ce médaillon d'or.

Et en même temps, Hoffmann passait le médaillon au commerçant, qui, le mettant dans une balance, le pesa.

— N'aimeriez-vous pas mieux le vendre ? demanda le changeur.

— Oh ! non, s'écria Hoffmann ; non, c'est déjà bien assez de l'engager : je vous prierai même, monsieur, si vous me rendez ce service, de vouloir bien me garder ce médaillon avec le plus grand soin, car j'y tiens plus qu'à ma vie, et je viendrai le reprendre dès demain : il faut une circonstance comme celle où je me trouve pour que je l'engage.

— Alors je vais vous prêter trois louis, monsieur.

Et le changeur, avec toute la gravité qu'il croyait devoir à une pareille action, prit trois louis et les aligna devant Hoffmann.

— Oh ! merci, monsieur, mille fois merci ! s'écria le poète et, s'emparant des trois pièces d'or, il disparut.

Le changeur reprit silencieusement sa lecture, après avoir déposé le médaillon dans un coin de son tiroir.

Ce n'est pas à cet homme que fût venue l'idée d'aller risquer son or contre l'or du 113.

Le joueur est si près d'être sacrilège, qu'Hoffmann en jetant sa première pièce d'or sur le numéro 26, car il ne voulait les risquer qu'une à une, qu'Hoffmann, disons-nous, prononça le nom d'Antonia.

Tant que la bille tourna, Hoffmann n'eut pas d'émotions, quelque chose lui disait qu'il allait gagner.

Le 26 sortit.

Hoffmann rayonnant ramassa trente-six louis.

La première chose qu'il fit fut d'en mettre trois à part dans le gousset de sa montre pour être sûr de pouvoir reprendre le médaillon de sa fiancée, au nom de laquelle il devait évidemment ce premier gain. Il laissa trente-trois louis sur le même numéro, et le même numéro sortit. C'était donc trente-six fois trente-trois louis qu'il gagnait, c'est-à-dire onze cent quatre-vingt-huit louis, c'est-à-dire plus de vingt-cinq mille francs.

Alors Hoffmann, puisant à pleines mains dans le Pactole solide, et le prenant par poignées, joua au hasard, à travers un éblouissement sans fin. À chaque coup qu'il jouait, le monceau de son gain grossissait, semblable à une montagne sortant tout à coup de l'eau.

Il en avait dans ses poches, dans son habit, dans son gilet, dans son chapeau, dans ses mains, sur la table, partout enfin. L'or coulait devant lui de la main des croupiers comme le sang d'une large blessure. Il était devenu le Jupiter de toutes les Danaées présentes et le caissier de tous les joueurs malheureux.

Il perdit bien ainsi une vingtaine de mille francs.

Enfin, ramassant tout l'or qu'il avait devant lui, quand il crut en avoir assez, il s'enfuit, laissant, pleins d'admiration et d'envie tous ceux qui se trouvaient là, et courut dans la direction de la maison d'Arsène.

Il était une heure du matin ; mais peu lui importait.

Venant avec une pareille somme, il lui semblait qu'il pouvait venir à toute heure de la nuit, et qu'il serait toujours le bienvenu.

Il se faisait une joie de couvrir de tout cet or ce

beau corps qui s'était dévoilé devant lui, et qui, resté
de marbre devant son amour, s'animerait devant sa
richesse, comme la statue de Prométhée quand il
eut trouvé son âme véritable.

Il allait entrer chez Arsène, vider ses poches jusqu'à sa dernière pièce, et lui dire : maintenant aimez-
moi. Puis le lendemain il repartirait, pour échapper,
si cela était possible, au souvenir de ce rêve fiévreux
et intense.

Il frappa à la porte d'Arsène comme un maître
qui rentre chez lui.

La porte s'ouvrit.

Hoffmann courut vers le perron de l'escalier.

— Qui est là ? cria la voix du portier.

Hoffmann ne répondit pas.

— Où allez-vous, citoyen ? répéta la même voix, et
une ombre vêtue, comme les ombres le sont la nuit,
sortit de la loge et courut après Hoffmann.

En ce temps on aimait fort à savoir qui sortait et
surtout qui entrait.

— Je vais chez Mlle Arsène, répondit Hoffmann
en jetant au portier trois ou quatre louis pour lesquels une heure plus tôt il eût donné son âme.

Cette façon de s'exprimer plut à l'officieux.

— Mlle Arsène n'est plus ici, monsieur, répondit-
il, pensant avec raison qu'on devait substituer le
mot Monsieur au mot citoyen quand on avait affaire
à un homme qui avait la main si facile. Un homme
qui demande peut dire *citoyen* mais un homme qui
reçoit ne peut dire que *monsieur*.

— Comment ! s'écria Hoffmann, Arsène n'est plus
ici ?

— Non, monsieur.

— Vous voulez dire qu'elle n'est pas rentrée ce
soir.

— Je veux dire qu'elle ne rentrera plus.

— Où est-elle, alors ?

— Je n'en sais rien.

— Mon Dieu! mon Dieu! fit Hoffmann.

Et il prit sa tête dans ses deux mains comme pour contenir sa raison près de lui échapper. Tout ce qui lui arrivait depuis quelque temps était si étrange, qu'à chaque instant il disait: «Allons, voilà le moment où je vais devenir fou!»

— Vous ne savez donc pas la nouvelle? reprit le portier.

— Quelle nouvelle?

— M. Danton a été arrêté[1].

— Quand?

— Hier. C'est M. Robespierre qui a fait cela. Quel grand homme que le citoyen Robespierre!

— Eh bien?

— Eh bien! Mlle Arsène a été forcée de se sauver; car, comme maîtresse de Danton, elle aurait pu être compromise dans toute cette affaire.

— C'est juste. Mais comment s'est-elle sauvée?

— Comme on se sauve quand on a peur d'avoir la tête coupée, tout droit devant soi.

— Merci, mon ami, merci, fit Hoffmann.

Et il disparut après avoir encore laissé quelques pièces dans la main du portier.

Quand il fut dans la rue, Hoffmann se demanda ce qu'il allait devenir, et à quoi allait maintenant lui servir tout son or; car, comme on le pense bien, l'idée qu'il pourrait retrouver Arsène ne lui vint pas à l'esprit, pas plus que l'idée de rentrer chez lui et de prendre du repos.

Il se mit donc, lui aussi, à marcher tout droit devant lui, faisant résonner le pavé des rues mornes sous le talon de ses bottes et marchant tout éveillé dans son rêve douloureux.

La nuit était froide, les arbres étaient décharnés et tremblaient au vent de la nuit comme des malades en délire qui ont quitté leur lit et dont la fièvre agite les membres amaigris.

Le givre fouettait le visage des promeneurs noc-

turnes, et à peine si, de temps en temps, dans les
maisons qui confondaient leur masse avec le ciel
sombre, une fenêtre éclairée trouait l'ombre.

Cependant cet air froid lui faisait du bien. Son
âme se dépensait peu à peu dans cette course rapide,
et, si l'on peut s'exprimer ainsi, son effervescence
morale se volatilisait. Dans une chambre il eût
étouffé, puis, à force d'aller en avant, il rencontrerait
peut-être Arsène ; qui sait ? en se sauvant elle avait
peut-être pris le même chemin que lui en sortant de
chez elle.

Il longea ainsi le boulevard désert, traversa la
rue Royale, comme si, au défaut de ses yeux qui ne
regardaient pas, ses pieds eussent reconnu d'eux-
mêmes le lieu où il était ; il leva la tête, et il s'arrêta
en s'apercevant qu'il marchait droit vers la place de
la Révolution, vers cette place où il avait juré de ne
jamais revenir.

Tout sombre qu'était le ciel, une silhouette plus
sombre encore se détachait sur l'horizon noir comme
de l'encre. C'était la silhouette de la hideuse machine,
dont le vent de la nuit séchait la bouche humide de
sang, et qui dormait en attendant sa file quotidienne.

C'était pendant le jour qu'Hoffmann ne voulait
plus revoir cette place ; c'était à cause du sang qui
y coulait, qu'il ne voulait plus s'y trouver ; mais, la
nuit, ce n'était plus la même chose ; il y avait pour
le poète, chez qui, malgré tout, l'instinct poétique
veillait sans cesse, il y avait de l'intérêt à voir, à toucher du doigt, dans le silence et dans l'ombre, le
sinistre échafaudage dont l'image sanglante devait,
à l'heure qu'il était, se présenter à bien des esprits.

Quel plus beau contraste, en sortant de la salle
bruyante du jeu, que cette place déserte, et dont
l'échafaud était l'hôte éternel, après le spectacle de
la mort, de l'abandon, de l'insensibilité !

Hoffmann marchait donc vers la guillotine comme
attiré par une force magnétique.

Tout à coup, et presque sans savoir comment cela s'était fait, il se trouva face à face avec elle.

Le vent sifflait dans les planches.

Hoffmann croisa ses mains sur sa poitrine et regarda.

Que de choses durent naître dans l'esprit de cet homme, qui, les poches pleines d'or, et comptant sur une nuit de volupté, passait solitairement cette nuit en face d'un échafaud !

Il lui sembla, au milieu de ses pensées, qu'une plainte humaine se mêlait aux plaintes du vent.

Il pencha la tête en avant et prêta l'oreille.

La plainte se renouvela, venant non pas de loin, mais de bas.

Hoffmann regarda autour de lui, et ne vit personne.

Cependant un troisième gémissement arriva jusqu'à lui.

— On dirait une voix de femme, murmura-t-il, et l'on dirait que cette voix sort de dessous cet échafaud.

Alors se baissant, pour mieux voir, il commença à faire le tour de la guillotine. Comme il passait devant le terrible escalier, son pied heurta quelque chose ; il étendit les mains et toucha un être accroupi sur les premières marches de cet escalier et tout vêtu de noir.

— Qui êtes-vous, demanda Hoffmann, vous qui dormez la nuit auprès d'un échafaud ?

Et en même temps il s'agenouillait pour voir le visage de celle à qui il parlait.

Mais elle ne bougeait pas, et, les coudes appuyés sur les genoux, elle reposait sa tête sur ses mains.

Malgré le froid de la nuit, elle avait les épaules presque entièrement nues, et Hoffmann put voir une ligne noire qui cerclait son cou blanc.

Cette ligne, c'était un collier de velours.

— Arsène ! cria-t-il.

— Eh bien! oui, Arsène, murmura d'une voix étrange la femme accroupie, en relevant la tête et regardant Hoffmann.

## XVII

### *Un hôtel de la rue Saint-Honoré* [1]

Hoffmann recula épouvanté; malgré la voix, malgré le visage, il doutait encore. Mais, en relevant la tête, Arsène laissa tomber ses mains sur ses genoux, et dégageant son col, ses mains laissèrent voir l'étrange agrafe de diamants qui réunissait les deux bouts du collier de velours, et qui étincelait dans la nuit.

— Arsène, Arsène! répéta Hoffmann.

Arsène se leva.

— Que faites-vous ici, à cette heure? demanda le jeune homme. Comment! vêtue de cette robe grise! Comment! les épaules nues!

— Il a été arrêté hier, dit Arsène, on est venu pour m'arrêter moi-même, je me suis sauvée comme j'étais, et cette nuit, à onze heures, trouvant ma chambre trop petite et mon lit trop froid, j'en suis sortie, et suis venue ici.

Ces paroles étaient dites avec un singulier accent, sans gestes, sans inflexions; elles sortaient d'une bouche pâlie qui s'ouvrait et se refermait comme par un ressort: on eût dit d'un automate qui parlait.

— Mais, s'écria Hoffmann, vous ne pouvez rester ici.

— Où irais-je? Je ne veux rentrer d'où je sors que le plus tard possible; j'ai eu trop froid.

— Alors venez avec moi, s'écria Hoffmann.

— Avec vous! fit Arsène.

Et il sembla au jeune homme que de cet œil morne

tombait sur lui, à la lueur des étoiles, un regard dédaigneux, pareil à celui dont il avait déjà été écrasé dans le charmant boudoir de la rue de Hanovre.

— Je suis riche, j'ai de l'or, s'écria Hoffmann.

L'œil de la danseuse jeta un éclair.

— Allons, dit-elle, mais où?

— Où!

En effet, où Hoffmann allait-il conduire cette femme de luxe et de sensualité, qui, une fois sortie des palais magiques et des jardins enchantés de l'Opéra, était habituée à fouler les tapis de Perse et à se rouler dans les cachemires de l'Inde?

Certes, ce n'était pas dans sa petite chambre d'étudiant qu'il pouvait la conduire; elle eût été là aussi à l'étroit et aussi froidement que dans cette demeure inconnue dont elle parlait tout à l'heure, et où elle paraissait craindre si fort de rentrer.

— Où, en effet? demanda Hoffmann, je ne connais point Paris.

— Je vais vous conduire, dit Arsène.

— Oh! oui, oui, s'écria Hoffmann.

— Suivez-moi, dit la jeune femme.

Et de cette même démarche raide et automatique qui n'avait rien de commun avec cette souplesse ravissante qu'Hoffmann avait admirée dans la danseuse, elle se mit à marcher devant lui.

Il ne vint pas l'idée au jeune homme de lui offrir le bras; il la suivit.

Arsène prit la rue Royale, que l'on appelait à cette époque la rue de la Révolution, tourna à droite, dans la rue Saint-Honoré, que l'on appelait la rue Honoré tout court[1]; et, s'arrêtant devant la façade d'un magnifique hôtel, elle frappa.

La porte s'ouvrit aussitôt.

Le concierge regarda avec étonnement Arsène.

— Parlez, dit-elle au jeune homme, ou ils ne me laisseront pas entrer, et je serai obligée de retourner m'asseoir au pied de la guillotine.

XVII. Un hôtel de la rue Saint-Honoré

— Mon ami, dit vivement Hoffmann en passant entre la jeune femme et le concierge, comme je traversais les Champs-Élysées, j'ai entendu crier au secours ; je suis accouru à temps pour empêcher Madame d'être assassinée, mais trop tard pour l'empêcher d'être dépouillée. Donnez-moi vite votre meilleure chambre ; faites-y allumer un grand feu, servir un bon souper. Voici un louis pour vous.

Et il jeta un louis d'or sur la table où était posée la lampe, dont tous les rayons semblèrent se concentrer sur la face étincelante de Louis XV.

Un louis était une grosse somme à cette époque, il représentait neuf cent vingt-cinq francs en assignats.

Le concierge ôta son bonnet crasseux et sonna. Un garçon accourut à cette sonnette du concierge.

— Vite ! vite ! une chambre ! la plus belle de l'hôtel pour Monsieur et Madame.

— Pour Monsieur et Madame ? reprit le garçon étonné, en portant alternativement son regard du costume plus que simple d'Hoffmann au costume plus que léger d'Arsène.

— Oui, dit Hoffmann, la meilleure, la plus belle ; surtout qu'elle soit bien chauffée et bien éclairée : voici un louis pour vous.

Le garçon parut subir la même influence que le concierge, se courba devant le louis, et, montrant un grand escalier, à moitié éclairé seulement à cause de l'heure avancée de la nuit, mais sur les marches duquel, par un luxe bien extraordinaire à cette époque, était étendu un tapis :

— Montez, dit-il, et attendez à la porte du numéro 3.

Puis il disparut tout courant.

À la première marche de l'escalier Arsène s'arrêta.

Elle semblait, la légère sylphide, éprouver une difficulté invincible à lever le pied.

On eût dit que sa légère chaussure de satin avait des semelles de plomb.

Hoffmann lui offrit le bras.

Arsène appuya sa main sur le bras que lui présentait le jeune homme, et quoiqu'il ne sentît pas la
pression du poignet de la danseuse, il sentit le froid
qui se communiquait de ce corps au sien.

Puis avec un effort violent Arsène monta la première marche et successivement les autres ; mais
chaque degré lui arrachait un soupir.

— Oh ! pauvre femme, murmura Hoffmann,
comme vous avez dû souffrir !

— Oui, oui, répondit Arsène, beaucoup... J'ai
beaucoup souffert.

Ils arrivèrent à la porte du numéro 3.

Mais, presque aussitôt qu'eux, arriva le garçon
porteur d'un véritable brasier ; il ouvrit la porte de la
chambre, et en un instant la cheminée s'enflamma et
les bougies s'allumèrent.

— Vous devez avoir faim ? demanda Hoffmann.

— Je ne sais pas, répondit Arsène.

— Le meilleur souper que l'on pourra nous donner, garçon, dit Hoffmann.

— Monsieur, fit observer le garçon, on ne dit plus
garçon, mais officieux. Après cela, Monsieur paie si
bien, qu'il peut dire comme il voudra.

Puis, enchanté de la facétie, il sortit en disant :

— Dans cinq minutes le souper !

La porte refermée derrière l'officieux, Hoffmann
jeta avidement les yeux sur Arsène.

Elle était si pressée de se rapprocher du feu,
qu'elle n'avait pas pris le temps de tirer un fauteuil
près de la cheminée ; elle s'était seulement accroupie
au coin de l'âtre dans la même position où Hoffmann
l'avait trouvée devant la guillotine, et là, les coudes
sur les genoux, elle semblait occupée à maintenir de
ses deux mains sa tête droite sur ses épaules.

— Arsène ! Arsène ! dit le jeune homme, je t'ai dit
que j'étais riche, n'est-ce pas ? Regarde, et tu verras
que je ne t'ai pas menti.

Hoffmann commença par retourner son chapeau au-dessus de la table; le chapeau était plein de louis et de doubles louis, et ils ruisselèrent du chapeau sur le marbre, avec ce bruit de l'or si remarquable et si facile à distinguer entre tous les bruits.

Puis, après le chapeau, il vida ses poches, et l'une après l'autre ses poches dégorgèrent l'immense butin qu'il venait de faire au jeu.

Un monceau d'or mobile et resplendissant s'entassa sur la table.

À ce bruit, Arsène sembla se ranimer; elle tourna la tête, et la vue parut achever la résurrection commencée par l'ouïe.

Elle se leva, toujours raide et immobile, mais sa lèvre pâle souriait, mais ses yeux vitreux, s'éclaircissant, lançaient des rayons qui se croisaient avec ceux de l'or.

— Oh! dit-elle, c'est à toi tout cela?

— Non, pas à moi, mais à toi, Arsène.

— À moi! fit la danseuse.

Et elle plongea dans le monceau de métal ses mains pâles.

Les bras de la jeune fille disparurent jusqu'au coude.

Alors cette femme, dont l'or avait été la vie, sembla reprendre la vie au contact de l'or.

— À moi! disait-elle, à moi! et elle prononçait ces paroles avec un accent vibrant et métallique qui se mariait d'une incroyable façon avec le cliquetis des louis.

Deux garçons entrèrent, portant une table toute servie, qu'ils faillirent laisser tomber en apercevant cet amas de richesses que pétrissaient les mains crispées de la jeune fille.

— C'est bien, dit Hoffmann, du vin de Champagne, et laissez-nous.

Les garçons apportèrent plusieurs bouteilles de vin de Champagne et se retirèrent.

Derrière eux, Hoffmann alla pousser la porte, qu'il ferma au verrou.

Puis, les yeux ardents de désirs, il revint vers Arsène, qu'il retrouva près de la table continuant de puiser la vie, non pas à cette fontaine de Jouvence, mais à cette source du Pactole.

— Eh bien ? lui demanda-t-il.

— C'est beau, l'or ! dit-elle, il y avait longtemps que je n'en avais touché.

— Allons ! viens souper, fit Hoffmann, et puis après, tout à ton aise, Danaé, tu te baigneras dans l'or si tu veux.

Et il l'entraîna vers la table.

— J'ai froid ! dit-elle.

Hoffmann regarda autour de lui : les fenêtres et le lit étaient tendus en damas rouge : il arracha un rideau de la fenêtre, et le donna à Arsène.

Arsène s'enveloppa dans le rideau, qui sembla se draper de lui-même comme les plis d'un manteau antique, et sous cette draperie rouge, sa tête pâle redoubla de caractère.

Hoffmann avait presque peur.

Il se mit à table, se versa et but deux ou trois verres de vin de Champagne coup sur coup. Alors il lui sembla qu'une légère coloration montait aux yeux d'Arsène.

Il lui versa à son tour, et à son tour elle but.

Puis il voulut la faire manger ; mais elle refusa. Et comme Hoffmann insistait :

— Je ne pourrais avaler, dit-elle.

— Buvons, alors.

Elle tendit son verre.

— Oui, buvons.

Hoffmann avait à la fois faim et soif ; il but et mangea.

Il but surtout ; il sentait qu'il avait besoin de hardiesse ; non pas qu'Arsène, comme chez elle, parût disposée à lui résister, soit par la force, soit par le dédain, mais parce que quelque chose de glacé émanait du corps de la belle convive.

À mesure qu'il buvait, à ses yeux du moins, Arsène s'animait ; seulement, quand à son tour Arsène vidait son verre, quelques gouttes rosées roulaient de la partie inférieure du collier de velours sur la poitrine de la danseuse. Hoffmann regardait sans comprendre, puis, sentant quelque chose de terrible et de mystérieux là-dessous, il combattait ses frissons intérieurs en multipliant les toasts qu'il portait aux beaux yeux, à la belle bouche, aux belles mains de la danseuse.

Elle lui faisait raison, buvant autant que lui, et paraissant s'animer, non pas du vin qu'elle buvait, mais du vin que buvait Hoffmann.

Tout à coup un tison roula du feu.

Hoffmann suivit des yeux la direction du brandon de flamme, qui ne s'arrêta qu'en rencontrant le pied nu d'Arsène.

Sans doute pour se réchauffer, Arsène avait tiré ses bas et ôté ses souliers ; son petit pied, blanc comme le marbre, était posé sur le marbre de l'âtre, blanc aussi comme le pied avec lequel il semblait ne faire qu'un.

Hoffmann jeta un cri.

— Arsène, Arsène ! dit-il, prenez garde !

— À quoi ? demanda la danseuse.

— Ce tison... ce tison qui touche votre pied...

Et, en effet, il couvrait à moitié le pied d'Arsène.

— Ôtez-le, dit-elle tranquillement.

Hoffmann se baissa, enleva le tison et s'aperçut avec effroi que ce n'était pas la braise qui avait brûlé le pied de la jeune fille, — mais le pied de la jeune fille qui avait éteint la braise.

— Buvons ! dit-il.

— Buvons ! dit Arsène.

Et elle tendit son verre.

La seconde bouteille fut vidée.

Cependant, Hoffmann sentait que l'ivresse du vin ne lui suffisait pas.

Il aperçut un piano.

— Bon!... s'écria-t-il. Il avait compris la ressource que lui offrait l'ivresse de la musique.

Il s'élança vers le piano.

Puis sous ses doigts naquit tout naturellement l'air sur lequel Arsène dansait ce pas de trois dans l'opéra de *Pâris*, lorsqu'il l'avait vue pour la première fois.

Seulement, il semblait à Hoffmann que les cordes du piano étaient d'acier. L'instrument à lui seul rendait un bruit pareil à celui de tout un orchestre.

— Ah! fit Hoffmann, à la bonne heure!

Il venait de trouver dans ce bruit l'enivrement qu'il cherchait; de son côté, Arsène se leva aux premiers accords.

Ces accords, comme un réseau de feu, avaient semblé envelopper toute sa personne.

Elle rejeta loin d'elle le rideau de damas rouge, et chose étrange, comme un changement magique s'opère au théâtre sans que l'on sache par quel moyen, un changement s'était opéré en elle, et au lieu de sa robe grise, au lieu de ses épaules veuves d'ornements, elle reparut avec le costume de Flore, tout ruisselant de fleurs, tout vaporeux de gaze, tout frissonnant de volupté.

Hoffmann jeta un cri, puis, redoublant d'énergie, il sembla faire jaillir une vigueur infernale de cette poitrine du clavecin, toute résonnante sous ses fibres d'acier.

Alors le même mirage revint troubler l'esprit d'Hoffmann. Cette femme bondissante, qui s'était animée par degrés, opérait sur lui avec une attraction irrésistible. Elle avait pris pour théâtre tout l'espace qui séparait le piano de l'alcôve, et, sur le fond rouge du rideau, elle se détachait comme une apparition de l'enfer. Chaque fois qu'elle revenait du fond vers Hoffmann, Hoffmann se soulevait sur sa chaise;

chaque fois qu'elle s'éloignait vers le fond, Hoffmann se sentait entraîné sur ses pas. Enfin, sans qu'Hoffmann comprît comment la chose se faisait, le mouvement changea sous ses doigts ; ce ne fut plus l'air qu'il avait entendu qu'il joua, ce fut une valse ; cette valse, c'était *Le Désir*, de Beethoven ; elle était venue, comme une expression de sa pensée, se placer sous ses doigts. De son côté, Arsène avait changé de mesure ; elle tourna sur elle-même d'abord, puis, peu à peu, élargissant le rond qu'elle traçait, elle se rapprocha d'Hoffmann ; Hoffmann, haletant, la sentait venir, la sentait se rapprocher ; il comprenait qu'au dernier cercle elle allait le toucher, et qu'alors force lui serait de se lever à son tour et de prendre part à cette valse brûlante. C'était à la fois chez lui du désir et de l'effroi. Enfin Arsène, en passant, étendit la main, et du bout des doigts l'effleura. Hoffmann poussa un cri, bondit comme si l'étincelle électrique l'eût touché, s'élança sur la trace de la danseuse, la joignit, l'enlaça dans ses bras, continuant dans sa pensée l'air interrompu en réalité, pressant contre son cœur ce corps qui avait repris son élasticité, aspirant les regards de ses yeux, le souffle de sa bouche, dévorant de ses aspirations à lui ce cou, ces épaules, ces bras, tournant non plus dans un air respirable, mais dans une atmosphère de flamme qui, pénétrant jusqu'au fond de la poitrine des deux valseurs, finit par les jeter, haletants et dans l'évanouissement du délire, sur le lit qui les attendait.

Quand Hoffmann se réveilla le lendemain matin, un de ces jours blafards des hivers de Paris venait de se lever et pénétrait jusqu'au lit par le rideau arraché de la fenêtre. Il regarda autour de lui, ignorant où il était, et sentit qu'une masse inerte pesait à son bras gauche. Il se pencha du côté où l'engourdissement gagnait son cœur, et reconnut, couchée près de lui, non plus la belle danseuse de l'Opéra, mais la pâle jeune fille de la place de la Révolution.

Alors il se rappela tout, tira de dessous ce corps raidi son bras glacé, et voyant que ce corps demeurait immobile, il saisit un candélabre, où brûlaient encore cinq bougies, et à la double lueur du jour et des bougies, il s'aperçut qu'Arsène était sans mouvement, pâle et les yeux fermés.

Sa première idée fut que la fatigue avait été plus forte que l'amour, que le désir, que la volonté, et que la jeune fille s'était évanouie. Il prit sa main, sa main était glacée ; il chercha les battements de son cœur, son cœur ne battait plus.

Alors une idée horrible lui traversa l'esprit ; il se pendit au cordon d'une sonnette, qui se rompit entre ses mains, puis s'élançant vers la porte, il l'ouvrit, et se précipita par les degrés en criant :

— À l'aide ! au secours !

Un petit homme noir montait justement à la même minute l'escalier que descendait Hoffmann. Il leva la tête ; Hoffmann jeta un cri, il venait de reconnaître le médecin de l'Opéra.

— Ah ! c'est vous, mon cher Monsieur, dit le docteur en reconnaissant Hoffmann à son tour. Qu'y a-t-il donc et pourquoi tout ce bruit ?

— Oh ! venez, venez, dit Hoffmann, ne prenant pas la peine d'expliquer au médecin ce qu'il attendait de lui et espérant que la vue d'Arsène inanimée ferait plus sur le docteur que toutes ses paroles. Venez !

Et il l'entraîna dans la chambre.

Puis, le poussant vers le lit, tandis que de l'autre il saisissait le candélabre qu'il approchait du visage d'Arsène :

— Tenez, dit-il, voyez !

Mais loin que le médecin parût effrayé :

— Ah ! c'est bien à vous, jeune homme, dit-il, c'est bien à vous d'avoir racheté ce corps afin qu'il ne pourrît pas dans la fosse commune... Très bien ! jeune homme, très bien !

— Ce corps... murmura Hoffmann, racheté... la fosse commune... que dites-vous donc là ? mon Dieu !

— Je dis que notre pauvre Arsène, arrêtée hier à huit heures du matin, a été jugée hier à deux heures de l'après-midi, et a été exécutée hier à quatre heures du soir.

Hoffmann crut qu'il allait devenir fou ; il saisit le docteur à la gorge.

— Exécutée hier à quatre heures ! cria-t-il en étranglant lui-même, Arsène exécutée !

Et il éclata de rire, mais d'un rire si étrange, si strident, si en dehors de toutes les modulations du rire humain, que le docteur fixa sur lui des yeux presque effarés.

— En doutez-vous ? demanda-t-il.

— Comment ! s'écria Hoffmann, si j'en doute ! Je le crois bien. J'ai soupé, j'ai valsé, j'ai couché cette nuit avec elle.

— Alors, c'est un cas étrange, et que je consignerai dans les annales de la médecine, dit le docteur, et vous signerez au procès-verbal, n'est-ce pas ?

— Mais je ne puis signer, puisque je vous démens, puisque je dis que cela est impossible, puisque je dis que cela n'est pas !

— Ah ! vous dites que cela n'est pas, reprit le docteur ; vous dites cela à moi, le médecin des prisons ; à moi qui ai fait tout ce que j'ai pu pour la sauver, et qui n'ai pu y parvenir ; à moi, qui lui ai dit adieu au pied de la charrette. Vous dites que cela n'est pas ! Attendez !

Alors le médecin étendit le bras, pressa le petit ressort en diamant qui servait d'agrafe au collier de velours, et tira le velours à lui.

Hoffmann poussa un cri terrible. Cessant d'être maintenue par le seul lien qui la rattachait aux épaules, la tête de la suppliciée roula du lit à terre et ne s'arrêta qu'au soulier d'Hoffmann, comme le tison ne s'était arrêté qu'au pied d'Arsène.

Le jeune homme fit un bond en arrière, et se précipita par les escaliers en hurlant :
— Je suis fou !

# XVIII
## *Un hôtel de la rue Saint-Honoré* (suite)

L'exclamation d'Hoffmann n'avait rien d'exagéré :
cette faible cloison qui, chez le poète exerçant outre
mesure ses facultés cérébrales, cette faible cloison,
disons-nous, qui, séparant l'imagination de la folie,
semble parfois prête à se rompre, craquait dans sa
tête avec le bruit d'une muraille qui se lézarde.

Mais, à cette époque, on ne courait pas longtemps
dans les rues de Paris sans dire pourquoi l'on courait ; les Parisiens étaient devenus très curieux en
l'an de grâce 1793, et, toutes les fois qu'un homme
passait en courant, on arrêtait cet homme pour
savoir après qui il courait ou qui courait après lui.

On arrêta donc Hoffmann en face de l'église de
l'Assomption, dont on avait fait un corps de garde,
et on le conduisit devant le chef du poste.

Là, Hoffmann comprit le danger réel qu'il courait :
les uns le tenaient pour un aristocrate prenant sa
course afin de gagner plus vite la frontière, les autres
criaient : « À l'agent de Pitt et Cobourg ! » Quelques-
uns criaient : « À la lanterne ! » ce qui n'était pas gai ;
d'autres criaient : « Au tribunal révolutionnaire ! » ce
qui était moins gai encore. On revenait quelquefois
de la lanterne, témoin l'abbé Maury[1] ; du tribunal
révolutionnaire, jamais.

Alors Hoffmann essaya d'expliquer ce qui lui était
arrivé depuis la veille au soir. Il raconta le jeu,
le gain. Comment, de l'or plein les poches, il avait

couru rue de Hanovre ; comment la femme qu'il cherchait n'y était plus, comment, sous l'empire de la passion qui le brûlait, il avait couru les rues de Paris ; comment, en passant sur la place de la Révolution, il avait trouvé cette femme assise au pied de la guillotine ; comment elle l'avait conduit dans un hôtel de la rue Saint-Honoré, et comment là, après une nuit pendant laquelle tous les enivrements s'étaient succédé, il avait trouvé non seulement, reposant entre ses bras une femme morte, mais encore une femme décapitée.

Tout cela était bien improbable ; aussi le récit d'Hoffmann obtint-il peu de croyance : les plus fanatiques de vérité crièrent au mensonge, les plus modérés crièrent à la folie.

Sur ces entrefaites, un des assistants ouvrit cet avis lumineux :

— Vous avez passé, dites-vous, la nuit dans un hôtel de la rue Saint-Honoré ?

— Oui.

— Vous y avez vidé vos poches pleines d'or sur une table ?

— Oui.

— Vous y avez couché et soupé avec la femme dont la tête, roulant à vos pieds, vous a causé ce grand effroi dont vous étiez atteint quand nous vous avons arrêté ?

— Oui.

— Eh bien ! cherchons l'hôtel, on ne trouvera peut-être pas l'or, mais on trouvera la femme.

— Oui, cria tout le monde, cherchons, cherchons.

Hoffmann eût bien voulu ne pas chercher ; mais force lui fut d'obéir à l'immense volonté résumée autour de lui par ce mot *cherchons*.

Il sortit donc de l'église, et continua de descendre la rue Saint-Honoré en cherchant.

La distance n'était pas longue de l'église de l'Assomption à la rue Royale. Et cependant Hoffmann eut beau chercher, négligemment d'abord, puis avec plus d'attention, puis enfin avec volonté de trouver, il ne trouva rien qui lui rappelât l'hôtel où il était entré la veille, où il avait passé la nuit, d'où il venait de sortir. Comme ces palais féeriques qui s'évanouissent quand le machiniste n'a plus besoin d'eux, l'hôtel de la rue Saint-Honoré avait disparu après que la scène infernale que nous avons essayé de décrire avait été jouée.

Tout cela ne faisait pas l'affaire des badauds qui avaient accompagné Hoffmann et qui voulaient absolument une solution quelconque à leur dérangement ; or, cette solution ne pouvait être que la découverte du cadavre d'Arsène ou l'arrestation d'Hoffmann comme suspect.

Mais, comme on ne retrouvait pas le corps d'Arsène il était fortement question d'arrêter Hoffmann, quand tout à coup celui-ci aperçut dans la rue le petit homme noir et l'appela à son secours, invoquant son témoignage sur la vérité du récit qu'il venait de faire.

La voix d'un médecin a toujours une grande autorité sur la foule. Celui-ci déclina sa profession, et on le laissa s'approcher d'Hoffmann.

— Ah ! pauvre jeune homme, dit-il en lui prenant la main, sous prétexte de lui tâter le pouls, mais en réalité pour lui conseiller, par une pression particulière, de ne pas le démentir, pauvre jeune homme, il s'est donc échappé !

— Échappé d'où ? échappé de quoi ? s'écrièrent vingt voix toutes ensemble.

— Oui, échappé d'où ? demanda Hoffmann, qui ne voulait pas accepter la voie de salut que lui offrait le docteur et qu'il regardait comme humiliante.

— Parbleu ! dit le médecin, échappé de l'hospice.

— De l'hospice ! s'écrièrent les mêmes voix, et quel hospice ?

— De l'hospice des fous.

— Ah! docteur, docteur, s'écria Hoffmann, pas de plaisanterie.

— Le pauvre diable! s'écria le docteur sans paraître écouter Hoffmann, le pauvre diable aura perdu sur l'échafaud quelque femme qu'il aimait.

— Oh! oui, oui, dit Hoffmann, je l'aimais bien, mais pas comme Antonia cependant.

— Pauvre garçon, dirent plusieurs femmes qui se trouvaient là et qui commençaient à plaindre Hoffmann.

— Oui, depuis ce temps, continua le docteur, il est en proie à une hallucination terrible; il croit jouer... il croit gagner... Quand il a joué et qu'il a gagné, il croit pouvoir posséder celle qu'il aime; puis avec son or, il court les rues; puis il rencontre une femme au pied de la guillotine; puis il l'emmène dans quelque magnifique palais, dans quelque splendide hôtellerie où il passe la nuit à boire, à chanter, à faire de la musique avec elle; après quoi il la trouve morte. N'est-ce pas cela qu'il vous a raconté?

— Oui, oui, cria la foule, mot pour mot.

— Eh bien! eh bien! dit Hoffmann, le regard étincelant, direz-vous que ce n'est pas vrai, vous, docteur, vous qui avez ouvert l'agrafe de diamants qui fermait le collier de velours? Oh! j'aurais dû me douter de quelque chose, quand j'ai vu le vin de Champagne suinter sous le collier; quand j'ai vu le tison enflammé rouler sur son pied nu; et son pied nu, son pied de morte, au lieu d'être brûlé par le tison, l'éteindre.

— Vous voyez, vous voyez, dit le docteur avec des yeux pleins de pitié et avec une voix lamentable, voilà sa folie qui lui reprend.

— Comment, ma folie! s'écria Hoffmann; comment, vous osez dire que ce n'est pas vrai! Vous osez dire que je n'ai pas passé la nuit avec Arsène, qui a été guillotinée hier! Vous osez dire que son collier de velours n'était pas la seule chose qui maintînt sa tête sur ses épaules ! Vous osez dire que, lorsque vous avez ouvert l'agrafe et enlevé le collier, la tête n'a pas roulé sur le tapis ! Allons donc, docteur, allons donc, vous savez bien que ce que je dis est vrai, vous.

— Mes amis, dit le docteur, vous êtes bien convaincus maintenant, n'est-ce pas ?

— Oui, oui, crièrent les cent voix de la foule.

Ceux des assistants qui ne criaient pas, remuaient mélancoliquement la tête en signe d'adhésion.

— Eh bien ! alors, dit le docteur, faites avancer un fiacre, afin que je le reconduise.

— Où cela ? cria Hoffmann ; où voulez-vous me reconduire ?

— Où ? dit le docteur, à la maison des fous, dont vous vous êtes échappé, mon bon ami.

Puis, tout bas :

— Laissez-vous faire, morbleu ! dit le docteur, ou je ne réponds pas de vous. Ces gens-là croiront que vous vous êtes moqué d'eux, et ils vous mettront en pièces.

Hoffmann poussa un soupir et laissa tomber ses bras.

— Tenez, vous voyez bien, dit le docteur, maintenant le voilà doux comme un agneau. La crise est passée... là, mon ami, là...

Et le docteur parut calmer Hoffmann de la main, comme on calme un cheval emporté ou un chien rageur.

Pendant ce temps on avait arrêté un fiacre et on l'avait amené.

— Montez vite, dit le médecin à Hoffmann.

Hoffmann obéit ; toutes ses forces s'étaient usées dans cette lutte.

— À Bicêtre[1] ! dit tout haut le docteur en montant derrière Hoffmann.

Puis tout bas au jeune homme :

— Où voulez-vous qu'on vous descende ? demanda-t-il.

— Au Palais-Égalité, articula péniblement Hoffmann.

— En route, cocher, cria le docteur.

Puis il salua la foule.

— Vive le docteur ! cria la foule.

Il faut toujours que la foule, lorsqu'elle est sous
l'empire d'une passion, crie vive quelqu'un ou meure
quelqu'un.

Au Palais-Égalité le docteur fit arrêter le fiacre.

— Adieu, jeune homme, dit le docteur à Hoffmann, et, si vous m'en croyez, partez pour l'Allemagne le plus vite possible ; il ne fait pas bon en
France pour les hommes qui ont une imagination
comme la vôtre.

Et il poussa hors du fiacre Hoffmann, qui, tout
abasourdi encore de ce qui venait de lui arriver, s'en
allait tout droit sous une charrette qui faisait chemin
en sens inverse du fiacre, si un jeune homme qui
passait ne se fût précipité et n'eût retenu Hoffmann
dans ses bras au moment où, de son côté, le charre-
tier faisait un effort pour arrêter ses chevaux.

Le fiacre continua son chemin.

Les deux jeunes gens, celui qui avait failli tomber
et celui qui l'avait retenu, poussèrent ensemble un
seul et même cri :

— Hoffmann !

— Werner !

Puis, voyant l'état d'atonie dans lequel se trouvait
son ami, Werner l'entraîna dans le jardin du Palais-
Royal.

Alors la pensée de tout ce qui s'était passé revint
plus vive au souvenir d'Hoffmann, et il se rappela le
médaillon d'Antonia mis en gage chez le changeur
allemand.

Aussitôt il poussa un cri en songeant qu'il avait
vidé toutes ses poches sur la table de marbre de
l'hôtel. Mais en même temps il se souvint qu'il avait

mis, pour le dégager, trois louis à part dans le gousset de sa montre.

Le gousset avait fidèlement gardé son dépôt ; les trois louis y étaient toujours.

Hoffmann s'échappa des bras de Werner en lui criant : « Attends-moi ! » et s'élança dans la direction de la boutique du changeur.

À chaque pas qu'il faisait, il lui semblait, sortant d'une vapeur épaisse, s'avancer à travers un nuage toujours s'éclaircissant, vers une atmosphère pure et resplendissante.

À la porte du changeur, il s'arrêta pour respirer ; l'ancienne vision, la vision de la nuit avait presque disparu.

Il reprit haleine un instant et entra.

Le changeur était à sa place, les sébiles en cuivre étaient à leur place.

Au bruit que fit Hoffmann en entrant, le changeur leva la tête.

— Ah ! ah ! dit-il, c'est vous, mon jeune compatriote ; ma foi, je vous l'avoue, je ne comptais pas vous revoir.

— Je présume que vous ne me dites pas cela parce que vous avez disposé du médaillon, s'écria Hoffmann.

— Non, je vous avais promis de vous le garder, et m'en eût-on donné vingt-cinq louis, au lieu de trois, que vous me devez, le médaillon ne serait pas sorti de ma boutique.

— Voici les trois louis, dit timidement Hoffmann ; mais je vous avoue que je n'ai rien à vous offrir pour les intérêts.

— Pour les intérêts d'une nuit, dit le changeur, allons donc, vous voulez rire ; les intérêts de trois louis pour une nuit, et à un compatriote ! jamais.

Et il lui rendit le médaillon.

— Merci, monsieur, dit Hoffmann ; et, maintenant,

continua-t-il, avec un soupir, je vais chercher de l'argent pour retourner à Mannheim.

— À Mannheim, dit le changeur, tiens, vous êtes de Mannheim ?

— Non, monsieur, je ne suis pas de Mannheim, mais j'habite Mannheim : ma fiancée est à Mannheim ; elle m'attend et je retourne à Mannheim pour l'épouser.

— Ah ! fit le changeur.

Puis, comme le jeune homme avait déjà la main sur le bouton de la porte :

— Connaissez-vous, dit le changeur, à Mannheim, un ancien ami à moi, un vieux musicien ?

— Nommé Gottlieb Murr ? s'écria Hoffmann.

— Justement, vous le connaissez ?

— Si je le connais ! je le crois bien, puisque c'est sa fille qui est ma fiancée.

— Antonia ! s'écria à son tour le changeur.

— Oui, Antonia, répondit Hoffmann.

— Comment, jeune homme, c'était pour épouser Antonia que vous retourniez à Mannheim ?

— Sans doute.

— Restez à Paris, alors, car vous feriez un voyage inutile.

— Pourquoi cela ?

— Parce que voilà une lettre de son père qui m'annonce qu'il y a huit jours, à trois heures de l'après-midi, Antonia est morte subitement en jouant de la harpe.

C'était juste le jour où Hoffmann était allé chez Arsène pour faire son portrait ; c'était juste l'heure où il avait pressé de ses lèvres son épaule nue.

Hoffmann, pâle, tremblant, anéanti, ouvrit le médaillon pour porter l'image d'Antonia à ses lèvres, mais l'ivoire en était redevenu aussi blanc et aussi pur que s'il était vierge encore du pinceau de l'artiste.

Il ne restait rien d'Antonia à Hoffmann, deux fois

infidèle à son serment, pas même l'image de celle à qui il avait juré un amour éternel.

Deux heures après, Hoffmann, accompagné de Werner et du bon changeur, montait dans la voiture de Mannheim, où il arriva juste pour accompagner au cimetière le corps de Gottlieb Murr, qui avait recommandé en mourant qu'on l'enterrât côte à côte de sa chère Antonia.

# Les Mille et Un Fantômes

# INTRODUCTION

À M.***

Mon cher ami[1],

Vous m'avez dit souvent, au milieu de ces soirées, devenues trop rares, où chacun bavarde à loisir, ou disant le rêve de son cœur, ou suivant le caprice de son esprit, ou gaspillant le trésor de ses souvenirs, vous m'avez dit souvent que depuis Schéhérazade et après Nodier j'étais un des plus amusants conteurs que vous eussiez entendus.

Voilà aujourd'hui que vous m'écrivez qu'en attendant un long roman de moi, — vous savez, un de ces romans interminables comme j'en écris, et dans lesquels je fais entrer tout un siècle, — vous voudriez bien quelques contes, deux, quatre ou six volumes tout au plus, pauvres fleurs de mon jardin, que vous comptez jeter au milieu des préoccupations politiques du moment, entre le procès de Bourges[2], par exemple, et les élections du mois de mai[3].

Hélas! mon ami, l'époque est triste, et mes contes, je vous en préviens, ne seront pas gais. Seulement, vous permettrez que, lassé de ce que je vois se passer tous les jours dans le monde réel, j'aille chercher mes récits dans le monde imaginaire. Hélas!

j'ai bien peur que tous les esprits un peu élevés, un peu poétiques, un peu rêveurs, n'en soient à cette heure où en est le mien, c'est-à-dire à la recherche de l'idéal, le seul refuge que Dieu nous laisse contre la réalité.

Tenez, je suis là au milieu de cinquante volumes ouverts à propos d'une histoire de la Régence que je viens d'achever, et que je vous prie, si vous en rendez compte, d'inviter les mères à ne pas laisser lire à leurs filles. Eh bien! je suis là, vous disais-je, et, tout en vous écrivant, mes yeux s'arrêtent sur une page des *Mémoires* du marquis d'Argenson[1], où, au-dessous de ces mots : *De la conversation d'autrefois et de celle d'à présent*, je lis ceux-ci :

« Je suis persuadé que du temps où l'hôtel de Rambouillet[2] donnait le ton à la bonne compagnie, on écoutait bien et l'on raisonnait mieux. On cultivait son goût et son esprit. J'ai encore vu des modèles de ce genre de conversation parmi les vieillards de la cour que j'ai fréquentés. Ils avaient le mot propre, de l'énergie et de la finesse, quelques antithèses, mais des épithètes qui augmentaient le sens, de la profondeur sans pédanterie, de l'enjouement sans malignité. »

Il y a juste cent ans que le marquis d'Argenson écrivit ces lignes, que je copie dans son livre. Il avait, à l'époque où il les écrivait, à peu près l'âge que nous avons, et comme lui, mon cher ami, nous pouvons dire : « Nous avons connu des vieillards qui étaient, hélas ! ce que nous ne sommes plus, c'est-à-dire des hommes de bonne compagnie. »

Nous les avons vus, mais nos fils ne les verront pas. Voilà ce qui fait, quoique nous ne valions pas grand-chose, que nous vaudrons mieux que ne vaudront nos fils.

Il est vrai que tous les jours nous faisons un pas vers la liberté, l'égalité, la fraternité, trois grands mots que la Révolution de 1793, vous savez, l'autre, la douairière, a lancés au milieu de la société moderne, comme elle eût fait d'un tigre, d'un lion et d'un ours habillés avec des toisons d'agneaux ; mots vides, malheureusement, et qu'on lisait à travers la fumée de juin[1] sur nos monuments publics criblés de balles.

Moi, je vais comme les autres ; moi, je suis le mouvement. Dieu me garde de prêcher l'immobilité ! L'immobilité, c'est la mort. Mais je vais comme un de ces hommes dont parle Dante, dont les pieds marchent en avant, c'est vrai, mais dont la tête est tournée du côté des talons.

Et ce que je cherche surtout, ce que je regrette avant tout, ce que mon regard rétrospectif cherche dans le passé, c'est la société qui s'en va, qui s'évapore, qui disparaît comme un de ces fantômes dont je vais vous raconter l'histoire.

Cette société, qui faisait la vie élégante, la vie courtoise, cette vie qui valait la peine d'être *vécue*, enfin (pardonnez-moi le barbarisme ; n'étant point de l'Académie, je puis le risquer), cette société est-elle morte ou l'avons-nous tuée ?

Tenez, je me rappelle que, tout enfant, j'ai été conduit par mon père chez Mme de Montesson[2]. C'était une grande dame, une femme de l'autre siècle tout à fait. Elle avait épousé, il y avait près de soixante ans, le duc d'Orléans, aïeul du roi Louis-Philippe ; elle en avait quatre-vingt-dix. Elle demeurait dans un grand et riche hôtel de la Chaussée-d'Antin. Napoléon lui faisait une rente de cent mille écus.

Savez-vous sur quel titre était basée cette rente inscrite au livre rouge du successeur de Louis XVI ?

Non. Eh bien ! Mme de Montesson touchait de l'empereur une rente de cent mille écus *pour avoir conservé dans son salon les traditions de la bonne société du temps de Louis XIV et de Louis XV*. C'est juste la moitié de ce que la Chambre donne aujourd'hui à son neveu pour qu'il fasse oublier à la

France ce dont son oncle voulait qu'elle se souvînt. Vous ne croiriez pas une chose, mon cher ami, c'est que ces deux mots que je viens d'avoir l'imprudence de prononcer : *la Chambre*, me ramènent tout droit aux *Mémoires* du marquis d'Argenson.

Comment cela ?

Vous allez voir.

« On se plaint, dit-il, qu'il n'y a plus de conversation de nos jours en France. J'en sais bien la raison. C'est que la patience d'écouter diminue chaque jour chez nos contemporains. L'on écoute mal ou plutôt l'on n'écoute plus du tout. J'ai fait cette remarque dans la meilleure compagnie que je fréquente. »

Or, mon cher ami, quelle est la meilleure compagnie que l'on puisse fréquenter de nos jours ? C'est bien certainement celle que huit millions d'électeurs ont jugée digne de représenter les intérêts, les opinions, le génie de la France. C'est la Chambre, enfin.

Eh bien ! entrez dans la Chambre, au hasard, au jour et à l'heure que vous voudrez. Il y a cent à parier contre un que vous trouverez à la tribune un homme qui parle, et sur les bancs cinq à six cents personnes, non pas qui l'écoutent, mais qui l'interrompent.

C'est si vrai ce que je vous dis là, qu'il y a un article de la constitution de 1848 qui interdit les interruptions.

Ainsi comptez la quantité de soufflets et de coups de poing donnés à la Chambre depuis un an à peu près qu'elle s'est rassemblée : c'est innombrable !

Toujours au nom, bien entendu, de la liberté, de l'égalité et de la fraternité.

Donc, mon cher ami, comme je vous le disais, je regrette bon nombre de choses, n'est-ce pas ? quoique j'aie dépassé à peu près la moitié de la vie ; eh bien ! celle que je regrette le plus entre toutes celles qui s'en sont allées ou qui s'en vont, c'est **celle que regrettait** le marquis d'Argenson il y a cent ans : **la** *courtoisie*.

Et cependant, du temps du marquis d'Argenson,

on n'avait pas encore eu l'idée de s'appeler *citoyen*. Ainsi jugez.

Si l'on avait dit au marquis d'Argenson, à l'époque où il écrivait ces mots, par exemple :

« Voici où nous en sommes venus en France : la toile tombe ; tout spectacle disparaît ; il n'y a plus que des sifflets qui sifflent. Bientôt, nous n'aurons plus ni élégants conteurs dans la société, ni arts, ni peintures, ni palais bâtis, mais des envieux de tout et partout. »

Si on lui avait dit, à l'époque où il écrivait ces mots, que l'on en arriverait, moi, du moins, à envier cette époque, on l'eût bien étonné, n'est-ce pas, ce pauvre marquis d'Argenson ? Aussi, que fais-je ? Je vis avec les morts beaucoup, avec les exilés un peu. J'essaye de faire revivre les sociétés éteintes, les hommes disparus, ceux-là qui sentaient l'ambre au lieu de sentir le cigare, qui se donnaient des coups d'épée au lieu de se donner des coups de poing.

Et voilà pourquoi, mon ami, vous vous étonnez, quand je cause, d'entendre parler une langue qu'on ne parle plus. Voilà pourquoi vous me dites que je suis un amusant conteur. Voilà pourquoi ma voix, écho du passé, est encore écoutée dans le présent, qui écoute si peu et si mal.

C'est qu'au bout du compte, comme ces Vénitiens du XVIIIe siècle auxquels les lois somptuaires défendaient de porter autre chose que du drap et de la bure, nous aimons toujours à voir se dérouler la soie et le velours, et les beaux brocarts d'or dans lesquels la royauté taillait les habits de nos pères[1].

Tout à vous.

ALEXANDRE DUMAS

# I

## *La rue de Diane à Fontenay-aux-Roses*

Le 1ᵉʳ septembre de l'année 1831, je fus invité par un de mes anciens amis, chef de bureau au domaine privé du roi, à faire, avec son fils, l'ouverture de la chasse à Fontenay-aux-Roses.

J'aimais beaucoup la chasse à cette époque, et, en ma qualité de grand chasseur, c'était chose grave que le choix du pays où devait, chaque année, se faire l'ouverture.

D'habitude nous allions chez un fermier ou plutôt chez un ami de mon beau-frère ; c'était chez lui que j'avais fait, en tuant un lièvre, mes débuts dans la science des Nemrod[1] et des Elzéar Blaze[2]. Sa ferme était située entre les forêts de Compiègne et de Villers-Cotterêts, à une demi-lieue du charmant village de Morienval, à une lieue des magnifiques ruines de Pierrefonds.

Les deux ou trois mille arpents de terre qui forment son exploitation présentent une vaste plaine presque entièrement entourée de bois, coupée vers le milieu par une jolie vallée au fond de laquelle on voit, parmi les prés verts et les arbres aux tons changeants, fourmiller des maisons à moitié perdues dans le feuillage, et qui se dénoncent par les colonnes de fumée bleuâtre qui, d'abord protégées par l'abri des montagnes qui les entourent, montent verticalement vers le ciel, et ensuite, arrivées aux couches d'air supérieures, se courbent, élargies comme la cime des palmiers, dans la direction du vent.

C'est dans cette plaine et sur le double versant de cette vallée que le gibier des deux forêts vient s'ébattre comme sur un terrain neutre.

Aussi l'on trouve de tout sur la plaine de Brassoire : du chevreuil et du faisan en longeant les bois, du lièvre sur les plateaux, du lapin dans les pentes, des perdrix autour de la ferme. M. Mocquet[1], c'est le nom de notre ami, avait donc la certitude de nous voir arriver ; nous chassions toute la journée, et le lendemain, à deux heures, nous revenions à Paris, ayant tué, entre quatre ou cinq chasseurs, cent cinquante pièces de gibier, dont jamais nous n'avons pu faire accepter une seule à notre hôte.

Mais, cette année-là, infidèle à M. Mocquet, j'avais cédé à l'obsession de mon vieux compagnon de bureau, séduit que j'avais été par un tableau que m'avait envoyé son fils, élève distingué de l'école de Rome, et qui représentait une vue de la plaine de Fontenay-aux-Roses, avec des éteules[2] pleines de lièvres et des luzernes pleines de perdrix.

Je n'avais jamais été à Fontenay-aux-Roses ; nul ne connaît moins les environs de Paris que moi. Quand je franchis la barrière, c'est presque toujours pour faire cinq ou six cents lieues. Tout m'est donc un sujet de curiosité dans le moindre changement de place.

À six heures du soir, je partis pour Fontenay, la tête hors de la portière, comme toujours ; je franchis la barrière d'Enfer, je laissai à ma gauche la rue de la Tombe-Issoire et j'enfilai la route d'Orléans.

On sait qu'Issoire est le nom d'un fameux brigand

qui, du temps de Julien[1], rançonnait les voyageurs qui se rendaient à Lutèce. Il fut un peu pendu, à ce que je crois, et enterré à l'endroit qui porte aujourd'hui son nom, à quelque distance de l'entrée des catacombes.

La plaine qui se développe à l'entrée du Petit-Montrouge[2] est étrange d'aspect. Au milieu des prairies artificielles, des champs de carottes et des platesbandes de betteraves, s'élèvent des espèces de forts carrés, en pierre blanche, que domine une roue dentée pareille à un squelette de feu d'artifice éteint. Cette roue porte à sa circonférence des traverses de bois sur lesquelles un homme appuie alternativement l'un et l'autre pied. Ce travail d'écureuil qui donne au travailleur un grand mouvement apparent, sans qu'il change de place en réalité, a pour but d'enrouler autour d'un moyeu une corde qui, en s'enroulant, amène à la surface du sol une pierre taillée au fond de la carrière, et qui vient voir lentement le jour.

Cette pierre, un crochet l'amène au bord de l'orifice où des rouleaux l'attendent pour la transporter à la place qui lui est destinée. Puis la corde redescend dans les profondeurs où elle va rechercher un autre fardeau, donnant un moment de repos au moderne Ixion[3], auquel un cri annonce bientôt qu'une autre pierre attend le labeur qui doit lui faire quitter la carrière natale, et la même œuvre recommence pour recommencer encore, pour recommencer toujours.

Le soir venu, l'homme a fait dix lieues sans changer de place ; s'il montait en réalité, en hauteur, d'un degré à chaque fois que son pied pose sur une traverse, au bout de vingt-trois ans il serait arrivé dans la lune.

C'est le soir surtout, c'est-à-dire à l'heure où je traversais la plaine qui sépare le Petit du Grand-Montrouge, que le paysage, grâce à ce nombre infini de roues mouvantes qui se détachent en vigueur sur le couchant enflammé, prend un aspect fantastique. On dirait une de ces gravures de Goya, où, dans la demi-teinte, des arracheurs de dents font la chasse aux pendus.

Vers sept heures, les roues s'arrêtent ; la journée est finie.

Ces moellons qui font de grands carrés longs de cinquante à soixante pieds, hauts de six ou huit, c'est le futur Paris qu'on arrache de terre. Les carrières d'où sort cette pierre grandissent tous les jours. C'est la suite des catacombes d'où est sorti le vieux Paris. Ce sont les faubourgs de la ville souterraine qui vont gagnant incessamment du pays et s'étendant à la circonférence. Quand on marche dans cette prairie de Montrouge, on marche sur des abîmes. De temps en temps on trouve un enfoncement de terrain, une vallée en miniature, une ride du sol. C'est une carrière mal soutenue en dessous dont le plafond de gypse a craqué. Il s'est établi une fissure par laquelle l'eau pénètre dans la caverne ; l'eau a entraîné la terre ; de là le mouvement du terrain : cela s'appelle un fondis.

Si l'on ne sait point cela, si on ignore que cette belle couche de terre verte qui vous appelle ne repose sur rien, on peut, en posant le pied au-dessus d'une de ces gerçures, disparaître, comme on disparaît au Montenvers[1] entre deux murs de glace.

La population qui habite ces galeries souterraines a, comme son existence, son caractère et sa physionomie à part. Vivant dans l'obscurité, elle a un peu les instincts des animaux de la nuit, c'est-à-dire qu'elle est silencieuse et féroce. Souvent on entend parler d'un accident ; un étai a manqué, une corde s'est rompue, un homme a été écrasé. À la surface de la terre, on croit que c'est un malheur ; trente pieds au-dessous, on sait que c'est un crime.

L'aspect des carriers est en général sinistre. Le jour, leur œil clignote ; à l'air, leur voix est sourde. Ils portent des cheveux plats rabattus jusqu'aux sourcils, une barbe qui ne fait que tous les dimanches matin connaissance avec le rasoir, un gilet qui laisse voir des manches de grosse toile grise, un tablier de cuir blanchi par le contact de la pierre, un pantalon de toile bleue. Sur une de leurs épaules est leur veste pliée en deux, et sur cette veste pose le manche de la pioche ou de la besaiguë[1] qui, six jours de la semaine, creuse la pierre.

Quand il y a quelque émeute, il est rare que les hommes que nous venons d'essayer de peindre ne s'en mêlent pas. Quand on dit à la barrière d'Enfer : « Voilà les carriers de Montrouge qui descendent », les habitants des rues avoisinantes secouent la tête et ferment leurs portes.

Voilà ce que je regardai, ce que je vis pendant cette heure de crépuscule qui, au mois de septembre, sépare le jour de la nuit ; puis, la nuit venue, je me rejetai dans la voiture, d'où certainement aucun de mes compagnons n'avait vu ce que je venais de voir. Il en est ainsi en toutes choses ; beaucoup regardent, bien peu voient.

Nous arrivâmes vers les huit heures et demie à Fontenay ; un excellent souper nous attendait, puis après le souper une promenade au jardin.

Sorrente est une forêt d'orangers ; Fontenay est un bouquet de roses. Chaque maison a son rosier qui monte le long de la muraille, protégé au pied par un étui de planches ; arrivé à une certaine hauteur, le rosier s'épanouit en gigantesque éventail ; l'air qui passe est embaumé, et lorsqu'au lieu d'air il fait du vent, il pleut des feuilles de roses comme il en pleuvait à la Fête-Dieu, quand Dieu avait une fête.

De l'extrémité du jardin, nous eussions eu une vue immense, s'il eût fait jour. Les lumières seules semées dans l'espace indiquaient les villages de Sceaux, de Bagneux, de Châtillon et de Montrouge ; au fond s'étendait une grande ligne roussâtre d'où sortait un bruit sourd semblable au souffle du Léviathan : c'était la respiration de Paris.

On fut obligé de nous envoyer coucher de force, comme on fait aux enfants. Sous ce beau ciel tout brodé d'étoiles, au contact de cette brise parfumée, nous eussions volontiers attendu le jour.

À cinq heures du matin, nous nous mîmes en chasse, guidés par le fils de notre hôte, qui nous avait promis monts et merveilles, et qui, il faut le dire, continua à nous vanter la fécondité giboyeuse de son territoire avec une persistance digne d'un meilleur sort.

À midi, nous avions vu un lapin et quatre perdrix. Le lapin avait été manqué par mon compagnon de droite, une perdrix avait été manquée par mon compagnon de gauche, et sur les trois autres perdrix, deux avaient été tuées par moi. À midi, à Brassoire, j'eusse déjà envoyé à la ferme trois ou quatre lièvres et quinze ou vingt perdrix.

J'aime la chasse, mais je déteste la promenade, surtout la promenade à travers champs. Aussi, sous prétexte d'aller explorer un champ de luzerne situé à mon extrême gauche, et dans lequel j'étais bien sûr de ne rien trouver, je rompis la ligne et fis un écart.

Mais ce qu'il y avait dans ce champ, ce que j'y avais avisé dans le désir de retraite qui s'était déjà emparé de moi depuis plus de deux heures, c'était un chemin creux qui, me dérobant aux regards des autres chasseurs, devait me ramener par la route de Sceaux droit à Fontenay-aux-Roses.

Je ne me trompais pas. À une heure sonnant au clocher de la paroisse, j'atteignis les premières maisons du village.

Je suivais un mur qui me paraissait clore une assez belle propriété, lorsqu'en arrivant à l'endroit où la rue de Diane s'embranche avec la Grande-Rue, je vis venir à moi, du côté de l'église, un homme d'un aspect si étrange, que je m'arrêtai, et qu'instinctivement j'armai les deux coups de mon fusil, mû que j'étais par le simple sentiment de la conservation personnelle.

Mais, pâle, les cheveux hérissés, les yeux hors de leur orbite, les vêtements en désordre et les mains ensanglantées, cet homme passa près de moi sans me voir. Son regard était fixe et atone à la fois. Sa course avait l'emportement invincible d'un corps qui descendrait une montagne trop rapide, et cependant sa respiration râlante indiquait encore plus d'effroi que de fatigue.

À l'embranchement des deux voies, il quitta la Grande-Rue pour se jeter dans la rue de Diane, sur laquelle s'ouvrait la propriété dont, pendant sept ou huit minutes, j'avais suivi la muraille. Cette porte, sur laquelle mes yeux s'arrêtèrent à l'instant même, était peinte en vert et était surmontée du numéro 2. La main de l'homme s'étendit vers la sonnette bien avant de pouvoir la toucher ; puis il l'atteignit, l'agita violemment, et, presque aussitôt, tournant sur lui-même, il se trouva assis sur l'une des deux bornes qui servent d'ouvrage avancé à cette porte. Une fois là, il demeura immobile, les bras pendants et la tête inclinée sur la poitrine.

Je revins sur mes pas, tant je comprenais que cet homme devait être l'acteur principal de quelque drame inconnu et terrible.

Derrière lui, et aux deux côtés de la rue, quelques personnes, sur lesquelles il avait sans doute produit le même effet qu'à moi, étaient sorties de leurs maisons, et le regardaient avec un étonnement pareil à celui que j'éprouvais moi-même.

À l'appel de la sonnette, qui avait résonné violemment, une petite porte, percée près de la grande, s'ouvrit, et une femme de quarante à quarante-cinq ans apparut.

— Ah ! c'est vous, Jacquemin ? dit-elle, que faites-vous donc là ?

— M. le maire est-il chez lui ? demanda d'une voix sourde l'homme auquel elle adressait la parole.

— Oui.

— Eh bien ! mère Antoine, allez lui dire que j'ai tué ma femme, et que je viens me constituer prisonnier.

La mère Antoine poussa un cri auquel répondirent deux ou trois exclamations arrachées par la terreur à des personnes qui se trouvaient assez près pour entendre ce terrible aveu.

Je fis moi-même un pas en arrière, et rencontrai le tronc d'un tilleul, auquel je m'appuyai.

Au reste, tous ceux qui se trouvaient à la portée de la voix étaient restés immobiles.

Quant au meurtrier, il avait glissé de la borne à terre, comme si, après avoir prononcé les fatales paroles, la force l'eût abandonné.

Cependant la mère Antoine avait disparu, laissant la petite porte ouverte. Il était évident qu'elle était allée accomplir près de son maître la commission dont Jacquemin l'avait chargée.

Au bout de cinq minutes, celui qu'on était allé chercher parut sur le seuil de la porte.

Deux autres hommes le suivaient.

Je vois encore l'aspect de la rue.

Jacquemin avait glissé à terre comme je l'ai dit. Le maire de Fontenay-aux-Roses, que venait d'aller chercher la mère Antoine, se trouvait debout près de lui, le dominant de toute la hauteur de sa taille, qui était grande. Dans l'ouverture de la porte se pressaient les deux autres personnes dont nous parlerons plus longuement tout à l'heure. J'étais appuyé contre le tronc d'un tilleul planté dans la Grande-Rue, mais d'où mon regard plongeait dans la rue de Diane. À ma gauche était un groupe composé d'un homme, d'une femme et d'un enfant, l'enfant pleurant pour que sa mère le prît dans ses bras. Derrière ce groupe un boulanger passait sa tête par une fenêtre du premier, causant avec son garçon qui était en bas, et lui demandant si ce n'était pas Jacquemin, le carrier, qui venait de passer en courant; puis enfin apparaissait, sur le seuil de sa porte, un maréchal ferrant, noir par devant, mais le dos éclairé par la lumière de sa forge dont un apprenti continuait de tirer le soufflet. Voilà pour la Grande-Rue.

Quant à la rue de Diane, à part le groupe principal que nous avons décrit, elle était déserte. Seulement à son extrémité l'on voyait poindre deux gendarmes qui venaient de faire leur tournée dans la plaine pour demander les ports d'armes, et qui, sans se douter de la besogne qui les attendait, se rapprochaient de nous en marchant tranquillement au pas.

Une heure un quart sonnait.

## II

### *L'Impasse des Sergents*

À la dernière vibration du timbre se mêla le bruit de la première parole du maire.

— Jacquemin, dit-il, j'espère que la mère Antoine est folle; elle vient de ta part me dire que ta femme est morte, et que c'est toi qui l'as tuée.

— C'est la vérité pure, monsieur le maire, répondit Jacquemin. Il faudrait me faire conduire en prison et juger bien vite.

Et en disant ces mots, il essaya de se relever, s'accrochant au haut de la borne avec son coude; mais, après un effort, il retomba, comme si les os de ses jambes eussent été brisés.

— Allons donc! tu es fou, dit le maire.

— Regardez mes mains, répondit-il.

Et il leva deux mains sanglantes, auxquelles leurs doigts crispés donnaient la forme de deux serres.

En effet, la gauche était rouge jusqu'au-dessus du poignet, la droite jusqu'au coude.

En outre, à la main droite, un filet de sang frais coulait tout le long du pouce, provenant d'une morsure que la victime, en se débattant, avait, selon toute probabilité, faite à son assassin.

Pendant ce temps, les deux gendarmes s'étaient rapprochés, avaient fait halte à dix pas du principal acteur de cette scène et regardaient du haut de leurs chevaux.

Le maire leur fit un signe ; ils descendirent, jetant la bride de leur monture à un gamin coiffé d'un bonnet de police et qui paraissait être un enfant de troupe.

Après quoi ils s'approchèrent de Jacquemin et le soulevèrent par-dessous les bras.

Il se laissa faire sans résistance aucune, et avec l'atonie d'un homme dont l'esprit est absorbé par une unique pensée.

Au même instant, le commissaire de police et le médecin arrivèrent ; ils venaient d'être prévenus de ce qui se passait.

— Ah ! venez, monsieur Robert ! Ah ! venez, monsieur Cousin ! dit le maire.

M. Robert était le médecin, M. Cousin était le commissaire de police.

— Venez ; j'allais vous envoyer chercher.

— Eh bien ! voyons, qu'y a-t-il ? demanda le médecin, de l'air le plus jovial du monde. Un petit assassinat, à ce qu'on dit ?

Jacquemin ne répondit rien.

— Dites donc, père Jacquemin, continua le docteur, est-ce que c'est vrai que c'est vous qui avez tué votre femme ?

Jacquemin ne souffla pas le mot.

— Il vient au moins de s'en accuser lui-même, dit

le maire. Cependant j'espère encore que c'est un moment d'hallucination et non pas un crime réel qui le fait parler.

— Jacquemin, dit le commissaire de police, répondez. Est-il vrai que vous ayez tué votre femme ?

Même silence.

— En tout cas, nous allons bien voir, dit le docteur Robert ; ne demeure-t-il pas impasse des Sergents ?

— Oui, répondirent les deux gendarmes.

— Eh bien ! monsieur Ledru[1], dit le docteur en s'adressant au maire, allons impasse des Sergents.

— Je n'y vais pas ! je n'y vais pas ! s'écria Jacquemin en s'arrachant des mains des gendarmes avec un mouvement si violent, que, s'il eût voulu fuir, il eût été, certes, à cent pas avant que personne songeât à le poursuivre.

— Mais pourquoi n'y veux-tu pas venir ? demanda le maire.

— Qu'ai-je besoin d'y aller, puisque j'avoue tout, puisque je vous dis que je l'ai tuée, tuée avec cette grande épée à deux mains que j'ai prise au Musée d'artillerie l'année dernière ? Conduisez-moi en prison ; je n'ai rien à faire là-bas, conduisez-moi en prison.

Le docteur et M. Ledru se regardèrent.

— Mon ami, dit le commissaire de police qui, comme M. Ledru, espérait encore que Jacquemin était sous le poids de quelque dérangement d'esprit momentané, mon ami, la confrontation est d'urgence ; d'ailleurs il faut que vous soyez là pour guider la justice.

— En quoi la justice a-t-elle besoin d'être guidée ? dit Jacquemin ; vous trouverez le corps dans la cave, et, près du corps, dans un sac de plâtre, la tête ; quant à moi, conduisez-moi en prison.

— Il faut que vous veniez, dit le commissaire de police.

— Oh! mon Dieu! mon Dieu! s'écria Jacquemin, en proie à la plus effroyable terreur; oh! mon Dieu, mon Dieu! si j'avais su...

— Eh bien! qu'aurais-tu fait? demanda le commissaire de police.

— Eh bien! je me serais tué.

M. Ledru secoua la tête, et, s'adressant du regard au commissaire de police, il sembla lui dire: Il y a quelque chose là-dessous.

— Mon ami, reprit-il en s'adressant au meurtrier, voyons, explique-moi cela, à moi.

— Oui, à vous, tout ce que vous voudrez, monsieur Ledru, demandez, interrogez.

— Comment se fait-il, puisque tu as eu le courage de commettre le meurtre, que tu n'aies pas celui de te retrouver en face de ta victime? Il s'est donc passé quelque chose que tu ne nous dis pas?

— Oh! oui, quelque chose de terrible.

— Eh bien! voyons, raconte.

— Oh! non; vous diriez que ce n'est pas vrai, vous diriez que je suis fou.

— N'importe! que s'est-il passé? dis-le-moi.

— Je vais vous le dire, mais à vous.

Il s'approcha de M. Ledru. Les deux gendarmes voulurent le retenir, mais le maire leur fit un signe; ils laissèrent le prisonnier libre.

D'ailleurs, eût-il voulu se sauver, la chose était devenue impossible: la moitié de la population de Fontenay-aux-Roses encombrait la rue de Diane et la Grande-Rue.

Jacquemin, comme je l'ai dit, s'approcha de l'oreille de M. Ledru.

— Croyez-vous, monsieur Ledru, demanda Jacquemin à demi-voix, croyez-vous qu'une tête puisse parler, une fois séparée du corps?

M. Ledru poussa une exclamation qui ressemblait à un cri, et pâlit visiblement.

— Le croyez-vous? dites, répéta Jacquemin.

M. Ledru fit un effort.

— Oui, dit-il, je le crois.

— Eh bien!... eh bien!... elle a parlé.

— Qui?

— La tête... la tête de Jeanne.

— Tu dis...?

— Je dis qu'elle avait les yeux ouverts, je dis qu'elle a remué les lèvres, je dis qu'elle m'a regardé, je dis qu'en me regardant elle m'a appelé: «Misérable!»

En disant ces mots, qu'il avait l'intention de dire à M. Ledru tout seul, et qui, cependant, pouvaient être entendus de tout le monde, Jacquemin était effrayant.

— Oh! la bonne charge! s'écria le docteur en riant; elle a parlé... une tête coupée a parlé. Bon, bon, bon!

Jacquemin se retourna.

— Quand je vous le dis, fit-il.

— Eh bien! dit le commissaire de police, raison de plus pour que nous nous rendions à l'endroit où le crime a été commis. Gendarmes, emmenez le prisonnier.

Jacquemin jeta un cri en se tordant.

— Non, non, dit-il, vous me couperez en morceaux si vous voulez, mais je n'irai pas.

— Venez, mon ami, dit M. Ledru. S'il est vrai que vous ayez commis le crime terrible dont vous vous accusez, ce sera déjà une expiation. D'ailleurs, ajouta-t-il en lui parlant bas, la résistance est inutile; si vous n'y voulez pas venir de bonne volonté, ils vous y mèneront de force.

— Eh bien! alors, dit Jacquemin, je veux bien; mais promettez-moi une chose, monsieur Ledru.

— Laquelle?

— Pendant tout le temps que nous serons dans la cave, vous ne me quitterez pas.

— Non.

— Vous me laisserez vous tenir la main ?

— Oui.

— Eh bien ! dit-il, allons.

Et tirant de sa poche un mouchoir à carreaux, il essuya son front trempé de sueur.

On s'achemina vers l'impasse des Sergents.

Le commissaire de police et le docteur marchaient les premiers, puis Jacquemin et les deux gendarmes. Derrière eux venaient M. Ledru et les deux hommes qui avaient apparu à sa porte en même temps que lui.

Puis roulait, comme un torrent plein de houle et de rumeurs, toute la population à laquelle j'étais mêlé.

Au bout d'une minute de marche à peu près, nous arrivâmes à l'impasse des Sergents. C'était une petite ruelle située à gauche de la Grande-Rue, et qui allait en descendant jusqu'à une grande porte de bois délabrée, s'ouvrant à la fois par deux grands battants, et une petite porte découpée dans un des deux grands battants.

Cette petite porte ne tenait plus qu'à un gond.

Tout, au premier aspect, paraissait calme dans cette maison ; un rosier fleurissait à la porte, et, près du rosier, sur un banc de pierre, un gros chat roux se chauffait avec béatitude au soleil.

En apercevant tout ce monde, en entendant tout ce bruit, il prit peur, se sauva et disparut par le soupirail d'une cave.

Arrivé à la porte que nous avons décrite, Jacquemin s'arrêta.

Les gendarmes voulurent le faire entrer de force.

— Monsieur Ledru, dit-il en se retournant, monsieur Ledru, vous avez promis de ne pas me quitter.

— Eh bien ! me voilà, répondit le maire.

— Votre bras, votre bras !

Et il chancelait comme s'il eût été prêt à tomber.

M. Ledru s'approcha, fit signe aux deux gendarmes de lâcher le prisonnier, et lui donna le bras.

— Je réponds de lui, dit-il.

Il était évident que, dans ce moment, M. Ledru n'était plus le maire de la commune, poursuivant la punition d'un crime, mais un philosophe explorant le domaine de l'inconnu.

Seulement, son guide dans cette étrange exploration était un assassin.

Le docteur et le commissaire de police entrèrent les premiers, puis M. Ledru et Jacquemin ; puis les deux gendarmes, puis quelques privilégiés au nombre desquels je me trouvais, grâce au contact que j'avais eu avec MM. les gendarmes pour lesquels je n'étais déjà plus un étranger, ayant eu l'honneur de les rencontrer dans la plaine et de leur montrer mon port d'armes.

La porte fut refermée sur le reste de la population, qui resta grondant au dehors.

On s'avança vers la porte de la petite maison.

Rien n'indiquait l'événement terrible qui s'y était passé ; tout était à sa place : le lit de serge verte dans son alcôve, à la tête du lit le crucifix de bois noir, surmonté d'une branche de buis séché depuis la dernière Pâques. Sur la cheminée, un enfant Jésus en cire, couché parmi des fleurs entre deux chandeliers de forme Louis XVI, argentés autrefois ; à la muraille, quatre gravures coloriées, encadrées dans des cadres de bois noir et représentant les quatre parties du monde.

Sur une table un couvert mis, à l'âtre un pot-au-feu bouillant, et, près d'un coucou sonnant la demie, une huche ouverte.

— Eh bien ! dit le docteur de son ton jovial, je ne vois rien jusqu'à présent.

— Prenez par la porte à droite, murmura Jacquemin d'une voix sourde.

On suivit l'indication du prisonnier et l'on se trouva dans une espèce de cellier à l'angle duquel s'ouvrait une trappe à l'orifice de laquelle tremblait une lueur qui venait d'en bas.

— Là, là, murmura Jacquemin en se cramponnant au bras de M. Ledru d'une main et en montrant de l'autre l'ouverture de la cave.

— Ah! ah! dit tout bas le docteur au commissaire de police avec ce sourire terrible des gens que rien n'impressionne, parce qu'ils ne croient à rien; il paraît que Mme Jacquemin a suivi le précepte de maître Adam.

Et il fredonna :

> *Si je meurs, que l'on m'enterre*
> *Dans la cave où est...*

— Silence! interrompit Jacquemin, le visage livide, les cheveux hérissés, la sueur sur le front; ne chantez pas ici.

Frappé par l'expression de cette voix, le docteur se tut.

Mais presque aussitôt descendant les premières marches de l'escalier :

— Qu'est-ce que cela? demanda-t-il.

Et, s'étant baissé, il ramassa une épée à large lame.

C'était l'épée à deux mains que Jacquemin, comme il l'avait dit, avait prise, le 29 juillet 1830[1], au Musée d'artillerie; la lame était teinte de sang.

Le commissaire de police la prit des mains du docteur.

— Reconnaissez-vous cette épée? dit-il au prisonnier.

— Oui, répondit Jacquemin. Allez! allez! finissons-en.

C'était le premier jalon du meurtre que l'on venait de rencontrer.

On pénétra dans la cave, chacun tenant le rang que nous avons déjà dit: le docteur et le commissaire de police les premiers, puis M. Ledru et Jacquemin, puis les deux personnes qui se trouvaient chez lui, puis les gendarmes, puis les privilégiés, au nombre desquels je me trouvais.

Après avoir descendu la septième marche, mon œil plongeait dans la cave et embrassait le terrible ensemble que je vais essayer de peindre.

Le premier objet sur lequel s'arrêtaient les yeux était un cadavre sans tête, couché près d'un tonneau, dont le robinet, ouvert à moitié, continuait de laisser échapper un filet de vin, lequel, en coulant, formait une rigole qui allait se perdre sous le chantier.

Le cadavre était à moitié tordu, comme si le torse, retourné sur le dos, eût commencé un mouvement d'agonie que les jambes n'avaient pas pu suivre. La robe était, d'un côté, retroussée jusqu'à la jarretière.

On voyait que la victime avait été frappée au moment où, à genoux devant le tonneau, elle commençait à remplir une bouteille, qui lui avait échappé des mains et qui était gisante à ses côtés.

Tout le haut du corps nageait dans une mare de sang.

Debout sur un sac de plâtre adossé à la muraille, comme un buste sur sa colonne, on apercevait ou plutôt on devinait une tête, noyée dans ses cheveux ; une raie de sang rougissait le sac, du haut jusqu'à la moitié.

Le docteur et le commissaire de police avaient déjà fait le tour du cadavre et se trouvaient placés en face de l'escalier.

Vers le milieu de la cave étaient les deux amis de M. Ledru et quelques curieux qui s'étaient empressés de pénétrer jusque-là.

Au bas de l'escalier était Jacquemin qu'on n'avait pas pu faire aller plus loin que la dernière marche.

Derrière Jacquemin, les deux gendarmes.

Derrière les deux gendarmes, cinq ou six per-

sonnes, au nombre desquelles je me trouvais et qui
se groupaient avec moi sur l'escalier.

Tout cet intérieur lugubre était éclairé par la lueur
tremblotante d'une chandelle, posée sur le tonneau
même d'où coulait le vin, et en face duquel gisait le
cadavre de la femme Jacquemin.

— Une table, une chaise, dit le commissaire de
police, et verbalisons.

### III

### *Le Procès-verbal*

On passa au commissaire de police les deux
meubles demandés ; il assura sa table, s'assit devant,
demanda la chandelle, que le docteur lui apporta en
enjambant par-dessus le cadavre, tira de sa poche
un encrier, des plumes, du papier, et commença son
procès-verbal.

Pendant qu'il écrivait le préambule, le docteur fit
un mouvement de curiosité vers cette tête posée sur
le sac de plâtre, mais le commissaire l'arrêta.

— Ne touchez à rien, dit-il, la régularité avant tout.

— C'est trop juste, dit le docteur.

Et il reprit sa place.

Il y eut quelques minutes de silence, pendant lesquelles on entendit seulement la plume du commissaire de police crier sur le papier raboteux du
gouvernement, et pendant lesquelles on voyait les
lignes se succéder avec la rapidité d'une formule
habituelle à l'écrivain.

Au bout de quelques lignes il leva la tête et regarda
autour de lui.

— Qui veut nous servir de témoins ? demanda le
commissaire de police en s'adressant au maire.

— Mais, dit M. Ledru, indiquant ses deux amis
debout, qui formaient groupe avec le commissaire
de police assis, ces deux messieurs, d'abord.

— Bien.

Il se retourna de mon côté.

— Puis, monsieur, s'il ne lui est pas désagréable
de voir figurer son nom dans un procès-verbal.

— Aucunement, monsieur, lui répondis-je.

— Alors, que monsieur descende, dit le commissaire de police.

J'éprouvais quelque répugnance à me rapprocher du cadavre. D'où j'étais, certains détails, sans
m'échapper tout à fait, m'apparaissaient moins
hideux, perdus dans une demi-obscurité qui jetait
sur leur horreur le voile de la poésie.

— Est-ce bien nécessaire, demandai-je.

— Quoi?

— Que je descende.

— Non. Restez là si vous vous y trouvez bien.

Je fis un signe de tête qui exprimait : Je désire rester où je suis.

Le commissaire de police se tourna vers celui des
deux amis de M. Ledru qui se trouvait le plus près
de lui.

— Vos nom, prénoms, âge, qualités, profession et
domicile ? demanda-t-il avec la volubilité d'un homme
habitué à faire ces sortes de questions.

— Jean-Louis Alliette[1], répondit celui auquel il
s'adressait, dit Etteilla par anagramme, homme de
lettres, demeurant rue de l'Ancienne-Comédie, n° 20.

— Vous oubliez de dire votre âge, dit le commissaire de police.

— Dois-je dire l'âge que j'ai ou l'âge que l'on me
donne?

— Dites-moi votre âge, parbleu! on n'a pas deux
âges.

— C'est-à-dire, monsieur le commissaire, qu'il y

a certaines personnes, Cagliostro[1], le comte de Saint-Germain[2], le Juif errant[3], par exemple...

— Voulez-vous dire que vous soyez Cagliostro, le comte de Saint-Germain, ou le Juif errant ? dit le commissaire en fronçant le sourcil à l'idée qu'on se moquait de lui.

— Non ; mais...

— Soixante et quinze ans, dit M. Ledru ; mettez soixante et quinze ans, monsieur Cousin.

— Soit, dit le commissaire de police.

Et il mit soixante et quinze ans.

— Et vous, monsieur ? continua-t-il en s'adressant au second ami de M. Ledru.

Et il répéta exactement les mêmes questions qu'il avait faites au premier.

— Pierre-Joseph Moulle[4], âgé de soixante et un ans, ecclésiastique, attaché à l'église de Saint-Sulpice, demeurant rue Servandoni, n° 11, répondit d'une voix douce celui qu'il interrogeait.

— Et vous, monsieur, demanda-t-il en s'adressant à moi.

— Alexandre Dumas, auteur dramatique, âgé de vingt-sept ans[5], demeurant à Paris, rue de l'Université, n° 21, répondis-je.

M. Ledru se retourna de mon côté et me fit un gracieux salut, auquel je répondis sur le même ton, du mieux que je pus.

— Bien ! fit le commissaire de police. Voyez si c'est bien cela, messieurs, et si vous avez quelques observations à faire.

Et, de ce ton nasillard et monotone qui n'appartient qu'aux fonctionnaires publics, il lut :

«Cejourd'hui, premier septembre 1831, à deux heures de relevée, ayant été averti par la rumeur publique qu'un crime de meurtre venait d'être commis dans la commune de Fontenay-aux-Roses sur la personne de Marie-Jeanne Ducoudray, par le nommé Pierre Jacquemin, son mari, et que le meurtrier s'était rendu au domicile de M. Jean-Pierre Ledru, maire de ladite commune de Fontenay-aux-Roses, pour se déclarer, de son propre mouvement, l'auteur de ce crime, nous nous sommes empressé de nous rendre, de notre personne, au domicile dudit Jean-Pierre Ledru, rue de Diane, nº 2 ; auquel domicile nous sommes arrivé en compagnie du sieur Sébastien Robert, docteur-médecin, demeurant dans ladite commune de Fontenay-aux-Roses, et là avons trouvé déjà entre les mains de la gendarmerie le nommé Pierre Jacquemin, lequel a répété devant nous qu'il était auteur du meurtre de sa femme ; sur quoi nous l'avons sommé de nous suivre dans la maison où le meurtre avait été commis. Ce à quoi il s'est refusé d'abord ; mais bientôt ayant cédé sur les instances de M. le maire, nous nous sommes ache-minés vers l'impasse des Sergents, où est située la maison habitée par le sieur Pierre Jacquemin. Arrivé à cette maison et la porte refermée sur nous pour empêcher la population de l'envahir, avons d'abord pénétré dans une première chambre, où rien n'indiquait qu'un crime eût été commis ; puis, sur l'invitation dudit Jacquemin lui-même, de la première chambre avons passé dans la seconde, à l'angle de laquelle une trappe, donnant accès à un escalier, était ouverte. Cet escalier nous ayant été indiqué comme conduisant à une cave où nous devions trouver le corps de la victime, nous nous mîmes à descendre ledit escalier, sur les premières marches duquel le docteur a trouvé une épée à poi-gnée faite en croix, à lame large et tranchante, que ledit Jacquemin nous a avoué avoir été prise par lui lors de la révolution de Juillet au Musée d'artillerie et lui avoir servi à la perpétration du crime. Et sur le sol de la cave avons trouvé le corps de la femme Jacquemin renversé sur le dos et nageant dans une mare de sang, ayant la tête séparée du tronc, laquelle tête avait été placée droite sur un sac de

268 Les Mille et Un Fantômes

plâtre adossé à la muraille, et ledit Jacquemin ayant reconnu que le cadavre et cette tête étaient bien ceux de sa femme, en présence de M. Jean-Pierre Ledru, maire de la commune de Fontenay-aux-Roses ; de M. Sébastien Robert, docteur-médecin, demeurant audit Fontenay-aux-Roses ; de M. Jean-Louis Alliette dit Etteilla, homme de lettres, âgé de soixante et quinze ans, demeurant à Paris, rue de l'Ancienne-Comédie, nᵒ 20 ; de M. Pierre-Joseph Moulle, âgé de soixante et un ans, ecclésiastique, attaché à Saint-Sulpice, demeurant à Paris, rue Servandoni, nᵒ 11 ; et de M. Alexandre Dumas, auteur dramatique, âgé de vingt-sept ans, demeurant à Paris, rue de l'Université, nᵒ 21, avons procédé ainsi qu'il suit à l'interrogatoire de l'accusé. »

— Est-ce cela, messieurs ? demanda le commissaire de police en se retournant vers nous avec un air de satisfaction évidente.

— Parfaitement, monsieur, répondîmes-nous tout d'une voix.

— Eh bien ! interrogeons l'accusé.

Alors, se retournant vers le prisonnier, qui, pendant toute la lecture qui venait d'être faite, avait respiré bruyamment et comme un homme oppressé :

— Accusé, dit-il, vos nom, prénoms, âge, domicile et profession ?

— Sera-ce encore bien long, tout cela ? demanda le prisonnier, comme un homme à bout de forces.

— Répondez : vos nom et prénoms ?

— Pierre Jacquemin.

— Votre âge ?

— Quarante et un ans.

— Votre domicile.

— Vous le connaissez bien, puisque vous y êtes.

— N'importe, la loi veut que vous répondiez à cette question.

— Impasse des Sergents.

— Votre profession ?

— Carrier.

— Vous vous avouez l'auteur du crime ?

— Oui.

— Dites-nous la cause qui vous l'a fait commettre et les circonstances dans lesquelles il a été commis.

— La cause qui l'a fait commettre... c'est inutile, dit Jacquemin ; c'est un secret qui restera entre moi et celle qui est là.

— Cependant, il n'y a pas d'effet sans cause.

— La cause, je vous dis que vous ne la saurez pas. Quant aux circonstances, comme vous dites, vous voulez les connaître ?

— Oui.

— Eh bien ! je vais vous les dire. Quand on travaille sous terre comme nous travaillons, comme cela, dans l'obscurité, et puis qu'on croit avoir un motif de chagrin, on se mange l'âme, voyez-vous, et alors il vous vient de mauvaises idées.

— Oh ! oh ! interrompit le commissaire de police, vous avouez donc la préméditation ?

— Eh ! puisque je vous dis que j'avoue tout, est-ce que ce n'est pas encore assez ?

— Si fait, dites.

— Eh bien ! cette mauvaise idée qui m'était venue, c'était de tuer Jeanne. Ça me troubla l'esprit plus d'un mois ; le cœur empêchait la tête ; enfin un mot qu'un camarade me dit... me décida.

— Quel mot ?

— Oh ! ça, c'est dans les choses qui ne vous regardent pas. Ce matin, je dis à Jeanne :

«Je n'irai pas travailler aujourd'hui ; je veux m'amuser comme si c'était fête ; j'irai jouer aux boules avec des camarades. Aie soin que le dîner soit prêt à une heure.

— Mais...

— C'est bon, pas d'observations ; le dîner pour une heure, tu entends ?

— C'est bien ! dit Jeanne.

Et elle sortit pour aller chercher le pot-au-feu.

Pendant ce temps-là, au lieu d'aller jouer aux boules, je pris l'épée que vous avez là. Je l'avais repassée moi-même sur un grès. Je descendis à la cave, et je me cachai derrière les tonneaux, en me disant : « Il faudra bien qu'elle descende à la cave pour tirer du vin ; alors nous verrons. »

Le temps que je restai accroupi là, derrière la futaille qui est toute droite... je n'en sais rien ; j'avais la fièvre, mon cœur battait, et je voyais tout rouge dans la nuit.

Et puis, il y avait une voix qui répétait en moi et autour de moi ce mot que le camarade m'avait dit hier.

— Mais enfin, quel est ce mot ? insista le commissaire.

— Inutile. Je vous ai déjà dit que vous ne le sauriez jamais. Enfin, j'entendis un frôlement de robe, un pas qui s'approchait. Je vis trembler une lumière, le bas de son corps qui descendait, puis le haut, puis sa tête... On la voyait bien, sa tête... Elle tenait sa chandelle à la main.

« Ah ! je dis, c'est bon !... »

Et je répétai tout bas le mot que m'avait dit le camarade.

Pendant ce temps-là, elle s'approchait. Parole d'honneur ! on aurait dit qu'elle se doutait que ça tournait mal pour elle. Elle avait peur ; elle regardait de tous les côtés ; mais j'étais bien caché ; je ne bougeai pas.

Alors elle se mit à genoux devant le tonneau, approcha la bouteille et tourna le robinet.

Moi, je me levai. Vous comprenez, elle était à genoux ; le bruit du vin qui tombait dans la bouteille l'empêchait d'entendre le bruit que je pouvais faire : d'ailleurs je n'en faisais pas ; elle était à genoux comme une coupable, comme une condamnée. Je

levai l'épée et... han!... Je ne sais pas même si elle
poussa un cri; la tête roula.

Dans ce moment-là je ne voulais pas mourir. Je
voulais me sauver. Je comptais faire un trou dans la
cave et l'enterrer. Je sautai sur la tête qui roulait
pendant que le corps sautait de son côté. J'avais un
sac de plâtre tout prêt pour cacher le sang. Je pris
donc la tête, ou plutôt la tête me prit. Voyez.

Et il montra sa main droite, dont une large morsure avait mutilé le pouce.

— Comment! la tête vous prit? dit le docteur.
Que diable dites-vous donc là?

— Je dis qu'elle m'a mordu à belles dents, comme
vous voyez. Je dis qu'elle ne voulait pas me lâcher. Je
la posai sur le sac de plâtre, je l'appuyai contre le
mur avec ma main gauche, et j'essayai de lui arracher la droite; mais, au bout d'un instant, les dents
se desserrèrent toutes seules. Je retirai ma main;
alors, voyez-vous, c'était peut-être de la folie, mais il
me sembla que la tête était vivante; les yeux étaient
tout grands ouverts. Je les voyais bien, puisque la
chandelle était sur le tonneau, et puis les lèvres...
les lèvres remuaient, et, en remuant, les lèvres... les
lèvres ont dit: *Misérable! j'étais innocente!*

Je ne sais pas l'effet que cette déposition faisait
sur les autres; mais, quant à moi, je sais que l'eau
me coulait sur le front.

— Ah! c'est trop fort, s'écria le docteur, les yeux
t'ont regardé? les lèvres ont parlé?

— Écoutez, monsieur le docteur, comme vous
êtes un médecin, vous ne croyez à rien, c'est naturel; mais moi je vous dis que la tête que vous voyez
là, là, entendez-vous? je vous dis que la tête qui m'a
mordu, je vous dis que cette tête-là m'a dit: *Misérable, j'étais innocente!* Et la preuve qu'elle me l'a
dit, eh bien! c'est que je voulais me sauver après
l'avoir tuée, Jeanne, n'est-ce pas? et qu'au lieu de
me sauver, j'ai couru droit chez M. le maire pour

me dénoncer moi-même. Est-ce vrai, monsieur le maire, est-ce vrai ? répondez.

— Oui, Jacquemin, répondit M. Ledru d'un ton de parfaite bonté, oui, c'est vrai.

— Examinez la tête, docteur, dit le commissaire de police.

— Quand je serai parti, monsieur Robert, quand je serai parti ! s'écria Jacquemin.

— N'as-tu pas peur qu'elle te parle encore, imbécile ? dit le docteur en prenant la lumière et s'approchant du sac de plâtre.

— Monsieur Ledru, au nom de Dieu, dit Jacquemin, dites-leur de me laisser aller, je vous en prie, je vous en supplie !

— Messieurs, dit le maire en faisant un geste qui arrêta le docteur, vous n'avez plus rien à tirer de ce malheureux ; permettez que je le fasse conduire en prison. Quand la loi a ordonné la confrontation, elle a supposé que l'accusé aurait la force de la soutenir.

— Mais le procès-verbal ? dit le commissaire.

— Il est à peu près fini.

— Il faut que l'accusé le signe.

— Il le signera dans sa prison.

— Oui ! oui ! s'écria Jacquemin, dans la prison je signerai tout ce que vous voudrez.

— C'est bien ! fit le commissaire de police.

— Gendarmes, emmenez cet homme, dit M. Ledru.

— Ah ! merci, monsieur Ledru, merci, dit Jacquemin avec l'expression d'une profonde reconnaissance.

Et prenant lui-même les deux gendarmes par le bras, il les entraîna vers le haut de l'escalier avec une force surhumaine.

Cet homme parti, le drame était parti avec lui. Il ne restait plus dans la cave que deux choses hideuses à voir : un cadavre sans tête et une tête sans corps.

Je me penchai à mon tour vers M. Ledru.

— Monsieur, lui dis-je, m'est-il permis de me retirer, tout en demeurant à votre disposition pour la signature du procès-verbal ?

— Oui, monsieur, mais à une condition.

— Laquelle ?

— C'est que vous viendrez signer le procès-verbal chez moi.

— Avec le plus grand plaisir, monsieur ; mais quand cela ?

— Dans une heure à peu près. Je vous montrerai ma maison ; elle a appartenu à Scarron[1], cela vous intéressera.

— Dans une heure, monsieur, je serai chez vous.

Je saluai, et je remontai l'escalier à mon tour ; arrivé aux plus hauts degrés, je jetai un dernier coup d'œil dans la cave.

Le docteur Robert, sa chandelle à la main, écartait les cheveux de la tête : c'était celle d'une femme encore belle, autant qu'on pouvait en juger, car les yeux étaient fermés, les lèvres contractées et livides.

— Cet imbécile de Jacquemin, dit-il, soutenir qu'une tête coupée peut parler ! à moins qu'il n'ait été inventer cela pour faire croire qu'il était fou ; ce ne serait pas si mal joué. Il y aurait circonstance atténuante.

# IV

## *La Maison de Scarron*

Une heure après, j'étais chez M. Ledru.

Le hasard fit que je le rencontrai dans la cour.

— Ah ! dit-il en m'apercevant, vous voilà ? tant mieux, je ne suis pas fâché de causer un peu avec vous avant de vous présenter à nos convives, car vous dînez avec nous, n'est-ce pas ?

— Mais, monsieur, vous m'excuserez.

— Je n'admets pas d'excuses ; vous tombez sur un jeudi, tant pis pour vous : le jeudi, c'est mon jour ; tout ce qui entre chez moi le jeudi m'appartient en pleine propriété. Après le dîner, vous serez libre de rester ou de partir. Sans l'événement de tantôt, vous m'auriez trouvé à table, attendu que je dîne invariablement à deux heures. Aujourd'hui, par extraordinaire, nous dînerons à trois heures et demie ou quatre. Pyrrhus que vous voyez... (et M. Ledru me montrait un magnifique molosse) Pyrrhus a profité de l'émotion de la mère Antoine pour s'emparer du gigot ; c'était son droit, de sorte qu'on a été obligé d'en aller chercher un autre chez le boucher. Je disais que cela me donnerait le temps non seulement de vous présenter à mes convives, mais encore celui de vous donner sur eux quelques renseignements.

— Quelques renseignements ?

— Oui, ce sont des personnages qui, comme ceux du *Barbier de Séville* et de *Figaro*, ont besoin d'être précédés d'une certaine explication sur le costume et le caractère ; mais commençons d'abord par la maison.

— Vous m'avez dit, je crois, monsieur, qu'elle avait appartenu à Scarron ?

— Oui, c'est ici que la future épouse du roi Louis XIV, en attendant qu'elle amusât l'homme inamusable, soignait le pauvre cul-de-jatte, son premier mari ; vous verrez sa chambre.

— À Mme de Maintenon ?

— Non, à Mme Scarron ; ne confondons point : la chambre de Mme de Maintenon est à Versailles ou à Saint-Cyr. Venez.

Nous montâmes un grand escalier et nous nous trouvâmes dans un corridor donnant sur la cour.

— Tenez, me dit M. Ledru, voilà qui vous touche, M. le poète ; c'est du plus pur phébus qui se parlât en 1650.

— Ah! ah! la carte du Tendre[1] ?

— Aller et Retour, tracée par Scarron et annotée de la main de sa femme ; rien que cela.

En effet, deux cartes tenaient les entre-deux des fenêtres.

Elles étaient tracées à la plume sur une grande feuille de papier collée sur carton.

— Vous voyez, continua M. Ledru, ce grand serpent bleu, c'est le fleuve du Tendre ; ces petits colombiers, ce sont les hameaux Petits-Soins, Billets-Doux, Mystère. Voilà l'auberge du Désir, la vallée des Douceurs, le pont des Soupirs, la forêt de la Jalousie, toute peuplée de monstres comme celle d'Armide. Enfin, au milieu du lac où le fleuve prend sa source, voici le palais du Parfait Contentement : c'est le terme du voyage, le but de la course.

— Diable! que vois-je là ? un volcan.

— Oui ; il bouleverse parfois le pays. C'est le volcan des Passions.

— Il n'est pas sur la carte de Mlle de Scudéry ?

— Non. C'est une invention de Mme Paul Scarron. Et d'une !

— L'autre ?

— L'autre, c'est le Retour. Vous le voyez, le fleuve déborde ; il est grossi par les larmes de ceux qui suivent ses rives. Voici les hameaux de l'Ennui, l'auberge des Regrets, l'île du Repentir. C'est on ne peut plus ingénieux.

— Est-ce que vous aurez la bonté de me laisser copier cela ?

— Ah! tant que vous voudrez. Maintenant, voulez-vous voir la chambre de Mme Scarron ?

— Je crois bien !

— La voici.

M. Ledru ouvrit une porte ; il me fit passer devant lui.

— C'est aujourd'hui la mienne ; mais à part les livres dont elle est encombrée, je vous la donne pour

telle qu'elle était du temps de son illustre propriétaire ; c'est la même alcôve, le même lit, les mêmes
meubles ; ces cabinets de toilette étaient les siens.

— Et la chambre de Scarron ?

— Oh ! la chambre de Scarron était à l'autre bout
du corridor ; mais, quant à celle-là, il faudra vous en
priver ; on n'y entre pas, c'est la chambre secrète, le
cabinet de Barbe-Bleue.

— Diable !

— C'est comme cela. Moi aussi j'ai mes mystères,
tout maire que je suis ; mais venez, je vais vous montrer autre chose.

M. Ledru marcha devant moi ; nous descendîmes
l'escalier, et nous entrâmes au salon.

Comme tout le reste de la maison, ce salon avait
un caractère particulier. Sa tenture était un papier
dont il eût été difficile de déterminer la couleur primitive ; tout le long de la muraille régnait un double
rang de fauteuils bordé d'un rang de chaises, le tout
en vieille tapisserie ; de place en place, des tables de
jeu et des guéridons ; puis, au milieu de tout cela,
comme le Léviathan au milieu des poissons de
l'Océan, un gigantesque bureau, s'étendant de la
muraille, où il appuyait une de ses extrémités, jusqu'au tiers du salon, bureau tout couvert de livres, de
brochures, de journaux, au milieu desquels dominait, comme un roi, *Le Constitutionnel* [1], lecture favorite de M. Ledru.

Le salon était vide, les convives se promenaient
dans le jardin, que l'on découvrait dans toute son
étendue à travers les fenêtres.

M. Ledru alla droit à son bureau et ouvrit un
immense tiroir dans lequel se trouvait une foule de
petits paquets semblables à des paquets de graines.
Les objets que renfermait ce tiroir étaient renfermés
eux-mêmes dans des papiers étiquetés.

— Tenez, me dit-il, voilà encore pour vous,
l'homme historique, quelque chose de plus curieux

que la carte du Tendre. C'est une collection de reliques, non pas de saints, mais de rois.

En effet, chaque papier enveloppait un os, des cheveux ou de la barbe. Il y avait une rotule de Charles IX, le pouce de François I$^{er}$, un fragment du crâne de Louis XIV, une côte de Henri II, une vertèbre de Louis XV, de la barbe de Henri IV et des cheveux de Louis XIII. Chaque roi avait fourni son échantillon, et de tous ces os on eût pu recomposer à peu de chose près un squelette qui eût parfaitement représenté celui de la monarchie française, auquel depuis longtemps manquent les ossements principaux.

Il y avait en outre une dent d'Abélard et une dent d'Héloïse[1], deux blanches incisives, qui, du temps où elles étaient recouvertes par leurs lèvres frémissantes, s'étaient peut-être rencontrées dans un baiser.

D'où venait cet ossuaire?

M. Ledru avait présidé à l'exhumation des rois à Saint-Denis, et il avait pris dans chaque tombeau ce qui lui avait plu.

M. Ledru me donna quelques instants pour satisfaire ma curiosité; puis voyant que j'avais à peu près passé en revue toutes ses étiquettes:

— Allons, me dit-il, c'est assez nous occuper des morts, passons un peu aux vivants.

Et il m'emmena près d'une des fenêtres par lesquelles, je l'ai dit, la vue plongeait dans le jardin.

— Vous avez là un charmant jardin, lui dis-je.

— Jardin de curé, avec son quinconce de tilleuls, sa collection de dahlias et de rosiers, ses berceaux de vigne et ses espaliers de pêchers et d'abricotiers. Vous verrez tout cela; mais, pour le moment, occupons-nous, non pas du jardin, mais de ceux qui s'y promènent.

— Ah! dites-moi d'abord qu'est-ce que c'est que ce M. Alliette, dit *Etteilla* par anagramme, qui deman-

dait si l'on voulait savoir son âge véritable ou seulement l'âge qu'il semblait avoir ; il me semble qu'il
paraît à merveille les soixante et quinze ans que vous
lui avez donnés.

— Justement, me répondit M. Ledru. Je comptais
commencer par lui. Avez-vous lu Hoffmann ?

— Oui, pourquoi ?

— Eh bien ! c'est un homme d'Hoffmann. Toute
sa vie il a cherché à appliquer les cartes et les
nombres à la divination de l'avenir ; tout ce qu'il possède passe à la loterie, à laquelle il a commencé par
gagner un terne[1], et à laquelle il n'a jamais gagné
depuis. Il a connu Cagliostro et le comte de Saint-
Germain : il prétend être de leur famille, avoir
comme eux le secret de l'élixir de longue vie. Son
âge réel, si vous le lui demandez, c'est de deux cent
soixante et quinze ans : il a d'abord vécu cent ans
sans infirmités, du règne de Henri II au règne de
Louis XIV ; puis, grâce à son secret, tout en mourant
aux yeux du vulgaire, il a accompli trois autres révolutions de cinquante ans chacune. Dans ce moment,
il recommence la quatrième, et n'a, par conséquent,
que vingt-cinq ans. Les deux cent cinquante premières
années ne comptent plus que comme mémoire. Il
vivra ainsi, et il le dit tout haut, jusqu'au Jugement
dernier. Au XVᵉ siècle, on eût brûlé Alliette et on eût
eu tort : aujourd'hui on se contente de le plaindre, et
on a tort encore. Alliette est l'homme le plus heureux
de la terre ; il ne parle que tarots, cartes, sortilèges,
sciences égyptiennes de Thot[2], mystères isiaques. Il
publie sur tous ces sujets de petits livres que personne ne lit, et que cependant un libraire, aussi fou
que lui, édite sous le pseudonyme ou plutôt sous
l'anagramme d'*Etteilla* ; il a toujours son chapeau
plein de brochures. Tenez, voyez-le ; il le tient sous
son bras, tant il a peur qu'on ne lui prenne ses précieux livres. Regardez l'homme, regardez le visage,
regardez l'habit, et voyez comme la nature est tou-

jours harmonieuse, et combien exactement le chapeau va à la tête, l'homme à l'habit, le pourpoint au moule, comme vous dites, vous autres romantiques.

Effectivement, rien n'était plus vrai. J'examinai Alliette ; il était vêtu d'un habit gras, poudreux, râpé, taché ; son chapeau, à bords luisants comme du cuir verni, s'élargissait démesurément par le haut ; il portait une culotte de ratine noire, des bas noirs ou plutôt roux, et des souliers arrondis comme ceux des rois sous lesquels il prétendait avoir reçu la naissance.

Quant au physique, c'était un gros petit homme, trapu, figure de sphinx, éraillé, large bouche privée de dents, indiquée par un rictus profond, avec des cheveux rares, longs et jaunes, voltigeant comme une auréole autour de sa tête.

— Il cause avec l'abbé Moulle, dis-je à M. Ledru, celui qui vous accompagnait dans notre expédition de ce matin, expédition sur laquelle nous reviendrons, n'est-ce pas ?

— Et pourquoi y reviendrions-nous ? me demanda M. Ledru en me regardant curieusement.

— Parce que, excusez-moi, mais vous avez paru croire à la possibilité que cette tête ait parlé.

— Vous êtes physionomiste. Eh bien ! c'est vrai, j'y crois ; oui, nous reparlerons de tout cela, et si vous êtes curieux d'histoires de ce genre, vous trouverez ici à qui parler. Mais passons à l'abbé Moulle.

— Ce doit être, interrompis-je, un homme d'un commerce charmant ; la douceur de sa voix, quand il a répondu à l'interrogatoire du commissaire de police, m'a frappé.

— Eh bien ! cette fois encore vous avez deviné juste. Moulle est un ami à moi depuis quarante ans, et il en a soixante : vous le voyez, il est aussi propre et aussi soigné qu'Alliette est râpé, gras et sale ; c'est un homme du monde au premier degré, jeté fort avant dans la société du faubourg Saint-Germain.

C'est lui qui marie les fils et les filles des pairs de France; ces mariages sont pour lui l'occasion de prononcer de petits discours que les parties contractantes font imprimer et conservent précieusement dans la famille. Il a failli être évêque de Clermont. Savez-vous pourquoi il ne l'a pas été? Parce qu'il a été autrefois ami de Cazotte[1]; parce que, comme Cazotte enfin, il croit à l'existence des esprits supérieurs et inférieurs, des bons et des mauvais génies: comme Alliette il fait collection de livres. Vous trouverez chez lui tout ce qui a été écrit sur les visions et sur les apparitions, sur les spectres, les larves, les revenants; quoiqu'il parle difficilement, excepté entre amis, de toutes ces choses qui ne sont point tout à fait orthodoxes. En somme, c'est un homme convaincu, mais discret, qui attribue tout ce qui arrive d'extraordinaire dans ce monde à la puissance de l'enfer ou à l'intervention des intelligences célestes. Vous voyez, il écoute en silence ce que lui dit Alliette, semble regarder quelque objet que son interlocuteur ne voit pas, et auquel il répond de temps en temps par un mouvement des lèvres ou un signe de tête. Parfois, au milieu de nous, il tombe tout à coup dans une sombre rêverie, frissonne, tremble, tourne la tête, va et vient dans le salon. Dans ce cas, il faut le laisser faire; il serait dangereux peut-être de le réveiller; je dis le réveiller, car alors je le crois en état de somnambulisme. D'ailleurs il se réveille tout seul, et, vous le verrez, dans ce cas il a le réveil charmant.

— Oh! mais, dites donc, fis-je à M. Ledru, il me semble qu'il vient d'évoquer un de ces esprits dont vous parliez tout à l'heure?

Et je montrai du doigt à mon hôte un véritable spectre ambulant qui venait rejoindre les deux causeurs, et qui posait avec précaution son pied entre les fleurs, sur lesquelles il semblait pouvoir marcher sans les courber.

— Celui-ci, me dit-il, c'est encore un ami à moi, le chevalier Lenoir[1]...

— Le créateur du musée des Petits-Augustins?...

— Lui-même. Il meurt de chagrin de la disparition de son musée, pour lequel il a, en 1793 et 1794, dix fois manqué d'être tué. La Restauration, avec son intelligence ordinaire, l'a fait fermer, avec ordre de rendre les monuments aux édifices auxquels ils appartenaient et aux familles qui avaient des droits pour les réclamer. Malheureusement, la plupart des monuments étaient détruits, la plupart des familles étaient éteintes, de sorte que les fragments les plus curieux de notre antique sculpture, et par conséquent de notre histoire, ont été dispersés, perdus. C'est ainsi que tout s'en va de notre vieille France; il ne restait plus que ces fragments, et de ces fragments il ne restera bientôt plus rien. Et quels sont ceux qui détruisent? Ceux-là même qui auraient le plus d'intérêt à la conservation.

Et M. Ledru, tout libéral qu'il était, comme on disait à cette époque, poussa un soupir.

— Sont-ce tous vos convives? demandai-je à M. Ledru.

— Nous aurons peut-être le docteur Robert. Je ne vous dis rien de celui-là, je présume que vous l'avez jugé. C'est un homme qui a toute sa vie expérimenté sur la machine humaine, comme il eût fait sur un mannequin, sans se douter que cette machine avait une âme pour comprendre les douleurs et des nerfs pour les ressentir. C'est un bon vivant qui a fait un grand nombre de morts. Celui-là, heureusement pour lui, ne croit pas aux revenants. C'est un esprit médiocre qui pense être spirituel parce qu'il est bruyant, philosophe parce qu'il est athée; c'est un de ces hommes que l'on reçoit, non pour les recevoir, mais parce qu'ils viennent chez vous. Quant à aller les chercher là où ils sont, on n'en aurait jamais l'idée.

— Oh! monsieur, comme je connais cette es-
pèce-là!

— Nous devrions avoir encore un autre ami à
moi, plus jeune seulement qu'Alliette, que l'abbé
Moulle et que le chevalier Lenoir, qui tient tête à
la fois à Alliette sur la cartomancie, à Moulle sur la
démonologie, au chevalier Lenoir sur les antiquités;
une bibliothèque vivante, un catalogue relié en peau
de chrétien que vous devez connaître vous-même.

— Le bibliophile Jacob[1]?

— Justement.

— Et il ne viendra pas?

— Il n'est pas venu du moins, et comme il sait que
nous dînons à deux heures ordinairement, et qu'il va
être quatre heures, il n'y a pas de probabilité qu'il
nous arrive. Il est à la recherche de quelque bouquin
imprimé à Amsterdam en 1570, édition *princeps*
avec trois fautes de typographie, une à la première
feuille, une à la septième, une à la dernière.

En ce moment on ouvrit la porte du salon, et la
mère Antoine parut.

— Monsieur est servi, annonça-t-elle.

— Allons, messieurs, dit M. Ledru en ouvrant à
son tour la porte du jardin, à table! à table!

Puis se retournant vers moi:

— Maintenant, me dit-il, il doit y avoir encore
quelque part dans le jardin, outre les convives que
vous voyez et dont je vous ai fait l'histoire, un convive
que vous n'avez pas vu et dont je ne vous ai pas parlé.
Celui-là est trop détaché des choses de ce monde pour
avoir entendu le grossier appel que je viens de faire, et
auquel, vous le voyez, se rendent tous nos amis. Cherchez, cela vous regarde; quand vous aurez trouvé
son immatérialité, sa transparence, *eine Erscheinung*,
comme disent les Allemands, vous vous nommerez,
vous essayerez de lui persuader qu'il est bon de manger quelquefois, ne fût-ce que pour vivre; vous lui
offrirez votre bras et vous l'amènerez; allez.

J'obéis à M. Ledru, devinant que le charmant esprit que je venais d'apprécier en quelques minutes me réservait quelque agréable surprise, et je m'avançai dans le jardin en regardant tout autour de moi.

L'investigation ne fut pas longue, et j'aperçus bientôt ce que je cherchais.

C'était une femme assise à l'ombre d'un quinconce de tilleuls, et dont je ne voyais ni le visage, ni la taille : le visage, parce qu'il était tourné du côté de la campagne ; la taille, parce qu'un grand châle l'enveloppait.

Elle était toute vêtue de noir.

Je m'approchai d'elle sans qu'elle fît un mouvement. Le bruit de mes pas ne semblait point parvenir à son oreille : on eût dit une statue.

Au reste, tout ce que j'aperçus de sa personne était gracieux et distingué.

De loin j'avais déjà vu qu'elle était blonde. Un rayon de soleil qui passait à travers la feuillée des tilleuls jouait sur sa chevelure et en faisait une auréole d'or. De près je pus remarquer la finesse de ses cheveux, qui eussent rivalisé avec ces fils de soie que les premières brises de l'automne détachent du manteau de la Vierge ; son cou, un peu trop long peut-être, charmante exagération qui est presque toujours une grâce, si elle n'est point une beauté ; son cou s'arrondissait pour aider sa tête à s'appuyer sur sa main droite, dont le coude s'appuyait lui-même au dossier de la chaise, tandis que son bras gauche pendait à côté d'elle, tenant une rose blanche du bout de ses doigts effilés. Cou arrondi comme celui d'un cygne, main repliée, bras pendants, tout cela était de la même blancheur mate. On eût dit un marbre de Paros, sans veine à sa surface, sans pouls à l'intérieur : la rose, qui commençait à se faner, était plus colorée et plus vivante que la main qui la tenait.

Je la regardai un instant, et plus je la regardais,

plus il me semblait que ce n'était point un être vivant que j'avais devant les yeux.

J'en était arrivé à douter qu'en lui parlant elle se retournât. Deux ou trois fois ma bouche s'ouvrit et se referma sans avoir prononcé une parole.

Enfin je me décidai.

— Madame, lui dis-je.

Elle tressaillit, se retourna, me regarda avec étonnement, comme fait quelqu'un qui sort d'un rêve et qui rappelle ses idées.

Ses grands yeux noirs fixés sur moi, — avec ces cheveux blonds que j'ai décrits, elle avait les sourcils et les yeux noirs, — ses grands yeux noirs, fixés sur moi, avaient une expression étrange.

Pendant quelques secondes nous demeurâmes sans nous parler; elle me regardant, moi l'examinant.

C'était une femme de trente-deux à trente-trois ans, qui avait dû être d'une merveilleuse beauté avant que ses joues se fussent creusées, avant que son teint eût pâli; au reste, je la trouvai parfaitement belle ainsi, avec son visage nacré et du même ton que sa main, sans aucune nuance d'incarnat, ce qui faisait que ses yeux semblaient de jais, ses lèvres de corail.

— Madame, répétai-je, M. Ledru prétend qu'en vous disant que je suis l'auteur d'*Henri III*, de *Christine* et d'*Antony*, vous voudrez bien me tenir pour présenté, et accepter mon bras jusqu'à la salle à manger.

— Pardon, monsieur, dit-elle, vous êtes là depuis un instant, n'est-ce pas? Je vous ai senti venir, mais je ne pouvais pas me retourner; cela m'arrive quelquefois quand je regarde de certains côtés. Votre voix a rompu le charme, donnez-moi donc votre bras et allons.

Elle se leva et passa son bras sous le mien; mais à peine, quoiqu'elle ne parût nullement se contraindre, sentis-je la pression de ce bras. On eût dit une ombre qui marchait à côté de moi.

Nous arrivâmes à la salle à manger sans avoir dit ni l'un ni l'autre un mot de plus.

Deux places étaient réservées à table :

Une à la droite de M. Ledru pour elle ;

Une en face d'elle pour moi.

# V

## Le Soufflet de Charlotte Corday

Cette table de M. Ledru avait son caractère comme tout ce qui était chez M. Ledru.

C'était un grand fer à cheval appuyé aux fenêtres du jardin, laissant les trois quarts de l'immense salle libres pour le service. Cette table pouvait recevoir vingt personnes, sans qu'aucune fût gênée ; on y mangeait toujours, soit que M. Ledru eût un, deux, quatre, dix, vingt convives, soit qu'il y mangeât seul : ce jour-là nous étions six seulement, et nous en occupions le tiers à peine.

Tous les jeudis, le menu était le même. M. Ledru pensait que, pendant les huit jours écoulés, les convives avaient pu manger autre chose soit chez eux, soit chez les autres hôtes qui les avaient conviés. On était donc sûr de trouver chez M. Ledru, tous les jeudis, le potage, le bœuf, un poulet à l'estragon, un gigot rôti, des haricots et une salade.

Les poulets se doublaient ou se triplaient selon les besoins des convives.

Qu'il y eût peu, point ou beaucoup de monde, M. Ledru se tenait toujours à l'un des bouts de la table, le dos au jardin, le visage vers la cour. Il était assis dans un grand fauteuil incrusté depuis dix ans à la même place ; là il recevait, des mains de son jardinier Antoine, converti, comme maître Jacques, en valet de pied, outre le vin ordinaire, quelques bouteilles de vieux bourgogne qu'on lui apportait avec un respect religieux, et qu'il débouchait et servait lui-même à ses convives avec le même respect et la même religion.

Il y a dix-huit ans, on croyait encore à quelque chose ; dans dix ans, on ne croira plus à rien, pas même au vin vieux.

Après le dîner, on passait au salon pour le café.

Le dîner s'écoula comme s'écoule un dîner, à louer la cuisinière, à vanter le vin. La jeune femme seule ne mangea que quelques miettes de pain, ne but qu'un verre d'eau, et ne prononça pas une seule parole.

Elle me rappelait cette goule des *Mille et Une Nuits* qui se mettait à table comme les autres, mais seulement pour manger quelques grains de riz avec un cure-dent.

Après le dîner, comme d'habitude, on passa au salon.

Ce fut naturellement à moi à donner le bras à notre silencieuse convive. Elle fit vers moi la moitié du chemin pour le prendre. C'était toujours la même mollesse dans les mouvements, la même grâce dans la tournure, je dirai presque la même impalpabilité dans les membres.

Je la conduisis à une chaise longue où elle se coucha.

Deux personnes avaient, pendant que nous dînions, été introduites au salon.

C'étaient le docteur et le commissaire de police.

Le commissaire de police venait nous faire signer le procès-verbal que Jacquemin avait déjà signé dans sa prison.

Une légère tache de sang se faisait remarquer sur le papier.

Je signai à mon tour, et en signant :

— Qu'est-ce que cette tache ? demandai-je ; et ce sang vient-il de la femme ou du mari ?

— Il vient, me répondit le commissaire, de la blessure que le meurtrier avait à la main, et qui continue de saigner sans qu'on puisse arrêter le sang.

— Comprenez-vous, monsieur Ledru, dit le docteur, que cette brute-là persiste à affirmer que la tête de sa femme lui a parlé ?

— Et vous croyez la chose impossible, n'est-ce pas, docteur ?

— Parbleu !

— Vous croyez même impossible que les yeux se soient rouverts ?

— Impossible.

— Vous ne croyez pas que le sang, interrompu dans sa fuite par cette couche de plâtre qui a bouché immédiatement toutes les artères et tous les vaisseaux, ait pu rendre à cette tête un moment de vie et de sentiment ?

— Je ne le crois pas.

— Eh bien ! dit M. Ledru, moi je le crois.

— Moi aussi, dit Alliette.

— Moi aussi, dit l'abbé Moulle.

— Moi aussi, dit le chevalier Lenoir.

— Moi aussi, dis-je.

Le commissaire de police et la dame pâle seuls ne dirent rien : l'un sans doute parce que la chose ne l'intéressait point assez, l'autre peut-être parce que la chose l'intéressait trop.

— Ah ! si vous êtes tous contre moi, vous aurez raison. Seulement, si un de vous était médecin...

— Mais, docteur, dit M. Ledru, vous savez que je le suis à peu près.

— En ce cas, dit le docteur, vous devez savoir qu'il n'y a plus de douleur là où il n'y a plus de sentiment, et que le sentiment est détruit par la section de la colonne vertébrale.

— Et qui vous a dit cela ? demanda M. Ledru.

— La raison, parbleu !

— Oh ! la bonne réponse ! Est-ce que ce n'est pas aussi la raison qui disait aux juges qui ont condamné Galilée, que c'était le soleil qui tournait et la terre qui restait immobile ? La raison est une sotte, mon cher docteur. Avez-vous fait des expériences vous-même sur des têtes coupées ?

— Non, jamais.

— Avez-vous lu les dissertations de Sommering[1] ? Avez-vous lu les procès-verbaux du docteur Sue[2] ? Avez-vous lu les protestations d'Œlcher ?

— Non.

— Ainsi, vous croyez, n'est-ce pas, sur le rapport de M. Guillotin, que sa machine est le moyen le plus sûr, le plus rapide et le moins douloureux de terminer la vie ?

— Je le crois.

— Eh bien ! vous vous trompez, mon cher ami, voilà tout.

— Ah ! par exemple !

— Écoutez, docteur, puisque vous avez fait un appel à la science, je vais vous parler science, et aucun de nous, croyez-le bien, n'est assez étranger à ce genre de conversation pour n'y point prendre part.

Le docteur fit un geste de doute.

— N'importe, vous comprendrez tout seul, alors.

Nous nous étions rapprochés de M. Ledru, et, pour ma part, j'écoutais avidement : cette question de la peine de mort appliquée, soit par la corde, soit par le fer, soit par le poison, m'ayant toujours singulièrement préoccupé comme question d'humanité.

J'avais même de mon côté fait quelques recherches sur les différentes douleurs qui précèdent, accompagnent et suivent les différents genres de mort.

— Voyons, parlez, dit le docteur d'un ton incrédule.

— Il est aisé de démontrer à quiconque possède

la plus légère notion de la construction et des forces
vitales de notre corps, continua M. Ledru, que le sentiment n'est pas entièrement détruit par le supplice,
et ce que j'avance, docteur, est fondé, non point sur
des hypothèses, mais sur des faits.

— Voyons ces faits.

— Les voici : le siège du sentiment est dans le cerveau, n'est-ce pas ?

— C'est probable.

— Les opérations de cette conscience du sentiment peuvent se faire, quoique la circulation du sang
par le cerveau soit suspendue, affaiblie ou partielle-
ment détruite.

— C'est possible.

— Si donc le siège de la faculté de sentir est dans
le cerveau, aussi longtemps que le cerveau conserve
sa force vitale, le supplicié a le sentiment de son existence.

— Des preuves ?

— Les voici. Haller[1], dans ses *Éléments de physique*, t. IV, p. 35, dit : « Une tête coupée rouvrit les
yeux et me regarda de côté parce que, du bout du
doigt, j'avais touché sa moelle épinière. »

— Haller, soit ; mais Haller a pu se tromper.

— Il s'est trompé, je le veux bien. Passons à un
autre. Weycard, *Arts philosophiques*, p. 221, dit : « J'ai
vu se mouvoir les lèvres d'un homme dont la tête
était abattue. »

— Bon ; mais de se mouvoir à parler...

— Attendez, nous y arrivons. Voici Sommering ;
ses œuvres sont là, et vous pouvez chercher. Sommering dit : « Plusieurs docteurs, mes confrères, m'ont
assuré avoir vu une tête séparée du corps grincer des
dents de douleur, et moi je suis convaincu que si l'air
circulait encore par les organes de la voix, *les têtes
parleraient.* » Eh bien ! docteur, continua M. Ledru
en pâlissant, je suis plus avancé que Sommering.
Une tête m'a parlé, à moi.

Nous tressaillîmes tous. La dame pâle se souleva sur sa chaise longue.

— À vous ?

— Oui, à moi ; direz-vous aussi que je suis un fou ?

— Dame ! fit le docteur, si vous me dites qu'à vous-même...

— Oui, je vous dis qu'à moi-même la chose est arrivée. Vous êtes trop poli, n'est-ce pas, docteur ? pour me dire tout haut que je suis un fou ; mais vous le direz tout bas, et cela reviendra absolument au même.

— Eh bien ! voyons, contez-nous cela, dit le docteur.

— Cela vous est bien aisé à dire. Savez-vous que ce que vous me demandez de vous raconter, à vous, je ne l'ai jamais raconté à personne depuis trente-sept ans que la chose m'est arrivée ? Savez-vous que je ne vous réponds pas de ne point m'évanouir en vous la racontant, comme je me suis évanoui quand cette tête a parlé, quand ces yeux mourants se sont fixés sur les miens ?

Le dialogue devenait de plus en plus intéressant, la situation de plus en plus dramatique.

— Voyons, Ledru, du courage, dit Alliette, et contez-nous cela.

— Contez-nous cela, mon ami, dit l'abbé Moulle.

— Contez, dit le chevalier Lenoir.

— Monsieur..., murmura la femme pâle.

Je ne dis rien, mais mon désir était dans mes yeux.

— C'est étrange, dit M. Ledru sans nous répondre et comme se parlant à lui-même, c'est étrange comme les événements influent les uns sur les autres ! Vous savez qui je suis ? dit M. Ledru en se tournant de mon côté.

— Je sais, monsieur, répondis-je, que vous êtes un homme fort instruit, fort spirituel, qui donnez d'excellents dîners, et qui êtes maire de Fontenay-aux-Roses.

M. Ledru sourit en me remerciant d'un signe de tête.

— Je vous parle de mon origine, de ma famille, dit-il.

— J'ignore votre origine, monsieur, et ne connais point votre famille.

— Eh bien ! écoutez, je vais vous dire tout cela, et puis peut-être l'histoire que vous désirez savoir, et que je n'ose pas vous raconter, viendra-t-elle à la suite. Si elle vient, eh bien ! vous la prendrez ; si elle ne vient point, ne me la redemandez pas : c'est que la force m'aura manqué pour vous la dire.

Tout le monde s'assit et prit ses mesures pour écouter à son aise.

Au reste, le salon était un vrai salon de récits ou de légendes, grand, sombre, grâce aux rideaux épais et au jour qui allait mourant, dont les angles étaient déjà en pleine obscurité, tandis que les lignes qui correspondaient aux portes et aux fenêtres conservaient seules un reste de lumière.

Dans un de ces angles était la dame pâle. Sa robe noire était entièrement perdue dans la nuit. Sa tête seule, blanche, immobile et renversée sur le coussin du sofa, était visible.

M. Ledru commença.

— Je suis, dit-il, le fils du fameux Comus[1], physicien du roi et de la reine ; mon père, que son surnom burlesque a fait classer parmi les escamoteurs et les charlatans, était un savant distingué de l'école de Volta[2], de Galvani[3] et de Mesmer[4]. Le premier en France, il s'occupa de fantasmagorie et d'électricité, donnant des séances de mathématiques et de physique à la cour.

La pauvre Marie-Antoinette, que j'ai vue vingt fois, et qui plus d'une fois m'a pris par les mains et embrassé, lors de son arrivée en France, c'est-à-dire lorsque j'étais un enfant, Marie-Antoinette raffolait

de lui. À son passage en 1777, Joseph II déclara
qu'il n'avait rien vu de plus curieux que Comus.

Au milieu de tout cela, mon père s'occupait de
l'éducation de mon frère et de la mienne, nous ini-
tiant à ce qu'il savait de sciences occultes, et à
une foule de connaissances, galvaniques, physiques,
magnétiques, qui aujourd'hui sont du domaine public,
mais qui à cette époque étaient des secrets, privi-
lèges de quelques-uns seulement. Le titre de physicien du roi fit en 1793 emprisonner mon père ; mais,
grâce à quelques amitiés que j'avais avec la Montagne, je parvins à le faire relâcher.

Mon père alors se retira dans cette même maison
où je suis, et y mourut en 1807, âgé de soixante et
seize ans.

Revenons à moi.

J'ai parlé de mes amitiés avec la Montagne.
J'étais lié en effet avec Danton et Camille Desmoulins. J'avais connu Marat plutôt comme médecin
que comme ami. Enfin, je l'avais connu. Il résulta
de cette relation que j'eus avec lui, si courte qu'elle
ait été, que le jour où l'on conduisit Mlle de Corday
à l'échafaud, je me résolus à assister à son supplice.

— J'allais justement, interrompis-je, vous venir
en aide dans votre discussion avec M. le docteur
Robert sur la persistance de la vie, en racontant le
fait que l'histoire a consigné, relativement à Charlotte de Corday[1].

— Nous y arrivons, interrompit M. Ledru, laissez-
moi dire. J'étais témoin, par conséquent à ce que je
dirai vous pourrez croire.

Dès deux heures de l'après-midi, j'avais pris mon
poste près de la statue de la Liberté. C'était par une
chaude matinée de juillet, le temps était lourd, le ciel
était couvert et promettait un orage.

À quatre heures l'orage éclata ; ce fut à ce moment-
là même, à ce que l'on dit, que Charlotte monta sur la
charrette.

On l'avait été prendre dans sa prison au moment
où un jeune peintre était occupé à faire son portrait.
La mort jalouse semblait vouloir que rien ne survé-
cût de la jeune fille, pas même son image.

La tête était ébauchée sur la toile, et, chose
étrange! au moment où le bourreau entra, le peintre
en était à cet endroit du cou que le fer de la guillotine allait trancher.

Les éclairs brillaient, la pluie tombait, le tonnerre
grondait; mais rien n'avait pu disperser la populace
curieuse: les quais, les ponts, les places étaient
encombrés; les rumeurs de la terre couvraient
presque les rumeurs du ciel. Ces femmes qu'on
appelait du nom énergique de *lécheuses de guillotine*
la poursuivaient de malédictions. J'entendais ces
rugissements venir à moi comme on entend ceux
d'une cataracte. Longtemps avant que l'on pût rien
apercevoir, la foule ondula; enfin, comme un navire
fatal, la charrette apparut, labourant le flot, et je pus
distinguer la condamnée, que je ne connaissais pas,
que je n'avais jamais vue.

C'était une belle jeune fille de vingt-sept ans, avec
des yeux magnifiques, un nez d'un dessin parfait,
des lèvres d'une régularité suprême. Elle se tenait
debout, la tête levée, moins pour paraître dominer
cette foule, que parce que ses mains liées derrière le
dos la forçaient de tenir sa tête ainsi. La pluie avait
cessé; mais comme elle avait supporté la pluie pendant les trois quarts du chemin, l'eau qui avait coulé
sur elle, dessinait sur la laine humide les contours
de son corps charmant: on eût dit qu'elle sortait
du bain. La chemise rouge dont l'avait revêtue le
bourreau donnait un aspect étrange, une splendeur
sinistre à cette tête si fière et si énergique. Au
moment où elle arrivait sur la place, la pluie cessa,
et un rayon de soleil, glissant entre deux nuages,
vint se jouer dans ses cheveux qu'il fit rayonner
comme une auréole. En vérité, je vous le jure, quoi-

qu'il y eût derrière cette jeune fille un meurtre, action terrible, même lorsqu'elle venge l'humanité, quoique je détestasse ce meurtre, je n'aurais su dire si ce que je voyais était une apothéose ou un supplice. En apercevant l'échafaud, elle pâlit; et cette pâleur fut sensible, surtout à cause de cette chemise rouge, qui montait jusqu'à son cou; mais presque aussitôt elle fit un effort, et acheva de se tourner vers l'échafaud qu'elle regarda en souriant.

La charrette s'arrêta; Charlotte sauta à terre sans vouloir permettre qu'on l'aidât à descendre, puis elle monta les marches de l'échafaud, rendues glissantes par la pluie qui venait de tomber, aussi vite que le lui permettaient la longueur de sa chemise traînante et la gêne de ses mains liées. En sentant la main de l'exécuteur se poser sur son épaule pour arracher le mouchoir qui couvrait son cou, elle pâlit une seconde fois; mais, à l'instant même, un dernier sourire vint démentir cette pâleur, et d'elle-même, sans qu'on l'attachât à l'infâme bascule, dans un élan sublime et presque joyeux, elle passa sa tête par la hideuse ouverture. Le couperet glissa, la tête détachée du tronc tomba sur la plate-forme et rebondit. Ce fut alors, écoutez bien ceci, docteur, écoutez bien ceci, poète, ce fut alors qu'un des valets du bourreau, nommé Legros, saisit cette tête par les cheveux, et, par une vile adulation à la multitude, lui donna un soufflet. Eh bien! je vous dis qu'à ce soufflet la tête rougit; je l'ai vue, la tête, non pas la joue, entendez-vous bien? non pas la joue touchée seulement, mais les deux joues, et cela d'une rougeur égale, car le sentiment vivait dans cette tête, et elle s'indignait d'avoir souffert une honte qui n'était point portée à l'arrêt.

Le peuple aussi vit cette rougeur, et il prit le parti de la morte contre le vivant, de la suppliciée contre le bourreau. Il demanda, séance tenante, vengeance de cette indignité, et, séance tenante, le misérable fut remis aux gendarmes et conduit en prison.

— Attendez, dit M. Ledru qui vit que le docteur voulait parler, attendez, ce n'est pas tout.

Je voulais savoir quel sentiment avait pu porter cet homme à l'acte infâme qu'il avait commis. Je m'informai du lieu où il était ; je demandai une permission pour le visiter à l'Abbaye[1], où on l'avait enfermé ; je l'obtins et j'allai le voir.

Un arrêt du tribunal révolutionnaire venait de le condamner à trois mois de prison. Il ne comprenait pas qu'il eût été condamné pour une chose si *naturelle* que celle qu'il avait faite.

Je lui demandai ce qui avait pu le porter à cette action.

— Tiens, dit-il, la belle question ! Je suis maratiste, moi ; je venais de la punir pour le compte de la loi ; j'ai voulu la punir pour mon compte.

— Mais, lui dis-je, vous n'avez donc pas compris qu'il y a presque un crime dans cette violation du respect dû à la mort ?

— Ah çà ! me dit Legros en me regardant fixement, vous croyez donc qu'ils sont morts parce qu'on les a guillotinés, vous ?

— Sans doute.

— Eh bien ! on voit que vous ne regardez pas dans le panier quand ils sont là tous ensemble ; que vous ne leur voyez pas tordre les yeux et grincer des dents, pendant cinq minutes encore après l'exécution. Nous sommes obligés de changer de panier tous les trois mois, tant ils en saccagent le fond avec les dents. C'est un tas de têtes d'aristocrates, voyez-vous, qui ne veulent pas se décider à mourir, et je ne serais pas étonné qu'un jour quelqu'une d'elles se mît à crier : Vive le roi !

Je savais tout ce que je voulais savoir ; je sortis, poursuivi par une idée : c'est qu'en effet ces têtes vivaient encore, et je résolus de m'en assurer.

# VI

## *Solange*

La nuit était tout à fait venue pendant le récit de M. Ledru. Les habitants du salon n'apparaissaient plus que comme des ombres, ombres non seulement muettes, mais encore immobiles, tant on craignait que M. Ledru ne s'arrêtât; car on comprenait que, derrière le récit terrible qu'il venait de faire, il y avait un récit plus terrible encore.

On n'entendait donc pas un souffle. Le docteur seul ouvrait la bouche. Je lui saisis la main pour l'empêcher de parler, et, en effet, il se tut.

Au bout de quelques secondes, M. Ledru continua :

— Je venais de sortir de l'Abbaye, et je traversais la place Taranne pour me rendre à la rue de Tournon, que j'habitais, lorsque j'entendis une voix de femme appelant au secours.

Ce ne pouvaient être des malfaiteurs, il était dix heures du soir à peine. Je courus vers l'angle de la place où j'avais entendu le cri, et je vis, à la lueur de la lune sortant d'un nuage, une femme qui se débattait au milieu d'une patrouille de sans-culottes.

Cette femme, de son côté, m'aperçut, et, remarquant à mon costume que je n'étais pas tout à fait un homme du peuple, elle s'élança vers moi en s'écriant :

— Eh! tenez, justement voici M. Albert que je connais; il vous dira que je suis bien la fille de la mère Ledieu, la blanchisseuse.

Et en même temps la pauvre femme, toute pâle et toute tremblante, me saisit le bras, se cramponnant à moi comme le naufragé à la planche de son salut.

— La fille de la mère Ledieu tant que tu voudras; mais tu n'as pas de carte de civisme, la belle fille, et tu vas nous suivre au corps de garde[1]!

La jeune femme me serra le bras ; je sentis tout ce qu'il y avait de terreur et de prière dans cette pression. J'avais compris.

Comme elle m'avait appelé du premier nom qui s'était offert à son esprit, je l'appelai, moi, du premier nom qui se présenta au mien.

— Comment ! c'est vous, ma pauvre Solange ? lui dis-je, que vous arrive-t-il donc ?

— Là, voyez-vous, messieurs ? reprit-elle.

— Il me semble que tu pourrais bien dire *citoyens*.

— Écoutez, monsieur le sergent, ce n'est point ma faute si je parle comme cela, dit la jeune fille ; ma mère avait des pratiques dans le grand monde, elle m'avait habituée à être polie, de sorte que c'est une mauvaise habitude que j'ai prise, je le sais bien, une habitude d'aristocrate ; mais, que voulez-vous, monsieur le sergent ! je ne puis pas m'en défaire.

Et il y avait dans cette réponse, faite d'une voix tremblante, une imperceptible raillerie que seul je reconnus. Je me demandais quelle pouvait être cette femme. Le problème était impossible à résoudre. Tout ce dont j'étais sûr, c'est qu'elle n'était point la fille d'une blanchisseuse.

— Ce qui m'arrive ? reprit-elle, citoyen Albert, voilà ce qui m'arrive. Imaginez-vous que je suis allée reporter du linge ; que la maîtresse de la maison était sortie ; que j'ai attendu, pour recevoir mon argent, qu'elle rentrât. Dame ! par le temps qui court, chacun a besoin de son argent. La nuit est venue ; je croyais rentrer au jour. Je n'avais pas pris ma carte de civisme ; je suis tombée au milieu de ces messieurs, pardon, je veux dire de ces citoyens, ils m'ont demandé ma carte, je leur ai dit que je n'en avais pas, ils ont voulu me conduire au corps de garde. J'ai crié, vous êtes accouru, justement une connaissance, alors j'ai été rassurée. Je me suis dit : « Puisque M. Albert sait que je m'appelle Solange, puisqu'il sait

que je suis la fille de la mère Ledieu, il répondra de
moi, n'est-ce pas, monsieur Albert ? »

— Certainement, je répondrai de vous et j'en
réponds.

— Bon ! dit le chef de la patrouille, et qui me
répondra de toi, monsieur le muscadin ?

— Danton. Cela te va-t-il ? Est-ce un bon patriote,
celui-là ?

— Ah ! si Danton répond de toi, il n'y a rien à dire.

— Eh bien ! c'est jour de séance aux Cordeliers ;
allons jusque-là.

— Allons jusque-là, dit le sergent ; citoyens sans-
culottes, en avant, marche !

Le club des Cordeliers se tenait dans l'ancien couvent des Cordeliers, rue de l'Observance ; nous y
fûmes en un instant. Arrivé à la porte, je déchirai
une page de mon portefeuille, j'écrivis quelques
mots au crayon, et je les remis au sergent en l'invitant à les porter à Danton, tandis que nous reste-
rions aux mains du caporal et de la patrouille. Le
sergent entra dans le club, et revint avec Danton.

— Comment ! me dit-il, c'est toi qu'on arrête, toi !
toi, mon ami ! toi, l'ami de Camille ! toi, un des
meilleurs républicains qui existent ! Allons donc !
Citoyen sergent, ajouta-t-il en se retournant vers le
chef des sans-culottes, je te réponds de lui. Cela te
suffit-il ?

— Tu réponds de lui ; mais réponds-tu d'elle ?
reprit l'obstiné sergent.

— D'elle ? de qui parles-tu ?

— De cette femme, pardieu !

— De lui, d'elle, de tout ce qui l'entoure ; es-tu
content ?

— Oui, je suis content, dit le sergent, surtout de
t'avoir vu.

— Ah ! pardieu ! ce plaisir-là, tu peux te le donner
gratis : regarde-moi tout à ton aise pendant que tu
me tiens.

— Merci ; continue de soutenir comme tu le fais les intérêts du peuple, et sois tranquille, le peuple te sera reconnaissant.

— Oh ! oui, avec cela que je compte là-dessus ! dit Danton.

— Veux-tu me donner une poignée de main ? continua le sergent.

— Pourquoi pas ?

Et Danton lui donna la main.

— Vive Danton ! cria le sergent.

— Vive Danton ! répéta toute la patrouille.

Et elle s'éloigna, conduite par son chef, qui, à dix pas, se retourna, et, agitant son bonnet rouge, cria encore une fois : « Vive Danton ! », cri qui fut répété par ses hommes.

J'allais remercier Danton, lorsque son nom, plusieurs fois répété dans l'intérieur du club, parvint jusqu'à nous.

— Danton ! Danton ! criaient plusieurs voix, à la tribune !

— Pardon, mon cher, me dit-il, tu entends, une poignée de main, et laisse-moi rentrer. J'ai donné la droite au sergent, je te donne la gauche. Qui sait ? le digne patriote avait peut-être la gale.

Et se retournant :

— Me voilà ! dit-il de cette voix puissante qui soulevait et calmait les orages de la rue, me voilà, attendez-moi.

Et il se rejeta dans l'intérieur du club.

Je restai seul à la porte avec mon inconnue.

— Maintenant, madame, lui dis-je, où faut-il que je vous conduise ? Je suis à vos ordres.

— Dame ! chez la mère Ledieu, me répondit-elle en riant, vous savez bien que c'est ma mère.

— Mais où demeure la mère Ledieu ?

— Rue Férou, nº 24.

— Allons chez la mère Ledieu, rue Férou, nº 24.

Nous redescendîmes la rue des Fossés-Monsieurle-Prince jusqu'à la rue des Fossés-Saint-Germain, puis la rue du Petit-Lion, puis nous remontâmes la place Saint-Sulpice, puis la rue Férou.

Tout ce chemin s'était fait sans que nous eussions échangé une parole.

Seulement aux rayons de la lune, qui brillait dans toute sa splendeur, j'avais pu l'examiner à mon aise.

C'était une charmante personne de vingt à vingt-deux ans, brune, avec de grands yeux bleus, plus spirituels que mélancoliques, un nez fin et droit, des lèvres railleuses, des dents comme des perles, des mains de reine, des pieds d'enfant; tout cela ayant, sous le costume vulgaire de la fille de la mère Ledieu, conservé une allure aristocratique qui avait, à bon droit, éveillé la susceptibilité du brave sergent et de sa belliqueuse patrouille.

En arrivant à la porte, nous nous arrêtâmes et nous nous regardâmes un instant en silence.

— Eh bien! que me voulez-vous, mon cher monsieur Albert? me dit mon inconnue en souriant.

— Je voulais vous dire, ma chère demoiselle Solange, que ce n'était point la peine de nous rencontrer pour nous quitter si vite.

— Mais je vous demande un million de pardons. Je trouve que c'est tout à fait la peine, au contraire, attendu que si je ne vous eusse pas rencontré, on m'eût conduite au corps de garde; on m'eût reconnue pour n'être pas la fille de la mère Ledieu; on eût découvert que j'étais une aristocrate, et l'on m'eût très probablement coupé le cou.

— Vous avouez donc que vous êtes une aristocrate?

— Moi, je n'avoue rien.

— Voyons, dites-moi au moins votre nom?

— Solange.

— Vous savez bien que ce nom, que je vous ai donné à tout hasard, n'est pas le vôtre.

— N'importe, je l'aime et je le garde… pour vous, du moins.

— Quel besoin avez-vous de le garder pour moi, si je ne dois pas vous revoir ?

— Je ne dis pas cela. Je dis seulement que si nous nous revoyons, il est aussi inutile que vous sachiez comment je m'appelle que moi comment vous vous appelez. Je vous ai nommé Albert, gardez ce nom d'Albert, comme je garde le nom de Solange.

— Eh bien ! soit ; mais écoutez, Solange, lui dis-je.

— Je vous écoute, Albert, répondit-elle.

— Vous êtes une aristocrate, vous l'avouez ?

— Quand je ne l'avouerais point, vous le devineriez, n'est-ce pas ? Ainsi mon aveu perd beaucoup de son mérite.

— Et en votre qualité d'aristocrate, vous êtes poursuivie ?

— Il y a bien quelque chose comme cela.

— Et vous vous cachez pour éviter les poursuites ?

— Rue Férou, 24, chez la mère Ledieu, dont le mari a été cocher de mon père. Vous voyez que je n'ai pas de secrets pour vous.

— Et votre père ?

— Je n'ai pas de secrets pour vous, mon cher monsieur Albert, en tant que ces secrets sont à moi ; mais les secrets de mon père ne sont pas les miens. Mon père se cache de son côté en attendant une occasion d'émigrer. Voilà tout ce que je puis vous dire.

— Et vous, que comptez-vous faire ?

— Partir avec mon père, si c'est possible ; si c'est impossible, le laisser partir seul et aller le rejoindre.

— Et ce soir, quand vous avez été arrêtée, vous reveniez de voir votre père ?

— J'en revenais.

— Écoutez-moi, chère Solange !

— Je vous écoute.

— Vous avez vu ce qui s'est passé ce soir.

— Oui, et cela m'a donné la mesure de votre crédit.

— Oh! mon crédit n'est pas grand, par malheur. Cependant j'ai quelques amis.

— J'ai fait connaissance ce soir avec l'un d'entre eux.

— Et vous le savez, celui-là n'est pas un des hommes les moins puissants de l'époque.

— Vous comptez employer son influence pour aider à la fuite de mon père?

— Non, je la réserve pour vous.

— Et pour mon père?

— Pour votre père, j'ai un autre moyen.

— Vous avez un autre moyen! s'écria Solange en s'emparant de mes mains et en me regardant avec anxiété.

— Si je sauve votre père, garderez-vous un bon souvenir de moi?

— Oh! je vous serai reconnaissante toute ma vie.

Et elle prononça ces mots avec une adorable expression de reconnaissance anticipée.

Puis me regardant avec un ton suppliant:

— Mais cela vous suffira-t-il? demanda-t-elle.

— Oui, répondis-je.

— Allons! je ne m'étais pas trompée, vous êtes un noble cœur. Je vous remercie au nom de mon père et au mien, et quand vous ne réussiriez pas dans l'avenir, je n'en suis pas moins votre redevable pour le passé.

— Quand nous reverrons-nous, Solange?

— Quand avez-vous besoin de me revoir?

— Demain, j'espère avoir quelque chose de bon à vous apprendre.

— Eh bien! revoyons-nous demain.

— Où cela?

— Ici, si vous voulez?

— Ici, dans la rue?

— Eh! mon Dieu! vous voyez que c'est encore le

plus sûr ; depuis une demi-heure que nous causons à cette porte, il n'est point passé une seule personne.

— Pourquoi ne monterais-je pas chez vous, ou pourquoi ne viendriez-vous pas chez moi ?

— Parce que, venant chez moi, vous compromettez les braves gens qui m'ont donné asile ; parce qu'en allant chez vous, je vous compromets.

— Oh bien ! soit ; je prendrai la carte d'une de mes parentes, et je vous la donnerai.

— Oui, pour qu'on guillotine votre parente si, par hasard, je suis arrêtée.

— Vous avez raison, je vous apporterai une carte au nom de Solange.

— À merveille ! vous verrez que Solange finira par être mon seul et véritable nom.

— Votre heure ?

— La même où nous nous sommes rencontrés aujourd'hui. Dix heures si vous voulez.

— Soit, dix heures. Et comment nous rencontrerons-nous ?

— Oh ! ce n'est pas bien difficile. À dix heures moins cinq minutes vous serez à la porte ; à dix heures je descendrai.

— Donc, demain à dix heures, chère Solange.

— Demain, à dix heures, cher Albert.

Je voulus lui baiser la main, elle me présenta le front.

Le lendemain soir, à neuf heures et demie, j'étais dans la rue.

À dix heures moins un quart, Solange ouvrait la porte. Chacun de nous avait devancé l'heure.

Je ne fis qu'un bond jusqu'à elle.

— Je vois que vous avez de bonnes nouvelles, dit-elle en souriant.

— D'excellentes ; d'abord, voici votre carte.

— D'abord mon père.

Et elle repoussa ma main.

— Votre père est sauvé, s'il le veut.

— S'il le veut, dites-vous ? Que faut-il qu'il fasse ?

— Il faut qu'il ait confiance en moi.

— C'est déjà chose faite.

— Vous l'avez vu ?

— Oui.

— Vous vous êtes exposée.

— Que voulez-vous ? Il le faut ; mais Dieu est là !

— Et vous lui avez tout dit, à votre père ?

— Je lui ai dit que vous m'aviez sauvé la vie hier, et que vous lui sauveriez peut-être la vie demain.

— Demain, oui, justement demain, s'il veut, je lui sauve la vie.

— Comment cela ? dites, voyons, parlez. Quelle admirable rencontre aurais-je faite si tout cela réussissait !

— Seulement…, dis-je en hésitant.

— Eh bien ?

— Vous ne pourrez point partir avec lui.

— Quant à cela, ne vous ai-je point dit que ma résolution était prise ?

— D'ailleurs, plus tard, je suis sûr de vous avoir un passeport.

— Parlons de mon père d'abord, nous parlerons de moi après.

— Eh bien ! je vous ai dit que j'avais des amis, n'est-ce pas ?

— Oui.

— J'en ai été voir un aujourd'hui.

— Après ?

— Un homme que vous connaissez de nom, et dont le nom est un garant de courage, de loyauté et d'honneur.

— Et ce nom, c'est… ?

— Marceau.

— Le général Marceau[1] ?

— Justement.

— Vous avez raison, si celui-là a promis, il tiendra.

— Eh bien! il a promis.

— Mon Dieu! que vous me faites heureuse!
Voyons, qu'a-t-il promis? dites.

— **Il a promis de nous** servir.

— **Comment cela?**

— Ah! d'une manière bien simple. Kléber[1] vient
de le faire nommer général en chef de l'armée de
l'Ouest. Il part demain soir.

— Demain soir; mais nous n'aurons le temps de
rien préparer.

— Nous n'avons rien à préparer.

— Je ne comprends pas.

— Il emmène votre père.

— Mon père!

— Oui, en qualité de secrétaire. Arrivé en Vendée,
votre père engage à Marceau sa parole de ne pas servir contre la France, et, une nuit, il gagne un camp
vendéen: de la Vendée, il passe en Bretagne, en
Angleterre. Quand il est installé à Londres, il vous
donne de ses nouvelles; je vous procure un passeport, et vous allez le rejoindre à Londres.

— Demain! s'écria Solange. Mon père partirait
demain!

— Mais il n'y a pas de temps à perdre.

— Mon père n'est pas prévenu.

— Prévenez-le.

— Ce soir?

— Ce soir.

— Mais comment, à cette heure?

— Vous avez une carte et mon bras.

— Vous avez raison. Ma carte?

Je la lui donnai; elle la mit dans sa poitrine.

— Maintenant, votre bras?

Je lui donnai mon bras, et nous partîmes.

Nous descendîmes jusqu'à la place Taranne, c'est-
à-dire jusqu'à l'endroit où je l'avais rencontrée la
veille.

— Attendez-moi ici, me dit-elle.

Je m'inclinai et j'attendis.

Elle disparut au coin de l'ancien hôtel Matignon ; puis, au bout d'un quart d'heure, elle reparut.

— Venez, dit-elle, mon père veut vous voir et vous remercier.

Elle reprit mon bras et me conduisit rue Saint-Guillaume, en face de l'hôtel Mortemart.

Arrivée là, elle tira une clef de sa poche, ouvrit une petite porte bâtarde, me prit par la main, me guida jusqu'au deuxième étage, et frappa d'une façon particulière.

Un homme de quarante-huit à cinquante ans ouvrit la porte. Il était vêtu en ouvrier, et paraissait exercer l'état de relieur de livres.

Mais aux premiers mots qu'il me dit, aux premiers remerciements qu'il m'adressa, le grand seigneur s'était trahi.

— Monsieur, me dit-il, la Providence vous a envoyé à nous, et je vous reçois comme un envoyé de la Providence. Est-il vrai que vous pouvez me sauver, et surtout que vous voulez me sauver ?

Je lui racontai tout, je lui dis comment Marceau se chargerait de l'emmener en qualité de secrétaire, et ne lui demandait rien autre chose que la promesse de ne point porter les armes contre la France.

— Cette promesse, je vous la fais de bon cœur, et je la lui renouvellerai.

— Je vous en remercie en son nom et au mien.

— Mais quand Marceau part-il ?

— Demain.

— Dois-je me rendre chez lui cette nuit ?

— Quand vous voudrez ; il vous attendra toujours.

Le père et la fille se regardèrent.

— Je crois qu'il serait plus prudent de vous y rendre dès ce soir, mon père, dit Solange.

— Soit. Mais si l'on m'arrête, je n'ai pas de carte de civisme.

— Voici la mienne.

— Mais vous ?

— Oh ! moi, je suis connu.

— Où demeure Marceau ?

— Rue de l'Université, n° 40, chez sa sœur, made-moiselle Desgraviers-Marceau.

— M'y accompagnez-vous.

— Je vous suivrai par derrière pour pouvoir rame-ner mademoiselle quand vous serez entré.

— Et comment Marceau saura-t-il que je suis l'homme dont vous lui avez parlé ?

— Vous lui remettrez cette cocarde tricolore, c'est le signe de reconnaissance.

— Que ferai-je pour mon libérateur ?

— Vous me chargerez du salut de votre fille comme elle m'a chargé du vôtre.

— Allons.

Il mit son chapeau et éteignit les lumières.

Nous descendîmes à la lueur d'un rayon de lune qui filtrait par les fenêtres de l'escalier.

À la porte, il prit le bras de sa fille, appuya à droite, et, par la rue des Saints-Pères, gagna la rue de l'Uni-versité.

Je les suivais toujours à dix pas.

On arriva au numéro 40 sans avoir rencontré per-sonne.

Je m'approchai d'eux.

— C'est de bon augure, dis-je ; maintenant, vou-lez-vous que j'attende ou que je monte avec vous ?

— Non, ne vous compromettez pas davantage ; attendez ma fille ici.

Je m'inclinai.

— Encore une fois, merci et adieu, me dit-il, me tendant la main. La langue n'a point de mots pour traduire les sentiments que je vous ai voués. J'espère que Dieu un jour me mettra à même de vous expri-mer toute ma reconnaissance.

Je lui répondis par un simple serrement de main.

Il entra ; Solange le suivit. Mais, elle aussi, avant d'entrer, me serra la main.

Au bout de dix minutes, la porte se rouvrit.

— Eh bien ? lui dis-je.

— Eh bien ! reprit-elle, votre ami est bien digne d'être votre ami ; c'est-à-dire qu'il a toutes les délicatesses. Il comprend que je serai heureuse de rester avec mon père jusqu'au moment du départ. Sa sœur me fait dresser un lit dans sa chambre. Demain, à trois heures de l'après-midi, mon père sera hors de tout danger. Demain, à dix heures du soir, comme aujourd'hui, si vous croyez que le remerciement d'une fille qui vous devra son père vaille la peine de vous déranger, venez le chercher rue Férou.

— Oh ! certes, j'irai. Votre père ne vous a rien dit pour moi ?

— Il vous remercie de votre carte que voici, et vous prie de me renvoyer à lui le plus tôt qu'il vous sera possible.

— Ce sera quand vous voudrez, Solange, répondis-je, le cœur serré.

— Faut-il au moins que je sache où rejoindre mon père, dit-elle.

Puis en souriant :

— Oh ! vous n'êtes pas encore débarrassé de moi.

Je pris sa main et la serrai contre mon cœur.

Mais elle, me présentant son front comme la veille :

— À demain, dit-elle.

Et appuyant mes lèvres contre son front, ce ne fut plus seulement sa main que je serrai contre mon cœur, mais sa poitrine frémissante, mais son cœur bondissant.

Je rentrai chez moi joyeux d'âme comme jamais je ne l'avais été. Était-ce la conscience de la bonne action que j'avais faite ? était-ce que déjà j'aimais l'adorable créature ?

Je ne sais si je dormis ou si je veillai ; je sais que toutes les harmonies de la nature chantaient en moi ; je sais que la nuit me parut sans fin, le jour immense ; je sais que, tout en poussant le temps devant moi, j'eusse voulu le retenir pour ne pas perdre une minute des jours que j'avais encore à vivre.

Le lendemain, j'étais à neuf heures dans la rue Férou.

À neuf heures et demie, Solange parut.

Elle vint à moi et me jeta les bras autour du cou.

— Sauvé, dit-elle, mon père est sauvé, et c'est à vous que je dois son salut ! Oh ! que je vous aime !

Quinze jours après, Solange reçut une lettre qui lui annonçait que son père était en Angleterre.

Le lendemain, je lui apportai un passeport.

En le recevant, Solange fondit en larmes.

— Vous ne m'aimez donc pas ? dit-elle.

— Je vous aime plus que ma vie, répondis-je ; mais j'ai engagé ma parole à votre père, et avant tout je dois tenir ma parole.

— Alors, dit-elle, c'est moi qui manquerai à la mienne. Si tu as le courage de me laisser partir, Albert, moi, je n'ai pas le courage de te quitter.

Hélas ! elle resta.


# VII

## *Albert*


Comme à la première interruption du récit de M. Ledru, il se fit un moment de silence.

Silence mieux respecté encore que la première fois, car on sentait qu'on approchait de la fin de l'histoire, et M. Ledru avait dit que, cette histoire, il n'aurait peut-être pas la force de la finir.

Mais presque aussitôt il reprit :

— Trois mois s'étaient écoulés depuis cette soirée où il avait été question du départ de Solange, et, depuis cette soirée, pas un mot de séparation n'avait été prononcé.

Solange avait désiré un logement rue Taranne. Je l'avais pris sous le nom de Solange ; je ne lui en connaissais pas d'autre, comme elle ne m'en connaissait pas d'autre qu'Albert. Je l'avais fait entrer dans une institution de jeunes filles en qualité de sous-maîtresse, et cela pour la soustraire plus sûrement aux recherches de la police révolutionnaire, devenues plus actives que jamais.

Les dimanches et les jeudis nous les passions ensemble dans ce petit appartement de la rue Taranne : de la fenêtre de la chambre à coucher, nous voyions la place où nous nous étions rencontrés pour la première fois.

Chaque jour nous recevions une lettre, elle au nom de Solange, moi au nom d'Albert.

Ces trois mois avaient été les plus heureux de ma vie.

Cependant je n'avais pas renoncé à ce dessein qui m'était venu à la suite de ma conversation avec le valet du bourreau. J'avais demandé et obtenu la permission de faire des expériences sur la persistance de la vie après le supplice, et ces expériences m'avaient démontré que la douleur survivait au supplice et devait être terrible.

— Ah ! voilà ce que je nie, s'écria le docteur.

— Voyons, reprit M. Ledru, nierez-vous que le couteau frappe à l'endroit de notre corps le plus sensible, à cause des nerfs qui y sont réunis ? Nierez-vous que le cou renferme tous les nerfs des membres supérieurs : le sympathique, le vagus, le phrénicus, enfin la moelle épinière, qui est la source même des nerfs qui appartiennent aux membres inférieurs ? Nierez-vous que le brisement, que l'écrasement de la colonne vertébrale osseuse ne produise une des plus atroces douleurs qu'il soit donné à une créature humaine d'éprouver?

— Soit, dit le docteur; mais cette douleur ne dure que quelques secondes.

— Oh! c'est ce que je nie à mon tour, s'écria M. Ledru avec une profonde conviction; et puis, ne durât-elle que quelques secondes, pendant ces quelques secondes *le sentiment, la personnalité, le moi* restent vivants; la tête entend, voit, sent et juge la séparation de son être, et qui dira si la courte durée de la souffrance peut compenser l'horrible intensité de cette souffrance\*?

— Ainsi, à votre avis, le décret de l'Assemblée constituante qui a substitué la guillotine à la potence était une erreur philanthropique, et mieux valait être pendu que décapité?

— Sans aucun doute, beaucoup se sont pendus ou ont été pendus, qui sont revenus à la vie. Eh bien! ceux-là ont pu dire la sensation qu'ils ont éprouvée. C'est celle d'une apoplexie foudroyante, c'est-à-dire d'un sommeil profond sans aucune douleur particulière, sans aucun sentiment d'une angoisse quelconque, une espèce de flamme qui jaillit devant les yeux, et qui, peu à peu, se change en couleur bleue, puis en obscurité, lorsque l'on tombe en syncope. Et, en effet, docteur, vous savez cela mieux que personne. L'homme auquel on comprime le cerveau avec le doigt, à un endroit où manque un morceau du crâne, cet homme n'éprouve aucune douleur, seulement il s'endort. Eh bien! le même phénomène arrive quand le cerveau est comprimé par un amoncellement de sang. Or, chez le pendu, le sang s'amoncelle, d'abord parce qu'il entre dans le cerveau par les artères vertébrales, qui, traversant les

---

\* Ce n'est pas pour faire de l'horrible à froid que nous nous appesantissons sur un pareil sujet, mais il nous semble qu'au moment où l'on se préoccupe de l'abolition de la peine de mort, une pareille dissertation n'était pas oiseuse.

canaux osseux du cou, ne peuvent être comprimées ; ensuite parce que, tendant à refluer par les veines du cou, il se trouve arrêté par le lien qui noue le cou et les veines.

— Soit, dit le docteur, mais revenons aux expériences. J'ai hâte d'arriver à cette fameuse tête qui a parlé.

Je crus entendre comme un soupir s'échapper de la poitrine de M. Ledru. Quant à voir son visage, c'était impossible. Il faisait nuit complète.

— Oui, dit-il, en effet, je m'écarte de mon sujet, docteur, revenons à mes expériences.

Malheureusement, les sujets ne me manquaient point.

Nous étions au plus fort des exécutions, on guillotinait trente ou quarante personnes par jour, et une si grande quantité de sang coulait sur la place de la Révolution, que l'on avait été obligé de pratiquer autour de l'échafaud un fossé de trois pieds de profondeur.

Ce fossé était recouvert de planches.

Une de ces planches tourna sous le pied d'un enfant de huit ou dix ans qui tomba dans ce hideux fossé et s'y noya.

Il va sans dire que je me gardais bien de dire à Solange à quoi j'occupais mon temps les jours où je ne la voyais pas ; au reste, je dois avouer que j'avais d'abord éprouvé une forte répugnance pour ces pauvres débris humains, et que j'avais été effrayé de l'arrière-douleur que mes expériences ajoutaient peut-être au supplice. Mais enfin je m'étais dit que ces études auxquelles je me livrais étaient faites au profit de la société tout entière, attendu que si je parvenais jamais à faire partager mes convictions à une réunion de législateurs, j'arriverais peut-être à faire abolir la peine de mort.

Au fur et à mesure que mes expériences donnaient des résultats, je les consignais dans un mémoire.

Au bout de deux mois, j'avais fait sur la persistance de la vie après le supplice toutes les expériences que l'on peut faire. Je résolus de pousser ces expériences encore plus loin, s'il était possible, à l'aide du galvanisme et de l'électricité.

On me livra le cimetière de Clamart et l'on mit à ma disposition toutes les têtes et tous les corps des suppliciés.

On avait changé pour moi en laboratoire une petite chapelle qui était bâtie à l'angle du cimetière. Vous le savez, après avoir chassé les rois de leurs palais, on chassa Dieu de ses églises.

J'avais là une machine électrique et trois ou quatre de ces instruments appelés *excitateurs*.

Vers cinq heures arrivait le terrible convoi. Les corps étaient pêle-mêle dans le tombereau, les têtes pêle-mêle dans un sac.

Je prenais au hasard une ou deux têtes et un ou deux corps; on jetait le reste dans la fosse commune.

Le lendemain, les têtes et les corps sur lesquels j'avais expérimenté la veille étaient joints au convoi du jour. Presque toujours mon frère m'aidait dans ces expériences.

Au milieu de tous ces contacts avec la mort, mon amour pour Solange augmentait chaque jour. De son côté, la pauvre enfant m'aimait de toutes les forces de son cœur.

Bien souvent j'avais pensé à en faire ma femme, bien souvent nous avions mesuré le bonheur d'une pareille union; mais, pour devenir ma femme, il fallait que Solange dît son nom, et son nom, qui était celui d'un émigré, d'un aristocrate, d'un proscrit, portait la mort avec lui.

Son père lui avait écrit plusieurs fois pour hâter son départ, mais elle lui avait dit notre amour. Elle lui avait demandé son consentement à notre mariage, qu'il avait accordé; tout allait donc bien de ce côté-là.

Cependant au milieu de tous ces procès terribles,

un procès plus terrible que les autres nous avait profondément attristés tous deux.

C'était le procès de la reine Marie-Antoinette.

Commencé le 4 octobre, ce procès se poursuivait avec activité : le 14 octobre, elle avait comparu devant le tribunal révolutionnaire ; le 16, à quatre heures du matin, elle avait été condamnée ; le jour même, à onze heures, elle était montée sur l'échafaud.

Le matin, j'avais reçu une lettre de Solange qui m'écrivait qu'elle ne voulait point laisser passer une pareille journée sans me voir.

J'arrivai vers deux heures à notre petit appartement de la rue Taranne, et je trouvai Solange tout en pleurs. J'étais moi-même profondément affecté de cette exécution. La reine avait été si bonne pour moi dans ma jeunesse, que j'avais gardé un profond souvenir de cette bonté.

Oh ! je me souviendrai toujours de cette journée : c'était un mercredi ; il y avait dans Paris plus que de la tristesse, il y avait de la terreur.

Quant à moi, j'éprouvais un étrange découragement, quelque chose comme le pressentiment d'un grand malheur. J'avais voulu essayer de rendre des forces à Solange, qui pleurait, renversée dans mes bras, et les paroles consolatrices m'avaient manqué parce que la consolation n'était pas dans mon cœur.

Nous passâmes comme d'habitude la nuit ensemble ; notre nuit fut plus triste encore que notre journée. Je me rappelle qu'un chien enfermé dans un appartement au-dessous du nôtre hurla jusqu'à deux heures du matin.

Le lendemain nous nous informâmes ; son maître était sorti en emportant la clef ; dans la rue il avait été arrêté, conduit au tribunal révolutionnaire ; condamné à trois heures, il avait été exécuté à quatre.

Il fallait nous quitter ; les classes de Solange com-

mençaient à neuf heures du matin. Son pensionnat
était situé près du Jardin des Plantes.

J'hésitai longtemps à la laisser aller. Elle-même ne
pouvait se résoudre à me quitter. Mais rester deux
jours dehors, c'était s'exposer à des investigations
toujours dangereuses dans la situation de Solange.

Je fis avancer une voiture, et la conduisis jusqu'au
coin de la rue des Fossés-Saint-Bernard ; là je descendis pour la laisser continuer son chemin. Pendant
toute la route, nous nous étions tenus embrassés
sans prononcer une parole, mêlant nos larmes, qui
coulaient jusque sur nos lèvres, mêlant leur amer-
tume à la douceur de nos baisers.

Je descendis du fiacre ; mais, au lieu de m'en aller
de mon côté, je restai cloué à la même place, pour
voir plus longtemps la voiture qui l'emportait. Au
bout de vingt pas, la voiture s'arrêta, Solange passa
sa tête par la portière, comme si elle eût deviné que
j'étais encore là. Je courus à elle. Je remontai dans
le fiacre ; je refermai les glaces. Je la pressai encore
une fois dans mes bras. Mais neuf heures sonnèrent
à Saint-Étienne-du-Mont. J'essuyai ses larmes, je
fermai ses lèvres d'un triple baiser, et, sautant en
bas de la voiture, je m'éloignai tout courant.

Il me sembla que Solange me rappelait ; mais
toutes ces larmes, toutes ces hésitations pouvaient
être remarquées. J'eus le fatal courage de ne pas me
retourner.

Je rentrai chez moi désespéré. Je passai la journée à écrire à Solange ; le soir, je lui envoyai un
volume.

Je venais de faire jeter ma lettre à la poste, lorsque
j'en reçus une d'elle.

Elle avait été fort grondée ; on lui avait fait une
foule de questions et on l'avait menacée de lui retirer sa première sortie.

Sa première sortie était le dimanche suivant ; mais
Solange me jurait qu'en tout cas, dût-elle rompre

avec la maîtresse de pension, elle me verrait ce jour-là.

Moi aussi, je le jurai ; il me semblait que si j'étais sept jours sans la voir, ce qui arriverait si elle n'usait pas de sa première sortie, je deviendrais fou.

D'autant plus que Solange exprimait quelque inquiétude ; une lettre qu'elle avait trouvée à sa pension en y rentrant, et qui venait de son père, lui paraissait avoir été décachetée.

Je passai une mauvaise nuit, une plus mauvaise journée le lendemain. J'écrivis comme d'habitude à Solange, et, comme c'était mon jour d'expérience, vers trois heures je passai chez mon frère afin de l'emmener avec moi à Clamart.

Mon frère n'était pas chez lui ; je partis seul.

Il faisait un temps affreux ; la nature, désolée, se fondait en pluie, de cette pluie froide et torrentueuse qui annonce l'hiver. Tout le long de mon chemin, j'entendais les crieurs publics hurler d'une voix éraillée la liste des condamnés du jour ; elle était nombreuse : il y avait des hommes, des femmes et des enfants. La sanglante moisson était abondante, et les sujets ne me manqueraient pas pour la séance que j'allais faire le soir.

Les jours finissaient de bonne heure. À quatre heures, j'arrivai à Clamart ; il faisait presque nuit.

L'aspect de ce cimetière, avec ses vastes tombes fraîchement remuées, avec ses arbres rares et cliquetant au vent comme des squelettes, était sombre et presque hideux.

Tout ce qui n'était pas terre retournée était herbe, chardons ou orties. Chaque jour la terre retournée envahissait la terre verte.

Au milieu de tous ces boursouflements du sol, la fosse du jour était béante et attendait sa proie ; on avait prévu le surcroît de condamnés, et la fosse était plus grande que d'habitude.

Je m'en approchai machinalement. Tout le fond

était plein d'eau; pauvres cadavres nus et froids qu'on allait jeter dans cette eau froide comme eux!

En arrivant près de la fosse, mon pied glissa et je faillis tomber dedans, mes cheveux se hérissèrent. J'étais mouillé, j'avais le frisson, je m'acheminai vers mon laboratoire.

C'était, comme je l'ai dit, une ancienne chapelle. Je cherchai des yeux; pourquoi cherchai-je? cela, je n'en sais rien. Je cherchai des yeux s'il restait à la muraille, ou sur ce qui avait été l'autel, quelque signe de culte; la muraille était nue, l'autel était ras. À la place où était autrefois le tabernacle, c'est-à-dire Dieu, c'est-à-dire la vie, il y avait un crâne dépouillé de sa chair et de ses cheveux, c'est-à-dire la mort, c'est-à-dire le néant.

J'allumai ma chandelle; je la posai sur ma table à expérience, toute chargée de ces outils de forme étrange que j'avais inventés moi-même, et je m'assis, rêvant à quoi? à cette pauvre reine que j'avais vue si belle, si heureuse, si aimée; qui, la veille, poursuivie des imprécations de tout un peuple, avait été conduite en charrette à l'échafaud et qui, à cette heure, la tête séparée du corps, dormait dans la bière des pauvres, elle qui avait dormi sous les lambris dorés des Tuileries, de Versailles et de Saint-Cloud.

Pendant que je m'abîmais dans ces sombres réflexions, la pluie redoublait, le vent passait en larges rafales, jetant sa plainte lugubre parmi les branches des arbres, parmi les tiges des herbes qu'il faisait frissonner.

À ce bruit se mêla bientôt comme un roulement de tonnerre lugubre; seulement ce tonnerre, au lieu de gronder dans les nues, bondissait sur le sol qu'il faisait trembler.

C'était le roulement du rouge tombereau qui revenait de la place de la Révolution et qui entrait à Clamart.

La porte de la petite chapelle s'ouvrit, et deux hommes ruisselant d'eau entrèrent portant un sac.

L'un était ce même Legros que j'avais visité en prison, l'autre était un fossoyeur.

— Tenez, monsieur Ledru, me dit le valet du bourreau, voilà votre affaire ; vous n'avez pas besoin de vous presser ce soir ; nous vous laissons tout le bataclan ; demain on les enterrera ; il fera jour. Ils ne s'enrhumeront pas pour avoir passé une nuit à l'air.

Et avec un rire hideux, ces deux stipendiés de la mort posèrent leur sac dans l'angle, près de l'ancien autel à ma gauche devant moi.

Puis ils sortirent sans refermer la porte, qui se mit à battre contre son chambranle, laissant passer des bouffées de vent qui faisaient vaciller la flamme de ma chandelle, qui montait pâle et pour ainsi dire mourante le long de sa mèche noircie.

Je les entendis dételer le cheval, fermer le cimetière et partir, laissant le tombereau plein de cadavres.

J'avais eu grande envie de m'en aller avec eux ; mais je ne sais pourquoi quelque chose me retenait à ma place, tout frissonnant. Certes, je n'avais pas peur ; mais le bruit de ce vent, le fouettement de cette pluie, le cri de ces arbres qui se tordaient, les sifflements de cet air qui faisait trembler ma lumière, tout cela secouait sur ma tête un vague effroi, qui de la racine humide de mes cheveux se répandait par tout mon corps.

Tout à coup il me sembla qu'une voix douce et lamentable à la fois, qu'une voix qui partait de l'enceinte même de la petite chapelle, prononçait le nom d'Albert.

Oh ! pour le coup je tressaillis. Albert !... Une seule personne au monde me nommait ainsi.

Mes yeux égarés firent lentement le tour de la petite chapelle, dont, si étroite qu'elle fût, ma lumière ne suffisait pas pour éclairer les parois, et s'arrêtèrent sur le sac dressé à l'angle de l'autel, et dont la toile sanglante et bosselée indiquait le funèbre contenu.

Au moment où mes yeux s'arrêtaient sur le sac, la même voix, mais plus faible, mais plus lamentable encore, répéta le même nom.

— Albert !

Je me redressai froid d'épouvante : cette voix semblait venir de l'intérieur du sac.

Je me tâtai pour savoir si je dormais ou si j'étais éveillé ; puis, roide, marchant comme un homme de pierre, les bras étendus, je me dirigeai vers le sac, où je plongeai une de mes mains.

Alors il me sembla que des lèvres encore tièdes s'appuyaient sur ma main.

J'en étais à ce degré de terreur où l'excès de la terreur même nous rend le courage. Je pris cette tête, et, revenant à mon fauteuil, où je tombai assis, je la posai sur la table.

Oh ! je jetai un cri terrible. Cette tête, dont les lèvres semblaient tièdes encore, dont les yeux étaient à demi fermés, c'était la tête de Solange !

Je crus être fou. Je criai trois fois :

— Solange ! Solange ! Solange !

À la troisième fois, les yeux se rouvrirent, me regardèrent, laissèrent tomber deux larmes, et, jetant une flamme humide comme si l'âme s'en échappait, se refermèrent pour ne plus se rouvrir.

Je me levai fou, insensé, furieux ; je voulais fuir ; mais, en me relevant, j'accrochai la table avec le pan de mon habit ; la table tomba, entraînant la chandelle qui s'éteignit, la tête qui roula, m'entraînant moi-même éperdu. Alors, il me sembla, couché à terre, voir cette tête glisser vers la mienne sur la pente des dalles : ses lèvres touchèrent mes lèvres, un frisson de glace passa par tout mon corps ; je jetai un gémissement, et je m'évanouis.

Le lendemain, à six heures du matin, les fossoyeurs

me retrouvèrent aussi froid que la dalle sur laquelle j'étais couché.

Solange, reconnue par la lettre de son père, avait été arrêtée le jour même, condamnée le jour même, et exécutée le jour même.

Cette tête qui m'avait parlé, ces yeux qui m'avaient regardé, ces lèvres qui avaient baisé mes lèvres, c'étaient les lèvres, les yeux, la tête de Solange.

— Vous savez, Lenoir, continua M. Ledru, se retournant vers le chevalier, c'est à cette époque que je faillis mourir.

# VIII

## *Le Chat, l'huissier et le squelette*

L'effet produit par le récit de M. Ledru fut terrible ; nul de nous ne songea à réagir contre cette impression, pas même le docteur. Le chevalier Lenoir, interpellé par M. Ledru, répondait par un simple signe d'adhésion ; la dame pâle, qui s'était un instant soulevée sur son canapé, était retombée au milieu de ses coussins, et n'avait donné signe d'existence que par un soupir ; le commissaire de police, qui ne voyait pas dans tout cela matière à verbaliser, ne soufflait pas mot. Pour mon compte, je notais tous les détails de la catastrophe dans mon esprit, afin de les retrouver, s'il me plaisait de les raconter un jour, et quant à Alliette et à l'abbé Moulle, l'aventure rentrait trop complètement dans leurs idées pour qu'ils essayassent de la combattre.

Au contraire, l'abbé Moulle rompit le premier le silence, et, résumant en quelque sorte l'opinion générale :

— Je crois parfaitement à ce que vous venez de

nous raconter, mon cher Ledru, dit-il; mais comment vous expliquez-vous *ce fait*, comme on dit en langage matériel?

— Je ne me l'explique pas, dit M. Ledru; je le raconte; voilà tout.

— Oui, comment l'expliquez-vous? demanda le docteur, car enfin, quelle que soit la persistance de la vie, vous n'admettez pas qu'au bout de deux heures, une tête coupée parle, regarde, agisse.

— Si je me l'étais expliqué, mon cher docteur, dit M. Ledru, je n'aurais pas fait à la suite de cet événement une si terrible maladie.

— Mais enfin, docteur, dit le chevalier Lenoir, comment l'expliquez-vous vous-même? car vous n'admettez point que Ledru vienne de nous raconter une histoire inventée à plaisir; sa maladie est un fait matériel aussi.

— Parbleu! la belle affaire! Par une hallucination, M. Ledru a cru voir, M. Ledru a cru entendre; c'est exactement pour lui comme s'il avait vu et entendu. Les organes qui transmettent la perception au *sensorium*, c'est-à-dire au cerveau, peuvent être troublés par les circonstances qui influent sur eux; dans ce cas-là, ils se troublent, et, en se troublant, transmettent des perceptions fausses: on croit entendre, on entend; on croit voir, et on voit. Le froid, la pluie, l'obscurité avaient troublé les organes de M. Ledru, voilà tout. Le fou aussi voit et entend ce qu'il croit voir et entendre; l'hallucination est une folie momentanée; on en garde la mémoire lorsqu'elle a disparu. Voilà tout.

— Mais quand elle ne disparaît pas? demanda l'abbé Moulle.

— Eh bien! alors la maladie rentre dans l'ordre des maladies incurables, et l'on en meurt.

— Et avez-vous traité parfois ces sortes de maladies, docteur?

— Non, mais j'ai connu quelques médecins les

ayant traitées, et entre autres un docteur anglais qui accompagnait Walter Scott à son voyage en France[1].

— Lequel vous a raconté… ?

— Quelque chose de pareil à ce que vient de nous dire notre hôte, quelque chose peut-être de plus extra-ordinaire même.

— Et que vous expliquez par le côté matériel ? demanda l'abbé Moulle.

— Naturellement.

— Et ce fait qui vous a été raconté par le docteur anglais, vous pouvez nous le raconter, à nous ?

— Sans doute.

— Ah ! racontez, docteur, racontez.

— Le faut-il ?

— Mais, sans doute ! s'écria tout le monde.

— Soit. Le docteur qui accompagnait Walter Scott en France se nommait le docteur Sympson : c'était un des hommes les plus distingués de la Faculté d'Édimbourg, et lié, par conséquent, avec les personnes les plus considérables de la ville.

Au nombre de ces personnes, était un juge au tribunal criminel dont il ne m'a pas dit le nom. Le nom était le seul secret qu'il trouvât convenable de garder dans toute cette affaire.

Ce juge, auquel il donnait des soins habituels comme docteur, sans aucune cause apparente de dérangement dans la santé, dépérissait à vue d'œil : une sombre mélancolie s'était emparée de lui. Sa famille avait, en différentes occasions, interrogé le docteur, et le docteur, de son côté, avait interrogé son ami sans tirer autre chose de lui que des réponses vagues qui n'avaient fait qu'irriter son inquiétude en lui prouvant qu'un secret existait, mais que, ce secret, le malade ne voulait pas le dire.

Enfin, un jour le docteur Sympson insista tellement pour que son ami lui avouât qu'il était malade, que celui-ci, lui prenant les mains avec un sourire triste :

— Eh bien! oui, lui dit-il, je suis malade, et ma maladie, cher docteur, est d'autant plus incurable, qu'elle est tout entière dans mon imagination.

— Comment! dans votre imagination?

— Oui, je deviens fou.

— Vous devenez fou! Et en quoi? je vous le demande. Vous avez le regard lucide, la voix calme (il lui prit la main), le pouls excellent.

— Et voilà justement ce qui fait la gravité de mon état, cher docteur, c'est que je le vois et que je le juge.

— Mais enfin en quoi consiste votre folie?

— Fermez la porte, qu'on ne nous dérange pas, docteur, et je vais vous la dire.

Le docteur ferma la porte et revint s'asseoir près de son ami.

— Vous rappelez-vous, lui dit le juge, le dernier procès criminel dans lequel j'ai été appelé à prononcer un jugement?

— Oui, sur un bandit écossais qui a été par vous condamné à être pendu, et qui l'a été.

— Justement. Eh bien! au moment où je prononçais l'arrêt, une flamme jaillit de ses yeux, et il me montra le poing en me menaçant. Je n'y fis point attention... De pareilles menaces sont fréquentes chez les condamnés. Mais, le lendemain de l'exécution, le bourreau se présenta chez moi, me demandant humblement pardon de sa visite, mais me déclarant qu'il avait cru devoir m'avertir d'une chose: le bandit était mort en prononçant une espèce de conjuration contre moi, et en disant que, le lendemain à six heures, heure à laquelle il avait été exécuté, j'aurais de ses nouvelles.

Je crus à quelque surprise de ses compagnons, à quelque vengeance à main armée, et, lorsque vinrent six heures, je m'enfermai dans mon cabinet, avec une paire de pistolets sur mon bureau.

Six heures sonnèrent à la pendule de ma cheminée. J'avais été préoccupé toute la journée de cette révélation de l'exécuteur. Mais le dernier coup de marteau vibra sur le bronze, sans que j'entendisse rien autre chose qu'un certain ronronnement dont j'ignorais la cause. Je me retournai, et j'aperçus un gros chat noir et couleur de feu. Comment était-il entré ? c'était impossible à dire ; mes portes et mes fenêtres étaient closes. Il fallait qu'il eût été enfermé dans la chambre pendant la journée.

Je n'avais pas goûté ; je sonnai, mon domestique vint, mais il ne put entrer, puisque je m'étais enfermé en dedans ; j'allai à la porte et je l'ouvris. Alors je lui parlai du chat noir et couleur de feu ; mais nous le cherchâmes inutilement, il avait disparu.

Je ne m'en préoccupai point davantage ; la soirée se passa, la nuit vint, puis le jour, puis la journée s'écoula, puis six heures sonnèrent. Au même instant j'entendis le même bruit derrière moi, et je vis le même chat.

Cette fois, il sauta sur mes genoux.

Je n'ai aucune antipathie pour les chats, et cependant cette familiarité me causa une impression désagréable. Je le chassai de dessus mes genoux. Mais à peine fut-il à terre, qu'il sauta de nouveau sur moi. Je le repoussai, mais aussi inutilement que la première fois. Alors je me levai, je me promenai par la chambre, le chat me suivit pas à pas ; impatienté de cette insistance, je sonnai comme la veille, mon domestique entra. Mais le chat s'enfuit sous le lit, où nous le cherchâmes inutilement ; une fois sous le lit, il avait disparu.

Je sortis pendant la soirée. Je visitai deux ou trois amis, puis je revins à la maison, où je rentrai, grâce à un passe-partout.

Comme je n'avais point de lumière, je montai doucement l'escalier de peur de me heurter à quelque chose. En arrivant à la dernière marche, j'entendis mon domestique qui causait avec la femme de chambre de ma femme.

Mon nom prononcé fit que je prêtai attention à ce qu'il disait, et alors je l'entendis raconter toute l'aventure de la veille et du jour; seulement il ajoutait :

— Il faut que monsieur devienne fou, il n'y avait pas plus de chat noir et couleur de feu dans la chambre qu'il n'y en avait dans ma main.

Ces quelques mots m'effrayèrent : ou la vision était réelle ou elle était fausse; si la vision était réelle, j'étais sous le poids d'un fait surnaturel; si la vision était fausse, si je croyais voir une chose qui n'existait pas, comme l'avait dit mon domestique, je devenais fou.

Vous devinez, mon cher ami, avec quelle impatience mêlée de crainte j'attendis six heures; le lendemain, sous un prétexte de rangement, je retins mon domestique près de moi; six heures sonnèrent tandis qu'il était là; au dernier coup du timbre, j'entendis le même bruit et je revis mon chat.

Il était assis à côté de moi.

Je demeurai un instant sans rien dire, espérant que mon domestique apercevrait l'animal et m'en parlerait le premier, mais il allait et venait dans ma chambre sans paraître rien voir.

Je saisis un moment où, dans la ligne qu'il devait parcourir pour accomplir l'ordre que j'allais lui donner, il lui fallait passer presque sur le chat.

— Mettez ma sonnette sur ma table, John, lui dis-je.

Il était à la tête de mon lit, la sonnette était sur la cheminée; pour aller de la tête de mon lit à la cheminée, il lui fallait nécessairement marcher sur l'animal.

Il se mit en mouvement; mais au moment où son pied allait se poser sur lui, le chat sauta sur mes genoux.

John ne le vit pas ou du moins ne parut pas le voir.

J'avoue qu'une sueur froide passa sur mon front et que ces mots : «Il faut que monsieur devienne fou», se représentèrent d'une façon terrible à ma pensée.

— John, lui dis-je, ne voyez-vous rien sur mes genoux ?

John me regarda. Puis, comme un homme qui prend une résolution :

— Si, monsieur, dit-il, je vois un chat.

Je respirai.

Je pris le chat et lui dis :

— En ce cas, John, portez-le dehors, je vous prie.

Ses mains vinrent au-devant des miennes ; je lui posai l'animal sur les bras ; puis, sur un signe de moi, il sortit.

J'étais un peu rassuré ; pendant dix minutes, je regardai autour de moi avec un reste d'anxiété ; mais n'ayant aperçu aucun être vivant appartenant à une espèce animale quelconque je résolus de voir ce que John avait fait du chat.

Je sortis donc de ma chambre dans l'intention de le lui demander, lorsqu'en mettant le pied sur le seuil de la porte du salon, j'entendis un grand éclat de rire qui venait du cabinet de toilette de ma femme. Je m'approchai doucement sur la pointe du pied, et j'entendis la voix de John.

— Ma chère amie, disait-il à la femme de chambre, monsieur ne devient pas fou. Non, il l'est. Sa folie, tu sais, c'est de voir un chat noir et couleur de feu. Ce soir, il m'a demandé si je ne voyais pas ce chat sur ses genoux.

— Et qu'as-tu répondu ? demanda la femme de chambre.

— Pardieu ! j'ai répondu que je le voyais, dit John. Pauvre cher homme, je n'ai pas voulu le contrarier ; alors devine ce qu'il a fait.

— Comment veux-tu que je devine ?

— Eh bien! il a pris le prétendu chat sur ses genoux, il me l'a posé sur les bras, et il m'a dit: «Emporte! emporte!» J'ai bravement emporté le chat, et il a été satisfait.

— Mais si tu as emporté le chat, le chat existait donc?

— Eh! non, le chat n'existait que dans son imagination. Mais à quoi cela lui aurait-il servi, quand je lui aurais dit la vérité? À me faire mettre à la porte. Ma foi non, je suis bien ici et j'y reste. Il me donne vingt-cinq livres par an... pour voir un chat. Je le vois. Qu'il m'en donne trente, et j'en verrai deux.

Je n'eus pas le courage d'en entendre davantage. Je poussai un soupir, et je rentrai dans ma chambre.

Ma chambre était vide...

Le lendemain, à six heures, comme d'habitude, mon compagnon se retrouva près de moi, et ne disparut que le lendemain au jour.

Que vous dirai-je, mon ami? continua le malade; pendant un mois la même apparition se renouvela chaque soir, et je commençais à m'habituer à sa présence, quand, le trentième jour après l'exécution, six heures sonnèrent sans que le chat parût.

Je crus en être débarrassé, je ne dormis pas de joie: toute la matinée du lendemain, je poussai pour ainsi dire le temps devant moi, j'avais hâte d'arriver à l'heure fatale. De cinq heures à six heures, mes yeux ne quittèrent pas ma pendule. Je suivais la marche de l'aiguille avançant de minute en minute. Enfin, elle atteignit le chiffre XII, le frémissement de l'horloge se fit entendre, puis le marteau frappa le premier coup, le deuxième, le troisième, le quatrième, le cinquième, le sixième enfin!...

Au sixième coup, ma porte s'ouvrit, et je vis entrer une espèce d'huissier de la chambre, costumé comme s'il eût été au service du lord-lieutenant d'Écosse.

Ma première idée fut que le lord-lieutenant m'envoyait quelque message, et j'étendis la main vers mon inconnu. Mais il ne parut avoir fait aucune attention à mon geste, il vint se placer derrière mon fauteuil.

Je n'avais pas besoin de me retourner pour le voir ; j'étais en face d'une glace, et, dans cette glace, je le voyais.

Je me levai et je marchai ; il me suivit à quelques pas.

Je revins à ma table et je sonnai.

Mon domestique parut, mais il ne vit pas plus l'huissier qu'il n'avait vu le chat.

Je le renvoyai et je restai avec cet étrange personnage, que j'eus le temps d'examiner tout à mon aise.

Il portait l'habit de cour, les cheveux en bourse, l'épée au côté, une veste brodée au tambour et son chapeau sous le bras.

À dix heures, je me couchai ; alors, comme pour passer de son côté la nuit le plus commodément possible, il s'assit dans un fauteuil en face de mon lit.

Je tournai la tête du côté de la muraille ; mais comme il me fut impossible de m'endormir, deux ou trois fois je me retournai, et deux ou trois fois, à la lumière de ma veilleuse, je le vis dans le même fauteuil.

Lui non plus ne dormait pas.

Enfin, je vis les premiers rayons du jour se glisser dans ma chambre à travers les interstices des jalousies, je me retournai une dernière fois vers mon homme : il avait disparu, le fauteuil était vide.

Jusqu'au soir je fus débarrassé de ma vision.

Le soir, il y avait réception chez le grand commissaire de l'Église ; sous prétexte de préparer mon costume de cérémonie, j'appelai mon domestique à six heures moins cinq minutes, lui ordonnant de pousser les verrous de la porte.

Il obéit.

Au dernier coup de six heures, je fixai les yeux sur la porte : la porte s'ouvrit et mon huissier entra.

J'allai immédiatement à la porte; la porte était refermée; les verrous semblaient n'être point sortis de leur gâche; je me retourne, l'huissier était derrière mon fauteuil, et John allait et venait par la chambre sans paraître le moins du monde préoccupé de lui.

Il était évident qu'il ne voyait pas plus l'homme qu'il n'avait vu l'animal.

Je m'habillai.

Alors il se passa une chose singulière: plein d'attention pour moi, mon nouveau commensal aidait John dans tout ce qu'il faisait, sans que John s'aperçût qu'il fût aidé. Ainsi John tenait mon habit par le collet, le fantôme le soutenait par les pans; ainsi John me présentait ma culotte par la ceinture, le fantôme la tenait par les jambes.

Je n'avais jamais eu de domestique plus officieux.

L'heure de ma sortie arriva.

Alors, au lieu de me suivre, l'huissier me précéda, se glissa par la porte de ma chambre, descendit l'escalier, se tint le chapeau sous le bras derrière John qui ouvrait la portière de la voiture, et quand John l'eut fermée et eut pris sa place sur la tablette de derrière, il monta sur le siège du cocher, qui se rangea à droite pour lui faire place.

À la porte du grand commissaire de l'Église, la voiture s'arrêta; John ouvrit la portière; mais le fantôme était déjà à son poste derrière lui. À peine avais-je mis pied à terre, que le fantôme s'élança devant moi, passant à travers les domestiques qui encombraient la porte d'entrée, et regardant si je le suivais.

Alors l'envie me prit de faire sur le cocher lui-même l'essai que j'avais fait sur John.

— Patrick, lui demandai-je, quel était donc l'homme qui était près de vous?

— Quel homme, Votre Honneur? demanda le cocher.

— L'homme qui était sur votre siège.

Patrick roula de gros yeux étonnés en regardant autour de lui.

— C'est bien, lui dis-je, je me trompais.

Et j'entrai à mon tour.

L'huissier s'était arrêté sur l'escalier, et m'attendait. Dès qu'il me vit reprendre mon chemin, il reprit le sien, entra devant moi comme pour m'annoncer dans la salle de réception ; puis, moi entré, il alla reprendre dans l'antichambre la place qui lui convenait.

Comme à John et comme à Patrick, le fantôme avait été invisible à tout le monde.

C'est alors que ma crainte se changea en terreur, et que je compris que véritablement je devenais fou.

Ce fut à partir de ce soir-là que l'on s'aperçut du changement qui se faisait en moi. Chacun me demanda quelle préoccupation me tenait, vous comme les autres.

Je retrouvai mon fantôme dans l'antichambre. Comme à mon arrivée, il courut devant moi à mon départ, remonta sur le siège, rentra avec moi à la maison, derrière moi dans ma chambre, et s'assit dans le fauteuil où il s'était assis la veille.

Alors, je voulus m'assurer s'il y avait quelque chose de réel et surtout de palpable dans cette apparition. Je fis un violent effort sur moi-même et j'allai à reculons m'asseoir dans le fauteuil.

Je ne sentis rien, mais dans la glace je le vis debout derrière moi.

Comme la veille, je me couchai, mais à une heure du matin seulement. Aussitôt que je fus dans mon lit, je le revis dans mon fauteuil.

Le lendemain au jour il disparut.

La vision dura un mois.

Au bout d'un mois, elle manqua à ses habitudes et faillit un jour.

Cette fois, je ne crus plus comme la première fois

à une disparition totale, mais à quelque modification terrible, et, au lieu de jouir de mon isolement, j'attendais le lendemain avec effroi.

Le lendemain, au dernier coup de six heures, j'entendis un léger frôlement dans les rideaux de mon lit, et au point d'intersection qu'ils formaient dans la ruelle contre la muraille, j'aperçus un squelette.

Cette fois, mon ami, vous comprenez, c'était, si je puis m'exprimer ainsi, l'image vivante de la mort.

Le squelette était là, immobile, me regardant avec ses yeux vides.

Je me levai, je fis plusieurs tours dans ma chambre ; la tête me suivait dans toutes mes évolutions. Les yeux ne m'abandonnèrent pas un instant, le corps demeurait immobile.

Cette nuit, je n'eus point le courage de me coucher. Je dormis, ou plutôt je restai les yeux fermés dans le fauteuil où se tenait d'habitude le fantôme, dont j'étais arrivé à regretter la présence.

Au jour, le squelette disparut.

J'ordonnai à John de changer mon lit de place et de croiser les rideaux.

Au dernier coup de six heures, j'entendis le même frôlement, je vis les rideaux s'agiter, puis j'aperçus les extrémités de deux mains osseuses qui écartaient les rideaux de mon lit, et, les rideaux écartés, le squelette prit dans l'ouverture la place qu'il avait occupée la veille.

Cette fois j'eus le courage de me coucher.

La tête qui, comme la veille, m'avait suivi dans tous mes mouvements, s'inclina alors vers moi.

Les yeux qui, comme la veille, ne m'avaient pas un instant perdu de vue, se fixèrent alors sur moi.

Vous comprenez la nuit que je passai ! Eh bien ! mon cher docteur, voici vingt nuits pareilles que je passe. Maintenant vous savez ce que j'ai, entreprendrez-vous encore de me guérir ?

— J'essayerai du moins répondit le docteur.

— Comment cela ? voyons.

— Je suis convaincu que le fantôme que vous voyez n'existe que dans votre imagination.

— Que m'importe qu'il existe ou n'existe pas, si je le vois ?

— Vous voulez que j'essaye de le voir, moi ?

— Je ne demande pas mieux.

— Quand cela ?

— Le plus tôt possible. Demain.

— Soit, demain... jusque-là, bon courage !

Le malade sourit tristement.

Le lendemain, à sept heures du matin, le docteur entra dans la chambre de son ami.

— Eh bien ! lui demanda-t-il, le squelette ?

— Il vient de disparaître, répondit celui-ci d'une voix faible.

— Eh bien ! nous allons nous arranger de manière à ce qu'il ne revienne pas ce soir.

— Faites.

— D'abord, vous dites qu'il entre au dernier tintement de six heures ?

— Sans faute.

— Commençons par arrêter la pendule.

Et il fixa le balancier.

— Que voulez-vous faire ?

— Je veux vous ôter la faculté de mesurer le temps.

— Bien.

— Maintenant, nous allons maintenir les persiennes fermées, croiser les rideaux des fenêtres.

— Pourquoi cela ?

— Toujours dans le même but, afin que vous ne puissiez vous rendre aucun compte de la marche de la journée.

— Faites.

Les persiennes furent assurées, les rideaux tirés, on alluma des bougies.

— Tenez un déjeuner et un dîner prêts, John, dit

le docteur, nous ne voulons pas être servis à heures fixées, mais seulement quand j'appellerai.

— Vous entendez, John ? dit le malade.

— Oui, monsieur.

— Puis, donnez-nous des cartes, des dés, des dominos, et laissez-nous.

Les objets demandés furent apportés par John, qui se retira.

Le docteur commença de distraire le malade de son mieux, tantôt causant, tantôt jouant avec lui ; puis, lorsqu'il eut faim, il sonna.

John, qui savait dans quel but on avait sonné, apporta le déjeuner.

Après le déjeuner, la partie commença, et fut interrompue par un nouveau coup de sonnette du docteur.

John apporta le dîner.

On mangea, on but, on prit le café, et l'on se remit à jouer. La journée paraît longue ainsi passée en tête-à-tête. Le docteur cru avoir mesuré le temps dans son esprit, et que l'heure fatale devait être passée.

— Eh bien ! dit-il en se levant, victoire !

— Comment, victoire ? demanda le malade.

— Sans doute ; il doit être au moins huit ou neuf heures, et le squelette n'est pas venu.

— Regardez à votre montre, docteur, puisque c'est la seule qui aille dans la maison, et, si l'heure est passée, ma foi, comme vous, je crierai victoire.

Le docteur regarda sa montre, mais ne dit rien.

— Vous vous étiez trompé, n'est-ce pas, docteur ? dit le malade ; il est six heures juste.

— Oui, eh bien ?

— Eh bien ! voilà le squelette qui entre.

Et le malade se rejeta en arrière avec un profond soupir.

Le docteur regarda de tous côtés.

— Où le voyez-vous donc ? demanda-t-il.

— À sa place habituelle, dans la ruelle de mon lit, entre les rideaux.

Le docteur se leva, tira le lit, passa dans la ruelle et alla prendre entre les rideaux la place que le squelette était censé occuper.

— Et maintenant, dit-il, le voyez-vous toujours?

— Je ne vois plus le bas de son corps, attendu que le vôtre à vous me le cache, mais je vois son crâne.

— Où cela?

— Au-dessus de votre épaule droite. C'est comme si vous aviez deux têtes, l'une vivante, l'autre morte.

Le docteur, tout incrédule qu'il était, frissonna malgré lui.

Il se retourna, mais il ne vit rien.

— Mon ami, dit-il tristement en revenant au malade, si vous avez quelques dispositions testamentaires à faire, faites-les.

Et il sortit.

Neuf jours après, John, en entrant dans la chambre de son maître, le trouva mort dans son lit.

Il y avait trois mois, jour pour jour, que le bandit avait été exécuté.

# IX

## *Les Tombeaux de Saint-Denis*

— Eh bien! qu'est-ce que cela prouve, docteur? demanda M. Ledru.

— Cela prouve que les organes qui transmettent au cerveau les perceptions qu'ils reçoivent, peuvent se déranger par suite de certaines causes, au point d'offrir à l'esprit un miroir infidèle, et qu'en pareil cas on voit des objets et on entend des sons qui n'existent pas. Voilà tout.

— Cependant, dit le chevalier Lenoir avec la timidité d'un savant de bonne foi, cependant il arrive certaines choses qui laissent une trace, certaines prophéties qui ont un accomplissement. Comment expliquerez-vous, docteur, que des coups donnés par des spectres ont pu faire naître des places noires sur le corps de celui qui les a reçus ? Comment expliquerez-vous qu'une vision ait pu, dix, vingt, trente ans auparavant, révéler l'avenir ? Ce qui n'existe pas peut-il meurtrir ce qui est ou annoncer ce qui sera ?

— Ah ! dit le docteur, vous voulez parler de la vision du roi de Suède.

— Non, je veux parler de ce que j'ai vu moi-même.

— Vous ?

— Moi.

— Où cela ?

— À Saint-Denis.

— Quand cela ?

— En 1794, lors de la profanation des tombes[1].

— Ah ! oui, écoutez cela, docteur, dit M. Ledru.

— Quoi ? qu'avez-vous vu ? dites.

— Voici : en 1793, j'avais été nommé directeur du musée des Monuments français, et, comme tel, je fus présent à l'exhumation des cadavres de l'abbaye de Saint-Denis, dont les patriotes éclairés avaient changé le nom en celui de Franciade. Je puis, après quarante ans, vous raconter les choses étranges qui ont signalé cette profanation.

La haine que l'on était parvenu à inspirer au peuple pour le roi Louis XVI, et que n'avait pu assouvir l'échafaud du 21 janvier, avait remonté aux rois de sa race. On voulut poursuivre la monarchie jusqu'à sa source, les monarques jusque dans leur tombe, jeter au vent la cendre de soixante rois.

Puis aussi, peut-être eut-on la curiosité de voir si les grands trésors que l'on prétendait enfermés dans quelques-uns de ces tombeaux s'étaient conservés aussi intacts qu'on le disait.

Le peuple se rua donc sur Saint-Denis.

Du 6 au 8 août, il détruisit cinquante et un tombeaux, l'histoire de douze siècles.

Alors le gouvernement résolut de régulariser ce désordre, de fouiller, pour son propre compte, les tombeaux, et d'hériter de la monarchie qu'il venait de frapper dans Louis XVI, son dernier représentant.

Puis il s'agissait d'anéantir jusqu'au nom, jusqu'au souvenir, jusqu'aux ossements des rois ; il s'agissait de rayer de l'histoire quatorze siècles de monarchie.

Pauvres fous, qui ne comprennent pas que les hommes peuvent parfois changer l'avenir… jamais le passé !

On avait préparé dans le cimetière une grande fosse commune sur le modèle des fosses des pauvres. C'est dans cette fosse et sur un lit de chaux que devaient être jetés, comme à une voirie, les ossements de ceux qui avaient fait de la France la première des nations, depuis Dagobert jusqu'à Louis XV.

Ainsi, satisfaction était donnée au peuple, mais surtout jouissance était donnée à ces législateurs, à ces avocats, à ces journalistes envieux, oiseaux de proie des révolutions, dont l'œil est blessé par toute splendeur, comme l'œil de leurs frères, les oiseaux de nuit, est blessé par toute lumière.

L'orgueil de ceux qui ne peuvent édifier est de détruire.

Je fus nommé inspecteur des fouilles ; c'était pour moi un moyen de sauver une foule de choses précieuses. J'acceptai.

Le samedi 12 octobre, pendant que l'on instruisait le procès de la reine, je fis ouvrir le caveau des Bourbons du côté des chapelles souterraines, et je commençai par en tirer le cercueil de Henri IV, mort assassiné le 14 mai 1610, âgé de cinquante-sept ans.

Quant à la statue du Pont-Neuf[1], chef-d'œuvre de

Jean de Bologne et de son élève, elle avait été fondue pour en faire des gros sous.

Le corps de Henri IV était merveilleusement conservé ; les traits du visage, parfaitement reconnaissables, étaient bien ceux que l'amour du peuple et le pinceau de Rubens[1] ont consacrés. Quand on le vit sortir le premier de la tombe et paraître au jour dans son suaire, bien conservé comme lui, l'émotion fut grande, et à peine si ce cri de : Vive Henri IV ! si populaire en France, ne retentit point instinctivement sous les voûtes de l'église.

Quand je vis ces marques de respect, je dirai même d'amour, je fis mettre le corps tout debout contre une des colonnes du chœur, et là chacun put venir le contempler.

Il était vêtu, comme de son vivant, de son pourpoint de velours noir, sur lequel se détachaient ses fraises et ses manchettes blanches ; de sa trousse de velours pareil au pourpoint, de bas de soie de même couleur, de souliers de velours.

Ses beaux cheveux grisonnants faisaient toujours une auréole autour de sa tête, sa belle barbe blanche tombait toujours sur sa poitrine.

Alors commença une immense procession comme à la châsse d'un saint : des femmes venaient toucher les mains du bon roi, d'autres baisaient le bas de son manteau, d'autres faisaient mettre leurs enfants à genoux, murmurant tout bas :

— Ah ! s'il vivait, le pauvre peuple ne serait pas si malheureux.

Et elles eussent pu ajouter : « ni si féroce » ; car ce qui fait la férocité du peuple, c'est le malheur.

Cette procession dura pendant toute la journée du samedi 12 octobre, du dimanche 13 et du lundi 14.

Le lundi, les fouilles recommencèrent après le dîner des ouvriers, c'est-à-dire vers trois heures après midi.

Le premier cadavre qui vit le jour après celui de

Henri IV fut celui de son fils, Louis XIII. Il était bien conservé, et quoique les traits du visage fussent affaissés, on pouvait encore le reconnaître à sa moustache.

Puis vint celui de Louis XIV, reconnaissable à ses grands traits qui ont fait de son visage le masque typique des Bourbons ; seulement il était noir comme de l'encre.

Puis vinrent successivement ceux de Marie de Médicis, deuxième femme de Henri IV ; d'Anne d'Autriche, femme de Louis XIII ; de Marie-Thérèse, infante d'Espagne et femme de Louis XIV ; et du grand dauphin.

Tous ces corps étaient putréfiés. Seulement celui du grand dauphin était en putréfaction liquide.

Le mardi, 15 octobre, les exhumations continuèrent.

Le cadavre de Henri IV était toujours là debout contre sa colonne, et assistant impassible à ce vaste sacrilège qui s'accomplissait à la fois sur ses prédécesseurs et sur sa descendance.

Le mercredi 16, justement au moment où la reine Marie-Antoinette avait la tête tranchée sur la place de la Révolution, c'est-à-dire à onze heures du matin, on tirait à son tour du caveau des Bourbons le cercueil du roi Louis XV.

Il était, selon l'antique coutume du cérémonial de France, couché à l'entrée du caveau où il attendait son successeur qui ne devait pas venir l'y rejoindre. On le prit, on l'emporta et on l'ouvrit dans le cimetière seulement et sur les bords de la fosse.

D'abord, le corps retiré du cercueil de plomb, et bien enveloppé de linge et de bandelettes, paraissait entier et bien conservé ; mais, dégagé de ce qui l'enveloppait, il n'offrait plus que l'image de la plus hideuse putréfaction, et il s'en échappa une odeur tellement infecte, que chacun s'enfuit, et qu'on fut obligé de brûler plusieurs livres de poudre pour purifier l'air[1].

On jeta aussitôt dans la fosse ce qui restait du héros du Parc-aux-Cerfs, de l'amant de Mme de Châteauroux, de Mme de Pompadour et de Mme Du Barry, et, tombées sur un lit de chaux vive, on recouvrit de chaux vive ces immondes reliques.

J'étais resté le dernier pour faire brûler les artifices[1] et jeter la chaux, quand j'entendis un grand bruit dans l'église ; j'y entrai vivement, et j'aperçus un ouvrier qui se débattait au milieu de ses camarades, tandis que les femmes lui montraient le point et le menaçaient.

Le misérable avait quitté sa triste besogne pour aller voir un spectacle plus triste encore, l'exécution de Marie-Antoinette ; puis enivré des cris qu'il avait poussés et entendu pousser, du sang qu'il avait vu répandre, il était revenu à Saint-Denis, et, s'approchant de Henri IV dressé contre son pilier et toujours entouré de curieux, et je dirai presque de dévots :

— De quel droit, lui avait-il dit, restes-tu debout ici, toi, quand on coupe la tête des rois sur la place de la Révolution ?

Et, en même temps, saisissant la barbe de la main gauche, il l'avait arrachée, tandis que, de la droite, il donnait un soufflet au cadavre royal.

Le cadavre était tombé à terre en rendant un bruit sec, pareil à celui d'un sac d'ossements qu'on eût laissé tomber.

Aussitôt un grand cri s'était élevé de tous côtés. À tel autre roi que ce fût, on eût pu risquer un pareil outrage ; mais à Henri IV, au roi du peuple, c'était presque un outrage au peuple.

L'ouvrier sacrilège courait donc le plus grand risque lorsque j'accourus à son secours.

Dès qu'il vit qu'il pouvait trouver en moi un appui, il se mit sous ma protection.

Mais, tout en le protégeant, je voulus le laisser sous le poids de l'action infâme qu'il avait commise.

— Mes enfants, dis-je aux ouvriers, laissez ce misérable ; celui qu'il a insulté est en assez bonne position là-haut pour obtenir de Dieu son châtiment.

Puis, lui ayant repris la barbe qu'il avait arrachée au cadavre et qu'il tenait toujours de la main gauche, je le chassai de l'église en lui annonçant qu'il ne faisait plus partie des ouvriers que j'employais.

Les huées et les menaces de ses camarades le poursuivirent jusque dans la rue.

Craignant de nouveaux outrages à Henri IV, j'ordonnai qu'il fût porté dans la fosse commune ; mais, jusque-là, le cadavre fut accompagné de marques de respect. Au lieu d'être jeté, comme les autres, au charnier royal, il y fut descendu, déposé doucement et couché avec soin à l'un des angles ; puis une couche de terre, au lieu d'une couche de chaux, fut pieusement étendue sur lui.

La journée finie, les ouvriers se retirèrent, le gardien seul resta : c'était un brave homme que j'avais placé là, de peur que, la nuit, on ne pénétrât dans l'église, soit pour exécuter de nouvelles mutilations, soit pour opérer de nouveaux vols ; ce gardien dormait le jour et veillait de sept heures du soir à sept heures du matin.

Il passait la nuit debout et se promenait pour s'échauffer, ou assis près d'un feu allumé contre un des piliers les plus proches de la porte.

Tout présentait dans la basilique l'image de la mort, et la dévastation rendait cette image de la mort plus terrible encore. Les caveaux étaient ouverts et les dalles dressées contre les murailles ; les statues brisées jonchaient le pavé de l'église ; çà et là, des cercueils éventrés avaient restitué les morts, dont ils croyaient n'avoir à rendre compte qu'au jour du Jugement dernier. Tout enfin portait l'esprit de l'homme, si cet esprit était élevé, à la méditation ; s'il était faible, à la terreur.

Heureusement le gardien n'était pas un esprit,

mais une matière organisée. Il regardait tous ces débris du même œil qu'il eût regardé une forêt en coupe ou un champ fauché, et n'était préoccupé que de compter les heures de la nuit, voix monotone de l'horloge, seule chose qui fût restée vivante dans la basilique désolée.

Au moment où sonna minuit, et où vibrait le dernier coup du marteau dans les sombres profondeurs de l'église, il entendit de grands cris venant du côté du cimetière. Ces cris étaient des cris d'appel, de longues plaintes, de douloureuses lamentations. Après le premier moment de surprise, il s'arma d'une pioche et s'avança vers la porte qui faisait communication entre l'église et le cimetière; mais, cette porte ouverte, reconnaissant parfaitement que ces cris venaient de la fosse des rois, il n'osa aller plus loin, referma la porte, et accourut me réveiller à l'hôtel où je logeais.

Je me refusai d'abord à croire à l'existence de ces clameurs sortant de la fosse royale; mais comme je logeais juste en face de l'église, le gardien ouvrit ma fenêtre, et, au milieu du silence troublé par le seul bruissement de la brise hivernale, je crus effectivement entendre de longues plaintes qui me semblaient n'être pas seulement la lamentation du vent.

Je me levai et j'accompagnai le gardien jusque dans l'église. Arrivés là et le porche refermé derrière nous, nous entendîmes plus distinctement les plaintes dont il avait parlé. Il était d'autant plus facile de distinguer d'où venaient ces plaintes, que la porte du cimetière, mal fermée par le gardien, s'était rouverte derrière lui. C'était donc du cimetière effectivement que ces plaintes venaient.

Nous allumâmes deux torches et nous nous acheminâmes vers la porte; mais trois fois, en approchant de cette porte, le courant d'air qui s'était établi du dehors en dedans les éteignit. Je compris que c'était comme ces détroits difficiles à franchir, et qu'une fois étant dans le cimetière, nous n'aurions plus la même lutte à soutenir. Je fis, outre nos torches, allumer une lanterne. Nos torches s'éteignirent ; mais la lanterne persista. Nous franchîmes le détroit, et, une fois dans le cimetière, nous rallumâmes nos torches que respecta le vent.

Cependant, au fur et à mesure que nous approchions, les clameurs s'en étaient allées mourantes, et, au moment où nous arrivâmes au bord de la fosse, elles étaient à peu près éteintes.

Nous secouâmes nos torches au-dessus de la vaste ouverture, et, au milieu des ossements, sur cette couche de chaux et de terre toute trouée par eux, nous vîmes quelque chose d'informe qui se débattait.

Ce quelque chose ressemblait à un homme.

— Qu'avez-vous et que voulez-vous ? demandai-je à cette espèce d'ombre.

— Hélas ! murmura-t-elle, je suis le misérable ouvrier qui a donné un soufflet à Henri IV.

— Mais comment es-tu là ? demandai-je.

— Tirez-moi d'abord de là, monsieur Lenoir, car je me meurs, et ensuite vous saurez tout.

Du moment que le gardien des morts s'était convaincu qu'il avait affaire à un vivant, la terreur qui d'abord s'était emparée de lui avait disparu, et il avait déjà dressé une échelle couchée dans les herbes du cimetière, tenant cette échelle debout et attendant mes ordres.

Je lui ordonnai de descendre l'échelle dans la fosse, et j'invitai l'ouvrier à monter. Il se traîna, en effet, jusqu'à la base de l'échelle ; mais, arrivé là, lorsqu'il fallut se dresser debout et monter les échelons, il s'aperçut qu'il avait une jambe et un bras cassés.

Nous lui jetâmes une corde avec un nœud coulant ; il passa cette corde sous ses épaules. Je conservai l'autre extrémité de la corde entre mes mains ; le gardien descendit quelques échelons, et, grâce à ce double soutien, nous parvînmes à tirer ce vivant de la compagnie des morts.

À peine fut-il hors de la fosse, qu'il s'évanouit.

Nous l'emportâmes près du feu; nous le couchâmes sur un lit de paille : puis j'envoyai le gardien chercher un chirurgien.

Le gardien revint avec un docteur avant que le blessé eût repris connaissance, et ce fut seulement pendant l'opération qu'il rouvrit les yeux.

Le pansement fait, je remerciai le chirurgien, et comme je voulais savoir par quelle étrange circonstance le profanateur se trouvait dans la tombe royale, je renvoyai à son tour le gardien. Celui-ci ne demandait pas mieux que d'aller se coucher après les émotions d'une pareille nuit, et je restai seul près de l'ouvrier. Je m'assis sur une pierre près de la paille où il était couché, et en face du foyer dont la flamme tremblante éclairait la partie de l'église où nous étions, laissant toutes les profondeurs dans une obscurité d'autant plus épaisse, que la partie où nous nous trouvions était dans une plus grande lumière.

J'interrogeai alors le blessé, voici ce qu'il me raconta.

Son renvoi l'avait peu inquiété. Il avait de l'argent dans sa poche, et jusque-là il avait vu qu'avec de l'argent on ne manquait de rien.

En conséquence il était allé s'établir au cabaret.

Au cabaret, il avait commencé d'entamer une bouteille ; mais au troisième verre il avait vu entrer l'hôte.

— Avons-nous bientôt fini ? avait demandé celui-ci.

— Et pourquoi cela ? avait répondu l'ouvrier.

— Mais parce que j'ai entendu dire que c'était toi qui avais donné un soufflet à Henri IV.

— Eh bien ! oui, c'est moi, dit insolemment l'ouvrier. Après ?

— Après ? je ne veux pas donner à boire à un

méchant coquin comme toi, qui appellera la malédiction sur ma maison.

— Ta maison, ta maison est la maison de tout le monde, et du moment où on paye, on est chez soi.

— Oui, mais tu ne payeras pas, toi.

— Et pourquoi cela ?

— Parce que je ne veux pas de ton argent. Or, comme tu ne payeras pas, tu ne seras pas chez toi, mais chez moi ; et comme tu seras chez moi, j'aurai le droit de te mettre à la porte.

— Oui, si tu es le plus fort.

— Si je ne suis pas le plus fort, j'appellerai mes garçons.

— Eh bien ! appelle un peu, que nous voyions.

Le cabaretier avait appelé ; trois garçons, prévenus d'avance, étaient entrés à sa voix, chacun avec un bâton à la main, et force avait été à l'ouvrier, si bonne envie qu'il eût de résister, de se retirer sans mot dire.

Alors il était sorti, avait erré quelque temps par la ville, et, à l'heure du dîner, il était entré chez le gargotier où les ouvriers avaient l'habitude de prendre leurs repas.

Il venait de manger sa soupe quand les ouvriers, qui avaient fini leur journée, entrèrent.

En l'apercevant, ils s'arrêtèrent au seuil, et, appelant l'hôte, lui déclarèrent qui si cet homme continuait à prendre ses repas chez lui, ils déserteraient sa maison depuis le premier jusqu'au dernier.

Le gargotier demanda ce qu'avait fait cet homme qui était ainsi en proie à la réprobation générale.

On lui dit que c'était l'homme qui avait donné un soufflet à Henri IV.

— Alors, sors d'ici, dit le gargotier en s'avançant vers lui, et puisse ce que tu as mangé te servir de poison !

Il y avait encore moins possibilité de résister chez le gargotier que chez le marchand de vin. L'ouvrier maudit se leva en menaçant ses camarades, qui s'écartèrent devant lui, non pas à cause des menaces qu'il avait proférées, mais à cause de la profanation qu'il avait commise.

Il sortit la rage dans le cœur, erra une partie de la soirée dans les rues de Saint-Denis, jurant et blasphémant. Puis, vers les dix heures, il regagna son garni.

Contre l'habitude de la maison, les portes étaient fermées.

Il frappa à la porte.

Le logeur parut à une fenêtre. Comme il faisait nuit sombre, il ne put reconnaître celui qui frappait.

— Qui êtes-vous ? demanda-t-il.

L'ouvrier se nomma.

— Ah ! dit le logeur, c'est toi qui as donné un soufflet à Henri IV ; attends.

— Quoi ? que faut-il que j'attende ? dit l'ouvrier avec impatience.

En même temps, un paquet tomba à ses pieds.

— Qu'est-ce que cela ? demanda l'ouvrier.

— Tout ce qu'il y a à toi ici.

— Comment ! tout ce qu'il y a à moi ici ?

— Oui, tu peux aller coucher où tu voudras ; je n'ai pas envie que ma maison me tombe sur la tête.

L'ouvrier, furieux, prit un pavé et le jeta dans la porte.

— Attends ! dit le logeur, je vais réveiller tes compagnons, et nous allons voir.

L'ouvrier comprit qu'il n'avait rien de bon à attendre. Il se retira, et ayant trouvé une porte ouverte à cent pas de là, il entra et se coucha sous un hangar.

Sous ce hangar, il y avait de la paille ; il se coucha sur cette paille et s'endormit.

À minuit moins un quart, il lui sembla que quelqu'un lui touchait sur l'épaule.

Il se réveilla, et vit devant lui une forme blanche

ayant l'aspect d'une femme, et qui lui faisait signe
de la suivre.

Il crut que c'était une de ces malheureuses qui
ont toujours un gîte et du plaisir à offrir à qui peut
payer le gîte et le plaisir, et, comme il avait de l'argent, comme il préférait passer la nuit à couvert et
couché dans un lit à la passer dans un hangar
et couché sur la paille, il se leva et suivit la femme.

La femme longea un instant les maisons du côté
gauche de la Grande-Rue, puis elle traversa la rue,
prit une ruelle à droite, faisant toujours signe à l'ouvrier de la suivre.

Celui-ci, habitué à ce manège nocturne, connaissant par expérience les ruelles où se logent ordinairement les femmes du genre de celle qu'il suivait, ne
fit aucune difficulté et s'engagea dans la ruelle.

La ruelle aboutissait aux champs ; il crut que cette
femme habitait une maison isolée, et la suivit encore.

Au bout de cent pas, ils traversèrent une brèche ;
mais tout à coup ayant levé les yeux, il aperçut devant
lui la vieille abbaye de Saint-Denis, avec son clocher
gigantesque et ses fenêtres légèrement teintées par le
feu intérieur, près duquel veillait le gardien.

Il chercha des yeux la femme ; elle avait disparu.

Il était dans le cimetière.

Il voulut repasser par la brèche.

Mais sur cette brèche, sombre, menaçant, le bras
étendu vers lui, il lui sembla voir le spectre de
Henri IV.

Le spectre fit un pas en avant, et l'ouvrier un pas
en arrière.

Au quatrième ou cinquième pas, la terre manqua
sous ses pieds, et il tomba à la renverse dans la fosse.

Alors il lui sembla voir se dresser autour de lui
tous ces rois, prédécesseurs et descendants de
Henri IV ; alors il lui sembla qu'ils levaient sur lui les
uns leurs sceptres, les autres leurs mains de justice,
en criant : *Malheur au sacrilège !* Alors il lui sembla

qu'au contact de ces mains de justice et de ces sceptres pesants comme du plomb, brûlants comme du feu, il sentait l'un après l'autre ses membres brisés.

C'est en ce moment que minuit sonnait et que le gardien entendait les plaintes.

Je fis ce que je pus pour rassurer ce malheureux; mais sa raison était égarée, et, après un délire de trois jours, il mourut en criant : « Grâce ! »

— Pardon, dit le docteur, mais je ne comprends point parfaitement la conséquence de votre récit. L'accident de votre ouvrier prouve que, la tête préoccupée de ce qui lui était arrivé dans la journée, soit en état de veille, soit en état de somnambulisme, il s'est mis à errer la nuit, qu'en errant il est entré dans le cimetière, et que tandis qu'il regardait en l'air, au lieu de regarder à ses pieds, il est tombé dans la fosse où naturellement il s'est, dans sa chute, cassé un bras et une jambe. Or, vous avez parlé d'une prédiction qui s'est réalisée, et je ne vois pas dans tout ceci la plus petite prédiction.

— Attendez, docteur, dit le chevalier, l'histoire que je viens de raconter et qui, vous avez raison, n'est qu'un fait, mène tout droit à cette prédiction que je vais vous dire, et qui est un mystère.

Cette prédiction, la voici :

Vers le 20 janvier 1794, après la démolition du tombeau de François Ier, on ouvrit le sépulcre de la comtesse de Flandre, fille de Philippe le Long.

Ces deux tombeaux étaient les derniers qui restaient à fouiller, tous les caveaux étaient effondrés, tous les sépulcres étaient vides, tous les ossements étaient au charnier.

Une dernière sépulture était restée inconnue; c'était celle du cardinal de Retz, qui, disait-on, avait été enterré à Saint-Denis.

Tous les caveaux avaient été refermés ou à peu près, caveau des Valois, et caveau des Charles.

Il ne restait que le caveau des Bourbons que l'on devait fermer le lendemain.

Le gardien passait sa dernière nuit dans cette église où il n'y avait plus rien à garder ; permission lui avait donc été donnée de dormir, et il profitait de la permission.

À minuit il fut réveillé par le bruit de l'orgue et des chants religieux.

Il se réveilla, se frotta les yeux et tourna la tête vers le chœur, c'est-à-dire du côté d'où venaient les chants.

Alors il vit avec étonnement les stalles du chœur garnies par les religieux de Saint-Denis ; il vit un archevêque officiant à l'autel ; il vit la chapelle ardente allumée, et, sous la chapelle ardente allumée, le grand drap d'or mortuaire qui, d'habitude, ne recouvre que le corps des rois.

Au moment où il se réveillait, la messe était finie et le cérémonial de l'enterrement commençait.

Le sceptre, la couronne et la main de justice, posés sur un coussin de velours rouge, étaient remis aux hérauts, qui les présentèrent à trois princes, lesquels les prirent.

Aussitôt s'avancèrent, plutôt glissant que marchant, et sans que le bruit de leurs pas éveillât le moindre écho dans la salle, les gentilshommes de la chambre, qui prirent le corps et qui le portèrent dans le caveau des Bourbons, resté seul ouvert, tandis que tous les autres étaient refermés.

Alors le roi d armes y descendit, et lorsqu'il y fut descendu, il cria aux autres hérauts d'avoir à y venir faire leur office.

Le roi d'armes et les hérauts étaient au nombre de cinq.

Du fond du caveau, le roi d'armes appela le premier héraut, qui descendit portant les éperons ;

Puis le second, qui descendit portant les gantelets ;

Puis le troisième, qui descendit portant l'écu ;

Puis le quatrième, qui descendit portant l'armet timbré ;

Puis le cinquième, qui descendit portant la cotte d'armes.

Ensuite il appela le premier valet tranchant, qui apporta la bannière ;

Les capitaines des Suisses, des archers de la garde et des deux cents gentilshommes de la maison ;

Le grand écuyer, qui apporta l'épée royale ;

Le premier chambellan, qui apporta la bannière de France ;

Le grand maître, devant lequel tous les maîtres d'hôtel passèrent, jetant leurs bâtons blancs dans le caveau et saluant les trois princes porteurs de la couronne, du sceptre et de la main de justice, au fur et à mesure qu'ils défilaient ;

Les trois princes, qui apportèrent à leur tour sceptre, main de justice et couronne.

Alors le roi d'armes cria à voix haute et par trois fois :

— Le roi est mort ; vive le roi !

— Le roi est mort ; vive le roi !

— Le roi est mort ; vive le roi !

Un héraut, qui était resté dans le chœur, répéta le triple cri.

Enfin, le grand maître brisa sa baguette en signe que la maison royale était rompue, et que les officiers du roi pouvaient se pourvoir.

Aussitôt les trompettes retentirent et l'orgue s'éveilla.

Puis, tandis que les trompettes sonnaient toujours plus faiblement, tandis que l'orgue gémissait de plus en plus bas, les lumières des cierges pâlirent, les corps des assistants s'effacèrent, et, au dernier gémissement de l'orgue, au dernier son de la trompette, tout disparut.

Le lendemain, le gardien, tout en larmes, raconta l'enterrement royal qu'il avait vu, et auquel lui, pauvre homme, assistait seul, prédisant que ces tombeaux mutilés seraient remis en place et que, malgré les décrets de la Convention et l'œuvre de la guillotine, la France reverrait une nouvelle monarchie et Saint-Denis de nouveaux rois.

Cette prédiction valut la prison et presque l'échafaud au pauvre diable, qui, trente ans plus tard, c'est-à-dire le 20 septembre 1824, derrière la même colonne où il avait eu sa vision, me disait en me tirant par la basque de mon habit :

— Eh bien, monsieur Lenoir, quand je vous disais que nos pauvres rois reviendraient un jour à Saint-Denis, m'étais-je trompé ?

En effet, ce jour-là on enterrait Louis XVIII avec le même cérémonial que le gardien des tombeaux avait vu pratiquer trente ans auparavant.

Expliquez celle-là, docteur.

# X

## *L'Artifaille*

Soit qu'il fût convaincu, soit, ce qui est plus probable, que la négation lui parût difficile vis-à-vis d'un homme comme le chevalier Lenoir, le docteur se tut.

Le silence du docteur laissait le champ libre aux commentateurs ; l'abbé Moulle s'élança dans l'arène.

— Tout ceci me confirme dans mon système, dit-il.

— Et quel est votre système ? demanda le docteur, enchanté de reprendre la polémique avec de moins rudes jouteurs que M. Ledru et le chevalier Lenoir.

— Que nous vivons entre deux mondes invisibles[1], peuplés l'un d'esprits infernaux, l'autre d'esprits célestes ; qu'à l'heure de notre naissance, deux génies, l'un bon, l'autre mauvais, viennent prendre place à nos côtés, nous accompagnent toute notre vie, l'un nous soufflant le bien, l'autre le mal, et qu'à l'heure de notre mort, celui qui triomphe s'empare de nous ; ainsi notre corps devient, ou la proie d'un démon, ou la demeure d'un ange. Chez la pauvre Solange, le bon génie avait triomphé, et c'était lui qui vous disait adieu, Ledru, par les lèvres muettes de la jeune martyre ; chez le brigand condamné par le juge écossais, c'était le démon qui était resté maître de la place, et c'est lui qui venait successivement au juge sous la forme d'un chat, dans l'habit d'un huissier, avec l'apparence d'un squelette ; enfin, dans le dernier cas, c'est l'ange de la monarchie qui a vengé sur le sacrilège la terrible profanation des tombeaux, et qui, comme le Christ, se manifestant aux humbles, a montré la restauration future de la royauté à un pauvre gardien de tombeaux, et cela avec autant de pompe que si la cérémonie fantastique avait eu pour témoins tous les futurs dignitaires de la cour de Louis XVIII.

— Mais enfin, monsieur l'abbé, dit le docteur, tout système est fondé sur une conviction.

— Sans doute.

— Mais cette conviction, pour qu'elle soit réelle, il faut qu'elle repose sur un fait.

— C'est aussi sur un fait que la mienne repose.

— Sur un fait qui vous a été raconté par quelqu'un en qui vous avez toute confiance ?

— Sur un fait qui m'est arrivé à moi-même.

— Ah ! l'abbé, voyons le fait.

— Volontiers. Je suis né sur cette partie de l'héritage des anciens rois qu'on appelle aujourd'hui le département de l'Aisne, et qu'on appelait autrefois l'Île-de-France ; mon père et ma mère habitaient un petit village situé au milieu de la forêt de Villers-Cotterêts, et qu'on appelle Fleury. Avant ma naissance, mes parents avaient déjà eu cinq enfants, trois garçons et deux filles, qui tous étaient morts. Il en résulta que lorsque ma mère se vit enceinte de moi, elle me voua au blanc jusqu'à l'âge de sept ans, et mon père promit un pèlerinage à Notre-Dame-de-Liesse.

Ces deux vœux ne sont point rares en province, et ils avaient entre eux une relation directe, puisque le blanc est la couleur de la Vierge, et que Notre-Dame-de-Liesse n'est autre que la vierge Marie.

Malheureusement mon père mourut pendant la grossesse de ma mère ; mais ma mère, qui était une femme pieuse, ne résolut pas moins d'accomplir le double vœu dans toute sa rigueur ; aussitôt ma naissance, je fus habillé de blanc des pieds à la tête, et aussitôt qu'elle put marcher, ma mère entreprit à pied, comme il avait été voué, le pèlerinage sacré.

Notre-Dame-de-Liesse heureusement n'était situé qu'à quinze ou seize lieues du village de Fleury ; en trois étapes ma mère fut rendue à destination.

Là, elle fit ses dévotions et reçut des mains du curé une médaille d'argent qu'elle m'attacha au cou.

Grâce à ce double vœu, je fus exempt de tous les accidents de la jeunesse, et, lorsque j'eus atteint l'âge de raison, soit résultat de l'éducation religieuse que j'avais reçue, soit influence de la médaille, je me sentis entraîné vers l'état ecclésiastique ; ayant fait mes études au séminaire de Soissons, j'en sortis prêtre en 1780, et fus envoyé vicaire à Étampes[1].

Le hasard fit que je fus attaché à celle des quatre églises d'Étampes qui est sous l'invocation de Notre-Dame.

Cette église est un des merveilleux monuments que l'époque romane a légués au Moyen Âge. Fondée par Robert le Fort[2], elle fut achevée au XIIe siècle seulement ; elle a encore aujourd'hui des vitraux admirables qui, lors de son édification récente, devaient admirablement s'harmoniser avec la peinture et la dorure qui couvraient ses colonnes et en enrichissaient les chapiteaux.

Tout enfant, j'avais fort aimé ces merveilleuses efflorescences de granit que la foi a fait sortir de terre du Xᵉ au XVIᵉ siècle, pour couvrir le sol de la France, cette fille aînée de Rome, d'une forêt d'églises, et qui s'arrêta quand la foi mourut dans les cœurs, tuée par le poison de Luther et de Calvin[1].

J'avais joué, tout enfant, dans les ruines de Saint-Jean de Soissons ; j'avais réjoui mes yeux aux fantaisies de toutes ces moulures, qui semblent des fleurs pétrifiées ; de sorte que, lorsque je vis Notre-Dame d'Étampes, je fus heureux que le hasard, ou plutôt la Providence, m'eût donné, hirondelle, un semblable nid ; alcyon, un pareil vaisseau.

Aussi mes moments heureux étaient ceux que je passais dans l'église. Je ne veux pas dire que ce fût un sentiment purement religieux qui m'y retînt ; non, c'était un sentiment de bien être qui peut se comparer à celui de l'oiseau que l'on tire de la machine pneumatique où l'on a commencé à faire le vide, pour le rendre à l'espace et à la liberté. Mon espace, à moi, c'était celui qui s'étendait du portail à l'abside ; ma liberté, c'était de rêver pendant deux heures à genoux sur une tombe ou accoudé à une colonne. À quoi rêvais-je ? Ce n'était certainement pas à quelque argutie théologique ; non, c'était à cette lutte éternelle du bien et du mal, qui tiraille l'homme depuis le jour du péché ; c'était à ces beaux anges aux ailes blanches, à ces hideux démons aux faces rouges, qui, à chaque rayon de soleil, étincelaient sur les vitraux, les uns resplendissant du feu céleste, les autres flamboyant aux flammes de l'enfer. Notre-Dame enfin, c'était ma demeure ; là je vivais, je pensais, je priais. La petite maison presbytérienne qu'on m'avait donnée n'était que mon pied-à-terre ; j'y mangeais et j'y couchais, voilà tout.

Encore souvent ne quittais-je ma belle Notre-Dame qu'à minuit ou une heure du matin.

On savait cela. Quand je n'étais pas au presbytère,

...tais à Notre-Dame. On venait m'y chercher, et
l'on m'y trouvait.

Des bruits du monde, bien peu parvenaient jusqu'à moi, renfermé comme je l'étais dans ce sanctuaire de religion et surtout de poésie.

Cependant parmi ces bruits il y en avait un qui
intéressait tout le monde, petits et grands, clercs et
laïques. Les environs d'Étampes étaient désolés par
les exploits d'un successeur ou plutôt d'un rival de
Cartouche[1] et de Poulailler[2], qui, pour l'audace,
paraissait devoir suivre les traces de ses prédécesseurs. Ce bandit, qui s'attaquait à tout, mais particulièrement aux églises, avait nom l'Artifaille.

Une chose qui me fit donner une attention plus
particulière aux exploits de ce brigand, c'est que sa
femme, qui demeurait dans la ville basse d'Étampes,
était une de mes pénitentes les plus assidues. Brave
et digne femme, pour qui le crime dans lequel était
tombé son mari était un remords, et qui, se croyant
responsable devant Dieu comme épouse, passait
sa vie en prières et en confessions, espérant, par ses
œuvres saintes, atténuer l'impiété de son mari.

Quant à lui, je viens de vous le dire, c'était un bandit ne craignant ni Dieu ni diable, prétendant que la
société était mal faite, et qu'il était envoyé sur la terre
pour la corriger; que, grâce à lui, l'équilibre se réta-
blirait dans les fortunes, et qu'il n'était que le pré-
curseur d'une secte que l'on verrait apparaître un
jour, et qui prêcherait ce que lui mettait en principe,
c'est-à-dire la communauté des biens.

Vingt fois, il avait été pris et conduit en prison;
mais, presque toujours, à la deuxième ou troisième
nuit, on avait trouvé la prison vide. Comme on ne
savait de quelle façon se rendre compte de ces éva-
sions, on disait qu'il avait trouvé l'herbe qui coupe
le fer.

Il y avait donc un certain merveilleux qui s'attachait à cet homme.

Quant à moi, je n'y songeais, je l'avoue, que quand sa pauvre femme venait se confesser à moi, m'avouant ses terreurs et me demandant mes conseils.

Alors, vous le comprenez, je lui conseillais d'employer toute son influence sur son mari pour le ramener dans la bonne voie. Mais l'influence de la pauvre femme était bien faible. Il lui restait donc cet éternel secours en grâce que la prière ouvre devant le Seigneur.

Les fêtes de Pâques de l'année 1783 approchaient. C'était dans la nuit du jeudi au vendredi saint. J'avais, dans la journée du jeudi, entendu grand nombre de confessions, et vers huit heures du soir, je m'étais trouvé tellement fatigué, que je m'étais endormi dans le confessionnal.

Le sacristain m'avait vu endormi ; mais, connaissant mes habitudes, et sachant que j'avais sur moi une clef de la petite porte de l'église, il n'avait pas même songé à m'éveiller : ce qui m'arrivait ce soir-là m'était arrivé cent fois.

Je dormais donc, lorsqu'au milieu de mon sommeil je sentis résonner comme un double bruit.

L'un était la vibration du marteau de bronze sonnant minuit.

L'autre était le froissement d'un pas sur la dalle.

J'ouvris les yeux et je m'apprêtais à sortir du confessionnal, quand, dans le rayon de lumière jeté par la lune à travers les vitraux d'une des fenêtres, il me sembla voir passer un homme.

Comme cet homme marchait avec précaution, regardant autour de lui à chaque pas qu'il faisait, je compris que ce n'était ni un des assistants, ni le bedeau, ni le chantre, ni aucun des habitués de l'église, mais quelque intrus se trouvant là en mauvaise intention.

Le visiteur nocturne s'achemina vers le chœur. Arrivé là, il s'arrêta, et au bout d'un instant j'entendis le coup sec du fer sur une pierre à feu ; je vis pétiller une étincelle, un morceau d'amadou s'enflamma, et une allumette alla fixer sa lumière errante à l'extrémité d'un cierge posé sur l'autel.

À la lueur de ce cierge, je pus voir alors un homme de taille médiocre, portant à la ceinture deux pistolets et un poignard, à la figure railleuse plutôt que terrible, et qui, jetant un regard investigateur dans toute l'étendue de la circonférence éclairée par le cierge, parut complètement rassuré par cet examen.

En conséquence, il tira de sa poche, non pas un trousseau de clefs, mais un trousseau de ces instruments destinés à les remplacer, et que l'on appelle rossignols, du nom sans doute de ce fameux Rossignol, qui se vantait d'avoir la clef de tous les chiffres. À l'aide d'un de ces instruments, il ouvrit le tabernacle, en tira d'abord le saint ciboire, magnifique coupe de vieil argent, ciselée sous Henri II, puis un ostensoir massif qui avait été donné à la ville par la reine Marie-Antoinette, puis enfin deux burettes de vermeil.

Comme c'était tout ce que renfermait le tabernacle, il le referma avec soin et se mit à genoux pour ouvrir le dessous de l'autel qui faisait châsse.

Le dessous de l'autel renfermait une Notre-Dame en cire couronnée d'une couronne d'or et de diamants, et couverte d'une robe toute brodée de pierreries.

Au bout de cinq minutes, la châsse, dont, au reste, le voleur eût pu briser les parois de glace, était ouverte, comme le tabernacle, à l'aide d'une fausse clef, et il s'apprêtait à joindre la robe et la couronne à l'ostensoir, aux burettes et au saint ciboire, lorsque, ne voulant pas qu'un pareil vol s'accomplît, je sortis du confessionnal et m'avançai vers l'autel.

Le bruit que je produisis en ouvrant la porte fit retourner le voleur. Il se pencha de mon côté, et essaya de plonger son regard dans les lointaines obscurités de l'église ; mais le confessionnal était hors de la portée de la lumière, de sorte qu'il ne me vit réellement que lorsque j'entrai dans le cercle éclairé par la flamme tremblotante du cierge.

En apercevant un homme, le voleur s'appuya contre l'autel, tira un pistolet de sa ceinture et le dirigea vers moi.

Mais à ma longue robe noire, il put bientôt voir que je n'étais qu'un simple prêtre inoffensif, et n'ayant pour toute sauvegarde que la foi, pour toute arme que la parole.

Malgré la menace du pistolet dirigé contre moi, j'avançai jusqu'aux marches de l'autel. Je sentais que s'il tirait sur moi, ou le pistolet raterait, ou la balle dévierait; j'avais la main à ma médaille, et je me sentais tout entier couvert du saint amour de Notre-Dame.

Cette tranquillité du pauvre vicaire parut émouvoir le bandit.

— Que voulez-vous ? me dit-il d'une voix qu'il s'efforçait de rendre assurée.

— Vous êtes l'Artifaille ? lui dis-je.

— Parbleu ! répondit-il, qui donc oserait, si ce n'était moi, pénétrer seul dans une église comme je le fais ?

— Pauvre pécheur endurci, qui tires orgueil de ton crime, lui dis-je, ne comprends-tu pas qu'à ce jeu que tu joues, tu perds non seulement ton corps, mais encore ton âme ?

— Bah ! dit-il, quant à mon corps, je l'ai sauvé déjà tant de fois, que j'ai bonne espérance de le sauver encore, et, quant à mon âme...

— Eh bien ! quant à ton âme ?

— Cela regarde ma femme : elle est sainte pour deux, et elle sauvera mon âme en même temps que la sienne.

— Vous avez raison, votre femme est une sainte femme, mon ami, et elle mourrait certainement de douleur si elle apprenait que vous eussiez accompli le crime que vous étiez en train d'exécuter.

— Oh! oh! vous croyez qu'elle mourra de douleur, ma pauvre femme?

— J'en suis sûr.

— Tiens! je vais donc être veuf, continua le brigand en éclatant de rire et étendant les mains vers les vases sacrés.

Mais je montai les trois marches de l'autel et lui arrêtai le bras.

— Non, lui dis-je, car vous ne commettrez pas ce sacrilège.

— Et qui m'en empêchera?

— Moi.

— Par la force?

— Non, par la persuasion. Dieu n'a pas envoyé ses ministres sur la terre pour qu'ils usassent de la force, qui est une chose humaine, mais de la persuasion, qui est une vertu céleste. Mon ami, ce n'est pas pour l'église, qui peut se procurer d'autres vases, mais pour vous, qui ne pourrez pas racheter votre péché. Mon ami, vous ne commettrez pas ce sacrilège!

— Ah çà! mais vous croyez donc que c'est le premier, mon brave homme?

— Non, je sais que c'est le dixième, le vingtième, le trentième peut-être; mais qu'importe? Jusqu'ici vos yeux étaient fermés, vos yeux s'ouvriront ce soir, voilà tout. N'avez-vous pas entendu dire qu'il y avait un homme nommé Saul qui gardait les manteaux de ceux qui lapidaient saint Étienne? Eh bien! cet homme, il avait les yeux couverts d'écailles, comme il le dit lui-même; un jour les écailles tombèrent de ses yeux; il vit, et ce fut saint Paul. Oui, saint Paul!... Le grand, l'illustre saint Paul.

— Dites-moi donc, monsieur l'abbé, saint Paul n'a-t-il pas été pendu[1]?

— Oui.

— Eh bien! à quoi cela lui a-t-il servi de voir?

— Cela lui a servi à être convaincu que parfois le salut est dans le supplice. Aujourd'hui saint Paul a laissé un nom vénéré sur la terre et jouit de la béatitude éternelle dans le ciel.

— À quel âge est-il arrivé à saint Paul de voir ?

— À trente-cinq ans.

— J'ai passé l'âge ; j'en ai quarante.

— Il est toujours temps de se repentir. Sur la croix, Jésus disait au mauvais larron : Un mot de prière, et je te sauve.

— Ah çà ! tu tiens donc bien à ton argenterie ? dit le bandit en me regardant.

— Non. Je tiens à ton âme, que je veux sauver.

— À mon âme ! Tu me feras accroire cela ? Tu t'en moques pas mal.

— Veux-tu que je te prouve que c'est à ton âme que je tiens ? lui dis-je.

— Oui, donne-moi cette preuve, tu me feras plaisir.

— À combien estimes-tu le vol que tu vas commettre cette nuit ?

— Eh ! eh ! fit le brigand en regardant les burettes, le calice, l'ostensoir et la robe de la Vierge avec complaisance, à mille écus.

— À mille écus ?

— Je sais bien que cela vaut le double ; mais il faudra perdre au moins les deux tiers dessus ; ces diables de Juifs sont si voleurs !

— Viens chez moi.

— Chez toi ?

— Oui, chez moi, au presbytère. J'ai une somme de mille francs, je te la donnerai à compte.

— Et les deux autres mille ?

— Et les deux autres mille ? eh bien ! je te promets, foi de prêtre, que j'irai dans mon pays ; ma mère a quelque bien, je vendrai trois ou quatre arpents de terre pour faire les deux autres mille francs, et je te les donnerai.

— Oui, pour que tu me donnes un rendez-vous et que tu me fasses tomber dans quelque piège ?

— Tu ne crois pas ce que tu dis là, fis-je en étendant la main vers lui.

— Eh bien ! c'est vrai, je n'y crois pas, dit-il d'un air sombre. Mais ta mère, elle est donc riche ?

— Ma mère est pauvre.

— Elle sera ruinée, alors ?

— Quand je lui aurai dit qu'au prix de sa ruine, j'ai peut-être sauvé une âme, elle me bénira. D'ailleurs, si elle n'a plus rien, elle viendra demeurer avec moi, et j'aurai toujours pour deux.

— J'accepte, dit-il ; allons chez toi.

— Soit, mais attends.

— Quoi ?

— Renferme dans le tabernacle les objets que tu y as pris, referme-le à clef, cela te portera bonheur.

Le sourcil du bandit se fronça comme celui d'un homme que la foi envahit malgré lui : il replaça les vases sacrés dans le tabernacle et le referma.

— Viens, dit-il.

— Fais d'abord le signe de la croix, lui dis-je.

Il essaya de jeter un rire moqueur, mais le rire commencé s'interrompit de lui-même.

Puis il fit le signe de la croix.

— Maintenant, suis-moi, lui dis-je.

Nous sortîmes par la petite porte ; en moins de cinq minutes nous fûmes chez moi.

Pendant le chemin, si court qu'il fût, le bandit avait paru fort inquiet, regardant autour de lui et craignant que je ne voulusse le faire tomber dans quelque embuscade.

Arrivé chez moi, il se tint près de la porte.

— Eh bien ! ces mille francs ? demanda-t-il.

— Attends, répondis-je.

J'allumai une bougie à mon feu mourant ; j'ouvris une armoire, j'en tirai un sac.

— Les voilà, lui dis-je.

Et je lui donnai le sac.

— Maintenant les deux autres mille, quand les aurai-je ?

— Je te demande six semaines.

— C'est bien ; je te donne six semaines.

— À qui les remettrai-je ?

Le bandit réfléchit un instant.

— À ma femme, dit-il.

— C'est bien !

— Mais elle ne saura pas d'où ils viennent ni comment je les ai gagnés ?

— Elle ne le saura pas, ni elle ni personne. Et jamais, à ton tour tu ne tenteras rien ni contre Notre-Dame d'Étampes ni contre toute autre église sous l'invocation de la Vierge ?

— Jamais !

— Sur ta parole ?

— Foi de l'Artifaille.

— Va, mon frère, et ne pèche plus.

Je le saluai en lui faisant signe de la main qu'il était libre de se retirer.

Il parut hésiter un moment ; puis ouvrant la porte avec précaution, il disparut.

Je me mis à genoux… et je priai pour cet homme.

Je n'avais pas fini ma prière que j'entendis frapper à la porte.

— Entrez, dis-je sans me retourner.

Quelqu'un effectivement me voyant en prière s'arrêta en entrant et se tint debout derrière moi.

Lorsque j'eus achevé mon oraison, je me retournai, et je vis l'Artifaille immobile et droit près de la porte, ayant son sac sous son bras.

— Tiens, me dit-il, je te rapporte tes mille francs.

— Mes mille francs ?

— Oui, et je te tiens quitte des deux mille autres.

— Et cependant la promesse que tu m'as faite subsiste ?

— Parbleu !

— Tu te repens donc ?

— Je ne sais pas si je me repens, oui ou non, mais je ne veux pas de ton argent, voilà tout.

Et il posa le sac sur le rebord du buffet.

Puis, le sac déposé, il s'arrêta comme pour demander quelque chose ; mais cette demande, on le sentait, avait peine à sortir de ses lèvres.

— Que désirez-vous ? lui demandai-je. Parlez, mon ami. Ce que vous venez de faire est bien ; n'ayez pas honte de faire mieux.

— Tu as une grande dévotion à Notre-Dame ? me demanda-t-il.

— Une grande.

— Et tu crois que, par son intercession, un homme, si coupable qu'il soit, peut être sauvé à l'heure de la mort ? Eh bien ! en échange de tes trois mille francs, dont je te tiens quitte, donne-moi quelque relique, quelque chapelet, quelque reliquaire que je puisse baiser à l'heure de ma mort.

Je détachai la médaille et la chaîne d'or que ma mère m'avait passées au cou le jour de ma naissance, qui ne m'avaient jamais quitté depuis, et je les donnai au brigand.

Le brigand posa ses lèvres sur la médaille et s'enfuit.

Un an s'écoula sans que j'entendisse parler de l'Artifaille ; sans doute il avait quitté Étampes pour aller exercer ailleurs.

Sur ces entrefaites, je reçus une lettre de mon confrère, le vicaire de Fleury. Ma bonne mère était bien malade et m'appelait près d'elle. J'obtins un congé et je partis.

Six semaines ou deux mois de bons soins et de prières rendirent la santé à ma mère. Nous nous quittâmes, moi joyeux, elle bien portante, et je revins à Étampes.

J'arrivai un vendredi soir ; toute la ville était en émoi. Le fameux voleur l'Artifaille s'était fait prendre du côté d'Orléans et avait été jugé au présidial de cette ville, qui, après condamnation, l'avait envoyé à Étampes pour être pendu, le canton d'Étampes ayant été principalement le théâtre de ses méfaits.

L'exécution avait eu lieu le matin même.

Voilà ce que j'appris dans la rue ; mais, en entrant au presbytère, j'appris autre chose encore : c'est qu'une femme de la ville basse était venue depuis la veille au matin (c'est-à-dire depuis le moment où l'Artifaille était arrivé à Étampes pour y subir son supplice) s'informer plus de dix fois si j'étais de retour.

Cette insistance n'était pas étonnante. J'avais écrit pour annoncer ma prochaine arrivée, et j'étais attendu d'un moment à l'autre.

Je ne connaissais dans la ville basse que la pauvre femme qui allait devenir veuve. Je résolus d'aller chez elle avant d'avoir même secoué la poussière de mes pieds.

Du presbytère à la ville basse, il n'y avait qu'un pas. Dix heures du soir sonnaient, il est vrai ; mais je pensais que, puisque le désir de me voir était si ardent, la pauvre femme ne serait pas dérangée par ma visite.

Je descendis donc au faubourg et me fis indiquer sa maison. Comme tout le monde la connaissait pour une sainte, nul ne lui faisait un crime du crime de son mari, nul ne lui faisait une honte de sa honte.

J'arrivai à la porte. Le volet était ouvert, et par le carreau de vitre je pus voir la pauvre femme au pied du lit, agenouillée et priant.

Au mouvement de ses épaules, on pouvait deviner qu'elle sanglotait en priant.

Je frappai à la porte.

Elle se leva et vint vivement ouvrir.

— Ah ! monsieur l'abbé ! s'écria-t-elle, je vous devinais. Quand on a frappé, j'ai compris que c'était vous. Hélas ! hélas ! vous arrivez trop tard : mon mari est mort sans confession.

— Est-il donc mort dans de mauvais sentiments?

— Non; bien au contraire, je suis sûre qu'il était chrétien au fond du cœur; mais il avait déclaré qu'il ne voulait pas d'autre prêtre que vous, qu'il ne se confesserait qu'à vous, et que, s'il ne se confessait pas à vous, il ne se confesserait à personne qu'à Notre-Dame.

— Il vous a dit cela?

— Oui, et, tout en le disant, il baisait une médaille de la Vierge pendue à son cou avec une chaîne d'or, recommandant par-dessus toute chose qu'on ne lui ôtât point cette médaille, et affirmant que si on parvenait à l'ensevelir avec cette médaille, le mauvais esprit n'aurait aucune prise sur son corps.

— Est-ce tout ce qu'il a dit?

— Non. En me quittant pour marcher à l'échafaud, il m'a dit encore que vous arriveriez ce soir, que vous viendriez me voir sitôt votre arrivée; voilà pourquoi je vous attendais.

— Il vous a dit cela? fis-je avec étonnement.

— Oui; et puis encore il m'a chargé d'une dernière prière.

— Pour moi?

— Pour vous. Il a dit qu'à quelque heure que vous veniez, je vous priasse... Mon Dieu! je n'oserai jamais vous dire une pareille chose.

— Dites, ma bonne femme, dites.

— Eh bien! que je vous priasse d'aller à la Justice*, et là, sous son corps, de dire, au profit de son âme, cinq *Pater* et cinq *Ave*. Il a dit que vous ne me refuseriez pas, monsieur l'abbé.

— Et il a eu raison, car je vais y aller.

— Oh! que vous êtes bon!

Elle me prit les mains et voulut me les baiser.

Je me dégageai.

* On appelait ainsi l'endroit où l'on pendait les voleurs et les assassins.

— Allons, ma bonne femme, lui dis-je, du courage !

— Dieu m'en donne, monsieur l'abbé, je ne m'en plains pas.

— Il n'a rien demandé autre chose ?

— Non.

— C'est bien ! S'il ne lui faut que ce désir accompli pour le repos de son âme, son âme sera en repos.

Je sortis.

Il était dix heures et demie à peu près. C'était dans les derniers jours d'avril, la brise était encore fraîche. Cependant le ciel était beau, beau pour un peintre surtout, car la lune roulait dans une mer de vagues sombres qui donnaient un grand caractère à l'horizon.

Je tournai autour des vieilles murailles de la ville, et j'arrivai à la porte de Paris. Passé onze heures du soir, c'était la seule porte d'Étampes qui restât ouverte.

Le but de mon excursion était sur une esplanade, qui aujourd'hui comme alors domine toute la ville. Seulement aujourd'hui il ne reste d'autres traces de la potence, qui alors était dressée sur cette esplanade, que trois fragments de la maçonnerie qui assurait les trois poteaux reliés entre eux par deux poutres et qui formaient le gibet.

Pour arriver à cette esplanade, située à gauche de la route quand on vient d'Étampes à Paris, et à droite quand on vient de Paris à Étampes ; pour arriver à cette esplanade, il fallait passer au pied de la tour de Guinette, ouvrage avancé qui semble une sentinelle posée isolément dans la plaine pour garder la ville.

Cette tour que vous devez connaître, chevalier Lenoir, et que Louis XI a essayé de faire sauter autrefois sans y réussir, est éventrée par l'explosion et semble regarder le gibet, dont elle ne voit que l'extrémité, avec l'orbite noire d'un grand œil sans prunelle.

Le jour, c'est la demeure des corbeaux ; la nuit, c'est le palais des chouettes et des chats-huants.

Je pris, au milieu de leurs cris et de leurs houhou-
lements[1], le chemin de l'esplanade, chemin étroit,
difficile, raboteux, creusé dans le roc, percé à travers
les broussailles.

Je ne puis pas dire que j'eusse peur. L'homme qui
croit en Dieu, qui se confie à lui, ne doit avoir peur
de rien ; mais j'étais ému.

On n'entendait au monde que le tic-tac monotone
du moulin de la basse ville, le cri des hiboux et des
chouettes et le sifflement du vent dans les broussailles.

La lune entrait dans un nuage noir, dont elle bro-
dait les extrémités d'une frange blanchâtre.

Mon cœur battait. Il me semblait que j'allais voir,
non pas ce que j'étais venu pour voir, mais quelque
chose d'inattendu. Je montais toujours.

Arrivé à un certain point de la montée, je commençai à distinguer l'extrémité supérieure du gibet,
composé de ses trois piliers et de cette double traverse de chêne dont j'ai déjà parlé.

C'est à ces traverses de chêne que pendent les
croix de fer auxquelles on attache les suppliciés.

J'apercevais, comme une ombre mobile, le corps
du malheureux l'Artifaille, que le vent balançait dans
l'espace.

Tout à coup, je m'arrêtai ; je découvrais maintenant le gibet de son extrémité supérieure à sa base.
J'apercevais une masse sans forme qui semblait un
animal à quatre pattes et qui se mouvait.

Je m'arrêtai et me couchai derrière un rocher.
Cet animal était plus gros qu'un chien et plus massif qu'un loup.

Tout à coup il se leva sur les pattes de derrière et
je reconnus que cet animal n'était autre que celui
que Platon appelait un animal à deux pieds et sans
plumes, c'est-à-dire un homme.

Que pouvait venir faire à cette heure un homme
sous un gibet, à moins qu'il n'y vînt avec un cœur

religieux pour prier, ou avec un cœur irréligieux pour y faire quelque sacrilège ?

Dans tous les cas, je résolus de me tenir coi et d'attendre.

En ce moment la lune sortit du nuage qui l'avait cachée un instant et donna en plein sur le gibet.

Alors je pus voir distinctement l'homme, et même tous les mouvements qu'il faisait.

Cet homme ramassa une échelle couchée à terre, puis la dressa contre un des poteaux, le plus rapproché du cadavre du pendu.

Puis il monta à l'échelle.

Puis il forma avec le pendu un groupe étrange où le vivant et le mort semblèrent se confondre dans un embrassement.

Tout à coup un cri terrible retentit. Je vis s'agiter les deux corps ; j'entendis crier à l'aide, d'une voix étranglée qui cessa bientôt d'être distincte ; puis un des deux corps se détacha du gibet, tandis que l'autre restait pendu à la corde, et agitait ses bras et ses jambes.

Il m'était impossible de deviner ce qui se passait sous la machine infâme ; mais enfin, œuvre de l'homme ou du démon, il venait de s'y passer quelque chose d'extraordinaire, quelque chose qui appelait à l'aide, qui réclamait du secours.

Je m'élançai. À ma vue, le pendu parut redoubler d'agitation, tandis qu'au-dessous de lui était immobile et gisant le corps qui s'était détaché du gibet.

Je courus d'abord au vivant. Je montai vivement les degrés de l'échelle, et, avec mon couteau, je coupai la corde ; le pendu tomba à terre, je sautai à bas de l'échelle.

Le pendu se roulait dans d'horribles convulsions, l'autre cadavre se tenait toujours immobile.

Je compris que le nœud coulant continuait de serrer le cou du pauvre diable. Je me couchai sur lui

pour le fixer, et à grand-peine, je desserrai le nœud
coulant qui l'étranglait.

Pendant cette opération, qui me forçait à regarder cet homme face à face, je reconnus avec étonnement que cet homme était le bourreau.

Il avait les yeux hors de leur orbite, la face bleuâtre,
la mâchoire presque tordue, et un souffle qui ressemblait plus à un râle qu'à une respiration s'échappait de sa poitrine.

Cependant, l'air rentrait peu à peu dans ses poumons, et avec l'air la vie.

Je l'avais adossé à une grosse pierre ; au bout d'un
instant, il parut reprendre ses sens, toussa, tourna le
cou en toussant, et finit par me regarder en face.

Son étonnement ne fut pas moins grand que l'avait
été le mien.

— Oh ! oh ! monsieur l'abbé, dit-il, c'est vous ?

— Oui, c'est moi.

— Et que venez-vous faire ici ? me demanda-t-il.

— Mais vous-même ?

Il parut rappeler ses esprits. Il regarda encore une
fois autour de lui ; mais, cette fois, ses yeux s'arrêtèrent sur le cadavre.

— Ah ! dit-il en essayant de se lever, allons-nous-
en, monsieur l'abbé ; au nom du ciel, allons-nous-en !

— Allez-vous-en si vous voulez, mon ami ; mais
moi, j'ai un devoir à accomplir.

— Ici ?

— Ici.

— Quel est-il donc ?

— Ce malheureux, qui a été pendu par vous aujour-
d'hui, a désiré que je vinsse dire au pied du gibet cinq
*Pater* et cinq *Ave* pour le salut de son âme.

— Pour le salut de son âme ? Oh ! monsieur l'abbé,
vous aurez de la besogne si vous sauvez celle-là, c'est
Satan en personne.

— Comment ! c'est Satan en personne ?

— Sans doute, ne venez-vous pas de voir ce qu'il m'a fait ?

— Comment ! ce qu'il vous a fait, et que vous a-t-il donc fait ?

— Il m'a pendu, pardieu !

— Il vous a pendu ? mais il me semblait, au contraire, que c'était vous qui lui aviez rendu ce triste service.

— Oui, ma foi ! et je croyais l'avoir bel et bien pendu même. Il paraît que je m'étais trompé ! Mais comment donc n'a-t-il pas profité du moment où j'étais branché à mon tour pour se sauver ?

J'allai au cadavre, je le soulevai, il était roide et froid.

— Mais parce qu'il est mort, dis-je.

— Mort ! répéta le bourreau. Mort ! ah ! diable ! c'est bien pis ; alors sauvons-nous, monsieur l'abbé, sauvons-nous.

Et il se leva.

— Non, par ma foi ! dit-il, j'aime encore mieux rester, il n'aurait qu'à se relever et à courir après moi. Vous, au moins, qui êtes un saint homme, vous me défendrez.

— Mon ami, dis-je à l'exécuteur en le regardant fixement, il y a quelque chose là-dessous. Vous me demandiez tout à l'heure ce que je venais faire ici à cette heure. À mon tour, je vous demanderai : « Que veniez-vous faire ici, vous ? »

— Ah ! ma foi, monsieur l'abbé, il faudra toujours bien que je vous le dise en confession ou autrement. Eh bien ! je vais vous le dire autrement. Mais, attendez donc...

Il fit un mouvement en arrière.

— Quoi donc ?

— Il ne bouge pas là-bas ?

— Non, soyez tranquille, le malheureux est bien mort.

— Oh ! bien mort... bien mort... n'importe ! Je

vais toujours vous dire pourquoi je suis venu, et, si
je mens, il me démentira, voilà tout.

— Dites.

— Il faut vous dire que ce mécréant-là n'a pas
voulu entendre parler de confession ; il disait seulement de temps en temps : «L'abbé Moulle est-il
arrivé ?» On lui répondait : «Non, pas encore.» Il
poussait un soupir ; on lui offrait un prêtre, il répondait : «Non ! l'abbé Moulle... et pas d'autre.»

— Oui je sais cela.

— Au pied de la tour de Guinette, il s'arrêta :
«Regardez donc, me dit-il, si vous ne voyez pas venir
l'abbé Moulle. — Non», lui dis-je. Et nous nous
remîmes en chemin. Au pied de l'échelle il s'arrêta
encore. «L'abbé Moulle ne vient pas ? demanda-t-il.
— Eh non, que l'on vous dit.» Il n'y a rien d'impa-
tientant comme un homme qui vous répète toujours
la même chose. «Allons !» dit-il. Je lui passai la corde
au cou. Je lui mis les pieds contre l'échelle, et lui
dis : «Monte.» Il monta sans trop se faire prier ;
mais quand il fut arrivé aux deux tiers de l'échelle :
«Attendez, me dit-il, que je m'assure que l'abbé
Moulle ne vient pas. — Ah ! regardez, lui dis-je, ça
n'est pas défendu.» Alors il regarda une dernière fois
dans la foule ; mais, ne vous voyant pas, il poussa
un soupir. Je crus qu'il était résolu et qu'il n'y avait
plus qu'à le passer ; mais il vit mon mouvement.
«Attends, dit-il. — Quoi encore ? — Je voudrais baiser une médaille de Notre-Dame qui est à mon cou.
— Ah ! pour cela, lui dis-je, c'est trop juste, baise.» Et
je lui mis la médaille contre les lèvres. «Qu'y a-t-il
donc encore ? demandai-je. — Je veux être enterré
avec cette médaille. — Hum ! hum ! fis-je, il me
semble que toute la défroque du pendu appartient
au bourreau. — Cela ne me regarde pas, je veux
être enterré avec ma médaille. — Je veux, je veux ;
comme vous y allez ! — Je veux, quoi !» La patience
m'échappa ; il était tout prêt, il avait la corde au cou,

l'autre bout de la corde était au crochet. «Va-t'en au diable!» lui dis-je. Et je le lançai dans l'espace. «Notre-Dame, ayez pi...» Ma foi, c'est tout ce qu'il put dire; la corde étrangla à la fois l'homme et la phrase. Au même instant, vous savez comme cela se pratique, j'empoignai la corde, je sautai sur ses épaules, et han! han! tout fut dit. Il n'eut pas à se plaindre de moi, et je vous réponds qu'il n'a pas souffert.

— Mais tout cela ne dit pas pourquoi tu es venu ce soir.

— Oh! c'est que voilà ce qui est le plus difficile à raconter.

— Eh bien! je vais te le dire, moi, tu es venu pour lui prendre sa médaille.

— Eh bien! oui, le diable m'a tenté. Je me suis dit: «Bon, bon! tu veux; c'est bien aisé à dire, cela; mais quand la nuit sera venue, sois tranquille, nous verrons.» Alors, quand la nuit a été venue, je suis parti de la maison. J'avais laissé mon échelle aux alentours; je savais où la retrouver. J'ai été faire une promenade; je suis revenu par le plus long, et puis, quand j'ai vu qu'il n'y avait plus personne dans la plaine, quand je n'ai plus entendu aucun bruit, je me suis approché du gibet, j'ai dressé mon échelle, je suis monté, j'ai tiré le pendu à moi, je lui ai décroché sa chaîne, et...

— Et quoi?

— Ma foi! croyez-moi si vous voulez: au moment où la médaille a quitté son cou, le pendu m'a pris, a retiré sa tête du nœud coulant, a passé ma tête à la place de la sienne, et, ma foi! il m'a poussé à mon tour, comme je l'avais poussé, moi. Voilà la chose.

— Impossible, vous vous trompez.

— M'avez-vous trouvé pendu, oui ou non?

— Oui.

— Eh bien! je vous promets que je ne me suis pas pendu moi-même. Voilà tout ce que je puis vous dire.

Je réfléchis un instant.

— Et la médaille, lui demandai-je, où est-elle ?

— Ma foi, cherchez à terre, elle ne doit pas être loin. Quand je me suis senti pendu, je l'ai lâchée.

Je me levai et jetai les yeux à terre. Un rayon de lune donnait dessus comme pour guider mes recherches.

Je la ramassai. J'allai au cadavre du pauvre l'Artifaille, et je lui rattachai la médaille au cou.

Au moment où elle toucha sa poitrine, quelque chose comme un frémissement courut par tout son corps, et un cri aigu et presque douloureux sortit de sa poitrine.

Le bourreau fit un bond en arrière.

Mon esprit venait d'être illuminé par ce cri. Je me rappelai ce que les saintes Écritures disaient des exorcismes et du cri que poussent les démons en sortant du corps des possédés.

Le bourreau tremblait comme la feuille.

— Venez ici, mon ami, lui dis-je, et ne craignez rien.

Il s'approcha en hésitant.

— Que me voulez-vous ? dit-il.

— Voici un cadavre qu'il faut remettre à sa place.

— Jamais ! Bon ! pour qu'il me pende encore !

— Il n'y a pas de danger, mon ami, je vous réponds de tout.

— Mais monsieur l'abbé ! monsieur l'abbé !

— Venez, vous dis-je.

Il fit encore un pas.

— Hum ! murmura-t-il, je ne m'y fie pas.

— Et vous avez tort, mon ami. Tant que le corps aura sa médaille, vous n'aurez rien à craindre.

— Pourquoi cela ?

— Parce que le démon n'aura aucune prise sur lui. Cette médaille le protégeait, vous la lui avez ôtée ; à l'instant même le mauvais génie qui l'avait poussé au mal, et qui avait été écarté par son bon ange, est rentré dans le cadavre, et vous avez vu quelle a été l'œuvre de ce mauvais génie.

— Alors ce cri que nous venons d'entendre ?

— C'est celui qu'il a poussé quand il a senti que sa proie lui échappait.

— Tiens, dit le bourreau, en effet, cela pourrait bien être.

— Cela est.

— Alors, je vais le remettre à son crochet.

— Remettez-le ; il faut que la justice ait son cours. Il faut que la condamnation s'accomplisse.

Le pauvre diable hésitait encore.

— Ne craignez rien, lui dis-je, je réponds de tout.

— N'importe, reprit le bourreau, ne me perdez pas de vue, et, au moindre cri, venez à mon secours.

— Soyez tranquille, vous n'aurez pas besoin de moi.

Il s'approcha du cadavre, le souleva doucement par les épaules et le tira vers l'échelle tout en lui parlant.

— N'aie pas peur, l'Artifaille, lui disait-il, ce n'est pas pour te prendre ta médaille... Vous ne nous perdez pas de vue, n'est-ce pas, monsieur l'abbé ?

— Non, mon ami, soyez tranquille.

— Ce n'est pas pour te prendre ta médaille, continua l'exécuteur du ton le plus conciliant ; non, sois tranquille ; puisque tu l'as désiré, tu seras enterré avec elle. C'est vrai, il ne bouge pas, monsieur l'abbé.

— Vous le voyez.

— Tu seras enterré avec elle. En attendant, je te remets à ta place, sur le désir de M. l'abbé, car, pour moi, tu comprends !...

— Oui, oui, lui dis-je sans pouvoir m'empêcher de sourire, mais faites vite.

— Ma foi, c'est fait, dit-il en lâchant le corps qu'il venait d'attacher de nouveau au crochet, et en sautant à terre du même coup.

Et le corps se balança dans l'espace, immobile et inanimé.

Je me mis à genoux et je commençai les prières que l'Artifaille m'avait demandées.

— Monsieur l'abbé, dit le bourreau en se mettant à genoux près de moi, vous plairait-il de dire les prières assez haut et assez doucement pour que je puisse les répéter ?

— Comment ! malheureux ! tu les as donc oubliées ?

— Je crois que je ne les ai jamais sues.

Je dis les cinq *Pater* et les cinq *Ave*, que le bourreau répéta consciencieusement après moi.

La prière terminée, je me levai.

— L'Artifaille, dis-je tout haut au supplicié, j'ai fait ce que j'ai pu pour le salut de ton âme, c'est à la bienheureuse Notre-Dame à faire le reste.

— *Amen !* dit mon compagnon.

En ce moment un rayon de lune illumina le cadavre comme une cascade d'argent. Minuit sonna à Notre-Dame.

— Allons, dis-je à l'exécuteur, nous n'avons plus rien à faire ici.

— Monsieur l'abbé, dit le pauvre diable, seriez-vous assez bon pour m'accorder une dernière grâce ?

— Laquelle ?

— C'est de me reconduire jusque chez moi ; tant que je ne sentirai pas ma porte bien fermée entre moi et ce gaillard-là, je ne serai pas tranquille.

— Venez, mon ami.

Nous quittâmes l'esplanade, non sans que mon compagnon, de dix pas en dix pas, se retournât pour voir si le pendu était bien à sa place.

Rien ne bougea.

Nous rentrâmes dans la ville. Je conduisis mon homme jusque chez lui. J'attendis qu'il eût éclairé sa maison, puis il ferma la porte sur moi, me dit adieu, et me remercia à travers la porte. Je rentrai chez moi, parfaitement calme de corps et d'esprit.

Le lendemain, comme je m'éveillais, on me dit

que la femme du voleur m'attendait dans ma salle à manger.

Elle avait le visage calme et presque joyeux.

— Monsieur l'abbé, me dit-elle, je viens vous remercier : mon mari m'est apparu hier comme minuit sonnait à Notre-Dame, et il m'a dit : « Demain matin, tu iras trouver l'abbé Moulle, et tu lui diras que, grâce à lui et à Notre-Dame, je suis sauvé. »

# XI

## *Le Bracelet de cheveux*

— Mon cher abbé, dit Alliette, j'ai la plus grande estime pour vous et la plus grande vénération pour Cazotte ; j'admets parfaitement l'influence de votre bon et de votre mauvais génie ; mais il y a une chose que vous oubliez et dont je suis, moi, un exemple : c'est que la mort ne tue pas la vie ; la mort n'est qu'un mode de transformation du corps humain ; la mort tue la mémoire, voilà tout. Si la mémoire ne mourait pas, chacun se souviendrait de toutes les pérégrinations de son âme, depuis le commencement du monde jusqu'à nous. La pierre philosophale n'est pas autre chose que ce secret ; c'est le secret qu'avait trouvé Pythagore, et qu'ont retrouvé le comte de Saint-Germain et Cagliostro ; c'est ce secret que je possède à mon tour, et qui fait que mon corps mourra, comme je me rappelle positivement que cela lui est déjà arrivé quatre ou cinq fois, et encore, quand je dis que mon corps mourra, je me trompe, il y a certains corps qui ne meurent pas, et je suis de ceux-là.

— Monsieur Alliette, dit le docteur, voulez-vous d'avance me donner une permission ?

— Laquelle ?

— C'est de faire ouvrir votre tombeau un mois après votre mort.

— Un mois, deux mois, un an, dix ans, quand vous voudrez, docteur ; seulement prenez vos précautions... car le mal que vous ferez à mon cadavre pourrait nuire à l'autre corps dans lequel mon âme serait entrée.

— Ainsi vous croyez à cette folie ?

— Je suis payé pour y croire : j'ai vu.

— Qu'avez-vous vu ?... un de ces morts vivants ?

— Oui.

— Voyons, monsieur Alliette, puisque chacun a raconté son histoire, racontez aussi la vôtre ; il serait curieux que ce fût la plus vraisemblable de la société.

— Vraisemblable ou non, docteur, la voici dans toute sa vérité. J'allais de Strasbourg aux eaux de Loèche[1]. Vous connaissez la route, docteur ?

— Non ; mais n'importe, allez toujours.

— J'allais donc de Strasbourg aux eaux de Loèche, et je passais naturellement par Bâle, où je devais quitter la voiture publique pour prendre un voiturin.

Arrivé à l'hôtel de la Couronne que l'on m'avait recommandé, je m'enquis d'une voiture et d'un voiturin, priant mon hôte de s'informer si quelqu'un dans la ville n'était point en disposition de faire la même route que moi ; alors il était chargé de proposer à cette personne une association qui devait naturellement rendre à la fois la route plus agréable et moins coûteuse.

Le soir, il revint ayant trouvé ce que je demandais ; la femme d'un négociant bâlois, qui venait de perdre son enfant, âgé de trois mois, qu'elle nourrissait elle-même, avait fait, à la suite de cette perte, une maladie pour laquelle on lui ordonnait les eaux de Loèche. C'était le premier enfant de ce jeune ménage marié depuis un an.

Mon hôte me raconta qu'on avait eu grand-peine à décider la femme à quitter son mari. Elle voulait absolument ou rester à Bâle ou qu'il vînt avec elle à Louesche ; mais d'un autre côté l'état de sa santé exigeant les eaux, tandis que l'état de leur commerce exigeait sa présence à Bâle, elle s'était décidée et partait avec moi le lendemain matin. Sa femme de chambre l'accompagnait.

Un prêtre catholique, desservant l'église d'un petit village des environs, nous accompagnait, et occupait la quatrième place dans la voiture.

Le lendemain, vers huit heures du matin, la voiture vint nous prendre à l'hôtel ; le prêtre y était déjà. J'y montai à mon tour, et nous allâmes prendre la dame et sa femme de chambre.

Nous assistâmes, de l'intérieur de la voiture, aux adieux des deux époux, qui, commencés au fond de leur appartement, continuèrent dans le magasin, et ne s'achevèrent que dans la rue. Sans doute la femme avait quelque pressentiment, car elle ne pouvait se consoler. On eût dit qu'au lieu de partir pour un voyage d'une cinquantaine de lieues, elle partait pour faire le tour du monde.

Le mari paraissait plus calme qu'elle, mais néanmoins était plus ému qu'il ne convenait raisonnablement pour une pareille séparation.

Nous partîmes enfin.

Nous avions naturellement, le prêtre et moi, donné les deux meilleures places à la voyageuse et à sa femme de chambre, c'est-à-dire que nous étions sur le devant et elles au fond.

Nous prîmes la route de Soleure, et le premier jour nous allâmes coucher à Mundischwyll. Toute la journée, notre compagne avait été tourmentée, inquiète. Le soir, ayant vu passer une voiture de retour, elle voulait reprendre le chemin de Bâle. Sa femme de chambre parvint cependant à la décider à continuer sa route.

Le lendemain, nous nous mîmes en route vers neuf heures du matin. La journée était courte ; nous ne comptions pas aller plus loin que Soleure.

Vers le soir, et comme nous commencions d'apercevoir la ville, notre malade tressaillit.

— Ah ! dit-elle, arrêtez, on court après nous.

Je me penchai hors de la portière.

— Vous vous trompez, madame, répondis-je, la route est parfaitement vide.

— C'est étrange, insista-t-elle. J'entends le galop d'un cheval.

Je crus avoir mal vu. Je sortis plus avant hors de la voiture.

— Personne, madame, lui dis-je.

Elle regarda elle-même et vit comme moi la route déserte.

— Je m'étais trompée, dit-elle en se rejetant au fond de la voiture.

Et elle ferma les yeux comme une femme qui veut concentrer sa pensée en elle-même.

Le lendemain nous partîmes à cinq heures du matin. Cette fois la journée était longue. Notre conducteur vint coucher à Berne. À la même heure que la veille, c'est-à-dire vers cinq heures, notre compagne sortit d'une espèce de sommeil où elle était plongée, et étendant le bras vers le cocher :

— Conducteur, dit-elle, arrêtez. Cette fois, j'en suis sûre, on court après nous.

— Madame se trompe, répondit le cocher. Je ne vois que les trois paysans qui viennent de nous croiser, et qui suivent tranquillement leur chemin.

— Oh ! mais j'entends le galop du cheval.

Ces paroles étaient dites avec une telle conviction, que je ne pus m'empêcher de regarder derrière nous.

Comme la veille, la route était absolument déserte.

— C'est impossible, madame, répondis-je, je ne vois pas de cavalier.

— Comment se fait-il que vous ne voyiez point de

cavalier, puisque je vois, moi, l'ombre d'un homme et d'un cheval ?

Je regardai dans la direction de sa main, et je vis en effet l'ombre d'un cheval et d'un cavalier. Mais je cherchai inutilement les corps auxquels les ombres appartenaient.

Je fis remarquer cet étrange phénomène au prêtre, qui se signa.

Peu à peu cette ombre s'éclaircit, devint d'instants en instants moins visible, et enfin disparut tout à fait.

Nous entrâmes à Berne.

Tous ces présages paraissaient fatals à la pauvre femme ; elle disait sans cesse qu'elle voulait retourner, et cependant elle continuait son chemin.

Soit inquiétude morale, soit progrès naturel de la maladie, en arrivant à Thun, la malade se trouva si souffrante, qu'il lui fallut continuer son chemin en litière. Ce fut ainsi qu'elle traversa le Kander-Thal et le Gemmi. En arrivant à Loèche, un érésipèle se déclara, et pendant plus d'un mois elle fut sourde et aveugle.

Au reste, ses pressentiments ne l'avaient pas trompée ; à peine avait-elle fait vingt lieues que son mari avait été pris d'une fièvre cérébrale.

La maladie avait fait des progrès si rapides que le même jour, sentant la gravité de son état, il avait envoyé un homme à cheval pour prévenir sa femme et l'inviter à revenir. Mais entre Lauffen et Breinteinbach le cheval s'était abattu, et le cavalier étant tombé, sa tête avait donné contre une pierre et il était resté dans une auberge, ne pouvant rien pour celui qui l'avait envoyé que de le faire prévenir de l'accident qui était arrivé.

Alors on avait envoyé un autre courrier, mais sans doute il y avait une fatalité sur eux ; à l'extrémité du Kander-Thal, il avait quitté son cheval et pris un guide pour monter le plateau du Schwalbach, qui sépare l'Oberland du Valais, quand, à moitié chemin, une avalanche, roulant du mont Attels, l'avait entraîné avec elle dans un abîme ; le guide avait été sauvé comme par miracle.

Pendant ce temps, le mal faisait des progrès terribles. On avait été obligé de raser la tête du malade, qui portait des cheveux très longs, afin de lui appliquer de la glace sur le crâne. À partir de ce moment, le moribond n'avait plus conservé aucun espoir, et dans un moment de calme il avait écrit à sa femme :

« Chère Bertha,
Je vais mourir, mais je ne veux pas me séparer de toi tout entier. Fais-toi faire un bracelet des cheveux qu'on vient de me couper et que je fais mettre à part. Porte-le toujours, et il me semble qu'ainsi nous serons encore réunis.

Ton FRÉDÉRICK. »

Puis il avait remis cette lettre à un troisième exprès, à qui il avait ordonné de partir aussitôt qu'il serait expiré.

Le soir même il était mort. Une heure après sa mort, l'exprès était parti, et plus heureux que ses deux prédécesseurs, il était, vers la fin du cinquième jour, arrivé à Loèche.

Mais il avait trouvé la femme aveugle et sourde ; au bout d'un mois seulement, grâce à l'efficacité des eaux, cette double infirmité avait commencé à disparaître. Ce n'était qu'un autre mois écoulé qu'on avait osé apprendre à la femme la fatale nouvelle à laquelle du reste les différentes visions qu'elle avait eues l'avaient préparée. Elle était restée un dernier mois pour se remettre complètement ; enfin, après trois mois d'absence, elle était repartie pour Bâle.

Comme de mon côté, j'avais achevé mon traitement, que l'infirmité pour laquelle j'avais pris les eaux, et qui était un rhumatisme, allait beaucoup mieux, je lui demandai la permission de partir avec elle, ce qu'elle accepta avec reconnaissance, ayant trouvé en moi une personne à qui parler de son mari, que je n'avais fait qu'entrevoir au moment du départ, mais enfin que j'avais vu.

Nous quittâmes Loèche, et le cinquième jour, au soir, nous étions de retour à Bâle.

Rien ne fut plus triste et plus douloureux que la rentrée de cette pauvre veuve dans sa maison ; comme les deux jeunes époux étaient seuls au monde, le mari mort, on avait fermé le magasin, le commerce avait cessé comme cesse le mouvement lorsqu'une pendule s'arrête. On envoya chercher le médecin qui avait soigné le malade, les différentes personnes qui l'avaient assisté à ses derniers moments, et par eux, en quelque sorte, on ressuscita cette agonie, on reconstruisit cette mort déjà presque oubliée chez ces cœurs indifférents.

Elle redemanda au moins ces cheveux que son mari lui léguait.

Le médecin se rappela bien avoir ordonné qu'on les lui coupât ; le barbier se souvint bien d'avoir rasé le malade, mais voilà tout. Les cheveux avaient été jetés au vent, dispersés, perdus.

La femme fut désespérée ; ce seul et unique désir du moribond, qu'elle portât un bracelet de ses cheveux, était donc impossible à réaliser.

Plusieurs nuits s'écoulèrent ; nuits profondément tristes, pendant lesquelles la veuve, errante dans la maison, semblait bien plutôt une ombre elle-même qu'un être vivant.

À peine couchée, ou plutôt à peine endormie, elle sentait son bras droit tomber dans l'engourdissement, et elle ne se réveillait qu'au moment où cet engourdissement lui semblait gagner le cœur.

Cet engourdissement commençait au poignet, c'est-à-dire à la place où aurait dû être le bracelet de cheveux, et où elle sentait une pression pareille à celle d'un bracelet de fer trop étroit; et du poignet, comme nous l'avons dit, l'engourdissement gagnait le cœur.

Il était évident que le mort manifestait son regret de ce que ses volontés avaient été si mal suivies.

La veuve comprit ces regrets qui venaient de l'autre côté de la tombe. Elle résolut d'ouvrir la fosse, et, si la tête de son mari n'avait pas été entièrement rasée, d'y recueillir assez de cheveux pour réaliser son dernier désir.

En conséquence, sans rien dire de ses projets à personne, elle envoya chercher le fossoyeur.

Mais le fossoyeur qui avait enterré son mari était mort. Le nouveau fossoyeur, entré en exercice depuis quinze jours seulement, ne savait pas où était la tombe.

Alors, espérant une révélation, elle qui, par la double apparition du cheval, du cavalier, elle qui, par la pression du bracelet, avait le droit de croire aux prodiges, elle se rendit seule au cimetière, s'assit sur un tertre couvert d'herbe verte et vivace comme il en pousse sur les tombes, et là elle invoqua quelque nouveau signe auquel elle pût se rattacher pour ses recherches.

Une danse macabre était peinte sur le mur de ce cimetière. Ses yeux s'arrêtèrent sur la Mort et se fixèrent longtemps sur cette figure railleuse et terrible à la fois.

Alors il lui sembla que la Mort levait son bras décharné, et du bout de son doigt osseux désignait une tombe au milieu des dernières tombes.

La veuve alla droit à cette tombe, et quand elle y fut il lui sembla voir bien distinctement la Mort qui laissait retomber son bras à la place primitive.

Alors elle fit une marque à la tombe, alla chercher le fossoyeur, le ramena à l'endroit désigné, et lui dit:

— Creusez, c'est ici!

J'assistais à cette opération. J'avais voulu suivre cette malheureuse aventure jusqu'au bout.

Le fossoyeur creusa.

Arrivé au cercueil, il leva le couvercle. D'abord il avait hésité ; mais la veuve lui avait dit d'une voix ferme :

— Levez, c'est le cercueil de mon mari.

Il obéit donc, tant cette femme savait inspirer aux autres la confiance qu'elle possédait elle-même.

Alors, apparut une chose miraculeuse et que j'ai vue de mes yeux. Non seulement le cadavre était le cadavre de son mari, non seulement ce cadavre, à la pâleur près, était tel que de son vivant, mais encore, depuis qu'ils avaient été rasés, c'est-à-dire depuis le jour de sa mort, ses cheveux avaient poussé de telle sorte, qu'ils sortaient comme des racines par toutes les fissures de la bière.

Alors la pauvre femme se pencha vers ce cadavre, qui semblait seulement endormi ; elle le baisa au front, coupa une mèche de ses longs cheveux si merveilleusement poussés sur la tête d'un mort, et en fit faire un bracelet.

Depuis ce jour, l'engourdissement nocturne cessa. Seulement, à chaque fois qu'elle était près de courir quelque grand danger, une douce pression, une amicale étreinte du bracelet l'avertissait de se tenir sur ses gardes.

Eh bien ! croyez-vous que ce mort fût réellement mort, que ce cadavre fût bien un cadavre ? Moi je ne le crois pas.

— Et, demanda la dame pâle avec un timbre si singulier, qu'il nous fit tressaillir tous dans cette nuit où l'absence de lumière nous avait laissés, vous n'avez pas entendu dire que ce cadavre fût jamais sorti du tombeau, vous n'avez pas entendu dire que personne eût eu à souffrir de sa vue et de son contact ?

— Non, dit Alliette. J'ai quitté le pays.

— Ah ! dit le docteur, vous avez tort, monsieur

Alliette, d'être de si facile composition. Voici madame Grégoriska qui était toute prête à faire de votre bon marchand de Bâle en Suisse un vampire polonais, valaque ou hongrois. Est-ce que pendant votre séjour dans les monts Carpathes, continua en riant le docteur, est-ce que par hasard vous auriez vu des vampires ?

— Écoutez, dit la dame pâle avec une étrange solennité, puisque tout le monde ici a raconté une histoire, j'en veux raconter une aussi. Docteur, vous ne direz pas que l'histoire n'est pas vraie ; c'est la mienne... Vous allez savoir ce que la science n'a pas pu vous dire jusqu'à présent, docteur ; vous allez savoir pourquoi je suis si pâle.

En ce moment, un rayon de lune glissa par la fenêtre à travers les rideaux, et, venant se jouer sur le canapé où elle était couchée, l'enveloppa d'une lumière bleuâtre qui semblait faire d'elle une statue de marbre noir couchée sur un tombeau.

Pas une voix n'accueillit la proposition, mais le silence profond qui régna dans le salon annonça que chacun attendait avec anxiété.

## XII

### *Les Monts Carpathes*

— Je suis Polonaise, née à Sandomir[1], c'est-à-dire dans un pays où les légendes deviennent des articles de foi, où nous croyons à nos traditions de famille autant, plus peut-être, qu'à l'Évangile. Pas un de nos châteaux qui n'ait son spectre, pas une de nos chaumières qui n'ait son esprit familier. Chez le riche comme chez le pauvre, dans le château comme dans la chaumière, on reconnaît le principe ami comme le principe ennemi. Parfois ces deux principes entrent en lutte et combattent. Alors ce sont des bruits si mystérieux dans les corridors, des rugissements si épouvantables dans les vieilles tours, des tremblements si effrayants dans les murailles, que l'on s'enfuit de la chaumière comme du château, et que paysans ou gentilshommes courent à l'église chercher la croix bénie ou les saintes reliques, seuls préservatifs contre les démons qui nous tourmentent.

Mais là aussi deux principes plus terribles, plus acharnés, plus implacables encore, sont en présence : la tyrannie et la liberté.

L'année 1825[1] vit se livrer entre la Russie et la Pologne une de ces luttes dans lesquelles on croirait que tout le sang d'un peuple est épuisé comme souvent s'épuise tout le sang d'une famille.

Mon père et mes deux frères s'étaient levés contre le nouveau czar et avaient été se ranger sous le drapeau de l'indépendance polonaise, toujours abattu, toujours relevé.

Un jour, j'appris que mon plus jeune frère avait été tué ; un autre jour, on m'annonça que mon frère aîné était blessé à mort ; enfin, après une journée pendant laquelle j'avais écouté avec terreur le bruit du canon qui se rapprochait incessamment, je vis arriver mon père avec une centaine de cavaliers, débris de trois mille hommes qu'il commandait.

Il venait s'enfermer dans notre château, avec l'intention de s'ensevelir sous ses ruines.

Mon père, qui ne craignait rien pour lui, tremblait pour moi. En effet, pour mon père, il ne s'agissait que de la mort, car il était bien sûr de ne pas tomber vivant aux mains de ses ennemis ; mais pour moi, il s'agissait de l'esclavage, du déshonneur, de la honte !

Mon père, parmi les cent hommes qui lui restaient, en choisit dix, appela l'intendant, lui remit tout l'or et tous les bijoux que nous possédions, et se rappelant que lors du second partage de la Pologne[2], ma mère, presque enfant, avait trouvé un refuge inabordable dans le monastère de Sahastru[1], situé au milieu des monts Carpathes, il lui ordonna de me conduire dans ce monastère qui, hospitalier à la mère, ne serait pas moins hospitalier, sans doute, à la fille.

Malgré le grand amour que mon père avait pour moi, les adieux ne furent pas longs. Selon toute probabilité, les Russes devaient être le lendemain en vue du château. Il n'y avait donc pas de temps à perdre.

Je revêtis à la hâte un habit d'amazone, avec lequel j'avais l'habitude d'accompagner mes frères à la chasse. On me sella le cheval le plus sûr de l'écurie, mon père glissa ses propres pistolets, chef-d'œuvre de la manufacture de Toula[2], dans mes fontes, m'embrassa, et donna l'ordre du départ.

Pendant la nuit et pendant la journée du lendemain, nous fîmes vingt lieues en suivant les bords d'une de ces rivières sans nom qui viennent se jeter dans la Vistule. Cette première étape, doublée, nous avait mis hors de portée des Russes.

Aux derniers rayons du soleil, nous avions vu étinceler les sommets neigeux des monts Carpathes. Vers la fin de la journée du lendemain, nous atteignîmes leur base ; enfin, dans la matinée du troisième jour, nous commençâmes à nous engager dans une de leurs gorges.

Nos monts Carpathes ne ressemblent point aux montagnes civilisées de votre Occident. Tout ce que la nature a d'étrange et de grandiose s'y présente aux regards dans sa plus complète majesté. Leurs cimes orageuses se perdent dans les nues, couvertes de neiges éternelles ; leurs immenses forêts de sapins se penchent sur le miroir poli de lacs pareils à des mers ; et ces lacs, jamais une nacelle ne les a sillonnés, jamais le filet d'un pêcheur n'a troublé leur cristal, profond comme l'azur du ciel ; la voix humaine y retentit à peine de temps en temps, faisant entendre un chant moldave auquel répondent les cris des animaux sauvages : chant et cris vont éveiller quelque écho solitaire, tout étonné qu'une rumeur quelconque lui ait appris sa propre existence. Pendant bien des milles, on voyage sous les voûtes sombres de bois coupés par ces merveilles inattendues que la solitude nous révèle à chaque pas, et qui font passer notre esprit de l'étonnement à l'admiration. Là le danger est partout, et se compose de mille dangers différents ; mais on n'a pas le temps d'avoir peur, tant ces dangers sont sublimes. Tantôt ce sont des cascades improvisées par la fonte des glaces, qui, bondissant de rochers en rochers, envahissent tout à coup l'étroit sentier que vous suivez, sentier tracé par le passage de la bête fauve et du chasseur qui la poursuit ; tantôt ce sont des arbres minés par le temps qui se détachent du sol et tombent avec un fracas terrible qui semble être celui d'un tremblement de terre ; tantôt enfin ce sont les ouragans qui vous enveloppent de nuages au milieu desquels on voit jaillir, s'allonger et se tordre l'éclair, pareil à un serpent de feu.

Puis après ces pics alpestres, après ces forêts primitives, comme vous avez eu des montagnes géantes, comme vous avez eu des bois sans limites, vous avez des steppes sans fin, véritable mer avec ses vagues et ses tempêtes, savanes arides et bosselées où la vue se perd dans un horizon sans bornes ; alors ce n'est plus la terreur qui s'empare de vous, c'est la tristesse qui vous inonde ; c'est une vaste et profonde mélancolie dont rien ne peut distraire ; car l'aspect du pays, aussi loin que votre regard peut s'étendre, est toujours le même. Vous montez et vous descendez vingt fois des pentes semblables, cherchant vainement un chemin tracé : en vous voyant ainsi perdu dans votre isolement au milieu des déserts, vous vous croyez seul dans la nature, et votre mélancolie devient de la désolation ; en effet, la marche semble être devenue une chose inutile et qui ne vous conduira à rien ; vous ne rencontrez ni village, ni château, ni chaumière, nulle trace d'habitation humaine ; parfois seulement, comme une tristesse de plus dans ce morne paysage, un petit lac sans roseaux, sans buissons, endormi au fond d'un ravin, comme une autre mer Morte, vous barre la route avec ses eaux vertes, au-dessus desquelles s'élèvent à votre approche quelques oiseaux aquatiques aux cris prolongés et discordants. Puis, vous faites un détour ; vous gravissez la colline qui est devant vous, vous descendez dans une autre vallée, vous gravissez une autre colline, et cela dure ainsi jusqu'à ce que vous ayez épuisé la chaîne moutonneuse qui va toujours en s'amoindrissant.

Mais, cette chaîne épuisée, si vous faites un coude vers le midi, alors le paysage reprend du grandiose, alors vous apercevez une autre chaîne de montagnes plus élevées, de forme plus pittoresque, d'aspect plus riche ; celle-là est tout empanachée de forêts, toute coupée de ruisseaux : avec l'ombre et l'eau, la vie renaît dans le paysage ; on entend la cloche d'un ermitage ; on voit serpenter une caravane au flanc de quelque montagne. Enfin aux derniers rayons du soleil, on distingue, comme une bande de blancs oiseaux appuyés les uns aux autres, les maisons de quelque village qui semblent s'être groupées pour se préserver de quelque attaque nocturne ; car avec la vie est revenu le danger, et ce ne sont plus, comme dans les premiers monts que l'on a traversés, des bandes d'ours et de loups qu'il faut craindre, mais des hordes de brigands moldaves qu'il faut combattre.

Cependant nous approchions. Dix journées de marche s'étaient passées sans accident. Nous pouvions déjà apercevoir la cime du mont Pion, qui dépasse de la tête toute cette famille de géants, et sur le versant méridional duquel est situé le couvent de Sahastru, où je me rendais. Encore trois jours et nous étions arrivés.

Nous étions à la fin du mois de juillet, la journée

avait été brûlante, et c'était avec une volupté sans pareille que vers quatre heures nous avions commencé d'aspirer les premières fraîcheurs du soir. Nous avions dépassé les tours en ruine de Niantzo. Nous descendions vers une plaine que nous commencions d'apercevoir à travers l'ouverture des montagnes. Nous pouvions déjà, d'où nous étions, suivre des yeux le cours de la Bistriza[1], aux rives émaillées de rouges affrines et de grandes campanules aux fleurs blanches. Nous côtoyions un précipice au fond duquel roulait la rivière, qui là n'était encore qu'un torrent. À peine nos montures avaient-elles un assez large espace pour marcher deux de front.

Notre guide nous précédait, couché de côté sur son cheval, chantant une chanson morlaque aux monotones modulations, et dont je suivais les paroles avec un singulier intérêt.

Le chanteur était en même temps le poète. Quant à l'air, il faudrait être un de ces hommes des montagnes, pour vous le redire dans toute sa sauvage tristesse, dans toute sa sombre simplicité.

En voici les paroles :

> *Dans le marais de Stavila,*
> *Où tant de sang guerrier coula,*
> *Voyez-vous ce cadavre-là ?*
> *Ce n'est point un fils d'Illyrie ;*
> *C'est un brigand plein de furie,*
> *Qui, trompant la douce Marie,*
> *Extermina, trompa, brûla.*

> *Une balle au cœur du brigand*
> *A passé comme l'ouragan.*
> *Dans sa gorge est un yatagan[1].*
> *Mais depuis trois jours, ô mystère !*
> *Sous le pin morne et solitaire,*
> *Son sang tiède abreuve la terre*
> *Et noircit le pâle Ovigan.*

*Ses yeux bleus pour jamais ont lui,*
*Fuyons tous, malheur à celui*
*Qui passe au marais près de lui,*
*C'est un vampire! Le loup fauve*
*Loin du cadavre impur se sauve,*
*Et sur la montagne au front chauve,*
*Le funèbre vautour a fui* [1].

Tout à coup, la détonation d'une arme à feu se fit entendre, une balle siffla. La chanson s'interrompit, et le guide, frappé à mort, alla rouler au fond du précipice, tandis que son cheval s'arrêtait frémissant, en allongeant sa tête intelligente vers le fond de l'abîme où avait disparu son maître.

En même temps, un grand cri s'éleva, et nous vîmes se dresser aux flancs de la montagne une trentaine de bandits; nous étions complètement entourés.

Chacun saisit son arme, et quoique pris à l'improviste, comme ceux qui m'accompagnaient étaient de vieux soldats habitués au feu, ils ne se laissèrent pas intimider et ripostèrent; moi-même, donnant l'exemple, je saisis un pistolet, et, sentant le désavantage de la position, je criai: «En avant!» et piquai mon cheval, qui s'emporta dans la direction de la plaine.

Mais nous avions affaire à des montagnards, bondissant de rochers en rochers comme de véritables démons des abîmes, faisant feu tout en bondissant, et gardant toujours sur notre flanc la position qu'ils avaient prise.

D'ailleurs, notre manœuvre avait été prévue. À un endroit où le chemin s'élargissait, où la montagne faisait un plateau, un jeune homme nous attendait à la tête d'une dizaine de gens à cheval; en nous apercevant, ils mirent leurs montures au galop et vinrent nous heurter de front, tandis que ceux qui nous poursuivaient, se laissaient rouler des flancs de la montagne, et, nous ayant coupé la retraite, nous enveloppaient de tous côtés.

La situation était grave, et cependant, habituée dès mon enfance aux scènes de guerre, je pus l'envisager sans en perdre un détail.

Tous ces hommes, vêtus de peaux de mouton, portaient d'immenses chapeaux ronds couronnés de fleurs naturelles comme ceux des Hongrois. Ils avaient chacun à la main un long fusil turc, qu'ils agitaient après avoir tiré, en poussant des cris sauvages, et à la ceinture un sabre recourbé et une paire de pistolets.

Quant à leur chef, c'était un jeune homme de vingt-deux ans à peine, au teint pâle, aux longs yeux noirs, aux cheveux tombant bouclés sur ses épaules. Son costume se composait de la robe moldave garnie de fourrures et serrée à la taille par une écharpe à bandes d'or et de soie. Un sabre recourbé brillait à sa main, et quatre pistolets étincelaient à sa ceinture. Pendant le combat, il poussait des cris rauques et inarticulés qui semblaient ne point appartenir à la langue humaine, et qui cependant exprimaient ses volontés, car à ses cris ses hommes obéissaient, se jetant ventre à terre pour éviter les décharges de nos soldats, se relevant pour faire feu à leur tour, abattant ceux qui étaient debout encore, achevant les blessés et changeant enfin le combat en boucherie.

J'avais vu tomber l'un après l'autre les deux tiers de mes défenseurs. Quatre restaient encore debout, se serrant autour de moi, ne demandant pas une grâce qu'ils étaient certains de ne pas obtenir, et ne songeant qu'à une chose, à vendre leur vie le plus cher possible.

Alors le jeune chef jeta un cri plus expressif que les autres, en étendant la pointe de son sabre vers nous. Sans doute cet ordre était d'envelopper d'un cercle de feu ce dernier groupe, et de nous fusiller tous ensemble, car les longs mousquets moldaves s'abaissèrent d'un même mouvement. Je compris que notre dernière heure était venue. Je levai les yeux et les mains au ciel avec une dernière prière, et j'attendis la mort.

En ce moment je vis, non pas descendre, mais se précipiter, mais bondir de rocher en rocher, un jeune homme, qui s'arrêta, debout, sur une pierre dominant toute cette scène, pareil à une statue sur un piédestal, et qui, étendant la main sur le champ de bataille, ne prononça que ce seul mot :

— Assez !

À cette voix, tous les yeux se levèrent, chacun parut obéir à ce nouveau maître. Un seul bandit replaça son fusil à son épaule et lâcha le coup.

Un de nos hommes poussa un cri : la balle lui avait cassé le bras gauche.

Il se retourna aussitôt pour fondre sur l'homme qui l'avait blessé ; mais avant que son cheval n'eut fait quatre pas, un éclair brillait au-dessus de notre tête, et le bandit rebelle roulait, la tête fracassée par une balle.

Tant d'émotions diverses m'avaient conduite au bout de mes forces, je m'évanouis.

Quand je revins à moi, j'étais couchée sur l'herbe, la tête appuyée sur les genoux d'un homme dont je ne voyais que la main blanche et couverte de bagues, entourant ma taille, tandis que, devant moi, debout, les bras croisés, le sabre sous un de ses bras, se tenait le jeune chef moldave qui avait dirigé l'attaque contre nous.

— Kostaki, disait en français et d'un ton d'autorité celui qui me soutenait, vous allez à l'instant même faire retirer vos hommes et me laisser le soin de cette jeune femme.

— Mon frère, mon frère, répondit celui auquel ces paroles étaient adressées et qui semblait se contenir avec peine ; mon frère, prenez garde de lasser ma patience, je vous laisse le château, laissez-moi la forêt. Au château, vous êtes le maître, mais ici je suis tout-puissant. Ici, il me suffirait d'un mot pour vous forcer de m'obéir.

— Kostaki, je suis l'aîné, c'est vous dire que je suis le maître partout, dans la forêt comme au château, là-bas comme ici. Oh ! je suis du sang des Brancovan[1] comme vous, sang royal qui a l'habitude de commander, et je commande.

— Vous commandez, vous, Grégoriska, à vos valets, oui ; à mes soldats, non.

— Vos soldats sont des brigands, Kostaki… des brigands que je ferai pendre aux créneaux de nos tours, s'ils ne m'obéissent pas à l'instant même.

— Eh bien ! essayez donc de leur commander.

Alors je sentis que celui qui me soutenait retirait son genou et posait doucement ma tête sur une pierre. Je le suivis du regard avec anxiété, et je pus voir le même jeune homme qui était tombé, pour ainsi dire, du ciel au milieu de la mêlée, et que je n'avais pu qu'entrevoir, m'étant évanouie au moment même où il avait parlé.

C'était un jeune homme de vingt-quatre ans, de haute taille, avec de grands yeux bleus dans lesquels on lisait une résolution et une fermeté singulières. Ses longs cheveux blonds, indice de la race slave, tombaient sur ses épaules comme ceux de l'archange Michel, encadrant des joues jeunes et fraîches ; ses lèvres étaient relevées par un sourire dédaigneux, et laissaient voir une double rangée de perles ; son regard était celui que croise l'aigle avec l'éclair. Il était vêtu d'une espèce de tunique en velours noir ; un petit bonnet pareil à celui de Raphaël, orné d'une plume d'aigle, couvrait sa tête ; il avait un pantalon collant et des bottes brodées. Sa taille était serrée par un ceinturon supportant un couteau de chasse ; il portait en bandoulière une petite carabine à deux coups, dont un des bandits avait pu apprécier la justesse.

Il étendit la main, et cette main étendue semblait commander à son frère lui-même.

Il prononça quelques mots en langue moldave.

Ces mots parurent faire une profonde impression sur les bandits.

Alors, dans la même langue, le jeune chef parla à son tour, et je devinai que ses paroles étaient mêlées de menaces et d'imprécations.

Mais à ce long et bouillant discours, l'aîné des deux frères ne répondit qu'un mot.

Les bandits s'inclinèrent.

Il fit un geste, les bandits se rangèrent derrière nous.

— Eh bien! soit, Grégoriska, dit Kostaki reprenant la langue française. Cette femme n'ira pas à la caverne, mais elle n'en sera pas moins à moi. Je la trouve belle, je l'ai conquise et je la veux.

Et en disant ces mots, il se jeta sur moi et m'enleva dans ses bras.

— Cette femme sera conduite au château et remise à ma mère, et je ne la quitterai pas d'ici là, répondit mon protecteur.

— Mon cheval! cria Kostaki en langue moldave.

Dix bandits se hâtèrent d'obéir, et amenèrent à leur maître le cheval qu'il demandait.

Grégoriska regarda autour de lui, saisit par la bride un cheval sans maître, et sauta dessus sans toucher les étriers.

Kostaki se mit presque aussi légèrement en selle que son frère, quoiqu'il me tînt encore entre ses bras, et partit au galop.

Le cheval de Grégoriska sembla avoir reçu la même impulsion, et vint coller sa tête et son flanc à la tête et au flanc du cheval de Kostaki.

C'était une chose curieuse à voir que ces deux cavaliers, volant côte à côte, sombres, silencieux, ne se perdant pas un seul instant de vue, sans avoir l'air de se regarder, s'abandonnant à leurs chevaux dont la course désespérée les emportait à travers les bois, les rochers et les précipices. Ma tête renversée me permettait de voir les beaux yeux de Grégoriska fixés sur les miens. Kostaki s'en aperçut, me releva la tête et je ne vis plus que son regard sombre qui me dévorait. Je baissai mes paupières, mais ce fut inutilement; à travers leur voile, je continuais à voir ce regard lancinant qui pénétrait jusqu'au fond de ma poitrine et me perçait le cœur. Alors une étrange hallucination s'empara de moi; il me sembla être la Lénore de la ballade de Bürger[1], emportée par le cheval et le cavalier fantômes, et lorsque je sentis que nous nous arrêtions, ce ne fut qu'avec terreur que j'ouvris les yeux, tant j'étais convaincue que je n'allais voir autour de moi que croix brisées et tombes ouvertes. Ce que je vis n'était guère plus gai : c'était la cour intérieure d'un château moldave, bâti au XIVe siècle.

# XIII

## *Le Château des Brancovan*

Kostaki me laissa glisser de ses bras à terre, et presque aussitôt descendit près de moi; mais si rapide qu'eût été son mouvement, il n'avait fait que suivre celui de Grégoriska.

Comme l'avait dit Grégoriska, au château il était bien le maître.

En voyant arriver les deux jeunes gens et cette étrangère qu'ils amenaient, les domestiques accoururent; mais, quoique les soins fussent partagés entre Kostaki et Grégoriska, on sentait que les plus grands égards, que les plus profonds respects étaient pour ce dernier.

Deux femmes s'approchèrent : Grégoriska leur donna un ordre en langue moldave, et me fit signe de la main de les suivre.

Il y avait tant de respect dans le regard qui accompagnait ce signe, que je n'hésitai point. Cinq minutes après, j'étais dans une chambre, qui, toute nue et toute inhabitable qu'elle eût paru à l'homme le moins difficile, était évidemment la plus belle du château.

C'était une grande pièce carrée, avec une espèce de divan de serge verte : siège le jour, lit la nuit. Cinq ou six grands fauteuils de chêne, un vaste bahut, et dans un des angles de cette chambre un dais pareil à une grande et magnifique stalle d'église.

De rideaux aux fenêtres, de rideaux au lit, il n'en était pas question.

On montait dans cette chambre par un escalier, où, dans des niches, se tenaient debout, plus grandes que nature, trois statues des Brancovan.

Dans cette chambre, au bout d'un instant, on monta les bagages, au milieu desquels se trouvaient mes malles. Les femmes m'offrirent leurs services. Mais tout en réparant le désordre que cet événement avait mis dans ma toilette, je conservai ma grande amazone, costume plus en harmonie avec celui de mes hôtes qu'aucun de ceux que j'eusse pu adopter.

À peine ces petits changements étaient-ils faits que j'entendis frapper doucement à ma porte.

— Entrez, dis-je naturellement en français, le français, vous le savez, étant pour nous autres Polonais une langue presque maternelle.

Grégoriska entra.

— Ah ! madame, je suis heureux que vous parliez français.

— Et moi aussi, monsieur, lui répondis-je, je suis heureuse de parler cette langue, puisque j'ai pu, grâce à ce hasard, apprécier votre généreuse conduite vis-à-vis de moi. C'est dans cette langue que vous m'avez défendue contre les desseins de votre frère, c'est dans cette langue que je vous offre l'expression de ma bien sincère reconnaissance.

— Merci, madame. Il était tout simple que je m'intéressasse à une femme, dans la position où vous vous trouviez. Je chassais dans la montagne, lorsque j'entendis des détonations irrégulières et continues; je compris qu'il s'agissait de quelque attaque à main armée, et je marchai sur le feu, comme on dit en termes militaires. Je suis arrivé à temps, grâce au ciel; mais me permettez-vous de m'informer, madame, par quel hasard une femme de distinction, comme vous êtes, s'était aventurée dans nos montagnes?

— Je suis Polonaise, monsieur, lui répondis-je, mes deux frères viennent d'être tués dans la guerre contre la Russie; mon père, que j'ai laissé prêt à défendre notre château contre l'ennemi, les a sans doute rejoints à cette heure, et moi, sur l'ordre de mon père, fuyant tous ces massacres, je venais chercher un refuge au monastère de Sahastru, où ma mère, dans sa jeunesse et dans des circonstances pareilles, avait trouvé un asile sûr.

— Vous êtes l'ennemie des Russes? Alors tant mieux! dit le jeune homme; ce titre vous sera un auxiliaire puissant au château, et nous avons besoin de toutes nos forces pour soutenir la lutte qui se prépare. D'abord, puisque je sais qui vous êtes, sachez, vous, madame, qui nous sommes: le nom de Brancovan[1] ne vous est point étranger, n'est-ce pas, madame?

Je m'inclinai.

— Ma mère est la dernière princesse de ce nom, la dernière descendante de cet illustre chef que firent tuer les Cantimir[2], ces misérables courtisans de Pierre Ier. Ma mère épousa en premières noces mon père, Serban Waivady, prince comme elle, mais de race moins illustre.

Mon père avait été élevé à Vienne; il avait pu y

apprécier les avantages de la civilisation. Il résolut
de faire de moi un Européen. Nous partîmes pour la
France, l'Italie, l'Espagne et l'Allemagne.

Ma mère, (ce n'est pas à un fils, je le sais bien, de
vous raconter ce que je vais vous dire ; mais comme,
pour notre salut, il faut que vous nous connaissiez
bien, vous apprécierez les causes de cette révélation), ma mère qui, pendant les premiers voyages de
mon père, lorsque j'étais, moi, dans ma plus jeune
enfance, avait eu des relations coupables avec un
chef de partisans, c'est ainsi, ajouta Grégoriska en
souriant, qu'on appelle dans ce pays les hommes qui
vous ont attaquée, ma mère, dis-je, qui avait eu des
relations coupables avec un comte Giordaki Koproli,
moitié Grec, moitié Moldave, écrivit à mon père
pour tout lui dire et lui demander le divorce, s'appuyant, dans cette demande, sur ce qu'elle ne voulait
pas, elle, une Brancovan, demeurer la femme d'un
homme qui se faisait de jour en jour plus étranger à
son pays. Hélas ! mon père n'eut pas besoin d'accorder son consentement à cette demande, qui peut
vous paraître étrange à vous, mais qui, chez nous, est
la chose la plus commune et la plus naturelle. Mon
père venait de mourir d'un anévrisme dont il souffrait depuis longtemps, et ce fut moi qui reçus la
lettre.

Je n'avais rien à faire, sinon des vœux bien sin-
cères pour le bonheur de ma mère. Ces vœux, une
lettre de moi les lui porta en lui annonçant qu'elle
était veuve.

Cette même lettre lui demandait pour moi la permission de continuer mes voyages, permission qui
me fut accordée.

Mon intention bien positive était de me fixer en
France ou en Allemagne pour ne point me trouver en
face d'un homme qui me détestait et que je ne pouvais aimer, c'est-à-dire du mari de ma mère, quand,
tout à coup, j'appris que le comte Giordaki Koproli

venait d'être assassiné, à ce que l'on disait, par les anciens Cosaques de mon père.

Je me hâtai de revenir, j'aimais ma mère ; je comprenais son isolement, son besoin d'avoir auprès d'elle, dans un pareil moment, les personnes qui pouvaient lui être chères. Sans qu'elle eût jamais eu pour moi un amour bien tendre, j'étais son fils. Je rentrai un matin sans être attendu dans le château de nos pères.

J'y trouvai un jeune homme, que je pris d'abord pour un étranger, et que je sus ensuite être mon frère.

C'était Kostaki, le fils de l'adultère, qu'un second mariage a légitimé, Kostaki, c'est-à-dire la créature indomptable que vous avez vue, dont les passions sont la seule loi, qui n'a rien de sacré en ce monde que sa mère, qui m'obéit comme le tigre obéit au bras qui l'a dompté, mais avec un éternel rugissement entretenu par le vague espoir de me dévorer un jour. Dans l'intérieur du château, dans la demeure des Brancovan et des Waivady, je suis encore le maître ; mais, une fois hors de cette enceinte, une fois en pleine campagne, il redevient le sauvage enfant des bois et des monts, qui veut tout faire ployer sous sa volonté de fer. Comment a-t-il cédé aujourd'hui, comment ses hommes ont-ils cédé ? Je n'en sais rien : une vieille habitude, un reste de respect. Mais je ne voudrais pas hasarder une nouvelle épreuve. Restez ici, ne quittez pas cette chambre, cette cour, l'intérieur des murailles enfin, je réponds de tout ; faites un pas hors du château, je ne réponds plus de rien que de me faire tuer pour vous défendre.

— Ne pourrais-je donc, selon les désirs de mon père, continuer ma route vers le couvent de Sahastru ?

— Faites, essayez, ordonnez, je vous accompagnerai ; mais moi, je resterai en route, et vous, vous... vous n'arriverez pas.

— Que faire alors ?

— Rester ici, attendre, prendre conseil des événements, profiter des circonstances. Supposez que
vous êtes tombée dans un repaire de bandits, et
que votre courage seul peut vous tirer d'affaire, que
votre sang-froid seul peut vous sauver. Ma mère,
malgré sa préférence pour Kostaki, le fils de son
amour, est bonne et généreuse. D'ailleurs, c'est une
Brancovan, c'est-à-dire une vraie princesse. Vous la
verrez ; elle vous défendra des brutales passions de
Kostaki. Mettez-vous sous sa protection ; vous êtes
belle, elle vous aimera. D'ailleurs (il me regarda avec
une expression indéfinissable), qui pourrait vous
voir et ne pas vous aimer ? Venez maintenant dans la
salle du souper, où elle nous attend. Ne montrez ni
embarras ni défiance ; parlez en polonais : personne
ne connaît cette langue ici ; je traduirai vos paroles à
ma mère, et, soyez tranquille, je ne dirai que ce qu'il
faudra dire. Surtout pas un mot sur ce que je viens
de vous révéler ; qu'on ne se doute pas que nous nous
entendons. Vous ignorez encore la ruse et la dissi-
mulation du plus sincère entre nous. Venez.

Je le suivis dans cet escalier éclairé par des
torches de résine brûlant à des mains de fer qui sortaient des murailles.

Il était évident que c'était pour moi qu'on avait
fait cette illumination inaccoutumée.

Nous arrivâmes à la salle à manger.

Aussitôt que Grégoriska en eut ouvert la porte et
eut, en moldave, prononcé un mot, que j'ai su depuis
vouloir dire *l'étrangère*, une grande femme s'avança
vers nous.

C'était la princesse Brancovan.

Elle portait ses cheveux blancs nattés autour de sa
tête ; elle était coiffée d'un petit bonnet de martre
zibeline, surmonté d'une aigrette, témoignage de son
origine princière. Elle portait une espèce de tunique
de drap d'or, au corsage semé de pierreries, recou-

vrant une longue robe d'étoffe turque, garnie de four-
rure pareille à celle du bonnet.

Elle tenait à la main un chapelet à grains d'ambre
qu'elle roulait très vite entre ses doigts.

À côté d'elle était Kostaki, portant le splendide et
majestueux costume magyar, sous lequel il me sembla plus étrange encore.

C'étaient une robe de velours vert, à larges
manches, tombant au-dessous du genou ; des pantalons de cachemire rouge, des babouches de maro-
quin brodées d'or ; sa tête était découverte, et ses
longs cheveux, bleus à force d'être noirs, tombaient
sur son cou nu, qu'accompagnait seulement le léger
filet blanc d'une chemise de soie.

Il me salua gauchement, et prononça en moldave
quelques paroles qui restèrent inintelligibles pour
moi.

— Vous pouvez parler français, mon frère, dit
Grégoriska, madame est Polonaise et entend cette
langue.

Alors, Kostaki prononça en français quelques
paroles presque aussi inintelligibles pour moi que
celles qu'il avait prononcées en moldave ; mais la
mère, étendant gravement le bras, les interrompit.
Il était évident pour moi qu'elle déclarait à ses fils
que c'était à elle à me recevoir.

Alors elle commença en moldave un discours de
bienvenue, auquel sa physionomie donnait un sens
facile à expliquer. Elle me montra la table, m'offrit
un siège près d'elle, désigna du geste la maison tout
entière, comme pour me dire qu'elle était à moi ; et
s'asseyant la première avec une dignité bienveillante,
elle fit un signe de croix, et commença une prière.

Alors chacun prit sa place, place fixée par l'éti-
quette : Grégoriska près de moi. J'étais l'étrangère,
**et par conséquent** je créais une place d'honneur à
Kostaki près de sa mère Smérande.

C'était ainsi que s'appelait la princesse.

Grégoriska lui aussi avait changé de costume. Il portait la tunique magyare comme son frère ; seulement cette tunique était de velours grenat et ses pantalons de cachemire bleu. Une magnifique décoration pendait à son cou : c'était le Nichan du sultan Mahmoud.

Le reste des commensaux de la maison soupait à la même table, chacun au rang que lui donnait sa position parmi les amis ou parmi les serviteurs.

Le souper fut triste ; pas une seule fois Kostaki ne m'adressa la parole, quoique son frère eût toujours l'attention de me parler en français. Quant à la mère, elle m'offrit de tout elle-même avec cet air solennel qui ne la quittait jamais. Grégoriska avait dit vrai, c'était une vraie princesse.

Après le souper, Grégoriska s'avança vers sa mère. Il lui expliqua en langue moldave le besoin que je devais avoir d'être seule, et combien le repos m'était nécessaire après les émotions d'une pareille journée. Smérande fit de la tête un signe d'approbation, me tendit la main, me baisa au front comme elle eût fait de sa fille, et me souhaita une bonne nuit dans son château.

Grégoriska ne s'était pas trompé : ce moment de solitude, je le désirais ardemment. Aussi remerciai-je la princesse, qui vint me reconduire jusqu'à la porte, où m'attendaient les deux femmes qui m'avaient déjà conduite dans ma chambre.

Je la saluai à mon tour, ainsi que ses deux fils, et rentrai dans ce même appartement, d'où j'étais sortie une heure auparavant.

Le sofa était devenu un lit. Voilà le seul changement qui s'y fût fait.

Je remerciai les femmes. Je leur fis signe que je me déshabillerais seule ; elles sortirent aussitôt avec des témoignages de respect qui indiquaient qu'elles avaient ordre de m'obéir en toutes choses.

Je restai dans cette chambre immense, dont ma

lumière, en se déplaçant, n'éclairait que les parties que j'en parcourais, sans jamais pouvoir en éclairer l'ensemble. Singulier jeu de lumière, qui établissait une lutte entre la lueur de ma bougie et les rayons de la lune, qui passaient par ma fenêtre sans rideaux.

Outre la porte par laquelle j'étais entrée, et qui donnait sur l'escalier, deux autres portes s'ouvraient sur ma chambre ; mais d'énormes verrous, placés à ces portes, et qui se tiraient de mon côté, suffisaient pour me rassurer.

J'allai à la porte d'entrée que je visitai. Cette porte, comme les autres, avait ses moyens de défense.

J'ouvris ma fenêtre, elle donnait sur un précipice.

Je compris que Grégoriska avait fait de cette chambre un choix réfléchi.

Enfin, en revenant à mon sofa, je trouvai sur une table placée à mon chevet, un petit billet plié.

Je l'ouvris, et je lus en polonais :

« Dormez tranquille, vous n'avez rien à craindre tant que vous demeurerez dans l'intérieur du château.

GRÉGORISKA. »

Je suivis le conseil qui m'était donné, et la fatigue l'emportant sur mes préoccupations, je me couchai et je m'endormis.

# XIV

## *Les Deux Frères*

À dater de ce moment, je fus établie au château, et, à dater de ce moment, commença le drame que je vais vous raconter.

Les deux frères devinrent amoureux de moi, chacun avec les nuances de son caractère.

Kostaki, dès le lendemain, me dit qu'il m'aimait, déclara que je serais à lui et non à un autre, et qu'il me tuerait plutôt que de me laisser appartenir à qui que ce fût.

Grégoriska ne dit rien ; mais il m'entoura de soins et d'attentions. Toutes les ressources d'une éducation brillante, tous les souvenirs d'une jeunesse passée dans les plus nobles cours de l'Europe, furent employés pour me plaire. Hélas ! ce n'était pas difficile : au premier son de sa voix, j'avais senti que cette voix caressait mon âme ; au premier regard de ses yeux, j'avais senti que ce regard pénétrait jusqu'à mon cœur.

Au bout de trois mois, Kostaki m'avait cent fois répété qu'il m'aimait, et je le haïssais ; au bout de trois mois, Grégoriska ne m'avait pas encore dit un seul mot d'amour, et je sentais que lorsqu'il l'exigerait, je serais toute à lui.

Kostaki avait renoncé à ses courses. Il ne quittait plus le château. Il avait momentanément abdiqué en faveur d'une espèce de lieutenant, qui, de temps en temps, venait lui demander ses ordres et disparaissait.

Smérande aussi m'aimait d'une amitié passionnée, dont l'expression me faisait peur. Elle protégeait visiblement Kostaki, et semblait être plus jalouse de moi qu'il ne l'était lui-même. Seulement, comme elle n'entendait ni le polonais ni le français, et que moi je n'entendais pas le moldave, elle ne pouvait faire près de moi des instances bien pressantes en faveur de son fils ; mais elle avait appris à dire en français trois mots qu'elle me répétait chaque fois que ses lèvres se posaient sur mon front :

— Kostaki aime Hedwige.

Un jour j'appris une nouvelle terrible et qui venait mettre le comble à mes malheurs : la liberté avait été rendue à ces quatre hommes qui avaient survécu au combat ; ils étaient repartis pour la Pologne, en engageant leur parole que l'un d'eux reviendrait avant trois mois me donner des nouvelles de mon père.

L'un d'eux reparut, en effet, un matin. Notre château avait été pris, brûlé et rasé, et mon père s'était fait tuer en le défendant.

J'étais désormais seule au monde.

Kostaki redoubla d'instances, et Smérande de tendresse ; mais cette fois je prétextai le deuil de mon père. Kostaki insista, disant que plus j'étais isolée, plus j'avais besoin d'un soutien ; sa mère insista, comme et avec lui, plus que lui peut-être.

Grégoriska m'avait parlé de cette puissance que les Moldaves ont sur eux-mêmes, lorsqu'ils ne veulent pas laisser lire dans leurs sentiments. Il en était, lui, un vivant exemple. Il était impossible d'être plus certaine de l'amour d'un homme que je ne l'étais du sien, et cependant si l'on m'eût demandé sur quelle preuve reposait cette certitude, il m'eût été impossible de le dire ; nul dans le château n'avait vu sa main toucher la mienne, ses yeux chercher les miens. La jalousie seule pouvait éclairer Kostaki sur cette rivalité, comme mon amour seul pouvait m'éclairer sur cet amour.

Cependant, je l'avoue, cette puissance de Grégoriska sur lui-même m'inquiétait. Je croyais, certainement, mais ce n'était pas assez, j'avais besoin d'être convaincue, lorsqu'un soir, comme je venais de rentrer dans ma chambre, j'entendis frapper doucement à l'une de ces deux portes que j'ai désignées comme fermant en dedans ; à la manière dont on frappait, je devinai que cet appel était celui d'un ami. Je m'approchai et je demandai qui était là.

— Grégoriska ! répondit une voix à l'accent de laquelle il n'y avait pas de danger que je me trompasse.

— Que me voulez-vous? lui demandai-je toute tremblante.

— Si vous avez confiance en moi, dit Grégoriska, si vous me croyez un homme d'honneur, accordez-moi ma demande.

— Quelle est-elle?

— Éteignez votre lumière comme si vous étiez couchée, et, dans une demi-heure, ouvrez-moi votre porte.

— Revenez dans une demi-heure, fut ma seule réponse.

J'éteignis ma lumière et j'attendis.

Mon cœur battait avec violence, car je comprenais qu'il s'agissait de quelque événement important.

La demi-heure s'écoula; j'entendis frapper plus doucement encore que la première fois. Pendant l'intervalle, j'avais tiré les verrous; je n'eus donc qu'à ouvrir la porte.

Grégoriska entra, et sans même qu'il me le dît, je repoussai la porte derrière lui et fermai les verrous.

Il resta un moment muet et immobile, m'imposant silence du geste. Puis, lorsqu'il se fut assuré que nul danger urgent ne nous menaçait, il m'emmena au milieu de la vaste chambre, et sentant à mon tremblement que je ne saurais rester debout, il alla me chercher une chaise.

Je m'assis, ou plutôt je me laissai tomber sur cette chaise.

— Oh! mon Dieu, lui dis-je, qu'y a-t-il donc, et pourquoi tant de précautions?

— Parce que ma vie, ce qui ne serait rien, parce que la vôtre peut-être aussi, dépendent de la conversation que nous allons avoir.

Je lui saisis la main, tout effrayée.

Il porta ma main à ses lèvres, tout en me regardant pour me demander pardon d'une pareille audace.

Je baissai les yeux: c'était consentir.

— Je vous aime, me dit-il de sa voix mélodieuse comme un chant ; m'aimez-vous ?

— Oui, lui répondis-je.

— Consentiriez-vous à être ma femme ?

— Oui.

Il passa la main sur son front avec une profonde aspiration de bonheur.

— Alors, vous ne refuserez pas de me suivre ?

— Je vous suivrai partout !

— Car vous comprenez, continua-t-il, que nous ne pouvons être heureux qu'en fuyant.

— Oh oui ! m'écriai-je, fuyons.

— Silence ! fit-il en tressaillant ; silence !

— Vous avez raison.

Et je me rapprochai toute tremblante de lui.

— Voici ce que j'ai fait, me dit-il ; voici ce qui fait que j'ai été si longtemps sans vous avouer que je vous aimais : c'est que je voulais, une fois sûr de votre amour, que rien ne pût s'opposer à notre union. Je suis riche, Hedwige, immensément riche, mais à la façon des seigneurs moldaves : riche de terres, de troupeaux, de serfs. Eh bien ! j'ai vendu au monastère de Hango, pour un million de terres, de troupeaux, de villages. Ils m'ont donné pour trois cent mille francs de pierreries, pour cent mille francs d'or, le reste en lettres de change sur Vienne. Un million vous suffira-t-il ?

Je lui serrai la main.

— Votre amour m'eût suffi, Grégoriska, jugez.

— Eh bien ! écoutez. Demain je vais au monastère de Hango pour prendre mes derniers arrangements avec le supérieur. Il me tient des chevaux prêts ; ces chevaux nous attendront à partir de neuf heures, cachés à cent pas du château. Après souper, vous remontez comme aujourd'hui ; comme aujourd'hui vous éteignez votre lumière ; comme aujourd'hui j'entre chez vous. Mais demain, au lieu d'en sortir seul, vous me suivez, nous gagnons la porte

qui donne sur la campagne, nous trouvons nos chevaux, nous nous élançons dessus, et après demain
au jour nous avons fait trente lieues.

— Que ne sommes-nous à après-demain !

— Chère Hedwige !

Grégoriska me serra contre son cœur ; nos lèvres
se rencontrèrent. Oh ! il l'avait bien dit ; c'était un
homme d'honneur à qui j'avais ouvert la porte de ma
chambre ; mais il le comprit bien : si je ne lui appartenais pas de corps, je lui appartenais d'âme.

La nuit s'écoula sans que je pusse dormir un seul
instant. Je me voyais fuyant avec Grégoriska ; je me
sentais emportée par lui comme je l'avais été par
Kostaki ; seulement, cette fois, cette course terrible,
effrayante, funèbre, se changeait en une douce et
ravissante étreinte à laquelle la vitesse ajoutait la
volupté, car la vitesse a aussi une volupté à elle.

Le jour vint. Je descendis. Il me sembla qu'il y avait
quelque chose de plus sombre encore qu'à l'ordinaire dans la façon dont Kostaki me salua. Son sourire n'était même plus une ironie, c'était une menace.
Quant à Smérande, elle me parut la même que d'habitude.

Pendant le déjeuner, Grégoriska ordonna ses chevaux. Kostaki ne parut faire aucune attention à cet
ordre.

Vers onze heures, il nous salua, annonçant son
retour pour le soir seulement, et priant sa mère de ne
pas l'attendre à dîner ; puis, se retournant vers moi,
il me pria, à mon tour, d'agréer ses excuses.

Il sortit. L'œil de son frère le suivit jusqu'au
moment où il quitta la chambre, et, en ce moment,
il jaillit de cet œil un tel éclair de haine, que je frissonnai.

La journée s'écoula au milieu de transes que vous
pouvez concevoir. Je n'avais fait confidence de nos
projets à personne ; à peine même, dans mes prières,
si j'avais osé en parler à Dieu ; il me semblait que ces

projets étaient connus de tout le monde et que chaque regard qui se fixait sur moi pouvait pénétrer et lire au fond de mon cœur.

Le dîner fut un supplice : sombre et taciturne, Kostaki parlait rarement ; cette fois il se contenta d'adresser deux ou trois fois la parole en moldave à sa mère, et chaque fois l'accent de sa voix me fit tressaillir.

Quand je me levai pour remonter à ma chambre, Smérande, comme d'habitude, m'embrassa, et, en m'embrassant, elle me dit cette phrase que, depuis huit jours, je n'avais point entendue sortir de sa bouche :

— Kostaki aime Hedwige !

Cette phrase me poursuivit comme une menace ; une fois dans ma chambre, il me semblait qu'une voix fatale murmurait à mon oreille :

« Kostaki aime Hedwige ! »

Or, l'amour de Kostaki, Grégoriska me l'avait dit, c'était la mort.

Vers sept heures du soir, et comme le jour commençait à baisser, je vis Kostaki traverser la cour. Il se retourna pour regarder de mon côté, mais je me rejetai en arrière, afin qu'il ne pût me voir.

J'étais inquiète, car aussi longtemps que la position de ma fenêtre m'avait permis de le suivre, je l'avais vu se dirigeant vers les écuries. Je me hasardai à tirer les verrous de ma porte, et à me glisser dans la chambre voisine, d'où je pouvais voir tout ce qu'il allait faire.

En effet, il se rendait aux écuries. Il en fit sortir alors lui-même son cheval favori, le sella de ses propres mains et avec le soin d'un homme qui attache la plus grande importance aux moindres détails. Il avait le même costume sous lequel il m'était apparu pour la première fois. Seulement, pour toute arme, il portait son sabre.

Son cheval sellé, il jeta les yeux encore une fois

sur la fenêtre de ma chambre. Puis, ne me voyant pas, il sauta en selle, se fit ouvrir la même porte par laquelle était sorti et par laquelle devait rentrer son frère, et s'éloigna au galop, dans la direction du monastère de Hango.

Alors mon cœur se serra d'une façon terrible ; un pressentiment fatal me disait que Kostaki allait au-devant de son frère.

Je restai à cette fenêtre tant que je pus distinguer cette route, qui, à un quart de lieue du château, faisait un coude, et se perdait dans le commencement d'une forêt. Mais la nuit descendit à chaque instant plus épaisse, la route finit par s'effacer tout à fait. Je restais encore. Enfin mon inquiétude, par son excès même, me rendit ma force, et comme c'était évidemment dans la salle d'en bas que je devais avoir les premières nouvelles de l'un ou de l'autre des deux frères, je descendis.

Mon premier regard fut pour Smérande. Je vis, au calme de son visage, qu'elle ne ressentait aucune appréhension ; elle donnait ses ordres pour le souper habituel, et les couverts des deux frères étaient à leur place.

Je n'osais interroger personne. D'ailleurs qui eussé-je interrogé ? Personne au château, excepté Kostaki et Grégoriska, ne parlait aucune des deux seules langues que je parlasse.

Au moindre bruit je tressaillais.

C'était à neuf heures ordinairement que l'on se mettait à table pour le souper. J'étais descendue à huit heures et demie ; je suivais des yeux l'aiguille des minutes, dont la marche était presque visible sur le vaste cadran de l'horloge.

L'aiguille voyageuse franchit la distance qui la séparait du quart. Le quart sonna. La vibration retentit sombre et triste ; puis l'aiguille reprit sa marche silencieuse, et je la vis de nouveau parcourir la distance avec la régularité et la lenteur d'une pointe de compas.

Quelques minutes avant neuf heures, il me sembla entendre le galop d'un cheval dans la cour. Smérande l'entendit aussi, car elle tourna la tête du côté de la fenêtre ; mais la nuit était trop épaisse pour qu'elle pût voir.

Oh ! si elle m'eût regardée en ce moment, comme elle eût pu deviner ce qui se passait dans mon cœur ! On n'avait entendu que le trot d'un seul cheval, et c'était tout simple. Je savais bien, moi, qu'il ne reviendrait qu'un seul cavalier.

Mais lequel ?

Des pas résonnèrent dans l'antichambre. Ces pas étaient lents et semblaient pleins d'hésitation ; chacun de ces pas semblait peser sur mon cœur.

La porte s'ouvrit, je vis dans l'obscurité se dessiner une ombre. Cette ombre s'arrêta un moment sur la porte. Mon cœur était suspendu.

L'ombre s'avança, et, au fur et à mesure qu'elle entrait dans le cercle de lumière, je respirais.

Je reconnus Grégoriska. Un instant de doute de plus, et mon cœur se brisait.

Je reconnus Grégoriska, mais pâle comme un mort. Rien qu'à le voir, on devinait que quelque chose de terrible venait de se passer.

— Est-ce toi, Kostaki ? demanda Smérande.

— Non, ma mère, répondit Grégoriska d'une voix sourde.

— Ah ! vous voilà, dit-elle ; et depuis quand votre mère doit-elle vous attendre ?

— Ma mère, dit Grégoriska en jetant un coup d'œil sur la pendule, il n'est que neuf heures.

Et en même temps, en effet, neuf heures sonnèrent.

— C'est vrai, dit Smérande. Où est votre frère ?

Malgré moi, je songeai que c'était la même question que Dieu avait faite à Caïn.

Grégoriska ne répondit point.

— Personne n'a-t-il vu Kostaki ? demanda Smérande.

Le vatar, ou majordome, s'informa autour de lui.

— Vers les sept heures, dit-il, le comte a été aux écuries, a sellé son cheval lui-même, et est parti par la route de Hango.

En ce moment, mes yeux rencontrèrent les yeux de Grégoriska. Je ne sais si c'était une réalité ou une hallucination, il me sembla qu'il avait une goutte de sang au milieu du front.

Je portai lentement mon doigt à mon propre front, indiquant l'endroit où je croyais voir cette tache.

Grégoriska me comprit ; il prit son mouchoir et s'essuya.

— Oui, oui, murmura Smérande, il aura rencontré quelque ours, quelque loup, qu'il se sera amusé à poursuivre. Voilà pourquoi un enfant fait attendre sa mère. Où l'avez-vous laissé, Grégoriska ? Dites.

— Ma mère, répondit Grégoriska d'une voix émue, mais assurée, mon frère et moi ne sommes pas sortis ensemble.

— C'est bien ! dit Smérande. Que l'on serve, que l'on se mette à table et que l'on ferme les portes ; ceux qui seront dehors coucheront dehors.

Les deux premières parties de cet ordre furent exécutées à la lettre : Smérande prit sa place, Grégoriska s'assit à sa droite, et moi à sa gauche.

Puis les serviteurs sortirent pour accomplir la troisième, c'est-à-dire pour fermer les portes du château.

En ce moment on entendit un grand bruit dans la cour, et un valet tout effaré entra dans la salle en disant :

— Princesse, le cheval du comte Kostaki vient de rentrer dans la cour, seul, et tout couvert de sang.

— Oh ! murmura Smérande en se dressant pâle et menaçante, c'est ainsi qu'est rentré un soir le cheval de son père.

Je jetai les yeux sur Grégoriska : il n'était plus pâle, il était livide.

En effet, le cheval du comte Koproli était rentré un soir dans la cour du château, tout couvert de sang, et, une heure après, les serviteurs avaient retrouvé et rapporté le corps couvert de blessures.

Smérande prit une torche des mains d'un des valets, s'avança vers la porte, l'ouvrit et descendit dans la cour.

Le cheval, tout effaré, était contenu malgré lui par trois ou quatre serviteurs qui unissaient leurs efforts pour l'apaiser.

Smérande s'avança vers l'animal, regarda le sang qui tachait sa selle, et reconnut une blessure au haut de son front.

— Kostaki a été tué en face, dit-elle, en duel et par un seul ennemi. Cherchez son corps, enfants, plus tard nous chercherons son meurtrier.

Comme le cheval était rentré par la porte de Hango, tous les serviteurs se précipitèrent par cette porte, et on vit leurs torches s'égarer dans la campagne et s'enfoncer dans la forêt, comme dans un beau soir d'été on voit scintiller les lucioles dans les plaines de Nice et de Pise.

Smérande, comme si elle eût été convaincue que la recherche ne serait pas longue, attendit debout à la porte. Pas une larme ne coulait des yeux de cette mère désolée, et cependant on sentait gronder le désespoir au fond de son cœur.

Grégoriska se tenait derrière elle, et j'étais près de Grégoriska.

Il avait un instant, en quittant la salle, eu l'intention de m'offrir le bras, mais il n'avait point osé.

Au bout d'un quart d'heure à peu près, on vit au tournant du chemin reparaître une torche, puis deux, puis toutes les torches.

Seulement cette fois, au lieu de s'éparpiller dans

la campagne, elles étaient massées autour d'un centre commun.

Ce centre commun, on put bientôt voir qu'il se composait d'une litière et d'un homme étendu sur cette litière.

La funèbre cortège s'avançait lentement, mais il s'avançait. Au bout de dix minutes, il fut à la porte. En apercevant la mère vivante qui attendait le fils mort, ceux qui le portaient se découvrirent instinctivement, puis ils rentrèrent silencieux dans la cour.

Smérande se mit à leur suite, et nous, nous suivîmes Smérande. On atteignit ainsi la grande salle, dans laquelle on déposa le corps.

Alors, faisant un geste de suprême majesté, Smérande écarta tout le monde, et s'approchant du cadavre, elle mit un genou en terre devant lui, écarta les cheveux qui faisaient un voile à son visage, le contempla longtemps, les yeux toujours secs. Puis ouvrant la robe moldave, elle écarta la chemise souillée de sang.

Cette blessure était au côté droit de la poitrine. Elle avait dû être faite par une lame droite et coupante des deux côtés.

Je me rappelai avoir vu le jour même, au côté de Grégoriska, le long couteau de chasse qui servait de baïonnette à sa carabine.

Je cherchai à son côté cette arme ; mais elle avait disparu.

Smérande demanda de l'eau, trempa son mouchoir dans cette eau, et lava la plaie.

Un sang frais et pur vint rougir les lèvres de la blessure.

Le spectacle que j'avais sous les yeux présentait quelque chose d'atroce et de sublime à la fois. Cette vaste chambre, enfumée par les torches de résine, ces visages barbares, ces yeux brillants de férocité, ces costumes étranges, cette mère qui calculait, à la vue du sang encore chaud, depuis combien de temps

la mort lui avait pris son fils, ce grand silence, interrompu seulement par les sanglots de ces brigands,
dont Kostaki était le chef, tout cela, je le répète, était
atroce et sublime à voir.

Enfin Smérande approcha ses lèvres du front de
son fils, puis, se relevant, puis rejetant en arrière les
longues nattes de ses cheveux blancs qui s'étaient
déroulées :

— Grégoriska ? dit-elle.

Grégoriska tressaillit, secoua la tête, et, sortant de
son atonie :

— Ma mère ? répondit-il.

— Venez ici, mon fils, et écoutez-moi.

Grégoriska obéit en frémissant, mais il obéit.

À mesure qu'il approchait du corps, le sang, plus
abondant et plus vermeil, sortait de la blessure. Heureusement Smérande ne regardait plus de ce côté,
car, à la vue de ce sang accusateur, elle n'eût plus eu
besoin de chercher qui était le meurtrier.

— Grégoriska, dit-elle, je sais bien que Kostaki et
toi vous ne vous aimiez point. Je sais bien que tu es
Waivady par ton père, et lui Koproli par le sien ;
mais, par votre mère, vous étiez tous deux des Brancovan. Je sais que toi tu es un homme des villes d'Occident, et lui un enfant des montagnes orientales ;
mais enfin, par le ventre qui vous a portés tous deux,
vous êtes frères. Eh bien ! Grégoriska, je veux savoir
si nous allons porter mon fils auprès de son père
sans que le serment ait été prononcé, si je puis pleurer tranquille enfin, comme une femme, me reposant
sur vous, c'est-à-dire sur un homme, de la punition ?

— Nommez-moi le meurtrier de mon frère,
madame, et ordonnez ; je vous jure qu'avant une
heure, si vous l'exigez, il aura cessé de vivre.

— Jurez toujours, Grégoriska, jurez, sous peine
de ma malédiction, entendez-vous, mon fils ? jurez
que le meurtrier mourra, que vous ne laisserez pas
pierre sur pierre de sa maison ; que sa mère, ses

enfants, ses frères, sa femme ou sa fiancée périront
de votre main. Jurez, et, en jurant, appelez sur vous
la colère du ciel si vous manquez à ce serment
sacré. Si vous manquez à ce serment sacré, soumet-
tez-vous à la misère, à l'exécration de vos amis, à la
malédiction de votre mère !

Grégoriska étendit la main sur le cadavre.

— Je jure que le meurtrier mourra ! dit-il.

À ce serment étrange et dont moi et le mort, peut-
être, pouvions seuls comprendre le véritable sens, je
vis ou je crus voir s'accomplir un effroyable prodige.
Les yeux du cadavre se rouvrirent et s'attachèrent
sur moi plus vivants que je ne les avais jamais vus, et
je sentis, comme si ce double rayon eût été palpable,
pénétrer un fer brûlant jusqu'à mon cœur.

C'était plus que je n'en pouvais supporter ; je
m'évanouis.

# XV

## *Le Monastère de Hango*

Quand je me réveillai, j'étais dans ma chambre,
couchée sur mon lit ; une des deux femmes veillait
près de moi.

Je demandai où était Smérande ; on me répondit
qu'elle veillait près du corps de son fils.

Je demandai où était Grégoriska ; on me répondit qu'il était au monastère de Hango.

Il n'était plus question de fuite. Kostaki n'était-il
pas mort ? Il n'était plus question de mariage. Pou-
vais-je épouser le fratricide ?

Trois jours et trois nuits s'écoulèrent ainsi au milieu
de rêves étranges. Dans ma veille ou dans mon sommeil, je voyais toujours ces deux yeux vivants au

milieu de ce visage mort : c'était une vision horrible.

C'était le troisième jour que devait avoir lieu l'enterrement de Kostaki. Le matin de ce jour on m'apporta de la part de Smérande un costume complet
de veuve. Je m'habillai et je descendis.

La maison semblait vide ; tout le monde était à la
chapelle.

Je m'acheminai vers le lieu de la réunion. Au
moment où j'en franchis le seuil, Smérande, que je
n'avais pas vue depuis trois jours, vint à moi.

Elle semblait une statue de la Douleur. D'un mouvement lent comme celui d'une statue, elle posa ses
lèvres glacées sur mon front, et, d'une voix qui semblait déjà sortir de la tombe, elle prononça ces
paroles habituelles :

— Kostaki vous aime.

Vous ne pouvez vous faire une idée de l'effet que
produisirent sur moi ces paroles. Cette protestation
d'amour faite au présent, au lieu d'être faite au passé ;
ce *vous aime*, au lieu de *vous aimait* ; cet amour
d'outre-tombe, qui venait chercher dans la vie, produisit sur moi une impression terrible.

En même temps un étrange sentiment s'emparait
de moi, comme si j'eusse été en effet la femme de
celui qui était mort, et non la fiancée de celui qui était
vivant. Ce cercueil m'attirait à lui, malgré moi, douloureusement, comme on dit que le serpent attire l'oiseau qu'il fascine. Je cherchai des yeux Grégoriska ;
je l'aperçus, pâle et debout contre une colonne ; ses
yeux étaient au ciel. Je ne puis dire s'il me vit.

Les moines du couvent de Hango entouraient le
corps en chantant des psalmodies du rite grec, quelquefois si harmonieuses, plus souvent si monotones.
Je voulais prier aussi, moi, mais la prière expirait
sur mes lèvres ; mon esprit était tellement bouleversé qu'il me semblait bien plutôt assister à un
consistoire de démons qu'à une réunion de prêtres.

Au moment où l'on enleva le corps, je voulus le suivre, mais mes forces s'y refusèrent. Je sentis mes jambes craquer sous moi, et je m'appuyai à la porte. Alors Smérande vint à moi, et fit un signe à Grégoriska.

Grégoriska obéit, et s'approcha.

Alors Smérande m'adressa la parole en langue moldave.

— Ma mère m'ordonne de vous répéter mot pour mot ce qu'elle va dire, fit Grégoriska.

Alors Smérande parla de nouveau ; quand elle eut fini :

— Voici les paroles de ma mère, dit-il :

«Vous pleurez mon fils, Hedwige, vous l'aimiez, n'est-ce pas ? Je vous remercie de vos larmes et de votre amour ; désormais vous êtes autant ma fille que si Kostaki eût été votre époux ; vous avez désormais une patrie, une mère, une famille. Répandons la somme de larmes que l'on doit aux morts, puis ensuite redevenons toutes deux dignes de celui qui n'est plus…, moi sa mère, vous sa femme ! Adieu, rentrez chez vous ; moi, je vais suivre mon fils jusqu'à sa dernière demeure ; à mon retour, je m'enfermerai avec ma douleur, et vous ne me verrez que lorsque je l'aurai vaincue ; soyez tranquille, je la tuerai, car je ne veux pas qu'elle me tue.»

Je ne pus répondre à ces paroles de Smérande, traduites par Grégoriska, que par un gémissement.

Je remontai dans ma chambre, le convoi s'éloigna. Je le vis disparaître à l'angle du chemin. Le couvent de Hango n'était qu'à une demi-lieue du château, en droite ligne ; mais les obstacles du sol forçaient la route de dévier, et, en suivant la route, il s'éloignait de près de deux heures.

Nous étions au mois de novembre. Les journées étaient redevenues froides et courtes. À cinq heures du soir, il faisait nuit close.

Vers sept heures, je vis reparaître des torches.

C'était le cortège funèbre qui rentrait. Le cadavre reposait dans le tombeau de ses pères. Tout était dit

Je vous ai dit à quelle obsession étrange je vivais en proie depuis le fatal événement qui nous avait tous habillés de deuil, et surtout depuis que j'avais vu se rouvrir et se fixer sur moi les yeux que la mor avait fermés. Ce soir-là, accablée par les émotions de la journée, j'étais plus triste encore. J'écoutais sonner les différentes heures à l'horloge du château, et je m'attristais au fur et à mesure que le temps envolé me rapprochait de l'instant où Kostaki avait dû mourir.

J'entendis sonner neuf heures moins un quart

Alors une étrange sensation s'empara de moi C'était une terreur frissonnante qui courait par tout mon corps, et le glaçait ; puis avec cette terreur, quelque chose comme un sommeil invincible qui alourdissait mes sens ; ma poitrine s'oppressa, mes yeux se voilèrent, j'étendis les bras, et j'allai à reculons tomber sur mon lit.

Cependant mes sens n'avaient pas tellement disparu que je ne pusse entendre comme un pas qui s'approchait de ma porte ; puis il me sembla que ma porte s'ouvrait. Puis je ne vis et n'entendis plus rien

Seulement je sentis une vive douleur au cou.

Après quoi je tombai dans une léthargie complète.

À minuit je me réveillai, ma lampe brûlait encore ; je voulus me lever, mais j'étais si faible, qu'il me fallut m'y reprendre à deux fois. Cependant je vainquis cette faiblesse, et comme, éveillée, j'éprouvais au cou la même douleur que j'avais éprouvée dans mon sommeil, je me traînai, en m'appuyant contre la muraille, jusqu'à la glace et je regardai.

Quelque chose de pareil à une piqûre d'épingle marquait l'artère de mon cou.

Je pensai que quelque insecte m'avait mordue pendant mon sommeil, et, comme j'étais écrasée de fatigue, je me couchai et je m'endormis.

Le lendemain, je me réveillai comme d'habitude. Comme d'habitude, je voulus me lever aussitôt que mes yeux furent ouverts ; mais j'éprouvai une faiblesse que je n'avais éprouvée encore qu'une seule fois dans ma vie, le lendemain d'un jour où j'avais été saignée.

Je m'approchai de ma glace, et je fus frappée de ma pâleur.

La journée se passa triste et sombre ; j'éprouvais une chose étrange ; où j'étais, j'avais le besoin de rester, tout déplacement était une fatigue.

La nuit vint, on m'apporta ma lampe ; mes femmes, je le compris du moins à leurs gestes, m'offraient de rester près de moi. Je les remerciai : elles sortirent. À la même heure que la veille, j'éprouvai les mêmes symptômes. Je voulus me lever alors, et appeler du secours ; mais je ne pus aller jusqu'à la porte. J'entendis vaguement le timbre de l'horloge sonnant neuf heures moins un quart, les pas résonnèrent, la porte s'ouvrit ; mais je ne voyais, je n'entendais plus rien ; comme la veille, j'étais allée tomber renversée sur mon lit.

Comme la veille, j'éprouvai une douleur aiguë au même endroit.

Comme la veille, je me réveillai à minuit ; seulement, je me réveillai plus faible et plus pâle que la veille.

Le lendemain encore l'horrible obsession se renouvela.

J'étais décidée à descendre près de Smérande, si faible que je fusse, lorsqu'une de mes femmes entra dans ma chambre et prononça le nom de Grégoriska.

Grégoriska venait derrière elle.

Je voulus me lever pour le recevoir ; mais je retombai sur mon fauteuil.

Il jeta un cri en m'apercevant, et voulut s'élancer vers moi ; mais j'eus la force d'étendre le bras vers lui.

— Que venez-vous faire ici ? lui demandai-je.

— Hélas ! dit-il, je venais vous dire adieu ! je venais vous dire que je quitte ce monde qui m'est insupportable sans votre amour et sans votre présence ; je venais vous dire que je me retire au monastère de Hango.

— Ma présence vous est ôtée, Grégoriska, lui répondis-je, mais non mon amour. Hélas ! je vous aime toujours, et ma grande douleur, c'est que désormais cet amour soit presque un crime.

— Alors, je puis espérer que vous prierez pour moi, Hedwige ?

— Oui ; seulement je ne prierai pas longtemps, ajoutai-je avec un sourire.

— Qu'avez-vous donc, en effet, et pourquoi êtes-vous si pâle ?

— J'ai…, que Dieu prend pitié de moi, sans doute, et qu'il m'appelle à lui !

Grégoriska s'approcha de moi, me prit une main que je n'eus pas la force de lui retirer, et, me regardant fixement :

— Cette pâleur n'est point naturelle, Hedwige ; d'où vient-elle ? Dites.

— Si je vous le disais, Grégoriska, vous croiriez que je suis folle.

— Non, non, dites, Hedwige, je vous en supplie ; nous sommes ici dans un pays qui ne ressemble à aucun autre pays, dans une famille qui ne ressemble à aucune autre famille. Dites, dites tout, je vous en supplie.

Je lui racontai tout : cette étrange hallucination, qui me prenait à cette heure où Kostaki avait dû mourir ; cette terreur, cet engourdissement, ce froid de glace, cette prostration qui me couchait sur mon lit, ce bruit de pas que je croyais entendre, cette porte que je croyais voir s'ouvrir, enfin cette douleur aiguë suivie d'une pâleur et d'une faiblesse sans cesse croissantes.

J'avais cru que mon récit paraîtrait à Grégoriska un commencement de folie, et je l'achevais avec une certaine timidité, quand au contraire je vis qu'il prêtait à ce récit une attention profonde.

Après que j'eus cessé de parler, il réfléchit un instant.

— Ainsi, demanda-t-il, vous vous endormez chaque soir à neuf heures moins un quart ?

— Oui, quelque effort que je fasse pour résister au sommeil.

— Ainsi vous croyez voir s'ouvrir votre porte ?

— Oui, quoique je la ferme au verrou.

— Ainsi vous ressentez une douleur aiguë au cou ?

— Oui, quoique à peine mon cou conserve la trace d'une blessure.

— Voulez-vous permettre que je voie ? dit-il.

Je renversai ma tête sur mon épaule.

Il examina cette cicatrice.

— Hedwige, dit-il après un instant, avez-vous confiance en moi ?

— Vous le demandez ? répondis-je.

— Croyez-vous en ma parole ?

— Comme je crois aux saints Évangiles.

— Eh bien ! Hedwige, sur ma parole, je vous jure que vous n'avez pas huit jours à vivre, si vous ne consentez pas à faire, aujourd'hui même, ce que je vais vous dire.

— Et si j'y consens ?

— Si vous y consentez, vous serez sauvée, peut-être.

— Peut-être ?

Il se tut.

— Quoi qu'il doive arriver, Grégoriska, repris-je, je ferai ce que vous m'ordonnerez de faire.

— Eh bien ! écoutez, dit-il, et surtout ne vous effrayez pas. Dans votre pays, comme en Hongrie, comme dans notre Roumanie, il existe une tradition.

Je frissonnai, car cette tradition m'était revenue à la mémoire.

— Ah! dit-il, vous savez ce que je veux dire?

— Oui, répondis-je, j'ai vu en Pologne des personnes soumises à cette horrible fatalité.

— Vous voulez parler des vampires, n'est-ce pas?

— Oui, dans mon enfance j'ai vu déterrer dans le cimetière d'un village appartenant à mon père quarante personnes, mortes en quinze jours, sans que l'on pût deviner la cause de leur mort. Parmi ces morts, dix-sept ont donné tous les signes du vampirisme, c'est-à-dire qu'on les a retrouvés frais, vermeils, et pareils à des vivants, les autres étaient leurs victimes.

— Et que fit-on pour en délivrer le pays?

— On leur enfonça un pieu dans le cœur, et on les brûla ensuite.

— Oui, c'est ainsi que l'on agit d'ordinaire; mais pour nous cela ne suffit pas. Pour vous délivrer du fantôme, je veux d'abord le connaître, et, de par le ciel! je le connaîtrai. Oui, et s'il le faut, je lutterai corps à corps avec lui, quel qu'il soit.

— Oh! Grégoriska, m'écriai-je effrayée.

— J'ai dit: quel qu'il soit, et je le répète. Mais il faut, pour mener à bien cette terrible aventure, que vous consentiez à tout ce que je vais exiger de vous.

— Dites.

— Tenez-vous prête à sept heures, descendez à la chapelle, descendez-y seule; il faut vaincre votre faiblesse, Hedwige, il le faut. Là nous recevrons la bénédiction nuptiale. Consentez-y, ma bien-aimée; il faut, pour vous défendre, que devant Dieu et devant les hommes j'aie le droit de veiller sur vous. Nous remonterons ici, et alors nous verrons.

— Oh! Grégoriska, m'écriai-je, si c'est lui, il vous tuera!

— Ne craignez rien, ma bien-aimée Hedwige. Seulement, consentez.

— Vous savez bien que je ferai tout ce que vous voudrez, Grégoriska.

— À ce soir, alors.

— Oui, faites de votre côté ce que vous voulez faire, et je vous seconderai de mon mieux, allez.

Il sortit. Un quart d'heure après, je vis un cavalier bondissant sur la route du monastère, c'était lui !

À peine l'eus-je perdu de vue, que je tombai à genoux, et que je priai, comme on ne prie plus dans vos pays sans croyance, et j'attendis sept heures, offrant à Dieu et aux saints l'holocauste de mes pensées ; je ne me relevai qu'au moment où sonnèrent sept heures.

J'étais faible comme une mourante, pâle comme une morte. Je jetai sur ma tête un grand voile noir, je descendis l'escalier, me soutenant aux murailles, et me rendis à la chapelle sans avoir rencontré personne.

Grégoriska m'attendait avec le père Bazile, supérieur du couvent de Hango. Il portait au côté une épée sainte, relique d'un vieux croisé qui avait pris Constantinople avec Villehardouin[1] et Baudouin de Flandre[2].

— Hedwige, dit-il en frappant de la main sur son épée, avec l'aide de Dieu, voici qui rompra le charme qui menace votre vie. Approchez donc résolument, voici un saint homme qui, après avoir reçu ma confession, va recevoir nos serments.

La cérémonie commença ; jamais peut-être il n'y en eut de plus simple et de plus solennelle à la fois. Nul n'assistait le pope ; lui-même nous plaça sur la tête les couronnes nuptiales. Vêtus de deuil tous deux, nous fîmes le tour de l'autel un cierge à la main ; puis le religieux, ayant prononcé les paroles saintes, ajouta :

— Allez maintenant, mes enfants, et que Dieu vous donne la force et le courage de lutter contre l'ennemi du genre humain. Vous êtes armés de votre innocence et de sa justice ; vous vaincrez le démon. Allez et soyez bénis.

Nous baisâmes les livres saints, et nous sortîmes de la chapelle.

Alors, pour la première fois, je m'appuyai sur le bras de Grégoriska, et il me sembla qu'au toucher de ce bras vaillant, qu'au contact de ce noble cœur, la vie rentrait dans mes veines. Je me croyais certaine de triompher, puisque Grégoriska était avec moi ; nous remontâmes dans ma chambre.

Huit heures et demie sonnaient.

— Hedwige, me dit alors Grégoriska, nous n'avons pas de temps à perdre. Veux-tu t'endormir comme d'habitude, et que tout se passe pendant ton sommeil ? Veux-tu rester éveillée et tout voir ?

— Près de toi je ne crains rien, je veux rester éveillée, je veux tout voir.

Grégoriska tira de sa poitrine un buis bénit, tout humide encore d'eau sainte, et me le donna.

— Prends donc ce rameau, dit-il, couche-toi sur ton lit, récite les prières à la Vierge et attends sans crainte. Dieu est avec nous. Surtout ne laisse pas tomber ton rameau ; avec lui tu commanderas à l'enfer même. Ne m'appelle pas, ne crie pas ; prie, espère et attends.

Je me couchai sur le lit. Je croisai mes mains sur ma poitrine, sur laquelle j'appuyai le rameau bénit.

Quant à Grégoriska, il se cacha derrière le dais dont j'ai déjà parlé, et qui coupait l'angle de ma chambre.

Je comptais les minutes, et sans doute Grégoriska les comptait aussi de son côté.

Les trois quarts sonnèrent.

Le retentissement du marteau vibrait encore que je ressentis ce même engourdissement, cette même terreur, ce même froid glacial ; mais j'approchai le rameau bénit de mes lèvres, et cette première sensation se dissipa.

Alors j'entendis bien distinctement le bruit de ce
pas lent et mesuré qui retentissait dans l'escalier et
qui s'approchait de ma porte.

Puis ma porte s'ouvrit lentement, sans bruit, comme
poussée par une force surnaturelle, et alors...

La voix s'arrêta comme étouffée dans la gorge de
la narratrice.

— Et alors, continua-t-elle avec un effort, j'aperçus
Kostaki, pâle comme je l'avais vu sur la litière ; ses
longs cheveux noirs, épars sur ses épaules, dégout-
taient de sang : il portait son costume habituel ; seulement il était ouvert sur sa poitrine, et laissait voir
sa blessure saignante.

Tout était mort, tout était cadavre... chair, habits,
démarche... les yeux seuls, ces yeux terribles étaient
vivants.

À cette vue, chose étrange ! au lieu de sentir redoubler mon épouvante, je sentis croître mon courage.
Dieu me l'envoyait sans doute, pour que je pusse
juger ma position et me défendre contre l'enfer. Au
premier pas que le fantôme fit vers mon lit, je croisai
hardiment mon regard avec ce regard de plomb et
lui présentai le rameau bénit.

Le spectre essaya d'avancer ; mais un pouvoir
plus fort que le sien le maintint à sa place. Il s'arrêta :

— Oh ! murmura-t-il ; elle ne dort pas : elle sait
tout.

Il parlait en moldave, et cependant j'entendais
comme si ses paroles eussent été prononcées dans
une langue que j'eusse comprise.

Nous étions ainsi en face, le fantôme et moi, sans
que mes yeux pussent se détacher des siens, lorsque
je vis, sans avoir besoin de tourner la tête de son
côté, Grégoriska sortir de derrière la stalle de bois,
semblable à l'ange exterminateur et tenant son épée
à la main. Il fit le signe de la croix de la main gauche
et s'avança lentement l'épée tendue vers le fantôme ;

celui-ci, à l'aspect de son frère, avait à son tour tiré
son sabre avec un éclat de rire terrible ; mais à peine
le sabre eut-il touché le fer bénit, que le bras du fantôme retomba inerte près de son corps.

Kostaki poussa un soupir plein de lutte et de désespoir.

— Que veux-tu ? dit-il à son frère.

— Au nom du Dieu vivant, dit Grégoriska, je t'ad-
jure de répondre.

— Parle, dit le fantôme en grinçant des dents.

— Est-ce moi qui t'ai attendu ?

— Non.

— Est-ce moi qui t'ai attaqué ?

— Non.

— Est-ce moi qui t'ai frappé ?

— Non.

— Tu t'es jeté sur mon épée, et voilà tout. Donc,
aux yeux de Dieu et des hommes, je ne suis pas coupable du crime de fratricide ; donc, tu n'as pas reçu
une mission divine, mais infernale ; donc, tu es sorti
de la tombe, non comme une ombre sainte, mais
comme un spectre maudit, et tu vas rentrer dans ta
tombe.

— Avec elle, oui, s'écria Kostaki en faisant un
effort suprême pour s'emparer de moi.

— Seul, s'écria à son tour Grégoriska ; cette femme
m'appartient.

Et en prononçant ces paroles, du bout du fer bénit
il toucha la plaie vive.

Kostaki poussa un cri comme si un glaive de
flamme l'eût touché, et portant la main gauche à sa
poitrine, il fit un pas en arrière.

En même temps, et d'un mouvement qui semblait
être emboîté avec le sien, Grégoriska fit un pas en
avant ; alors les yeux sur les yeux du mort, l'épée sur
la poitrine de son frère, commença une marche lente,
terrible, solennelle ; quelque chose de pareil au passage de don Juan et du commandeur ; le spectre

reculant sous le glaive sacré, sous la volonté irrésistible du champion de Dieu ; celui-ci le suivant pas à pas sans prononcer une parole, tous deux haletants, tous deux livides, le vivant poussant le mort devant lui, et le forçant d'abandonner ce château qui était sa demeure dans le passé, pour la tombe qui était sa demeure dans l'avenir.

Oh ! c'était horrible à voir, je vous jure.

Et pourtant, mue moi-même par une force supérieure, invisible, inconnue, sans me rendre compte de ce que je faisais, je me levai et je les suivis. Nous descendîmes l'escalier, éclairés seulement par les prunelles ardentes de Kostaki. Nous traversâmes ainsi la galerie, ainsi la cour. Nous franchîmes ainsi la porte de ce même pas mesuré : le spectre à reculons, Grégoriska le bras tendu, moi les suivant.

Cette course fantastique dura une heure : il fallait reconduire le mort à sa tombe ; seulement, au lieu de suivre le chemin habituel, Kostaki et Grégoriska avaient coupé le terrain en droite ligne, s'inquiétant peu des obstacles qui avaient cessé d'exister : sous leurs pieds, le sol s'aplanissait, les torrents se desséchaient, les arbres se reculaient, les rocs s'écartaient ; le même miracle s'opérait pour moi, qui s'opérait pour eux ; seulement tout le ciel me semblait couvert d'un crêpe noir, la lune et les étoiles avaient disparu, et je ne voyais toujours dans la nuit briller que les yeux de flamme du vampire.

Nous arrivâmes ainsi à Hango, ainsi nous passâmes à travers la haie d'arbousiers qui servait de clôture au cimetière. À peine entrée, je distinguai dans l'ombre la tombe de Kostaki placée à côté de celle de son père ; j'ignorais qu'elle fût là, et cependant je la reconnus.

Cette nuit-là, je savais tout.

Au bord de la fosse ouverte, Grégoriska s'arrêta.

— Kostaki, dit-il, tout n'est pas encore fini pour toi, et une voix du ciel me dit que tu seras pardonné si tu te repens : promets-tu de rentrer dans ta tombe, promets-tu de n'en plus sortir, promets-tu de vouer enfin à Dieu le culte que tu as voué à l'enfer ?

— Non ! répondit Kostaki.

— Te repens-tu ? demanda Grégoriska.

— Non !

— Pour la dernière fois, Kostaki ?

— Non !

— Eh bien ! appelle à ton secours Satan, comme j'appelle Dieu au mien, et voyons cette fois encore à qui restera la victoire !

Deux cris retentirent en même temps ; les fers se croisèrent tout jaillissants d'étincelles, et le combat dura une minute qui me parut un siècle.

Kostaki tomba ; je vis se lever l'épée terrible, je la vis s'enfoncer dans son corps et clouer ce corps à la terre fraîchement remuée.

Un cri suprême, et qui n'avait rien d'humain, passa dans l'air.

J'accourus.

Grégoriska était resté debout, mais chancelant.

J'accourus et je le soutins dans mes bras.

— Êtes-vous blessé ? lui demandai-je avec anxiété.

— Non, me dit-il ; mais dans un duel pareil, chère Hedwige, ce n'est pas la blessure qui tue, c'est la lutte. J'ai lutté avec la mort, j'appartiens à la mort.

— Ami ! ami ! m'écriai-je, éloigne-toi, éloigne-toi d'ici, et la vie reviendra peut-être.

— Non, dit-il, voilà ma tombe, Hedwige : mais ne perdons pas de temps ; prends un peu de cette terre imprégnée de son sang et applique-la sur la morsure qu'il t'a faite ; c'est le seul moyen de te préserver dans l'avenir de son horrible amour.

J'obéis en frissonnant. Je me baissai pour ramasser cette terre sanglante, et, en me baissant, je vis le cadavre cloué au sol ; l'épée bénite lui traversait le cœur, et un sang noir et abondant sortait de sa blessure, comme s'il venait seulement de mourir à l'instant même.

Je pétris un peu de terre avec le sang, et j'appliquai l'horrible talisman sur ma blessure.

— Maintenant, mon Hedwige adorée, dit Grégoriska d'une voix affaiblie, écoute bien mes dernières instructions : quitte le pays aussitôt que tu pourras. La distance seule est une sécurité pour toi. Le père Bazile a reçu aujourd'hui mes volontés suprêmes, et il les accomplira. Hedwige ! un baiser ! le dernier, le seul, Hedwige ! Je meurs.

Et, en disant ces mots, Grégoriska tomba près de son frère.

Dans toute autre circonstance, au milieu de ce cimetière, près de cette tombe ouverte, avec ces deux cadavres couchés à côté l'un de l'autre, je fusse devenue folle ; mais, je l'ai déjà dit, Dieu avait mis en moi une force égale aux événements dont il me faisait non seulement le témoin, mais l'acteur.

Au moment où je regardais autour de moi, cherchant quelques secours, je vis s'ouvrir la porte du cloître, et les moines, conduits par le père Bazile, s'avancèrent deux à deux, portant des torches allumées et chantant les prières des morts.

Le père Bazile venait d'arriver au couvent ; il avait prévu ce qui s'était passé, et, à la tête de toute la communauté, il se rendait au cimetière.

Il me trouva vivante près des deux morts.

Kostaki avait le visage bouleversé par une dernière convulsion.

Grégoriska, au contraire, était calme et presque souriant.

Comme l'avait recommandé Grégoriska, on l'enterra près de son frère, le chrétien gardant le damné.

Smérande, en apprenant ce nouveau malheur et la part que j'y avais prise, voulut me voir ; elle vint me trouver au couvent de Hango, et apprit de ma bouche tout ce qui s'était passé dans cette terrible nuit.

Je lui racontai dans tous ses détails la fantastique histoire, mais elle m'écouta comme m'avait écoutée Grégoriska, sans étonnement, sans frayeur.

— Hedwige, répondit-elle après un moment de silence, si étrange que soit ce que vous venez de raconter, vous n'avez dit cependant que la vérité pure. La race des Brancovan est maudite, jusqu'à la troisième et la quatrième générations, et cela parce qu'un Brancovan a tué un prêtre[1]. Mais le terme de la malédiction est arrivé ; car, quoique épouse, vous êtes vierge, et en moi la race s'éteint. Si mon fils vous a légué un million, prenez-le. Après moi, à part les legs pieux que je compte faire, vous aurez le reste de ma fortune. Maintenant, suivez le conseil de votre époux, retournez au plus vite dans les pays où Dieu ne permet point que s'accomplissent ces terribles prodiges. Je n'ai besoin de personne pour pleurer mes fils avec moi. Ma douleur demande la solitude. Adieu, ne vous enquérez plus de moi. Mon sort à venir n'appartient plus qu'à moi et à Dieu.

Et m'ayant embrassée sur le front comme d'habitude, elle me quitta et vint s'enfermer au château de Brancovan.

Huit jours après je partis pour la France. Comme l'avait espéré Grégoriska, mes nuits cessèrent d'être fréquentées par le terrible fantôme. Ma santé même s'est rétablie, et je n'ai gardé de cet événement que cette pâleur mortelle qui accompagne jusqu'au tombeau toute créature humaine qui a subi le baiser d'un vampire.

La dame se tut, minuit sonna, et j'oserai presque dire que le plus brave de nous tressaillit au timbre de la pendule.

Il était temps de se retirer ; nous prîmes congé de M. Ledru. Un an après, cet excellent homme mourut.

C'est la première fois que depuis cette mort, j'ai l'occasion de payer un tribut au bon citoyen, au savant modeste, à l'honnête homme surtout. Je m'empresse de le faire.

Je ne suis jamais retourné à Fontenay-aux-Roses. Mais le souvenir de cette journée laissa une si profonde impression dans ma vie, mais toutes ces histoires étranges, qui s'étaient accumulées dans une seule soirée, creusèrent un si profond sillon dans ma mémoire, qu'espérant éveiller chez les autres un intérêt que j'avais éprouvé moi-même, je recueillis dans les différents pays que j'ai parcourus depuis dix-huit ans, c'est-à-dire en Suisse, en Allemagne, en Italie, en Espagne, en Sicile, en Grèce et en Angleterre, toutes les traditions du même genre que les récits des différents peuples firent revivre à mon oreille, et que j'en composai cette collection que je livre aujourd'hui à mes lecteurs habituels. sous le titre : LES MILLE ET UN FANTÔMES [1].

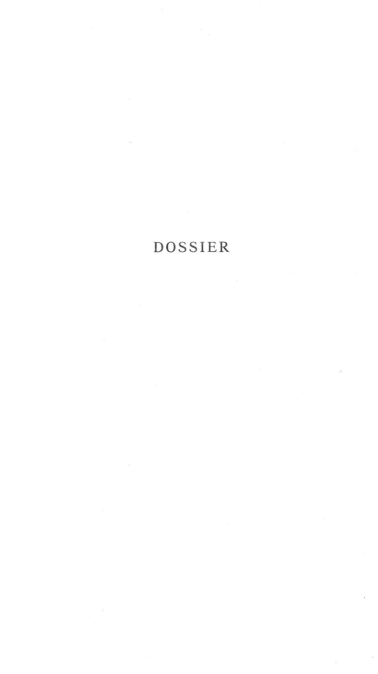

DOSSIER

# CHRONOLOGIE

## SES PARENTS

1762. Naissance à Saint-Domingue de Thomas-Alexandre Dumas, fils du marquis Alexandre-Antoine Davy de La Pailleterie, et d'une esclave noire, Marie-Césette Dumas.

1776. Il rejoint son père en France, où il mène une vie errante.

1786. Il entre dans le régiment des dragons de la Reine. Sur l'ordre de son père, il adopte alors le nom de sa mère, Dumas. Sous la Révolution, ce régiment devient le 6ᵉ dragon et est intégré à l'armée du Nord.

1792. À Villers-Cotterêts, il épouse Marie-Louise Labouret dont il aura trois enfants : Alexandrine-Aimée (1793-1881), Louise-Alexandrine (1796-1797) et Alexandre (1802-1870).

1794. Il est général en chef de l'armée des Alpes (1794), puis sert dans l'armée d'Italie (1796-1797).

1798. Il participe à l'expédition d'Égypte. Au retour de cette expédition, il échoue fortuitement dans les prisons du roi de Naples, où il sera maltraité et peut-être même victime d'une tentative d'empoisonnement.

1801. Il rentre à Villers-Cotterêts, malade et diminué et sera mis à la retraite l'année suivante

## L'ENFANCE ET L'ADOLESCENCE

1802. 24 juillet, naissance à Villers-Cotterêts d'Alexandre Dumas, fils de Thomas-Alexandre Dumas, général de l'Empire, et de Marie-Louise-Élisabeth Labouret.

1806. Mort du général Dumas. L'enfance et la jeunesse de Dumas, marquées par une certaine gêne matérielle, se déroulent dans le cadre champêtre de Villers-Cotterêts.

1811-1813. Dumas fait de sommaires études au petit collège de l'abbé Grégoire, qu'il complétera par des lectures personnelles. Un peu de calcul, de latin, de calligraphie et de maniement des armes : Dumas lui-même jugera plus tard son éducation «complètement manquée».

1816. Il devient clerc de notaire et occupera deux postes successifs (à Villers-Cotterêts puis à Crépy-en-Valois) avant de quitter sa région pour Paris.

### LA CONQUÊTE DE PARIS (1823-1829)

1823. Dumas s'installe à Paris. Il obtient, grâce à la recommandation du général Foy, une place de secrétaire surnuméraire du duc d'Orléans. Il n'est pas excessivement chargé de travail et en profite pour se consacrer de plus en plus à l'écriture. Au cours d'une représentation du *Vampire* de Polidori, il fait, selon le récit qu'il donne dans *Mes Mémoires*, une rencontre importante, celle de Charles Nodier.

1824. Naissance de son fils Alexandre dont la mère, Anne-Catherine Laure Labay, est blanchisseuse, et voisine de palier de Dumas.

1825. *La Chasse et l'amour*, pièce écrite en collaboration avec Adolphe de Leuven et James Rousseau, est jouée à l'Ambigu-Comique.

1826. Première de *La Noce et l'enterrement* à la Porte-Saint-Martin.

1827. Liaison avec Mélanie Waldor. En septembre, une troupe de comédiens anglais joue *Hamlet* et *Roméo et Juliette* à l'Odéon et fait découvrir Shakespeare au public parisien. C'est une révélation pour Dumas.

1828. *Christine à Fontainebleau* : cette pièce est reçue par la Comédie-Française, mais à la suite d'une cabale (une seconde *Christine* est écrite par un concurrent à qui on donne priorité) elle ne sera pas jouée.

1829. Première triomphale d'*Henri III et sa cour* le 10 février, en présence du duc d'Orléans et de sa famille. À partir de ce moment, Dumas est un auteur reconnu.

## L'AMBITION THÉÂTRALE :
### RÉUSSITES ET ÉCHECS (1830-1844)

1830. Dumas participe à la bataille d'*Hernani* (25 février) avant la première à l'Odéon, le 30 mars, de *Christine, ou Stockholm, Fontainebleau et Rome*, version remaniée de sa pièce de 1828. Avec enthousiasme, il prend part aux événements de juillet 1830. Il est encore (pour peu de temps) en bons termes avec le nouveau roi des Français.

1831. Une année très riche en créations : 10 janvier, *Napoléon Bonaparte* à l'Odéon ; 3 mai, triomphe d'*Antony* à la Porte-Saint-Martin ; 20 octobre, *Charles VII et ses grands vassaux* à l'Odéon ; 10 décembre, *Richard Darlington*. 5 mai : naissance de sa fille Marie, dont la mère, Belle Kreilssamner, est comédienne.

1832. Encore une année très chargée : 6 février, *Térésa* ; 4 avril, *Le Mari de la veuve* ; 29 mai, *La Tour de Nesle* ; 28 août, *Le Fils de l'émigré*. Cette année-là, le choléra ravage Paris. Atteint en avril, Dumas se rétablit en mai.
Par ailleurs, il entreprend au cours de l'été un grand voyage dans les Alpes et en Suisse, dont il publiera le récit dans *La Revue des Deux Mondes*.

1833. 30 mars, Dumas donne un grand bal costumé pour le carnaval où il reçoit le Tout-Paris artistique.
28 décembre, succès d'*Angèle* à la Porte-Saint-Martin.

1834. 7 mars, *La Vénitienne* ne connaît qu'un succès d'estime. Le 2 juin, *Catherine Howard* est un échec.

1835. Voyage en Méditerranée avec la comédienne Ida Ferrier et le peintre Jadin.

1836. 30 avril, échec de *Don Juan de Marana* à la Porte-Saint-Martin. 31 août, première de *Kean* aux Variétés.
À partir de juillet, Dumas commence à collaborer à *La Presse*, le journal d'Émile de Girardin, où il fait paraître *Murat*.

1837. *Pascal Bruno* dans *La Presse* ; *Impressions de voyage en Suisse* dans *Le Figaro* puis chez Dumont. Par ailleurs, Dumas écrit deux pièces : en collaboration avec Nerval, un opéra-comique, *Piquillo* (signé de Dumas seul), et une tragédie, *Caligula*, qui est un échec.

1838. Mars-juin : *Quinze jours au Sinaï*, écrit avec le peintre Dauzats. *Pauline* paraît chez Dumont après une annonce publicitaire dans *La Presse*, le 1er avril.

Le 21 mai, grand succès du *Bourgeois de Gand* à la Comédie-Française. Le 1ᵉʳ août, Mme Dumas meurt. Très affecté, son fils entreprend peu après, avec Ida Ferrier, un voyage en Belgique et en Allemagne : les *Excursions sur les bords du Rhin* paraissent dans *La Revue de Paris* de septembre à novembre. En novembre, il fait la connaissance d'Auguste Maquet, qui deviendra son collaborateur attitré.

1839. Sur le plan théâtral, gros succès de *Mademoiselle de Belle-Isle* à la Comédie-Française, en avril, mais dans le même temps, échec de *Léo Burckart* à la Porte-Saint-Martin (écrit en collaboration avec Nerval, signé de Nerval seul). Sur le plan romanesque et historique, *Vie et aventures de John Davis*, *Le Capitaine Pamphile*, *Les Crimes célèbres*.

1840. Le 5 février, Dumas épouse Ida Ferrier. Fin mai, ils partent pour Florence, où ils resteront neuf mois.
Très peu de production théâtrale cette année. Dumas se consacre au récit de voyage (*Le Midi de la France*, *Une année à Florence*) et au roman (*Mémoires d'un maître d'armes*, écrit en collaboration avec Grisier).

1841. Juin, *Un mariage sous Louis XV* connaît un succès mitigé à la Comédie-Française. L'œuvre théâtrale de Dumas est éditée chez Gosselin. *Le Chevalier d'Harmental*, un des premiers romans écrits en collaboration avec Maquet. *Le Speronare*, souvenirs de son voyage en Sicile de 1835.

1842. Une année passée à Florence, à part un aller et retour à Paris pour les obsèques du duc d'Orléans, dont il se sentait très proche. Sur le plan littéraire, nombreux témoignages sur l'Italie distribués entre *La Presse* et *Le Siècle* : *La Villa Palmieri*, *Le Corricolo*.

1843. *Les Demoiselles de Saint-Cyr* à la Comédie-Française : grand succès, mais échec fracassant du *Laird de Dumbicky* à l'Odéon. Un grand roman historique, *Ascanio*. Un roman fantastique : *Le Château d'Eppstein*.

## LA GRANDE DÉCENNIE ROMANESQUE
### (1844-1854)

1844. Mort de Charles Nodier le 27 janvier. Dumas perd un ami très cher.
Une année extrêmement importante pour la production

romanesque : *Les Trois Mousquetaires, Gabriel Lambert, Une fille du Régent, Le Comte de Monte-Cristo, La Reine Margot* (à partir de décembre) paraissent en feuilletons. Dumas découvre le site de Port-Marly et décide de s'y faire construire un château. Ce projet se réalise grâce à l'immense succès des *Trois Mousquetaires* et de *Monte-Cristo*, qui donnera son nom au château.

En octobre, il se sépare d'Ida Ferrier.

1845. C'est l'année de *Vingt ans après, Le Chevalier de Maison-Rouge, La Dame de Monsoreau*, cependant que Dumas termine *La Reine Margot* et continue *Monte-Cristo*. En février, Eugène de Mirecourt, un pamphlétaire dont Dumas a refusé la collaboration, publie une brochure incendiaire intitulée *Fabrique de romans. Maison Alexandre Dumas et Cie.* Dumas l'attaque pour diffamation et gagne son procès.

Par ailleurs, Dumas revient au théâtre avec *Sylvandire* et *Les Mousquetaires* (adaptation de *Vingt ans après*).

1846. *Le Bâtard de Mauléon, Joseph Balsamo*, qui paraîtra jusqu'en 1848, premier pan d'un cycle romanesque sur la Révolution intitulé *Les Mémoires d'un médecin* qui comprendra également *Le Collier de la reine, Ange Pitou* et *La Comtesse de Charny*. Dumas adapte pour la scène *Une fille du Régent*; c'est désormais l'œuvre romanesque qui nourrit la production théâtrale.

D'octobre à janvier 1847, Dumas part pour l'Espagne (pour assister au mariage du duc de Montpensier avec l'infante Luisa Fernanda), puis poursuit jusqu'au Maroc. Le récit de ce voyage sera publié en feuilleton l'année suivante (*De Paris à Cadix*) puis en 1848 (*Le Véloce, ou Tanger, Alger, Tunis*).

1847. En février, il ouvre le Théâtre-Historique et y donne *La Reine Margot* : c'est un triomphe. Puis suivent *Intrigue et amour, Le Chevalier de Maison-Rouge* (adaptation du roman) et *Hamlet, prince de Danemark*. Sur le plan romanesque, *Balsamo* continue de paraître cependant que *Le Vicomte de Bragelonne* démarre dans *Le Siècle* (septembre).

C'est aussi l'année de l'installation à Monte-Cristo, où Dumas organise une grande fête le 25 juillet.

1848. Une année capitale sur le plan historique. En février, Dumas participe aux journées révolutionnaires qui déboucheront sur la chute de Louis-Philippe. Sa position est assez ambiguë ; il est tiraillé entre ses sympa-

thies républicaines et sa fidélité à la famille d'Orléans.
C'est ainsi qu'il se prononce pour la régence de la
duchesse d'Orléans, mais se rallie à la République
quand celle-ci est proclamée (27 février). En mars et en
juin, il se présente à la députation en Seine-et-Oise et
dans l'Yonne ; il est battu à chaque fois.

Après les journées insurrectionnelles de mai et juin, le
regard de Dumas sur la révolution change et son discours devient nettement plus conservateur, du côté du
« parti de l'ordre ». C'est ce qui l'amène, en novembre, à
soutenir la candidature à la présidence de la République de Louis-Napoléon Bonaparte.

Par ailleurs, *Monte-Cristo* débute au Théâtre-Historique
en février. En octobre, *Catilina* sera également un succès. Mais l'agitation politique nuit à la fréquentation
théâtrale ; Dumas en subira le contrecoup lors des
années suivantes.

1849. *La Jeunesse des Mousquetaires* au Théâtre-Historique,
*Le Chevalier d'Harmental*, puis *Le Comte Hermann*.

Dumas donne également de nombreuses nouvelles au
*Constitutionnel*, en privilégiant le genre fantastique (*Les
Mille et Un Fantômes*, *Un dîner chez Rossini*, *Les Gen-
tilshommes de la Sierra-Morena*, *Les Mariages du père
Olifus*, *Le Testament de M. de Chauvelin*, *La Femme au
collier de velours*).

Parallèlement, *Bragelonne* continue de paraître dans *Le
Siècle*, avec une participation de Maquet de plus en plus
importante, et *Le Collier de la reine* commence à paraître
dans *La Presse*, où il s'achèvera en 1850.

C'est par ailleurs une mauvaise année pour Dumas : cri-
blé de dettes, il doit vendre Monte-Cristo (le château) en
mars. En mai meurt la comédienne Marie Dorval, une
amie de jeunesse dont il prendra en charge l'enterrement en vendant ses décorations.

1850. Encore une année de difficultés financières ; il est saisi
de ses biens. *Pauline* (adaptation du roman) est jouée
au Théâtre-Historique, puis *La Chasse au Chastre* et *Le
Capitaine Lajonquière*. Mais le 20 décembre, c'est la
faillite et le Théâtre-Historique ferme.

La production romanesque continue vaillamment : en
janvier, *Bragelonne* s'est achevé, Dumas enchaîne avec
*Dieu dispose*, *La Tulipe noire* et *Ange Pitou*.

1851. Le 17 mars naît un fils présumé, Henry Baüer. Deux
drames (tirés de *Monte-Cristo*), *Le Comte de Morcerf* et

*Villefort* sont joués à l'Ambigu-Comique. Un grand roman, *Olympe de Clèves*, paraît dans *Le Siècle*.

Pour fuir ses créanciers (et non pas, comme Hugo, à la suite du coup d'État du 2 décembre), il se réfugie à Bruxelles. Il commence à jeter un regard rétrospectif sur sa vie : ses *Mémoires* (commencés en 1847) paraissent dans *La Presse* et à partir de juin remplacent *Ange Pitou* assujetti au droit de timbre.

1852. Dumas est à Bruxelles et collabore à *L'Indépendance belge*. Il fait un bref aller-retour à Paris pour voir son *Benvenuto Cellini* à la Porte-Saint-Martin. Il rédige également, en s'inspirant de Michelet, *La Comtesse de Charny*, suite d'*Ange Pitou*, qui paraîtra jusqu'en 1856.

1853. Au cours de brefs séjours à Paris, Dumas dirige les répétitions de *La Jeunesse de Louis XIV* puis essaie, sans y parvenir, d'obtenir la levée de l'interdiction qui pèse sur cette pièce. Il fonde un journal, *Le Mousquetaire*, dont le 1er numéro paraît le 12 novembre, mais qui connaîtra vite des difficultés. Fin novembre, il se réinstalle à Paris.

1854. Dumas écrit de nombreuses chroniques dans *Le Mousquetaire*. Il y fait paraître également un grand roman, *Les Mohicans de Paris*.


LE REFLUX PROGRESSIF (1855-1868)


1855. Encore des chroniques dans *Le Mousquetaire : Les Grands Hommes en robe de chambre*. Pour acheter une concession perpétuelle à Marie Dorval, morte en 1849, Dumas publie *La Dernière Année de Marie Dorval*, dont chaque exemplaire est vendu 50 centimes.

1856. Succès de l'*Orestie* à la Porte-Saint-Martin. *Les Compagnons de Jéhu* commence à paraître en décembre.

1857. Voyages en Angleterre (il en profite pour voir Hugo à Guernesey) et en Allemagne. *Le Mousquetaire* cesse de paraître. En avril, il fonde *Le Monte-Cristo*, dont il est pratiquement l'unique rédacteur.

1858. De juin à mars 1859, il voyage en Russie, invité par le comte et la comtesse Kouchelev. Presque simultanément, il raconte son voyage dans *Le Monte-Cristo* (*De Paris à Astrakan*).

1859. De nombreuses nouvelles et causeries dans *Le Monte-Cristo*.

1860. Plusieurs voyages en Italie, navigation en Méditerranée
      sur son yacht l'*Emma*. Dumas rencontre Garibaldi et
      participe à l'expédition des Mille. Il publie dans *Le
      Siècle* les *Mémoires de Garibaldi*, d'après des notes don-
      nées par Garibaldi lui-même. Il fonde en novembre
      *L'Indipendente*, dont il veut faire « le journal de l'unité
      italienne » et qui paraîtra de manière irrégulière, avec
      des interruptions.
      Le 24 décembre, naissance de Micaëlla Josepha, fille de
      Dumas et d'Émilie Cordier.
1861. Il vit entre Paris et l'Italie.
1862. Dumas est de retour à Paris. Articles divers dans *Le
      Monte-Cristo* qui cesse de paraître le 10 octobre.
1863. Encore des allers et retours entre Paris et Naples.
      Articles dans *La Presse*, où paraît, à partir de décembre,
      *La San Felice* (jusqu'en mars 1865).
1864. *Les Mohicans de Paris* : la pièce, tirée du roman, jugée
      subversive, est interdite. Après l'intervention de Napo-
      léon III, le drame est représenté à la Gaîté.
1865. Causeries et conférences en province. Un roman
      inachevé, *Le Comte de Moret*. Voyage en Autriche et en
      Hongrie.
1866. *Gabriel Lambert* à l'Ambigu-Comique. Voyage en Italie,
      alors en guerre avec l'Autriche. En novembre, renais-
      sance du *Mousquetaire* sous une nouvelle forme ;
      Dumas en est le directeur littéraire.
1867. *Les Blancs et les Bleus* paraît dans *Le Mousquetaire*,
      puis *La Terreur prussienne* dans *La Situation*.
1868. En février, Dumas fonde le *Dartagnan* (*Le Mousquetaire*
      a cessé de paraître en avril 1867) ; nombreux articles et
      causeries.

### LES DERNIÈRES ANNÉES (1869-1870)

1869. *Les Blancs et les Bleus* au Châtelet en mars. Ennuis de
      santé. Séjours en Normandie et en Bretagne. Il rédige
      son *Grand dictionnaire de cuisine*, qui ne sera publié
      qu'après sa mort. À partir de décembre, *Création et
      rédemption*, son dernier roman, paraît dans *Le Siècle*
      (jusqu'en mai 1870).
1870. Après un voyage en Espagne, très affaibli, il s'installe à
      partir de septembre chez son fils, à Puys, près de Dieppe.
      Il y meurt le 5 décembre.

Enterré une première fois à Neuville-les-Pollet, près de Dieppe, son corps sera ensuite transféré en 1872 au cimetière de Villers-Cotterêts.

30 novembre 2002. Ses cendres sont transférées au Panthéon au cours d'une cérémonie solennelle.

# NOTICE

### *LES MILLE ET UN FANTÔMES*:
### UN RECUEIL INCERTAIN

Curieux destin littéraire que celui des *Mille et Un Fantômes*!
La majorité des lecteurs reste perplexe devant la contradiction
entre le titre et les proportions somme toute modestes de l'ouvrage. Et la diversité des regroupements n'est pas faite pour
clarifier les choses: la production fantastique de Dumas a
connu de nombreuses présentations à contenu variable d'une
édition à une autre, parfois sans grand souci de cohérence.

Au départ, Dumas entend sous ce titre un ensemble plus
vaste que celui que nous présentons ici, comme en témoignent
les derniers mots du texte liminaire paru dans *Le Constitutionnel* le 2 mai 1849: «Je vous envoie donc, selon votre désir,
les deux premiers volumes de mes *Mille et Un Fantômes*; c'est
une simple introduction intitulée: *Une journée à Fontenay-aux-
Roses.*»

Et de fait, du 3 mai au 27 octobre, c'est un recueil relativement important qui paraît avec cette appellation: *Une journée
à Fontenay-aux-Roses* est immédiatement suivie par *Un dîner
chez Rossini*, *Les Gentilshommes de la Sierra-Morena*, *Les
Mariages du Père Olifus*, *Le Testament de M. de Chauvelin*, puis
par *La Femme au collier de velours* (22 septembre-27 octobre).
Sans être au nombre de mille et un, les fantômes composent
une troupe respectable.

Mais la parution en volumes ne suit pas cette logique. L'édition originale des *Mille et Un Fantômes* (Cadot, 1849) ne
reprend que les nouvelles d'*Une journée à Fontenay-aux-Roses*,
sans d'ailleurs mentionner ce titre. Celle de *La Femme au collier de velours* (Cadot, 1850) ne range plus la nouvelle dans le

giron des *Mille et Un Fantômes*. Quant aux autres contes, ils paraissent chez Cadot (1849) en cinq volumes, sous le titre *Les Mariages du père Olifus*. L'idée d'un «grand ensemble» fantastique disparaît, sauf dans les éditions belges de contrefaçon, Méline, Cans et Cie (1849) et Lebègue (1849), qui toutes deux présentent une «intégrale», à l'exception de *La Femme au collier de velours*, que sa dimension particulière, à mi-chemin entre la nouvelle et le roman, classe d'emblée à part. Dès 1849, l'édition Paul Arpin de New York la présente comme une œuvre totalement autonome.

Les éditions ultérieures procèdent à des regroupements parfois inattendus, qui répondent à des considérations matérielles: c'est ainsi qu'en 1857, *La Femme au collier de velours* est éditée chez Maresq avec *Le Capitaine Marion*. Calmann-Lévy, dans son édition intégrale de 1891, fait le même choix. *Les Mille et Un Fantômes* sont plusieurs fois appariés avec *Pascal Bruno* (Maresq, 1852, Gaittet, 1861), mais pas avec les autres histoires fantastiques du *Constitutionnel*. Les éditions modernes ont consacré l'usage de ce titre pour les seules nouvelles contenues dans *Une journée à Fontenay-aux-Roses*, privilégiant la cohérence plutôt que l'exhaustivité.

Nous nous conformons aujourd'hui à cette tradition qui prend en compte l'unité très forte du recueil, due au récit-cadre, aux différents protagonistes, à la thématique abordée. Nombre de ces nouvelles situent leur action autour de la Révolution, dont elles explorent l'imaginaire sanglant; c'est à ce titre que s'impose aussi le regroupement avec *La Femme au collier de velours* qui traduit de manière paroxystique la fascination de l'horreur et la crise du sens propres à toute une génération de *survivants*.

## LES SOURCES

La source de *La Femme au collier de velours* est bien identifiée; il s'agit d'un conte fantastique de Washington Irving, traduit et adapté par Pétrus Borel.

Washington Irving (1783-1859) est un des précurseurs du fantastique américain: il s'inspire des thèmes fantastiques européens qu'il transpose dans la littérature américaine. Les *Contes d'un voyageur* sont traduits en France en 1825, l'année qui suit leur parution. Mais c'est surtout *La Légende de Sleepy Hollow* qui fait sa célébrité.

*L'Aventure de l'étudiant allemand*, qui se trouve dans les

*Contes d'un voyageur*, est la source majeure de *La Femme au collier de velours*. Un jeune Allemand de passage à Paris en 1793 rencontre une nuit une femme mystérieuse dont l'image, à plusieurs reprises, a occupé ses rêves. Il l'emmène chez lui, et découvre au matin qu'il a passé la nuit avec un cadavre décapité dont la tête roule à terre.

Pétrus Borel (1809-1859) est un romantique mineur, un marginal, qui s'élève violemment contre le néoclassicisme et l'ordre «bourgeois». Surnommé le Lycanthrope, ou l'homme-loup (thème classique du folklore), il fait partie des «Bousin-gots», un cercle de jeunes provocateurs proclamant la «guerre à mort contre l'Institut et les Écoles». Borel publie ses nouvelles dans des revues, sans grand succès.

*Gottfried Wolfgang* (1843), sa traduction du conte d'Irving, est au départ un travail alimentaire, mais s'explique aussi par la parenté esthétique qui les lie et dont témoignent ses œuvres les plus connues : *Champavert* (1833) rassemble des récits qui, s'ils ne se rattachent pas au fantastique, témoignent d'une nette complaisance dans l'horrible et le sanglant : jeune fille infanticide condamnée à l'échafaud (*M. de L'Argentière*), vivi-section humaine (*Don Andréa Vésalius*)... *Madame Putiphar* (1835) présente un tableau intéressant et fouillé du Paris de la fin du XVIIIᵉ siècle.

Nous reproduisons en annexe le texte intégral de *Gottfried Wolfgang*.

Par ailleurs, d'autres références, tirées notamment des *Contes fantastiques* d'Hoffmann, jouent un rôle important : *Le Conseiller Krespel*, *Le Baron de B.* (voir la Préface).

Les sources des *Mille et Un Fantômes* sont multiples et de formes très diverses, alliant documents historiques, souvenirs, sommes érudites... Il paraît logique de les classer par nouvelles.

*Le Soufflet de Charlotte Corday* s'inspire du livre XLIV de l'*Histoire des Girondins* (1847) de Lamartine et des *Souvenirs de la Révolution et de l'Empire* de Nodier, qui est d'ailleurs présent à plus d'un titre dans ce recueil ; l'idée de la survie des têtes coupées est abordée dans *Smarra* (1821) et les dernières pages de l'*Histoire d'Hélène Gillet* (1832) sont une condam-nation sans appel de la peine de mort. Tout cela nourrit un débat réactivé en 1849 dont Dumas se fait l'écho.

*Solange* : le début de cette nouvelle ainsi que la personnalité des deux protagonistes (une royaliste, un Montagnard) évoque de façon très nette le début du *Chevalier de Maison-Rouge*

(1845). On peut aussi penser à *L'Âne mort et la femme guillotinée* (1829), de Jules Janin. Le contexte est très différent (la
femme suppliciée est une condamnée de droit commun)
mais des éléments de rapprochement apparaissent : description du cimetière de Clamart, des sacs de corps mutilés...
On est là dans l'imaginaire propre au courant frénétique.

*Le Chat, l'huissier et le squelette* est une libre adaptation d'une
nouvelle de Charles Rabou, *Le Ministère public* (1832), tirée
des *Contes bruns*, écrits en collaboration avec Balzac et Philarète Chasles.

*Les Tombeaux de Saint-Denis* prend appui sur le procès verbal
dressé par Alexandre Lenoir lui-même, et sur la longue
note 32 du chapitre « Saint-Denis » du *Génie du christianisme* (4ᵉ partie, livre II). Quant à l'aventure du profanateur
du cadavre d'Henri IV, elle évoque le *Thibaud de La Jac-
quière* de Nodier. La vision du gardien peut être rapprochée
de *La Vision de Charles XI* de Mérimée (1829).

*L'Artifaille* s'inspire d'une affaire qui a eu lieu en 1557[1]. Il
s'agit du cambriolage de l'abbaye de Morigny-les-Étampes
par Joachim du Ruth, qui est arrêté et exécuté à Étampes
quelques jours plus tard. Mais le condamné, seigneur du
voisinage, est décapité et non pas pendu.

*Le Bracelet de cheveux* transpose sur un registre mineur et
apaisé la *Lénore* de Bürger (1773) ; le thème du bracelet
donné en gage de fidélité est d'ailleurs un lieu commun
de l'époque : on le retrouve en particulier dans une pièce de
Pixérécourt (*Victor ou l'Enfant de la forêt*, 1798).

*Les Monts Carpathes* doit beaucoup aux connaissances de Paul
Lacroix, le collaborateur de Dumas, grand lecteur de l'ouvrage de Dom Augustin Calmet, *Dissertation sur les apparitions des anges, des démons et des esprits, et sur les revenants
et vampires de Hongrie, de Bohême, de Moravie et de Silésie*
(1746). Dumas met également à contribution Mérimée ; on
trouve dans *La Guzla* (1827) des récits de vampires et le
poème « Dans le marais de Stavila ». Enfin, même si l'intrigue n'a que peu de rapport avec celle des *Monts Carpathes*,
n'oublions pas le mélodrame de Nodier intitulé *Le Vampire*
(1820), inspiré de Polidori ; Dumas lui-même en produira un
en 1851.

1. Cf. *Les Mille et Un Fantômes*, note 1, p. 352.

## LE CONTRAT
### AVEC *LE CONSTITUTIONNEL*

Les nouvelles fantastiques de Dumas paraissent dans *Le Constitutionnel*, avec lequel il a signé en mars 1845 un contrat de cinq ans. Ce journal a été racheté en 1844 par Louis Véron, le fondateur de la *Revue de Paris*. Pendant ces cinq années, Dumas donnera au journal *La Dame de Monsoreau* et *Les Quarante-Cinq*, mais cela reste en dessous des exigences fixées par le contrat. Pour solder le compte (il n'y parviendra d'ailleurs pas), Dumas se consacre presque exclusivement à cet organe en 1849 : *Les Milles et Un Fantômes* (voir plus haut) paraissent de mai à octobre 1849. Puis une séparation à l'amiable est décidée, et Dumas ne publiera plus qu'exceptionnellement dans *Le Constitutionnel*, que Véron revendra d'ailleurs ultérieurement.

### DUMAS, LACROIX :
### HISTOIRE D'UNE COLLABORATION

Le fait est bien connu : Dumas écrit rarement seul. Se partageant entre plusieurs journaux, poursuivant une activité multiple, l'écrivain fait constamment appel à des collaborateurs chargés de fournir de la documentation et des ébauches d'intrigues. Le plus connu de ses «nègres» est Auguste Maquet, qui le seconde pour la Trilogie, le cycle Valois et *Les Mémoires d'un médecin* avant qu'un procès ne consacre leur brouille. *Les Mille et Un Fantômes* et *La Femme au collier de velours* sont écrits avec Paul Lacroix (1806-1884), dit le Bibliophile Jacob, auteur de nombreux romans historiques dans la lignée de Walter Scott. C'est un familier du cercle de l'Arsenal, où Dumas et lui ont fait connaissance. Il prendra la suite de Nodier comme conservateur de la bibliothèque à partir de 1855.

Comment se passe le processus de collaboration ? Il débute par une discussion préliminaire, comme le montre cette lettre (non datée) écrite probablement au début de l'année 1849 :

*Mon cher Paul*
*Je me suis entendu pour nos fantômes avec Véron.*

*Je vais m'y mettre. Pouvons nous causer un instant aujour-*
*d'hui ?*
*À vous*

ALEX. DUMAS [1]

Le collaborateur fournit ensuite un premier jet, que Dumas
réécrit, en gardant le contact si besoin est :

*Mon Ami,*
*Il y a solution de continuité dans mon histoire, je ne trouve pas*
*mon pendu — l'histoire de l'abbé Moulle, vous savez — j'en suis*
*là. Venez vite.*
*À vous,*

A. DUMAS.

Inédits jusqu'à aujourd'hui, les brouillons de Paul Lacroix
publiés en annexe permettent de préciser la part de chacun
des deux écrivains et ainsi de faire le point sur la création
romanesque chez Dumas.

Nous remercions particulièrement Mihai de Brancovan et
Radu Albu-Comanescu ainsi que Claude Schopp pour les renseignements qu'ils nous ont fournis avec une inlassable gen-
tillesse. Nous remercions aussi la Bibliothèque de l'Arsenal qui
nous a permis de reproduire les brouillons de Paul Lacroix.

---

1. Bibliothèque de l'Arsenal, fonds Lacroix, ms 1101, carton XIII, 29.

# ANNEXES

## LES MILLE ET UN FANTÔMES

### Brouillons de Paul Lacroix

*Ces brouillons sont conservés à la Bibliothèque de l'Arsenal (Fonds Lacroix, ms 13-426). Malgré leurs lacunes, ils présentent un grand intérêt. Leur lecture permet de mieux définir le travail de Dumas à partir des notes de son collaborateur.*

#### Sujet

En 1827, ou vers cette année-là, il y eut un crime étrange dans la commune de Fontenay-aux-Roses. Un tonnelier, dans un accès de jalousie, tua sa femme, lui trancha la tête avec une doloire et jeta cette tête coupée dans un sac de son ; aussitôt, il s'imagina que la tête ouvrait les yeux, lui reprochait son crime et protestait de l'innocence de la victime. L'assassin fut tellement épouvanté qu'il alla se dénoncer lui-même, en racontant la terrible vision qu'il avait eue. La justice se transporta chez lui, on trouva le corps sans tête, cette tête posée sur une couche de son, mais les yeux étaient ouverts sans regards, la bouche ouverte sans mouvements. La mort avait accaparé sa proie.

M. Ledru fut mandé comme maire et il accourut un des premiers avec les gens d'armes, curieux d'examiner le fait bizarre qu'on lui signalait et qui ne l'avait pas trouvé incrédule. Il emmena avec lui Aliette [*sic*] et l'Abbé Moule [*sic*] qui étaient venus de Paris pour dîner avec lui. Je me trouvais alors à Fontenay et j'accourus de mon côté pour être témoin d'un miracle qui ne se renouvela pas devant nous.

On interrogea le meurtrier, qui raconta ce qu'il avait vu

avec tant d'insistance que force était de le croire hors de sens ou d'ajouter foi à son récit. M. Ledru lui adressa quelques questions au point de vue de la science ; Aliette, quelques questions à son point de vue et Moule au sien. Je pris aussi la parole et fis quelques observations qui me mirent en rapport avec M. Ledru.

Celui-ci m'invita à venir chez lui après la confrontation pour continuer notre entretien ; j'acceptai avec cette facilité qui établit des rapports si prompts entre les savants et les littérateurs. Nous allâmes dans le jardin en attendant le dîner, et l'on s'assit dans le quinconce de Scarron.

L'entretien roula sur le fait de la tête qui regarde et qui parle. Tous s'accordèrent à dire que ce fait pouvait être vrai. Je fus bien étonné de cette conclusion. M. Ledru dit alors que la vie d'une tête coupée persistait pendant une demi-heure, comme il en était sûr d'après ses expériences. Alliette soutint que rien ne mourrait et que la vie était éternelle sous le masque de la mort. L'Abbé Moule déclara que les esprits, bons ou mauvais, devaient être pour quelque chose dans l'histoire de la tête qui parle. Chacun [*illisible*] son opinion. Celle de M. Ledru, comme la plus raisonnable, me touchait davantage, et ce fut à elle que j'adressai mes objections les plus frappantes.

— Qu'en savez-vous ? disais-je.

[*un ou plusieurs feuillets manquent*]

... la délivrance de son père que je sollicitais. Je me rendis comme d'ordinaire au cimetière. On avait élevé dans un coin une baraque où l'on m'apportait le panier plein de têtes. C'était le soir même que je devais retrouver ma maîtresse et lui annoncer que son père serait libre le lendemain. Le mien ne vint pas ce jour-là et j'étais seul dans mon laboratoire. Les charrettes ne vinrent ce jour-là que fort tard, à la tombée de la nuit, et j'étais plein de pensées tristes. On apporta un panier qui contenait dix têtes et l'on me laissa. Il fit un orage terrible ; les éclairs, la foudre, la pluie ; charretiers, fossoyeurs s'enfuirent. J'étais seul et sans lumière. Je ne me sentais pas le courage d'expérimenter. Il se fit un bruit dans le panier et j'entendis prononcer mon nom d'une voix douce et triste ; je fus épouvanté. Cependant, j'avais vu tant de têtes ! J'ouvris le panier et j'en pris une de femme : ma main rencontra la bouche qui était chaude et qui appuya ses lèvres sur ma chair. Je faillis lâcher cette tête que je posai pourtant sur la table vis-à-vis la pile galvanique. On me nomma encore à trois reprises, en ajoutant Adieu, et à la lueur d'un éclair, je vis la tête de ma maîtresse qui me regardait les yeux fixes et pleins de larmes, la bouche souriante. J'eus le vertige, je voulus m'enfuir ! Mais la basque de ma veste s'était accrochée à la table qui tomba sur moi et je sentis cette tête chercher la mienne. Depuis cette horrible scène, je cessai tous mes travaux de galvanisme. Oui, j'en ai la conviction, tant que la tête séparée du tronc n'est pas vide de sang, la pensée subsiste et aussi la douleur.

### Récit d'Alexandre Lenoir
### Violation des tombeaux de Saint-Denis

Voir le procès verbal dans les notes du *Génie du Christianisme*. Divers prodiges signalent cette profanation : rappeler la singulière prophétie du père Beauregard (voir notes de Treneuil).

1er prodige : le gardien était depuis 30 ans préposé à la garde des tombeaux ; il achevait son rôle en veillant la nuit dans l'église pour empêcher les voleurs de s'y introduire. Il raconta que le 16 octobre, la reine ayant été exécutée, il eut en vision le spectacle de l'enterrement d'un roi de France et le lendemain, on le trouva en larmes et il dit tout haut que les rois rentreraient un jour dans la vieille église pour y reprendre leurs sépultures, ce qui le fit mettre en prison.

2e prodige : Exhumation de Henri IV. Visite exceptionnelle des curieux. Marques de respect. Un ouvrier, mauvais sujet, furieux sans-culotte, lui arrache la barbe et sa femme le soufflette. Indignation du public. La femme est arrêtée. Quant à l'homme, il eut l'effroi de son attentat et il ne savait plus que faire de cette barbe qu'il n'osait ni jeter, ni garder. Il la donna au chevalier Lenoir qui la partagea religieusement entre ses amis. Les camarades de cet ouvrier le chassèrent des travaux ; il alla au cabaret et revint plusieurs fois dans l'église. Il voulait faire amende honorable à Henri IV. La nuit, on entendit des cris lamentables sortir de la chapelle des rois. Personne n'osait s'approcher. Enfin, on y descendit une échelle et l'on en retira le malheureux ouvrier qui avait les cuisses brisées. Il raconta qu'il avait été environné de fantômes qui le menaçaient ; il s'était enfui et avait rencontré Henri IV devant lequel il avait reculé pour tomber à genoux dans la fosse sur un lit de chaux durcie, au milieu des rois qu'il avait vus se relever en le frappant de leurs sceptres et mains de justice. Il mourut peu de jours après.

3e prodige : quand on ouvrit le cercueil de Louis XV, il s'éleva une vapeur semblable à une fumée puante et tous les ouvriers saisis d'une terreur panique s'enfuirent en poussant des cris ; les uns avaient cru voir dans la fumée un monstre épouvantable, les autres, un homme noir, les autres un serpent rongeant une couronne ardente. Les ouvriers n'osèrent plus rentrer de l'église avant d'avoir brûlé des artifices. Plusieurs moururent le lendemain.

4e prodige : quand l'église fut vide, un des chanoines de l'ex-chapitre, y ayant pénétré, vit le tombeau des Bourbons ouvert et à l'entrée le cercueil d'un roi qui attendait son successeur. Cette vision s'est plusieurs fois renouvelée. Louis XVII mourut au Temple au moment où cette vision avait lieu. [...]

L'Abbé Moule qui répond à Aliette cherche à prouver que les bons ou les mauvais esprits président seuls aux choses surnaturelles et surtout à celles qui se produisent dans le domaine de la mort.

« Je me rappelle, dit-il, qu'avant la Révolution, lorsque j'étais au séminaire à Rouen, on a condamné à la potence un célèbre voleur nommé Lamblin et surnommé l'Athée parce qu'il affectait une impiété révoltante. Son dernier vol avait eu lieu dans la chapelle du séminaire ; il s'était introduit dans l'église et avait dérobé les vases sacrés. Cette nuit-là (je m'étais endormi en faisant les prières du soir dans une stalle du chœur), je fus éveillé par le bruit et vis mon voleur qui emportait les vases, après avoir jeté à terre les hosties. Le sacrilège me fit pousser un cri ; alors il vint à moi en levant le bras pour me frapper : « Tais-toi, me dit-il, et ne me force pas à commettre deux crimes au lieu d'un ; fais que le voleur ne devienne pas un assassin. » Je l'engageai en vain à laisser là son vol ; mais il persista et me parla de telle sorte que je pris intérêt à lui et au salut de son âme ; je lui donnai donc une médaille bénite en or que je portais sur moi, en l'invitant à la porter toujours sur lui. Peu de jours après, on le prit, on le jugea, et on le mena au supplice. Le bourreau chargé de l'opération eut un singulier colloque avec le patient qui lui conseillait de le pendre avec soin, car, disait celui-ci, si tu me pends à moitié, je pourrai bien te le rendre tout à fait. Lamblin se laissa faire ; il y avait une grande foule et comme il maltraita le prêtre, on pensa qu'il mourrait damné.

Le bourreau s'aperçut que le voleur avait au cou une médaille d'or. Il n'osa la prendre devant tout ce monde et se promit de revenir la nuit même. Cette nuit-là, j'eus un songe : je vis le voleur entre le diable et son bon ange qui se disputaient sa possession ; lui, tenait bon, protégé par la médaille que je lui avais donnée. Je m'éveillai en sursaut et résolus d'aller vérifier sur-le-champ si le pendu avait encore la médaille.

Le gibet était à l'extrémité du jardin du séminaire ; il faisait clair de lune et je ne fus pas peu étonné d'entendre un cri plaintif et de voir gambiller le pendu. Je m'enfuis et revins sur mes pas. Le pendu bougeait encore. Une échelle était dressée à côté de la potence ; j'y montai et vis le pendu qui me regardait avec des yeux vivants. Ce n'était plus le voleur, c'était le bourreau lui-même qui était au gibet. Je criai, on accourut, on coupa la corde. Le pauvre diable vivait encore ; il reprit ses sens et raconta tout : il était allé avec l'intention de voler la médaille, mais à peine l'avait-il ôtée du cou de Lamblin que le corps de celui-ci s'était animé et l'avait pendu à sa place. On trouva, au pied du gibet, le cadavre du voleur. N'est-il pas certain que le diable s'était emparé du corps de Lamblin lorsque la médaille ne lui avait plus fait obstacle ? Il n'y a que le diable pour avoir imaginé la pendaison du bourreau par le pendu.

Aliette prétend que le pendu n'était pas mort et il cite des faits relatifs aux vampires de Pologne (voir le traité sur les apparitions et les vampires de Dom Calmet, 1751).

Là-dessus, la dame se trouble : elle est polonaise, elle s'est trouvée mêlée à une terrible histoire de vampires. M. Ledru veut détourner l'entretien ; Aliette insiste et aussi l'Abbé. On presse la dame de raconter et elle raconte.

Elle fut aimée par deux frères, Léonard et Jean. Elle n'aimait que ce dernier. Rivalité entre les frères. Duel terrible dont elle eut le secret ; on trouva dans un bois Léonard expirant ; il mourut sans pouvoir parler. Léonard ne lui avait jamais inspiré que de l'effroi ; quelle fut sa terreur en le voyant la nuit réapparaître ! Elle s'évanouit. Le lendemain, elle se trouva faible et mourante. Toutes les nuits, le spectre apparaissait et elle tombait en syncope. Sa bonne santé avait disparu, et sa jeunesse et sa beauté. Jean l'aimait toujours et devait l'épouser après avoir quitté le deuil. Les médecins ne comprenaient rien à cette maladie de langueur.

— Vous aimiez Léonard ? lui dit-il un jour. — Lui, mon bourreau !

Explication. — C'est moi qui l'ai tué, dit Jean. — Il se venge ! reprit-elle. Puis elle raconta ses apparitions. Jean devient soucieux ; il ne parle pas de son projet, se confesse, communie, fait venir son épée. Son amante pensa que c'était l'expiation. Il persiste à se marier, malgré l'avis de la malade. Triste mariage d'une moribonde. La nuit des noces, il se met en prière et veille auprès du lit de sa femme ; les portes s'ouvrent ; bruit de pas ; Léonard paraît tel qu'il était après le duel : la poitrine ouverte. Jean va droit vers lui et lui présente son épée. Le spectre recule. La femme voulut les fuir et tomba en défaillance. Le spectre et son adversaire traversèrent la ville, l'un poursuivant, l'autre poursuivi. Ils entrèrent au cimetière jusqu'à la tombe de Léonard. On accourut, on trouva Jean frappé avec sa propre épée. Il survécut peu d'instants à sa blessure et il eut le temps de dire à sa femme qu'elle quittât le pays si elle ne voulait pas mourir aussi. Elle le lui jura. On enterra Jean près de Léonard. La femme était toujours malade mais les apparitions avaient cessé. Toutes les nuits, on entendait des cris horribles dans le cimetière. Enfin, un matin, on trouva les tombes de Jean et de Léonard renversées et les cercueils hors de terre. Les cercueils s'étaient ouverts et les deux morts s'étaient entre-déchirés l'un l'autre. La lutte de la vie avait continué dans la mort. Jean avait empêché Léonard de sortir du tombeau et d'aller encore vampiriser sa pauvre victime. On se souvint que les deux frères appartenaient à une famille de vampires. On brûla les corps et la femme s'exila, pour se rétablir. Depuis, elle a souvent revu son mari, qui semble veiller auprès d'elle.

## LA FEMME AU COLLIER DE VELOURS

*Pétrus Borel*, Gottfried Wolfgang

*Ce texte est en fait une simple traduction/adaptation de la nouvelle de Washington Irving intitulée* L'Aventure de l'étudiant allemand.

### I

Je me trouvais depuis quelque temps à Boulogne, et comme le jour de mon départ approchait, un matin, mon hôte m'aborda gracieusement et, me présentant un rouleau de paperasses assez volumineux :

— Tenez, me dit-il, permettez-moi, Monsieur, de vous offrir ceci, vous en pourrez sans doute tirer un meilleur parti que moi. Un jeune Anglais fort taciturne et fort bizarre logeait ici : il y a bien de cela vingt ans... Un soir, il sort ; on le vit se diriger vers la jetée, et depuis je n'ai plus eu de lui ni traces, ni nouvelles. Ces papiers sont restés en ma possession ainsi que son bagage, assez mince, du reste, fort mince, même... Hélas! il passait ses journées et toutes ses nuits à penser ou à écrire, le pauvre jeune homme!...

La mort si cruelle de ce jeune étranger qui, comme tant d'autres, avait sans doute rêvé à une mort bien douce après une carrière pleine de gloire et de félicité... cette douleur si isolée, si obscure, que les flots de la mer où elle était allée s'éteindre en connaissaient seuls les secrets, m'avaient touché vivement; j'étais dans une émotion pénible, je m'enfermai dans ma chambre, et je me mis à parcourir avec avidité, l'âme remplie de découragement, les papiers qui venaient de m'être confiés, tristes et derniers vestiges d'une intelligence qui avait succombé dans la lutte! — perdue sans retour, anéantie!... Je me disais: au moins, s'il était possible de sauver de l'oubli quelques-unes de ces pages, ce serait une consolation pour l'ombre de cet infortuné jeune homme, qui sans doute est là errante autour de moi, me trouvant bien hardi de porter la main sur ses dépouilles!...

Au milieu d'un monceau de poésies à peine ébauchées, parmi des fragments de toute sorte, sans liaison et sans suite, mais toujours empreints d'un caractère de superstition, je ne tardai pas à découvrir un petit cahier sans date ni titre, sur lequel était inscrit de manière presque illisible l'étrange récit qui va suivre.

Cette bizarre composition fut-elle l'ouvrage de ce pauvre inconnu? N'était-ce simplement qu'une imitation ou traduction qu'il avait faite de quelque morceau fantasmagorique éclos dans le cerveau vaporeux d'un Allemand, ou venu de France, qui avait séduit son esprit malade? Je ne sais... Le hasard me l'a mis dans les mains; comme le hasard me l'a donné, je le donne. — Que l'insensé à qui cela pourrait appartenir, le déclare! — Et sur-le-champ, il lui sera fait réparation.

II

C'était au temps de la Révolution française. Par une nuit d'orage, à une heure qu'on est convenu communément d'appeler indue, un jeune Allemand traversait le vieux Paris et regagnait silencieusement sa demeure. Les éclairs éblouissaient ses yeux, le bruit du tonnerre, les éclats de la foudre retentissaient et trouvaient de l'écho dans les rues tortueuses de la cité décrépite... Mais souffrez, avant tout, que je vous dise quelque chose de mon jeune Saxon.

Gottfried Wolfgang était un jeune homme de bonne famille.

Il avait étudié quelque temps à Goettingue ; mais, visionnaire et enthousiaste, il s'était livré à ces doctrines spéculatives qui ont égaré si souvent la jeunesse d'Allemagne. La vie retirée qu'il menait, son application constante et la singulière nature de ses études avaient affecté peu à peu toutes ses facultés morales et physiques. Sa santé était altérée, son imagination malade. Il avait poussé si loin ses rêveries abstraites sur les essences spirituelles, qu'il avait fini par se former, comme Swedenborg, un monde idéal autour de lui ; et il s'était persuadé, dans son égarement, qu'une influence maligne, un esprit malfaisant, planait sans cesse au-dessus de sa tête, cherchant l'occasion de le perdre. Une idée si extravagante, agissant sur son idiosyncrasie déjà très mélancolique, avait produit les plus déplorables effets. Devenu farouche et tombé dans le plus morne découragement, la maladie mentale à laquelle il était en proie, n'avait pas tardé à se trahir ; et comme le changement de lieu avait pu devoir être le remède le plus efficace dans sa cruelle situation, il avait été envoyé pour finir ses études au milieu des splendeurs et du tourbillon de Paris.

Au moment où Wolfgang arrivait dans la capitale, les premiers troubles révolutionnaires éclataient. D'abord son esprit exalté, captivé par les théories politiques et philosophiques du temps, avaient payé son tribut au délire populaire. Mais les scènes sanglantes qui avaient suivi ayant blessé sa nature sensible, dégoûté de la société et du monde et rendu bientôt à ses habitudes monastiques, il s'était retiré dans un petit logement solitaire, choisi dans une rue obscure, non loin de la vieille Sorbonne, au centre du quartier des étudiants. Là, Wolfgang avait donné de nouveau libre cours à ses spéculations favorites. S'il quittait quelquefois sa chère cellule, c'était seulement pour aller s'enfermer, pendant des journées entières, dans les grands dépôts de livres de Paris, ces catacombes des auteurs en *deliquium*, ces Romes souterraines de la pensée, où il fouillait avec ardeur, en quête de nourriture pour satisfaire son esprit maladif, les bouquins les plus poudreux, les grimoires les plus surannés. Notre étudiant était en quelque sorte (passez-moi cette légère absence de goût) une manière de vampire littéraire s'engraissant au charnier de la science morte et de la littérature en dissolution.

Malgré son penchant pour la retraite, Gottfried était d'un tempérament ardent et voluptueux, qui d'ordinaire n'agissait que sur son esprit. Il était trop réservé et trop neuf pour s'avancer avec le sexe ; mais en même temps il s'avouait admi-

rateur passionné de la beauté. Souvent il se perdait dans des
rêves infinis sur des figures ou des formes qu'il avait vues, et
son imagination lui créait des idoles qu'elle ornait de perfec-
tions surpassant de beaucoup la réalité.

Dans le temps que son esprit se trouvait dans cet état de surexcitation, il eut un songe qui l'affecta de manière extraordinaire. La vision lui avait représenté une femme d'une beauté
transcendante, et l'impression que cette femme avait faite sur
lui avait été si forte, qu'il la voyait sans cesse, à toute heure, en
tout lieu ; le jour, la nuit, son cerveau en était plein. Enfin, il
s'était passionné tellement pour cette vapeur, et cette extra-
vagance avait duré si longtemps, qu'elle s'était changée en
une de ces idées fixes que l'on confond quelquefois, chez les
hommes mélancoliques, avec la folie.

Reprenons le récit que nous avons interrompu plus haut,
et suivons notre jeune Allemand dans sa course nocturne.
Comme il traversait la place de Grève, soudain, il se trouva
près de la g... Non, jamais ma plume ne saura écrire ce mot
hideux... Il recula avec effroi... C'était au plus fort de la Terreur. Alors cet horrible instrument était en permanence et le
sang le plus pur et le plus innocent ruisselait continuellement
sur l'échafaud. Il avait été ce jour même employé à l'œuvre de
carnage et présentait encore, dans l'attente de nouvelles victimes, à la cité endormie, son appareil lugubre et menaçant.

Wolfgang se sentait défaillir et il se détournait en frémissant, quand il aperçut tout à coup un personnage mystérieux
accroupi, pour ainsi dire, au pied de l'échafaud. Une suite de
vifs éclairs rendit bientôt sa forme plus distincte aux yeux
de l'étudiant : c'était une femme habillée tout de noir, paraissant appartenir à la classe supérieure. Plus d'une belle tête
habituée aux douceurs de l'oreiller de duvet se posait sur la
pierre en ces temps d'affreuses vicissitudes. Elle était assise
sur le plus bas degré, le corps penché en avant et la figure
cachée dans son giron. Ses longues tresses épaisses pendaient
jusques à terre, égouttant comme un toit de chaume la pluie
qui tombait par torrents. Devant ce monument solitaire du
malheur, Wolfgang s'arrêta court : — Peut-être, se dit-il, que
du rivage de l'existence où cette infortunée gît le cœur brisé,
l'effroyable couteau a lancé dans l'éternité tout ce qui lui était
cher au monde !.. Poussé par une puissance irrésistible, il
s'avance alors dans un timide embarras, et adresse à celle qui
lui inspirait à la fois tant de pitié et d'intérêt quelques paroles
de sympathie. Elle lève la tête et le fixe du regard d'un air
égaré. Mais quel est l'étonnement de Wolfgang en reconnais-

sant à la lueur brillante des éclairs la réalité dont l'ombre sub-
juguait depuis longtemps toutes ses facultés. La figure de l'inconnue, quoique couverte en ce moment d'une pâleur mortelle,
portant l'empreinte profonde du désespoir, était d'une ravissante beauté.

Les émotions les plus violentes et les plus diverses agitaient
le cœur passionné de Wolfgang. Tremblant, il lui adresse de
nouveau la parole. Il s'étonne de la voir ainsi exposée seule à
une pareille heure, dans un pareil lieu, en butte aux furies de
l'orage, et finit par lui offrir gracieusement de la reconduire
en sûreté à sa famille ou à ses amis. Mais elle, avec un geste
épouvantablement significatif, et d'une voix qui impressionna
singulièrement son interlocuteur, répondit :

— Je n'ai point d'amis sur la terre.

— Mais vous avez peut-être un asile ?

— Oui, dans la tombe !

L'âme de l'étudiant était déchirée.

— Si un simple bachelier, reprit-il avec une modeste hésitation, pouvait, sans crainte d'être mal compris, offrir son
humble demeure pour abri et son bras pour protection... Je
suis étranger au sol de France et aussi bien que vous sans amis
dans cette ville ; mais si ma vie peut vous être de quelque service, elle est à votre disposition et serait sacrifiée avant qu'aucun mal ou que le plus léger affront vous atteignît !

Il y avait dans les manières du jeune homme un honnête
empressement qui produisit son effet. Le véritable enthousiasme possède une élégance particulière à laquelle on ne peut
se méprendre. La femme de l'échafaud se confia implicite-
ment à la protection de Gotffried.

L'orage avait perdu de son intensité, le tonnerre ne grondait
plus que dans l'éloignement. Tout Paris était encore dans le
repos, le grand volcan des passions humaines sommeillait
pour quelques instants afin de rassembler de nouvelles forces
pour l'éruption du lendemain.

Nos deux héros marchèrent ensemble pendant plus d'une
heure : Gottfried soutenait les pas de sa compagne, et tous deux
gardaient un religieux silence. Enfin, après avoir longé les murs
sombres de la Sorbonne, ils arrivèrent au bout de leur course
à l'étroite et antique masure, demeure de l'étudiant. — Wolfgang l'anachorète en compagnie d'une femme ! À ce spectacle
extraordinaire, le vieux concierge qui s'était levé pour ouvrir
resta dans un étonnement indicible.

Comme il entrait dans son logement, notre jeune Allemand
rougit pour la première fois à la pensée de sa misérable appa-

rence. Il n'y avait qu'une chambre, assez grande à la vérité, mais encombrée de l'arsenal ordinaire de l'étudiant ; le lit occupait un réduit profond à l'une des extrémités de la pièce.

Gottfried pouvait alors contempler à loisir sa compagne. Il se sentit plus que jamais enivré de sa beauté. Son teint, d'une blancheur éblouissante, était comme relevé par une profusion de cheveux noirs comme du jais qui flottaient négligemment sur l'ivoire de ses épaules. Ses yeux étaient grands et pleins d'éclat ; mais on remarquait dans leur expression quelque chose de hagard. Sa taille, autant que son vêtement noir permettait d'en juger, était d'une forme parfaite. L'ensemble de son extérieur était extrêmement noble et distingué, en dépit de la simplicité de sa mise. La seule chose qu'elle portât, ayant quelque apparence de luxe ou de parure, était une large bande de velours noir, une sorte de cravate, agrafée avec des diamants.

Cependant l'étudiant se trouvait quelque peu embarrassé sur le moyen d'exercer convenablement l'hospitalité avec l'être infortuné qu'il avait pris sous sa protection. Il avait bien pensé à lui abandonner sa chambre et à aller chercher pour lui-même un autre abri ; mais il était tellement fasciné, mais son esprit et ses sens étaient sous l'empire d'un charme si puissant qu'il ne pouvait s'arracher à sa présence. D'un autre côté, la conduite de l'inconnue contribuait à le retenir. Elle paraissait avoir oublié sa douleur et les effroyables circonstances auxquelles Wolfgang devait sa rencontre. Les attentions du jeune homme, après avoir gagné sa confiance, avaient apparemment aussi gagné son cœur.

Dans l'ivresse du moment, Wolfgang lui déclara sa passion. Il lui raconta ses rêves mystérieux ; il lui dit comment elle avait possédé son cœur avant qu'il l'eût jamais vue. Étrangement agitée à mesure qu'il parlait, elle avoua à son tour qu'elle s'était sentie portée vers lui par une impulsion tout aussi surnaturelle.

— Alors, pourquoi nous séparerions-nous ? s'écria Wolfgang au comble du délire, nos cœurs sont unis par une puissance sympathique ; aux yeux de la raison et de l'honneur, nous ne faisons plus qu'un… Est-il besoin de formules vulgaires pour lier deux grandes âmes !..

La femme au collier noir écoutait attentivement et avec une attention toujours croissante.

— Vous n'avez ni toit ni famille, continua Wolfgang, eh bien ! que je sois tout pour vous, ou plutôt soyons tout l'un pour l'autre ! Voici ma main, je m'engage à vous pour toujours.

— Pour toujours ? dit-elle solennellement.

— Pour toujours, affirma Wolfgang.

L'étrangère saisit la main qu'il présentait.

— Donc, je suis à vous pour toujours, murmura-t-elle.

En prononçant ces mots, elle laissait tomber sur son amant un long regard, plein de mélancolie et de tendresse.

*

Le lendemain matin, Gottfried sortit de bonne heure pour chercher un appartement plus spacieux et plus confortable après le changement qui venait de s'opérer dans sa condition. Il avait laissé sa fiancée paisiblement endormie. À son retour, il la trouva encore plongée dans un profond sommeil, mais sa tête pendait hors du vaste fauteuil sur lequel elle avait voulu passer la nuit, enveloppée pudiquement dans son manteau. Un de ses bras était jeté sur son front d'une façon étrange. Il lui parle, mais ne reçoit pas de réponse. Il s'avance pour l'éveiller et lui faire quitter cette position incommode et dangereuse ; mais sa main était froide ; mais son pouls était nul, mais son visage était livide et contracté… Elle était morte !!!

Éperdu, épouvanté, Gottfried pousse des cris aigus. Tout le voisinage accourt ; — la scène était déchirante.…

Requis par le concierge, enfin un officier de police se présente ; mais en pénétrant dans la chambre, à la vue du cadavre, il recule d'effroi…

— Grand Dieu, s'écrie-t-il, comment cette femme est-elle ici ?

— La connaissez-vous donc ? demande vivement le pauvre Gottfried.

— Si je la connaissais !… reprend l'officier. Moi !… cette femme !.. Hier, elle est morte sur l'échafaud !

À ces mots, plus prompt que la foudre, Wolfgang s'avance et détache la bande noire qui entourait le col si beau de son amie.

Et aussitôt se découvre à son regard la trace horrible et sanglante du fatal couteau !!!

— Horreur ! Horreur !… s'écrie-t-il, dans un accès effrayant de délire. Oh, je le vois bien, le mauvais génie a pris possession de moi, je suis perdu pour toujours. Mon ennemi a ranimé ce cadavre pour me tendre le piège cruel dans lequel je suis tombé. Affreuse déception…

### III

L'invraisemblance de cette aventure, dont quelques détails ont dû choquer, sans doute, l'esprit rigoureux de certains lecteurs, s'expliquera d'une manière toute naturelle lorsque nous aurons dit que Gottfried Wolfgang, quelque temps après cette vision qu'il se plaisait souvent à raconter, mourut pensionnaire dans une maison de fous.

*Paul Lacroix*

*Ce texte est extrait du fonds Lacroix,* Notes et plans de romans pour Alexandre Dumas, *ms. 13-426. Nous le reproduisons ici avec l'aimable autorisation de la Bibliothèque de l'Arsenal.*

### Le premier conte fantastique d'Hoffmann

#### Chapitre I. Le serment

Hoffmann, que son oncle et son tuteur destinaient à la magistrature, avait commencé à étudier le droit à l'Université de Königsberg, sa ville natale ; mais il ne tarda pas à s'occuper exclusivement de musique, de peinture et de poésie. De plus, il jouait.

En 1793, alors âgé de près de dix-huit ans, il obtint la permission, avec son ami Zacharias Werner, d'aller suivre les cours de l'Université de Heildelberg, à l'instar des étudiants allemands qui voyagent ainsi d'université en université. C'était pour Hoffmann une manière de voyager et de se rapprocher de la France qu'il aspirait à visiter : Paris fut de tout temps le point de mire de tous les touristes germaniques.

À Heidelberg, le théâtre n'était pas bon ; Hoffmann alla donc s'établir à Mannheim où l'opéra fut toujours rival des premières scènes lyriques de l'Italie. Il faisait des vers, de la musique et des dessins, surtout des caricatures qui eurent assez de succès pour arrondir la bourse. Ces caricatures, dans la manière de Callot, représentaient des sujets fantastiques et bizarres que la censure ne voyait pas de mauvais œil, parce qu'ils ne touchaient pas à la politique : c'était des croquis vivement faits à la plume ou au crayon dans lesquels le diable figurait toujours à quelque enseigne.

Il passait sa vie au café, buvant de la bière, lisant, fumant, rêvant ; le soir, il fréquentait le théâtre et le casino, où l'on exécuta plusieurs morceaux de sa composition. Il jouait souvent gros jeu.

Un jour, au café, il aperçut à ses côtés (c'est l'habitude en Allemagne de vivre en quelque sorte au café : les femmes y accompagnent les hommes) une jolie tête blonde, [à la] figure pâle, mélancolique et souriante, [aux] grands yeux bleus limpides. En ce moment, il composait un oratorio sur l'Antéchrist et il notait sa musique en la chantonnant à voix basse. Il fut touché de ce regard; il oublia son oratorio et il sourit comme on souriait, comme on le regardait.

— Qui êtes-vous?

— Fille du chef d'orchestre du casino. Vous m'avez dit que vous me feriez entendre un nouveau chef-d'œuvre.

— C'est à votre père que je parlais.

— J'étais derrière mon père et j'ai pris la chose pour moi. Depuis deux heures, je ne vous ai pas quitté.

— En vérité! et je vous ai parlé…

— Sans doute.

— Je croyais parler à mon ami Werner…

— Il est parti pour Paris depuis deux jours.

— Ah! Il est parti! Il m'avait promis de ne pas partir sans moi.

Antonia (c'était son nom) fit naïvement tous les frais de sa liaison avec Hoffmann; elle le suivait partout; elle le regardait ou l'écoutait [*illisible*]. Lui, se laissait aimer. Cette existence partagée ne fit qu'accroître l'amour d'Antonia ainsi que la tendresse d'Hoffmann. La musique fut, en quelque sorte, l'âme de cette liaison.

— Werner est à Paris! disait souvent Hoffmann.

Ses caricatures lui avaient permis d'amasser 300 thalers; il n'avait jamais été si riche. Le chef d'orchestre, père d'Antonia, meister Murr, grand partisan de la musique italienne, voulait décider Hoffmann à écrire un opéra dans le style italien de Paisiello ou de Cimarosa. Hoffmann préférait la musique allemande de Haendel et de Mozart. Antonia exécutait admirablement sur la harpe les compositions de son amant. Lui accompagnait au piano. Le meister Murr se pâmait d'aise en les nommant ses enfants.

Antonia aurait été heureuse si Paris n'eût troublé le repos d'Hoffmann. Il méditait son voyage; il avait changé son argent en or: elle s'en aperçut et pleura. En vain, elle chercha à dissuader Hoffmann de partir. Werner était parti et Hoffmann voulait le rejoindre.

Quand elle vit que rien ne pouvait le dissuader, elle le pria de venir à l'église, le soir, pour faire leurs adieux (elle était catholique, lui luthérien).

Assis côte à côte dans une chapelle, se tenant les mains, Antonia gémissante, Hoffmann ému, au milieu du silence et de l'obscurité:

— Jurez-moi de ne pas jouer ! dit-elle.

— Je vous le jure, répondit-il.

— Jurez-moi, lui dit-elle, de m'être fidèle et de garder toujours sur vous ce médaillon, comme un talisman.

Hoffmann jura et reçut le médaillon.

— Vous ne l'ouvrirez qu'après m'avoir quittée, à votre entrée en France.

— Je reviendrai, dit-il, dans six semaines.

— Si vous manquez à votre serment, vous me trouverez morte à votre retour.

Le lendemain, il partit, et après avoir passé le Rhin, il ouvrit le médaillon : c'était le portrait d'Antonia, le sourire sur les lèvres.

Il baisa ce portrait en soupirant.

### Chapitre II. *L'Opéra*

Hoffmann est arrivé à Paris, au milieu de la Terreur, en costume d'étudiant allemand, avec 500 livres en or. Il avait obtenu à Strasbourg un passeport et une carte de sûreté en déclarant que, citoyen libre d'Allemagne, il allait à Paris prendre des leçons de liberté et de républicanisme pour rapporter ensuite dans son pays les principes sacrés des droits de l'homme. Son titre d'étudiant de Heidelberg l'avait fait accueillir avec faveur.

Il se logea dans un méchant hôtel du quartier latin, près du Panthéon, et il se mit à la recherche de Werner, mais sans le rencontrer ; il parcourut Paris, fut témoin de quelques traits de mode révolutionnaire, s'étonna de l'aspect étrange que présentait la capitale et regretta presque d'avoir quitté Antonia pour se condamner à être seul dans cette foule. Les airs patriotiques le charmaient, quoique tout le monde chantât faux.

Il voulut voir l'Opéra qui occupait alors la salle de la Porte-Saint-Martin ; il assista à une représentation de *Miltiade à Marathon*, opéra en deux actes de Guillard, musique de Lemoine, donné pour la première fois le 5 novembre 1793. Il fut bien étonné de la physionomie de la salle, de celle des acteurs coiffés de bonnets rouges ; il fut peu satisfait de la musique.

Auprès de lui, un homme, vêtu de noir de la tête aux pieds, en façon d'aristocrate, ricanant toujours, face maigre, grimaçante, anguleuse et caricaturesque, ouvr[ait] à chaque instant une tabatière ronde ornée d'une panoplie de squelettes et de têtes de morts.

L'offre d'une prise de tabac lia entre eux conversation.

— Vous n'aimez pas la musique française ?

— Ce n'est pas de la musique.

— Ne dites pas cela trop haut, de peur d'être entendu et dénoncé comme suspect.

**Tout à coup, dans le** divertissement, Hoffmann remarqua **une adorable Athénienne** qui lui faisait mille coquetteries, du moins le pensa-t-il. Dès lors, il n'eut plus d'autre préoccupation : le regard de cette sirène le dévorait ; on eût dit qu'elle ne dansait que pour lui.

— Vous regardez la Tortillonne ? dit l'homme noir. Jolie fille vraiment.

Puis, il entra dans de grands détails sur les conquêtes de cette fille d'Opéra avant et pendant la Révolution.

— Mais vous ne voyez rien ! Elle est faite mieux que Vénus.

Hoffmann est sous le charme ; les yeux ardents de la Tortillonne (sobriquet de la demoiselle Lucrèce) le poursuivent et le domptent ; il ne respire plus, il tremble, il pleure. Miracle ! il se plaît à écouter de la musique française.

Mais le souvenir d'Antonia lui traverse l'esprit : il tire son médaillon pendu à son cou et l'ouvre. La vue de ce portrait lui fait faire un retour sur lui-même. Antonia n'est pas si belle, mais Antonia l'aime. Il se lève, il s'enfuit, rouge et repentant.

*Chapitre III. L'estaminet*

Hoffmann n'a pas dormi de la nuit : le regard de la Tortillonne le poursuit, le remords le poursuit aussi. Cette lutte dure pendant huit ou dix jours et l'amour pour la danseuse l'emporte de plus en plus sur son affection pour Antonia. C'est en vain que pour se distraire il fait de longues promenades, il dessine, il musique, il poétise. Ce sont des vers pour la danseuse, de la musique pleine d'élan vers elle, des dessins où son image adorée vient sans cesse se retracer. Mais le médaillon continue à préserver le souvenir d'Antonia, qui reparaît comme un spectre qu'on s'efforce de chasser entre toutes les pensées d'infidélité, entre tous les châteaux en Espagne de la passion. C'en est fait : il aime Lucrèce.

Il est retourné plusieurs fois à l'Opéra pour la revoir, mais il ne l'a pas revue : il n'ose demander la cause de son absence. Enfin, il tombe dans le découragement et il passe les jours et les nuits à fumer dans sa petite chambre : des idées de suicide lui fatiguent l'esprit.

Un matin (deux semaines se sont écoulées sans qu'il ait écrit à Antonia), il entre dans un estaminet de la rue Saint-Honoré où l'on lit les gazettes, où l'on fume, où l'on joue aux dominos. Il se met dans un coin, vis-à-vis d'un pot de bière et s'enveloppe d'un nuage de fumée. Une voix le tire de sa léthargie :

— Eh bien! Pensez-vous encore à la Tortillonne?
C'est l'homme noir de l'Opéra.

Hoffmann dit qu'il est retourné plusieurs fois au théâtre de
la Nation, mais sans voir la danseuse dans le ballet.

— Je le crois bien: son galant l'a mise en chambre privée. Il
est si jaloux...

— Ah! Elle a un amant?

— Ne vous l'ai-je pas dit? Un représentant du peuple, le terrible Danton, qui l'aime à la folie.

Hoffmann s'attriste davantage. Il a horreur de Danton, qu'il
regarde comme un rival; il ne parle plus.

— Vous êtes étranger, allemand? Que comptez-vous faire à
Paris?

— Je ne sais; je n'ai de goût à rien: la poésie, la musique, la
peinture n'ont plus de quoi me plaire.

— Vous peignez? Feriez-vous un portrait? Il vous serait
bien payé! Une fille charmante! la Tortillonne.

Hoffmann bondit de joie, il demande quand il pourra commencer ce portrait.

— Tout de suite, venez!

Hoffmann jette sa pipe et suit l'homme noir.

### Chapitre IV. *Le portrait*

Dans un splendide hôtel, habité naguère par un grand seigneur, aujourd'hui émigré (rue de Choiseul), Hoffmann est
introduit devant la Tortillonne: elle est couchée négligemment
sur un canapé dans un boudoir.

— Voici un peintre, dit l'homme en noir qui se retire aussitôt.

Resté seul avec Lucrèce, Hoffmann se tait et ne fait plus que
regarder la ravissante créature au regard fascinateur.

Elle l'interroge; il répond à peine: elle sourit de l'effet qu'elle
produit.

— Vous n'avez, ce me semble, ni toile ni boîte à couleurs.
Revenez demain à midi avec tout cela.

Hoffmann ne bougerait pas, mais la soubrette l'entraîne et il
entend derrière lui un pas d'homme et une voix éclatante qui
le fait tressaillir de colère. Il vient de céder la place à un rival
favorisé.

Il retourne chez lui sans avoir pris la moindre nourriture:
il retrouve sur la table une lettre commencée pour Antonia; il
ne l'achève pas. Le temps qu'il croit éternel a bien vite atteint
l'heure du rendez-vous. Il est vêtu de ses habits les plus pré-
sentables; ah! combien il a honte de sa simple toilette! Il s'en
va acheter tout ce qui lui est nécessaire: boîte, pinceaux, cou-

leurs, palette, chevalet, toile. Il arrive à l'hôtel de Lucrèce avec cet attirail.

Celle-ci se met à rire en le voyant aussi chargé ; il rougit et souffre. Il n'est, lui, qu'un pauvre peintre qu'on renverra en le payant. Elle lui promet cinquante louis pour ce portrait qu'il va commencer.

— Ma porte est fermée pour tout le monde, dit-elle.

Il est seul avec la divinité, dans un délicieux boudoir. Il l'admire, il n'a pas la force de tenir son crayon.

— Maintenant, dit-elle, je vais prendre le costume que je veux avoir dans ce portrait.

Elle dénoue des rubans, ôte des épingles, fait tomber successivement les pièces de son vêtement et paraît au yeux à demi nue, en costume de nymphe : elle prend la pose la plus voluptueuse.

— Êtes-vous content ? lui dit-elle. Faites à présent de votre mieux.

Hoffmann brûle et frissonne à la vue de tant de charmes ; il n'a pas tracé quelques lignes sur la toile, que déjà ses yeux se voilent. Elle rit de son émotion, elle jouit de son embarras. Elle l'encourage ; elle le presse de commencer son travail.

De là, une explication. Lucrèce lui demande s'il est satisfait de résider à Paris, s'il compte y rester, s'il a laissé une maîtresse en Allemagne. Hoffmann répond non en rougissant. Il s'exalte et se trouble, puis, tout à coup, jetant ses pinceaux, il s'élance aux genoux de Lucrèce.

— Je vous aime ! Je n'aime que vous au monde !

— Enfant ! Imprudent ! Si l'on vous entendait ! Savez-vous que je suis gardée à vue… et d'ailleurs, allons, vous êtes un fou, un impertinent…

Hoffmann veut lui baiser les mains ; elle se relève avec fierté et lui ordonne de sortir.

— Avez-vous oublié que vous n'êtes qu'un pauvre diable ? lui dit-elle. Je devrais vous faire mettre à la porte par nos valets ! Mais j'ai pitié de vous : allez-vous-en et souvenez-vous que j'appartiens à Danton.

Hoffmann est foudroyé de honte : il sort en la maudissant mais en l'aimant davantage.

### Chapitre V. La charrette de la Conciergerie

Il a encore un remords salutaire. Cette femme n'est pas digne de lui ! C'est une femme vendue qui n'a pas d'autre sentiment que la soif de l'or. Il la méprisera, mais pourrait-il rester davantage dans cette ville sans chercher à la voir ? Non, il doit

partir; aussi bien puisque Werner, son ami d'enfance, n'est
point avec lui, il ne tarderait point à s'ennuyer dans ce Paris
révolutionnaire où le musée est fermé, où il n'y a pas de galerie de tableaux, où la musique est si mauvaise.

C'est dans cette intention de partir qu'il retourne à son
hôtel; il déchire la lettre qu'il destinait à Antonia, prépare
son modeste bagage et sans se rendre compte de ce qu'il fait,
tire de sa valise tout l'or qui lui reste pour le mettre dans sa
poche. Puis il oublie aussitôt son projet de départ et laisse là
valise et sac de nuit, sans même payer son hôte.

— Monsieur, vous dormiez donc? lui dit cet hôte. Je vous ai
cru parti. Un monsieur est venu vous demander et nous avons
frappé à votre porte, sans obtenir de réponse.

Hoffmann, au portrait qu'on lui fait du monsieur, a reconnu
l'homme noir, dont il ne sait pas le nom.

— Il vient peut-être de la part de Lucrèce! se dit-il.

Il ne pense plus à partir; il court à l'estaminet de la rue
Saint-Honoré. Il y rencontre l'homme noir qui ricane et qui
joue de la tabatière. Il lui raconte son aventure chez la Tortillonne.

— Diable! Vous l'avez échappé belle, dit l'homme noir. Elle
vous eût dénoncé à son amant, que vous seriez jugé aujour-
d'hui et exécuté ce soir.

— J'aimerais mieux être livré à des bourreaux que menacé
de me voir chassé par des valets.

— Eh bien! Vous la retrouverez sous un autre terrain; com-
posez une partition, une scène lyrique, un air de danse et je
vous présente aux directeurs du théâtre de la Nation.

— Je vous comprends, je pourrai encore la voir et l'approcher.

— Ces dames n'ont rien à refuser aux auteurs en renom.
Après un succès, vous serez reçu comme un vainqueur.

— Oui, j'étais un peintre ce matin et je ne serai à ses yeux
qu'un compositeur. Ah! si j'avais seulement mille louis....

— Ce n'est rien que cela: un opéra représenté vous produira
davantage. Mille louis! il ne faut qu'une bonne veine pour les
trouver....

— Vous avez raison, s'écria Hoffmann. Mais où peut-on
jouer?

En ce moment, un bruit sourd de charrettes dans la rue. Les
habitués de l'estaminet coururent à la porte.

— Qu'est-ce donc? demanda Hoffmann.

— Rien, les condamnés de l'après-midi qui vont finir leur
rôle sur la place de la Révolution.

Hoffmann tressaillit ; il regarda et par-dessus les têtes des curieux, il vit passer la troisième charrette remplie de victimes qui s'embrassaient. Sur le dernier banc, une femme dont il ne fit qu'entrevoir la figure s'appuyait sur l'épaule de son compagnon d'infortune et le couvrait de ses longs cheveux épars. Hoffmann crut reconnaître Lucrèce. C'était une illusion qui passa avec la charrette. Il resta absorbé, puis il voulut aller se convaincre de plus près que ses yeux l'avaient abusé. Cette ressemblance avec sa Lucrèce lui donnait une vive sympathie pour l'inconnue qu'on menait à la mort.

— Vous demandez si l'on joue à Paris ? dit l'homme noir. Plus que jamais et je vous assure que si les assignats sont partout, l'or ne manque pas sur les tapis verts.

— Où sont les tapis verts ?

— Au Palais-Royal. Si vous êtes curieux de ce spectacle, je vais vous conduire.

Hoffmann pensait alternativement à la danseuse et à la victime du tribunal révolutionnaire. Jamais il n'avait senti une plus vive ardeur pour le jeu. Il ne songeait plus à Antonia.

### Chapitre VI. La roulette

L'homme noir conduisit Hoffmann dans une maison de jeu. Il était 5 heures et demie. Le Palais-Royal s'illuminait. Hoffmann fixa ses yeux sur les monceaux d'or qu'agitait le râteau du croupier. Quand il regarda près de lui, il ne trouva plus l'homme noir. N'étant pas arrêté par la présence de ce témoin, il mit son or sur plusieurs cartes, gagna, perdit, perdit encore jusqu'à la dernière pièce. Il eut pourtant le pressentiment d'une revanche éclatante. Mais que faire ? Pas d'argent et personne pour lui en prêter. En fouillant dans le vide de ses goussets, il toucha son médaillon et par un brusque mouvement, il rompit le lacet qui l'attachait à son cou et mit le médaillon sur le tapis.

— Par ordonnance de police, on n'accepte pas les objets en or et en argent, dit le banquier. Allez changer cela contre des espèces.

Hoffmann ne se le fit pas dire une seconde [fois] ; il descendit dans la galerie du Palais-Royal et entra chez un changeur. Son accent le signala comme un Allemand aux yeux du changeur qui l'était lui-même.

— Je suis heureux de voir un compatriote, dit celui-ci. De quelle ville êtes-vous ?

— De Königsberg ; non, reprit-il machinalement et pour éviter les questions, de Heidelberg.

— Ah! je connais tout le monde à Heidelberg....

— Je vous demande une grâce comme compatriote. Conservez ce médaillon jusqu'à demain : je reviendrai le reprendre et le racheter.

Hoffmann reçut les trois louis que le changeur lui présentait et se hâta de sortir pour échapper à de nouvelles questions. Il remonta dans les salons de jeu et mit les trois louis sur une carte : il gagna dix fois sa mise.

— Quoi qu'il arrive, se dit-il en mettant quatre louis dans une poche à part, je reprendrai mon médaillon.

Mais sa pensée n'alla pas jusqu'à évoquer le souvenir d'Antonia. Il ne voyait que Lucrèce errant autour de lui.

Il joua, gagna encore, toujours : il avait les mains et les poches pleines d'or. La pendule sonna minuit. Soudain, une idée, un projet saisit son imagination : il était assez riche pour faire abjurer à Lucrèce ses dédains et ses rigueurs. C'est en vain que le banquier et les joueurs l'invitèrent à continuer le jeu, il sortit comme un homme qui vient de commettre un crime. Les rues étaient obscures et silencieuses ; il gelait à pierre fendre. Hoffmann ne tarda pas à s'apercevoir qu'il était égaré dans un dédale de rues et de ruelles inconnues.

## Chapitre VII. *La place de la Concorde*

Hoffmann, chargé d'or, trembla de rencontrer des voleurs qui l'en débarrassassent : il marchait avec précaution, haletant, tremblant ; il ne savait pas où il allait, ni même où il voulait aller. Il tomba au milieu d'une patrouille de la garde nationale armée de piques ; on lui demanda où il logeait : il était si loin de son quartier qu'il n'osa pas avouer qu'il retournait au faubourg Saint-Germain : il nomma la rue de Choiseul. On offrit de l'y conduire et on l'y conduisit en effet. Il frappa longtemps avant que le concierge vienne ouvrir après avoir reçu deux louis par-dessous la porte. Hoffmann demanda Mme Lucrèce et il apprit avec surprise qu'elle ne logeait plus dans cet hôtel et qu'on ignorait son nouveau logement. La patrouille s'était éloignée et Hoffmann reconnaissait son chemin. Il se mit en devoir de continuer sa route et il arriva sur la place de la Concorde.

La guillotine se dressait au milieu, entourée d'une palissade qui servait de garde-fou au fossé dessous. La vue de cet instrument de supplice lui fit détourner la tête et hâter le pas. La lune éclairait la place comme en plein jour.

Il entendit des plaintes, une voix de femme : il s'approcha. Quelle fut sa surprise d'apercevoir une femme, nu-tête, cheveux épars, en larmes, sur un monceau de pierres, devant la statue de la liberté! Un sentiment d'humanité et de curiosité le poussa en avant. Il reconnut Lucrèce.

— Vous ici, grand Dieu!

Elle lui raconta que, depuis sa venue dans l'hôtel, son amant avait pris de l'ombrage et qu'à la suite de querelles terribles, elle s'était enfuie pour échapper à de mauvais traitements et peut-être à la mort. Elle avait refusé constamment de nommer le peintre dont était jaloux Danton.

— Il vous eût fait guillotiner! dit-elle.

— Mais comment a-t-il su que j'étais venu, que je vous aimais?

— Et votre boîte à couleurs, votre toile ébauchée?

— Venez, dit Hoffmann avec enthousiasme, je vous rendrai ce que vous avez perdu.

Il jette sur les épaules de la femme le manteau qu'il avait sur les siennes: il remarqua alors plus particulièrement ce qu'il avait déjà remarqué: un collier de velours noir au cou de Lucrèce et une agrafe de diamant représentant un triangle. Elle était revêtue d'une grande robe noire pareille à un costume de prison. Mais il n'y prit pas garde.

Où aller? Son hôtel était trop éloigné; d'ailleurs, il n'eût pas osé y conduire une femme. Il lui donna le bras et lui toucha les mains: ce contact était glacé.

— Pauvre Lucrèce! vous seriez morte de froid! dit-il.

Elle le regardait avec ces yeux fixes et flamboyants qui l'avaient subjugué. Ils errèrent dans les rues en échangeant regards et paroles, avant qu'Hoffmann se fût arrêté à l'hôtel de Mayence dans la rue Saint-Honoré, vis-à-vis de l'estaminet où il avait rencontré l'homme noir.

— Ma voiture s'est brisée sur les Champs-Élysées, dit-il en entrant. Ma femme a été cruellement atteinte; demain, j'appellerai un médecin. Donnez-moi le plus bel appartement de l'hôtel.

On le conduisit avec une sorte de défiance au premier étage; mais cette défiance cessa lorsque Hoffmann eut donné une pièce d'or au domestique.

— Apportez-nous une collation, dit-il, et qu'on nous laisse. Ma femme est fatiguée et a besoin de repos.

La Lucrèce était immobile devant une glace, comme une statue d'Euménide.

### Chapitre VIII. Nuit d'amour

Hoffmann vida ses poches, étala son or sur la cheminée.

— Tiens, dit-il, voici pour cette nuit; je t'en promets autant demain et tous les jours.

Il était sous le prestige d'une étrange fascination. Un feu clair et pétillant était allumé ; une table somptueusement servie, des vins de toute espèce.

— Buvons à notre union ! dit-il en remplissant les verres.

Lucrèce était toujours froide et raide ; il eut plus d'une fois le frémissement que cause le contact d'un cadavre. Mais il l'échauffa, pour ainsi dire, sous ses baisers et sous ses serments d'amour : elle devint pétulante et hardie comme une bacchante ; elle finit par l'entraîner dans ses bras.

Lorsque Hoffmann sortit de cette léthargie qui ne lui avait été douce qu'un moment, il appela Lucrèce et personne ne répondit : le jour avait paru, terne et brumeux. Il était comme un homme ivre, chancelant. Chose étrange ! le souvenir d'Antonia s'était mêlé sombre et confus à ces transports d'amour et il avait murmuré : que Dieu lui vienne en aide !

Sur le lit gisait Lucrèce, plus froide, plus inerte que la veille. Il l'embrasse et recule ; il l'appelle ; il la regarde, il la secoue : elle semble morte.

— Au secours ! s'écrie-t-il, elle est évanouie ! Un médecin ! Sauvez-la, au nom du ciel !

Il brise les sonnettes ; on ne vient pas : il s'élance hors de la chambre.

### Chapitre IX. Le portrait

Il se heurte dans l'escalier contre une personne qui monte : c'est l'homme noir.

— Vous, ici ! Ah ! c'est le ciel qui vous envoie ! Venez !

Il l'entraîne dans la chambre et lui montre la femme couchée sur le lit.

— Que faites-vous de cela ? dit l'homme noir.

— Sauvons-la ! aidez-moi à la secourir ! de l'air ! des sels ! Je l'aime, monsieur, je donnerais mon sang pour elle.

— Bon ! d'où la connaissiez-vous ? Vous n'avez pourtant pas paru la reconnaître hier, quand nous l'avons vue dans la charrette...

— Dans la charrette ?

— Qui la menait à l'échafaud !

— Que voulez-vous dire ?

— Qu'elle a été guillotinée hier.

Hoffmann reste atterré ; il contemple Lucrèce et découvre sur ses traits contractés l'empreinte de la mort violente qu'elle a subie ; mais il se souvient de la nuit et il dément les paroles sinistres de l'homme noir.

— Qui êtes-vous ?

— Le médecin des prisons.

En disant cela, il détache le collier de velours noir qui serre le cou de cette femme, et la tête roule sur l'oreiller.

— Horreur! s'écrie Hoffmann.

Et il s'enfuit, il court sans regarder derrière lui ; car il croit entendre l'homme noir qui ricane et Lucrèce qui l'appelle. Il ne s'aperçoit [pas] qu'on le considère avec surprise partout où il passe : on le prend pour un fou.

Mais il se sent arrêté brusquement ; on l'embrasse étroitement : il se débat. Une voix connue le rassure et le calme. Il reconnaît Werner.

— Toi à Paris! lui dit Werner. Mais où cours-tu ainsi ? et dans quel état ?

— Ô mon ami! dit en pleurant Hoffmann, si je ne t'avais pas retrouvé, je serais allé me noyer!

— Te noyer! Pourquoi ? Tu es gris, mon pauvre Amadeus, sinon tu es fou.

Werner l'emmène au Palais-Royal, qui est voisin ; il l'interroge et n'obtient aucune réponse. La vue du Palais-Royal ravive la mémoire d'Hoffmann : il se souvient de son médaillon déposé chez le changeur.

— Attends-moi là, dit-il à Werner, je reviendrai dans une minute, mais ne me fuis pas.

Le bon changeur, voyant Hoffmann si changé, si troublé, si bouleversé, s'informe de ce qui a causé ce changement.

— Je gage que vous jouez, mon cher compatriote, lui dit-il.

— Et mon médaillon ? dit Hoffmann en tirant ses quatre louis.

— Je l'ai gardé, je l'aurai gardé religieusement pendant des années ; car j'ai pensé que vous y teniez beaucoup. Mais puisque vous êtes de Heidelberg, connaissez-vous le chef d'orchestre du théâtre, le bonhomme Murr ?

— Si je le connaissais!

— Et sa fille, cette aimable Antonia que j'ai bercée sur mes genoux. Pauvre chère Antonia!

— Eh bien ? Qu'est-ce ? Que lui est-il arrivé ?

— Voyez cette lettre : elle est morte subitement en jouant de la harpe.

— Morte, c'est moi qui l'ai tuée!

Et Hoffmann s'esquive, fondant en larmes. Il revient près de Werner.

— Oh! mon ami, lui dit-il, je retourne à Heidelberg pour y pleurer sur la tombe d'Antonia.

Il ouvrit le médaillon pour contempler les traits de celle qu'il pleurait : le portrait était entièrement effacé.

## *Du brouillon au chef-d'œuvre :*
## La Femme au collier de velours

Il ne s'agit pas ici de comparer une ébauche (Lacroix) et une nouvelle achevée (Dumas) sous l'angle de la qualité littéraire. Le brouillon de Lacroix a un autre intérêt : en faisant la lumière sur ce que Dumas apporte à la nouvelle, et qu'on ne peut dès lors lui contester, il montre par quel processus un simple scénario devient une œuvre littéraire.

### Le titre

Le titre de Lacroix, *Le Premier Conte fantastique d'Hoffmann*, prouve que l'idée de choisir comme héros le poète allemand est posée dès le début. Lacroix en a-t-il l'entière paternité, ou est-elle venue lors d'une discussion entre les deux hommes ? Sur ce point, nous n'avons pas de réponse claire. Ce choix s'explique par ailleurs de manière moins noble : la mention d'Hoffmann est un gage de succès commercial.

Changer le titre témoigne alors de la volonté de Dumas de s'approprier pleinement sa nouvelle, ce qu'accentue encore le premier chapitre, « L'Arsenal », et de la rattacher à la liste de ses œuvres (il est en train de terminer *Le Collier de la reine*). La mise à distance du patronage hoffmannien est une manière de s'affirmer comme un pair par rapport au maître, et non comme un simple profiteur. L'hommage n'en est aucunement diminué : Hoffmann disparaît du titre, mais acquiert, avec l'aperçu biographique notamment, une épaisseur qu'il n'avait pas dans l'ébauche. La donnée de départ s'enrichit d'allusions au *Conseiller Krespel*, au *Baron de B.* et au *Bonheur en jeu*. L'intertextualité mêle deux univers littéraires entre lesquels s'établit un constant va-et-vient.

Le nouveau titre se charge enfin d'implications personnelles, reflétant l'obsession de Dumas pour les figures d'héroïnes décapitées : Milady, Charlotte Corday, Marie-Antoinette… Le collier de velours fait allusion à la mode des fameux « bals des victimes » du Directoire, réunissant des parents de suppliciés, où les femmes portaient un mince cordon rouge autour du cou. Une de ces fêtes macabres sera évoquée dans *Les Compagnons de Jéhu* (1857). On peut donc dire que cette modification, loin d'être anodine, joue le rôle d'une signature. C'est la marque dumasienne par excellence.

### Un ajout capital : l'exécution de la comtesse Du Barry

En homme de théâtre, Dumas découpe la nouvelle en scènes. Une des plus marquantes représente l'exécution de la comtesse Du Barry, ce qui est un ajout par rapport au canevas de départ. Cet épisode, qui n'est pas absolument nécessaire dans l'enchaînement de l'action, prend une valeur à la fois architecturale, esthétique et idéologique.

La comtesse Du Barry fait partie de l'univers romanesque de Dumas. Elle joue un rôle important dans *Joseph Balsamo* (1846) et apparaît aussi dans *Le Testament de M. de Chauvelin*, une nouvelle fantastique tout juste achevée. Montrer sa fin pitoyable après sa période de splendeur est une manière de boucler la boucle, et d'établir un lien entre les différentes œuvres. Ce n'est pas vraiment le procédé balzacien du retour des personnages, mais c'est quelque chose d'approchant. Cet épisode sert aussi à donner un repère chronologique précis (8 décembre 1793), et à rappeler le poids de l'Histoire derrière l'aventure d'Hoffmann. Sur le plan structurel, loin d'être une simple péripétie, il joue le rôle d'élément déclencheur ; c'est à partir de ce moment que la perception du monde par le héros est gravement perturbée. Cette exécution annonce celle d'Arsène : au-delà de leurs déterminations politiques, les deux courtisanes connaissent un sort identique. Mais représenter le supplice de la danseuse démonterait l'ambiguïté : il fera donc l'objet d'une ellipse et est, en quelque sorte, « remplacé » par celui de la comtesse.

Pourquoi cette volonté de montrer une exécution capitale ? Ce serait une erreur que d'y voir une simple concession au courant frénétique et à son goût pour l'horreur gratuite. On remarquera d'ailleurs que la description, qui retranscrit le regard du héros, s'attache surtout au passage de la charrette, brossé dans un tableau halluciné ; la décollation proprement dite est vue de loin et de manière partielle, sans effet grossier (un gros plan sur la tête coupée, par exemple). Reflet d'un parti pris esthétique, ce tableau veut atteindre, selon les mots du romancier, au « sublime du terrible », ce qui est évidemment à l'opposé du Grand-Guignol. Le pathétique (plan rapproché sur la victime, sur les signes visibles de sa terreur) est mis au service de la prise de position politique et appelle à la condamnation de la Terreur et de ses abus. Tout cela concourt à faire de cet extrait un des sommets de la nouvelle.

## La poétique du rêve

La prédominance du visuel chez Dumas se double d'un travail sur le rêve et l'illusion. Des moments importants de l'action se passent au théâtre, ce qui n'était pas le cas chez Irving et Borel. Mais alors que Lacroix traite l'Opéra comme un lieu de rencontre ordinaire, Dumas donne à ce lieu emblématique le relief qu'il mérite. Changeant le titre de la représentation (il ne s'agit plus de *Miltiade à Marathon*, pièce guerrière et patriotique, mais du *Jugement de Pâris*), il accentue ainsi le contraste déroutant entre un univers mythologique de convention et le souvenir de l'exécution de l'après-midi ; cet épisode bien connu fait également office de mise en abyme en reproduisant sur scène les hésitations amoureuses du héros.

On remarquera aussi que Lacroix fait de cette scène une simple utilité : il s'agit d'opérer la rencontre entre Hoffmann, l'homme en noir et la danseuse. Ni le spectacle ni l'assistance ne sont décrits ; tout au plus sait-on qu'Hoffmann « fut très étonné de l'aspect de la salle » (mais en quoi ?) et que « les acteurs [sont] coiffés de bonnets rouges ». Danton n'est pas encore mentionné, alors qu'il apparaît chez Dumas comme un « lion » dans sa « caverne », faisant pendre une épée de Damoclès sur le public. Mais l'idée maîtresse est celle de la seconde représentation dans une ambiance très différente ; le remplacement d'une assemblée brillante et animée par une salle morne et commune traduit l'évolution du regard d'Hoffmann et sa prise de conscience de la réalité de 93, tout en suscitant chez le lecteur un premier doute, ressort essentiel du fantastique moderne. Le motif du théâtre, simple décor chez Lacroix, prend chez Dumas la valeur d'une métaphore de la vie.

## Le statut du narrateur

Dans les deux cas, le récit est à la troisième personne, mais avec des différences de point de vue notables. Le narrateur, chez Lacroix, totalement transparent, relate platement la succession des événements ; il n'intervient pas en dehors de la narration, ne prend aucune position politique ; l'histoire lui sert de simple cadre, comme à Irving. Omniscient, il n'a pas le souci d'entretenir l'ambiguïté. C'est ainsi que le suspense est totalement désamorcé bien avant la fin, puisqu'on sait que le héros a remarqué dans la charrette des condamnés une femme en qui il « crut reconnaître Lucrèce » ; et la femme qu'il retrouve au pied de l'échafaud est revêtue « d'une grande robe noire pareille à un costume de prison ». Lacroix précise naïvement : « mais il n'y prit pas garde ». Le lecteur, lui, y prend garde.

Le narrateur dumasien, lui, joue un rôle beaucoup plus complexe. D'entrée de jeu, il se présente comme Dumas lui-même dans le chapitre liminaire *L'Arsenal* qui est un ajout par rapport au scénario de départ. Mais qui raconte la suite ? Encore Dumas, Nodier (« maintenant, l'histoire qu'on va lire, c'est celle que Nodier m'a racontée ») ou un narrateur indéterminé ? Toujours est-il qu'il brouille les pistes en multipliant les stratégies, adoptant ou complétant le point de vue de son héros. Omniscient, il ne distille que graduellement les indices pour entretenir l'ambiguïté (voir *supra*). Il pratique aussi le mélange des tons, insérant dans une nouvelle à la tonalité sombre des touches d'ironie ou d'humour. Le premier sert à souligner le décalage entre le regard du héros et celui des autres ; c'est ainsi que le désarroi d'Hoffmann après la deuxième représentation sans Arsène reçoit le contrepoint comique de la vieille ouvreuse, déçue d'avoir perdu des occasions de profits. L'ironie, elle, sert à la dénonciation politique ; elle se manifeste en particulier dans la peinture des révolutionnaires, ingénieusement doublée par l'esquisse au charbon d'Hoffmann (chapitre VII) et dans le tableau de la foule parisienne « en l'an de grâce 1793 » (chapitre XVII) dont elle souligne le caractère inquiétant et versatile. La dénonciation peut aussi se faire de manière plus engagée, avec une intervention personnelle. Le récit est alors momentanément coupé par le discours : c'est ainsi que l'évocation du Palais-Royal (au chapitre XV) sort du cadre temporel de l'action pour faire allusion à des événements pris à l'actualité. Le narrateur porte-parole se fait visionnaire et le Dumas de 1849, plein encore des souvenirs de 1848, donne libre cours à sa vision pessimiste de l'Histoire.

Tous ces éléments concourent à faire de cette nouvelle une œuvre très caractéristique du génie de Dumas. On voit alors comment l'auteur s'approprie une matière déjà diversement traitée ; le passage du scénario à l'écriture proprement dite met en lumière le découpage en scènes, le travail sur le point de vue, l'élaboration d'une dimension symbolique, qui consacre le rattachement à un univers personnel. C'est ainsi qu'une donnée de départ encore informe devient une œuvre littéraire.

Dumas lui-même est le premier conscient de l'art et du travail qui président à cette métamorphose. Dans une Causerie de 1857 intitulée « un mot à propos du *Comte de Monte-Cristo* », il déclare :

*J'avais depuis longtemps fait une corne, dans la* Police dévoi-
lée *de Peuchet, à une anecdote d'une vingtaine de pages intitulée*
Le diamant et la vengeance.

*Tel que cela était, c'était tout simplement idiot; si l'on en*
*doute, on peut le lire.*

*Il n'en est pas moins vrai qu'au fond de cette huître, il y avait*
*une perle.*

*Perle informe, perle brute, perle sans valeur aucune, et qui*
*attendait son lapidaire.*

Ces mots s'appliquent magistralement au joyau dumasien
qu'est *La Femme au collier de velours*.

# BIBLIOGRAPHIE

Le lieu d'édition n'est pas mentionné quand il s'agit de Paris.

## ÉDITIONS DE RÉFÉRENCE

*Les Mille et Un Fantômes*, A. Cadot, 1849, 2 vol in-8°.
*La Femme au collier de velours*, A. Cadot, 1850, 2. vol. in-8°.
Ce sont les éditions originales, que nous avons utilisées pour ce travail.

## AUTRES ÉDITIONS

*Les Mille et Un Fantômes*, Bruxelles, Méline, Cans et Cie, 1849. Cette édition contient aussi *Un dîner chez Rossini, Les Gentilshommes de la Sierra-Morena, Les Mariages du Père Olifus*.
*Les Mille et Un Fantômes*, Bruxelles, A. Lebègue, 1849, in-32. Cette édition contient aussi *Les Mariages du Père Olifus* et *Le Testament de M. de Chauvelin*.
*Les Mille et Un Fantômes, Pascal Bruno*, Marescq, 1852. Édition illustrée par Andrieux et Éd. Coppin.
*Les Mille et Un Fantômes*, Michel Lévy, 1855.
*La Femme au collier de velours*, Michel Lévy, 1855.
*La Femme au collier de velours*, Marescq, 1857. Dessins par J.-A. Beaucé, Éd. Coppin, Lancelot.
*La Femme au collier de velours*, Calmann-Lévy, 1891. Dessins par J.-A. Beaucé, Éd. Coppin, Lancelot.

*Les Mille et Un Fantômes, La Femme au collier de velours*, intro-
duction d'Hubert Juin, Union générale d'éditions, 1974.
*Les Mille et Un Fantômes, La Femme au collier de velours*, in *Le
Meneur de loup et autres contes fantastiques*, Omnibus, 2002.


AUTRES ŒUVRES DE DUMAS


*Blanche de Beaulieu ou la Vendéenne* (1826) et *La Rose rouge*
(1831), in *Nouvelles contemporaines et autres nouvelles*,
P.O.L, 1993.
*Joseph Balsamo* (1846-1848), Robert Laffont, «Bouquins», 1990.
*Le Collier de la reine* (1848-1850), Gallimard, «Folio clas-
sique», 2002.
*Le Collier de la reine, Ange Pitou* (1850-1851), Robert Laffont,
«Bouquins», 1990.
*La Comtesse de Charny* (1852-1856), *Le Chevalier de Maison-
Rouge* (1845-1846), Robert Laffont, «Bouquins», 1990.
*Le Chevalier de Maison-Rouge* (1845-1846), Gallimard, «Folio
classique», 2005.
*Un dîner chez Rossini, Les Gentilshommes de la Sierra-Morena,
Le Testament de M. de Chauvelin, Les Mariages du père Oli-
fus, Histoire d'un mort raconté par lui-même*, in *Le Meneur de
loup et autres récits fantastiques*, Omnibus, 2002.
*Mes Mémoires* (1851-1855), Robert Laffont, «Bouquins», 1989.


SOURCES ET INFLUENCES


BALZAC, *La Peau de chagrin* (1831), Gallimard, «Folio clas-
sique», 1974.
BOREL, Pétrus, *Gottfried Wolfgang* (1843). Cette nouvelle est
reproduite dans notre édition.
CALMET, Augustin, dit Dom, *Dissertation sur les apparitions des
anges, des démons et des esprits, et sur les revenants et vam-
pires de Hongrie, de Bohême, de Moravie et de Silésie* (1746),
Grenoble, J. Millon, 1998.
CAZOTTE, Jacques, *Le Diable amoureux* (1772), Gallimard,
«Folio classique», 1981.
CHATEAUBRIAND, *Génie du Christianisme* (1802), «Bibliothèque
de la Pléiade», 1978.
HOFFMANN, *Le Violon de Crémone ou Le Conseiller Krespel*
(1818).
IRVING, Washington, *L'Aventure de l'étudiant allemand*, in

*Contes d'un voyageur* (1825), trad. Adèle Beauregard, Éditions Autrement, 1995.

LAMARTINE, Alphonse de, *Histoire des Girondins* (1847). Voir surtout *Histoire de Charlotte Corday: un livre de l'Histoire des Girondins*, Seyssel, Champ Vallon, 1995.

LENOIR, Alexandre, *Procès-verbal des exhumations de Saint-Denis* (1793), Guyot, An X (1801).

MÉRIMÉE, Prosper, *La Guzla* (1827).

NODIER, Charles, *Smarra* (1821), Gallimard, « Folio classique », 1982.

RABOU, Charles, *Le Ministère public*, in *Conversation entre onze heures et minuit*, par Honoré de Balzac et *Autres Contes bruns* [de Philarète Chasles et Charles Rabou] (1832).

OUVRAGES CRITIQUES, HISTORIQUES
ET BIOGRAPHIQUES

*1848: Alexandre Dumas dans la Révolution.* Recueil d'articles et de discours de Dumas, recueillis par Claude Schopp, *Cahiers Alexandre Dumas* nᵒ 25, Amiens, Éditions Encrage, 1998.

CASTEX, Pierre-Georges, *Le Conte fantastique en France de Nodier à Maupassant*, José Corti, 1951.

DELON, Michel, « *Le Collier de velours* ou la trace de la guillotine », *Europe*, nᵒ 715-716, novembre-décembre 1988, p. 59-67.

FREUD, Sigmund, *L'Inquiétante étrangeté* (1919) *et autres essais*, Gallimard, « Connaissance de l'inconscient », 1985.

LAISNEY, Vincent, *L'Arsenal romantique: le Salon de Charles Nodier (1824-1834)*, Honoré Champion, 2002.

MICHELET, Jules, *Histoire de la Révolution française* (1847-1853), Gallimard, « Bibliothèque de La Pléiade », 1962.

MILNER, Max, *La Fantasmagorie*, PUF, « Écriture », 1982.

MONTACLAIR, Florent, *Le Vampire dans la littérature et au théâtre*, Presses du Centre Unesco de Besançon, 1998. Cet ouvrage contient *Le Vampire* (1820) de Nodier, le vaudeville du même nom de Scribe (1820), et le drame fantastique de Dumas (1851).

PONNAU, Gwenhaël, *La Folie dans la littérature fantastique*, PUF, « Écriture », 1997.

SCHOPP, Claude, *Alexandre Dumas, le génie de la vie*, Mazarine, 1985; Fayard, 1997. Nouvelle édition: *Alexandre Dumas*, Fayard, 2002.

TADIÉ, Jean-Yves, *Le Roman d'aventures*, PUF, 1982.

TODOROV, Tzvetan, *Introduction à la littérature fantastique*, Seuil, 1970.

TULARD, Jean, Fayard, Jean-François, Fierro, Alfred, *Histoire et dictionnaire de la Révolution française*, Robert Laffont, «Bouquins», 1987.

VAX, Louis, *La Séduction de l'étrange*, PUF, «Quadrige», 1965.

ZARAGOZA, Georges, *Charles Nodier : le dériseur sensé*, Klincksieck, 1992.

# NOTES

## LA FEMME AU COLLIER DE VELOURS

*Page 43*

1. *L'Arsenal* : dans l'édition originale, ce texte est divisé en quatre chapitres (correspondant aux livraisons au *Constitutionnel*). Nous l'avons regroupé en un seul, selon la tradition adoptée dans les éditions ultérieures.

*Page 44*

1. *Le tombeau de saint Louis* : Louis IX, mort de la peste à Tunis lors d'une croisade (1270), est enterré à Carthage.

*Page 45*

1. *Marie* : cette salutation inspirée de l'*Ave Maria* s'adresse à Marie Mennessier-Nodier (1811-1893), fille de Charles Nodier.
2. *Le Véloce* : Dumas a raconté son périple en Méditerranée sous le titre *Le Véloce, ou Tanger, Alger, Tunis* en 1848.
3. *Régulus* : ce général romain, fait prisonnier par les Carthaginois lors de la première guerre punique, fut envoyé par eux à Rome pour négocier la paix. Il dissuada son pays d'accepter les conditions de l'ennemi et, fidèle à sa parole, retourna à Carthage où il fut torturé et mis à mort. Son histoire est le sujet d'une tragédie de Lucien Arnault (1822). Dumas a vu cette pièce, où Talma (cf. n. 3, p. 60) jouait le rôle de Régulus (*Mes Mémoires*, chap. LXXII).

*Page 46*

1. *L'évêque d'Hippone* : saint Augustin (354-430), avant de devenir évêque d'Hippone (aujourd'hui Annaba en Algérie,

anciennement Bône) passe pour avoir eu une jeunesse orageuse.

*Page 47*

1. *Un gigantesque bateau à vapeur que le gouvernement me prête* : invité par le duc de Montpensier à son mariage avec l'infante d'Espagne à Madrid, Dumas est également chargé par le gouvernement français d'une « mission littéraire » dans l'Algérie récemment colonisée : ce voyage doit donner lieu à un livre (*Le Véloce*) destiné à faire mieux connaître ce pays et à susciter des vocations coloniales.

2. Louis Boulanger (1806-1867) : peintre romantique, élève de Devéria.

3. *Giraud, Maquet, Chancel et Desbarolles* : Pierre-François-Eugène Giraud (1806-1881) est un peintre et caricaturiste ami de Dumas, Auguste Maquet (1813-1886), historien de formation sera à partir de 1842 un des principaux collaborateurs de Dumas (notamment pour la trilogie des *Mousquetaires*), avant que ne surviennent brouille et procès en 1857. Adolphe Desbarolles (1801-1886) est un peintre et lithographe. Ausone de Chancel (1808-1878) est un poète romantique entré dans l'administration coloniale.

4. *Notre bien-aimé Charles* : il s'agit bien sûr de Charles Nodier (1780-1844), auteur fécond, bibliothécaire de l'Arsenal. Sur les soirées de l'Arsenal, voir la Préface. Dumas les évoquera également dans ses *Mémoires* au chapitre CXXI.

5. *Saadi* : poète persan (v. 1213-1291).

6. *Paul :* il s'agit d'Henri-Paul Foucher (1810-1875), poète dramatique et beau-frère de Hugo.

7. *Francisque Michel* (1809-1887) : professeur, spécialiste d'histoire et de littérature médiévales.

8. *Lazzara* : cette chanson est écrite sur un poème de Hugo de 1828.

9. *Antoine Fontaney* (1803-1837) : écrivain. Habitué de l'Arsenal, amoureux de Marie Nodier. Il enlève la fille de Marie Dorval et part avec elle pour Londres, avant de revenir mourir de tuberculose à Paris.

10. *Alfred Johannot* (1800-1837) : graveur et peintre de scènes historiques. Frère de Charles (1798-1825), également graveur, et de Tony (1803-1852), qui est un des plus importants illustrateurs du livre romantique.

*Page 48*

1. *Taylor*: Isidore-Justin-Séverin, dit le baron Taylor (1789-1879), écrivain, est un protecteur des écrivains et des artistes romantiques. Il écrit en collaboration avec Nodier une série intitulée *Voyages pittoresques et romantiques dans l'ancienne France.*

2. Adrien Dauzats (1804-1868): peintre et décorateur de théâtre. C'est le collaborateur de Dumas pour *Quinze jours au Sinaï.*

3. *Antoine-Louis Barye* (1795-1875): grand sculpteur et aquarelliste français romantique, spécialisé dans la sculpture animalière.

4. *Jean-Auguste Barre* (1811-1896): statuaire français.

5. *Jean-Jacques Pradier*, dit James Pradier (1790-1852): sculpteur.

*Page 49*

1. *Boniface*: surnom du fils de Marie Mennessier-Nodier, Emmanuel, né en 1836.

2. *François Levaillant* (1753-1824): voyageur et naturaliste, auteur notamment d'un *Voyage dans l'intérieur de l'Afrique* (1790).

*Page 50*

1. *Caton* (d'Utique): né en 95 av. J.-C., arrière-petit-fils de Caton l'Ancien, l'adversaire obstiné de Carthage, ce stoïcien qui avait épousé la cause de Pompée se suicide à Utique en 46 après la défaite de ce dernier à Thapsus, au sud de Sousse en Tunisie.

2. M. Valery: il s'agit d'Adolphe de Saint-Valry (1796-1867), collaborateur de La Muse française, bibliothécaire, «il avait six pieds un pouce de hauteur» (Mes Mémoires, chap. CXXI).

*Page 51*

1. *Jules*: Marie Nodier épousa en 1830 Jules Mennessier.

2. *«Qui m'aime me suive»*: là finissait le premier chapitre dans l'édition originale.

3. *Encelade*: dans la mythologie grecque, Géant révolté enseveli sous l'Etna.

*Page 52*

1. Nicolas Bourbon (1503-1549), Jean Santeuil (1630-1697), poètes néolatins.

# Notes

*Page 53*

1. *Térence* : Carthage, v. 190-159 av. J.-C., dramaturge latin. Allusion à une réplique fameuse : «*homo sum, humani nihil a me alienum puto*» (je suis homme et rien de ce qui est humain ne m'est étranger).

*Page 54*

1. *Thérèse Aubert, La Fée aux miettes, Inès de la Sierra* : célèbres contes de Nodier datant respectivement de 1819, de 1832 et de 1837.

2. *Taratantaleo* : dans la version originale : *tarantatello*. Quelques pages plus loin, Dumas rectifie : «taratantaleo, et non pas taratantello, comme nous a fait dire notre prote ». Cet animalcule est évoqué dans *Mes Mémoires* sous le nom de rotifer (chap. LXXX).

*Page 58*

1. *Jacques-Joseph Techener* (1802-1873) : libraire et bibliophile.

2. *Guillemot* : la librairie Guillemot date du XVIIᵉ siècle.

3. *René-Charles-Guilbert de Pixérécourt* (1773-1844) : le maître du mélodrame dont les pièces sont jouées dans les théâtres du boulevard du Temple à Paris, le fameux «Boulevard du crime». Les plus célèbres : *Victor ou l'enfant de la forêt* (1798), *Coelina ou l'enfant du mystère* (1800).

4. *Auguste-Simon-Louis Bérard* (1783-1859) : cet homme politique, qui fait partie de l'opposition libérale sous la Restauration, joue un grand rôle lors de la révolution de Juillet. C'est lui qui élabore une nouvelle Charte (qu'on appellera couramment *charte Bérard*), en fait une version largement modifiée de l'ancienne Charte de 1814, concédée par Louis XVIII. C'est également un bibliophile, auteur d'un *Essai bibliographique sur les éditions des Elzévirs* (1822). Chalabre, Labédoyère, bibliophiles, amis de Nodier. Voir *Mes Mémoires*, chap. CXXI, entièrement consacré à Nodier.

5. *Elzévir* : famille d'imprimeurs hollandais des XVIᵉ et XVIIᵉ siècle. Un elzévir désigne un volume imprimé par un membre de cette dynastie.

6. *Le bibliophile Jacob* : de son vrai nom Paul Lacroix (1806-1884), c'est un romancier fécond dans la lignée de Walter Scott ; il remplace Nodier à l'Arsenal à partir de 1855. Collaborateur de Dumas pour de nombreux titres, dont *Les Mille et Un Fantômes* et *La Femme au collier de velours*. Cf. Annexes, p. 450.

7. *Le savant Weiss de Besançon* : Charles Weiss (1779-1866), littérateur et bibliographe.

8. *L'universel Peignot* : Étienne-Gabriel Peignot (1767-1849), bibliographe et philologue.

*Page 59*

1. *Le Roi de Bohême :* En 1830. Le chapitre « Installation » présente une académie parodique, intitulée « Institut de Tombouctou ».

2. *Le Gascon, Du Seuil, Pasdeloup, Derome, Thouvenin, Bradel, Niedrée, Bauzonnet, Legrain* : célèbres relieurs des XVII<sup>e</sup>, XVIII<sup>e</sup> et XIX<sup>e</sup> siècles. Le Gascon, notamment, relia la fameuse *Guirlande de Julie*. Joseph Thouvenin (1790-1834), très réputé, était le relieur personnel de Louis-Philippe. Niedrée mit en usage la pratique des tranches dorées.

*Page 60*

1. *De omni re scibili et quibusdam aliis* : de toute chose connue et de quelques autres. Devise de Pic de La Mirandole désignant ironiquement un homme qui croit tout savoir.

2. *La Porte-Saint-Martin, l'Ambigu, les Funambules* sont les théâtres les plus connus du Boulevard du Temple.

3. *Deburau, Potier et Talma* : Jean-Gaspard Deburau ou Deburau (1796-1846), acrobate et mime, interprète notamment du rôle de Pierrot au théâtre des Funambules, qui lui confère une grande notoriété. Charles Potier (1775-1838), acteur au théâtre de la Porte-Saint-Martin. François-Joseph Talma (1763-1826) est un des grands acteurs de la Comédie-Française.

*Page 61*

1. *... si le marquis de Ganay n'eût jugé à propos de survivre à Pixérécourt.* Version originale : « Et Pixérécourt tenait parole. À la mort du marquis de Ganay, il achetait l'autographe. » Puis Dumas rectifie quelques pages plus loin dans une note en invoquant une erreur du copiste : « Et puisque nous sommes en train de dénoncer notre prote, qu'on nous permette de dénoncer en même temps notre copiste, lequel nous a fait tuer impitoyablement M. le marquis de Ganay, tandis qu'au contraire M. le marquis de Ganay, plein de vie et de santé, a survécu à Pixérécourt, et est encore un des hommes les plus spirituels et un des bibliophiles les plus savants qui existent.

Voilà donc ce qu'il fallait lire :

Et Pixérécourt eût tenu sa parole, si le marquis de Ganay n'eût jugé à propos de survivre à Pixérécourt. »

*Page 62*

1. *Quaere et invenies* : cherche et tu trouveras.

*Page 63*

1. *Mademoiselle Mars* (1779-1847) : une des plus grandes
actrices françaises de l'époque romantique qui triompha
notamment à la Comédie-Française.

2. *... Jusqu'à minuit* : là s'arrêtait le deuxième chapitre dans
l'édition originale.

3. *C'était en 1827, je venais d'achever Christine* : erreur de
Dumas sur les dates : la pièce est du printemps 1828. De plus,
dans ses *Mémoires*, Dumas dit avoir rencontré Nodier en
1823, à la représentation du *Vampire*.

*Page 64*

1. *Questi sciaurati, che mai non fur vivi* : « Ces infortunés qui
n'ont jamais été vivants. » Citation de *La Divine Comédie*, l'Enfer, chant III, vers 64.

2. Le baron Taylor (1789-1879) était à l'époque commissaire royal près du Théâtre-Français. Il favorisa les écrivains
romantiques et fit jouer *Hernani*.

3. *M. Picard* : Louis-Benoît Picard (1769-1828), auteur à succès de très nombreux vaudevilles, dont *La Petite Ville* (1801) et
*La Maison en loterie* (1817).

*Page 65*

1. *Rigobert*. Il s'agit du héros d'un vaudeville de 1801.

*Page 66*

1. Alexandre-Achille-Alphonse de Cailloux, dit de *Cailleux*
(1788-1876) : ce peintre collabore aux *Voyages pittoresques
et romantiques dans l'ancienne France*, avec le baron Taylor et
Nodier.

2. *Francis Wey* (1812-1882) : homme de lettres et journaliste. Il a notamment publié une *Vie de Charles Nodier* en 1844.

*Page 67*

1. *S'harmoniait* : forme archaïque qu'on rencontre également chez Balzac.

2. *Peter Schlemil* : le roman d'Adalbert von Chamisso, *La
Merveilleuse Histoire de Peter Schlemil* (1814), raconte la vie
d'un homme qui a vendu son ombre au Diable.

3. *Charlotte Corday*, ou de Corday (1768-1793) : cette jeune
royaliste, qui poignarda Marat dans son bain le 13 juillet 1793,

fut guillotinée quatre jours plus tard. Voir «*Le Soufflet de Charlotte Corday*» dans *Les Mille et Un Fantômes*.

4. *Gustave III* (1746-1792) : roi de Suède, il fut assassiné au cours d'un bal masqué. Dumas le fait apparaître brièvement au début du *Collier de la reine*.

5. Giuseppe Balsamo, comte de *Cagliostro* (1743-1795) : cet aventurier italien a fréquenté la cour de France. Compromis dans l'affaire du collier de la reine, soupçonné de franc-maçonnerie et d'occultisme, il fut expulsé en Italie où il mourut en prison. Dumas en a fait un personnage important des *Mémoires d'un médecin*.

6. *Pie VI*, Giannangelo Braschi, pape sous le nom de (1717-1799) : Bonaparte annexa ses États et le fit prisonnier en 1797. Il mourut en captivité à Valence.

7. *Le comte de Saint-Germain* (1707-1784) : aventurier fréquentant assidûment les cours européennes et en particulier la cour de France. Il prétendait être vieux de plusieurs siècles.

## Page 68

1. *Deucalion et Pyrrha* : personnages de la mythologie grecque dont l'histoire est contée dans les *Métamorphoses* d'Ovide. Ayant échappé au Déluge, ils repeuplent la terre en jetant derrière eux des pierres qui se transforment en êtres humains.

2. *Jacques de Molay* (1243-1314) : dernier grand maître des Templiers. Philippe le Bel le fit arrêter et brûler vif.

3. *Le Juif errant, Isaac Laquedem* : Dumas s'intéressera lui aussi à la figure du Juif errant et entamera en 1852 un roman (*Isaac Laquedem*) qui restera inachevé. *Ahasvérus :* Quinet a publié en 1833 une épopée en prose de ce nom.

4. *Buffon, Lacépède* : Buffon (1707-1788) et Lacépède (1756-1825) sont deux grands naturalistes français.

## Page 69

1. *Charon, Dante* : dans la mythologie antique, Charon est le passeur des Enfers qui fait passer aux âmes l'Achéron. Dante (1265-1321) l'évoque dans sa *Divine Comédie*.

2. *Tancrède* : héros de la *Jérusalem délivrée* du Tasse. Il combat sans la reconnaître la guerrière sarrasine Clorinde, qui meurt. Le remords le poursuit : affrontant les arbres de la forêt enchantée, il voit couler du sang et entend la voix de sa bien-aimée.

*Page 73*

1. *Il en était quitte pour être borgne:* ici s'arrêtait le troisième chapitre dans l'édition originale.

*Page 75*

1. *Régnier*, peintre (1787-1860), mentionné dans les mêmes termes dans *Mes Mémoires*, chap. CXXI.

2. *Jacques-Alexandre Bixio* (1808-1865): médecin de formation puis homme politique. Dumas le rencontre sur les barricades de 1830.

*Page 76*

1. *Longus, Théocrite*: Longus est un romancier grec de la fin du IIe ou du IVe siècle apr. J.-C., auteur présumé du roman bucolique *Daphnis et Chloé*. Théocrite, poète grec de Syracuse (IIe siècle av. J.-C.) est aussi un poète pastoral.

2. *Cadoudal, Oudet, Staps, Lahorie*: tous ces personnages historiques, qui ont essayé d'assassiner ou de renverser Napoléon, sont évoqués par Nodier dans son *Histoire des sociétés secrètes de l'armée* (1815). Georges Cadoudal, né en 1771 est un chef de la Chouannerie bretonne, qui, à la suite d'une conspiration manquée, fut exécuté en 1804. Jacques-Joseph Oudet (1773-1809), colonel républicain, affilié à la société secrète des Philaldelphes, aurait été, d'après Nodier, assassiné en 1809 sur l'ordre de Napoléon. Il fut remplacé à la tête des Philadephes par le général Malet, qui fomenta la fameuse conspiration de 1812, dans laquelle fut impliqué Victor-Claude-Alexandre Lahorie (1766-1812) qui fut fusillé. Quant à Frédéric Staps, c'est un jeune patriote allemand, qui, ayant tenté d'assassiner Napoléon à Schönbrunn, fut condamné à mort et fusillé.

*Page 78*

1. *Le Zombi du grand Pérou, ou la princesse de Cocagne*, de Pierre-Corneille Blessebois (1646-1700), en réalité publié à Rouen en 1697.

*Page 82*

1. *Tacite, Fénelon*: Publius Cornelius Tacite (55-120 apr. J.-C.) est un grand historien romain. François Salignac de la Mothe-Fénelon (1651-1715), homme d'Église et écrivain français, précepteur du duc de Bourgogne, est notamment l'auteur des *Aventures de Télémaque*, roman didactique inspiré de l'*Odyssée*.

*Page 83*

1. *... c'est celle que Nodier m'a racontée* : en réalité, Dumas s'inspire d'une nouvelle de l'Américain Washington Irving, adaptée par Pétrus Borel. Voir la Préface.

2. *Mannheim* : Dumas exploite là son voyage sur les bords du Rhin, dont il a publié des extraits en 1838 et 1840. Il plante dans cette «ville allemande par excellence», selon lui, le décor de la jeunesse d'Hoffmann, qui en réalité a grandi à Königsberg.

3. *L'étendard de la rébellion* : la première moitié du XIXᵉ siècle voit se propager dans toute l'Allemagne de forts courants libéraux qui se traduiront, en 1848, par une révolution à Berlin (qui échoue) et des troubles politiques dans tout le pays.

*Page 84*

1. *August Lafontaine* (1758-1831) : auteur de nombreux romans sentimentaux, dont *Henriette Bellman*.

2. *Johann Wolfgang von Goethe* (1749-1832) : il n'est évidemment pas question de retracer ici la vie de ce géant de la littérature allemande. On se bornera à constater que Dumas n'hésite pas à lui accoler le nom d'un obscur romancier aujourd'hui tombé dans l'oubli.

3. *Werther* : Dans *Les Souffrances du jeune Werther*, le héros, amoureux de la fiancée de son meilleur ami, se suicide au pistolet.

4. *Sand* : l'étudiant Karl Ludwig Sand assassina en 1819 l'homme politique (et dramaturge) August von Kotzebue, espion du tsar et ennemi des idées libérales. Arrêté, il fut décapité. Dumas, de passage à Mannheim vingt ans plus tard, rend visite au bourreau qui lui raconte en détail ses derniers instants.

5. *Minerve, Hébé* : Minerve, l'Athéna des Grecs, est la déesse de l'intelligence, Hébé celle de la jeunesse.

*Page 87*

1. *Ernest-Theodore-Guillaume Hoffmann* (1776-1822) : il remplacera en 1812 son troisième prénom par celui d'Amadeus, en signe d'admiration pour Mozart. Sa vie le mène de Königsberg à Berlin en passant par Glogau, Poznań, Plock, Varsovie, Bamberg, Dresde et Leipzig. On ne sache pas qu'il ait séjourné à Mannheim ou à Heidelberg.

2. *Königsberg* : importante ville portuaire de Prusse-Orientale, russe aujourd'hui (Kaliningrad). C'est la ville natale d'Hoffmann.

3. *Friedrich von Schiller* (1759-1805) : écrivain romantique allemand. Petite inexactitude. *Les Brigands* date de 1781. Mais il est vrai que Schiller est d'abord nettement influencé par Klopstock.

4. *Friedrich Gottlieb Klopstock* (1724-1803) : poète romantique allemand, auteur de drames épiques inspirés des mythes germaniques, notamment celui d'Arminius (Hermann), le vainqueur des légions romaines.

*Page 88*

1. *Rebec* : instrument médiéval à trois cordes et un archet.

*Page 90*

1. *Glück et Piccinni* : la querelle des glückistes et des piccinnistes oppose les partisans de la musique allemande (ou française), pour lesquels la musique est au service du texte et de la dramaturgie, et ceux de la musique italienne, qui affirment la primauté de la mélodie. Les deux rivaux s'affrontent en 1781 et écrivent chacun une *Iphigénie en Tauride*. Glück est déclaré vainqueur.

2. *Le Diable boiteux* : allusion au roman de Lesage (1707). Asmodée, le diable boiteux, conduit le jeune Don Cléophas dans l'intimité des maisons de Madrid, dont il soulève le toit pour en surprendre les secrets.

*Page 91*

1. *Zacharias Werner* (Königsberg, 1768-Vienne, 1823) : écrivain romantique allemand. Il laisse des drames empreints de mysticisme (*Martin Luther ou la Consécration de la force*, 1807, *Attila*, 1808, *Le 24 février*, 1809). Il se convertit au catholicisme en 1810 et devient prédicateur en 1814. Le véritable Z. Werner est très différent du personnage cynique mis en scène par Dumas. Les familles Hoffmann et Werner étaient voisines à Königsberg et E. T. A. Hoffmann eut pour parrain le père de Zacharias Werner.

*Page 93*

1. *Cinq frédérics* : monnaie d'or à l'effigie de Frédéric II, est une monnaie d'or.

2. *Cinq thalers* : monnaie d'argent.

3. *De parolis en parolis* : le paroli consiste à gager le double de la mise antérieure.

*Page 94*

1. *Vous ferez sauter la banque* : gagner tout l'argent que dépose devant lui celui qui tient le jeu (la banque) pour payer les joueurs qui jouent contre lui.

*Page 95*

1. *Le rat rongeur et le barbet noir* : dans le *Faust* de Goethe, Méphisto emprunte la forme d'un barbet (chien) noir pour entrer dans la chambre de Faust, et c'est un rat qui l'aide à en sortir.

*Page 98*

1. *La Marguerite de Goethe* : héroïne de *Faust*, jeune fille simple et modeste, elle est séduite et abandonnée par Faust ; mère puis infanticide, elle est condamnée à mort et exécutée.

2. *Murr* : nom emprunté à un roman d'Hoffmann, *Le Chat Murr* (1820-21). Murr, décrit par Hoffmann comme un « matou intelligent, cultivé, philosophe et poète », incarne la figure de l'artiste aux prises avec la réalité.

*Page 100*

1. *Ce petit meuble* : au XIXᵉ, « meuble » peut désigner un objet.

*Page 101*

1. *Domenico Cimarosa* (1749-1801) : compositeur italien de nombreux opéras-bouffes, dont *Il matrimonio segreto* (Le mariage secret), qui date de 1792.

*Page 102*

1. *Giovanni Paisiello* (1740-1816) : compositeur d'opéras-bouffes, grand rival de Cimarosa (*Il Barbiere di Siviglia*, 1782, *La Molinara*, 1786).

2. *... après avoir vu Mozart* : il est douteux qu'Hoffmann ait rencontré Mozart, mort en 1791 (Hoffmann a tout juste quinze ans). Par ailleurs, comme le montrent les jugements de Gottlieb Murr, Mozart est loin d'avoir, deux ans après sa mort, le rayonnement qui sera le sien par la suite. Rappelons que les livrets des opéras dont parle Murr sont dus à Da Ponte.

*Page 104*

1. Hoffmann a en effet composé au moins huit sonates, un quintette, des chœurs, deux messes, un *Miserere*.

2. *Sébastien Bach* : en réalité, ce n'est pas J. S. Bach (1685-

1750) l'inventeur de la sonate, mais son fils Carl Philipp Emmanuel (1714-1788).

3. *Giovanni Battista Pergolèse* (1710-1736) : compositeur italien dont on retiendra l'opéra bouffe *La Serva Padrona* (1733) et le fameux *Stabat Mater*, achevé juste avant sa mort.

4. *Des quintetti après François-Joseph Haydn* : Joseph Haydn (1732-1809) s'est surtout illustré dans le quatuor à cordes. Il a également donné à la sonate et à la symphonie leur forme classique.

5. *Théorbe* : sorte de luth à deux manches, supplanté progressivement par la guitare au cours du XVIIᵉ siècle.

*Page 105*

1. *Giuseppe Tartini* (1692-1770) : violoniste virtuose et compositeur italien, auteur notamment de la fameuse sonate *Il Trillo del diavolo* (Le Trille du diable).

2. *... si insupportables à leurs semblables* : tout ce long discours de Gottlieb Murr et les suivants, en particulier les énumérations de luthiers et de violonistes, sont repris parfois mot pour mot d'un conte d'Hoffmann intitulé *Le Baron de B.*

*Page 106*

1. *Antonio Stradivarius* (1644-1737) : célèbre luthier italien de Crémone, dont les violons ont une renommée internationale.

*Page 107*

1. *La ci darem la mano* : très célèbre duo du premier acte du *Don Giovanni* de Mozart (1787).

*Page 108*

1. *Archangelo Corelli* (1653-1713) : compositeur italien et fondateur de l'école classique de violon.

2. *Pugnani, Germiniani, Giardini, Jomelli, Nardini, Viotti, Giarnowicki, Rode, Kreutzer* : ce sont des violonistes compositeurs. Gaetano Pugnani (1731-1798) et Francesco Saverio Germiniani (1687-1762) sont des disciples de Corelli, ainsi que Felice de Giardini (1716-1796) et Pietro Nardini (1722-1793). Nicolo Jomelli (1714-1774) est auteur de nombreux opéras. Giovanni Battista Viotti (1755-1824) est un violoniste compositeur installé en France qui affronta en 1792 lors d'un duel musical Giovanni Giarnowicki (1745-1804) dit aussi Jarnowick, qu'il supplanta définitivement. Pierre Rode (1774-1830) est un violoniste et compositeur français, comme Rodolphe

Kreutzer (1766-1831) à qui Beethoven dédia une célèbre sonate pour piano et violon.

3. *Tempo rubato* : le *rubato*, qui laisse une grande liberté pour l'exécution d'un passage déterminé, peut donner lieu à des interprétations contestables.

### Page 110

1. *Amati* : les Amati sont une famille de luthiers de Crémone. Niccolo Amati (1596-1684) fut notamment le maître de Stradivarius.

### Page 112

1. Pietro Trapassi, dit *Métastase* (1698-1782) : poète et dramaturge italien.

2. *Carlo Goldoni* (1707-1793) : auteur dramatique italien. Il fait évoluer le théâtre italien de la farce à la comédie de mœurs. *La Locandiera* (1753).

### Page 113

1. *La Lorelei de la ballade* : la sirène du Rhin qui envoûte les matelots et cause leur perte est un thème majeur du romantisme allemand, chantée notamment par Brentano et Heine.

2. *L'Alceste de Glück* : Glück reprend en 1767 une grande figure de la tragédie grecque. Le roi Admète doit mourir, à moins qu'il ne trouve quelqu'un pour se dévouer et prendre sa place aux Enfers. Tous ses proches refusent, sauf sa femme, Alceste, qui meurt à sa place, avant d'être ramenée des Enfers par Héraclès.

3. *La mère d'Antonia était morte* : ce drame évoque irrésistiblement la nouvelle d'Hoffmann intitulée *Le Conseiller Krespel* (parfois intitulée *Le Violon de Cremone*).

### Page 115

1. *Nicolo Porpora* (1686-1768) : compositeur italien, auteur d'opéras, de motets et de madrigaux.

### Page 116

1. *Alessandro Stradella* (1644-1682) : chanteur et compositeur italien, auteur d'opéras, de motets et de madrigaux. On raconte qu'ayant enlevé la maîtresse d'un riche Vénitien, il fut poursuivi par des tueurs engagés par le jaloux. Ceux-ci ayant retrouvé sa trace à Rome, ils allèrent écouter un de ses oratorios à Saint-Jean-de-Latran, comptant le poignarder à sa

sortie. Mais, bouleversés par la beauté de sa musique, ils renoncèrent à ce projet. Stradella fut néanmoins assassiné peu après par d'autres mercenaires à Gênes. Sa vie a inspiré plusieurs compositeurs d'opéras à l'époque romantique.

2. *Le Pieta, Signore* : cette attribution à Stradella de ce fameux air sacré est largement remise en cause aujourd'hui.

*Page 117*

1. *Sforzando* : passer du *piano* au *forte*.

*Page 118*

1. *Antonio Canova* (1757-1822) : célèbre sculpteur, d'abord influencé par le baroque. Il devient ensuite un tenant du néo-classicisme. Il fut le sculpteur officiel de Napoléon Ier.

*Page 119*

1. *Le fa du* Volgi : «*volgi i tuoi sguardi sopra di me*» : tourne tes regards vers moi.

*Page 121*

1. *Clarisse Harlowe* : héroïne éponyme du roman de Richardson (1747-1748). C'est le prototype de la jeune fille vertueuse amoureuse d'un débauché.

2. *Charlotte* : allusion à l'héroïne des *Souffrances du jeune Werther* (1774) de Goethe.

*Page 126*

1. *Méhul, Dalayrac* : deux compositeurs aujourd'hui un peu oubliés. Étienne Méhul (1763-1817) a écrit des opéras, ainsi que le fameux *Chant du départ* (1794). Nicolas Dalayrac (1753-1809) est un auteur d'opéras-comiques.

*Page 130*

1. *In-octavo* : volume de petit format, où la feuille d'impression est pliée en huit feuillets.

*Page 131*

1. *Lavaters amateurs* : le Suisse Lavater (1741-1801) inventa la physiognomonie, qui prétendait lire le caractère d'un homme sur les traits de son visage. Cette théorie pseudo-scientifique influença considérablement les écrivains du XIXe siècle.

*Page 133*

1. *Pitt et Cobourg* : ces deux noms symbolisent la coalition de l'Europe contre la Révolution. William Pitt (1759-1806), Premier ministre de Grande-Bretagne, finance les armées de cette coalition. Le duc Frédéric de Saxe-Cobourg (1737-1815) commande l'armée autrichienne qui envahit la France en 1792.

*Page 134*

1. *Jacques-Louis David* (1748-1825) : peintre français néoclassique, il fut aussi député à la Convention et peignit pour les Jacobins son célèbre *Marat assassiné* (1793). Il sera ensuite le peintre officiel de l'Empire.

*Page 135*

1. *Les Cordeliers, les Jacobins, les Frères et Amis* : ce sont là trois clubs influents.
Ouvert en 1790, le club des Cordeliers, d'abord appelé société des amis des droits de l'homme et du citoyen, tire son nom du couvent où il est installé. C'est le club de Marat, de Desmoulins, et, au début, de Danton, avant que ce dernier ne passe aux Jacobins. Après la mort de Marat, le club accentue sa position extrémiste et conspire contre les Jacobins. Robespierre en fait exécuter les principaux dirigeants. Le club durera jusqu'à 1795.
D'abord appelé club des amis de la Constitution, le club des Jacobins, le plus célèbre, doit son nom au couvent des Jacobins, rue Saint-Honoré. D'abord ouvert à tous, il est ensuite abandonné par les modérés ; après les massacres de septembre, il est dominé par les Montagnards qui font mettre hors la loi les Girondins. Jusqu'à Thermidor, le club des Jacobins relayé par ses filiales de province, orchestre la Terreur dans tout le pays. Secoué par des purges intestines, le club ne survécut pas à Robespierre et fut fermé en novembre 1794.
Les Frères et Amis constituent également un club important.

*Page 138*

1. *Voici* : on attendrait plutôt *voilà*.

*Page 139*

1. *... où l'on invoque les anges ?* : ici se terminait le premier volume dans l'édition originale.

*Page 141*

1. *Antoine Simon* (1736-1794) : ce cordonnier membre du conseil général de la Commune eut la garde de Louis XVII au Temple. Proche de Robespierre, il est guillotiné le 10 Thermidor.

2. *La bibliothèque du feu roi* : elle devient la Bibliothèque Nationale après l'abolition de la monarchie, et s'enrichit alors de tous les fonds confisqués des bibliothèques monastiques.

3. *Marc-Vincent Coronelli* (1650-1718) : religieux et géographe italien.

4. *Le Musée Sainte-Avoye* : situé rue Sainte-Avoye, le Musée de Monsieur, à l'origine propriété du comte de Provence, était en fait une société savante de vulgarisation scientifique, ouverte depuis 1781. Il ne faut pas oublier qu'Hoffmann est un passionné d'optique.

*Page 142*

1. *Le Luxembourg* : un musée avait été ouvert en 1750 dans l'aile est du Luxembourg, exposant des tableaux tirés du cabinet du Roi. Mais après l'adoption de la loi sur les suspects (17 septembre 1793), le Luxembourg devint une «maison nationale de sûreté».

*Page 144*

1. *«Je ferme la fenêtre»* : cette attitude d'Hoffmann rappelle celle du général Dumas, qui lui valut son surnom de «monsieur de l'Humanité» (*Mes Mémoires*, chap. III).

*Page 146*

1. *Madame Du Barry* : Jeanne Bécu, comtesse Du Barry (1743-1793), fut la maîtresse de Louis XV à partir de 1768. À la mort du roi, elle se retira dans son château de Louveciennes. Sous la Révolution, elle servit d'agent aux royalistes en faisant la liaison entre Paris et Londres. Dénoncée et arrêtée, elle est exécutée le 8 décembre 1793.

*Page 147*

1. *La place de la Révolution* : la place Louis XV fut ensuite renommée place de la Concorde, puis place de la Révolution avant de reprendre le nom qu'elle porte actuellement. La première exécution a lieu place de Grève, puis la guillotine se déplace : place du Carrousel jusqu'en mai 1793, place de la Concorde (de la Révolution) de mai 1793 à juin 1794, puis bar-

rière du Trône. Après la chute de Robespierre, la guillotine revient place de Grève.

2. *... encore une minute, monsieur le bourreau* : ce sont en effet les dernières paroles de la comtesse Du Barry.

*Page 148*

1. *L'Opéra* : le nouvel Opéra, construit en 1781, deviendra ensuite le Théâtre de la Porte-Saint-Martin ; c'est là que Dumas situe sa première rencontre (sans doute fictive) avec Nodier en 1823, à une représentation du *Vampire* (cf. *Mes Mémoires*, chap. LXXIV-LXXVII).

*Page 149*

1. *Le Jugement de Pâris* : un épisode bien connu de la mythologie grecque. Le berger Pâris (en réalité fils du roi Priam) est abordé par trois déesses (Héra, Aphrodite, Athéna) qui lui demandent de désigner la plus belle des trois. Il choisit Aphrodite, qui lui promet en échange l'amour de la plus belle femme parmi les mortels. Il s'agit d'Hélène, la reine de Sparte ; cet épisode est à l'origine de la fameuse guerre de Troie. Cette pièce a réellement été jouée à l'Opéra en 1793. Paul Lacroix, dans son ébauche (voir le dossier) avait proposé *Miltiade à Marathon*, pièce patriotique de la même année. On peut supposer que Dumas a choisi *Le Jugement de Pâris* pour sa valeur de contrepoint galant et mythologique des aventures d'Hoffmann.

2. *Ballet-pantomime* : genre hybride mêlant la danse et l'action dramatique, qui connaît un grand essor sous la Révolution.

3. *Pierre Gardel* (1758-1840) : il succède à son frère Maximilien (1741-1787) comme maître de ballet à l'Opéra, charge qu'il occupe jusqu'en 1829.

*Page 151*

1. *Haydn*, *Pleyel et Méhul* : la musique des ballets-pantomimes est une sorte de pot-pourri d'airs célèbres empruntés à différents musiciens.

*Page 155*

1. *Coppélius* : père de la poupée Olimpia, il est un des personnages principaux de *L'Homme au sable*. Ce conte très célèbre donnera lieu à plusieurs adaptations (*Coppélia*, de Léo Delibes, 1870, *Les Contes d'Hoffmann*, d'Offenbach, 1881).

*Page 159*

1. *Marie-Auguste Vestris* (1760-1842) : danseur célèbre entré à l'Opéra en 1776 et promu premier danseur en 1779. Vestris sera également fort apprécié sous la Révolution (il avait paru sur scène en costume de sans-culotte) et sous l'Empire.

*Page 160*

1. *La Pucelle* : ce poème héroï-comique de Voltaire, d'inspiration résolument anticléricale, qui traite sur le mode burlesque la vie de Jeanne d'Arc, fit scandale à sa parution.

*Page 161*

1. *Justine* : intitulé aussi *Les Malheurs de la vertu*, ce roman retraçant les malheurs d'une jeune fille pure et naïve paraît en 1791.

*Page 163*

1. *Messaline* : la femme de l'empereur Claude (25 ?-48 apr. J.-C.) est restée célèbre pour son inconduite.

*Page 166*

1. *Georges Jacques Danton* (1759-1794) : un des ténors de la Révolution et une personnalité très discutée. Il n'est pas question ici de retracer son action politique dans son entier. Grand orateur aux Cordeliers, il fait partie de la Montagne, laisse s'accomplir les massacres de septembre 1792 et vote la mort du Roi. La liaison que Dumas lui prête avec une danseuse est une pure fiction. En octobre-novembre 1793, récemment remarié après la mort de sa première femme, il est dans sa région natale d'Arcis-sur-Aube. Robespierre, son rival de toujours, en profite pour le discréditer. Après une brève période de temporisation, Danton est arrêté le 30 mars et exécuté le 5 avril 1794.

*Page 169*

1. *Au 113* : au Palais-Royal, le numéro 113 est une maison de jeu.

*Page 174*

1. *Casaquin* : blouse surtout portée par les femmes du peuple.

2. *Carmagnole* : veste courte et étroite portée par les révolutionnaires.

*Page 176*

1. *Apollon et Terpsichore*: Apollon est le dieu de la médecine et des arts ; Terpsichore est la muse de la danse.

*Page 179*

1. *Mme Vestris*: Anne-Catherine Augier (1777-1809) débuta dans *Le Jugement de Pâris* où son mari tenait le rôle principal.
2. *Mlle Bigottini* (1784-1858): danseuse et mime célèbre de l'Opéra.

*Page 182*

1. *Musico*: café où l'on fait de la musique.
2. *Antoine-Joseph Santerre* (1752-1809): ce riche brasseur du faubourg Saint-Antoine devint commandant général de la Garde nationale le 10 août 1792 après l'assassinat de son prédécesseur, Mandat. C'est en cette qualité qu'il assista à l'exécution de Louis XVI le 21 janvier 1793 ; on dit qu'il ordonna les roulements de tambour pour couvrir la voix du roi qui voulait s'adresser à la foule. Il demanda ensuite un commandement en Vendée.

*Page 186*

1. *Le prince Mirliflore*: allusion à un vaudeville de Désaugiers et Gentil, *La Petite Cendrillon* (1810).

*Page 187*

1. *La maison du poète à Pompéia*: ensevelie sous les cendres du Vésuve en 79 apr. J.-C., la ville de Pompéi fut mise au jour en 1748. Cette élégante demeure privée se caractérisait par de magnifiques fresques et mosaïques.
2. *La bataille d'Arbelles*: elle se déroule en 331 av. J.-C. et marque la victoire d'Alexandre le Grand sur le roi des Perses Darius. La mosaïque en question, qui date du Ier siècle ap. J.-C., est aujourd'hui au musée archéologique de Naples.
3. *Pierre-Narcisse Guérin* (1774-1833): peintre français néoclassique.
4. *Didon écoutant les aventures d'Enéas*: allusion à un épisode fameux de l'*Enéide*. Fuyant Troie envahie par les Grecs, Enée se réfugie à Carthage, chez la reine Didon qui s'éprend de lui. Le départ d'Enée pour l'Italie, où il veut créer son royaume, provoque le désespoir de Didon qui se donne la mort.

*Page 188*

1. *Aspasie* (vᵉ siècle av. J.-C.) : réputée pour sa beauté, son intelligence et sa culture, elle fut la compagne de Périclès.

*Page 190*

1. *Erigone* : personnage de la mythologie grecque, amante de Dionysos (d'où l'allusion au thyrse et aux pampres, cf. note 3).

2. *Eucharis* : jeune nymphe. Les prénoms grecs et romains sont très à la mode pendant la Révolution, ce qui s'explique par le rejet des références chrétiennes et par l'admiration portée aux républiques de l'Antiquité, promues au rang de modèle.

3. *Le thyrse et les pampres* : le thyrse est un bâton entouré de lierre : le pampre est un rameau de vigne ; les deux sont des attributs de Dionysos, le dieu du vin.

*Page 191*

1. *Carrache* : célèbre famille de peintres italiens de la Renaissance. Dumas pense sans doute plus précisément au plus illustre, Annibale Carrache (1560-1609).

2. *L'Albane* : Francesco Albani, dit l'Albane (1578-1660). On pense à sa *Vénus endormie*, sa *Diane au bain*, sa *Danaé couchée*.

*Page 196*

1. *Le cimetière des Innocents* : ce cimetière du quartier des Halles n'est plus en service en 1793. À partir de 1780, on commence à transporter les ossements vers les carrières de Montrouge.

*Page 198*

1. *Le Pactole* : fleuve de Lydie (Asie Mineure) charriant des paillettes d'or, auquel Crésus, disait-on, devait sa richesse.

2. *Ces pauvres assignats démonétisés* : il s'agit d'une monnaie-papier émise en 1789, gagée sur les biens immobiliers enlevés à l'Église. Une nouvelle (et très importante) émission décidée en 1790 provoque une forte inflation et la dépréciation de l'assignat ; en décembre 1793, la monnaie papier vaut 48 % de moins que la monnaie métallique (100 livres en assignats = 52 livres en or). L'assignat disparaîtra en 1796, remplacé par l'éphémère mandat, et en 1797, le Directoire décide de revenir à la monnaie métallique.

*Page 200*

1. *Au Palais-Égalité* : appelé à l'origine Palais-Cardinal (il était alors occupé par Richelieu), il est légué par ce dernier à Louis XIII et devient le Palais-Royal. En 1692, Louis XIV en fait don à son frère Philippe et à ses descendants. À la veille de la Révolution, il appartient à Philippe d'Orléans, qui y a entrepris d'importants travaux : il fait édifier sur une partie des jardins des bâtiments qu'il loue à des boutiquiers. À partir de 1789, c'est un des principaux centres de l'agitation révolutionnaire. Philippe d'Orléans, qui a voté la mort du roi, prend le nom de Philippe Égalité, ce qui entraîne un autre changement de nom pour le Palais. En octobre 1793, le Palais est confisqué et Philippe Égalité guillotiné le mois suivant.

2. *Le Palais-National* : envahi et saccagé pendant la Révolution de 1848, le Palais-Royal, appelé provisoirement Palais-National, entra dans le domaine public.

*Page 201*

1. *Price* : la famille Price est une grande dynastie de clowns anglais. Dumas fait ici allusion à l'ancêtre, James Price (1761-1805), membre de la troupe anglaise Astley, qui, à partir de 1782, ressuscita le cirque en France avant de fusionner avec les Franconi. Ses descendants, John et William Price, connurent également le succès en France entre 1858 et 1867.

2. *Mazurier, Auriol* : Jean-Baptiste Auriol (1808-1881), célèbre clown français qui triompha notamment au cirque Franconi. Charles Mazurier est un danseur acrobate de la Porte-Saint-Martin.

3. *Les Amis de la vérité, le Cercle-Social* : fondé en 1790, le Cercle-Social tient à la fois du club politique, du salon littéraire et de la loge maçonnique. Il tient des réunions consacrées à l'analyse du *Contrat social* de Rousseau. Un lion en fer à gueule ouverte sert de boîte aux lettres, d'où le nom du journal *La Bouche de fer*. Il organise au Cirque du Palais-Royal les réunions de la loge des Amis de la vérité. D'obédience girondine, le club est fermé en juin 1793.

*Page 202*

1. *Le Cercle-Social* : voir note 3 de la p. 201.

*Page 205*

1. *Aspasie* : la célèbre compagne de Périclès était une courtisane.

2. *Curtius dans le gouffre* : épisode rapporté par Tite-Live

dans son *Histoire romaine*. Vers 393 av. J.-C., un tremblement de terre ouvrit un gouffre sur le Forum. Les augures, consultés, dirent qu'il ne se refermerait que si la cité y ensevelissait ce qui faisait sa force. Alléguant que la force de Rome résidait dans son armée, un jeune patricien, Marcus Curtius, s'offrit en sacrifice et s'élança tout armé dans le gouffre qui se referma sur lui.

3. *Trente-et-quarante* : jeu de cartes et d'argent.

4. *François de Bassompierre* (1579-1646) : maréchal et diplomate français. Il fut emprisonné à la Bastille de 1631 à 1643 et laissa des *Mémoires*.

*Page 207*

1. *Hystérie :* considérée à l'époque comme une maladie féminine.

2. *Martingale* : stratégie de jeu qui consiste à miser le double de ce qu'on vient de perdre. Par extension, moyen de rétablir sa situation, de se refaire.

*Page 216*

1. *M. Danton a été arrêté* : en réalité, Danton est arrêté le 30 mars 1794 et exécuté le 5 avril.

*Page 219*

1. *Un hôtel de la rue Saint-Honoré* : ce chapitre en deux parties (correspondant aux deux livraisons au *Constitutionnel*) a souvent été présenté en un seul tenant dans les éditions ultérieures. Nous rétablissons ici le découpage original qui met mieux en valeur le rythme feuilletonesque propre à Dumas.

*Page 220*

1. *... que l'on appelait la rue Honoré tout court* : après la Révolution, de nombreux noms sont changés et « expurgés » de toute référence à la monarchie et à la religion.

*Page 230*

1. *L'abbé Maury* : Jean Siffrein Maury (1746-1817). Écrivain et prédicateur, orateur, il se lance dans la politique en 1789 et se fait le défenseur du pouvoir royal. Il risque plusieurs fois d'être assassiné par des révolutionnaires. Menacé d'être pendu à la lanterne de l'Hôtel de Ville, il doit la vie sauve à un trait d'esprit : « Eh bien, quand j'y serai, y verrez-vous plus clair ? »

*Page 234*

1. *Bicêtre* : cet établissement était alors à la fois un hospice, une maison de santé et une prison.

### LES MILLE ET UN FANTÔMES

*Page 241*

1. *Mon cher ami* : dans l'édition pré-originale du *Constitutionnel* (2 mai 1849), *mon cher Véron* : Louis-Désiré Véron (1798-1867), médecin fortuné qui fonda en 1831 la *Revue de Paris*. Il devint en 1844 propriétaire du *Constitutionnel*. Par un contrat daté du 26 mars 1845, Dumas s'engage à lui fournir, ainsi qu'à Émile Girardin de *La Presse*, neuf volumes pendant cinq ans. *Le Constitutionnel* publie notamment *La Dame de Monsoreau* (27 août 1845-12 février 1846), et *Les Quarante-Cinq* (13 mai-20 octobre 1847). L'année 1849 sera particulièrement riche, marquée par les récits fantastiques.

2. *Le procès de Bourges* : ce procès qui se déroula en mars 1849 à Bourges jugea les principaux participants de la journée du 15 mai 1848, qui vit l'invasion de l'Assemblée nationale par un groupe révolutionnaire. Parmi les accusés figuraient Barbès, Blanqui, Louis Blanc et Raspail.

3. *Les élections du mois de mai* : 13 mai 1849, élections de l'Assemblée Législative, après l'accession de Louis Napoléon Bonaparte à la présidence de la République.

*Page 242*

1. *Le Marquis d'Argenson* (1694-1757) : René Louis, secrétaire d'État aux Affaires étrangères de 1744 à 1747, il a laissé des *Mémoires* qui ont connu un vif succès. Un de ses descendants fonda la Bibliothèque de l'Arsenal.

2. *L'Hôtel de Rambouillet* : c'est le plus important des salons du XVIIᵉ siècle, lieu de rendez-vous du courant précieux. Il vit défiler, de 1620 à 1655, les grandes personnalités de la Cour et de la vie littéraire.

*Page 243*

1. *La fumée de juin* : allusion aux journées de Juin 1848. La fermeture des Ateliers nationaux déclenche des émeutes qui sont impitoyablement réprimées par la garde nationale. Ces

événements, consacrant la fracture entre les républicains modérés et le peuple parisien, auront un retentissement durable dans le contexte politique et littéraire (voir la préface).

2. *Madame de Montesson*: Charlotte Jeanne Béraud de La Haie de Riou (1737-1806), marquise de. En 1773, elle épousa secrètement le duc d'Orléans. Elle était l'auteur de comédies et d'écrits divers.

### Page 245

1. Le texte du *Constitutionnel* ajoutait: «Je vous envoie donc, selon votre désir, les deux premiers volumes de mes *Mille et Un Fantômes*; c'est une simple introduction intitulée *Une journée à Fontenay-aux-Roses*.» L'édition originale supprime cette précision ainsi que le sous-titre. Voir la notice.

### Page 247

1. *Nemrod*: personnage de la Bible, petit-fils de Cham, qualifié de «vaillant chasseur devant l'Éternel».

2. *Elzéar Blaze* (1786-1848): littérateur et chasseur. Il a écrit *Le Chasseur au chien d'arrêt* (1839), *Le Chasseur conteur* (1840).

### Page 248

1. *Mocquet*: il ne s'agit pas du garde-chasse de Villers-Cotterêts, héros de plusieurs histoires et causeries, mais d'un fermier du village voisin de Brassoire. Voir *Mes Mémoires*, chap. XLI.

2. *Éteules*: chaumes. Par extension, le mot désigne les champs après la moisson, où seule la tige reste sur pied.

### Page 249

1. *Julien*, dit l'Apostat (331-363): cet empereur romain était particulièrement attaché à Paris et y séjourna durablement.

2. *Le Petit-Montrouge*: cette partie nord de Montrouge a été rattachée à Paris en 1860 et forme la partie sud du XIVe arrondissement.

3. *Ixion*: ce personnage de la mythologie grecque fut condamné par Zeus à tourner éternellement dans les Enfers, attaché à une roue en flammes.

### Page 250

1. *Montenvers*: sommet au-dessus de Chamonix rendu célèbre par le tableau *La Mer de glace* de Samuel Birmann.

*Page 251*

1. *Besaigüe* : hache armée d'une pointe sur le côté opposé du manche.

*Page 257*

1. *Ledru* : médecin, membre de l'Académie de médecine. Il est le fils de Nicolas Philippe Ledru, dit Comus (1731-1807), physicien du roi, célèbre dans toute l'Europe pour ses expériences de physique, et l'oncle de l'homme politique Alexandre Ledru-Rollin, qui joua un rôle important dans la révolution de 1848 et dans les débuts de la II^e république.

*Page 262*

1. *Le 29 juillet 1830* : lors de la révolution de Juillet.

*Page 265*

1. *Jean-Louis Alliette* : le véritable Jean-Baptiste Alliette (occultiste spécialisé dans la pratique des tarots) est né en 1738 et mort en 1791.

*Page 266*

1. *Cagliostro* : voir note 5 p. 67.
2. *Le Comte de Saint-Germain* : voir note 7 p. 67.
3. *Le Juif Errant* : voir note 3 p. 68.
4. *Pierre-Joseph Moulle* : ce personnage semble purement fictif.
5. *Âgé de vingt-sept ans* : petite inexactitude. Dumas est né en 1802.

*Page 273*

1. *Paul Scarron* (1610-1660) : écrivain français, auteur du *Roman comique*. Il épousa en 1652 Françoise d'Aubigné, la future madame de Maintenon.

*Page 275*

1. *La carte de Tendre* ou du (pays de) Tendre : cette carte du pays de l'amour a été imaginée en 1653 par Mlle de Scudéry et a exercé une influence notable sur le courant précieux.

*Page 276*

1. *Le Constitutionnel* : fondé en 1815, c'est d'abord le journal de l'opposition libérale. Ses ennemis attitrés sont les Jésuites. Le journal joue un rôle important dans la Révolution

508  *Notes*

de 1830 en soutenant le duc d'Orléans. Ensuite il devient un organe plus conservateur (Cf. dossier, p. 448).

*Page 277*

1. *Abélard et Héloïse* : le philosophe et théologien Pierre Abélard (1079-1142) fut le précepteur de la jeune Héloïse (1101-1164) qu'il épousa en secret. Les amants furent séparés par le chanoine Fulbert, oncle d'Héloïse, qui la fit entrer dans un couvent. Ils ont laissé une importante correspondance en latin, traduite par Paul Lacroix, collaborateur de Dumas pour *Les Mille et Un Fantômes*.

*Page 278*

1. *Un terne à la loterie* : trois numéros pris ensemble qui donnent droit à un gain particulier s'ils sortent ensemble.
2. *Thot* : dieu égyptien du savoir, inventeur des formules magiques, de l'écriture, du calcul.

*Page 280*

1. *Jacques Cazotte* (1719-1792) : auteur du célèbre *Diable amoureux* (1772), exerça une influence notable sur le courant fantastique français. Sa fin tragique sur l'échafaud marqua durablement les esprits, et en particulier celui de Nodier. Voir la Préface.

*Page 281*

1. *Le chevalier Lenoir* : Alexandre Lenoir (1761-1839) lutta contre le vandalisme révolutionnaire et obtint de réunir dans un même lieu tous les objets d'art provenant des biens nationaux. La Constituante lui attribue le couvent des Petits-Augustins. En 1795, le Musée des Monuments français ouvre au public. À la Restauration, une ordonnance du 24 avril 1816 prescrit de rendre les œuvres à leurs propriétaires ou de les remettre à leur place d'origine. Le couvent des Augustins est affecté à l'École des Beaux-Arts.

*Page 282*

1. *Le bibliophile Jacob* : Paul Lacroix, successeur de Nodier à l'Arsenal, collaborateur de Dumas pour *La Femme au collier de velours* et *Les Mille et Un Fantômes*. Voir la notice.

*Page 288*

1. *Samuel Thomas Soemmering* (1755-1830) : anatomiste allemand.

2. *Jean Joseph Sue* (1760-1831): chirurgien, professeur d'anatomie, père du célèbre romancier. On lui doit un *Essai sur le supplice de la guillotine et sur la douleur qui survit à la décollation* (1796).

*Page 289*

1. *Albert de Haller* (1708-1777): physiologiste et médecin suisse.

*Page 291*

1. *Comus*: Nicolas Philippe Ledru, dit Comus (1731-1807). Cf. note 1 p. 257.

2. *Alessandro Volta* (1745-1827): physicien italien célèbre pour ses découvertes en électricité (la pile Volta).

3. *Luigi Galvani* (1737-1798): médecin et physicien italien qui s'attacha à établir les effets du courant électrique sur les organes en vue d'utilisation thérapeutique.

4. *Franz Anton Mesmer* (1734-1815): médecin allemand auteur de la théorie controversée du «magnétisme animal», partant de l'existence d'un fluide universel dans chaque organisme, transmissible d'un sujet à un autre. Mesmer prétendait guérir les malades qui fréquentaient son fameux «baquet» à Paris en provoquant chez eux des convulsions rétablissant l'équilibre du fluide. Une de ces séances est décrite dans *Le Collier de la reine*.

*Page 292*

1. *Mlle de Corday*: Dumas suit ici presque mot pour mot le livre XLIV de l'*Histoire des Girondins* de Lamartine (chap. XXXV, XXXVI, XXXVII). Michelet rapportera peu après cet épisode dans son *Histoire de la Révolution*, mais en proposant une explication logique (un effet d'optique suscité par le rougeoiement du soleil).

*Page 295*

1. *L'Abbaye*: cette ancienne prison de l'abbaye de Saint-Germain-des-Prés a vu passer dans ses murs les gardes suisses et les défenseurs de la famille royale après le 10 août 1792. Les massacres de Septembre y furent particulièrement sanglants.

*Page 296*

1. *... au corps de garde*: cette scène s'inspire de manière évidente du début du *Chevalier de Maison-Rouge* (1845).

*Page 304*

1. *Le général Marceau*, François Séverin Marceau Desgraviers dit (1769-1796) : une grande figure républicaine des guerres de Vendée, où sa route croise celle du général Dumas. Il est, sous le pseudonyme d'Olivier, le héros d'une nouvelle écrite en 1826 et intitulée *Blanche de Beaulieu ou la Vendéenne*. Cette nouvelle sera réécrite en 1832 sous le titre *La Rose rouge*. Marceau et le général Dumas y figurent sous leurs vrais noms.

*Page 305*

1. *Jean-Baptiste Kléber* (1753-1800) : général des armées révolutionnaires. Il sert en Vendée, dans le Nord, en Allemagne. Il suit Bonaparte en Égypte, et sera assassiné au Caire par un Syrien.

*Page 322*

1. *Un docteur anglais qui accompagnait Walter Scott lors de son voyage en France* : ce voyage eut lieu en 1826 ; Scott collectait des matériaux destinés à une biographie de Napoléon

*Page 335*

1. *En 1794, lors de la profanation des tombes* : elle commença en août 1793. Les cercueils furent défoncés et les ossements jetés dans une fosse commune. Alexandre Lenoir parvint à sauver les statues et les gisants. Une remise en état eut lieu en 1806, ordonnée par Napoléon.

Les pages qui suivent s'inspirent du *Procès-verbal des exhumations de Saint-Denis* d'Alexandre Lenoir lui-même et de la longue note 32 du chapitre « Saint Denis » du *Génie du Christianisme* (4e partie, livre II).

*Page 336*

1. *La statue du Pont-Neuf* : la statue équestre actuelle a été inaugurée en 1818. Elle est de François-Frédéric Lemot.

*Page 337*

1. *Le pinceau de Rubens* : Pierre-Paul Rubens (1577-1640) passa quatre ans à Paris à la demande de Marie de Médicis, qui lui commanda une vingtaine de toiles retraçant son histoire.

*Page 338*

1. *Pour purifier l'air*: Dumas traitera de l'agonie de Louis XV dans *Le Testament de Monsieur de Chauvelin*.

*Page 339*

1. *Brûler les artifices*: substances inflammables.

*Page 350*

1. *Deux mondes invisibles*: l'abbé Moulle reprend là des idées du philosophe suédois Swedenborg.

*Page 352*

1. *Étampes*: Les chercheurs du *Corpus littéraire étampois* sont parvenus à identifier des faits réels très proches de ceux évoqués dans la nouvelle, située à Notre-Dame d'Étampes. Selon eux, la description des reliques conservées dans cette église est pure invention. Plusieurs cambriolages ont en revanche été répertoriés: celui de l'abbaye de Morigny date de 1557 (cf. Dom Basile, Fleureau, *Les Antiquitez de la Ville et du Duché d'Étampes* (1681)), celui de Saint-Martin d'Étampes, de 1652 (cf. Nicolas Plisson, *Rhapsodie*). En 1783, époque à laquelle est situé le récit, le curé d'Étampes s'appelait Boivin. Clément Wingler, in *Notre-Dame sous l'Ancien Régime* (1998), a montré que la paroisse de Notre-Dame était plus riche que ses voisines. D'autre part, elle confiait à son curé un rôle important dans la société; ce dernier vit parmi les habitants et a «charge d'âme» des habitants: c'est précisément le rôle que joue l'abbé Moulle vis-à-vis de l'Artifaille. On identifie encore un bourreau réel d'Étampes: Pierre-André Louis Desmortes. Mis à part ces faits réels, un texte dont une édition critique était parue en 1842, le *Miracle de Théophile* de Rutebeuf, est une source possible du texte de Dumas.

2. Cette église fut en réalité fondée par Robert le Pieux (970-1031).

*Page 353*

1. *Luther et Calvin*: Martin Luther (1483-1546) et Jean Calvin (1509-1564) sont les deux grands théoriciens de la Réforme. Pour l'abbé Moulle, qui exprime des idées développées par Lamennais dans l'*Essai sur l'indifférence* (1817-1823), le protestantisme, qui développe l'individualisme, mène inéluctablement au scepticisme puis à l'athéisme.

*Page 354*

1. *Louis Dominique Cartouche* (1693-1721) : célèbre brigand exécuté en place de Grève.

2. *Poulailler :* célèbre brigand du XVIIIᵉ siècle qui s'attaquait particulièrement aux fermes.

*Page 358*

1. *Saint-Paul… pendu :* en réalité, Paul (vers 10 av. J.-C.-62 ou 67 ap. J.-C.) ne fut pas pendu ni crucifié, mais décapité, en tant que citoyen romain.

*Page 366*

1. *Houhoulement :* cette variante de *hululement* ne se trouve guère que chez Dumas.

*Page 376*

1. *Aux eaux de Loèche :* Dumas exploite là les souvenirs d'un voyage en Suisse (1834), publiés sous *La Revue des Deux Mondes* de 1833 à 1834.

*Page 384*

1. *Sandomir :* ville du sud est de la Pologne située sur la Vistule. À l'époque où se situe l'action, cette partie du pays est sous domination russe.

*Page 385*

1. *1825 :* l'année 1825, qui voit l'arrivée au pouvoir de Nicolas Iᵉʳ, marque un net durcissement de la politique russe vis-à-vis de la Pologne occupée. En 1830 aura lieu l'insurrection de Varsovie qui se soldera par un échec et donnera lieu à une répression sanglante.

2. *Le second partage de la Pologne :* déjà dépecée en 1772 entre l'Autriche, la Prusse et la Russie, la Pologne fait l'objet de deux autres partages, en 1793 et 1795, qui la font disparaître complètement.

*Page 386*

1. *Sahastru :* l'endroit se situe dans la partie orientale des Carpathes.

2. *Toula :* ville de Russie, située au nord de Moscou, célèbre pour ses manufactures.

*Page 389*

1. *Bistriza* : rivière de Transsylvanie (aujourd'hui Roumanie) prenant sa source dans les Carpathes.

2. *Yatagan :* sabre à la pointe recourbée, d'origine turque.

*Page 390*

1. Ce poème reprend une ballade intitulée *Le Vampire* qui se trouve dans *La Guzla* de Mérimée (1827), pastiche de légendes et de poèmes d'Europe centrale.

*Page 393*

1. *Brancovan* : les Brancovan n'étaient pas des inconnus dans la littérature française. Ils figurent, par exemple, dans les *Voyages* (1727-1732) d'Aubray de La Mottraye (1674 ?-1743), et dans *Le Monde moral* de l'Abbé Prévost (1760). En revanche, les frères de Dumas sont inventés ; aucun Brancovan ne portait ces prénoms en 1831. Toutefois, Costaki (Constantin) et Grigore (Grégoire) étaient les noms de deux cousins Cantacuzène, famille proche des Brancovan dont la branche russe possédait un château à Hangu (Hango dans le texte). Cette histoire de vampire est fictive... Les vampires ne figurent pas **dans la tradition roumaine** : *Dracula* est une invention de Bram Stoker. En revanche, Delacroix note dans son *Journal :* «Champrosay, 23 mai 1858 — Quelque chose comme la composition pour le sujet des *Deux frères* dont l'un est tué par l'autre et ramené par sa mère, tiré de Dumas qui se passe en Pologne ou en Hongrie. — Ces renseignements ont aimablement été donnés par Mihai de Brancovan, Marina Muresanu et Claude Schopp.

*Page 395*

1. *La Lénore de la ballade de Bürger* : cette ballade très célèbre (1770) retrace la chevauchée d'une jeune fille montée en croupe derrière un mystérieux cavalier en qui elle a reconnu son fiancé. Mais il s'agit en fait de son fantôme, qui la conduit vers le tombeau commun. Cette œuvre a fortement marqué le romantisme européen.

*Page 397*

1. *Constantin Brancovan* : prince de Valachie, régna de 1688 à 1714 et incarna la résistance contre l'occupation ottomane. Mais la rivalité des Brancovan et des Cantemir (famille régnante de Moldavie) compromet tout espoir d'union nationale. En 1714, convaincu de trahison envers la Sublime Porte, Cons-

tantin Brancovan est déposé. Transféré à Constantinople avec toute sa famille, il est décapité ainsi que ses fils, ayant refusé de se convertir à l'islam. Il reste un grand héros de l'histoire roumaine.

2. *Cantimir* : Démétrius Cantimir (ou Cantemir), né en 1673, vécut de longues années à Constantinople (1688-1710). En 1710, il devient souverain de Moldavie et signe un traité secret avec Pierre le Grand dans le but de se libérer de la tutelle ottomane. Après la défaite des armées russes sur le Prut, il est contraint à l'exil à Saint-Pétersbourg, où il rédige une *Histoire de l'empire ottoman*. Il meurt en 1723.

### Page 424

1. *Villehardouin* (1148-1213) : il participa à la quatrième croisade et y joua un rôle important. Il en écrivit ensuite une *Chronique* qui constitue une source historique de première importance.

2. *Baudouin de Flandre* (1171-1206) : empereur latin d'Orient de 1204 à 1205, il fut un des chefs de la quatrième croisade.

### Page 431

1. *Un Brancovan a tué un prêtre* : il s'agit ici encore d'une pure fiction.

### Page 432

1. *Les Mille et Un Fantômes* : ce passage mal compris est sans doute à l'origine du malentendu qui plane sur le recueil (voir la notice). Dumas présente là des nouvelles à paraître, et qui dans son esprit appartiennent au même ensemble : *Un dîner chez Rossini*, *Le Testament de M. de Chauvelin*, *Les Gentilshommes de la Sierra-Morena*, *Les Mariages du père Olifus*. Il ne s'agit donc pas d'une conclusion, mais d'une annonce de la suite.

*Table* 517

Table

# DU MÊME AUTEUR

# COLLECTION FOLIO

*Dernières parutions*

*Composition Interligne.*
*Impression Bussière*
*à Saint-Amand (Cher), le 3 janvier 2006.*
*Dépôt légal : janvier 2006.*
*Numéro d'imprimeur : 054873/1.*
ISBN 2-07-042594-0./Imprimé en France.